安徽省高校优秀青年人才支持计划资助成果

文史哲研究丛刊

宋初白体诗研究

汪国林　著

上海古籍出版社

图书在版编目(CIP)数据

宋初白体诗研究 / 汪国林著. —上海：上海古籍出版社，2017.3
(文史哲研究丛刊)
ISBN 978-7-5325-8265-5

Ⅰ.①宋… Ⅱ.①汪… Ⅲ.①宋诗—诗歌研究 Ⅳ.①I207.22

中国版本图书馆 CIP 数据核字(2016)第 249123 号

文史哲研究丛刊
宋初白体诗研究
汪国林 著
上海世纪出版股份有限公司
上 海 古 籍 出 版 社 出版
(上海瑞金二路 272 号 邮政编码 200020)
(1)网址：www.guji.com.cn
(2)E-mail：guji1@guji.com.cn
(3)易文网网址：www.ewen.co
上海世纪出版股份有限公司发行中心发行经销
惠敦印务有限公司印刷
开本 890×1240 1/32 印张 16.375 插页 2 字数 411,000
2017 年 3 月第 1 版 2017 年 3 月第 1 次印刷
印数：1—1,300
ISBN 978-7-5325-8265-5
I·3113 定价：58.00 元

序

众所周知，我国自古就是诗的国度，而有唐近三百年则是诗歌史上勿庸置疑的黄金时代。在诗国的天空里，唐代诗人之多如群星璀灿，而大家、名家辈出，又似星座峙立，永远放射着耀眼的光芒。如果说这些赞誉有些空泛，那么我们若将视角投向唐代诗人的创造能力上，则不得不为之叹服：由"初唐四杰"始，尔后独树一帜的诗人指不胜屈，而能开宗立派的英髦巨子，则乘秀岳列，其影响之长久深远，历朝历代绝无仅有。因此，自唐以降，读书人几乎没有不受唐诗沾溉的，唐诗不仅是后人学习的典范，它更塑造了中国人的文化品格，同时也成了东方各民族共同的精神食粮。

在唐末五代战乱结束之后，建立起了好"文"的赵宋政权。摆在新王朝面前的任务，是偃武习文，开始繁重的文化建设。令宋人惊讶不已的是，如当时作家孙何《文箴》所说，唐人已"巨手魁笔，磊落相望"，自己所面对的，似乎是难以逾越的唐诗高地。当然他们也与前辈一样，胸怀雄心壮志，这亦如《文箴》所说："无俾唐人，独称往昔。"不过，他们也明白，这个任务不是豪言壮语就能实现的，更不可一蹴而就，而只能在"力树古风"中前进，在继承中创新。也就是说，宋初诗人们别无选择，他们唯有赶趁着文学自身的惯性，沿着前人开辟的道路前进，逐步建立起大宋王朝的文学殿堂。这是历史的宿命，他们无法也无力抗拒。因此，带着唐人印记的"宋初三体"，便自然而然地成为宋代文学史的开篇。

所谓“宋初三体”，其概念得之较晚，就现存文献论，它最早盖由宋元之际的作家和文学理论家方回总结并提出。方回在《送罗寿可诗序》中写道：“诗学晚唐，不自四灵始。宋刬五代旧习，诗有白体、昆体、晚唐体。白体如李文正（昉）、徐常侍（铉）昆仲、王元之（禹偁）、王汉谋；昆体则有杨（亿）、刘（筠）《西昆集》传世，二宋（庠、祁）、张乖崖（咏）、钱僖公（惟演）、丁崖州（谓）皆是；晚唐体则九僧最逼真，寇莱公（准）、鲁三交、林和靖（逋）、魏仲先（野）父子、潘逍遥（阆）、赵清献（抃）之父（湘），凡数十家，深涵茂育，气极势盛。”（《桐江续集》卷三二）他又在所编《瀛奎律髓》卷一晁端友《甘露寺》诗评语中说：“宋诗有数体：有九僧体，即晚唐体也；有香山体者，学白乐天（居易）；有西昆体者，祖李义山（商隐）。”这些提法符合宋初诗歌的发展历程，早已为文学史家所接受。当然，方回的描述非常宏观，需要后人对它进行阐发和补充，但这方面的专著，似乎一直阙如，不无遗憾。

多年前，笔者与博士生同学一起学习和研究宋代文学，曾有意引导他们留意宋诗的体派问题，并希望有此爱好者将此作为博士论文的备选题目，于是有了关于江西宗派、西昆体、晚唐体等多篇博士论文，有些已经出版，得到学界良好的反映。汪国林同志是我带的最后一批博士生之一，我退休时尚未毕业，只好陪着将他们送出校门后方才“荣休”——他选择了《宋初白体诗研究》作为论题，数年前已顺利通过答辩。现在，他在完成繁重的教学任务之余，将博士论文一再修改，交由上海古籍出版社出版，而向我索序。这是值得庆贺、令人高兴的事，不得不写几句。

所谓白体诗，方回又称“香山体”，也就是白居易体，其实除白氏外，代表诗人还有他的朋友元稹。他们的作品当时就很热门，以至“禁省、观寺、邮候墙壁之上无不书，王公妾妇、牛童马走之口无不道”（元稹《白氏长庆集序》）。由于元、白诗体制平易晓畅，具有大众化特点，故很适合宋初文化程度不高的统治集团的胃口，在他们的倡导下首先盛行于时，这就是所谓“宋初白体诗”的来历。书稿在引论之后，用一章分析了宋初政治文化生态与白体诗盛行的原因，然后用两章对白体诗的创作群体（帝王、词臣及中小诗人）进行考论，再用四章着重论述了徐铉、李昉、李至、晁迥、王禹偁等五位重要诗人，有面有点，思路清晰，论证严密。应当指出，“白体”及“晚唐”、“西昆”三体虽先后盛于宋初，像上面所说都打着唐人的印记，但又并非是对唐诗的简单复制，诗人们除学白体外，亦不妨学习别的家数，且在学习中仍有不少创新。如王禹偁是宋初学元、白的代表诗人，而他同时又学杜甫，曾有诗道：“本与乐天为后进，敢期子美是前身。”（《前赋春居杂兴诗二首间半岁不复省视因长男嘉祐读杜工部集见语意颇有相类者咨于予且意予窃之也予喜而作诗聊以自贺》，《小畜集》卷九）而且，“三体”之间也不是绝对排斥，它们既有纠偏，也有互补。待梅尧臣、欧阳修掀起诗歌革新运动后，“三体”虽总体上退出历史舞台，但却并未绝迹，而是融入了欧、梅的“新体”诗洪流之中，在以后的历史长河中，仍时不时地可以窥见它们的“身影”，有的甚至会“卷土重来”（如宋末有永嘉“四灵”的晚唐体）。因此，对“三体”的研究，其实是宋诗研究中的重要一环，可谓意义重大，如果说此书弥补了宋诗研究的一些缺憾，丰富了宋诗研究的内涵，当不为过。

汪国林同志读书、写作非常刻苦。由于宋初白体诗的相关史料十分分散，可供参考的前贤研究成果不多，故撰写此书并非易事。国林从群籍中不断钩稽考校，思索融会，已多历年所，可谓下了功夫，自然也取得了可喜的成绩。但他毕竟是锋芒初试，且学无止境，愿他在今后的学习、工作和写作中继续努力。是为序。

祝尚书

2016 年 12 月 4 日于成都

目　录

引论：白居易诗歌在晚唐五代风行之回顾

唐诗是我国诗歌的高峰，而盛唐诗歌更是高峰中的高峰。中唐诗人面临的处境也极似"宋人生唐后，开辟真难为"①的宋人。他们纷纷另辟蹊径，或推崇清雅散淡，落寞悠远；或崇尚雄奇怪异，凄艳生硬；或追求清冷峭拔，尖利古雅；或推重写实通俗，平易流畅等等，求新求变已成为时代的主旋律，尤其是元和诗坛使中唐诗歌斑斓多姿，近人陈衍说："诗莫盛于三元，上元开元，中元元和，下元元祐。"②成为不刊之论。这其中被誉为"广大教化主"的白居易，以其杰出诗才与诗识在中唐诗人群体中享有崇高地位，其诗歌对晚唐五代影响深远。

一、从白居易诗歌的分类说起

元和十年(815)，白居易被贬江州司马，他将自己自任职拾遗以来所创作的诗歌亲手编定为十五卷，还把诗作分成讽谕诗、闲适诗、感伤诗、杂律诗四类，他在《与元九书》中说：

仆数月来，检讨囊帙中，得新旧诗各以类分，分为卷目。

---

① ［清］蒋士铨著，邵海清校《忠雅堂集校笺》，上海古籍出版社1993年版，第986页。

② 张寅彭编《民国诗话丛编》，《石遗室诗话》卷一，上海书店2002年版，第21页。

自拾遗来，凡所遇所感，关于美刺兴比者，又自武德讫元和，因事立题，题为《新乐府》者，共一百五十首，谓之讽谕诗。又或退公独处，或移病闲居，知足保和，吟玩情性者一百首，谓之闲适诗。又有事物牵于外，情理动于内，随感遇而形于叹咏者一百首，谓之感伤诗。又有五言七言长句绝句，自一百韵至两韵者四百余首，谓之杂律诗。凡为十五卷，约八百首。异时相见，当尽致于执事。微之！古人云："穷则独善其身，达则兼济天下。"仆虽不肖，常师此语。大丈夫所守者道，所待者时。时之来也，为云龙，为风鹏，勃然突然，陈力以出。时之不来也，为雾豹，为冥鸿，寂兮寥兮，奉身而退。进退出处，何往而不自得哉？故仆志在兼济，行在独善。奉而始终之则为道，言而发明之则为诗。谓之讽谕诗，兼济之志也。谓之闲适诗，独善之义也。故览仆诗，知仆之道焉。其余杂律诗，或诱于一时一物，发于一笑一吟，率然成章，非平生所尚者，但以亲朋合散之际，取其释恨佐欢。今铨次之间，未能删去，他时有为我编集斯文者，略之可也。①

白居易把诗作分成四类，后人指责其标准不一，既不按体裁形式也不按内容风格，如王运熙先生认为讽谕诗、闲适诗、感伤诗从体裁上看都是古体诗，杂律则为近体诗。同时，前三类似从内容而言，讽谕诗多注重反映现实政治问题，极具批判性与战斗意义；闲适诗则表现为官之余的悠闲恬适的文人雅趣；感伤诗则又表现随感遇而形于叹咏的真性情之作，而杂律诗则是就体式而言的，它们之间并不是并列关系。② 张中宇先生也说："白居易的分类方式反

① ［唐］白居易著，朱金城笺校《白居易集笺校》，上海古籍出版社 1988 年版，第 2794 页。

② 王运熙《白居易诗歌的分类与传播》，载《铁道师院学报》1998 年第 6 期。

映了中国古人思维方式的一些特点，即基于对某些突出特征的直觉把握而非精确的分析以获得相对有效的结果，思维或解决问题过程具有一定的模糊性质，对此不应苛求。”①

其实白居易对其诗歌编次标准是非常明确的，即从诗歌功用角度来分类编次。在他看来，讽谕诗是“奉而始终之则为道，言而发明之则为诗”的产物，是其“兼济之志”匡君化民的一种手段；闲适诗是“时之不来也，为雾豹，为冥鸿，寂兮寥兮，奉身而退。进退出处，何往而不自得哉”的内心情感的满足，是“独善之义”的无闷与自适；感伤诗是“事物牵于外，情理动于内”的随感而发，只是未达到闲适诗参透人生、了悟世理、自适无忧的层次而已，仍然徘徊于现实烦恼之中，以此宣泄内心情感，暂获心灵的平衡。白居易也是性情中人，既有兼济宏愿，也有细腻柔情；至于杂律诗，白居易声称是“或诱于一时一物，发于一笑一吟，率然成章，非平生所尚者”，流露出鄙薄之情，但有“释恨佐欢”之用，因而编在末。从功用的角度而言，白居易最不重视杂律诗是十分明显的。

这存在明显的“等级观念”，即重视古体诗，轻视近体诗、杂律诗，在古体诗中又重视乐府诗，其次是古体诗中的闲适诗与伤感诗。这种等级秩序在后来的排列诗文中得到印证。这种等级又以功用的大小为依据，具有浓重的儒家功利色彩。谢思炜先生说：“我们看到，白居易一开始接触文学问题的讨论，便特别关注文学是否‘有用’这一点。……‘有用’与‘无用’，是白居易观察文学问题时遇到的一个基本问题。”②

虽然如此，白居易的理论主张与真实想法往往也有一定的距离，字面上白居易似乎特别轻视感伤诗与杂律诗，说其“非平生所尚者”，“他时有为我编集斯文者，略之可也”。其实也不尽然，一则

① 张中宇《白居易〈长恨歌〉研究》，中华书局2005年版，第130页。

② 谢思炜《白居易集综论》，中国社会科学出版社1997年版，第345页。

他随即又说："故自八九年来，与足下小通则以诗相戒，小穷则以诗相勉，索居则以诗相慰，同处则以诗相娱。知吾最要，率以诗也。……知我者以为诗仙，不知我者以为诗魔。何则？劳心灵，役声气，连朝接夕，不自知其苦，非魔而何？偶同人当美景，或花时宴罢，或月夜酒酣，一咏一吟，不知老之将至。虽骖鸾鹤游蓬瀛者之适，无以加于此焉，又非仙而何？"[①]对感伤诗与杂律诗的相娱、相勉、相慰、相戒的功能也非常重视。二则他以后编辑的文集中，此类作品数量大增，相反讽谕之作却很少再涉及。对感伤诗中的名篇，如《长恨歌》《琵琶行》等更是屡屡流露出自我赞许："今仆之诗，人所爱者，悉不过'杂律诗'与《长恨歌》已下耳。时之所重，仆之所轻。"其中不无流露出自豪之情，足见其对自己作品的钟爱。这种矛盾反映了白居易在传统儒家诗教观与重视个人情感与审美功能之间的徘徊，也反映出白居易内心中理性与情感的冲突。

二、白居易诗歌在中晚唐的模仿与变异

（一）白居易诗歌在生前的流播概况

白居易诗歌的流播在其生前就已达到风靡的程度，与白居易同时稍后的段成式(803—863)在《酉阳杂俎》卷八中曾记载一个真实的故事：

> 荆州街子葛清，勇不肤挠，自颈以下，遍刺白居易舍人诗。成式尝与荆客陈至呼观之，令其自解，背上亦能暗记。反手指其札处，至"不是此花偏爱菊"，则有一人持杯临菊丛。又"黄夹缬林寒有叶"，则指一树，树上挂缬，缬窠锁胜绝细。凡刻三

① ［唐］白居易著，朱金城笺校《白居易集笺校》，第 2795 页。

十余首，体无完肤，陈至呼为“白舍人行诗图”也。①

虽然狂生葛清并非完全是欣赏白居易诗歌而将其遍刺于身，但从一个侧面也反映出人们对白居易作品的追慕程度。白居易对自己的诗文普遍受到欢迎也是极为自负的，他甚至以“炫耀”的口吻讲述道：

> 日者又闻亲友间说，礼吏部举选人，多以仆私试赋判传为准的。其余诗句，亦往往在人口中。仆恧然自愧，不之信也。及再来长安，又闻有军使高霞寓者，欲聘倡妓。妓大夸曰：我诵得白学士《长恨歌》，岂同他妓哉？由是增价。又足下书云：到通州日，见江馆柱间有题仆诗者，复何人哉？又昨过汉南日，适遇主人集众乐娱他宾，诸妓见仆来，指而相顾曰：“此是《秦中吟》《长恨歌》主耳。”自长安抵江西，三四千里，凡乡校、佛寺、逆旅、行舟之中，往往有题仆诗者。士庶、僧徒、孀妇、处女之口，每每有咏仆诗者。此诚雕虫之戏，不足为多。然今时俗所重，正在此耳。②

新旧《唐书》对白居易诗歌流播盛况也有记载，《旧唐书》说道：“然而向古者伤于太僻，徇华者或至不经，龌龊者局于宫商，放纵者流于郑、卫。若品调律度，扬榷古今，贤不肖皆赏其文，未如元、白之盛也。昔建安才子，始定霸于曹、刘；永明辞宗，先让功于沈、谢；元和主盟，微之、乐天而已。臣观元之制策，白之奏议，极文章之壶奥，尽治乱之根荄。非徒谣颂之片言，盘盂之小说。就文观行，居

① 上海古籍出版社编《唐五代笔记小说大观》，上海古籍出版社 2000 年版，第 614 页。
② ［唐］白居易著，朱金城笺校《白居易集笺校》，第 2793 页。

易为优，放心于自得之场，置器于必安之地，优游卒岁，不亦贤乎。”①《新唐书》中也说：“居易于文章精切，然最工诗。初，颇以规讽得失，及其多，更下偶俗好，至数千篇，当时士人争传，鸡林行贾售其国相，率篇易一金，甚伪者，相辄能辩之。初，与元稹酬咏，故号‘元白’；稹卒，又与刘禹锡齐名，号‘刘白’。其始生七月能展，姆指‘之’、‘无’两字，虽试百数不差；九岁暗识声律。其笃于才章，盖天禀然。敏中为相，请谥号，有司曰文，后履道第卒为佛寺。东都、江州人为立祠焉。赞曰：居易在元和、长庆时，与元稹俱有名，最长于诗，它文未能称是也。多至数千篇，唐以来所未有。”②好友元稹在《白氏长庆集序》中更加详细地赞道：

> 予始与乐天同校秘书之名，多以诗章相赠答。会予谴掾江陵，乐天犹在翰林，寄予百韵律诗及杂体，前后数十章。是后，各佐江、通，复相酬寄。巴蜀江楚间洎长安中少年，递相仿效，竞作新词，自谓为“元和诗”。而乐天《秦中吟》《贺雨》讽谕等篇，时人罕能知者。然而二十年间，禁省、观寺、邮候墙壁之上无不书，王公妾妇、牛童马走之口无不道。至予缮写模勒，炫卖于市井，或持之以交酒茗者，处处皆是。其甚者，有至于盗窃名姓，苟求自售，杂乱间厕，无可奈何！予于平水市中，见村校诸童竞习诗，召而问之，皆对曰：“先生教我乐天、微之诗。”固亦不知予之为微之也。又鸡林贾人求市颇切，自云：“本国宰相每以百金换一篇。其甚伪者，宰相辄能辨别之。自篇章已来，未有如是流传之广者。③

---

① [五代] 刘昫《旧唐书》卷一六六《白居易传》，中华书局 1975 年版，第 4360 页。

② [宋] 欧阳修、宋祁《新唐书》卷一一九《白居易传》，中华书局 1975 年版，第 4304 页。

③ [唐] 元稹著，冀勤点校《元稹集》卷五一，中华书局 1982 年版，第 554 页。

此言并非虚美，元稹曾在通州（四川达县）发现题有白居易诗歌的石柱，其《见乐天诗》记有此事："通州到日日平西，江馆无人虎印泥。忽向破檐残漏处，见君诗在柱心题。"①可见，白居易诗歌生前流播之广。

清人赵翼对白居易诗歌风行海内赞叹不已："香山诗名最著，及身已风行海内，李谪仙后一人而已。……是古来诗人，及身得名，未有如是之速且广者。盖其得名，在《长恨歌》一篇。其事本易传；以易传之事，为绝妙之词，有声有情，可歌可泣，文人学士既叹为不可及，妇人女子亦喜闻而乐诵之。是以不胫而走，传遍天下。又有《琵琶行》一首助之。此即无全集，而二诗已自不朽，况又有三千八百四十首之工且多哉！"②

白居易诗歌不仅在中土广为流传，而且在异域也广受好评。这在唐前诗歌传播史上是极为罕见的。白居易健在时，其集已经传播至新罗、日本等国，他在《白氏文集》自述中也说："其日本、新罗诸国及两京人家传写者，不在此记。"③对此，学术界已有较深入的研究，尤其是日本平安朝时代，上至天皇，下至农夫，白居易成为整个文坛追慕的对象，具体可详参潘怡良《日本平安朝时代白诗收容论稿》④一文。

白居易诗歌流传速度之快与范围之广原因众多，除作品本身特质与自己主动传播的意识及时代审美风尚外，也与唐代发达的驿站体系有关。开元时，"天下驿凡一千六百三十九"，⑤至中唐驿馆仍达一千三百多，以长安为中心辐射全国。《唐律疏议》对驿站的权责有明确的规定，如"驿使稽程条"载："诸驿使稽程者，一日杖

① ［唐］元稹著，冀勤点校《元稹集》卷二〇，第224页。
② ［清］赵翼著，霍松林点校《瓯北诗话》，人民文学出版社1963年版，第37页。
③ ［唐］白居易著，朱金城校注《白居易集笺校》，第3916页。
④ 潘怡良《日本平安朝时代白诗收容论稿》，吉林大学2009年硕士论文。
⑤ ［唐］李林甫著，陈仲夫点校《唐六典》，中华书局1992年版，第163页。

八十，二日加一等，罪止徒二年。”[①]当然，经济待遇也很优厚，“凡天下诸州税钱各有准常，三年一大税，其率一百五十万贯；每年一小税，其率四十万贯，以供军国传驿及邮递之用。每年又别税八十万贯，以供外官之月料及公廨之用”。[②] 虽然中唐已有变化，但政府重视程度依然不减。

大唐这种体系完备、保障有力的驿站制度，对诗文传播影响甚巨。如唐代文人在辗转迁徙中，有沿途题壁纪行、寄友、抒怀甚至传友人诗作的风尚，这些作品大多依赖驿站迅速传递给对方或沿驿站传播开来。如元、白著名的“通江唱和”，元稹身处“三千里外巴蛇穴”的通州，白居易则“住近湓江地低湿”的江州，相距数千里，他们唱和诗作一年内竟达三四首之多，这有赖驿传之功。元、白二人离多聚少，若没有完备的驿传体系是很难想象能够唱和几百首诗作的。白居易在《醉封诗筒寄微之》中也说：“一生休戚与穷通，处处相随事事同。未死又怜沧海郡，无儿俱作白头翁。展眉只仰三杯后，代面唯凭五字中。为向两州邮吏道，莫辞来去递诗筒。”[③]

白居易诗文创作出来后，在当时与后世得到广泛的追慕与接受。在这个过程中，各色读者有意无意地掺入自己的审美经验与主观感受，甚至“重新”进行艺术创造，使处于自在状态的文本成为融会读者经验、情感和艺术趣味的文学作品，从而完成一个完整的艺术再造的过程。从某种意义上说，作家职责只是创作文本，至于它的命运如何，后人能否正确的解读之类的问题，已经不是作者所能控制了。白居易的诗文也是如此，在当世特别是后世，人们按自己的审美趣味各取所需，在追慕中不断变异。笔者以时间为序，对此略作回顾：

---

① ［唐］长孙无忌著，刘俊文点校《唐律疏议》，中华书局 1983 年版，第 208 页。
② ［唐］李林甫著，陈仲夫点校《唐六典》，中华书局 1992 年版，第 77 页。
③ ［唐］白居易著，朱金城笺校《白居易集笺校》，第 1537 页。

（二）元和体与元白体

白居易对讽谕诗特别看重并编排在集首，但在传播中却不尽如作者之意，白居易在《与元九书》中自叹："今仆之诗，人之爱者，悉不过'杂律诗'与《长恨歌》已下耳。时之所重，仆之所轻。"[①]"乐天《秦中吟》《贺雨》讽谕等篇，时人罕能知者"，而对伤感诗、闲适诗及杂律排律之作，追慕之风盛行，前文已有征引。白居易作品在中晚唐的追慕与学习极为深广，以致形成元和体。元和体的含义众说纷纭，概言之，一指元和时期尚怪求异士风在文学上的投射，好奇尚怪之风都可视为广义的元和体；一指元和时期以元、白为代表的诗作的一部分及其后学对其模仿所形成的独特诗风，狭义的元和体在中晚唐亦可称之为元白体。

广义的元和体，唐李肇在《唐国史补》卷下中说：

> 元和已后，为文笔则学奇诡于韩愈，学苦涩于樊宗师。歌行则学流荡于张籍。诗章则学矫激于孟郊，学浅切于白居易，学淫靡于元稹。俱名为"元和体"。大抵天宝之风尚党，大历之风尚浮，贞元之风尚荡，元和之风尚怪也。[②]

其内涵极其广阔，就体裁而言，不仅指诗歌，也指文笔；就风格而言，奇诡的韩愈、苦涩的樊宗师、流荡的张籍、矫激的孟郊、淫靡的元稹都属于元和体，以浅切见长的白居易只是其一而已，元和体共同的特征是求异尚怪。这种求异尚怪，胡可先先生从当时的政治角度考察认为是"政治动荡造成人们的一种反常的社会心理。心理反常也是一种抗争，是对现实不满的表现，从这个意义上说，这种怪异的士风，较大历之浮与贞元之荡，具有一定的积

---

① ［唐］白居易著，朱金城笺校《白居易集笺校》，第2795页。
② ［唐］李肇《唐国史补》，古典文学出版社1957年版，第57页。

极意义”。①

唐人李珏甚至认为元和体是唐宪宗之诗被当时轻薄之徒所模仿，以讥讽时事，时人鼓扇名声而有的称呼。他上文宗奏章上说：

> 李珏奏曰：当今起置诗学士，名稍不嘉。况诗人多穷薄之士，昧于识理。今翰林学士皆有文词，陛下得以览古今作者，可怡悦其间；有疑，顾问学士可也。陛下昔者命王起、许康佐为侍讲，天下谓陛下好古宗儒、敦扬朴厚。臣闻宪宗为诗，格合前古，当时轻薄之徒，摛章绘句，聱牙崛奇，讥讽时事，尔后鼓扇名声，谓之“元和体”，实非圣意好尚如此。今陛下更置诗学士，臣深虑轻薄小人，竞为嘲咏之词，属意于云山草木，亦不谓之“开成体”乎？玷黯皇化，实非小事。②

明人许学夷在《诗源辩体》中视韩愈、孟郊、贾岛、姚合、周贺、李贺、卢仝、刘叉、马异、张籍、王建、白居易、元稹等“十三子为元和体”。王世贞也说：“昔人有言：元和以后文士，学奇于韩愈，学涩于樊宗师。歌行则学放于张籍，诗句则学矫激于孟郊，学浅易于白居易，学淫靡于元稹，俱谓之‘元和体’。”③这些都是广义的元和体。

与此同时，狭义的元和体即元白体也被世人所接受，白、元诗文中所提到的元和体就是狭义的元白体。如元稹在《上令狐相公诗启》中说：

> 稹自御史府谪官，于今十余年矣，闲诞无事，遂专力于诗章。日益月滋，有诗向千余首。其间感物寓意，可备矇瞽之讽

① 胡可先《政治兴变与唐诗演化》，中国社会科学出版社2003年版，第52页。

② ［宋］王谠编著，周勋初校证《唐语林校证》，中华书局1987年版，第150页。

③ ［明］王世贞著，罗仲鼎校注《艺苑卮言校注》，齐鲁书社1992年版，第194页。

> 者有之，词直气粗，罪尤是惧，固不敢陈露于人。唯杯酒光景间，屡为小碎篇章，以自吟畅。然以为律体卑下，格力不扬，苟无姿态，则陷流俗。常欲得思深语近，韵律调新，属对无差，而风情宛然，而病未能也。江湖间多新进小生，不知天下文有宗主，妄相仿效，而又从而失之，遂至于支离褊浅之词，皆目为(自谓)为元和诗体。稹与同门生白居易友善，居易雅能为诗，就中爱驱驾文字，穷极声韵，或为千言，或为五百言律诗，以相投寄。小生自审不能以过之，往往戏排旧韵，别创新词，名为次韵相酬，盖欲以难相挑耳。江湖间为诗者，复相仿效，力或不足，则至于颠倒语言，重复首尾，韵同意等，不异前篇，亦自谓为元和诗体。①

元和诗体一方面指元、白诗歌中“杯酒光景间，屡为小碎篇章”与“穷极声韵，或为千言，或为五百言律诗”的长篇排律；另一方面也指新进小生支离破碎的“妄相仿效”元、白的作品。对新进小生的“目为(自谓)”，元稹情感十分微妙，既有明显贬义成分，又似乎暗向令狐相表明自己作品在当时的热捧程度。

元稹在《白氏长庆集序》也有相似的记述：“巴蜀江楚间洎长安中少年，递相仿效，竞作新词，自谓为‘元和诗’。”②白居易在《余思未尽加为六韵重寄微之》：“诗到元和体变新”句中自注到：“众称元、白为千字律诗，或号元和格。”③这类不是元、白作品的全部，更不是元、白作品的精髓。后学者由于才识学力诸多方面的不足，致使弊端日显，轻薄琐碎，杜牧《唐故平卢军节度巡官陇西李府君墓志铭》引李氏语云：“尝痛自元和已来，有元、白诗者，纤艳不逞，非

---

① [唐]元稹著，冀勤点校《元稹集》卷六〇，第632页。

② [唐]元稹著，冀勤点校《元稹集》卷五一，第554页。

③ [唐]白居易著，朱金城笺校《白居易集笺校》，第1532页。

庄士雅人，多为其所破坏。流于民间，疏于屏壁，子父女母，交口教授，淫言媟语，冬寒夏热，入人肌骨，不可除去。吾无位，不得用法以治之。”①

至五代，刘昫将元和体限定为元、白状咏风态物色之诗。他说：“稹聪警绝人，年少有才名，与太原白居易友善。工为诗，善状咏风态物色，当时言诗者称元、白焉。自衣冠士子，至闾阎下俚，悉传讽之，号为‘元和体’。既以俊爽不容于朝，流放荆蛮者仅十年。俄而白居易亦贬江州司马，稹量移通州司马。虽通、江悬邈，而二人来往赠答，凡所为诗，有自三十、五十韵乃至百韵者。江南人士，传道讽诵，流闻阙下，里巷相传，为之纸贵。观其流离放逐之意，靡不凄惋。”②

陈寅恪先生则把元和体的范围大大缩小，他说：“关于元和体诗，自来多所误会，兹就唐时之论此体诗及元白二公本身所言此体之界说，略论之，庶能得其真解也。”③又指出：“据此，则‘元和体诗’可分为二类，其一为次韵相酬之长篇排律。如《白氏长庆集》壹叁《代书诗一百韵寄微之》，及《元氏长庆集》拾《酬翰林白学士代书一百韵》。……其二为杯酒光景间之小碎篇章，此类实亦包括微之所谓艳体诗中之短篇在内。如《元氏长庆集》贰贰《为乐天自勘诗集七绝》题略云：‘因思顷年城南醉归，马上递唱艳曲，十余里不绝。’亦指此类诗言。”④这也是符合元、白原意的。

（三）中晚唐人白居易诗歌的追慕

其一，元白体与次韵唱和的风行。

狭义的元和体即可视为元白体，白居易（包括元稹）的部分诗

---

① ［唐］杜牧《樊川文集》，上海古籍出版社 1978 年版，第 137 页。

② ［五代］刘昫《旧唐书·元稹传》，中华书局 1975 年版，第 4331 页。

③ 陈寅恪《元白诗笺证稿》，三联书店出版社 2001 年版，第 345 页。

④ 陈寅恪《元白诗笺证稿》，三联书店出版社 2001 年版，第 346 页。

歌及其中晚唐后生们学习模仿之作，其诗歌以次韵酬唱的长篇排律与或闲适或伤感的小碎篇章为主。除江湖小生外，中晚唐不少著名诗人都与白居易有密切关系，如密友元稹。罗宗强先生说：“白居易一生写得最动情的诗，除《长恨歌》和《琵琶行》之外，恐怕就要数他那些和元稹唱和的诗了。……双方一见倾心，都有过得意与失意的处境，失意时互相慰勉，得意时也都未曾相忘。他们之间的唱酬之作，恐怕是历代诗人中最多的了。”①二人留下众多唱和集，如：《通江唱和集》《吴越唱和集》《元白往还诗集》②《元白因继集》《元白唱和集》《元白唱和因继集》等。

晚年又与刘禹锡唱和不断，白居易编成《刘白唱和集》《刘白吴洛寄和卷》《吴洛集》③《刘白唱和集》(增补两卷)等，陈才智先生对元白、刘白唱和诗作作了统计，他说：“今存白居易诗两千八百三十首，元稹诗八百三十二首，刘禹锡诗八百八十四首中，元白与刘白唱和诗有两百四十八组、六百三十四首。其中元白唱和一百一十一组：元一百二十七首，白一百八十五首；刘白唱和一百三十七组：刘一百五十八首，白一百六十四首。”④可见，他们之间唱和诗作数量之丰。白居易在《和微之诗二十三首》中也说：“况曩者《唱酬》，近来《因继》，已十六卷，凡千余首矣。”⑤

次韵相酬的创作方式也大开当时及后世唱和之风。赵以武先生曾作统计说：“这五万多首唐诗，据笔者粗略统计，其中和诗有二千六百多首，约占唐诗总数的二十分之一。今存和诗较多的前十位诗人依次是：白居易(180 首)，陆龟蒙(170 首)，刘禹锡(147

---

① 罗宗强《隋唐五代文学思想史》，中华书局 2003 年版，第 180 页。

② [五代] 刘昫《旧唐书》，中华书局 1975 年版，第 4351 页。

③ [唐] 刘禹锡著，瞿蜕园笺证《刘禹锡集笺证》，上海古籍出版社 1989 年版，第 1500 页。

④ 陈才智《元白诗派研究》，社会科学文献出版社 2007 年版，第 234 页。

⑤ [唐] 白居易著，朱金城笺校《白居易集笺校》，第 1464 页。

首),皮日休(71 首),张说(58 首),权德舆(57 首),徐铉(54 首),元稹(49 首),韩愈(49 首),卢纶(43 首)。加在一起有 878 首,占唐代和诗的三分之一,以上除张说一人是盛唐诗人外,其它均为中晚唐诗人。"①晚唐皮日休、陆龟蒙的唱和、赠答诗,几乎篇篇次韵。对元白的模仿应是其中重要原因之一。

以元、白为首的诗人追求通俗务尽诗风。正如赵翼所说:"中唐诗以韩、孟、元、白为最。韩孟尚奇警,务言人所不敢言;元、白尚坦易,务言人所共欲言。"②小碎篇章与次韵唱和也集中体现这一特点,白居易对之有清醒的认识,他说:"理太周则辞繁,意太切则言激。然与足下为文,所长在于此,所病亦在于此。足下来序,果有词犯文繁之说,今仆所和者,犹前病也。待与足下相见日,各引所作,稍删其烦而晦其义焉。"③因而,长篇次韵诗有"韵剧辞殚,瑰奇怪谲"的另一面。

其二,自觉的派别意识。

童庆炳给文学流派所下的定义是:"在一定历史时期里,在文学见解、创作原则、审美追求、艺术风格、政治思想倾向等方面基本上相同或近似的一些作家自觉或不自觉的结合体。"④现代意义上文学流派甚至有公认的派别领袖与活动规则等等。而我国古代所谓流派有自己的独特之处,陈才智先生在《元白诗派研究》中对"流派"一词的演变有详尽的考察,认为"流派"的范畴由萌芽到成熟经历四个阶段:先秦两汉为萌芽阶段,魏晋南北朝为自发阶段,唐宋为自觉阶段,元明清时期为成熟阶段。⑤ 并详尽论证晚唐诗人张为《诗人主客图》在元白诗派成立过程中的巨大意义,其结论极具

---

① 赵以武《唐代和诗的演变论略》,载《社科纵横》1994 年第 4 期。

② [清] 赵翼著,霍松林等校点《瓯北诗话》,人民文学出版社 1963 年版,第 36 页。

③ [唐] 白居易著,朱金城笺校《白居易集笺校》,第 105 页。

④ 童庆炳《文学概论》,武汉大学出版社 1989 年版,第 392 页。

⑤ 陈才智《元白诗派研究》,社会科学文献出版社 2007 年版,第 60 页。

参考价值。

如果元白诗派成立于晚唐的话，那么中唐可以称为元白作家群，其中白居易无疑是他们的“领袖”，主要作家有稍前的张籍、王建、李绅等。这一诗歌群体与韩孟作家群追求雄奇险怪、力避流俗截然相左，而是不避流俗、不畏浅易，重写实，尚通俗，以浅显务尽的诗风表达世俗之情。在晚唐都市俗文化兴盛的大背景下，元白诗风得到迅速的传播。

张籍稍长白居易，性情通脱，与白居易唱和交游诗作近 30 首。张、王以乐府著称于世，张籍存诗 473 首，乐府诗近百首；王建存诗 526 首，乐府诗逾 200 首，其乐府诗作直面现实、讽谕时事，其精神实质与白居易宣扬的“文章合为时而著，歌诗合为事而作”并无二致。白居易也十分赞赏其作品，在《读张籍古乐府》中推崇说：“张君何为者？业文三十春。尤工乐府诗，举代少其伦。为诗意如何？六义互铺陈。风雅比兴外，未尝著空文。读君《学仙》诗，可讽放佚君。读君《董公》诗，可诲贪暴臣。读君《商女》诗，可感悍妇仁。读君《勤齐》诗，可劝薄夫敦。上可裨教化，舒之济万民。下可理情性，卷之善一身。”①

陈寅恪也说：“乐天之新乐府与文昌之古乐府，其体制虽有不同，而乐天推许文昌古乐府，则曰：‘未尝著空文。’自诩其新乐府，则曰：‘篇篇无空文。’是此一要义，固无差别也。又乐天于文昌古乐府则曰：‘愿播内乐府，时得闻至尊。’自述其作乐府之本志，则曰：‘惟歌生民病，愿得天子知。’此即其‘采诗’‘讽谏’之旨意也。”②也认为其精神是一致的。

大和五年（831）元稹病卒武昌任所后，刘、白唱和渐起以致形成刘、白作家群，此群体中人多为前朝或当世名流，如名相令狐楚、

① ［唐］白居易著，朱金城笺校《白居易集笺校》，第 5 页。
② 陈寅恪《元白诗笺证稿》，三联出版社 2001 年版，第 307 页。

裴度、李德裕、李逢吉、王奇等。他们身居高位，自得意满，纷纷效仿白居易，诗酒唱和成为他们消遣娱乐、联系情感的纽带，留下的唱和诗作众多。除上文所举之外，令狐楚想仿照《刘白唱和集》，因而刘禹锡便把与之唱和的诗作编为《彭阳唱和集》，刘禹锡与李德裕有唱和诗集《吴蜀集》，元稹、刘禹锡与李德裕有唱和集《吴越唱和集》。开成元年(836)，刘禹锡把与白居易、李德裕、令狐楚、裴度等人唱和的诗作编定为《汝阳集》。此派从大和初延续到会昌年间，前后近二十年，虽政治主张各异，但其诗歌创作主要方式与诗歌主要内容有一致之处，即以唱和联句、次韵相酬为主，内容多富足闲适，风格浅易，有"意太切而理太周"①的弊病。

这种次韵唱和，不仅联络相互情感、展示个人才华，对诗派的形成也有积极的影响。周裕锴先生说："唱酬诗在中国古代社会交往中扮演着多种角色，两国之间、宾主之间、朋友之间、同志之间、同僚之间，通过诗的唱和，表达了礼节，调节了关系，增进了友谊，沟通了感情，交流了思想，切磋了技艺。换言之，唱酬诗是儒家的礼仪文化和人伦精神在诗歌领域的特殊表现形式，诗人在唱酬中诗艺和人格都有可能得到提高。即使是矜才斗学的次韵诗，也具有展示文化学术修养水平的意义。同时，由于产生于同一场合的唱酬诗在内容、形式方面都有一定的规定性，特别是诗社的唱酬多为艺术情趣相近的诗人之间的应答，因此往往是中国古代诗歌流派形成的重要前提之一。"②因而，时至晚唐，诗人张为选中晚唐诗人为《诗人主客图》，其中标白居易为"广大教化主"，收录"上入室，杨乘；入室，张祜、羊士谔、元稹；升堂，卢仝、顾况、沈亚之；及门，费冠卿、皇甫松、殷尧藩、施肩吾、周元范、祝元膺、徐凝、朱可名、陈

---

① [唐]白居易著，朱金城笺校《白居易集笺校》，第105页。

② 周裕锴《诗可以群：略谈元祐体诗歌的交际性》，载《社会科学研究》2001年第5期。

标、童翰卿”。[1] 元白诗派已被时人所广泛接受。

虽然历代对张为所云评价不一，其本身入选诗人与品第也未必全面和公允，但毕竟距白居易生活时代未远。白居易“广大教化主”的地位与此派人数众多的情况能从某些方面反映白居易诗文在当时的盛行。此外，作者虽未举“元白诗派”之名，却有分派之实，表明晚唐派别意识渐次自觉，元白诗派得到当时诗人的认可。“教化主”这一评语也可看出讽谕诗在晚唐得到诗人们的推崇与学习。晚唐吴融在《禅月集序》中对白居易诗作的教化功能交口称赞就是一例，他说：“国朝能为歌诗者不少，独李太白为称首，盖气骨高举，不失颂咏风刺之道。厥后白乐天为讽谏五十篇，亦一时之奇逸极言。昔张为作诗图五层，以白氏为广德大教化主，不错矣。至于李长吉以降，皆以刻削峻拔、飞动文彩为第一流，有下笔不在洞房、峨眉、神仙、诡怪之间，则掷之不顾。迩来相教学者，靡漫浸淫，困不知变。呜呼！亦风俗使然！君子萌一心、发一言，亦当有益于事，矧极思属词，得不动关于教化？”[2]

其三，晚唐渐慕讽谕诗作。

相比较白居易曾一度看重的“为君、为臣、为民、为物、为事而作，不为文而作也”[3]的讽谕诗，在当时影响却不大，元稹说：“而乐天《秦中吟》《贺雨》讽谕等篇，时人罕能知者。”[4]白居易在《寄唐生》中也写道：“我亦君之徒，郁郁何所为？不能发声哭，转作乐府诗。篇篇无空文，句句必尽规。功高《虞人箴》，痛甚骚人辞。非求宫律高，不务文字奇。惟歌生民病，愿得天子知。未得天子知，甘受时人嗤。”[5]诗歌尚未达于朝廷，只能甘受世人嘲弄而已。在《伤

① ［唐］计有功著，王仲镛校笺《唐诗纪事校笺》，巴蜀书社 1989 年版，第 1751 页。

② ［唐］吴融《禅月集序》，见《文苑英华》卷七一四，中华书局 1966 年版，第 3688 页。

③ ［唐］白居易著，朱金城笺校《白居易集笺校》，第 136 页。

④ ［唐］元稹著，冀勤点校《元稹集》卷五一，第 555 页。

⑤ ［唐］白居易著，朱金城笺校《白居易集笺校》，第 43 页。

唐衢》中无奈地与唐衢说："忆昨元和初，忝备谏官位。是时兵革后，生民正憔悴。但伤民病痛，不识时忌讳。遂作《秦中吟》，一吟悲一事。贵人皆怪怒，闲人亦非訾。天高未及闻，荆棘生满地。唯有唐衢见，知我平生志。"①平生最著名的讽谕诗《秦中吟》十首竟使贵人怪怒、闲人诽谤，未及圣听，只能与唐衢共勉。

直至晚唐咸通之后各种社会矛盾空前激化，社会已到崩溃的边缘，以皮日休、陆龟蒙、聂夷中、刘驾、罗隐、杜荀鹤、黄滔等一大批诗风务实浅近的寒门文人重新审视白居易诗歌中的讽谕之作，并部分继承了新乐府济世讽谕的精髓，使得白居易诗文的接受出现新的转机。当然时过境迁，寒门诗风已倾向浓厚的末世愤激与哀怨，"裨补时政"的政教功能逐渐让位于"泄导人情"的个体宣泄，但其反映社会现实、同情时艰民瘼的现实精神与白居易"惟歌生民病"有相通之处。

皮日休在《七爱诗·白太傅》中对其人品、文品赞不绝口，他说："吾爱白乐天，逸才生自然。谁谓辞翰器，乃是经纶贤。欻从浮艳诗，作得典诰篇。立身百行足，为文六艺全。"②其论诗反对浮艳，注重讽谕美刺，《正乐府》十首则是继承元白新乐府精髓的组诗，序曰："乐府，盖古圣王采天下之诗，欲以知国之利病，民之休戚者也。得之者，命司乐士入之于埙篪，和之以管籥。诗之美也，闻之足以观乎功；诗之刺也，闻之足以戒乎政。故周礼太师之职，掌教六诗，小师之职，掌讽诵诗，由是观之，乐府之道大矣。"③可见其对乐府精神的认同，其《卒妻怨》《贪官怨》《农夫谣》《哀陇民》《橡媪叹》等等，对官场贪暴、战争灾难与百姓痛苦的生存状况作了较为全面而深刻的反映。

---

① [唐] 白居易著，朱金城笺校《白居易集笺校》，第 47 页。
② [清] 彭定求编《全唐诗》卷六〇八，中华书局 1960 年版，第 7018 页。
③ [清] 彭定求编《全唐诗》卷六〇八，第 7018 页。

聂夷中擅长乐府，存诗近40首，乐府古题和自创新题就有十几首之多，诸如《公子家》《伤田家》《田家》等，或讽刺贵族骄横，或怜悯农夫苦况，其乐府诗作远绍国风、近承元白新乐府，“古乐府尤得体，皆警省之辞，裨补政治，乐而不淫，哀而不伤，正国风之义也”。[①]

罗隐为人“性简傲，高谈阔论，满座风生。好谐谑，感遇辄发”。[②] 身处末世又久困科场，其诗融温庭筠刺时与白居易讽谏于一炉，正如沈崧所言：“缘情必务于刺时，体物无忘于谏猎……唯应鲍、谢、曹、刘，足堪并驾；若遇王、杨、卢、骆，必共争鞭。立言而克当《典》《谟》，属思而尽成《风》《雅》。”[③]只是在讽谕中带有末世浓烈的愤激之情与不平之意。此外，多选近体，对现实不作过多客观的描述，在写法与题材上有自己的特点，但其直切言事的精神与浅显通俗的风格深得白居易之趣。

晚唐诗人杜荀鹤虽专攻近体，尤以律诗见长，但其批判现实的精神与白居易新乐府诗作并无二致，如《旅泊遇郡中叛乱示同志》《山中寡妇》《乱后逢村叟》《再经胡城县》，广泛地反映出唐末黑暗现实与百姓的苦难生活。

在诗论方面杜荀鹤与白居易相似，曾自言：“诗旨未能忘救物，世情奈值不容真。”[④]在《秋日山中寄李处士》中说：“吾辈道何穷，寒山细雨中。儿童书懒读，果栗树将空。言论关时务，篇章见国风。升平犹可用，应不废为公。”[⑤]表达诗文关注时事民生与讽谕美刺的主张，他自编诗文并定名为《唐风集》，其中的含义不言而喻。其诗歌语言特征也与白居易相似，绝少用典，不堆词藻，语言浅近通俗如话家常，不足也与白居易相似，即有不够精练严密

① ［元］辛文房著，傅璇琮笺《唐才子传校笺》卷九，中华书局1990年版，第12页。

② ［元］辛文房著，傅璇琮笺《唐才子传校笺》卷九，中华书局1990年版，第118页。

③ ［唐］罗隐著，雍文华校辑《罗隐集》，中华书局1983年版，第339页。

④ ［清］彭定求编《全唐诗》卷六九二，第7975页。

⑤ ［清］彭定求编《全唐诗》卷六九一，第7940页。

之处。

重视诗歌的济世讽谕功能，重申白居易的新乐府精神，在晚唐诗论中也有体现，除上文已引吴融《禅月集序》之外，晚唐崇白名家黄滔在《答陈磻隐论诗书》中与陈磻论诗时也说："希畋示以'先立行、次立言，言行相扶，言为心师，志之所之以为诗'。斯乃典谟训诰也。且诗本于国风王泽，将以刺上化下。苟不如是，曷诗人乎？"①其论诗重"刺上化下"，发挥诗歌的政教功能，重视内容的"正"，即符合儒家正道，这是对白居易新乐府精神的继承与恢复，也为晚唐或沉溺于隐逸自娱，或缠绵在香艳清丽的诗坛吹来一股济世言志之风。

任何一个作家或流派都有自己的不足，白居易、元稹等人以世俗精神，甚至不失轻俗，来改造典雅厚重的传统诗文，这虽然与求新求异的时代心理与世俗化的审美风尚一致，但其俗艳必然会遭到正统文人与典雅之士的不满与指责，再加上从唐敬宗宝历之后，政局日益凋敝，尚实、务尽、重功利的诗歌思想渐次衰微，诗歌创作转向抒发个人情感。伴随诗歌题材与感情基调的变化，诗坛上出现轻元白、重杜韩的倾向。

因而，如前文所引，杜牧有"淫言媟语"的激烈批判，典雅之士李商隐在《唐刑部尚书致仕赠尚书右仆射太原白公墓碑铭》中并未论及其诗文成就，其铭文也只用"翊翊伸伸，君子之文。不僭不怒，惟君子武。君子既贞，两有其矩。孰永厥家？曾祖之弟。坤柄巽绳，以就大计。匪哲则知，亦有教诏。益褒其收，揠莠而导。刻诗于碑，以报百世"②之类空泛言辞概括而过，这或表明他对白居易诗作有保留。晚唐司空图，论诗重盛唐，推崇含蓄意境，对白居易浅切诗风颇为不满，他在《与王驾评诗书》中说："国初，主上好文

---

① ［唐］黄滔《黄御史集》卷七，影印文渊阁《四库全书》本，第1084册，第162页。
② ［唐］白居易著，朱金城笺校《白居易集笺校》，第3949页。

雅，风流特盛，沈、宋始兴之后，杰出于江宁，宏肆于李、杜，极矣。右丞、苏州，趣味澄夐，若清沇之贯逵。大历十数公抑又其次焉。元、白力勍而气孱，乃都市豪估耳。”①

白居易诗文在中晚唐的传播情况复杂多样，既有人敬仰追慕之而形成元白体乃至元白诗派，也有不屑甚至诋毁为“淫言媟语”或“都市豪估”的；既有对白居易（后来扩大到元稹与元白诗派）的闲适、杂律与伤感诗的接受（这是主流），也有对讽谕精神的继承，这更接近历史的真实。

三、白居易诗歌在五代的传播与流行

（一）白居易诗歌在五代传播与流行概况

五代诗坛承接晚唐而来，苦吟诗风与宗白诗风十分兴盛，尤其是追慕白居易闲适之作，更成为诗坛主流。贺中复先生说：“五代诗风最盛者当推宗白一派：就此期主要诗人 70 家计，追风白居易的不下五分之三，在今存诗 200 首以上的 11 家中，可归为此派者竟多达 8 家，且均为五代著名诗人；至于其所覆盖的地域，较集中于楚之衡山、吴之庐山的贾、姚派要广泛得多，南方前后蜀、吴越、闽、南唐和中原后唐、后周都涌现出规模不一的创作群体。”②

五代诗坛上承李唐，下启赵宋，启承的大致时间，郑方坤在《五代诗话·例言》中说：“诗盛于唐，而纵横变化于宋。五代虽云中熄，源流正变，正自一脉相承。历观前志，殷文圭、杜荀鹤等作，犹唐音也；徐铉、陶穀、郑文宝诸人，则宋调矣。”③虽是见仁见智之言，但指出五代诗坛的阶段性无疑是有启发意义的。为了便于叙

① ［明］王士禛原编，戴鸿森校《五代诗话》，人民文学出版社 1989 年版，第 56 页。
② 贺中复《论五代十国的宗白诗风》，载《中国社会科学》1996 年第 5 期。
③ ［清］王士祯原编，戴鸿森校《五代诗话》，人民文学出版社 1989 年版，第 1 页。

述，借鉴贺中复先生的观点，即以南唐(937)建立为界，将五代诗坛分成前后两个时期。同时，又以地域为纬，将五代十国的诗人分为：西蜀作家群，南闽作家群，吴越、南唐作家群，北方作家群，四个地域性诗人群，来简要阐述白居易诗歌在五代传播流行的情况。

其一，白居易讽谕诗对五代前期诗坛的影响。

五代诗坛之宗白在南唐开国前，主要是延续晚唐皮日休、陆龟蒙、聂夷中、刘驾、杜荀鹤、罗隐等一大批寒门文人重视白居易讽谕诗作的风气，代表作家大都是由唐入五代者，如张为、吴融、贯休、韦庄、黄滔、郑谷、卢延让等等。

唐末天下大乱，先是黄巢起义，铁骑踏遍大半个中国，继而强藩火并不断，朱温拥兵自立，整个北方陷入无尽的战火之中，文人们纷纷南逃，著名诗人韦庄、贯休入蜀，韩偓、李洵、郑谷入闽等等。伴随着大批中原诗人的入川，使晚唐重讽谕、重功利的浅切诗风在西蜀诗坛得以延续。“衣冠之族多避乱在蜀，帝礼而用焉，使修举政事，故典章文物，有唐之遗风。”①宗白诗风在前蜀迅速扩大，韦庄甚至被誉为“香山之替人”。② 此外，贯休、卢延让、欧阳炯、杨士达等前蜀诗人群都以白居易为学习对象。

韦庄诗题材多样，诗歌风格清丽与沉郁并重，其乐府诗无论是主题内容还是形式风格都与白居易乐府讽谕之作有明显相似之处，以至于《南阳小将张彦硖口镇税人场射虎歌》长期被误入白居易诗作。其《秦妇吟》，借秦妇之口真实再现唐末长安大动乱的社会现实。吴庚舜、董乃斌先生也认为韦庄前期诗作有诗史的意义。③ 其创作，继承白居易叙事、白描的方法，寓讽谏于白描之中，融抒情于叙事之内，诗风浅近平易，正如胡震亨评价韦庄诗时说：

---

① ［清］吴任臣《十国春秋》卷三五，中华书局 1983 年版，第 481 页。

② ［明］王士禛原编，戴鸿森校《五代诗话》，人民文学出版社 1989 年版，第 1 页。

③ 吴庚舜、董乃斌编《唐代文学史》，人民文学出版社 1995 年版，第 663 页。

“五代十国诗家最著者，多有唐遗士。韦端己（庄）体近雅正，惜出之太易，义乏闳深。”①雅正即追求儒家诗教，平易自然不是韦庄诗作的全部，但乐府诗作却有浅易之处，这也是更好发挥诗教的选择。

作为方外之人的贯休，自然写有大量的禅悦隐逸之作，但他也有不少诗作直视社会问题，如《对月作》：“今人看此月，古人看此月。如何古人心，难向今人说。古人求禄以及亲，及亲如之何？忠孝为朱轮。今人求禄唯庇身，庇身如之何？恶木多斜文。斜文复斜文，颠窒何纷纷。”②用古今求禄作对比，揭示士风日下与社会颠窒的残酷现实。《行路难》五首，带有明显的讽谕劝世色彩，如其五：“君不见道傍树有寄生枝，青青郁郁同荣衰。无情之物尚如此，为人不及还堪悲。父归坟兮未朝夕，已分黄金争田宅。高堂老母头似霜，心作数支泪常滴。我闻忽如负芒刺，不独为君空叹息。古人尺布犹可缝，浔阳义犬令人忆。寄言世上为人子，孝义团圆莫如此。若如此，不遄死兮更何俟。”③直接抨击忠孝沦丧的世风。贯休还笔触现实政治，直刺官场黑暗，如《拟君子有所思二首》其二：“安得龙猛笔，点石为黄金。散为酷吏家，使无贪残心。甘棠密叶成翠幄，款风不来天地塞。所以倾国倾城人，如今如今不可得。”④有同情民生疾苦的，如《东阳罹乱后怀王慥使君》其四：“魄慑魂飞骨亦销，此魂此魄亦难招。黄金白玉家家尽，绣闼雕甍处处烧。惊动乾坤常黯惨，深藏山岳亦倾摇。恭闻国有英雄将，拟把何心答圣朝。”⑤与白居易讽谕精神颇为一致。

除具体作品外，贯休在诗论上也与白居易有一致的地方，他在

---

① ［明］胡震亨《唐音癸签》卷八，上海古籍出版社 1981 年版，第 81 页。
② ［清］彭定求编《全唐诗》卷八二七，第 9318 页。
③ ［清］彭定求编《全唐诗》卷八二七，第 9319 页。
④ ［清］彭定求编《全唐诗》卷八二七，第 9320 页。
⑤ ［清］彭定求编《全唐诗》卷八三六，第 9422 页。

《寄冯使君》诗中说："为文攀讽谏，得道在毫厘。"①其诗作多乐府，批评的对象多为奸臣酷吏、纨绔子弟，同情不平的多为樵夫桑女、士卒游子，以至于吴融在给《禅月集》作序时说：

> 夫诗之作者，善善则咏颂之，恶恶则风刺之。苟不能本此二者，韵虽甚切，犹土木偶不生于气血，何所尚哉？……呜呼！亦风俗使然！君子萌一心、发一言，亦当有益于事，矧极思属词，得不动关于教化？……太白、乐天既殁，可嗣其美者，非上人（贯休）而谁？丙辰岁，余蒙恩诏归，与上人别。袖出歌诗草一本，曰《西岳集》，以为尽矣。窃虑将来作者，或未深知，故题于卷之首。②

吴融论诗极重儒家"美刺""教化"传统，推崇国朝李白歌诗为"不失颂咏风刺之道"，认为白居易新乐府五十首是"亦一时之奇逸极言"，视贯休是白居易讽谕教化精神的继承者。晚唐五代著名诗人黄滔、牛希济都反对轻艳，重视诗教，是讽谕诗歌理论的倡导者，如黄滔在《答陈磻隐论诗书》中说：

> "先立行，次立言，言行相扶，言为心师，志之所之以为诗。"斯乃典谟训诰也。且诗本于国风王泽，将以刺上化下。苟不如是，曷诗人乎？今以世言之者，谓谁是如见古贤焉？况其笼络乎天地日月，出没其希夷恍惚，著物象谓之文，动物情谓之声。文不正则声不应。何以谓之不正不应？天地笼万物，物物各有其状，各有其态。指言之不当则不应。由是圣人

① ［清］彭定求编《全唐诗》卷八三〇，第9357页。

② ［唐］吴融《禅月集序》，见《文苑英华》卷七一四，中华书局1966年版，第3688页。

删诗，取之合于韶武。故能动天地，感鬼神。……且降自晋、宋、梁、陈已来，诗人不可胜纪，莫不盛多猗顿之富，贵垒隋侯之珍。不知百卷之中、数篇之内，声文之应者几人乎？大唐前有李、杜，后有元、白，信若沧溟无际，华岳于天。然自李飞数贤，多以粉黛为乐天之罪。殊不谓三百五篇多乎女子，盖在所指说如何耳。至如《长恨歌》云："遂令天下父母心，不重生男重生女。"此刺以男女不常，阴阳失伦。其意险而奇，其文平而易。所谓言之者无罪，闻之者足以自戒哉。①

牛希济指责当时的文坛道："唯君子之文而已。且时俗所省者，唯诗赋两途，即有身不就学，口不知书，而能吟咏之列。是知浮艳之文，焉能臻于理道？今朝廷思尧舜治化之文，莫若退屈、宋、徐、庾之学，以通经之儒，居燮理之任，以杨孟为侍从之臣，使居仁义治乱之道，日习于耳目。所谓'观乎人文，可以化成天下'也。"②此外，卢延让诗风近似白居易，"延让吟诗，多著寻常容易语"。③《十国春秋》也说："延让诗事薛能，不尚奇巧，人多诮为浅陋，独吴融重其作，称盛于时，且云：'语不寻常，后必垂名。'"④西蜀欧阳炯、杨士达还曾拟作白居易《讽谏》诗五十篇等等。可见，西蜀诗坛前期自然延续晚唐宗白居易讽谕诗的传统。

晚唐五代闽地著名诗人黄滔也是宗白的代表诗人。黄滔论诗重讽谕诗教，反对艳丽浮化，已见上文。洪迈评其诗为："清淳丰润，若与人对语，和气郁郁，有贞元、长庆风概。"⑤这里的贞元、长庆风概即元白体诗歌。其作品题材多样，寄情山水、羁旅之愁、诗

① [唐] 黄滔《黄御史集》卷七，影印文渊阁四库全书本，第 1084 册，第 162 页。
② [清] 董诰编《全唐文》卷八四五，中华书局 1983 年版，第 8878 页。
③ [唐] 计有功著，王仲镛校笺《唐诗纪事校笺》，巴蜀书社 1989 年版，第 1744 页。
④ [清] 吴任臣《十国春秋》卷四四，中华书局 1983 年版，第 642 页。
⑤ [清] 徐倬、徐元正编《御定全唐诗录》卷九七，印影文渊阁《四库全书》本。

酒酬唱、困顿科场等等，其反映时艰民困也是重要的一个方面，如《书事》："望岁心空切，耕夫尽把弓。千家数人在，一税十年空。没阵风沙黑，烧城水陆红。飞章奏西蜀，明诏与殊功。"①揭示赋税给百姓带来的痛苦；《旅怀寄友人》："重叠愁肠只自知，苦于吞蘖乱于丝。一船风雨分襟处，千里烟波回首时。故国田园经战后，穷荒日月逼秋期。鸣蝉似会悠扬意，陌上声声怨柳衰。"②则反映战争的巨大破坏；《秋夕贫居》："听歌桂席阑，下马槐烟里。豪门腐粱肉，穷巷思糠秕。孤灯照独吟，半壁秋花死。迟明亦如晦，鸡唱徒为尔。"③揭示贫富悬殊的社会现实。这些诗作是其诗论的直接体现。此外，黄滔奖掖后进，大批闽中文士如翁承赞、陈峤、黄璞、林宽、陈樵等都与之关系甚密。

吴越、南唐是五代文化中心，诗坛唱和之风盛行，君臣重文尚士，是宗白诗风盛行的重镇。吴越王钱氏，世代好文，钱镠好以俗语方言、吴地风物入诗，使"吴越宗白诗风进一步走向大众化而成为五代俚俗诗的典型"。④ 此外，通俗诗僧群体突出，著名诗人贯休曾居吴越多年，众弟子诗风近似白居易，后贯休入蜀，对西蜀诗坛前期宗白之风有深远的影响。

吴地著名诗人杜荀鹤、郑谷、王贞白等人重儒家诗教，诗歌注重反映社会现实。杜荀鹤前面已有述及，这里从略。郑谷诗"清婉明白，不俚而切，为薛能、李频所赏"。⑤ 宋人祖无择说："当时正人多称其善。尤工五七言诗，为薛能、李频所知。有《云台编》与外集凡四百篇行焉。大夫家暨委巷间教儿童，咸以公诗与《六甲》相先

---

① [清] 李调元编，何光清校《全五代诗》卷八四，巴蜀书社 1991 年版，第 1685 页。

② [清] 彭定求编《全唐诗》卷七〇五，第 8110 页。

③ [清] 彭定求编《全唐诗》卷七〇四，第 8094 页。

④ 贺中复《论五代十国的宗白诗风》，载《中国社会科学》1996 年第 5 期。

⑤ [元] 辛文房著，傅璇琮校笺《唐才子传校笺》卷九，中华书局 1990 年版，第 169 页。

后，盖取诸辞章清婉明白，不狎不野故然。”①汪师韩将郑谷与白居易并提：“香山《长庆集》，必老妪可解；郑谷《云台编》，必小儿可教。”②可见，其诗风平易似白的一面。

郑谷有《云台编》《宜阳集》，其中后者已佚，现存诗三百多首，感慨时事、颠沛流离就达百首之多。如《摇落》：“夜来摇落悲，桑枣半空枝。故国无消息，流年有乱离。霜秦闻雁早，烟渭认帆迟。日暮寒鼙急，边军在雍岐。”③写战乱流离的悲辛。他的《巴江》《峡中》《游蜀》《漂泊》如同诗史，记录自己奔亡的过程。“最值得注意的是《云台编》中占三分之一的奔亡诗。黄巢起义后，唐末重大的政治军事动乱几乎都能从郑谷漂流江湖的一叶破舟中直接或间接地得到反映。”④这些诗作与黄滔有相似之处，即夹杂着感时伤事与自己的困顿失意，使诗歌充满伤感色彩。

王贞白，字有道，号灵溪，信州永丰(今江西广丰)人。唐末五代著名诗人，曾自编《灵溪集》七卷，现存一卷，计八十余首。其中以五言律诗为主，共计五十余首，内容多为山水记游、次韵酬唱之作，诗风平易质朴，又不乏精练警策，这与晚唐学白一味追求浅易有别。

此外，孙鲂诗学郑谷，曾与沈彬、郭建勋等慕白诗人结社唱和，诗作多为抒发富贵闲情，对白居易闲适诗作有明显继承。同时，这也预示着五代宗白诗风在学习白居易诗歌内容方面的重大转变。

其二，白居易闲适诗与伤感诗对五代后期诗坛的影响。

吴天祚三年(937)，徐知诰废帝自立，次年改名李昪，定国号为南唐。南唐建立前后，由晚唐步入五代的诗人逐渐凋零，新生代诗

---

① [五代] 郑谷著，赵昌平等笺注《郑谷诗集笺注》，上海古籍出版社 1991 年版，第479 页。

② [清] 汪师韩《诗学纂闻》卷一，清光绪九年(1883)，斐然山房本。

③ [清] 彭定求编《全唐诗》卷六七五，第 7724 页。

④ [唐] 郑谷著，赵昌平等笺注《郑谷诗集笺注》，上海古籍出版社 1991 年版，前言第 5 页。

人开始步入诗坛，五代十国文学进入中后期。学习模仿白居易诗歌也进入一个新阶段，闲适诗作成为诗人追慕的主要对象。另外，由于西蜀与南唐经济较为发达，社会相对稳定，历代统治者优待文士，再加上浓郁的文化底蕴使得南方诗人群体主要集中在这两地。西蜀诗坛后期，浮靡之风渐起，词风渐盛，文人纷纷醉入花间，诗坛渐次走向衰落。相比之下，南唐作家群与北方作家群成为当时诗坛学白的主流。

早在吴国中后期，宗白诗风已经发生变化，孙鲂虽"性聪敏好学，唐末都官员外郎郑谷，避乱归江淮，鲂从之游，故其所吟诗颇有郑体"。[1] 但他与名臣李建勋、沈彬等人结社唱和，其诗歌内容已由针砭时政、感叹时艰、同情民困，渐次过渡到吟咏山水草木，抒发富足闲适之情，与白居易中晚年的闲适诗十分相近，学习白居易诗歌的内容发生变化。

南唐延续吴国酬唱之风，君臣宴游频繁，应制之作甚多，位尊富足、悠然自得的文人、官僚，其唱和的内容忧国忧民的成分锐减。另外，南唐不似后蜀，南唐烈祖、中主尚能励精图治，王朝的一度强盛使得君臣并未一味沉迷于风花雪月之中，文臣们尚存一息事功之心，但随着南唐国力的萎缩，衰世情调日增，加上南唐党争日益尖锐，其伤感与无奈充斥在诗歌字里行间，白居易散淡闲适、知足无闷的人格与诗歌，使他们从中得到一丝慰藉，诗歌风格总体呈现出一种闲逸、淡远的情趣。

南唐诗坛奠基人之一的李建勋是南唐前期宗白诗风的核心，与之稍后而起的徐铉、韩熙载、冯延巳、乔匡舜、张洎等人都是宗白诗风的代表，他们的诗歌与五代前期学白居易侧重儒家事功、注重现实人生不同，具有明显的闲逸散淡之气。李建勋出身名门，好学能文，尤精于诗，有《李建勋集》二十卷存世，其为人高雅脱俗，《玉

---

① [宋] 马令《南唐书》卷一三，《四部丛刊》续编本，商务印书馆 1934 年版，第 6 页。

壶清话》卷一〇《江南遗事》载："钟山相李建勋，少好学，风调闲粹。……其为诗，少犹浮靡，晚年方造平淡。营别墅于蒋山，泉石佳胜。再罢相，逼疾求退。以司徒致仕，赐号钟山公。……尝畜一玉磬，尺余，以沈香节安柄，叩之声极清越，客有谈及猥俗之语者，则击玉磬数声于耳。客或问之，对曰：'聊代洗耳。'一轩，榜曰'四友轩'。以琴为峄阳友，以磬为泗滨友，《南华经》为心友，湘竹簟为梦友。果遂闲旷，五年而卒，江南之佳士也。"①这种情趣雅好与其追慕白居易闲适之作有一定关系。

李建勋诗作无论是为官时期的次韵赠答还是归隐山林的闲适感伤，诗风都平淡浅易，充满富贵闲适之气，是宗白诗风的典型。如为官时期的诗作《尊前》：

> 官为将相复何求，世路多端早合休。渐老更知春可惜，正欢唯怕客难留。雨催草色还依旧，晴放花枝始自由。莫厌百壶相劝倒，免教无事结闲愁。②

官显位尊，位极人臣的李建勋在诗中抒发的却是人生苦短、淡泊名利、及时行乐的闲愁逸趣，而且此类诗作不在少数，这与白居易晚年心态十分相似，诗歌风格上，更是追求浅显通俗，明白如话。如：

> 才得归闲去，还教病卧频。无由全胜意，终是负青春。绿柳渐拂地，黄莺如唤人。方为医者劝，断酒已经旬。③
>
> ——《春日病中》

① 上海古籍出版社编《宋元笔记小说大观》，上海古籍出版社2001年版，第1524页。

② ［清］李调元编，何光清校《全五代诗》卷二五，巴蜀书社1991年版，第534页。

③ ［清］彭定求编《全唐诗》卷七三九，中华书局1960年版，第8421页。

携酒复携觞，朝朝一似忙。马谙频到路，僧借旧眠床。道胜他图薄，身闲白日长。扁舟动归思，高处见沧浪。①

——《闲游》

秋光虽即好，客思转悠哉。去国身将老，流年雁又来。叶红堆晚径，菊冷藉空罍。不得师相访，难将道自开。②

——《闲居秋思呈祥松二公》

朝始一枝开，暮复一枝落，只恐雨淋漓，又见春萧索。侵晨结驷携酒徒，寻芳踏尽长安衢。思量少壮不自乐，他日白头空叹吁。③

——《惜花寄孙员外》

诗歌中充斥着“归闲”“闲游”“闲吟”“身闲”之类，至于晚年归隐山林之后，其闲淡自适、保和知足甚至慵懒安逸也毫不讳言，如《清明日》：“他皆携酒寻芳去，我独关门好静眠。唯有杨花似相觅，因风时复到床前。”④崇高的政治地位，使得浅易的宗白诗风迅速风靡，孙鲂、沈彬与之结社唱和于前，徐铉继承发扬于后，宗白诗风成为五代诗坛最主要的诗歌风尚。徐铉的诗歌有专章阐述，这里从略。

与南方相对稳定的政治环境不同，中原腹地则饱经战乱之苦，文化遭到极大破坏，诗坛甚是凋零，当时文化中心无疑是在南方。直到后周，北方才日趋稳定，文化也得到一定的恢复，诗坛宗白之风也逐渐盛行起来，如后周陶穀就是宗白代表诗人，他在《龙门重修白乐天影堂记》中说：“《祭法》曰：‘法施于人则祀之。’《洛书》曰：

① ［清］彭定求编《全唐诗》卷七三九，中华书局1960年版，第8423页。
② ［清］彭定求编《全唐诗》卷七三九，中华书局1960年版，第8424页。
③ ［清］彭定求编《全唐诗》卷七三九，中华书局1960年版，第8421页。
④ ［清］李调元编，何光清校《全五代诗》卷二五，巴蜀书社1991年版，第541页。

'王者之瑞则图之。'世称白傅文行，比造化之功，盖后之学者若群鸟之宗凤凰、百川之朝沧海也。秉笔之士，由斯道而取位卿相者十七八焉，得不谓法施于人耶？王者之瑞耶？"[①]对白居易甚是推崇，只可惜其诗歌散佚殆尽。就连政坛"不倒翁"冯道，其诗风亦有畅达浅切近似白居易之处，《宋朝事实类苑》中曾记载："枢密邵公，亦蒙见知，屡加论荐，尝谓余诗浅切，有似白乐天。一日阅相国寺书肆，得冯瀛王诗一帙而归，以语之，公曰：'子诗格似白乐天，今又爱冯瀛王，将来捻取个豁达李老。'"[②]至于入宋之前的李昉、李至就是典型的宗白诗人了，后有专章论述，此处暂且不论。

总之，处于诗坛低谷的五代，宗白诗风是其诗坛的主流。五代前期承接晚唐之风大多追慕白居易的讽谕之作，进入中后期，学习模仿白居易诗歌也进入一个新阶段，闲适诗、感伤诗成为诗人追慕的主要对象，尤其在文风郁郁的南唐，诗坛几乎是一色的宗白诗人。对此，贺中复先生也说："五代诗风最盛者当推宗白一派：就此期主要诗人 70 家计，追风白居易的不下五分之三，在今存诗 200 首以上的 11 家中，可归为此派者竟多达 8 家，且均为五代著名诗人；至于其所覆盖的地域，较集中于楚之衡山、吴之庐山的贾、姚派要广泛得多，南方前后蜀、吴越、闽、南唐和中原后唐、后周都涌现出规模不一的创作群体。"[③]

四、宋初白体诗研究现状与不足

宋初诗坛纷纭繁杂，传统的说法为宋初三体——白体、西昆体、晚唐体，依次引领诗坛。研究界对晚唐体、西昆体特别青睐，研

① ［唐］白居易著，朱金城笺校《白居易集笺校》，第 3970 页。
② ［清］江少虞《宋朝事实类苑》卷三六，上海古籍出版社 1981 年版，第 460 页。
③ 贺中复《论五代十国的宗白诗风》，载《中国社会科学》1996 年第 5 期。

究成果比较丰富。研究昆体的，有四川大学段丽萍的博士论文《后期"西昆派"研究》、西北师范大学许琰的博士论文《〈西昆酬唱集〉研究》、陕西师范大学滕春红的硕士论文《西昆体与西昆作家》、湖南师范大学刘彦硕士论文《西昆之首与时文之冠》；研究晚唐体的成果有四川大学王胜明的博士论文《唐宋晚唐体研究》、内蒙古大学郭丽婷硕士论文《宋诗中的"晚唐体"》、湖南大学邬志伟硕士论文《宋初晚唐体诗歌意象研究》、扬州大学陈菁菁硕士论文《略论宋初"晚唐体"》等等。但对宋初白体的研究相对较弱，至今没有一部专著详论宋初白体的整体面貌。

目前国内对宋初白体也有一些可值得尊重与借鉴的研究成果，如四川大学秦蓁的硕士论文《王禹偁与宋初"白体诗"》，作者以细腻的笔触对宋初白体诗人王禹偁的诗歌进行了较为深刻的论述，很有参考价值。不足之处是限于个案研究，众所周知，宋初白体诗人人员众多，自然难以窥见宋初白体诗人全貌。扬州大学王静的硕士论文《略论宋初"白体"》，对宋初白体诗人搜罗颇丰，足见作者用功之勤。不足之处也较为明显，即过于简略，整篇论文只有四十多页，很多论述点到辄止。天津师大陆德海的硕士论文《白体诗派新探》，也只是对宋初田锡、张咏、王禹偁的诗歌进行考察，不够深入全面，有很大的探索空间。

有关宋初白体诗人及其诗歌研究的单篇论文也有一些，比较有代表性的有中山大学张海鸥先生的《宋初诗坛"白体"辨》，该文对"白体"之说的源流、"白体"之说的含义、"白体"诗人有哪些、"白体"诗流行的时间和原因等问题进行辨析，很有参考价值。北京大学张鸣先生的《宋初水边林下的"白体"诗风》，从北宋开国到西昆体出现之前四十多年中，诗坛上流行的主要是学习白居易的"白体诗"。关于当时朝廷达官、文臣和士大夫写作白体诗的情况，学界的研究已经比较清楚。但白体诗风在一般贫寒士人、山林隐士和僧侣佛徒中的影响，给予特别的关注，很有借鉴意义。

此外，还有一些宋初白体作家专论，如：华东师范大学2011年李振中的博士论文《徐铉及其文学考论》、西南交通大学2009年郭格婷的硕士论文《徐铉诗歌研究》；陕西师范大学2011年赵青的硕士论文《王禹偁生存心态研究》、上海师范大学2009年尤利英的硕士论文《王禹偁游历诗歌研究》、河北大学2008年田宏瑞的硕士论文《王禹偁诗歌研究》等等不一而足，但由于是个案考察，无法再现宋初白体诗人的整体情况。

总之，五代后期宗白诗风进一步兴盛，成为文坛的主要风向，随着南唐的覆国，大批宗白诗人北播汴京，使宗白诗风在宋初诗坛得到自然延续，并带上新朝的时代特点。许学夷曾说："退之五、七言古虽开宋人门户，然欧苏外无人能学；乐天律绝，悉开宋人门户，而宋人实多学之，当时称'广大教化主'是也。"①可见，白居易诗歌对宋初乃至整个宋代诗坛的深远影响。

那么，五代宗白诗风顺延至赵宋后，在新的文化生态之中，其整体面貌到底如何？除了共性外，宋初白体诗是否存在个体差异性与历史阶段性？宋初白体诗人群体组成情况怎样？宋初白体诗的历史命运如何？在宋代诗歌史乃至唐宋文化转型上的意义究竟如何评判？诸多问题都有进一步探索的必要，因此，本文后面各章，即欲对此给出自己的理解与思考。

---

① ［明］许学夷著，杜维沫点校《诗源辨体》，人民文学出版社2001年版，第56页。

第一章　宋初政治文化生态与白体诗盛行原因探析

后周显德七年(960)春,后周殿前都指挥使赵匡胤发动陈桥兵变,从孤儿寡母手中夺取了帝位并建立起赵宋王朝,翻开我国历史新的一页。太祖、太宗虽出身行伍,但也深知文治的重要,并采取诸多措施进行文化重建,为宋初诗坛的恢复发展提供了较好的文学生态。

第一节　五代政治文化生态与宋初右文国策

自唐末五代以来,中原战乱频仍,先是王仙芝、黄巢之乱,战火席卷大半个中国,继而朱温乱唐,引起群雄纷争,中原几成分崩离析之势。五代以来,武人掌权,文人地位低下,正直之士遭到杀戮,政治文化生态恶劣不堪。面对五代而来的浇薄的世风,新生的赵宋王朝,采取种种右文国策,为文化的兴盛提供适宜的土壤。

一、五代政治文化生态的破坏

文学兴衰不像王朝更替那样干净利落,赵宋王朝的建立并不意味着立刻就能给处在衰乱之中的文学带来立竿见影的转变。宋初士人面对着遭受重创、衰弱已久的五代文坛,其文化重建与人格重塑不可能一蹴而就，宋初的文化生态只能在“废墟”之上艰难地恢复。

自唐末乾符以来，中原就没有几天太平之日。哀帝天祐四年(907)，朱温废唐自立，定国号为梁，北方进入五代时期。与此同时，南方也先后出现前蜀、吴、吴越、后蜀、南唐、楚、闽、南汉、荆南、北汉等十个割据政权，全国处于分裂动乱之中。在半个世纪时间里，“置君犹易吏，变国若传舍”，①北方经历五朝八姓十三主的混乱年代，皇权的至高无上成为手握重兵的武人的笑柄，“天子，兵强马壮者当为之，宁有种耶”②，则道出当时武人的普遍心声。他们杀戮文士如同儿戏，唐末“白马之祸”惊魂未远，五代历任君主大多“以惨烈自任，刑戮相高”，③此类例子不胜枚举。

武人暴政，加上长年战乱不止，中原文士的生存环境极度恶化，大批文士或身陷战乱死于非命，或南遁列国远离战火。随着文化精英纷纷南迁，我国的文化中心也进一步南移。五代初，北方文士以入蜀为多，如韦庄、卢延让、牛峤、牛希济、毛文锡、王仁裕、杜光庭、李昊等；入闽其次，主要有李洵、韩偓、王标、夏侯淑、王倓、杨承休、王涤、崔道融、王拯、杨赞图、王倜、杨沂丰、归傅懿等。④

此外，本是南方人的仕北文士也加入南返队伍，如著名诗人郑谷归隐宜春，王贞白退居永丰，殷文圭东归入吴，黄滔南归入闽等等。五代中期文士大多东入吴、南唐为主，如著名文臣孙晟、常梦锡、江文蔚、韩熙载、史虚白、潘佑都来自北方。北方文坛徘徊于低谷之中，作家数量屈指可数，作品数量与质量与南方相差甚远，张兴武先生说：“唐末五代作家的诗文集总数为八百七十九卷。其中

---

① [宋] 陈师锡《五代史记序》，影印文渊阁《四库全书》本，第 279 册，第 1 页。
② [五代] 薛居正《旧五代史》卷九七，中华书局 1976 年版，第 1302 页。
③ [宋] 陈师锡《五代史记序》，影印文渊阁《四库全书》本，第 279 册，第 1 页。
④ [清] 吴任臣《十国春秋》卷九五，中华书局 1983 年版，第 1371 页。

北方地区为二百三十四卷，占总数的 26.6％；南方各地总数为六百四十五卷，占总数的 73.4％。……现存唐末五代作家的诗歌总数为七千六百零七首。其中北方作家的作品为一千三百八十二首，占总数的 18％；南方作家的作品为六千二百二十五首，占总数的 82％。”①即使留在北方，文士们或退居山林、远离政治，或顺势投机、逐名夺利，时有性命之忧，赵翼说：

> 五代之初，各方镇犹重掌书记之官。盖群雄割据，各务争胜，虽书檄往来，亦耻居人下，觇国者并于此观其国之能得士与否，一时遂各延致名士，以光幕府。……是时梁有敬翔，燕有马郁，华州有李巨川，荆南有郑准，凤翔有王超，钱塘有罗隐，魏博有李山甫，皆有文称。其后冯道由书记入相，桑维翰由书记为枢密使，固华要之极选也。然藩镇皆武夫，恃权任气，又往往凌蔑文人，或至非理戕害。郑准为荆南成汭书记，以语不合解职去，汭怒，潜使人杀之于途。……由是观之，士之生于是时者，絷手绊足，动触罗网，不知何以全生也。②

面对武人的残暴统治，士人应有的气节、忠贞、责任变得不堪一击，陈师锡感叹儒家之道不济时说：“甚哉！五代不仁之极也，其祸败之复，殄灭剥丧之威，亦其效耳。”③无法脱身的文士们或是巴结逢迎、为虎作伥，或是不辨是非、混世度日，甚至沉溺花间、纸醉金迷。如后梁赵光逢罢相后，不问政事，并书“请不言中书事”④于门厅；后唐宰相马胤孙“临事多不能决，当时号为‘三不开’，谓其不

---

① 张兴武《五代作家的人格与诗格》，人民文学出版社 2000 年版，第 72—74 页。

② ［清］赵翼著，王树民校《廿二史札记校证》卷二二，中华书局 1984 年版，第 475 页。

③ ［宋］陈师锡《五代史记序》，影印文渊阁《四库全书》本，第 279 册，第 1 页。

④ ［宋］司马光《资治通鉴》卷二七二，中华书局 1976 年版，第 8907 页。

开口以论议，不开印以行事，不开门以延士大夫也”；[①]连仕四朝六君的政坛不倒翁冯道，本毫无气节、尽职忠君可言，而卒时，“时人皆共称叹，以谓与孔子同寿，其喜为之称誉盖如此”。[②] 可见，士风之沦丧。欧阳修无不慨叹地说：“呜呼甚哉！自开平讫于显德，终始五十三年，而天下五代，士之不幸而生其时，欲全其节而不二者，固鲜矣。”[③]对五代世风的浇薄、道德败坏、士风沦丧、人格扭曲的现实痛心疾首。

至周太祖郭威、世宗柴荣，北方文人的社会地位才得以改观。太祖虽出生行伍，却提倡文治，继位之初就下诏说：“朕生长军旅，不亲学问，未知治天下之道，文武官有益国利民之术，各具封事以闻，咸宜直书其事，勿事辞藻。”[④]世宗柴荣更是全面改革，涉及文治方面甚多，如：重视科举，整顿吏制，抑制骄横，大批文臣如李谷、王溥、范质、陶穀、窦俨、杨昭俭都得到重用，赵宋的右文国策继承后周而来，自此文士命运得到极大改观，良好的文学生态渐次恢复起来。

相对于北方的恶劣时局与政局，南方各国要显得优越得多。南方虽诸侯割据，但大多是和平更替，战事甚少，社会相对安定。再者，南方统治者大多文化程度较高，自然比较重视文治、优待文臣，五代前期的前、后蜀，五代后期的吴越、南唐都成为乱世中文士们的理想乐土。相对良好的文学生态，也是南方作家群诗文郁郁的重要原因之一。随着赵宋王朝统一步骤的逐一完成，大量的南方文士纷纷北上汴京，为宋初文学的发展奠定了重要基础。

---

① [宋] 欧阳修《新五代史》卷五五，《马胤孙传》，中华书局 1974 年版，第 629 页。

② [宋] 欧阳修《新五代史》卷五四，《冯道传》，第 615 页。

③ [宋] 欧阳修《新五代史》卷三三，《死事传》，第 355 页。

④ [宋] 司马光《资治通鉴》卷二九〇，中华书局 1976 年版，第 9455 页。

二、宋初右文国策的推行与文化生态的改善

（一）抑武政策与中央集权的巩固

宋太祖赵匡胤从七岁的孤儿手里夺得帝位，并未就此高枕无忧，一则天下仍然处于豆剖瓜分之中，统一大业未成；二则太祖为唐末五代以来武将飞扬跋扈、废替帝王如同儿戏的残酷现实惴惴不安。建隆二年(961)，太祖采纳赵普“稍夺其权，制其钱谷，收其精兵”[①]的长治之策，用“杯酒释兵权”之法和平解除石守信等禁军统兵大将的兵权，又设立枢密院分解禁军调配权与统兵权，又实施“更戍法”，使将不知兵，兵不知将，并逐一收回地方节度使的司法、财政、人事大权。同时，实行“强干弱枝”“守内虚外”的防御策略，使得五代以来武人乱政的历史难题得到有效解决，皇权达到空前的加强。这些措施为北宋政权的稳定与巩固提供了坚实基础。

（二）崇文国策及其体现

朝廷一方面防范武人、抑制武人，另一方面重用文臣、优待文士。太祖认识到文治的重要性，曾劝武将读书，“（建隆三年）壬寅，上谓近臣曰：‘今之武臣欲尽令读书，贵知为治之道。’近臣皆莫对”；[②]相传太祖曾立誓碑于太庙寝殿之夹室，其一为“不得杀士大夫，及上书言事人”；[③]太宗喜读书，曾言：“朕万机之暇，不废观书，见前代帝王行事多矣，苟自不能有所剸裁，全倚于人，则未知措身之所”。[④] 并对文治的重要性有清醒的认识，他说：“朕每读至‘兵者，不祥之器，圣人不得已而用之’，未尝不三复以为规戒。王者虽

---

① ［宋］李焘《续资治通鉴长编》卷二，中华书局1979年版，第49页。

② ［宋］李焘《续资治通鉴长编》卷三，中华书局1979年版，第62页。

③ ［清］潘永因编，刘倬英点校《宋稗类钞》卷一，书目文献出版社1985年版，第1页。

④ ［宋］江少虞《宋朝事实类苑》卷二，第19页。

以武功克受，终须用文德致治，朕每日退朝，不废观书，意欲酌先王成败而行之，以尽损益也。”①开国帝王，戎马之余尚且注重文治，继任者更甚，如真宗在与陈彭年论儒术污隆、君臣难易之要时，说道：“每念太祖、太宗丕变衰俗，崇尚斯文，垂世教人，实有深旨。朕谨遵圣训，绍继前烈，庶警学者。人君之所难，由乎听受，人臣之所不易，在于忠直。其或君以宽大接下，臣以诚明奉上，君臣之心，皆归于正，上下之际，靡失厥中。直道而行，至公相遇，此天下之达理，先王之治犹指诸掌，孰曰难哉?”②等等，都有利于崇文局面的形成。宋初崇文国策主要体现在以下几个方面：

其一，重用文臣，与士大夫共治天下。

太祖代周自立，后周著名文臣大多得到重用，成为新朝开国重臣。如周恭帝辅政大臣范质，入宋当年“二月乙亥，周宰相范质，司徒加兼侍中”，范质向太祖举荐吕余庆、赵普，深得太祖、太宗信任，太祖称赞他说：“朕闻范质止有居第，不事生产，真宰相也。”③太宗也誉之为：“宰辅中能循规矩、慎名器、持廉节，无出质右者，但欠世宗一死，为可惜尔。”④后周文臣王溥，入宋后为司空；魏仁浦加尚书右仆射；李昉为中书舍人，太宗时任参知政事等等。

从宋初官员的身份，可见文臣得到任用的机会已远远超过武将，文职官员自不必说，就连本应是武人供职的枢密院，都是文臣超越武臣。太祖朝，赵普任职枢密院多年，太宗太平兴国六年(981)九月，文臣石熙载任枢密使，遂成制度，其后枢密院长官“或以武臣为之，亦异典也”。⑤ 真宗大中祥符五年(1012)九月，“儒臣

① [宋]江少虞《宋朝事实类苑》卷二，第20页。

② [宋]江少虞《宋朝事实类苑》卷三，第24页。

③ [元]脱脱《宋史》卷二四九，《范质传》，中华书局1977年版，第8796页。

④ [元]脱脱《宋史》卷二四九，《范质传》，第8796页。

⑤ [元]脱脱《宋史》卷一六二，《职官志》，第3801页。

领枢密兼使相，自钦若、尧叟始”。[①] 文臣在枢密院的地位越来越稳固。笔者粗略统计，太祖、太宗朝枢密院正、副职武人分别占九席与十席，文臣为三席与十三席；真宗朝是个拐点，随着统一的完成与宋辽关系的缓和，文臣武将出入枢密院旗鼓相当，在副职上文臣明显处于上风；仁宗朝文臣则是武将的七八倍之多，驰骋西北沙场的范仲淹、韩琦、王沿等，都是文臣出身。

可以想象文臣受重视的程度，正如仁宗朝蔡襄所言："今世用人，大率以文士进：大臣，文士也；近侍之臣，文士也；钱谷之司，文士也；边防大帅，文士也；天下转运使，文士也；知州郡，文士也。"[②]

文臣晋升速度快，发展潜力大，尤其是进士出身者，魏泰说："本朝状元及第，不五年即为两制，亦有十年至宰相者。"[③]伴随政治地位的提升，文人的经济地位也明显提高，官禄优厚。宋人王栐在《燕翼诒谋录》卷五中说："国朝待遇士大夫甚厚，皆前代所无。"[④]官俸名目多如牛毛，赵翼说："京朝官宰相、枢密使，月三百千，春冬各绫二十匹、绢三十匹，绵百两。参知政事、枢密副使，月二百千，绫十匹，绢三十匹，绵五十两。其下以是为差。……俸钱、职钱之外，又有元随傔人衣粮，宰相、枢密使各七十人，参知政事至尚书左右丞各五十人，节度使百人，留后及观察使五十人，其下以是为差。……此外，又有茶酒厨料之给，薪蒿炭盐诸物之给，饲马刍粟之给，米面羊口之给。"[⑤]

其二，完善科举，尽得才俊入吾彀中。

科举制度发端于隋，经唐逐步完善，至宋全面繁荣，不管是考

---

① [宋] 李焘《续资治通鉴长编》卷七八，中华书局 1980 年版，第 1786 页。

② [宋] 蔡襄《端明集》卷二二，影印文渊阁《四库全书》本，第 1090 册，第 512 页。

③ [宋] 魏泰《东轩笔录》卷六，中华书局 1983 年版，第 67 页。

④ 上海古籍出版社编《宋元笔记小说大观》，第 4628 页。

⑤ [清] 赵翼著，王树民校《廿二史札记校证》卷二五，中华书局 1984 年版，第 533—534 页。

试制度的完善，还是科举选才的规模，宋代都是一座高峰。傅璇琮先生指出，仅后者一项，有宋一代开科 180 榜，每榜录取的人数约为唐代的 5 倍，元代的近 30 倍，明、清两代的 3—4 倍，进士总数达 10 万至 11 万之多，①可谓天下贤才尽为朝廷所用。

宋初科举制度进一步完善，祝尚书先生说："宋代科举考试的操作方法，较之唐代有不少变化，而变化最大的，莫过于进士、诸科增加殿试，考试普遍实行糊名、誊录。……而糊名、誊录制却影响十分重大和深远，完全可以说，它从根本上改变了隋、唐以来科举考试的面貌。"②

宋代优待文士，举子考中功名后，仕途上便获得远甚于唐代的发展机遇。唐代科举名额甚少，难度大，考中者凤毛麟角，尤其是其中的进士，有"五十少进士"之说，而且录取时非考试因素众多，名门望族占据有限的录取名额，仅范阳卢氏，"自兴元元年癸亥至乾符二年乙未，凡九十二年，登进士者一百十六人"。③ 其他望族如太原王氏，荥阳郑氏，清河、博陵崔氏，陇西、赵郡李氏，杨氏，杜氏等等，在科举中都占据明显的优势，寒门弟子很难考中。即使有幸考中，也只是具备了为官的资格，须到吏部参加所谓的"释褐试"，其授职中间环节甚多，即便通过吏部铨选，所授官职甚小，发展潜力有限，整个唐代寒门士子由科举出身而官至宰辅的寥寥无几。

这种情况经五代至宋得到彻底改观，宋代文士考中进士者所授官职要高于唐代，如太宗太平兴国二年(977)科考录取与授官情况，《续资治通鉴长编》有这样的记载：

---

① 祝尚书《宋代科举与文学》，中华书局 2008 年版，第 2 页。

② 祝尚书《宋代科举与文学》，第 98 页。

③ 上海师范大学古籍整理研究所编《全宋笔记》，大象出版社 2003 年版，第一编第四册第 65 页。

(太宗)命翰林学士李昉、扈蒙定其优劣为三等,得河南吕蒙正以下一百九人,庚午,覆试诸科,得二百七人,并赐及第。又招礼部阅贡籍,得十五举以上进士及诸科一百八十四人,并赐出身。九经七人不中格,上怜其老,特赐同"三传"出身。凡五百人,皆先赐绿袍靴笏,赐宴开宝寺,上自为诗二章赐之。唐时礼部放榜之后,醵饮于曲江,号曰"闻喜宴",五代多于佛舍名园。周显德中,官为主之。上命中使典领,供帐甚盛。第一、第二等进士并"九经"授将作监丞、大理评事,通判诸州,同出身进士及诸科并送吏部免选,优等注拟初资职事判司簿尉。宠章殊异,历代所未有也。①

此次科考,录取人数达500人,就连"不中格"者,太宗犹特赐同"三传"出身。第一、第二等进士并"九经"授将作监丞、大理评事,等正八品的官衔,这在前朝是不多见的。前文所引魏泰语:"本朝状元及第,不五年即为两制,亦有十年至宰相者。"甚是不虚。状元登第,成为当时世人无上荣耀,仁宗朝尹洙曾说:"状元登第,将兵数十万,恢复幽蓟,逐强蕃于穷漠,凯歌劳还,献捷太庙,其荣亦不可及也。"②文士中进士后前途普遍光明,宋代位极宰辅者,多数是并无显赫家族背景的进士,如范仲淹、欧阳修、王安石等,成为士子读书立功的楷模。

在宋代科举中,也存在明显的重文轻武的倾向。关于宋代武举,周兴涛《宋代武举武学研究》③有详尽的论述,可资参考,这里不作叙述。宋代仁宗天圣七年(1029)置六制科:"曰:贤良方正、

① [宋]李焘《续资治通鉴长编》卷一八,中华书局1986年版,第393页。

② [清]潘永因编,刘倬英点校《宋稗类钞》卷五,书目文献出版社1985年版,第117页。

③ 周兴涛《宋代武举武学研究》,2009年四川大学博士论文。

能直言极谏科，博通坟典、明于教化科，才识兼茂、明于体用科，详明吏理、可使从政科，识洞韬略、运筹决胜科，军谋宏远、材任边寄科，凡六，以待京朝官之被举及应选者。”①其中后两科即为武举，并于天圣八年“亲试武举十二人，先阅其骑射而试之，以策为去留，弓马为高下”。② 自此，宋代武举正式开科。但武举时断时续，录取人数远远少于其他诸科，张希清先生统计：北宋武举先后开考28榜，录取868人，平均每榜31人，连进士科的零头都不到。③ 在授职、晋升方面都有明显的差异。

三、尊儒重教与士子精神的逐步回归

宋初统治者也认识到儒家伦理纲常的丧失对社会风气，尤其是士风败坏所造成的影响。为此，他们尊儒重教，大兴教育，培养人才，重振晚唐五代以来萎靡不振的士风。

太祖建隆二年(961)令贡举人到国子监拜谒孔子并成定例。次年，又用一品礼仪祭孔子。太祖、太宗多次亲临国子监，“宋因增修之，塑先圣、亚圣、十哲像，画七十二贤及先儒二十一人像于东西庑之木壁，太祖亲撰先圣、亚圣赞，十哲以下命文臣分赞之。建隆中，凡三幸国子监，谒文宣王庙。太宗亦三谒庙。诏绘三礼器物、制度于国学讲论堂木壁。又命河南府建国子监文宣王庙，置官讲说及赐‘九经’书”。④

真宗则更甚，于大中祥符元年(1008)，率文武百官集僧道3万余人登泰山封禅，拜祭孔庙，加谥号“玄圣文宣王”，并撰《文宣王

---

① [宋]李焘《续资治通鉴长编》卷一〇七，中华书局1985年版，第2500页。

② [元]脱脱《宋史》卷一五七，《选举三》，第3679页。

③ 张希清《宋代科举取士之多与冗官问题》，载《北京大学学报》1987年第5期。

④ [元]脱脱《宋史》卷一〇五，第2547页。

赞》《崇德述论》，推崇儒学，掀起尊孔崇儒的新高潮。真宗重视儒学，曾对名儒邢昺说："勤学有益，最胜它事，且深资政理，无如经书。朕听政之暇，惟文史是乐，讲论经艺，以日系时，宁有倦耶？"①真宗还喜读儒家经典，多次带近臣观书龙图阁，对宋初宗室藏书颇为在意，曾说："朕自幼至今，读经典其间。有听过数四。在东宫时，惟以聚书为急，其间亡逸者多方搜求，颇有所得，今已类成正本，除三馆秘阁外，又于后苑龙图阁各存一本。但恨校对未精，如《青宫要纪》《继体治民论》，此一书二名，并列篇目。盖收书之初，务于数多，不嫌重复，甚无谓也。"②又命冯元定期讲解《易经》，下诏孙奭、杜镐、舒雅、李慕清等人校点《周礼》《公羊》《穀梁》《春秋传》《孝经》《论语》《尔雅义疏》等，到北宋后期的哲宗，甚至"幸太学，先诣国子监至圣文宣王殿行释奠礼，一献再拜"，③成为一项制度，延续到南宋末。统治者的尊师行为有利于形成整个社会的尊师风尚。

帝王十分重视儒学研究，大批儒学之士得到朝廷的重视与推崇，如著名儒学家邢昺，就得到太宗称赏与重用，《宋史》记载：

> （邢昺）太平兴国初，举"五经"，廷试日，召升殿讲《师》《比》二卦，又问以群经发题，太宗嘉其精博，擢"九经"及第，授大理评事、知泰州盐城监，赐钱二十万。……上（太宗）尝因内阁暴书，览而称善，召昺同观，作《礼选赞》赐之。昺言："家无遗稿，愿得副本。"上许之。缮录未毕而昺卒，亟诏写二本，一本赐其家，一本俾置冢中。④

---

① ［宋］江少虞《宋朝事实类苑》卷三，第 25 页。

② ［宋］江少虞《宋朝事实类苑》卷三，第 25 页。

③ ［元］脱脱《宋史》卷一〇五，第 2549 页。

④ ［元］脱脱《宋史》卷四三一，《邢昺传》，第 12797 页。

重视儒学在科举制度上也有反映，《宋史·选举志一》："初，礼部贡举，设进士、'九经''五经'、《开元礼》、'三史''三礼''三传'、学究、明经、明法等科，皆秋取解，冬集礼部，春考试。合格及第者，列名放榜于尚书省。"①在宋初，虽然与儒学密切相关的诸科地位不及进士科，但录取人数并不少于进士科，这些考试科目直接以儒家经典为内容，自然成为士子研读儒家经典的直接推手。

宋初尊儒与重教是紧密联系的，钱穆先生说："宋学最先姿态，是偏重在教育的一种师道运动。"②宋代大兴学校也是宋代崇文的重要举措。宋代教育十分发达，官学之中的国子学和太学，其入学门槛不断下降，凡七品官员子弟均可入国子监就学。仁宗庆历四年(1044)太学设立，其生源的范围更广，成为一般仕宦子弟学校。同时，宋代太学生人数激增，达数万之多。地方上有州学、县学，分别设教授两人与一人，大多由地方宿学名儒担当。太学、国子学则以时贤掌教，他们对士风的转变乃至整个社会风气的好转都有重大的意义。

宋代私学性质的书院极为兴盛，宋初有"四大书院""六大书院"之说，真实数量远甚于此，白新良先生统计：两宋书院共有 515 所，其中 73 所可以确认为北宋书院，317 所为南宋书院，其余 125 所书院只能笼统称为宋代书院。③ 著名的如石鼓书院、白鹿洞书院、岳麓书院、应天书院、嵩阳书院、茅山书院等，以弥补官学的不足。书院与科举密切联系，许多考中功名的士人都有入私学读书的经历，如范仲淹曾读书于应天书院多年，状元冯京、郑獬曾求学于笙竹书院等等。朝廷通过赐田、赐额、赐书、封官等措施褒扬扶植私人书院，书院也自觉承担起儒家道德教化的功能，如太平兴国

---

① [元] 脱脱《宋史》卷一五五，《选举志》一，第 3604 页。

② 钱穆《宋明理学概述》，台北学生书局 1984 年版，第 2 页。

③ 白新良《中国古代书院发展史》，天津大学出版社 1995 年版，第 5—6 页。

年间，邓晏建秀溪书院，设崇礼堂，祀孔子及颜、曾、思、孟四哲，尊儒崇道，重视传统士风的恢复与重建。

不管是官学还是私学性质的书院，其教育的主要内容都以儒家五经为基本教材。宋初各学校经学教材继续使用唐代注本，如孔颖达的《五经正义》、徐彦的《公羊传疏》、杨士勋的《穀梁传疏》、贾公彦的《周礼注疏》和《仪礼注疏》等。至真宗咸平四年(1001)，朝廷颁布"九经"于各级官学，并成为官方经学教材。学校教育成为转变士风、推进道德建设的主要阵地，"宋初三先生"之一的胡瑗在《松滋县学记》中曾说："致天下之治者在人才，成天下之才者在教化，教化之本者在学校。"①孙复、胡瑗、石介等饱学耿介之士聚众讲学，培养大批儒学士子，北宋中期名臣范仲淹、欧阳修，儒学名流都受其影响，尤其是名臣范仲淹"每感激论天下事，奋不顾身，一时士大夫矫厉尚风节，自仲淹倡之"。② 并出现一大批尚忠义、重名节、富有责任感的新型士人群体，"真、仁之世，田锡、王禹偁、范仲淹、欧阳修、唐介诸贤，以直言谠论倡于朝，于是中外缙绅知以名节相高、廉耻相尚，尽去五季之陋矣"。③

宋初统治者也积极参与士风建设，如以陈桥驿兵变篡夺帝位的赵匡胤，在坐稳帝位后大肆封赏反对他的人，推崇精忠节义，对此《香祖笔记》卷九记载：

> 宋太祖自陈桥拥兵回，长入，祗候班乔、陆二卒长率众拒于南门，乃入自北，解衣折箭，誓不杀。咸义不臣宋，自缢。太祖亲至直舍，叹曰："忠义孩儿！"赐庙曰忠义，易班曰孩儿。终宋之世，孩儿班帽后垂粉青头巾，为周世宗持服，直舍正门以

---

① 蒙宪承《中国古代教育史资料》，人民教育出版社1980年版，第339页。

② ［元］脱脱《宋史》卷三一四，《范仲淹传》，第10268页。

③ ［元］脱脱《宋史》卷四四六，《忠义传》一，第13149页。

> 黄罗护之，傍穿小门出入，用以旌忠。南渡景定间，又命撰二侯加封碑文。惜二侯之名无考，碑文见《随隐漫录》。据此，则宋历朝之褒忠可谓至矣。《五代史》乃不为韩通立传，何所忌讳耶？王子融作《唐余录》，载韩通于《忠义传》，且冠以宋初褒赠之典，有见哉！[①]

而太祖对早已怀揣"周帝禅代制书"的先朝翰林学士陶穀却十分鄙视，《邵氏闻见录》记载说："太祖将受禅，未有禅文，翰林学士承旨陶穀在旁，出诸怀中进曰：'已成矣。'太祖由是薄其为人。"[②]就连宋初名臣范质，太宗都说他："但欠世宗一死，为可惜尔。"[③]可见帝王也有意提倡忠义以补世风的浇薄。

五代宋初士风中的鲜廉寡耻、因循守旧，甚至混世顺时的士风在宋初的文化重建中慢慢得以改变，由五代顺延而来的宗白诗风也随着士风的改变而发生变化。从徐铉到二李再到王禹偁，其白体名家的诗作也暗合这士风的演进。同时，这种量的积累至仁宗庆历前后得到一次质的飞跃，如前文所说大批新型士人群体集中涌现，可以说没有宋初三朝官学与私学对儒学及其传统道德的艰难恢复，仁宗朝是很难形成彬彬之盛的庆历士风的。

四、馆阁设立、图书搜集整理与刊刻

北宋馆阁已经成为宋代文学研究的一大热点，成明明《北宋馆阁与文学研究》与陈元锋《北宋馆阁翰苑与诗坛研究》对北宋的馆阁概况与功能、馆阁词臣的文学创作及其对宋代文学的影响已有

① ［清］王士祯《香祖笔记》卷九，上海古籍出版社 1982 年版，第 179 页。
② ［宋］邵博《邵氏闻见录》卷一，中华书局 1983 年版，第 2 页。
③ ［元］脱脱《宋史》卷二四九，《范质传》，第 8796 页。

精深的研究与阐释，可资参考。宋初三馆的设立是宋初崇文国策的重要体现，馆阁对图书的搜集整理与刊刻对宋代文化的彬彬之盛有着重要的意义。

馆阁的功能首先为养士，即为国储才。宋代馆阁职位众多，《宋会要辑稿・职官十八之五十》："昭文馆、集贤殿置大学士，史馆有监修国史，皆宰相兼领。昭文、集贤又置学士、直学士，史馆、集贤置修撰，史馆有直馆、检讨，集贤有直院、校理，崇文院有检讨，校书，皆以它官领之。初，昭文、集贤学士，史馆修撰，取最上一员判馆院事，今亦以它官分判。"①对此马端临揭示其原因说："学士、待制，二官始于唐，皆以处清望儒臣，俾备顾问，其初既无专职，亦无定员。宋因其制，而以三馆为储才之地，故职名犹多。"②

宋初统治者通过各种方法招揽俊杰入馆，有大批著名文臣先后入馆，仅太宗朝，据陈元锋先生考察就有 15 位学士、2 位直院出任馆阁，他们是李昉、汤悦、徐铉、扈蒙、李穆、宋白、贾黄中、吕蒙正、李至、苏易简、李沆、韩丕、毕士安、张洎、钱若水、宋湜、王禹偁，可以说太宗朝的政坛与词坛名流大多汇聚于此。③ 另据李昌宪先生统计：馆阁出身的宰执，太祖朝占 20%，太宗朝占 50%，真宗朝占 48%，仁宗朝占 70%，英宗朝占 68%，神宗朝占 85%。④ 有"两府阙人，则必取于两制，两制阙人，则必取于馆阁"之说，储才之广，为官前途之大，可见一斑。

馆阁还相当于国家图书馆，肩负着搜集、整理与刊刻图书的重任。统治者通过搜缴、征诏、购募、自刻等多种方式收集了大量图书，"建隆初，三馆所藏书仅一万二千余卷"，⑤至太宗朝"太平兴国

---

① ［清］徐松辑录《宋会要辑稿》职官一八之五〇，中华书局 1957 年版，第 2779 页。

② ［元］马端临《文献通考》卷五四《职官八》，中华书局 1986 年版，第 495 页。

③ 陈元锋《宋太宗朝翰林学士述论》，载《文学遗产》2010 年第 4 期，第 41 页。

④ 李昌宪《宋代文官帖职制度》，载《文史》三〇辑，1988 年。

⑤ ［宋］李焘《续资治通鉴长编》卷一九，中华书局 1986 年版，第 422 页。

之初，始建崇文院，合聚昭文、史馆、集贤之书。又起秘阁，则贮禁中之籍。逮兹著录，故赐名《崇文书目》。京师藏书之家，惟故相王溥为多，官尝借本传写。丁谓家书亦多，收入秘府。三馆秘阁所藏之书，皆分经、史、子、集四类，昭文馆三万八千二百九十一卷，史馆四万一千五百五十三卷（“卷”原作“千余字”，疑误，今据《四库全书》本改），录为六卷以进，赐刁衎器币等有差。然今所行者，止是淳化中所校，后虽覆校，既已刻版，刊改殊少”。①

《宋朝事实类苑》卷三一载：“醇化五年七月，诏选官分校《史记》《前汉》《后汉书》，既毕，遣内侍赍本就杭州镂板。咸平中，真宗谓宰相曰：‘太宗崇尚文史，而三史版本如闻当时校勘官未能精详，尚有谬误，当再加刊正。’乃命直使馆陈尧佐等覆校《史记》，景德元年正月校毕，并录差误文字五卷同进。诏赐帛有差。又命直秘馆刁衎等覆校前后《汉书》，凡修改三百四十九签正卷。集贤院四万二千五百五十四卷，其间杂伪国及籍没之书卷袟不等，仍多复本，岁久多蠹。秘阁一万五千七百八十五卷，皆黄本书，编袟严整，以备进御。”②如此等等，可见宋初皇家对收集图书文牒的热心，三馆之书也日益齐备。

馆阁之书不仅服务帝王，也服务近侍文臣。太宗时常亲临馆阁，召宰臣、学士及馆职文臣博观群书、论议天下大事，还曾召武将入阁观书，以观文儒之盛。利用馆阁藏书进行编书在宋初成绩斐然：“太宗皇帝，始则编小说而成《广记》，纂百氏而著《御览》，集章句而制《文苑》，聚方书而撰《神医》，次复刊广疏于《九经》，核阙疑于三史，修古学于篆籀，总妙言于释老，洪猷丕显，能事毕陈。”③这些大部头书籍的刊刻是对宋前文化的一次大总结，具有极高的文献价值。

① [宋] 江少虞《宋朝事实类苑》卷三一，第 394 页。

② [宋] 江少虞《宋朝事实类苑》卷三一，第 395 页。

③ [宋] 王应麟《玉海》卷五四，江苏古籍出版社 1987 年版，第 1032 页。

馆阁浓郁的学术氛围与崇文气氛，也促进宋初学术尤其是馆阁文学的兴盛。此外，就宋初诗坛而言，几乎所有的白体诗人都有入馆进阁的经历，白体诗作的最重要创作方式——次韵唱和、应制、臣僚雅集，与馆阁都有密切的联系，特别是馆阁文臣优渥的政治地位与经济待遇，闲适的工作环境与浓郁的崇文气氛，对激发馆阁文士的创作热情、繁荣宋初文坛，乃至形成宋代文化的彬彬之盛都有积极的影响。

第二节　宋初白体诗盛行的原因

宋人蔡居厚说："国初沿袭五代之余，士大夫皆宗白乐天诗。"①可见，宋初白体诗的流行盛况。陈元锋先生也说："一个显而易见的现象是，从李昉、徐铉到宋白、苏易简、王禹偁，太宗朝翰林学士几乎由清一色的'白体'诗人担当。"②则进一步指出，宋初白体诗流行于当时处在知识阶层上层的馆阁翰苑词臣之中。那么，为何宋初诗坛白体首先兴盛？作为宋初知识阶层精英的馆阁翰苑文臣又为何钟情于相对平易浅切的白体之风呢？现略论之。

一、晚唐五代诗风惯性

宋初诗坛是五代诗风的自然延续，故宋初"白体诗"盛行，自然不能割裂与五代，尤其是南唐宗白诗风的血肉联系。对此问题，程千帆、吴新雷二先生在《两宋文学史》中说："当时主盟诗坛的官僚文人如徐铉、李昉等，都是由五代十国入宋的，他们不仅是赵宋开

---

① [宋] 胡仔《苕溪渔隐丛话 · 前集》卷二二，人民文学出版社 1981 年版，第 144 页。

② 陈元锋《宋太宗朝翰林学士述论》，载《文学遗产》2010 年第 4 期，第 48 页。

国时期振兴文教的骨干，而且也是把应酬诗风带到宋初来的始作俑者。"[①]视宋初唱和诗风与五代应制酬唱之风为一个有机整体。

王水照先生主编的《宋代文学通论》中也说："五代十国六十年间，干戈动荡，诗坛寂寞，被晚唐人尊为诗坛'广大教化主'的白居易，以其浅易流畅的诗风，影响了南北众多诗人，因此'国初沿袭五代之余，士大夫皆宗白乐天诗，故王黄州主盟一时。'"[②]也视宋初诗风是五代诗风的自然延续。这一结论可以进一步推广到整个宋初诗坛，五代盛行的宗白诗风，推崇贾岛、姚合等人而形成的苦吟之风，对宋初诗坛接踵而起的白体、晚唐体与昆体有着千丝万缕的联系。

五代诗坛，尤其是南唐诗坛，君臣宴饮、应制十分频繁，如"保大五年元日大雪，上诏太弟以下登楼展宴，咸命赋诗，令中使就私第赐李建勋。建勋方会中书舍人徐铉、勤政殿学士张义方于溪亭，即时和进。元宗乃召建勋、铉、义方同入，夜艾方散"。[③] 南唐著名文臣徐铉的文集《骑省集》三十卷，其中前二十卷为南唐所作，集中逾七成为唱和应制之作，可见，南唐君臣唱和之盛。

除金陵君臣酬唱宴集外，地方上唱和之风亦盛，如江西庐山成为规模不小的文士唱和之地。庐山文化绵亘，著名的白鹿洞书院就修建于此，这里汇集了大量的士子，或求学于书院，或隐居于山林，诗酒酬唱成为他们增进友谊、提高诗艺的重要手段。同时，他们还与在朝文士有很深的交往，如庐山隐士谭峭与李中、杨徽之交往甚密，金陵隐士左偃与徐铉、韩熙载、李中都有交往，使得朝野诗风得到交融，隐士们的清雅、闲淡之风也影响到宋初诗坛。宋初诗人来自五代，故宋初白体盛行是五代"宗白"的自然延续。

---

① 程千帆《程千帆全集》卷一三，河北教育出版社 2000 年版，第 3 页。

② 王水照《宋代文学通论》，河南大学出版社 1997 年版，第 82 页。

③ [清] 王士禛编，郑方坤删补《五代诗话》卷一，人民文学出版社 1989 年版，第 5 页。

二、统治者的褒扬与提倡

白体诗在宋初的首先兴盛与统治者的喜好与有意提倡有直接的关系。太祖建立赵宋政权，虽立崇文抑武国策，但毕竟天下尚处在分裂之中，如何武力统一是摆在新生政权面前的头等大事，没有多少精力用于文教事业，最明显的例子就是连当时最高的官学机构——国子监，都破败不堪。太平兴国二年(977)，太宗亲临三馆，不无感慨地对左右说："若此之陋，何以待天下贤俊耶?"①随即重修三馆，招贤纳士，崇文之风日盛。

太宗自己也喜爱舞文弄墨，《全宋诗》收录其诗达560余首，相当一部分是君臣唱和之作，叶梦得说："太宗当天下无事，留意艺文，而琴棋亦皆造极品。时从臣应制赋诗，皆用险韵，往往不能成篇；而赐两制棋势，亦多莫究所以，故不得已，则相率上表乞免和，诉不晓而已。王元之尝有诗云：'分题宣险韵，翻势得仙棋。'又云：'恨无才应副，空有表虔祈。'盖当时事也。"②

太宗统治时期，君臣唱和极为普遍，如：太宗太平兴国四年攻取北汉，基本完成统一大业，甚喜，"作《平晋赋》，令群臣皆赋；又作《平晋诗》二章，令从臣和"；③太平兴国五年二月，"丙申，上作《喜春雨诗》，令群臣和"；④雍熙元年(984)三月，"己丑，召宰相近臣赏花于后苑，上曰：'春气暄和，万物畅茂，四方无事，朕以天下之乐为乐，宜令侍从词臣各赋诗。'赏花赋诗自此始"。⑤《续资治通鉴长编》中此类记载甚多，如：

---

① [宋]孙逢吉《职官分纪》卷一五，中华书局1988年版，第364页。
② [宋]叶梦得著，侯忠义点校《石林燕语》卷八，中华书局1984年版，第117页。
③ [宋]李焘《续资治通鉴长编》卷二〇，中华书局1979年版，第453页。
④ [宋]李焘《续资治通鉴长编》卷二一，中华书局1979年版，第473页。
⑤ [宋]李焘《续资治通鉴长编》卷一八，中华书局1979年版，第413页。

(太平兴国二年九月)丙辰,上始狩于近郊,作诗赐群臣,令属和。①

——《续资治通鉴长编》卷一八

(雍熙元年)冬十月,上之即位也,召华山隐士陈抟入见,于是复至,上益加礼重,谓宰相宋琪等曰:"抟独善其身,不干势利,所谓方外之士也。在华山已四十余年,度其年当百岁,自言经五代乱离,幸天下承平,故来朝覲。与之语,甚可听。"因遣使送至中书,琪等从容问抟曰:"先生得玄默修养之道,可以化人乎?"对曰:"抟山野之人,于时无用,亦不知神仙黄白之事、吐纳之理,无术可传于人。假令白日上升,亦何益于世?主上龙颜秀异,有天人之表,博达今古,深究治乱,真有道仁圣之主也。正是君臣协心同德、兴化致治之秋,勤行修炼,无出于此。"琪等表上其言,上益喜。甲申,赐抟号希夷先生,令有司增葺所止台观。上屡与属和诗什,数月,遣还。②

——《续资治通鉴长编》卷二五

(淳化五年)春正月甲寅朔,上制《元旦》《除夕》诗各二章,赐近臣,俾之属和。翰林学士张洎,上表解释诗意,凡数千言。上甚悦,命宰相召至中书奖谕。③

——《续资治通鉴长编》卷三十五

真宗继位,延续其父的崇文国策,对白居易也十分敬仰。景德四年(1007)二月"辛巳,以唐刑部尚书致仕白居易孙利用为河南府助教,常令修奉坟茔影堂"。④ 大中祥符二年(1009)十二月,"癸

① [宋]李焘《续资治通鉴长编》卷二五,中华书局1979年版,第575页。
② [宋]李焘《续资治通鉴长编》卷二五,中华书局1979年版,第588页。
③ [宋]李焘《续资治通鉴长编》卷三五,中华书局1979年版,第765页。
④ [宋]李焘《续资治通鉴长编》卷六五,中华书局1980年版,第1446页。

卯,命江州葺唐白居易旧第。上与辅臣言及居易,嘉其能保名节,故有是命”。① 真宗多次下诏修缮白居易坟茔、旧宅,可见对白居易的推赏。宋真宗统治期间,君臣唱和、赐宴众多,朝臣之间的诗酒唱和更是彼此不断,仅从《续资治通鉴长编》中,列举几条如下:

(咸平二年八月)丁巳,大宴崇德殿,始作乐。戊午,上作《社日》五言诗,赐近臣属和,宰执求免次韵。上曰:“君唱臣和,亦旧制也,无烦多让。”②

——《续资治通鉴长编》卷四五

(咸平三年二月)丙子,曲宴近臣于后苑,上作《中春赏花钓鱼》七言诗,儒臣皆赋,遂射于水亭,尽欢而罢。自是著为定制。③

——《续资治通鉴长编》卷四六

(咸平四年)三月癸酉,枢密院言,准例春季金明池习水戏,开琼林苑,纵都人游赏,又大宴于含元殿。上以太宗忌月,命有司讨详故事以闻。史馆检讨杜镐等引晋荀讷、唐王及善、韦公肃所议,以为礼有忌日无忌月,其春宴及上巳金明池、苑,并合举乐,从之。④

——《续资治通鉴长编》卷四八

(咸平四年三月)己丑,宴射后苑。上言及大射、投壶、乡饮酒之礼,因命直馆各赋射宫诗。上欢甚,诏群臣极饮,恣其沉醉。凡节序赐宴,则宗室、禁军大校、牧伯、诸司使皆令习射。⑤

——《续资治通鉴长编》卷四八

(咸平四年五月)庚辰,翰林学士、吏部郎中、知制诰朱昂

---

① [宋] 李焘《续资治通鉴长编》卷七二,中华书局 1980 年版,第 1645 页。
② [宋] 李焘《续资治通鉴长编》卷四五,中华书局 1979 年版,第 959 页。
③ [宋] 李焘《续资治通鉴长编》卷四六,中华书局 1979 年版,第 995 页。
④ [宋] 李焘《续资治通鉴长编》卷四八,中华书局 1979 年版,第 1052 页。
⑤ [宋] 李焘《续资治通鉴长编》卷四八,中华书局 1979 年版,第 1053 页。

罢为工部侍郎，致仕。……旧制，致仕官止谢殿门外，于是，上特延见命坐，劳问久之，令候秋凉上道。复遣中使锡宴于玉津园，两制、三馆儒臣皆预，仍诏赋诗饯行。恩渥之盛，近代无比。①

——《续资治通鉴长编》卷四八

（咸平三年九月）丙戌，翰林学士承旨宋白等上新修《续通典》二百卷，诏付秘阁，仍赐宴以劳之，赐器币有差。②

——《续资治通鉴长编》卷四九

（咸平六年三月）丙午，左司谏、直昭文馆种放再表乞暂放归山，诏许之。特授起居舍人，将行，宴饯于龙图阁。又诏三馆、秘阁官宴饯于琼林苑，上赐七言诗三章，在坐皆赋。③

——《续资治通鉴长编》卷五四

（景德二年五月）以起居舍人、直昭文馆种放为右谏议大夫，放谢病，乞游嵩山，诏许之。仍命河南守臣常加存抚。召对赐宴，赋诗饯行，恩礼甚厚。④

——《续资治通鉴长编》卷六〇

（景德二年十二月）丙子，承天节，群臣上寿于崇德殿。旧制，中书门下枢密院文武百僚、内职既上寿，诣大相国寺行香，设会于资圣阁。至是，枢密使而下，前一日罢道场赴会，是日枢密与学士、三司使副复集。遂以为常。⑤

——《续资治通鉴长编》卷六一

（景德三年夏四月）右谏议大夫种放有兄丧，赐告归终南，宴于龙图阁，上作诗赐放，侍臣皆赋。放每至京师，秦雍学徒

---

① ［宋］李焘《续资治通鉴长编》卷四八，中华书局 1979 年版，第 1059 页。

② ［宋］李焘《续资治通鉴长编》卷四九，中华书局 1979 年版，第 1073 页。

③ ［宋］李焘《续资治通鉴长编》卷五四，中华书局 1979 年版，第 1184 页。

④ ［宋］李焘《续资治通鉴长编》卷六〇，中华书局 1979 年版，第 1339 页。

⑤ ［宋］李焘《续资治通鉴长编》卷六一，中华书局 1979 年版，第 1375 页。

多就而受业，上面奖之，放顿首谢。①

——《续资治通鉴长编》卷六二

只要有空闲，真宗都召集群臣侍宴赓和，《青箱杂记》说真宗："听政之暇，唯务观书，每观毕一书，即有篇咏，使近臣赓和，故有御制《看尚书诗》三章、《看春秋》三章、《看周礼》三章、《看毛诗》三章、《看礼记》三章、《看孝经》三章。复有御制《读史记》三章……可谓近代好文之主也。"②

宋初统治者坐稳江山以后，希望人们不要心存异心，而白居易的乐天知命、知足保和的人生态度自然有利于稳定统治。陈寅恪论述白居易思想中的佛道成分时说："乐天之思想，一言以蔽之曰'知足'。'知足'之旨，由老子'知足不辱'而来。盖求'不辱'，必知足而始可也。"③这种知足不辱与统治者希望士人也像方外人士一样，能"独善其身，不干势利"。④

宋初复兴文化的政策使白体诗的创作超越五代，因而大兴，又与宋初崇文的文化背景"结合"，"惯性"得以"加速"，迅速崛起诗坛就是情理之中的事了。

三、白体诗人的人格、学识与身份意识

宋初历任统治者都崇文爱艺，尤其是对馆阁翰苑词臣更是推崇备至，太宗曾说过："学士之职清要贵重，非他官可比，朕常恨不得为之。"⑤对馆阁翰苑词臣的选拔十分重视。"太宗尤重内外制

---

① [宋] 李焘《续资治通鉴长编》卷六二，中华书局 1979 年版，第 1395 页。

② [宋] 吴处厚《青箱杂记》卷三，中华书局 1985 年版，第 27 页。

③ 陈寅恪《元白诗笺证稿》，三联出版社 2001 年版，第 337 页。

④ [宋] 李焘《续资治通鉴长编》卷二五，中华书局 1979 年版，第 588 页。

⑤ [元] 脱脱《宋史》卷二六七，《张洎传》，第 9212 页。

之任，每命一舍人，必咨询宰辅，求才实兼美者，先召与语，观其器识，然后授之。尝谓近臣曰：'词臣之选，古今所重，朕尝闻人言，朝廷命一舍人，六姻相贺，谚以谓一佛出世，岂容易哉！'"①如此谨慎的内制选人，使得选中者倍感清贵，以后出入宰辅甚多，如李沆官至宰相，贾黄中、张洎、苏易简官至参知政事，扈蒙、宋白官至尚书等等，正如南宋曹彦约所说："本朝太宗盛时，人才辈出，赵普、李昉、吕蒙正、张齐贤、吕端为宰相，李穆、李至、寇准、向敏中为执政，田锡、王旦、毕士安、王禹偁之徒为两制，在上位者如此，则在下者可知矣。"②他们中的绝大部分都有入馆的经历。

这种优厚的政治经济待遇是把双刃剑，一方面它有利于形成重文的时代气息，使宋初各项文教事业得到长足的发展；另一方面位尊而责轻、禄丰而身闲，使当时达官词臣们形成志得意满与清贵悠闲的心态。这与他们选择富贵闲适的白体诗自有一定的关系，更甚者其词臣的身份并由此而形成的依附性人格，使得部分宋初白体诗带有较为浓厚的粉饰世态的味道。

宋初"兴文教"，重视儒家传统文化重建的同时，也对佛、道诸家思想采取开明的政策。太祖即位不久就废除后周抑佛政策，开宝四年(971)，雕刻佛教典籍《大藏经》，开宋代兴佛先河。太宗对佛教的资政功能有清醒的认识，他说："清静致治，黄、老之深旨也。夫万务自有为以至于无为，无为之道，朕当力行之。至如汲黯卧治淮阳，宓子贱弹琴治单父，此皆行黄、老之道也。"③并雕成《开宝藏》五千余卷，使佛教文献得到保存与利用。真宗曾说："至于道释二门，有助世教，人或偏见，往往毁訾，假使僧、道士时有不检，安可废其教耶?"④对佛

① [宋]江少虞《宋朝事实类苑》卷二，第16页。

② [宋]曹彦约《经幄管见》卷四，影印文渊阁《四库全书》本，第686册，第66页。

③ [宋]李焘《续资治通鉴长编》卷三四，中华书局1979年版，第758页。

④ [宋]李焘《续资治通鉴长编》卷六三，中华书局1980年版，第1418页。

教持肯定扶持态度，使得佛教在宋初得以迅速发展。道教的御用性更加明显，太祖广建道教宫观，太宗把道教的斋醮科仪移入皇朝的祭祀活动之中，真宗朝出于“神道设教，一驯天下”的统治目的，道教进一步兴盛，一时“祥瑞”“天书”齐现。

这种尚佛与佞道，使得佛、道二教都得到迅速的恢复与发展，佛道思想对士人的人格有微妙的影响，也有利于宋初白体的发展。佛教的知足保和、空悟悠游，道教的清静无为、闲雅自适，再加上五代乱世所形成的明哲保身、顺时听命的苟安思想的自然延续，使得宋初文士的人格具有明显的保守苟且的成分，正如欧阳修在《论包拯除三司使上书》中所批评的那样：“国家自数十年来，士君子务以恭谨静慎为贤。及其弊也，循默苟且，颓惰宽弛，习成风俗，不以为非，至于百职不修，纪纲废坏。”①宋初文臣的循默苟且、知足听命的人格与白居易中年以后沉溺佛、道，知足不辱、居官如隐有相通之处，这也是白体兴盛的重要原因。

宋初几代文臣虽然有博学能文之士，但总体上从乱世的文化“荒漠”中走出来，与庆历前后无书不读的士大夫相比自然不可同年而语。平易浅切、不求典实、作法随意的白体诗正符合他们诗酒唱和时悠闲自得、即兴而作、以附风雅的需求，使他们在艺术风格上自然对“白体”推崇备至，同时在诗歌内容上，宋初白体也呈现出世俗化、琐屑化的倾向。

宋初三朝白体诗人的身份绝大多数是馆阁翰苑词臣，仅太宗朝先后就有 15 位学士，2 位直院，他们依次为李昉、汤悦、徐铉、扈蒙、李穆、宋白、贾黄中、吕蒙正、李至、苏易简、李沆、韩丕、毕士安、张洎、钱若水、宋湜、王禹偁。陈元锋先生说：“一个显而易见的现象是，从李昉、徐铉到宋白、苏易简、王禹偁，太宗朝翰林学士几乎

---

① [宋] 欧阳修著，李逸安校《欧阳修全集》卷一一二，中华书局 2001 年版，第 1693 页。

由清一色的‘白体’诗人担当。”①宋初翰苑词臣多为宋初白体诗人群体的主流，而白居易也曾为宪宗朝翰林学士四年之久，穆宗时又官至中书舍人，都是皇帝身边的词臣，宋初的翰苑词臣清一色地推崇白体，应与他们对自身身份的认同有一定的关系。

总之，宋初白体自然延续五代尤其是南唐宗白之风，他们的人格中也保存着部分五代乱世的文士气息，宋初的统治者希望臣子知足委顺、淡泊心志，以利于自己的统治，加上宋太宗本人喜爱白体诗歌，而使白体诗得到特殊的地位，白体诗的首先兴盛和流行就在情理之中了。

第三节　宋初白体诗内涵诠释的再思考

宋初白居易诗作盛行，表现在学白诗人众多。蔡居厚说：“国初沿袭五代之余，士大夫皆宗白乐天诗，故王黄州主盟一时。”②南宋严羽提出“白乐天体”与“元白体”一说，并自注为：“微之、乐天其体一也。”③方回又在《送罗寿可诗序》中说：“诗学晚唐，不自四灵始，宋划五代旧习，诗有白体、昆体、晚唐体。白体如李文正、徐常侍昆仲、王元之、王汉谋。”④可见，“白体”在宋代就已广泛得到承认，但宋初白体诗内涵风格究竟如何？宋初白体诗人群体组成情况怎样？宋初白体诗的历史命运如何？等等都是棘手又无法绕开的问题，学界对此观点不一，现就此问题给予自己的一点思考。

① 陈元锋《宋太宗朝翰林学士述论》，载《文学遗产》2010年第4期，第48页。

② ［宋］胡仔《苕溪渔隐丛话·前集》卷二二，人民文学出版社1962年版，第144页。

③ ［宋］严羽《沧浪诗话·诗体》，《历代诗话》本，中华书局1981年版，第689页。

④ ［元］方回《桐江续集》卷三二，《送罗寿可诗序》，影印文渊阁《四库全书》本。

一、宋初白体诗内涵的分歧与思考

（一）宋人对白居易诗歌及其宋初白体风格评价的不一

白居易诗歌在宋代影响深远，也引起世人广泛的品评。宋人多以“顺熟”“浅切”“流易”概括白居易诗歌的总体风格，这与苏轼对白居易诗歌“元轻白俗，郊寒岛瘦”①的“定性”有极大的关系。如惠洪在《冷斋夜话》中有“老妪解诗”条，其文曰：“白乐天每作诗，令一老妪解之，问曰：‘解否？’妪曰解，则录之；不解，则易之。故唐末之诗近于鄙俚。”②魏泰在《临汉隐居诗话》中也有相似的记载，其文道：“白居易亦善作长韵叙事诗，但格制不高，局于浅切，又不能更风操，虽众篇之意，只如一篇，故使人读而易厌也。”③甚至对白居易“六军不发争奈何？宛转娥眉马前死”一诗有越出文学范围的记载：“此乃歌咏禄山能使官军叛逼迫明皇，明皇不得已而诛杨妃也。岂特不晓文章体裁，而造语蠢拙，抑亦失臣下事君之礼。”④王正德则视元、白诗歌为最劣，“吾尝论唐人文章，下韩退之为柳子厚，下柳子厚为刘梦得，下刘梦得为杜牧，下杜牧为李翱、皇甫湜，最下者为元稹、白居易。盖元、白以澄澹简质为工，而流入于鄙近”。⑤ 白居易伤感诗中的个人私情也成为批评的靶子，蔡百衲说：“白乐天诗，自擅天然，贵在近俗，恨如苏小虽美，终带风尘。”⑥胡震亨记载东坡评价白居易道：“乐天善长篇，但格制不高，局于浅

① ［宋］苏轼著，孔凡礼校《苏轼文集》卷六三，中华书局 1986 年版，第 1938 页。
② 上海古籍出版社编《宋元笔记小说大观》，第 2172 页。
③ ［宋］胡仔《苕溪渔隐丛话·前集》卷三二，人民文学出版社 1962 年版，第 221 页。
④ ［宋］胡仔《苕溪渔隐丛话·前集》卷一二，人民文学出版社 1962 年版，第 77 页。
⑤ ［宋］王正德《余师录》卷三，影印文渊阁《四库全书》本，第 1480 册，第 780 页。
⑥ ［宋］胡仔《苕溪渔隐丛话·后集》卷三三，人民文学出版社 1981 年版，第 258 页。

切，又不能变风操，故读而易厌。”[①]等等，难以尽举。

当然，赞誉者也有，钱易在《南部新书》卷三中称赞道：“李白为天才绝，白居易为人才绝，李贺为鬼才绝。”[②]吴处厚则盛赞其性旷达，说：“白居易赋性旷达，其诗曰：‘无事日月长，不羁天地阔。’此旷达者之词也。孟郊赋性褊隘，其诗曰：‘出门即有碍，谁谓天地宽？’此褊隘者之词也。”[③]洪迈则指出元、白诗歌有深切味敻之处，他说：“白乐天《长恨歌》《上阳人歌》，元微之《连昌宫词》，道开元间宫禁事，最为深切矣。然微之有《行宫》一绝句云云，语少意足，有无穷之味。”[④]王直方称赞白居易诗作的优游不迫：“古今人作昭君词多矣，余独爱白乐天一绝云：‘汉使却回凭寄语，黄金何日赎蛾眉？君王若问妾颜色，莫道不如宫里时。’盖其意优游而不迫切故也，然乐天赋此时，年甚少。”[⑤]等等，也不胜枚举。

后人对宋初白体诗的品评深受对白居易诗歌评价的影响，如欧阳修在《六一诗话》中曾说：“仁宗朝，有数达官以诗知名，常慕白乐天体，故其语多得于容易。尝有一联云：‘有禄肥妻子，无恩及吏民。’有戏之者云：‘昨日通衢遇一辎軿车，载极重而羸牛甚苦，岂非足下肥妻子乎？’闻者传以为笑。”[⑥]可见，平易浅切也是宋初白体重要的特征。这在对单个作家的评论中也有反映，如吴处厚说：“(李)昉诗务浅切，效白乐天体。晚年与参政李公至为唱和友，而李公诗格亦相类，今世传《二李唱和集》是也。”[⑦]但由于白居易诗歌前后有很大的变化，诗学白居易者也呈现多样化的特点，这在诗

---

① ［明］胡震亨著，周本淳校《唐音癸籖》卷七，上海古籍出版社1981年版，第69页。
② 上海古籍出版社编《宋元笔记小说大观》，第308页。
③ ［宋］吴处厚著，李裕民点校《青箱杂记》卷七，中华书局1985年版，第75页。
④ ［宋］何汶著，常振国等校《竹庄诗话》卷一一，中华书局1984年版，第220页。
⑤ ［宋］魏庆之《诗人玉屑》卷一六，上海古籍出版社1978年版，第343页。
⑥ ［宋］欧阳修著，郑文校点《六一诗话》，人民文学出版社1962年版，第2页。
⑦ ［宋］吴处厚著，李裕民点校《青箱杂记》卷一，中华书局1985年版，第3页。

歌批评上也有体现，如方回评王禹偁《病起思归》说：“元之谪商州团练副使时，诗盖白乐天体也。”①而商州之贬的诗作迥异于闲适悠游之作，诗风也不以浅切为主。田锡与宋白论诗时又以“顺熟合依元白体，清新堪拟郑韩吟”②评价其唱和诗作，如此等等。

总之，宋人对白居易的诗歌评价不一，顺熟浅切、流易琐碎者有之，优游不迫、深切味复者有之。对宋初白体诗的品评受到对白居易评价的影响，无论在诗歌内容还是诗歌风格上都有不统一之处，有必要考察他们诗歌的具体情况，从而更好地认识宋初白体诗的面貌。

（二）现代学界对宋初白体诗内涵风格的分歧

现代学界对宋初白体诗的认识仍然不一。程千帆、吴新雷二先生在《两宋文学史》上说：“为了颂扬圣明和粉饰太平，赵宋王朝有意提倡应酬赠答的诗赋。……所以宋初诗坛盛行的是唱和诗，而白居易的元和体就成了时流学习的榜样。……元和体可分为两类：‘其一为次韵相酬之长篇排律’，‘其二为杯酒光景间的小碎篇章’。两者互相渗透影响，就形成了宋初以小碎篇章互相唱和的白体诗风。”③又说，白体诗“完全是一种应酬消遣之作，内容上是留连光景，形式上是依次押韵，风格则平易清雅，不求雄浑典丽”。④这与前文已引陈寅恪先生的观点基本一致。

袁行霈先生主编的《中国文学史》对宋初白体也有简短的阐述，他们说：“‘白体’诗人，是宋初效法白居易作诗的一批诗人，代表作家有李昉、徐铉等人。……他们的诗歌主要是模仿白居易与元稹、刘禹锡等人互相唱和的近体诗，内容多写流连光景的闲适生

---

① [元] 方回著，李庆甲汇释《瀛奎律髓汇评》，上海古籍出版社 1986 年版，第 1593 页。

② 《全宋诗》第一册，北京：北京大学出版社 1991 年版，第 457 页。

③ 程千帆著，莫砺锋编《程千帆全集》卷一三，河北教育出版社 2000 年版，第 2 页。

④ 程千帆著，莫砺锋编《程千帆全集》卷一三，河北教育出版社 2000 年版，第 5 页。

活，风格浅切清雅。”①

赵义山、李修生先生主编的《中国分体文学史》，则把宋初白体诗的范围缩小为模仿白居易的闲适诗，他们说：“宋初士大夫承晚唐之余，对通俗浅易的白居易闲适诗情有独钟，号为‘白体’。”②闲适诗即白居易所说的：“或退公独处，或移病闲居，知足保和，吟玩性情者一百首，谓之闲适诗。”③

张海鸥先生说：“‘白体’是北宋人的说法，指宋初诗坛流行的学习白居易的诗。”④继而阐述宋初“白体”有三义：其一，创作方式以模仿白居易唱和诗作为主；其二，诗歌风格多追求浅切、随意，不务学问、典故；其三，效仿白居易旷达自适、知足保和的生活态度，如此等等。

文学史对宋初白体诗内涵的阐释大同小异，这虽符合白体的大致情况却牺牲了白体众多的个体差异性，其发展的过程还是模糊不清，当然这也与写作体制有关。相比较，张海鸥先生的观点，使我们对宋初白体诗有了更为明确的把握，把学白扩大到对白居易心态的追慕上来甚有启发。

（三）论者关于宋初白体诗内涵风格的思考

其一，宋初白体诗内容与风格的稳定性与统一性。

宋初白体诗是近承五代宗白诗风，远绍中唐白居易诗歌，并在接受过程中融入新朝气息，以至形成的一种诗歌风格相近的诗体。在诗歌内容与风格上有明显的趋同性，即诗歌题材比较狭隘，或是君臣之间的应制酬唱，或是臣僚们的富贵闲适的记游赠别、咏物叹老及怀古思退之作。其风格大多追求浅切随意，不尚学问，不崇典

---

① 袁行霈主编《中国文学史》(三)，北京：高等教育出版社 2005 年版，第 21 页。

② 赵义山、李修生主编《中国分体文学史》，上海古籍出版社 2001 年版，第 133 页。

③ [唐] 白居易著，朱金城校《白居易集笺校》，第 3957 页。

④ 张海鸥《宋初诗坛“白体”辨》，载《中山大学学报》2000 年第 6 期，第 15—20 页。

实。抒发的情感也是以富足自适、悠闲无闷的心境为主，具有明显的趋同性与稳定性。

其二，宋初白体诗内容与风格的阶段性。

宋初白体诗内容与风格的阶段性更应值得关注。太祖、太宗朝前期主要承袭五代尤其是南唐唱和之风与白居易的闲适篇章，创作内容无疑以君臣酬唱应制与白居易闲适之作为主，具有较为普遍的逢迎味道，诗人自己也充满自适自得之气，如陶穀、李昉、李至，贾黄中等，他们位尊权高，诗作内容都以君臣及官僚之间的酬唱为主，如《宴林唱和集》《二李唱和集》等等。在体裁上，他们喜用五、七言律体；诗歌风格上，追求明白晓畅、顺熟浅易，以表达馆阁重臣的幽雅闲适心境与志得意满的心理。

至太宗诗坛，随着南唐、吴越政权的相继瓦解，东南文士纷纷入朝，扩大了中朝白体文人群体的力量，徐铉、郑文宝、张洎就是其中的佼佼者，虽然在创作内容上没有带来多少新鲜的东西，但把清丽隽永的南唐宗白诗风携入中朝，使得宋初白体诗的风格进一步丰富，在求易尚浅之中加入典丽清雅的南唐之风，并使得太宗朝白体诗迅速兴盛起来，成为文坛的主流。

太宗朝中后期至真宗朝初期，自信而富有革新意识的新朝文士逐渐步入文坛，特别是王禹偁、田锡、张咏、孙何等出现在诗坛上，较之第一代文臣他们的心胸眼界更为丰富，人格情感更加丰富，在对待文学遗产的继承与创新问题上，表现出前代文士所没有的勇气与独立意识。

在继承前朝白体诗人诗作的基础上，已融入更多新朝与自我特色，使宋初白体诗的创作达到新的高峰。他们的诗歌内容具有明显的双重性，一方面伴随着所谓盛世假象的营造，文坛之上颂声大作，文人们也公开说颂德是文学侍臣的职责之一，诗歌不仅追求平易流畅，也十分注重颂声所需要的典雅与富赡，尤其是长篇应制之作，才学味道渐浓。臣子之间的酬唱宴饮之作，也具有明显的注重文辞修饰甚至以诗炫才逞技的成分，已与太祖白体诗人尚易求顺及太宗朝的白体诗人清丽典雅不同。另一方面，面对统治上的危机，尤其是辽人的步步紧逼，表现出束手无策的懦弱与无能，边疆问题使得赵宋统治的威严性丧尽，诸多社会问题也日益显现出来。宋初白体诗人在雍容华贵的庙堂生活中，也开始关注眼下时局，时事民艰逐渐进入诗歌之中，白体诗的内容进一步扩大，白居易诗歌中的济世讽谕精神有一定程度的恢复，这其中又以王禹偁、田锡、张咏为代表，其诗歌风格也发生较为明显的变化，闲雅之气、自适之态有明显的减少，诗风变得沉实厚重起来。儒家事功伴随着宋代士人人格的扩大而渐次走向文坛的中心，使宋初白体诗得到极大的飞跃与提升，这提升也预示着宋初白体诗未来的走势与历史命运。

其三，宋初白体诗的内容与风格的个体差异性。

宋初白体诗的内容与风格除了具有阶段性外，还具有明显的个体差异性，太祖、太宗朝的太平宰相李昉的诗作给人端方雅正、平直浅切之感，与南唐降臣徐铉的内敛含蓄、清丽流婉有较为明显的差异；太宗朝翰苑文臣众多，诸如李昉、汤悦、徐铉、扈蒙、李穆、宋白、贾黄中、吕蒙正、李至、苏易简、李沆、韩丕、毕士安、张洎、钱若水、宋湜、王禹偁等，都清一色是白体风貌。虽然宋初诗文散佚严重，不少诗作不得一见，但从当时或稍后的评价，可见他们各有专长，彼此诗风存在显著的差异。如：南唐降臣张洎，博涉经史，文采清丽，太宗称赞他“富有文艺，至今尚苦学，江东士人之冠也”。① 宋白擅文，“学问宏博，属文敏赡，然辞意放荡，少法度。在内署久，颇厌番直，草辞疏略，多不惬旨”，②有“颇事浮丽，而理致

① ［元］脱脱《宋史》卷二六七《张洎传》，第 9212 页。

② ［元］脱脱《宋史》卷四三九《宋白传》，第 12999 页。

或不工，善谐谑不拘小节”[①]的倾向，陆游称其诗：“诗虽多疵颣，而语意绝有警拔者，故其自负如此。”[②]苏易简才思敏捷，文辞富赡，尤长于诗赋，但却不善为文，“由知制诰入为学士，年未满三十，属文初不达体要，及掌诰命，颇自刻励”。[③] 其个性、才情上的不同势必会影响到白体诗的创作。

这种差异性随着新朝文士步入文坛主流而更加突出，至真宗朝初期，著名的白体代表诗人都有显著的个体色彩，如乘运独善的晁迥与崇儒事功的王禹偁，无论是诗歌内容风格，还是个人思想情感，都存在较大的不同，应予以区别。

其四，宋初白体诗而非宋初白体诗派。

宋人结盟意识突出，诗歌注重宗系派别。宋代诗歌流派甚多，吕肖奂先生在《宋诗体派论》[④]中以宋调的孕育、初创、典型、转型、反拨、变异、旁支等等将宋诗分为诸多体派，诸如宗唐三体、新变派、荆公体、东坡体等等，并阐释其内在关联，使人们对宋诗有较为宏观的把握。王水照先生《宋代文学通论》指出：“这种论诗辨体的风气，正反映了宋诗创作中‘体’与‘派’的繁多兴盛，标志着宋诗的成熟与丰富。”[⑤]

严羽说：“辨家数如辨苍白，方可言诗。”[⑥]接着说，以人而论则有“白乐天体，元白体（微之、乐天，其体一也），杜牧之体，张籍、王建体”。[⑦] 此处“体”的含义侧重于风格。宋初三体尚处在派别形成的雏形时期，中国古代“具有‘宗派’之名，并有明确的创作主张，

---

① ［宋］王称《东都事略》卷三八，二十五别史本，齐鲁书社 2000 年版，第 298 页。
② ［宋］陆游《老学庵笔记》卷八，中华书局 1979 年版，第 102 页。
③ ［元］脱脱《宋史》卷二六六《苏易简传》，第 9173 页。
④ 吕肖奂《宋诗体派论》，四川民族出版社 2002 年版。
⑤ 王水照主编《宋代文学通论》，河南大学出版社 1997 年版，第 80 页。
⑥ ［清］何文焕编《历代诗话》，中华书局 1981 年版，第 695 页。
⑦ ［清］何文焕编《历代诗话》，中华书局 1981 年版，第 689 页。

形成大体相同的艺术风格，又成为一定时期的特殊诗风的，即始于宋代的江西诗派。……他（吕本中）所说的‘宗派’含有‘宗主’和‘派别’两义，近似于今天‘文学流派’的观念”。① 它与严格意义上的诗歌流派是有很大区别的，对此童庆炳先生说：“（严格意义上的文学流派）是以结社的形式出现的，有组织，有纲领，甚至有刊物和出版社。”②即应该要有公认的流派领袖，有明确的创作主张，有相对固定的创作主体与活动场所及较为完整的规章制度等等。虽然不能以我国古代的文学实际来硬套西方所谓的文学理论，但宋初白体实与后来的江西诗派不能同日而语，更不要说现代意义上的诗歌流派。所以称体更为适宜，即是一个诗歌内容相似、诗歌风格相近、创作时代与创作方法接近的相对松散的诗歌群体。

此外，白居易的诗歌并非只是平易流畅、浅切熟易，他也有求奇求险、逞才炫艺的成分，白居易在与元稹长篇次韵唱和时往往流露出苦心竭力、不堪其苦的创作感受，其斗胜的意识甚浓，此类作品与平易浅切无涉。因而，陈寅恪先生说：“若排律一类必为老妪所解时可笔录，则《白氏长庆集》之卷帙当大为削减矣。其谬妄何待详论！唯世之治文学史者，犹以元白诗专以易解之故而得盛行，则不得不为辨证耳。”③

宋初追慕白居易的次韵唱和之作也有这类情况，就连以平易浅切著称的二李也不例外，他们的唱和之作多达数十首，创作心态不是随意悠游的，诗歌风格也不是一味追求简易通俗，从他们的诗题就能见其一斑，如李昉以《地僻尘埃少》组诗五首应和李至，其诗题为《侍郎吟思愈清，逸才无敌，唱弥高而和弥寡，我已竭而彼转盈，欲罢不能，盖彰其余刃，知难而退，甘竖于降旗。五章强振于芜

---

① 王水照主编《宋代文学通论》，河南大学出版社 1997 年版，第 80 页。

② 童庆炳《文学理论教程》，高等教育出版社 2004 年版，第 301 页。

③ 陈寅恪《元白诗笺证稿》，三联出版社 2001 年版，第 349 页。

音，三鼓那成于勇气，暂希解甲，少遂息肩，庶重整其懦兵，愿别当其坚阵。此时胜负，期一决焉，却以〈地僻尘埃少〉为首，希垂采览》。① 二李往返次韵唱和，简直作诗如作战，大有决一雌雄的架势。至真宗朝，不少翰苑词臣的应制酬唱之作典雅富赡的一面就更加突出，非平易流畅所能概况，更不用说王禹偁商州之贬以后的诗作了。因而，说宋初白体诗风平易流畅，创作心态悠游闲适，略显笼统。

总之，我们认为宋初白体诗是五代宗白诗风的自然顺延，并由此追慕白居易且不断融入新朝气息而形成的一种诗风相近的诗体；其模仿的对象不局限于白居易的闲适之作（当然这是追慕的主体，尤其表现在白体流行的前期），而应包括白居易其他的诗歌题材，尤其是极具现实精神的讽谕诗作；其风格自然就具有明显的复杂性，随着时代的发展而不断丰富，既具有明显的稳定性与统一性，也有较突出的阶段性与个体差异性，不能笼统概括为平易流畅、浅切清雅。对具体白体作家既要关注风格趋同的一面，也要留意于他们的个体差异性，这样才能更真实地反映宋初白体的面貌。此外，其创作方式多样、创作心态不一，也是因人因时而异，以动态的眼光审视宋初白体诗的发展历程更为妥当。

二、白体作家范围分歧与论者思考

（一）对宋初白体诗代表作家范围的分歧

关于宋初白体诗的代表作家，在北宋就有零星的记载，欧阳修在《六一诗话》中说："陈舍人从易，当时文方盛之际，独以醇儒古学见称，其诗多类白乐天。"②又说："仁宗朝有数达官，以诗知名，常慕白乐天体，故其语多得于容易。"其中的"仁宗朝有数达官"，虽然

---

① 《全宋诗》第一册，北京大学出版社 1991 年版，第 178 页。

② ［宋］欧阳修著，郑文校点《六一诗话》，人民文学出版社 1962 年版，第 7 页。

欧阳修没有明确指出他们是谁，但应指由白体入昆体的杨亿、舒雅、刁衎、张咏、晁迥、李维、李宗谔等人。《温公续诗话》说魏野"其诗效白乐天体"。[①] 吴处厚说："昉（李昉）诗务浅切，效白乐天体，晚年与参政李公至为唱和友，而李公诗格亦相类，今世传《二李唱和集》是也。"[②]宋末方回在《送罗寿可诗序》中说"白体如李文正、徐常侍昆仲、王元之、王汉谋"，其说影响十分深远。宋元及以后关于类似学白居易诗文的记载甚多，但其特点都是就单篇诗文而作的评论，系统的阐释则不多见。

张海鸥先生把宋初白体诗人群体的范围大大扩大，甚至认为仁宗朝"西昆体"诗人中的杨亿、舒雅、刁衎、张咏、晁迥、李维、李宗谔、张秉早年都有学白的经历，并认为欧阳修所说的"仁宗朝有数达官，以诗知名，常慕白乐天体，故其语多得于容易"，就是指这些诗人。[③] 这种见解开拓了我们的学术视野。

陈元锋先生认为宋初馆阁文臣中翰林学士的绝大多数都是宋初白体诗人群体成员，他说："一个显而易见的现象是，从李昉、徐铉到宋白、苏易简、王禹偁，太宗朝翰林学士几乎由清一色的'白体'诗人担当。"[④]仅仅太宗朝，就列出 17 学士（直学士）的白体诗人名单，为人们提供了新的探索空间。

总之，经过学界前辈的辛勤耕耘，宋初白体诗人群体逐渐走向丰富与清晰，但与宋人蔡居厚所说"国初沿袭五代之余，士大夫皆宗白乐天诗"，[⑤]尚有不少差距，其中肯定还有可以补充的空间。

（二）论者对宋初白体诗作家之思考

宋初白体诗作家的具体人数难以详考，笔者结合前贤将宋初

---

① ［明］何文焕编《历代诗话》，中华书局 1981 年版，第 276 页。
② ［宋］吴处厚《青箱杂记》卷一，中华书局 1985 年版，第 3 页。
③ 张海鸥《宋初诗坛"白体"辨》，载《中山大学学报》2000 年第 6 期，第 15—20 页。
④ 陈元锋《宋太宗朝翰林学士述论》，载《文学遗产》2010 年第 4 期，第 48 页。
⑤ ［宋］胡仔《苕溪渔隐丛话·前集》卷二二，人民文学出版社 1981 年版，第 144 页。

白体诗作家略分为典型作家、一般作家及阶段学白三部分。

典型作家以时间为序依次为：徐铉、李昉、李至、晁迥、田锡、王禹偁，后文将设专章给予较全面的梳理，以展现宋初白体诗演进的历程。

一般作家数量较多，上至帝王将相，下至隐士走吏。本文重点考察宋初太祖、太宗、真宗及其三朝文学地位较高的翰林学士，诸如陶穀、窦仪、窦俨、王著、卢多逊、汤悦、李建中、苏易简、钱易的白体诗歌创作。同时，对政治地位不太高却较有诗名的杨徽之、郑文宝、杨备进行考述，以期对宋初白体诗的创作概貌有整体性的理解。

阶段学白者主要是指诗歌存在白体成分的作家，其中有早年诗歌学白，后来参与西昆酬唱的，如李宗谔、丁谓、张咏；也有早年诗风近白，后以晚唐体出现在诗坛上的，如魏野；另以释智圆、释延寿、释遇安等为例，对宋初僧人的白体诗歌创作也作一定的考察；最后以陈抟、朱贞白、种放为例对宋初隐士们的白体诗歌创作略作考察。

三、对白体诗流行时间、命运认识上的分歧与再思考

（一）宋初白体诗流行时间与历史命运认识上的分歧

对宋初“白体诗”流行时间的认识大致相似，即宋初三朝前后，但对其兴盛的具体时间则有不同见解，梁昆在《宋诗派别论》中说：“乐天诗派流行年代，自宋太祖建隆元年(960)，迄王元之卒真宗咸平四年(1001)，约四十一年。”①程千帆、吴新雷二先生在《两宋文

---

① 转引自：尹恭弘《对〈试论王禹偁与宋初诗风〉的意见》，载《中国社会科学》1983年第1期，第199页。

学史》中认为白体诗盛行于太祖、太宗朝，声势延伸到仁宗朝。①

张海鸥先生则认为："宋初学白体之风始于太宗朝而盛于真宗朝，至仁宗朝前期余风尚存，后来'西昆体'渐成诗坛主流，'白体'遂寝。"②把兴盛的时间向后推了二三十年；张兴武先生则把整个唐末五代一直到宋初三朝视为一个整体，宋初白体诗处在通俗诗风演化的第三阶段。③

至于宋初白体诗的历史命运，张兴武先生认为被历史所彻底淘汰，他说："这里需要强调的是，王禹偁的创作，是五代白体发展的终结，而不是以苏黄为代表的宋诗的先声。……于是，等到欧阳修、梅尧臣、苏舜钦等人登上诗坛，革新诗文，这种游戏式的诗风便被无情地画上了句号。"④

而吕肖奂先生虽然也承认宋初白体随着王禹偁的早逝，与西昆体的突然出现而发生逆转，但并未认为宋初白体诗彻底消失于诗坛，提出"后白体"一说，大大开拓了学术视野，她说："从宋初的白体直到北宋后期的后白体，白居易的影响其实从未消失，只是在宋调求新求变的主潮中，白居易的浅近自然或者被吸收，成为宋调范型东坡体的一种底色，或者被发展，作为击壤体、耆英体一种渊源或起点。而专一学习白居易的诗人，在真宗、仁宗朝有所减少，仁宗至和间'数达官'学白居易，甚至已变成世人嘲笑的对象，到了神宗、哲宗、徽宗时，张舜民、张耒等人的出现，才使得白体又重现诗坛。"⑤

尚永亮先生认为，白体在宋代的追慕从未停止过，宋初白体

---

① 程千帆著，莫砺锋编《程千帆全集》卷一三，河北教育出版社 2000 年版，第 2 页。

② 张海鸥《宋初诗坛"白体"辨》，载《中山大学学报》2000 年第 6 期，第 15—20 页。

③ 张兴武《五代作家的人格与诗格》，人民文学出版社 2000 年版，第 217—222 页。

④ 张兴武《五代作家的人格与诗格》，人民文学出版社 2000 年版，第 222 页。

⑤ 吕肖奂《多远共生：北宋诗坛非主流诗派综论》，载《西南民族大学学报》2010 年第 2 期。

自然也未彻底走向灭绝，他曾撰写有关白居易在宋元接受与传承的系列论文，如：《论宋初诗人对白居易的追摹与接受》[①]重点阐释宋初白体诗人的创作概况；《苏轼与白居易的文化关联及差异》[②]则对北宋中期慕白的代表——苏轼，对白居易的继承与超越有较为深刻的论述；《论方回之崇白及其对白诗的评点》[③]对宋末方回晚年崇白有较深刻的阐释。尚永亮先生还有专著《中唐元和诗歌传播接受史的文化学考察》，[④]对包括白居易在内的元和诗歌在后代的传播接受有详细的考察，这极大地丰富了笔者的研究视野。

此外，李丹在博士论文《元白诗派元前接受史研究》中说："如果说宋初白体诗人对白居易的接受是指名道姓的、公开声明的，那么欧、梅二人则恰恰相反，他们对元白的接受是暗里的契合……无论是其平淡畅易的风格，彼此唱和的形式，还是世俗化、日常化、生活化的题材，都与元白诗派心曲暗通。……总体来看，元白诗派在宋代的接受达到了新的高峰，如果说第一阶段——中晚唐，主要体现作品的广泛传播、被读者大量地阅读传唱与仿作；那么宋代的接受则是在创作中模仿、吸收和消化，以及在心态上的推崇、承袭和超越，较之中晚唐，宋代对元白诗派的接受无疑更加全面与深入。"虽然侧重点不同，但也可见白居易在宋代的影响之深，并非仅仅只是宋初形成白体。

面对上述问题，分歧各异的观点不仅丰富人们的认识，也使这一问题变得复杂起来，让人莫衷一是。

---

① 尚永亮《论宋初诗人对白居易的追摹与接受》，载《社会科学辑刊》2009 年第 4 期。

② 尚永亮《苏轼与白居易的文化关联及差异》，载《中国人民大学学报》2010 年第 1 期。

③ 尚永亮《论方回之崇白及其对白诗的评点》，载《北京大学学报》2009 年 9 期。

④ 尚永亮《中唐元和诗歌传播接受史的文化学考察》，武汉大学出版社 2010 年版。

（二）对宋初白体诗流行时间与历史命运的再思考

宋初白体诗上承五代而来，至太宗、真宗达到极盛，随后转入更深层次的融合，成为宋代诗歌的重要渊源之一。其流传时间与宋初“西昆体”及“晚唐体”流行的时间虽以历时为主，但也存在共时性的成分，不能一概而论而割裂其内在的联系。

宋初白体诗的历史命运，我完全赞成吕肖奂、尚永亮诸先生及李丹博士的观点。其盛行的时期虽结束于真宗朝，但其精神融入了后来的诗歌革新之中，促成了宋初学唐到宋调的转变。笔者后文将以欧阳修、苏轼、张耒、黄庭坚为例，简略看其融入宋诗的基本情况，以显宋初白体诗在宋代的遗响，此处从略。

第二章　宋初白体诗人群体考论
——帝王词臣篇

宋初白体诗人是一个人数庞大、相对松散的诗人群体，时跨宋初数朝，其人数远远超过方回所说李文正、徐常侍、王元之、王汉谋诸人。笔者结合其诗作及当时或后人的评论，对宋初白体诗人（其中白体代表诗人在后文各专章或专节具体考述，此处点到辄止）做一群相考述，以期对宋初白体诗人有个相对整体的把握。当然，由于文献的不足，仍不免挂一漏万。

第一节　宋初白体诗人考论——帝王篇

历朝历代统治者的喜好与提倡都是文运时尚转折推演的最有力推手。宋初诗坛白体的首兴，与宋初几代帝王对白居易及其诗文的提倡与追慕有密切的关系，正如刘扬忠先生所说太宗是“‘白体’中影响最大的一位诗人”。[①] 此言甚是不虚，而且太宗的继任者更是如此。

一、太祖、太宗及其君臣宴饮御制诗

宋太祖赵匡胤（927—976），对其生平事迹无需多费笔墨，可详

---

① 刘扬忠主编《中国古代文学通论·宋代卷》，辽宁人民出版社 2005 年版，第 28 页。

参《宋史·太祖纪》。荣登九五之后，虽也屡次强调文治、完善科举、重视文臣的选拔与任用，但毕竟出身行武，早已习惯马背上的生活，再加上太祖朝文臣均为五代入宋者，乱世文臣身上的墨守因循、懦弱保身、阿谀献媚十分突出，太祖对文臣时时流露出轻视的态度，使得文臣地位很是尴尬，这些使得太祖朝文坛颇为贫瘠，只能是太宗朝郁郁文风的前奏。其对待士人的无礼，宋人记载道：

东京，唐汴州，梁太祖因宣武府置建昌宫，晋改曰大宁宫，周世宗虽加营缮，犹未如王者之制。太祖皇帝受天命之初，即遣使图西京大内，按以改作。既成，帝坐万岁殿，洞开诸门，端直如引绳，则叹曰："此如吾心，小有邪曲人皆见矣。"帝一日登明德门，指其榜问赵普曰："明德之门，安用之字？"普曰："语助。"帝曰："之乎者也，助得甚事。"普无言。①

艺祖时，新丹凤门(疑缺"成")，梁周翰献《丹凤门赋》。帝问左右："何也？"对曰："周翰儒臣，在文字职，国家有所兴建，即为歌颂。"帝曰："人家盖一个门楼，措大家又献言语。"即掷于地。②

言语之中尽露对文士的鄙视。同时，不少史料又记载太祖定天下后颇为勤读，也要求文臣武将们读书知礼，究竟所读何书？目的为何？来看下面几则材料：

太祖常谓秦王侍讲曰："帝王之子，当务读经书，知治乱之大体，不必学作文章，无所用也。"③

---

① [宋] 邵伯温《邵氏闻见录》卷一，中华书局1983年版，第5页。
② [宋] 龚鼎臣《东原录》，影印文渊阁《四库全书》本，第862册，第565页。
③ [宋] 司马光《涑水记闻》卷一，中华书局1989年版，第20页。

(赵)普少习吏事,寡学术,及为相,太祖常劝以读书,晚年手不释卷,每归私第,阖户启箧,取书读之竟日,及次日临政,处决如流。既薨,家人发箧视之,则《论语》二十篇也。①

太祖尝谓赵普曰:"卿苦不读书,今学臣角立,隽轨高驾,卿得无愧乎?"普由是手不释卷,然太祖亦因是广阅经史。②

太祖闻国子监集诸生讲书,甚喜,遣使赐之酒果,曰:"今之武臣,亦当使其读经书,欲其知为治之道也。"③

太祖所重视的书籍应为经史之书,而不是舞文弄墨的诗赋杂律,读经史的目的是知治乱大体,"宰相须用读书人",至于要武臣读书则是使武将提高儒家思想文化教养,能够"识君臣父子之道,知忠孝悌顺之理",④缓和君王与武将的关系,稳定新生的赵宋政权。正因为如此,太祖对文臣的尊重要分别论之,对精通经史的儒臣倍加尊重,而对诗赋文章之士轻视居多,如太祖评价文坛名宿陶穀为"皆检前人旧本,改换词语,此乃俗所谓依样画葫芦耳,何宣力之有",⑤始终悬而不用。

太祖对诗赋文章之士的态度,使得太祖朝翰苑词臣地位十分尴尬,除陶穀外,还有窦俨、窦仪、王著、李昉、扈蒙、欧阳迥、卢多逊、张澹等,其文学才华在太祖朝多受到很大的压制,再加上他们大部分年事日高,创作热情锐减,使得太祖朝文学成就暗淡,只是太宗朝文坛兴盛的前奏。此时,太祖御宴群臣十分罕见,而且情趣爱好极其通俗,从下面两则材料可见一斑:

---

① [元] 脱脱《宋史》卷二五六,第 8940 页。
② [宋] 释文莹《玉壶清话》卷二,中华书局 1984 年版,第 19 页。
③ [宋] 司马光《涑水记闻》卷一,中华书局 1989 年版,第 15 页。
④ [宋] 李焘《续资治通鉴长编》卷四五,中华书局 1979 年版,第 978 页。
⑤ [宋] 魏泰《东轩笔录》卷一,中华书局 1997 年版,第 5 页。

一日因大宴，雨骤至，太祖不悦。少顷不止，形于言色，以至叱怒左右。赵近前奏曰："外面百姓已望雨，官家大宴何妨，只是损得些陈设，湿得些乐官衣裳，但令乐官雨中做杂剧。此时雨难得，当百姓得雨快活之际，正好吃酒娱乐。"太祖于是大喜，宣乐人就雨中做杂剧奏乐，于是屡劝近臣百官军员吃酒，尽醉而散。①

太祖夜幸后池，对新月置酒，问："当直学士为谁?"曰："卢多逊。"召使赋诗。请韵，曰："些子儿。"其诗云："太液池边看月时，好风吹动万年枝。谁家玉匣开新镜，露出清光些子儿。"太祖大喜，尽以坐间饮食器赐之。②

太祖御宴因雨而"叱怒左右"，实无多少雅趣，所奏为杂剧，亦通俗浅易，其"些子儿"之韵更是尽显武人本色。太祖诗作极少，《全宋诗》仅收诗一首，残诗一首，不能算是真正意义上的诗人，但其对通俗的喜好对当时的文坛浅易风尚的形成应有积极的作用。

宋太宗(939—997)，名匡义，太祖之弟，虽出身武人，但对文学艺术的爱好远远在其兄之上，其诗作甚丰，王应麟《玉海》卷二八对太宗的御作及其御藏情况有详细的记载：

《祥符太宗御制御书目录》：……《太宗御集》四十卷、目一卷；《朱邸集》十卷、目一卷；《至理动怀篇》一卷；《文明政化》十卷；《逍遥咏》十卷；《缘识》五卷；《秘藏诠》三十卷；《禅枢要》三卷；《莲花心轮回文偈颂》二十五卷；《心轮图》一卷；《注金刚经疏宣演》六卷；《回文诗》四卷；《君臣赓载集》三十卷、目二卷；

① [宋]江少虞《宋朝事实类苑》卷一五，第173页。

② [清]何文焕编《历代诗话》，中华书局1981年版，第313页。

《棋谱图》三卷;《琴谱》二卷;《九弦琴谱》二十卷;《五弦阮谱》十七卷。凡百一十九部,总二百一十八卷。龙(图)阁、太清楼、御书院、秘阁,各藏一部。副本二千一百四十八部,总万四千五百八十六卷。文集中录出歌诗文赋别行,总千四十四卷,分藏于龙图阁、御书院。《至理动怀篇》至《惠化行》并文集中录出别行,《十二愿》至《百官历子序》刻板于御书院。《心轮图》《大言赋》并录出别行。《笔法歌》至《日行诫》刻石于御书院。①

当然这其中或存在大量的代笔,但也能看出太宗对诗文的爱好。太宗本人雅好诗文,喜与群臣宴集赋诗,其诗学白居易闲适之作,是宋初白体诗的代表。其作品《全宋诗》卷二二收诗562首,内容大多是逍遥自适、淡泊名利的人生感悟,如《逍遥咏》《逍遥歌》前后多达两百余首,与佛理相关的诗作有《缘识》三百余首。太宗的诗作,内容比较贫弱,注重儒家教化,诗歌风格追求浅易,是宋初白体诗人中比较浅易者。此外,太宗朝君臣唱和甚多,这既受当时白体创作方法的影响,又极大地推动宋初士大夫唱和及白体诗的盛行。现将其诗作分析如下:

(一) 富贵悠游、盛世太平的颂赞——御宴唱和诗

太宗喜与群臣宴集赋诗,有《君臣赓载集》三十卷,惜已散佚,难以窥其要,但御宴君臣赓和的记载保存于文献之中,现就太宗太平兴国初年君臣宴集情况略举一二以窥豹一斑:

(太平兴国二年九月)丙辰,上始狩于近郊,作诗赐群臣,令属和。②

(太平兴国四年四月)癸亥,次天威军,作《早行诗》,令从

① [宋] 王应麟《玉海》卷二八,《圣文·御制》,第543页。
② [宋] 李焘《续资治通鉴长编》卷一八,中华书局1979年版,第398页。

> 臣和。……(五月)上作《平晋赋》,令从臣皆赋;又作《平晋诗》二章,令从臣和。……(六月)辛酉,次定州。遣使告祀北岳,上作《悲陷蕃民诗》,令从臣和。①

王应麟《玉海》卷三〇收大量御制诗文篇目,现摘录部分条目如下:太平兴国御制《猎诗》,习射赐诗《咸平大阅诗》;太平兴国《闻捷奏诗》《平晋赋》《平晋诗》《平晋记》;太平兴国《新茶诗》;太平兴国《喜春雨诗》;太平兴国《大名凯旋诗》;太平兴国《平河歌》等等。②

虽然具体的诗作散佚殆尽,但由诸如《雪诗》《瑞雪歌》《冬至诗》《游琼林苑诗》《晚春游含芳园》《喜春雨诗》《击球诗》《新茶诗》《雨诗》《猎诗》等诗题,可以推测其诗歌的大致内容。其创作内容与心态极似白居易晚年的闲适之作,但更多几分富贵气,诗歌风格也追求平易,如:

> 轻轻相亚凝如酥,宫树花装万万株。今赐酒卿时一盏,玉堂闲话道情无。③
>
> ——《太平兴国七年季冬大雪赐学士》
>
> 苍生往事弊凋残,今我如同赤子看。大阐无为三教盛,承平方说四夷宽。④
>
> ——《赐陈抟》(其一)
>
> 运偶昌时远更深,果然谷在我心中。从风臣偃光朝野,此日清华见翰林。举措乐时周礼法,思贤教古善规箴。少年学

---

① [宋] 李焘《续资治通鉴长编》卷二〇,中华书局1979年版,第448页。

② [宋] 王应麟《玉海》卷三〇,《御制诗歌》,第572页。

③《全宋诗》,第一册,第447页。

④《全宋诗》,第一册,第447页。

士文明世，一寸贤毫数万寻。①

——《赐苏易简》(其二)

当然有重视技巧的地方，叶梦得曾说："太宗当天下无事，留意艺文，而琴棋亦皆造极品。时从臣应制赋诗，皆用险韵，往往不能成篇，而赐两制棋势亦多莫究，所以故不得已，则相率上表乞免和，诉不晓而已。王元之尝有诗云：'分题宣险韵，翻势得仙棋。'又云：'恨无才应副，空有表虔祈。'盖当时事也。"②

(二) 逍遥自适、淡泊名利的吟唱——《逍遥咏》组诗浅析

太宗重儒不轻道，淳化四年(993)曾说："清静致治，黄、老之深旨也。夫万务自有为以至于无为，无为之道，朕当力行之。至如汲黯卧治淮阳，宓子贱弹琴治单父，此皆行黄、老之道也。"③臣子们也纷纷鼓吹黄、老思想，如吕端曾对太宗说："国家若行黄、老之道，以致升平，其效甚速。"④君臣对道教无为思想极为推崇，以期辅佐统治。君臣"知足""逍遥"为主旨的组诗——《逍遥咏》，其序文中说："夫诗颂歌辞，华而不实，上不足以补时政之阙失，次不足以救苍生之弊病。假有独擅其名，弗精于用，义同画饼，弃不足珍。争如立至当之言，以济于时事者哉。"⑤太宗希望所作诗歌能使君臣之间各得其所，相安知足，甚至劝人达到无名、无功甚至无己的境界，这具有鲜明的政治目的。这表面上与白居易所推崇的讽谕诗相近，其实更接近于白居易的"又或退公独处，或移病闲居，知足保和，吟玩情性"⑥的闲适诗之作。现摘录几首如下：

① 《全宋诗》，第一册，第 448 页。
② [宋] 叶梦得《石林燕语》卷八，中华书局 1984 年版，第 117 页。
③ [宋] 李焘《续资治通鉴长编》卷三四，中华书局 1979 年版，第 758 页。
④ [宋] 李焘《续资治通鉴长编》卷三四，中华书局 1979 年版，第 758 页。
⑤ 《全宋诗》，第一册，北京大学出版社 1991 年版，第 312 页。
⑥ [唐] 白居易著，朱金城笺校《白居易集笺校》，第 2794 页。

自在无拘束，逍遥里外安。玩情终不见，圣境类乎端。机智将何用？幽深大道宽。区分能解意，四季一周看。①

逍遥心自乐，清静保长生。至道归玄理，真空造化成。辉华扬日彩，偃昂顺风声。里外有何物，刚柔炼始精。②

随缘心不见，性各本乃真。恶事夸唇颊，愚痴似醉人。忙忙何物有，急急名利亲。入定观浮世，苍生业感因。③

逍遥圣贤乐，我闷俗情愚。鄙俚何堪数，斟量解卷舒。恶缘须尽去，善事好相于。忙急真如梦，乾坤造化殊。④

——《逍遥咏》

再看白居易的几首逍遥自适、知足保和的闲适诗作：

亦莫恋此身，亦莫厌此身。此身何足恋，万劫烦恼根。此身何足厌，一聚虚空尘。无恋亦无厌，始是逍遥人。⑤

——《逍遥咏》

空腹一盏粥，饥食有余味。南檐半床日，暖卧因成睡。绵袍拥两膝，竹几支双臂。从旦直至昏，身心一无事。心足即为富，身闲乃当贵。富贵在此中，何必居高位？君看裴相国，金紫光照地。心苦头尽白，才年四十四。乃知高盖车，乘者多忧畏。⑥

——《闲居》

不种一陇田，仓中有余粟。不采一枝桑，箱中有余服。官

---

①《全宋诗》，第一册，第326页。

②《全宋诗》，第一册，第329页。

③《全宋诗》，第一册，第334页。

④《全宋诗》，第一册，第335页。

⑤［唐］白居易著，朱金城笺校《白居易集笺校》，第625页。

⑥［唐］白居易著，朱金城笺校《白居易集笺校》，第316页。

闲离忧责，身泰无羁束。中人百户税，宾客一年禄。樽中不乏酒，篱下仍多菊。是物皆有余，非心无所欲。吟君《未贫》作，因歌《知足曲》。自问此时心，不足何时足。①

——《知足吟》

身适忘四支，心适忘是非。既适又忘适，不知吾是谁。百体如槁木，兀然无所知。方寸如死灰，寂然无所思。今日复明日，身心忽两遗。行年三十九，岁暮日斜时。四十心不动，吾今其庶几？②

——《隐几》

十年为旅客，常有饥寒愁。三年作谏官，复多尸素羞。有酒不暇饮，有山不得游。岂无平生志，拘牵不自由。一朝归渭上，泛如不系舟。置心世事外，无喜亦无忧。终日一蔬食，终年一布裘。寒来弥懒放，数日一梳头。朝睡足始起，夜酌醉即休。人心不过适，适外复何求。③

——《适意》(其一)

早岁从旅游，颇谙时俗意。中年忝班列，备见朝廷事。作客诚已难，为臣尤不易。况余方且介，举动多忤累。直道速我尤，诡遇非吾志。胸中十年内，消尽浩然气。自从返田亩，顿觉无忧愧。蟠木用难施，浮云心易遂。悠悠身与世，从此两相弃。④

——《适意》(其二)

太宗的组诗《逍遥咏》在内容上进一步继承白居易“知足保和”

---

① ［唐］白居易著，朱金城笺校《白居易集笺校》，第 1496 页。
② ［唐］白居易著，朱金城笺校《白居易集笺校》，第 314 页。
③ ［唐］白居易著，朱金城笺校《白居易集笺校》，第 317 页。
④ ［唐］白居易著，朱金城笺校《白居易集笺校》，第 318 页。

的思想，是宋初白体诗的代表。至于《逍遥咏》组诗的艺术特点，在语言上则比白居易诗作更加的浅易，近乎白话，但缺少变化，千篇一律，令人生厌；不重形象塑造，尤其是阐释佛道思想诗作，几乎毫无形象性可言，感情又比较空乏，是宋初白体诗人中比较粗浅者。

此外，太宗还有阐发佛理知性、知足不辱的组诗《缘识》，其序文有云："予将兴无为之大教，力救苍生之福业。"①组诗中充斥着佛道说教色彩，如：

> 大道常恭谨，明灵不降威。少言知有信，多事自招非。年寿看松柏，冠簪短布衣。我心忙亦乐，清静得同归。②
>
> 无事胜多事，非缘不是缘。深穷浅近意，寻往便知前。③
>
> 慕道焚修万法通，一心清淡奉真宗。方知异境人难见，见即虚无事不空。④
>
> 利钝犹根性，无缘枉用心。邪求皆是相，正定理玄深。巧拙高含识，轻浮力不任。大乘通语默，稽古便知今。⑤

总之，太宗朝的君臣宴集唱和直接推动了宋初唱和之风的盛行，太宗本人的诗作无论内容上的闲适自足、提倡儒家诗教，还是语言风格的浅易，都与白居易有相似之处。虽然在宋初白体诗人的创作中宋太宗成就不高，但其特殊的政治地位使其影响甚大。"（太宗）又从容语及平日藩邸唱和之事，公（李昉）遽离席，历历口诵御诗几七十余篇，一句不讹。上谓曰：'何记之精耶？'公奏曰：

① 《全宋诗》，第一册，第 402 页。
② 《全宋诗》，第一册，第 403 页。
③ 《全宋诗》，第一册，第 428 页。
④ 《全宋诗》，第一册，第 432 页。
⑤ 《全宋诗》，第一册，第 407 页。

‘臣不敢妄对，臣自得谢（职）无事，每晨起盥栉，坐于道室，焚香诵诗，每一诗日诵一遍，闲或却诵道佛书。’上喜曰：‘朕亦以卿诗，别笥贮之。’”①上行必下效，统治者的喜好是宋初白体诗盛行的重要推手，以至于刘扬忠先生说太宗是“‘白体’中影响最大的一位诗人”。②

二、宋真宗及其君臣宴饮御制诗

宋真宗（968—1022），名赵恒，太宗第三子，至道三年（997）二月继承大统，事迹可见《宋史·真宗本纪》。其与宋徽宗一样，在宋朝帝王中倍受争议，作为宋朝第一位承平君王，执政前期雄心壮志，重用名相李沆、曹彬、吕蒙正等。但统治稍微稳定后则大搞东封西祀、天书甘露，自欺欺人，劳民伤财，又重用奸佞之臣王钦若、丁谓、林特、陈彭年、刘承珪之流，使朝政大坏，危机四伏。因而，《宋史·真宗本纪》指出：“真宗英晤之主。其初践位，相臣李沆虑其聪明必多作为，数奏灾异以杜其侈心，盖有所见也。及澶渊既盟，封禅事作，祥瑞沓臻，天书屡降，道迎奠安，一国君臣如病狂然，吁，可怪也。”③

真宗统治时期，一方面，宋初专制集权的弊端日益凸显，“三冗”之费剧增，社会危机日益加重；另一方面，朝廷又沉浸在虚幻的盛世之中，这也使得此时期的君臣唱和宴集大盛，而且阿谀颂美色彩甚浓，虽然帝王的诗作散佚严重，但由其宴集诗题，也可以看出其诗作内容的闲适与华赡。《玉海》卷三〇收录真宗的御制诗题甚多，现摘部分试题如下：咸平赐宴《赏花诗》；咸平、景德、祥符《瑞雪诗》；祥符《赏花诗》；祥符《御宴观瑞物诗》；祥符《绿龟诗》；祥符

---

① ［宋］释文莹《玉壶清话》卷三，中华书局1984年版，第24页。
② 刘扬忠主编《中国古代文学通论·宋代卷》，辽宁人民出版社2005年版，第28页。
③ ［元］脱脱《宋史》卷八，《真宗本纪》，中华书局1977年版，第172页。

《瑞石诗》;祥符《神雀诗》《甘露诗》;祥符《赏花钓鱼诗》;祥符《嘉雪诗》;天禧《喜春雨诗》;天禧《赏花钓鱼诗》等等,[1]闲适优游与歌颂祥瑞十分突出,在内容上具有白体诗的显著特点,但其富贵与颂美意味日益突出。

此外,真宗朝宴集赐饮数量惊人,真宗在御宴中的诗作由臣子的和作可知一二,后文有详细阐述,此处暂且不论。

总体而言,宋初三朝,太祖的文化修养明显不及后继者,太祖自己几乎没有诗作流传,其对文士的轻视态度也使诗歌缺乏独立的地位,诗坛只是延续五代宗白诗风,同时也为太宗朝白体兴盛积蓄能量。宋初帝王之慕白以太宗最甚,太宗不仅鼓励文臣学白,而且自己的诗作在内容与思想上具有明显的学白倾向,从而推动宋初白体诗的首兴。真宗诗作散佚殆尽,但由其君臣宴集唱和中的诗题,可见与白居易闲适诗作具有一致性,而且丰富了宋初白体诗的内涵,使之具有较浓郁的阿谀颂美色彩,其诗作游戏味与才学化渐次突出,这不仅给宋初白体诗带来新的特色,更预示着诗坛的新动向,即昆体新风尚在颂美的时代呼唤中已悄悄孕育。

第二节　宋初白体诗人考论——词臣篇

翰林学士是宋初文学创作的生力军,陈元锋先生说:"一个显而易见的现象是,从李昉、徐铉到宋白、苏易简、王禹偁,太宗朝翰林学士几乎由清一色的'白体'诗人担当。"[2]他们清贵显要,又是当时的文化精英,他们的文学好尚对整个文坛都有积极的影响。可以说宋初白体诗的风行,与翰林学士创作上的偏好分不开。

---

① [宋] 王应麟《玉海》卷三〇,第 577—588 页。

② 陈元锋《宋太祖朝翰林学士述论》,载《华南师范大学学报》2011 年第 1 期。

一、太祖朝翰林学士的白体诗歌创作

太祖朝南北尚未一统，诗坛创作主体主要是由五代入宋的文学旧臣，其中部分升至新朝的翰林词臣，据陈元锋先生统计，太祖朝的翰林学士有：陶穀、窦俨、王著、李昉、扈蒙、窦仪、欧阳迥、卢多逊、张澹。[①] 除欧阳炯外，都是后汉、后周旧臣，这其中就有不少是白体诗人。

陶穀(904—971)字秀实，邠州新平(今陕西邠县)人。本姓唐，避后晋高祖石敬瑭讳而改姓陶，《宋史》卷二六九有传，称其"强记嗜学，博通经史，诸子佛老，咸所总览；多蓄法书名画，善隶书。为人俊辨宏博，然奔竞务进，见后学有文采者，必极言以誉之；闻达官有闻望者，则巧诋以排之，其多忌好名类此"。[②] 可见，他在宋初是颇具争议的人物。

其诗歌在宋初拥有崇高的地位，魏泰论之曰："自五代至国初，文翰为一时之冠。"[③]《续湘山野录》也说："国初文章，惟陶尚书穀为优。"[④]但人品在当时备受争议，如"太祖将受禅，未有禅文，翰林学士承旨陶穀在旁，出诸怀中进之，而曰：'已成矣。'太祖由是薄其为人"。[⑤]《宋史》本传说他"奔竞务进""多忌好名""倾险巧诋，为时论所薄"等等。但我们不能因人而废文，陶穀应是五代宋初白体诗人的重要代表。

陶穀十分推崇白居易的为人与诗作，他在《龙门重修白乐天影堂记》中说：

---

① 陈元锋《宋太祖朝翰林学士述论》，载《华南师范大学学报》2011年第1期。

② [元] 脱脱《宋史》卷二六九，《陶穀传》，第9238页。

③ [宋] 魏泰《东轩笔录》卷一，中华书局1983年版，第5页。

④ [宋] 文莹《续湘山野录》，中华书局1984年版，第75页。

⑤ [宋] 司马光《涑水记闻》卷一，中华书局1989年版，第3页。

《祭法》曰："法施于则祀之。"《洛书》曰："王者之瑞则图之。"世称白傅文行，比造化之功。盖后之学者若群鸟之宗凤凰，百川之朝沧海也。……予曰：彼白公服则儒士也，位则文人也，当官隶事，烈有丈夫志。只于批逆鳞，刺权幸。塞左道，履平坦。镇阳拒命也，指中人为制将，救日月之蚀，则战士心悦。武相遇盗也，责京尹讨贼，犯雷霆之怒，则奸臣股栗。杭州救旱，因农隙而积湖水；龙门通崄，出家财而凿八滩。著策数十篇，尽王佐之才；有文七十五卷，导平生之志。向使得其位而且久，行其道而不疑，以宪宗之神武，可继文皇也；元和之刑政，自同太宗也。必当华夏宅心，上东封之书；蛮夷屈膝，纳藁街之贡。岂直擒吴定蜀，平一蔡州而已哉？言粗毕，公耸身长揖而言曰：异乎昔之所闻。若此，则白公之才美，实辅相之英者，岂徒丈夫耶？子其行矣，予果得修之。予归朝未再旬，邸吏捧公书相授，具报讫事。縠素乏口才，加之性懒，蟠桃拂汉，非尺箠可量，直以与公问答，疏之如右，别刊贞石，以俟能者。①

只可惜其诗只存3首，难以窥其诗歌的总体风貌，实属遗憾。《全宋诗》所收3诗为：

官职有来须与做，才能用处不忧无。堪笑翰林陶学士，一生依样画葫芦。②

——《题玉堂壁》

重重叠幛耸云端，御殿金楼飘渺间。圣境不容凡俗到，故

① [唐]白居易著，朱金城笺校《白居易集笺校》，第3970页。

② 《全宋诗》，第一册，第16页。

将飞瀑隔尘寰。①

——《石桥》

是个碑文念得全，聪明灵性自天然。离吴别楚三千里，入洛游梁二十年。负艺已闻喧世界，高眠长见卧云烟。相逢与我情何厚，问佛方知宿有缘。②

——《寄赠梦英大师》

陶榖诗作语言浅易，用意甚明。第一首前两句自负才能，后两句则对太祖的批评似有几分不满之词，相传太祖轻薄其为人，说："颇闻翰林草制，皆检前人旧本，改换词语，此乃俗所谓依样画葫芦耳，何宣力之有？"③陶榖作此诗自嘲。第二首则是写景诗，突出御殿石桥的神秘与远离尘嚣。第三首是寄赠之作，全诗结构清晰，语言流畅，尤其是中间两联："离吴别楚三千里，入洛游梁二十年。负艺已闻喧世界，高眠长见卧烟云。"极为畅达。尾联交代与佛门高僧梦英大师的深厚情谊，同时流露出自己佛教慧根与习佛恨晚之情。全诗流畅，通俗易通，具有宋初白体诗的特点。

窦仪(914—966)，字可象，蓟州渔阳人，窦禹钧长子。后晋天福中举进士，历任后汉、后周户部郎中、太常少卿、右谏议大夫，入宋为工部尚书，判大理寺事，曾奉命主撰《建隆重定刑统》三十卷、《建隆编敕》四卷。《宋史》卷二六三有传。窦俨(919—960)，窦仪之弟，后晋天福六年(941)进士，历官后汉、后周，入宋后为礼部侍郎，"所撰《周正乐》成一百二十卷，诏藏于史阁；其《通礼》未及编纂而卒。有文集七十卷"。④ 此外，还有窦侃、窦偁、窦僖，皆有科名，

① 《全宋诗》，第一册，第16页。

② 《全宋诗》，第一册，第16页。

③ [宋] 魏泰《东轩笔录》卷一，中华书局1983年版，第5页。

④ [元] 脱脱《宋史》卷二六三，《窦俨传》，第9097页。

时称“窦氏五龙”，作诗好白体。五窦之中，“俨与仪尤为才俊，对景览古，皆形讽咏，更迭唱和至二百篇，多以道义相敦励，并著集”。①可惜更迭唱和的诗作亡佚殆尽。窦仪的诗作，《全宋诗》仅收2首：

> 厩马牵来哕哕嘶，马蹄随步蹑云梯。新街锦帐达三字，旧制星垣放五题。视草健毫从席选，受降恩诏待公批。仙才已在神仙地，逢见刘晨为指迷。②
>
> ——《贺李昉》
>
> 多少樊笼不敢开，强拘物性要相偕。何时得似郊州守，德政临民鹤自来。③
>
> ——《过郊州留题》

窦俨的诗作散佚殆尽，《全宋诗》仅收《北海题诸宫》一首：“纪南南望水城宽，水色天光混一般。大抵江乡足诗景，咏吟如把画图看。”④诗风平白如话，具有白体诗疏浅的特点。

王著（928—969），字成象，单州单父人，为人豁达通脱，幼能属文，后汉乾祐举进士第。仕后周为翰林学士、知制诰。入宋为中书舍人、知制诰，乾德三年（965）拜翰林学士。开宝二年冬暴卒，时年42，《宋史》卷二六九有传。

王著诗歌《全宋诗》收《吟赠梦英大师》一首，诗为：“到处闻人乞篆踪，学来年久有深功。墨池阔类湘江水，笔冢高齐太花峰。金锡罢飞新解虎，铁盂收掌旧降龙。知师吟恋烟村景，不肯回头望九重。”⑤全诗用浅切的语言刻画梦英大师非凡的篆刻技艺与不念荣

---

① ［元］脱脱《宋史》卷二六三，《窦俨传》，第9097页。

② 《全宋诗》，第一册，第54页。

③ 《全宋诗》，第一册，第54页。

④ 《全宋诗》，第一册，第157页。

⑤ 《全宋诗》，第一册，第218页。

华的节操，诗意畅达，有白体之风。

卢多逊(934—985)，怀州河内人，显德初举进士。北宋开宝四年(971)，为翰林学士。太平兴国初，拜中书侍郎、同平章事，后任兵部尚书。但其为人奸险，后被太子太傅王溥等 74 人奏请革职严惩。对此，《宋史·卢多逊传》记载道："谨案兵部尚书卢多逊，身处宰司，心怀顾望，密遣堂吏，交结亲王，通达语言，咒咀君父，大逆不道，干纪乱常，上负国恩，下亏臣节，宜膏斧钺，以正刑章。"①后将其长贬崖州，最终死于贬所。

卢多逊好任数，有谋略，《儒林公议》说他是"权谋之士也。太祖尝患耶律氏据幽蓟，未有策以下之。多逊进说，愿权都镇州，经画攻取，俟恢复汉土则还跸于汴。闻者异之"。② 他在太祖朝也深受知遇。其诗作，《全宋诗》收 3 首(实为 2 首)，现录于下：

太液池边看月时，好风吹动万年枝。谁家玉匣新开镜，露出清光些子儿。③

——《新月应制》

军门半掩槐花宅，每过犹闻哭临声。渐穷老仆慵看马，着惨佳人懒按筝。诗侣酒徒消散尽，一场春梦越王城。④

——卢延逊(应为卢延让)《哀挽歌》

珠崖风景水南村，山下人家林下门。鹦鹉巢时椰结子，鹧鸪啼处竹生孙。渔盐家给无虚市，禾黍年登有酒尊。远客杖藜来往熟，却疑身世在桃源。⑤

——《南水村》

---

① [元] 脱脱《宋史》卷二六四，《卢多逊传》，第 9119 页。
② 《全宋笔记》第一编之五，第 96 页。
③ 《全宋诗》，第一册，第 259 页。
④ 《全宋诗》，第一册，第 259 页。
⑤ 《全宋诗》，第一册，第 259 页。

第一首是应制之作，应制即“凡被命有所述作则谓之应制”，①应制诗也可称为应诏诗，即所谓：“上言之为制，下承之为诏。”②对这首应制诗，《后山诗话》记载道：“太祖夜幸后池，对新月置酒，问：‘当直学士为谁?’曰：‘卢多逊。’召使赋诗。请韵，曰：‘些子儿。’其诗云：‘太液池边看月时，好风吹动万年枝。谁家玉匣开新镜，露出清光些子儿。’太祖大喜，尽以坐间饮食器赐之。”③此诗整篇通俗浅显。

第二首存在争议，《全宋诗》将其收入，理由是此诗见于《锦绣万花谷》前集卷二六，而《全唐诗》卷七一五又将此诗收在卢延让名下，诗题为《哭李郢端公》。笔者赞成后者，理由如下：

首先，《诗话总龟·伤悼门》卷四三收是诗，其文为：“卢延逊《哭李郢端公诗》曰：‘军门半掩槐花宅，每过犹闻哭临声。北固暴亡兼在路，东都权葬未归茔。渐穷老仆慵看马，着惨佳人暗理筝。诗侣酒徒消散尽，一场春梦越王城。”④卢延逊与卢延让实为同一人，对此，《唐才子传校笺》卷一〇对“延让，字子善，范阳人也”，校笺道：“卢延让，两《唐书》、两《五代史》具无传。延让或作延逊，系宋人避讳改。”⑤

阮阅大致生活年代为北宋末至南宋初。其作品《郴江百咏》自序中说：“宣和甲辰二月中和日，舒城阮阅序。”⑥宣和甲辰即北宋徽宗宣和六年(1124)。而《锦绣万花谷》的作者，《四库全书总目》卷一三五《提要》说：“不著撰人名氏，前有自序，题淳熙十五年十月一日，盖宋孝宗时人。”⑦淳熙十五年为南宋孝宗年号，即1188年。阮

① [明] 黄佐《翰林记》卷一一，《应制诗文》，影印文渊阁《四库全书》本，第596册，第977页。

② [宋] 赵彦卫《云麓漫抄》卷一，影印文渊阁《四库全书》本，第864册，第269页。

③ [清] 何文焕编《历代诗话》，中华书局1981年版，第313页。

④ [宋] 阮阅《诗话总龟》卷四三，人民文学出版社1987年版，第431页。

⑤ 傅璇琮主编《唐才子传校笺》卷一〇，中华书局1990年版，第405页。

⑥ [清] 厉鹗《宋诗纪事》卷四三，上海古籍出版社2008年版，第1101页。

⑦ [清] 永瑢《四库全书总目》卷一三五，中华书局1965年版，第1148页。

阅生活时代在前则毫无疑问，阮阅认为此诗作者为卢延逊（卢延让），而非卢多逊，为何选择后人编定的诗选而抛弃年代靠前的见解呢？

其次，《锦绣万花谷》中所收的诗为节录，而《鉴诫录》与《诗话总龟》收诗则相当完整。《锦绣万花谷》收的诗题为《哀挽歌》，后蜀孙光宪《鉴诫录》卷八："卢延让有诗《哭李郢端公终越州从事》，至今吟者无不怆然。……卢公诗曰：'车门半掩槐花宅，每过犹闻哭临声。北固暴亡兼在路，东京孰作未归茔。渐穷老仆慵看马，著惨佳人暗理筝。诗侣酒徒销散尽，一场春梦越州城。'"[①]《全唐诗》卷七一五诗题与诗文与《诗话总龟》一致。《全宋诗》编选时应选相对完整的诗作为宜。

再次，李郢端公，唐宣宗大中十年（856）进士，有诗一卷，晁公武记载道："《李郢端公诗》一卷。唐，李郢，楚望也。大中十年进士，诗调清丽。居余杭，疏于驰竞，为藩镇从事，兼侍御史。"[②]《唐才子传》卷七："（卢）延让，字子善，范阳人也。有卓绝之才。光化三年（900）裴格榜进士。"[③]这与卢延让的生活时代一致。

第三首是卢多逊写于贬所，李君明先生认为题目应为《水南村》，全诗语言极为通俗，写出水南村的南国风物与淳朴人情。此外，《水南村》尚有其二："一簇晴岚接海霞，水南风景最堪夸。上篱薯蓣春添蔓，绕屋槟榔夏放花。狞犬入山多豕鹿，小舟横港足鱼虾。谁知绝岛穷荒地，犹有幽人学士家。"[④]全诗音韵和谐，语言流丽清新，虽遭贬谪，处境险恶，但其心境依然闲适乐观，并饶有情趣

---

① ［后蜀］何光远《鉴诫录》卷八，影印文渊阁《四库全书》本，第1035册，第910页。

② ［宋］晁公武《郡斋读书志》卷四中，《续古逸丛书》本，上海印书馆1936年版，第106页。

③ ［元］辛文房著，傅璇琮等校笺《唐才子传校笺》卷九，中华书局1990年版，第405页。

④ 李君明《从广东方志及地方文献中新发现的〈全宋诗〉辑佚73首》，载《岭南文史》2007年第2期。

的体味田园风光，创作手法与创作心境都具有白体的特点。

概言之，太祖朝身居清贵显要的翰林学士都由五代而来，不少年已逾中年，创作热情不足，自身由五代而来的依附与因循的人格特征明显，加上太祖重道德轻文学的倾向，使得太祖朝的词臣创作总体成就不高，是五代的延续，也是太宗朝白体诗兴盛的前奏。

二、太宗朝翰林学士的白体诗歌创作

太宗朝翰苑词臣数量众多，据陈元锋先生统计有 15 位翰林学士，再加 2 位直学士，共计 17 人，数量是太祖朝的一倍，而且他们的诗作几乎是清一色的白体诗风。①

太宗朝馆阁翰苑文臣数量大增，君臣宴集应制数量惊人，而且诗作呈现向新朝过渡的特点。从整体上探讨宋初的馆阁文臣及其创作情况，已有专著。笔者重点考查地位较高的翰林学士，以个体为主，以揭示他们创作特点的趋同性与个体差异性。

（一）翰林学士应制之作与白体诗颂美特征

应制诗作，历来评价不高，如有云："人言应制，早朝等诗，从无佳作。非无佳作也，人自不佳耳。故凡此等诗竟将堂皇冠冕之字，垒成善颂善祷之辞，献谗呈媚，岂有佳作？"②宋初馆阁文臣的应制之作也大致有此毛病，这使得宋初白体诗具有较浓厚的优游颂美成分。但应制诗是应帝王之命而作，能较集中地反映帝王的爱好与情趣及其时代风尚。

太宗好文，在尚未登基时，就喜与臣子宴集赋诗，"上居藩邸时，每有篇咏，令昉属和，前后数百章"。③ 登基后，虽政事繁忙，但

① 陈元锋《宋太宗朝翰林学士述论》，载《文学遗产》2010 年第 4 期。

② [清] 薛雪著，杜维沫校《一瓢诗话》第四八则，人民文学出版社 1979 年版，第 105 页。

③ [元] 脱脱《宋史》卷二六五，《李昉传》，第 9140 页。

宴集不断，特别与馆阁文臣，宴集诗作甚多，笔者只选取宴集酬唱并有集名流传的一小部分，以窥其大略。《通志》载："《李昉唱和诗》一卷，宋朝李昉等，兴国中从驾至镇阳，过旧居……《翰林酬唱集》一卷，宋朝王溥与李昉、汤悦、徐铉等。《应制赏花集》十卷。《瑞花诗赋》一卷，宋朝馆阁应制作。"①

其中《李昉唱和诗》是太平兴国四年（979），李昉随太宗北征北汉，行至李昉家乡时赐宴父老，酬唱叠韵之作。太宗朝王溥与李昉、汤悦、徐铉等《翰林酬唱集》已经散佚，其他的唱和诗集的具体作品也大多已散佚，但从历史文献中可知其点滴，现将太宗朝规模较大的宴集应制集——《应制赏花集》（十卷），考察如下：

赏花赋诗在太宗雍熙元年（984）成了每年宴集的惯例，有关赏花赋诗的记载甚多，如苏易简在《舍人赐书预宴》中说："（太祖）因置酒于紫云楼下，命两制侍宴，欢甚，因命中书舍人来辰宜缀内制起居，令为通式，仍各赐书千余卷，以备检阅。旧体，每游宴，止学士得赴召。暨皇上留心儒墨，旌赏文翰，时纶阁之臣，始召赴曲宴，或令和御诗，舍人从游宴，自此始也。"②再如《玉海》卷三〇记载："三年三月癸酉，命宰臣李昉等就第为观花赋诗之会，酒酣，各赋奉诏《赏花诗》，帝亦作诗赐之。……四年三月己卯，赏花宴于后苑，上临池垂钓，令侍臣赋《赏花钓鱼诗》，应制者凡二十有六人，俄出五言御诗一章，赐宰臣李昉等，晚御水心殿习射。……五年三月戊午，召近臣赏花宴后苑，上临池钓鱼，命群臣赋诗，时应制三十九人，上亦赋诗以赐宰相吕蒙正等，因习射，上中的者六，张乐饮酒诏群臣，尽醉。"③等等。

《应制赏花集》十卷，其具体作品数量应该不少，可惜散佚殆

---

① ［宋］郑樵《通志·艺文略·第八》卷七〇，中华书局 1987 年版，第 825 页。

② ［宋］江少虞《事实类苑》卷三〇，第 380 页。

③ ［宋］王应麟《玉海》卷三〇，《御制诗歌》，第 574 页。

尽，现从徐铉集中找出一首《应制赏花》，其诗为：

上林春暮紫英开，组绣成堆映玉阶。艳逐晨光随步武，香和轻翠透襟怀。生成泽广时芳茂，鱼水情通乐韵谐。禁御年年陪睿赏，何时梁父奉燔柴。①

徐铉之作音韵和谐，清新流畅。首二句以汉之上林喻皇宋天子的花园，时至暮春，紫花盛开，映满玉阶。颔联写花姿与花香，非常细腻，而且角度新颖。明写花颜似追逐晨光跟随脚步，实乃赏者留恋晨光移动使然，使花极具情趣。花香随着缕缕清风透人心脾。颈联具有颂美的成分，这是此类诗作的共性。由花貌想到恩泽广播，写到鱼水情通，盛世咏谐。结尾则点题于自己的愿望，先交代写诗是禁中赏花之作，然后用典故，梁父，即梁父山，秦始皇曾有过"封禅"之举，封泰山而禅梁父。燔柴即《礼记注疏·祭法》："燔柴于泰坛，祭天地。"②以此暗喻自己陪君封禅、希求天下康富的愿望。全诗含蓄细腻，是宋初白体中较为出色者。

寇准两首应制赏花之作则要浅易通畅得多，颂美之辞更加明显。

上苑经春雨，宸游属盛时。花光笼宝槛，柳色暗龙池。潋滟雕觞满，融和暖日迟。共歌成至乐，千载播声诗。③

——《应制赏花》

龙禁含佳气，銮舆下建章。碧波微荡漾，红萼竟芬芳。玉

① 《全宋诗》，第一册，第123页。

② ［汉］郑氏注［唐］孔颖达疏《礼记注疏》卷四六，十三经注疏本。

③ 《全宋诗》，第二册，第993页。

罘春醪满，金枝昼漏长。逢时空窃抃，万宇正欢康。①

——《应制赏花钓鱼》

第一首先写帝王赐宴赏花环境的优美，风和日丽，春色撩人。接着以"共歌成至乐，千载播声诗"的颂美之辞结束全篇。第二首在结构上与第一首相似，即先写景，再以颂美收束诗文。

经过宋初几十年的文化振兴，太宗时的君臣宴集应制不像太祖那样演绎杂剧打诨，应制诗作除流畅清丽、通俗颂美外，也注意诗艺的提高，如《诗话总龟》卷四记载："太宗留意艺文，好篇咏。淳化中，春日苑中有赏花钓鱼小宴，宰相至三馆毕预坐。咸命赋诗，中字为韵，上览以第优劣。时姚铉诗先成，曰：'上苑烟花迥不同，汉皇何必幸回中？花枝冷溅昭阳雨，钓线斜牵太液风。绮萼惹衣朱槛近，锦鳞随手玉波空。小臣侍宴惊凡目，知是蓬莱第几宫？'赐白金百两，时辈荣之，以比夺袍赐花等故事。"②

此外，赏花钓鱼宴集还具有文学创作以外的意义，如它不仅联系君臣的情感，还使入宴成为馆阁文臣无上的荣耀，甚至为今后的仕途铺平道路。如在淳化元年(990)的赏花钓鱼宴上，集贤校理李宗谔因不具入宴资格而被拒之门外，曾献诗："戴了宫花赋了诗，不容重见赭黄衣。无聊独出金门去，恰似当年下第归。"③因特招宴集。"吕正惠端，太宗朝为参知政事，多独对便殿，语必移刻。因宴后苑，上《钓鱼诗》断句云：'欲饵金钩殊未达，磻溪须问钓鱼人。'意已属公矣。公和诗进曰：'愚臣钩直难堪用，宜用濠梁结网人。'不数日，拜平章事。"④吕端得到重用与对诗时的谦逊应有微妙的关

---

① 《全宋诗》，第二册，第 994 页。

② ［宋］阮阅《诗话总龟》前集卷四"称赏门"，第 37 页。

③ ［宋］吴处厚著，李裕民校《青箱杂记》卷一，中华书局 1985 年版，第 3 页。

④ ［宋］阮阅《诗话总龟》前集卷一，人民文学出版社 1987 年版，第 2 页。

系。除《应制赏花集》外，稍前的《翰林酬唱集》、太宗的《君臣赓载集》与《瑞花诗赋》等等，皆淹没于历史的长河之中。

至于太宗朝君臣宴集应制而留下的单篇之作，则多得不可胜数，只要翻开太宗时代的文臣别集，应制、奉和、赐宴之类的诗题甚多。虽然文臣的才学识力各有不同，但其宴集应制无论创作方式上的同题唱和、次韵相酬，创作心态的富贵闲适、悠然自得，还是诗作内容的赏花饮酒、钓鱼观画，都是宋初白体诗的显著特征，同时，其颂美色彩与富赡的语言不但丰富了宋初白体诗的内涵，而且还开启了真宗朝君臣应制颂美的先河，对昆体的孕育也有一定的影响。

（二）翰林学士的雅集次韵与白体诗的富贵闲适

宋初馆阁文臣之间也经常雅集唱和，可以说几乎所有的文臣都有参与此类娱乐交际活动，其别集中都有大量的雅集次韵之作。笔者选取位居清要的翰林学士群体，考察他们的雅集活动，以显其诗作风貌及对宋初白体兴盛的积极影响。当时规模较大的宴集次韵活动并有集子流传的主要有：

其一，太宗淳化年间的《禁林宴会集》。

《禁林宴会集》是保存至今最完整的宴集诗集，这有赖于宋代洪遵编《翰苑群书》一书。淳化二年(991)十二月辛卯“翰林学士承旨苏易简于本院会学士韩丕、毕士安，秘书监李至，史馆修撰杨徽之、梁周翰，知制诰柴成务、吕佐之、钱若水、王旦，直秘阁潘谨修，翰林侍读王著、侍读吕文仲等，观御飞白书‘玉堂之署’四字并三体书诗石。上闻之，赐上尊酒，太官设盛撰，至等各赋诗以记其事。宰相李昉、张齐贤，参知政事贾黄中、李沆亦赋诗以贻易简，易简悉以奏御。上谓宰相曰：‘苏易简以卿等诗什来上，斯足以见儒墨之盛、学士之贵也。可别一本进入。’以其本赐易简。”[①]诸人唱和之

---

① [宋] 李焘《续资治通鉴长编》卷三二，中华书局1979年版，第727页。

作被苏易简汇编为《禁林宴会集》,《翰苑群书》①卷七收有此次宴集的全部诗作,现摘抄部分如下:

玉堂四字重千金,宸翰亲挥赐禁林。地望转从今日贵,君恩无似此时深。宴回上苑花初发,麻就中宵月未沉。衣惹御香拖瑞锦,笔宣皇泽洒春霖。院门不许闲人入,仙境宁教外事侵。我直承明逾二纪,临川实动羡鱼心。

——右仆射平章事监修国史李昉上

昔陪群彦在鳌山,今日重来赴玳筵。才向玉堂观圣札,又离瑶席睹宸篇。二南绝唱人惊骇,三体神踪凤折旋。坐久庭柯移午影,饮酣宫吹递香烟。吟求视草笺分写,醉假通中枕暂眠。俗客不知仙禁近,高歌共乐太平年。

——吏部侍郎兼秘书监李至上

雨晴禁署绝纤尘,宴会名贤四海闻。供职尽居清显地,崇儒同感圣明君。翩然飞白旋题字,焕若丹青翠琰文。梓泽笙歌诚外物,兰亭诗酒不同群。少年已作瀛洲老,他日终栖太华云。莫怪坐间全不饮,心中和气自醺醺。

——学士承旨中书舍人苏易简上

《禁林宴会集》中所收诗作内容空泛,诗意重复,大多是赞美太宗书法遒劲,歌颂帝王隆恩,创作心态极为闲适,为自己是翰苑中人而沾沾自喜,诗艺与一味的追求浅易有别,"虬龙""鸾鹤""云龙""金銮""鸾皇""雕金""龙鸾"等等,使诗歌充满富贵之气,平心而论,没有多大的文学价值,但其唱和雅集使得太宗朝的白体诗歌在风格上更加丰富。同时,馆阁翰苑词臣之间与君臣应制的酬唱之作,使得宋初平易流畅的白体诗风慢慢发生变化。

① [宋] 洪遵编《翰苑群书》卷七,影印文渊阁《四库全书》本,第595册,第372页。

其二，淳化五年(994)《题义门胡氏华林书院》同题唱和。

华林书院，原名华林书堂，位于江南西道洪州府奉新(今江西奉新)，为胡珰在南唐前期修建。对这次群臣同题酬唱，王禹偁在《诸朝贤寄题洪州义门胡氏华林书斋序》道:“南昌旧都，胡氏大族，一门守义，四世不析。乃降诏命，旌其里闾。声闻于天，风化于下。大哉，圣人之于孝治，若是之极也！……自旧相司空而下，作者三十有几人，诠次官纪，烂然成编，再拜授予，恳请为序。夫《南陔》《白华》，古诗人之美孝子也，有其义而亡其词，仲尼存其篇，子夏序其意，束皙补其文。况身被皇朝之化，目睹孝门之事，有是歌咏播于声诗，而序引无闻，文士之阙也，且使后之采诗义、观国风者将何取实焉?”①

淳化五年，太宗召见华林书院胡仲容，嘉奖其四世孝悌，并授官为秘书省校书郎，赐袍笏犀带，且颁御书，以光私第，朝臣三十多人赋诗颂美。这是一次规模盛大的群臣同题酬唱，不少诗作都具有白体特点。现移录部分诗作如下：

孝义冠乡闾，门多长者车。岁收千顷稻，家贮一楼书。待客开新酒，留僧煮嫩蔬。三公老且病，无暇访山居。②

——李昉

知有英儒伯始孙，聚书讲学贲邱园。征搜合副来贤诏，旌表宜题遍德门。举族为人俱孝弟，深幽何草不兰荪。小冠子夏来相示，诗版因凭寄竹轩。③

——梁周翰

旌阳旧山曲，书室构山前。景物尘埃外，轩窗树石边。宁

① 《全宋文》卷一五四，上海辞书出版社、安徽教育出版社2007年版，第19页。

② 《全宋诗》，第一册，第189页。

③ 《全宋诗》，第一册，第219页。

惟集儒业，兼恐混神仙。百行家门最，宜当世有贤。①

——贾黄中

一百年来烟爨同，衣冠江左慕家风。儿孙歌舞诗书内，乡党优游礼让中。孝弟筠编争纪录，门闾天语赐褒崇。莫将六阙方朱氏，叶叶蒸尝奉始终。②

——张齐贤

墙头翠色云分岭，井底泉声瀑落崖。讲席日闻谈俎豆，书厨时见整竿牌。野猿有果频窥槛，山鸟无人忽下阶。好是鲁儒争就学，不辞千里过江淮。③

——李至

除此之外，还有贾宜、张孝隆、柳直、牧湜、吕佑之、向敏中、宋湜、吕文仲、张素、李虚己等三十多人都留下同题酬唱之作，差不多当时政坛、文坛名流都参与其中，足现规模之大。此次同题酬唱除了赞美胡氏华林书院的幽美环境、卓越的教学成果之外，还对胡氏一门四世的孝义推崇备至。这既是统治者追求“以孝治天下”，重建儒家孝义的具体体现，也反映五代宋初以来诗歌由远离政治向政治靠拢的趋势，宋初白体诗有继承白居易儒家诗教的一面，也自觉地参与太宗朝的文化重建。

这次同题酬唱诗作的艺术成就，其实并不高，如王禹偁《寄题义门胡氏华林书院》：“水阁山斋架碧虚，亭亭华表映门闾。力田岁取千箱稻，好事家藏万卷书。旋对杯盘烧野笋，别开池沼养溪鱼。吾生未有林泉计，空愧妨贤卧直庐。”④语言直白明晰，结构连贯自然，不用典，是典型白体风格。

① 《全宋诗》，第一册，第 498 页。
② 《全宋诗》，第一册，第 503 页。
③ 《全宋诗》，第一册，第 571 页。
④ 《全宋诗》，第一册，第 749 页。

此外，著名文臣李昉、李至二人唱和诗集——《二李唱和集》，也于淳化三年前后编成。王禹偁贬谪商州时与好友冯伉的唱和诗作《商于唱和集》也于淳化三年编成，这些后文有专章论述，这里暂且不论。

总之，太宗朝馆阁文臣及其他名士的次韵雅集活动甚多，无法逐一列举。这些诗作具有宋初白体诗显著的富贵闲适的特征，同时主动靠近政治、服务政治，使宋初白体诗人从五代一己或小范围的"自我陶醉"中走出来，其人格内涵进一步扩大，宋初文化建设与士风重建的效果已经显露出来。

（三）太宗朝翰林学士白体诗作的差异性

在太宗朝，翰林学士大多都是当时的白体名家，存诗较多的有徐铉、李昉、汤悦、宋白、李至、王禹偁、苏易简等，他们由于身份、个性及才艺偏好不同，使得太宗朝白体诗作在共性的基础上又具有鲜明的个体差异性。徐铉、李昉、李至、王禹偁后设专章论述，此处暂且不论。

其一，"翰林主人"——宋白。

宋白（936—1012）字太素，大名人。太祖建隆二年（961）进士及第。乾德三年（965）授玉津县令，先后知蒲城、渭南二县。太宗朝迁左拾遗，拜中书舍人。太平兴国五年（980）任知贡举，八年为集贤殿直学士，后召为翰林学士。端拱初为礼部侍郎，加知贡举。后因张去华坐尼安道事贬，至道初为翰林承旨。真宗时，以礼部侍郎判昭文馆，后曾权治开封府。咸平元年（998）以工部尚书致仕，真宗大中祥符五年（1012）正月卒，谥文安。《宋史・文苑传》将其列于首，被誉为"翰林主人"，可见对其文学才能的肯定。

宋白为人豪俊，尚气节，重交友，与当时文坛名流杨徽之、张去华、田锡、王禹偁、苏易简、李宗谔等人都有很深交往。一身久居文臣之职，其诗文创作甚富，《崇文总目》记载"宋白文集一百卷"，①

---

① ［宋］王尧臣等编《崇文总目》卷一一，影印文渊阁《四库全书》本，第674册，第137页。

惜已散佚殆尽，曾与李昉等编《文苑英华》《太平广记》等卷帙浩大的典籍，对保存文化遗产做出巨大贡献，又曾“聚书数万卷，图画亦多奇古者，尝类故事千余门，号《建章集》。唐贤编集遗落者，白多缵缀之。后进之有文艺者，必极意称奖，时彦多宗之，如胡旦、田锡皆出其门下”。[①] 还编有“《淳化编敕》二十五卷，《赦书德音目录》五卷”，[②]“新修《续通典》二百卷，诏付秘阁”，[③]又与李昉、扈蒙等同修《太祖实录》，“文章盟主”也并非妄语。

宋白诗文流播情况，祝尚书先生说：“百卷本文集久佚，亦未见宋人序跋，在宋代刊布情况不详。陆游《老学庵笔记》屡有征引，盖南宋尚传世。今仅存《宫词》一卷。”[④]《全宋诗》卷二〇收其《宫词》100 首，其他诗作 30 首、残句 13 则。《全宋文》收其文 23 篇，另外，伍联群先生还辑得逸诗 5 首、残句 8 则、试题一篇；辑逸文存目 3 则、残篇 1 则、残句 1 则。[⑤] 这是目前能见到的诗文概况。

宋白的诗歌从内容上看，首先是赞颂新朝、鼓舞升平的诗作最多。如前后达百首之多的《宫词》就是其代表。其前有序言说：“宫中词，名家诗集有之，皆所以夸帝室之辉华，叙王游之壮观；抉彤庭金屋之思，道龙舟凤辇之嬉。……至于观往迹以缘情，采新声而结意，鼓舞升平之化，揄扬嘉瑞之征，于以示箴规，于以续骚雅，丽以有则，乐而不淫，则与夫瑶池粉黛之词、玉台闺房之怨，不犹愈乎？是可以锵丝簧、炳缃素，使陈王三阁狎客包羞，汉后六宫美人传颂者矣。援笔一唱，因成百篇。言今则思继颂声，述古则庶几风讽

---

① [元] 脱脱《宋史》卷四三九《宋白传》，第 13000 页。

② [宋] 王应麟《玉海》卷六六，《诏令》，第 1255 页。

③ [宋] 李焘《续资治通鉴长编》卷四九，中华书局 1979 年版，第 1073 页。

④ 祝尚书《宋人别集叙录》卷一，中华书局 1999 年版，第 8 页。

⑤ 伍联群《北宋文人宋白著作概况及其诗文辑补》，载《古籍整理研究学刊》2011 年第 2 期。

也。大雅君子,其将莞然。”①可见,宋白对诗歌的颂美与讽谕有明确的认识,其具体诗作略选几首如下:

万国车书一太平,宫花无数管弦声。近臣入奏新祥瑞,昨夜黄河彻底清。②

楼前宣赦掣金鸡,大礼新成彩仗归。万岁声高天地喜,庆云飞上衮龙衣。③

玉殿金扉夜不扃,露华如水洗圆灵。昭阳女伴新承宠,心祝君王拜寿星。④

御制新成喜雪篇,六宫传写满香笺。金銮殿女曾偷和,不敢将呈万乘前。⑤

新生帝子浴漪兰,三日宫中列绮筵。嫔御称觞呼万岁,笙歌一片夜掀天。⑥

天上鸡人唱晓筹,严妆钟动景阳楼。千门竞洗燕脂面,流作香波入御沟。⑦

骊山讲武六师回,日月旗高过苑来。鞭入夹城箫鼓动,材林轻骑闹如雷。⑧

虢国威仪过薛王,担夫争路气扬扬。宫嫔后出香车送,飏碎钗头玉凤凰。⑨

---

①《全宋诗》,第一册,第281页。
②《全宋诗》,第一册,第281页。
③《全宋诗》,第一册,第281页。
④《全宋诗》,第一册,第281页。
⑤《全宋诗》,第一册,第283页。
⑥《全宋诗》,第一册,第284页。
⑦《全宋诗》,第一册,第284页。
⑧《全宋诗》,第一册,第286页。
⑨《全宋诗》,第一册,第286页。

除《宫词》外，就是送别诗，如《送陈尧叟赴广西漕》开头也说："莫辞征骑去迢迢，尽泻纯诚许圣朝。北阙皇恩从此布，南方沴气必然销。"对当今的圣朝皇恩充满敬意。

其次为节日游宴、登临咏怀之作，如重阳登高、中秋赏月，宋白都有诗作留存，诗作流露出寂寞之情。登临记游，诗人也往往发出比较深沉的感叹，如：

霜冷风清九月九，茱萸黄菊家园有。何时玉殿接千官，称觞共进南山寿。①

——《九日》其一

去年今夜此堂前，人正清歌月正圆。今夜秋来人且散，不如云雾蔽青天。②

——《中秋感怀》其一

云彩冰光似去年，去年人月两婵娟。今宵不辨连明坐，拼醉抽身黑处眠。

——《中秋感怀》其二

再次为寄友之作，如《寄蔡昆》："却忆醉相逢，云深太白东。离别经腊雪，魂梦又春风。芳草晴天阔，黄鹂细雨中。倚筇愁望处，烟树远蒙笼。"③

在语言上，宋白诗歌平易通俗，其《嘉州》："嘉阳信美郡，风物眷多奇，有湖题明月，有楼名荔枝。"④《普贤寺》："菩萨悲深居此地，峨眉名重镇南州。不知立处高多少，只见星辰在下头。"⑤等

① 《全宋诗》，第一册，第 287 页。
② 《全宋诗》，第一册，第 287 页。
③ 《全宋诗》，第一册，第 289 页。
④ 《全宋诗》，第一册，第 287 页。
⑤ 《全宋诗》，第一册，第 287 页。

等，明白如话，一目了然。内容上略显宽泛，但仍然以颂德记游、赠寄感怀为主，这也是白体常见题材。此外，宋白还有《唱和集》七卷（已佚），杨亿有《广平公唱和集序》，可见唱和的创作方式在宋白身上表现得十分突出。总体而言，无论是内容、创作方式还是艺术特色，宋白的诗歌都具有宋初白体诗的典型特点。

其二，南唐降臣——汤悦。

李焘《续资治通鉴长编》卷二曰："（汤）悦即殷崇义，池州人也，姓犯宣祖讳，故改焉。"①《明一统志》卷一六也说是池州府贵池人；一说为陈州西华（今河南西华）人，《十国春秋》卷二八云："殷崇义，陈州西华人。父文圭，为吴翰林学士。崇义博洽能文章。"②今取年代靠前者。汤悦为南唐保大十三年（955）进士，官至司空，知左右内史事。入宋，太宗将其置入直学士院，与徐铉等修撰《江南录》，后预修《太平御览》。降臣的尴尬身份，使其在太宗朝地位不显。马令《南唐书》卷二三、《十国春秋》卷二八有传。

汤悦文章深受南唐元宗赏识："自淮上用兵，凡书檄教诰皆崇义任之，特为典赡，切于事情。"③其诗作，即使是和韵，也于平易之中寓有挥之不去的忧伤。在南唐宗白诗风盛行的元宗、后主朝，作为官至宰相的汤悦不免受到白体诗风的熏陶，惜其诗歌散佚严重。《全宋诗》收其诗 6 首：

> 却下乌台建隼旟，侯封归去袭龙舒。严霜尚满辞天阙，甘雨看随入境车。④
>
> ——《送季大夫牧舒州》

---

① ［宋］李焘《续资治通鉴长编》卷二，中华书局 1979 年版，第 40 页。

② ［清］吴任臣《十国春秋》卷二八，中华书局 1983 年版，第 407 页。

③ ［清］吴任臣《十国春秋》卷二八，第 407 页。

④ 《全宋诗》，第一册，第 207 页。

千里陵阳同陕服，凿门胙土寄亲贤。曙烟已别黄金殿，晚照重登白玉筵。江上浮光宜雨后，郡中远岫列窗前。天心待报期年政，留与工师播管弦。①

——《奉和圣制送邓王牧宣城》

正是花时节，思君寝复兴。市沽终不醉，春梦亦无凭。岳面悬清雨，河心走浊冰。东门一条路，离恨正相仍。②

——《早春寄华下同志》

忆见萌芽日，还怜合抱时。旧欢如梦想，物态暗还移。素艳今无几，朱颜亦自衰。树将人共老，何暇更悲丝。③

——《鼎臣学士……次来韵攀和》

托植经多稔，顷筐向盛时。枝条虽已故，情分不曾移。莫向阶前老，还同镜里衰。更应怜堕叶，残吹挂虫丝。

——《再次前韵代梅答》

人物同迁谢，重成念旧悲。连华得琼玖，合奏发埙篪。余枿虽无取，残芳尚获知。问君何所似，珍重杜秋诗。④

——《鼎臣学士……成四十字陈谢》

今存6首汤悦的诗歌，就有3首是与徐铉的唱和之作，一首奉和邓王李从镒出镇宣城的，其余两首为送别寄友之作。不管何种题材，汤悦的诗都充满着浓郁的伤感色彩，尤其是晚年与徐铉的和作，更是引出莫大的悲凉。本来东馆庭外梅之枯荣实乃自然现象，作者却带出"旧欢如梦想"的惆怅，加上朱颜自衰，人树的命运竟如此的相似，诗作含有明显的身世之感。随后又有再和两首，进一步

① 《全宋诗》，第一册，第207页。
② 《全宋诗》，第一册，第207页。
③ 《全宋诗》，第一册，第207页。
④ 《全宋诗》，第一册，第208页。

渲染“人物同迁谢，重成念旧悲”的复杂情感。即使是寄友，“市沽终不醉，春梦亦无凭”，其感伤之情不知从何而来，此种忧伤应是身世、家国以及入宋后的境遇及其暮年将至的哀伤混合的结果，给宋初白体诗抹上一丝伤感的情调。只是这种情调在当时不合帝王将相的口味，在富贵闲适、颂美华赡的诗风中淹没殆尽。

其三，平易晓畅——苏易简。

苏易简（958—997），字太简，绵州盐泉人。太宗太平兴国五年（980）状元，释褐将作监丞，迁左赞善大夫。太平兴国八年，任右拾遗、知制诰。雍熙初，以郊祀恩进秩祠部员外郎，次年与贾黄中同知贡举，三年（986）充翰林学士。淳化二年（991），迁中书舍人，充承旨。四年，为参知政事。至道元年（995），罢参知政事，以礼部侍郎出知邓州，移陈州。三年卒于陈州，年仅 39，赠礼部尚书。著有《文房四谱》《续翰林志》及《文集》二十卷（已佚），《宋史》卷二六六有传。

苏易简曾汇编馆阁文臣唱和诗集《禁林宴会集》，已详见前文。其诗作现存甚少，《全宋诗》仅收诗 5 首、断句 4 则。现摘录如下：

> 天子昔取士，先俾分媸妍。济济俊兼秀，师师麟与鸾。小子最承知，同辈寻改观。甲第叨荐名，高飞便凌烟。遂使拜扆坐，果得超神仙。迄今才七岁，相接乘华轩。①
>
> ——《赠翰林学士宋公白》
>
> 乘舟南去唯寻酒，上马西行只咏诗。醒醉去留皆遂意，如斯方信是男儿。
>
> ——《特吟诗二首送英公大师》（其一）②
>
> 祝融峰上曾传纳，太一山前旧结庐。两地逍遥已三纪，争

① 《全宋诗》，第二册，第 848 页。

② 《全宋诗》，第二册，第 849 页。

教肯在帝城居。

——《特吟诗二首送英公大师》(其二)①

有若似夫子,尚兴阙里门。虎贲状蔡邕,犹旁文举樽。昭陵自一闭,真迹不复存。予今获此本,亦可比玙璠。②

——《题临兰亭序》

雨晴禁署绝纤尘,宴会名贤四海闻。供职尽居清显地,崇儒同感圣明君。翩然飞白璇题字,焕若丹青翠琰文。梓泽笙歌诚外物,兰亭诗酒不同群。少年已作瀛洲老,他日终栖太华云。莫怪坐间全不饮,心中和气自醺醺。

——《禁林宴会之什》③

苏易简的诗歌浅近易晓、闲适自得,尤其是俗语的使用特别突出,譬如:"遂使""果得""争教""自一闭""不复存"等等,使诗句甚是流畅自然。

此外,李建中(945—1013),虽不是出身翰林,但也出入集贤院,是宋初翰苑馆阁名臣,其诗在宋初又比较突出,因而,将其附于此。

李建中有集三十卷,已佚。《宋史》卷四四一有传。其诗《全宋诗》收19首,从内容上略作分类如下:

首先是记游览胜之作,大多表现诗人闲适之情,如《杭州望湖楼》:

小艇闲撑处,湖天景物微。春波无限绿,白鸟自由飞。落日孤汀远,轻烟古寺稀。时携一壶酒,恋到晚凉归。④

① 《全宋诗》,第二册,第849页。
② 《全宋诗》,第二册,第849页。
③ 《全宋诗》,第二册,第849页。
④ 《全宋诗》,第一册,第511页。

此诗是作者游杭州登望湖楼之作，首联写湖天相接，景物细微，着一“闲”字，作者的心情和盘托出。中间两联写登楼后所见之景，作者紧扣题目的“望”字，依次写了“春波”“白鸟”“落日”“孤汀”“轻烟”“古寺”，写景物非常突出：一色彩清丽，动感十足；一朦胧幽远，静谧无声，远近结合，自然和谐。尾联“恋”字，再一次流露对杭州望湖楼周围景色的留恋。全诗意境优美，心情闲适，写景独到，语言清丽，应是宋初白体诗中写景较为出色的诗篇。诸如此类的记游尚有：

杉松倒涧雪霜干，屋壁麝煤风雨寒。我亦平生有书癖，一回入寺一回看。①

——《题洛阳寺壁》

岩岩仙都山，肃肃黄帝宫。巨石临广泽，千仞凌高穹。肇当融结初，全得造化功。深可蟠厚壤，峭疑接冥鸿。云軿去路存，丹鼎遗迹空。抽润草心碧，敷香莲叶红。升龙扳矫矫，飞凤鸣噰噰。而我集仙署，尝比瀛洲雄。星移婺女间，凤驾析木东。到觉毛骨爽，坐如羽翼冲。万事皆氛埃，一气归鸿濛。遐哉上圣道，邈与元化同。金简奠至诚，玉书铭代工。功成解冠剑，栖息期此中。②

——《题仙都山》

其次为寄友赠别之作，这类诗作所抒发的情感除了惜别怀念之情外，还有及时行乐的闲适与参悟世理的散淡之情，前者如《郡斋偶书寄同院彭城学士兼简兵部同年采览》：

---

① 《全宋诗》，第一册，第511页。

② 《全宋诗》，第一册，第514页。

闲情闲忆事如空，静读《离骚》向郡中。冠剑老年伤远别，关河夜月许相同。晚花天气孤庄雨，流水人间小阁风。行乐及时聊强饮，不须嫌作白头翁。①

由诗题可知这是写给“同院彭城学士”与兵部同年的诗作。诗先写自己在郡斋之中的悠闲与寂寞，“闲忆”写出对二位友人的思念，也写出自己的空漠之情。诗人读《离骚》以排解郡斋的无聊生活。颔联一句写自己为官年迈，尤为感伤离别；一句写对方，月夜之下也应该有同感吧！颈联写景奇妙，对仗工整。“晚花”对“流水”，“孤庄雨”对“小阁风”，晚花开在孤庄飘起小雨之时，诗人在小阁之中，宁静地看着雨起风行，别有番滋味。尾联似乎有点“突然”，“行乐及时聊强饮，不须嫌作白头翁”，一笔将闲愁荡尽，但毕竟是“聊”，而且现在也无法行乐及时，全诗笼罩在淡淡的别绪闲愁之中。

寄友赠别之作，比较好的还有《送张无梦归天台》：“紫殿谒宸极，赤城归旧山。气清玄鹤下，语淡白云闲。路入翠微外，岩栖瀑布间。何当一携手，相与语灵关。”②《怀湘南旧游寄起居刘学士》：“老情诗思关何处，浑是湘南水岸头。残白晚云归岳麓，浓香秋菊满汀州。静寻绿径煎茶寺，遍上红墙卖酒楼。西洛分台素拘检，绣衣不得等闲游。”③等等。

再次为次韵酬唱之作，太宗朝臣子次韵极为普遍，李建中也不例外，但现存此类诗作甚少，如参与群臣同题唱和的《题义门胡氏华林书院》与《奉酬杨少监见寄退居遣兴之什》，与其他的同题唱和相似，没有什么特别之处。

李建中的记游、赠别之作在宋初白体诗人群体之中，特色较为

① 《全宋诗》，第一册，第513页。
② 《全宋诗》，第一册，第513页。
③ 《全宋诗》，第一册，第511页。

鲜明，不仅仅是追求平易，更多地是清逸流畅，这与诗人的艺术气质有关。

总之，太宗朝翰林学士及其著名文臣诗风学白甚多，他们凭借各自才情与个性，使宋初白体诗既有一致性又有个体差异性，一同汇入宋初白体诗的大河。

三、真宗朝翰林词臣的白体诗创作

真宗朝的翰苑词臣唱和活动继续兴盛，唱和诗作沿着太宗朝应制诗歌的富赡华丽、歌功颂德方向发展，与宋初白体诗的平易流畅的风格渐行渐远，并最终促使西昆体的发展壮大，白体诗退出诗坛中心。

（一）真宗朝翰林词臣与君臣应制酬唱诗集

真宗也是好文崇艺的帝王，自身的文化修养也很高，御作概况已见上文。真宗朝的翰苑词臣的面貌发生巨大变化，在新朝中成长起来的文臣基本代替了前朝硕宿，新面孔纷纷登上文坛中心。真宗朝先后入馆者有钱惟演、刘筠、陈彭年、晏殊、夏竦、丁度、李淑、章得象、谢绛等，入翰林的文臣数量更多，较有文名的除宋白、王旦历任太宗、真宗两朝外，还有梁周翰、晁迥、李宗谔、杨亿、李维等。此外，既入馆阁又身为翰林的有钱惟演、刘筠、陈彭年及其晏殊等文坛名流。他们构成规模庞大而又复杂的创作群体。

真宗朝的翰苑文臣绝大多数出生于新朝，君臣酬唱的富贵气得到进一步地放大，其中大多数成为稍后西昆体的主干甚至领袖，但其中有不少文臣早期诗作具有白体性质，如舒雅、李维、李宗谔等，可以说是由白体入而由昆体出。丁谓、张咏、晁迥虽然直接抑或间接参与西昆酬唱，但其主流风格应不属于昆体范围，这在后文有专节介绍。

真宗与翰苑文臣的赐宴赏花不逊于太宗，“真宗好文向学，孜孜不倦。祥符、天禧之际，宸章睿藻，宣示臣下者，不间于三五日。自宰执至贴职于三馆者，皆得与赓载”，①留下的君臣应制酬唱诗集主要有《天禧明良集》等。

（二）真宗朝翰苑词臣的酬唱与宋初白体诗风格的分化

经过太祖、太宗两朝的苦心经营，宋代的社会经济呈现出繁荣景象，至真宗朝，出现盛世景象。《邵氏闻见录》卷三云：“本朝唯真宗咸平、景德间为盛，时北虏通和，兵革不用，家给人足。以洛中言之，民以车载酒食声乐，游于通衢，谓之棚车鼓笛。”②

这某种意义上造就了君臣的治平心态与享乐思想，真宗说：“天下无事，而大臣和乐，何过之有！”③这使得歌舞行乐、宴游富贵之风更加兴盛，尤其是在应制诗中表现得更为鲜明。赏花钓鱼、观灯游赏、观书宴集等闲雅的诗歌内容与闲适的创作心态正合宋初白体诗的特征，但其平易浅显的语言渐次转向适合盛世颂美的富赡华丽，诗歌内容也呈现多级发展的趋势。真宗朝馆阁翰苑宴集应制数量甚大，以应制内容为标准大致可分为：

其一，赏花钓鱼应制——盛世中的颂歌。

与太宗朝一脉相承，真宗朝君臣宴集中赏花钓鱼是重要的一项内容，欧阳修说：“真宗朝岁岁赏花钓鱼，群臣应制。”④文臣们也为能入苑赏花而倍感荣欣，如未能参加，则甚是遗憾，宋庠竟私自作《奉和御制赏花钓鱼次韵私赋》以酬和，足见其追慕之心。“真宗御集有《苑中赏花诗》十首，内一首《龙柏花》。”⑤关于真宗赐宴赏花钓鱼的记载甚多，如：

---

① ［宋］祖无择《龙学文集》卷一四，影印文渊阁《四库全书》本，第1098册，第859页。

② ［宋］邵伯温著，李剑雄校《邵氏闻见录》，中华书局1983年版，第23页。

③ ［宋］李焘《续资治通鉴长编》卷九六，中华书局1985年版，第2216页。

④ ［宋］欧阳修《归田录》卷二，中华书局1981年版，第21页。

⑤ ［宋］陆游著，李剑雄点校《老学庵笔记》卷九，中华书局1979年版，第114页。

(真宗咸平)三年二月晦,赏花,宴于后苑,帝作《中春赏花钓鱼诗》,儒臣皆赋,遂射于水心殿,尽欢而罢。自是遂为定制。①

祥符元年三月九日庚午,召近臣宴后苑,帝作《赏花》七言诗。三年闰二月二十七日丁丑,召辅臣至宣圣殿,朝拜太宗圣容,帝作《赏景观花诗》,以赐从官,即席赋诗。……五年三月二十日丁亥,召近臣赏花后苑,以雨移御崇政殿,南轩曲宴命赋诗。……帝作《赏花》及《喜雨诗》二首,群臣即席和进。八年三月丙申,宴后苑,上作《赏花》七言诗。②

真宗末年,尝游禁中,见翰林学士王禹偁倚官木若吟咏,命官使亟探之,果预作《赏花钓鱼诗》。明日,百官赴宴,迨题出,乃《千叶石榴花》,百官皆失所拟。禹偁首进一绝云:"王母庭中亲见栽,张骞偷得下天来。谁家巧妇残针线,一撮生红熨不开。"上称赏,谓真才。③

具体应制赏花诗作则不胜枚举,其中有似白体的君臣酬唱之作,只是颂美的成分愈加浓烈,如丁晋公的残句《赏花钓鱼》甚有味道,欧阳修在《归田录》中记载道:"真宗朝岁岁赏花钓鱼,群臣应制。尝一岁,临池久之,而御钓不食。时丁晋公(谓)应制诗云:'莺惊凤辇穿花去,鱼畏龙颜上钓迟。'真宗称赏,群臣皆自以为不及也。"④本来鱼不上钩是极其自然的事,丁谓竟然说是惧畏龙颜,见其应制诗作的谄媚性。宋人吴聿说:"近世应制,争献谀辞,褒日月而谀天地,惟恐不至。古者赓载相戒之风,于是扫地矣。"⑤

---

① [元] 脱脱《宋史》卷一一三,第 2692 页。
② [宋] 王应麟《玉海》卷三〇,《御制诗歌》,第 580 页。
③ [宋] 阮阅编,周本淳校《诗话总龟》前集卷三,人民文学出版社 1984 年版,第 30 页。
④ [宋] 欧阳修《归田录》卷二,中华书局 1981 年版,第 21 页。
⑤ [宋] 吴聿《观林诗话》,影印文渊阁《四库全书》本,第 1480 册,第 3 页。

但更多的是由闲适富贵过渡到歌功颂德，诗歌语言也由追求浅易流畅为主转化为华美富赡，讲究用典的新奇与意象的浓密，如：

宫花如锦水连漪，翠辇寻芳正是时。禁苑定知人未识，朱栏除有蝶偷窥。艳烘晓日迷天仗，香逐轻风落酒卮。何幸微臣陪镐宴，蓬壶春漏正迟迟。①

——杨亿《后苑赏花应制》

上苑乘春启，奇花效祉新。连房红萼并，合干绿枝匀。剪献尊长乐，分颁宠辅臣。从游过水殿，凝跸近龙津。黼座临雕槛，文竿引翠纶。波香投桂饵，萍暖漾金鳞。湛露芳尊酒，钧天广乐陈。多欢千载遇，何以报严宸。②

——夏竦《赏花钓鱼应制》

禁园清跸赏春时，水殿晴阳照翠绥。步辇乍冲仙杏叶，御衣频拂露桃枝。风摇蕊粉星星坠，日引芳阴寸寸移。帝所甚欢宫漏永，宴余仍奉柏梁诗。③

——夏竦《和御制赏花诗》

杨亿是西昆体的领袖，而夏竦则是“后期西昆体”的俊彦，其诗作已经远离白体诗风了。在诗歌语言运用上，西昆诸诗人爱用金、玉等富赡华丽的辞藻，如上文杨亿的《后苑赏花应制》就使用“云罗”“霞绮”“琼圃”“凤辇”“龙津”“仙葩”等华艳富丽的辞藻以表现帝王宫苑的富贵与华丽，正体现出西昆体“丰富藻丽，不作枯瘠语”④的语言风格，而且诗歌意象较白体要浓密很多。

---

① 《全宋诗》，第三册，第 1321 页。

② 《全宋诗》，第三册，第 1791 页。

③ 《全宋诗》，第三册，第 1795 页。

④ [宋] 阮阅编，周本淳校《诗话总龟》后集卷一一，人民文学出版社 1984 年版，第 66 页。

这些与宋初白体诗风格已经渐行渐远，而这种诗风对歌颂王朝的盛世太平又有天然的优势，最终使得西昆体在真宗朝弥散开来，成为诗坛的主流。由五代而来的宋初白体诗失去了左右诗坛的地位，最终成为典型宋调的底色。同时，宋初白体诗在宋代的传承中不断新变，甚至在元祐后期形成"后白体"诗人群体，其影响贯穿整个宋朝。

其二，节日应制——盛世的恩典。

真宗朝与前代相似，每至元日、端午、中秋、重阳、除夕等重要节日往往宴请馆阁翰苑词臣及其他名士诗酒宴乐，作诗祝贺节日，这类记载也甚多，如：

> （咸平）二年八月壬子，侍读学士杨徽之等赴职，赐宴秘阁，上作七言诗赐之。九月戊子作《重阳》七言诗，近臣属和。①
>
> 五年正月己巳，朔，上作《元日》五言诗赐近臣和。癸未，乾元楼观灯，作七言诗。六年正月癸巳，朔，御乾元殿受朝，上作《元日》五言诗赐近臣。②
>
> 二年八月戊午，社宴近臣于中书，作《社日》五言诗赐之，属和。③

节日应制诗在馆阁翰苑词臣的作品中都保存了一些，如：

> 斜汉横空瑞气浮，桥边乌鹊待牵牛。长生殿冷时无事，乞巧楼多岁有秋。菡萏晚花清露湿，婵娟新月暮烟收。华封祷

---

① ［宋］王应麟《玉海》卷三〇，《御制诗歌》，第578页。

② ［宋］王应麟《玉海》卷三〇，《御制诗歌》，第582页。

③ ［宋］王应麟《玉海》卷三〇，《御制诗歌》，第577页。

祝华胥梦，谁道神仙不可求。①

——王禹偁《七夕应制》

宸居瑞霭重，阊阖正来风。憀栗惊秋气，丰穰美岁功。晓烟篱菊嫩，霄露畹兰红。重九登高会，欢娱处处同。

——杨亿《奉和御制重阳五七言诗》

民在华胥正乐康，高秋宾雁指衡阳。蒹葭渐见凝清露，鶗鴂先惊歇众芳。节值登高真胜会，年逢大有是殊祥。宸心悦豫流新唱，星汉垂文示八方。

——杨亿《奉和御制重阳五七言诗》②

仙掌凌空沆瀣秋，大田多稼似云浮。天边霁景芙蓉阙，江上残芳杜若洲。东观群儒宣宴乐，南荆遗俗重嬉游。宸章忽降容瞻睹，疑是神龟负九畴。③

——杨亿《奉和御制社日诗》

这些节日时的应制之作，内容上由节日出发，对帝王的功业盛德甚是颂美，王禹偁借七夕节说道神仙可求，杨亿则由君臣重阳登高宴乐，转而歌颂圣德流芳、天下升平，承平之气浓烈。

其三，甘霖符瑞——盛世的骗局。

真宗朝大兴符瑞之说，以重振帝王的威严，前已有介绍。身为御用的词臣歌颂祥瑞自然也难以避免。这类诗语言进一步典雅化，诗歌内容多是颂美之辞，除诗歌内容与白体诗相似外，其风格已与白体越走越远，不少称得上典型的昆体了。

这类诗题可详见王应麟《玉海》卷三〇，如：咸平、景德、祥符《瑞雪诗》，祥符御宴《观瑞物诗》，祥符《瑞应诗》、祥符《瑞石诗》、

① 《全宋诗》，第二册，第702页。

② 《全宋诗》，第三册，第1320页。

③ 《全宋诗》，第三册，第1320页。

《(瑞石)赞》,祥符《神雀诗》、《甘露诗》等等。其中"祥符御宴《观瑞物诗》"条记载道:

> (大中祥符)三年八月八日,甲寅,诏近臣观书于龙图阁,观瑞物于崇和殿,遂宴于崇和殿。帝作七言诗,侍臣即席皆赋。初观瑞物,史臣晁迥、杨亿曰:"此并圣朝受命之符,不载于史册,望内降名件,付史院。"从之。庚申,上作七言诗,赐永兴军王嗣宗。①

就连平素耿直的晁迥与杨亿,也不免奉承说要载于史册,付之史院。再如"祥符《神雀诗》、《甘露诗》"条记载道:

> (大中祥符)五年十一月三日,丙申,恭谢玉皇于朝元殿。礼毕,帝作《朝玉皇观二鹤神雀诗》三首,近臣毕和。庚子,作《圣祖降临记》。庚戌,钱惟演言甘露降所居丛竹,上作五言诗赐之。②

此外,瑞雪、瑞石、甘霖、神雀、绿龟之类的诗作充斥在真宗馆阁文臣的集子中,内容空乏,创作心态带有明显的歌功颂德成分。至于语言的走向富赡,看夏竦《奉和御制玉清昭应宫甘露歌》一首可知一斑,其诗为:"祝圣清场初展礼,鸿都向晓彰繁祉。郁郁纤枝正后凋,瀼瀼瑞采俄雰委。吉云五色比还疏,况是严冬岁律余。承以玉杯甘若蜜,凝于翠幄皎如珠。荐宸居,称寿酒,宣大庆兮仰归元首。香馥馥,旆央央,建灵坛兮茂对多祥。天心信与人心会,诞

---

① [宋] 王应麟《玉海》卷三〇,第 581 页。
② [宋] 王应麟《玉海》卷三〇,第 584 页。

节将临遽霑霈。式昭真荫祚君王，永锡遐龄齐覆载。”①毫不掩饰的颂美与语言的走向富赡对宋初诗歌流变也有积极的意义。

其四，观文论诗——盛世的文化推崇。

真宗喜读书，更多的时候是带领文臣、宗室入阁观文论诗，赏画评书，文化气氛浓郁。《玉海》卷二七《帝学》中有不少记载，如："淳化元年八月癸卯，朔，召近臣阅秘阁图籍"；"咸平崇文院阅群书，秘阁观太宗御书，馆阁阅四库书"；"景德崇文院观四库图籍"；"景德太清楼观四部书"；"祥符观书龙图阁"；"祥符召宗室观书龙图阁"等等，《玉海》中收录不少这方面的诗作，现略举几则如下：

> 祥符三年正月二十八日，戊寅，召近臣观龙图阁太宗御书及四部书籍，又至阁西观画。帝顾谓马知节曰："闻卿别画，可尽评之。"知节以古今工拙对，即赐酒于阁下。帝作《观书开宴》五言诗，令即席皆赋。②
>
> ——祥符《观书开宴诗》
>
> （咸平）五年十月己卯，召近臣观书于龙图阁，于阁之四壁设五经图，阁上藏太宗书帖三千七百五十卷。③
>
> ——观书龙图阁
>
> 祥符三年八月甲寅，召近臣观书龙图阁。上阅《元和国计图》，又观国初以来所获瑞物于崇和殿，遂宴资政殿，上作七言诗，从臣皆赋。④
>
> ——祥符观书龙图阁

---

① 《全宋诗》，第三册，第1767页。

② ［宋］王应麟《玉海》卷三〇，《御制诗歌》，第581页。

③ ［宋］王应麟《玉海》卷二七，第536页。

④ ［宋］王应麟《玉海》卷二七，《帝学》，第534页。

真宗在带群臣观书论诗的活动中，常伴有赋诗的环节，这类诗作也有部分留存至今，如：

仙禁开书府，神毫纪格言。简编包舜禹，围范总乾坤。稽古崇邦教，斯文辟圣门。从游观奥秘，何以报宸恩。[1]

——寇准《应制太清楼观书》

景命昭彰佑德基，元储敦裕协祥期。寝门劭至尝无怠，学肆多闻讵有疑。金玉腾音锵睿律，简编申锡振良规。河图奥秘言诚训，艺圃优柔善益资。玉宇风清传密诏，蓬山云委锡芳蕤。天颜不远回宸眷，肉味都忘听宝辞。燕翼诒谋欣教盛，上庠隆道庆才奇。叨逢华旦居黄阁，久侍宣游近赤墀。恩厚荐承三昼接，力微宁致百工熙。东闱疏问英猷远，圣虑乾乾更念兹。[2]

——寇准《御制……奉圣旨次韵》

非烟葱蔚苍龙阙，紫府深沈大帝居。群玉中天开策府，神龟温洛荐图书。珠宫岑寂经行处，金简荧煌拭目初。曾是先朝受恩者，因探禹穴涕涟如。

——杨亿《宣召赴龙图阁观太宗御书应制》[3]

寇准诗歌一般将之归入晚唐体，其实不少诗歌并不与晚唐体特征相符，倒与白体诗有相近之处。这两首诗是其观书应制之作，对帝王储书聚书的目的与作用有清醒认识，于己可以多闻释疑，于国则可兴教化、育俊才。同时，也盛赞君王能崇尚学术、以身作则、勤学不息，饱含对自己能随驾观书的万分荣幸与感激之情。杨亿此首观书应制之作，先写藏书环境的肃穆，再写帝王所藏之书的珍

① 《全宋诗》，第二册，第 993 页。
② 《全宋诗》，第二册，第 994 页。
③ 《全宋诗》，第三册，第 1321 页。

贵，最后对自己能以屡受皇恩、随驾入阁观书深为感激。诗作内容没有多少可取之处，诗歌语言具有明显的富贵气息，应制之作由浅显明快逐渐向富艳华赡转化。这种风格在真宗朝其他馆阁文臣中也多有出现，最终形成典型的昆体诗风。

总之，真宗朝馆阁文臣的应制酬唱之作比太宗朝有过之而无不及，不仅数量超越前代，而且有自己的特色，即在颂美之外，语言变得更加典实富赡、光彩照人。诸如"珠网金铺兮豫章馆，风樯桂棹兮木兰船。象潢仪汉兮澄波远，激水寻橦兮妙戏全"①之类甚多，满篇皆是金玉锦绣，典雅藻丽，而且意象密实，显示出浓厚的富贵气息和华丽色彩，白体诗风在真宗朝馆阁翰苑文人的应制依韵中呈现向昆体过渡的特点。有很好文学修养的馆阁翰苑文臣，在自觉不自觉中引领诗坛的发展变化。

（三）真宗朝其他文臣的白体诗作

其一，清丽内敛：郑文宝的白体诗歌创作。

郑文宝(953—1013)，字仲贤，福建宁化人。南唐时为校书郎，入宋后，于太平兴国八年(983)登进士第，释褐为修武主簿，后历任大理评事，知梓州录事参军事，著作佐郎通判颍州。淳化二年(991)，任陕西转运副使，加工部员外郎。真宗咸平年间，召京南榷货。大中祥符初，任兵部员外郎。大中祥符六年(1013)卒，终年61。有文集二十卷，今已佚。《宋史》卷二二七有传。

郑文宝入宋后，深为白体诗人李昉所知，又是宗白大家徐铉的弟子，其诗风清丽柔婉，深受徐铉诗歌的影响，是太宗、真宗朝白体诗人的典型作家，其创作活动在真宗朝尚有 15 年，因而把他放在此处考察。《全宋诗》收其诗作 16 首，从内容上看，大致可以分为以下几类：

首先是咏史怀古诗。这种题材在白体诗人中比较特别，如：

---

①《全宋诗》，第三册，第 1768 页。

行人慵过景阳宫，宫畔离离禾黍风。庭玉有花空怨白，井莲无步莫愁红。吟诗功业才虽大，亡国君臣道最同。争忍暮年归故里，纶竿回避钓鱼翁。

——《读江总传》①

此诗是读《陈书·江总传》②的感想，诗一上来就渲染家国破亡的黍离之悲。昔日嘉宴不断的景阳宫，如今是离离黍风，一片荒凉，就连行人也懒得经过。颔联“空”“莫”字用得极妙，物是人非的空漠之感尤令人伤感，玉庭之花年年雪白，井里翠莲依然鲜红，而后主呢？江总呢？或成亡国之君，或成丧家之臣。颈联进一步对江总身为宰辅，却荒废政事、宴饮无度，空有诗名，最终导致国家覆灭兴发感慨。其中“亡国君臣道最同”不禁使人联想起作者的旧主李煜也曾与陈叔宝有相似之处，身为文臣的郑文宝虽没有江总高贵，但也是李煜宴会上的常客。南唐亡国，自己也不得不屈身新朝。亲历朝代更替、家国之痛，这与江总有惊人的相似，诗句似乎也在感叹自己的遭遇。尾联则是对江总晚年被放回江南之后的设想，这也似乎在说自己在新朝尴尬的处境。

宋初在用人方面存在着明显的重北轻南倾向，“艺祖曾御笔：‘用南人为相，杀谏官，非吾子孙。’”。③ 南唐入宋者如徐铉、汤悦、郑文宝、张洎，由吴越入宋的钱氏子孙大多闲置于三馆，以皓首穷经，居实职者甚少。郑文宝不可能例外，这也是在含蓄地诉说自己。整首诗语言清丽圆美，写景工巧，寓身世之感与家国之叹于历史的咏叹之中，具有含蓄委婉之美，应是宋初白体中咏史较好的作品。

其次为贬谪诗。淳化初年，郑文宝因减盐价而使国课亏损，而

---

① 《全宋诗》，第一册，第639页。

② ［唐］姚思廉《陈书》卷二七，《江总传》，中华书局1972年版，第347页。

③ ［清］潘永因编《宋稗类钞》卷二，书目文献出版社1985年版，第2页。

被贬蓝山令，有一些作品反映贬谪后的苦涩心情，如：

> 得罪先朝出粉闱，五原功业有谁知。年余放逐无人识，白雪关头一望时。①
>
> ——《过信阳军白雪驿》
>
> 客舍愁经百五春，雨余溪寺绿无尘。金花开处秋千鼓，粉频谁家斗草人。水上碧桃流片段，梁间新燕语逡巡。高僧不饮客携酒，来劝先朝放逐臣。②
>
> ——《寒食访僧》

再次为访友赠别之作。这类小诗郑文宝写得极有情趣，如《爽约》："吟绕虚廊更向阑，绣窗灯影背栏干。燕栖莺宿无人语，一夜萧萧细雨寒。"③写自己约客而朋友爽约的生活小节，但在诗人笔下写得波澜起伏，前两句写朋友未来自己的行为，一会儿独自吟诗，一会儿凭栏空漠远眺，把寂寞无聊之情写得甚为细腻。后两句更是情韵深远，连燕莺都沉寂的深夜，诗人则独自一人凝听这萧萧寒雨，索寞的心情与淅淅沥沥的秋雨互为衬托，一点也不亚于赵师秀《约客》中的名句："有约不来过夜半，闲敲棋子落灯花。"语言清绝，诗意含蓄，尽显南方文士的细腻与委婉。此类诗作还有：

> 旦夕春风老，离心共黯然。小舟闻笛夜，微雨养花天。手笔人皆有，曹刘世所贤。郴侯重才子，从此看莺迁。④
>
> ——《送曹纬刘鼎二秀才》

---

① 《全宋诗》，第一册，第 638 页。
② 《全宋诗》，第一册，第 638 页。
③ 《全宋诗》，第一册，第 639 页。
④ 《全宋诗》，第一册，第 638 页。

众论才名外，亲人似古人。官嫌容易达，家爱等闲贫。解印诗权在，移风泽国春。政声交不得，惭见数乡民。①

——《送枝江秦长官罢秩》

最后为咏物记游之作。郑文宝四处游宦，写有不少这类诗作，也很有特色，如其《香木槽》："沉檀香植在天涯，贱等荆衡水面槎。何必为槽饲鸡犬，不如煨烬向豪家。"②诗写得通俗易懂，本来檀香之木是名贵木材，但在荆衡之地被当作造船的材料，甚至被制成给鸡狗喂食的槽，实在贱到极点，还不如在豪家之中当成柴薪烧掉，免得遭此侮辱。诗人似乎在言其他，但又没有明说，这一来增加了诗歌的含蓄美，二来这种欲说还休，从一个侧面反映南方文臣在宋初战战兢兢如履薄冰的心态。

总之，作为南方文臣的重要代表，郑文宝的诗歌具有清绝工整、细腻委婉的特点，这应受到了徐铉的影响，其艺术成就在宋初白体诗人群体中是较高的，释文莹在《玉壶野史》卷八中评之为："篇篇清绝，不能尽录。"③同时，由于其曾有出仕两朝的经历，其诗歌具有明显的内敛特点。诗歌作为"历史的真实"反映出他们在宋初的真实地位。

其二，现实的白描：钱易的白体诗歌创作。

钱易(968—1026)，字希白，钱塘人，吴越王钱倧之子。真宗咸平二年(999)登进士第，补濠州团练推官。景德中举贤良方正，通判信州，后历任太常博士、秘阁校理、知制诰、翰林学士。仁宗天圣四年(1026)卒。有《金闺集》六十卷、《瀛州集》五十卷、《西垣集》三十卷、《内制集》二十卷，惜均佚。现存《南部新书》十卷，《宋史》卷

---

① 《全宋诗》，第一册，第 638 页。

② 《全宋诗》，第一册，第 639 页。

③ ［宋］释文莹《玉壶清话》卷八，中华书局 1991 年版，第 83 页。

三一七有传。

钱易的诗歌，《全宋诗》收 19 首，风格多样，应制唱和者有之，记游赠答者有之，反映兵民疾苦者有之，尤其后者有继承白居易讽谕诗的成分，这类诗作虽然数量不占优势，但也使宋初白体诗歌的内容得到进一步丰富。

其诗歌最突出的就是反映兵民疾苦、具有讽谕色彩的诗作，如《南兵》："曾见南兵苦，征辽事亦如。金疮寒长肉，纸甲雨生蛆。山小虀霜骨，河枯腫腐鱼。黎元无处哭，丁户日相疏。"①全诗主要描写的是征辽战争给南兵及其边民带来的痛苦。中间两联全用白描的手法，一写战争带来的肉体创伤，一写物质生活的极度艰苦，最后写百姓们无处诉苦，日益疏离，作者也含蓄地流露出同情之情，很有白居易讽谕诗的风格。再如《温泉诗》：

> 悲哉天宝时，帝耄政不修。宠幸尊妇人，阴极阳已柔。外戚盛本枝，栉比封列侯。丞相大将军，备位甚悠悠。天下安既久，积渐力不周。车服金玉焕，黎庶饥寒愁。骊山温泉宫，昼幸与夜游。一游百司备，万费一日休。虽能心自快，化作神稷忧。国忠恣吞噬，林甫怀奸偷。胡雏据太原，钟鼓无计收。黄尘满长安，惨黩九庙羞。唐天未使绝，返正知疾瘳。自兹游赏地，荆棘生荒秋。旧物悉已废，蜘蛛挂重楼。览者咸寒心，一过三回头。因知帝王业，坚固宣鸿猷。岂可信嗜欲，侮弄生疮疣。雕墙峻宇诫，简牍况有由。翻思黍离章，续之应可仇。②

作者用平易浅切的语言叙述天宝年间唐玄宗宠幸杨贵妃，不理

---

①《全宋诗》，第二册，第 1187 页。

②《全宋诗》，第二册，第 1187 页。

朝政，以致杨、李乱政，胡人作乱，宗庙蒙羞的旧事，实是以古讽今。继而探讨帝王守业要“坚固宣鸿猷”，“岂可信嗜欲，侮弄生疮疣”。这明显受到白居易《长恨歌》题材的影响，但作者讽谕意识更强。

钱易频繁参加君臣酬唱应制，惜其应制唱和诗作留存下来不多。如《上巳至玉津园赐宴》：“祓禊标春巳，歌时庆鲁雩。禁园宣密宴，玉馔赐天厨。班序参三殿，衣冠盛两都。云罍倾上席，宝马闹长衢。帝泽恩何重，春风节已徂。归来白虎殿，微咏共操觚。”[①]上巳节赐宴禁园，作者被邀，甚感荣幸。钱易泼墨如水般对天子宴上的华贵排场进行描述，继而表达自己感恩尽忠之情，与一般的应制之作无异。钱易与群臣一起参观华林书院，作有《咏华林书院》：“旌表华林盛，儒官寄翠微。科名新伯仲，孝行旧光辉。云影阴书幌，松花湿道衣。自惭方试吏，争得去忘机。”[②]再如《和人首夏池上雨中闻笛》：

> 朱华始沈泉，池塘恰雨天。鹭头飘雪暗，荷腹荡珠圆。风递谁家笛，声冲几里烟。拂波轻重起，隔树往来传。沥沥虽侵汉，遥遥已杂□。天龙吟转乐，石韵更相连。谩读襄王赋，虚夸子晋仙。宁同向散骑，肠断向漪涟。[③]

这首和诗，作者以清新的笔调写雨后池塘的别样景致——洁白的闲鹭、荷腹的雨水、悠扬的长笛、层叠的波纹、勾连的石岛，加上漫不经心的自己，一派闲逸安宁。

钱易的记游写景之作不多，如《芦花》：“深溪高岸罩秋烟，飒飒

---

① 《全宋诗》，第二册，第1185页。
② 《全宋诗》，第二册，第1188页。
③ 《全宋诗》，第二册，第1185页。

江风向暮天。凝洁月华临静夜，一丛丛盖钓鱼船。”①写深秋月夜下的芦花，全诗氛围静谧，总体情感色彩是较为欢悦的。钱易闲适诗歌中，情感更多的是低沉，如《初夏病中》：

抱病经清暑，空庭扫紫苔。花篱妨蝶过，桐井引禽来。徒有文园渴，更有漳浦才。可怜余滞骨，无复动心灰。②

初夏时节，身体微恙，作者不仅有寂寞之感，更有不遇之愤，“徒有文园渴，更有漳浦才”明显是在说自己徒有文才壮志，但诗人最后抒发的情感不是激扬的宣泄，而是心如死灰的沉寂。这或许与他是吴越王之后这个独特的身份有关。即使是记游、节日之作，作者的情绪也都比较低沉，如：

花销秋老白日短，败红荒绿迷空馆。拟将清血洒昭陵，幽谷蛇啼半山晚。十年辞家勤献书，王孙不许延公车。江头祖庙祭无血，重门生草寒离离。我有黄金三尺剑，奸骨无痕古波艳。佩人函关无故人，玉握凋零七星暗。③

——《西游曲》

秋气元清切，明蟾千里心。金盘上河侧，玉水浸楼阴。闺怨有消歇，客愁无浅深。关山今夜里，星斗共沉沉。④

——《中秋夜守让南厅玩月》

天上人间重此宵，新情旧恨两迢迢。汉宫露密罘罳冷，秦殿灯深羯鼓焦。香粉溟濛筛绮席，蛛丝千万络烟霄。牵牛何

---

① 《全宋诗》，第二册，第1188页。
② 《全宋诗》，第二册，第1185页。
③ 《全宋诗》，第二册，第1186页。
④ 《全宋诗》，第二册，第1186页。

事劳乌鹊，不使虹蜺驾作桥。①

——《七夕作》

天惨严霜厚，神清宿雨微。枝空蝉拟脱，巢冷燕谋归。白日莲塘梦，红纱水国衣。锦书知未了，轧轧弄鸣机。②

——《中秋》

薛九三十侍中郎，兰香花态生春堂。龙盘王气变秋雾，淮声哭月浮秋霜。宜城酒烟湿羃䍥，与君强舞当时曲。玉树遗辞莫重听，黄尘染鬓无前绿。我闻襄阳白铜鞮，荒情古艳传幽悲。凄凉不抵亡国恨，尘中苦泪飞柔丝。洛阳公子擎银觞，跪奴和曲生辉光。茂陵旅梦无春草，彤管含羞裁短章。③

——《嵇康小舞词》

钱易还有一首记梦之作《梦越州小江》，写得颇为感人，其诗为："越布缝单衾，灯青月黄浅。精魂度江水，适去无近远。湿沙平朔天，宿鸟踏古篆。巨潮淹积石，瘦白涩无藓。橹响期西陵，苍岑屏曲展。夙龄贱登临，今日生健羡。汀州逢故妾，振袂指吴苑。向人呼旧官，血泣惭孤蹇。"④写梦中所见小江是如此的清幽、朦胧，而作者所梦之人却是自己的故妾，又是多么地令人伤感。这在钱易乃至宋初白体诗人中都是比较罕见的。

钱易也与佛僧有一定的交往，曾读越僧诗集，作有《览越僧诗集有寄》："莫学江淹拟惠休，碧云才调已难酬。怀君知有关山梦，开卷如逢水石秋。不得归来作都讲，自惭名宦正悠悠。"⑤对其诗才十分称赞，读其诗如面对秋天的水石一样清峻，对其留恋关山的

① 《全宋诗》，第二册，第 1185 页。
② 《全宋诗》，第二册，第 1185 页。
③ 《全宋诗》，第二册，第 1186 页。
④ 《全宋诗》，第二册，第 1184 页。
⑤ 《全宋诗》，第二册，第 1185 页。

逸志，更是自觉惭愧不已！诗歌语言与情感都与白居易近似。此外，还现存两首钱易与佛僧交往的诗作：

暂谒明光拂斗槎，杖藜归去赤城霞。琳宫重启仙人室，金阙新辞太帝家。只自运心奔白日，何须掷米作丹砂。云章赐重崆峒远，还向悬岑炼五芽。①

——《送张无梦归天台》

拂衣台岭旧林泉，命服兰芽夺目鲜。一念不居常在定，十分无闷尽安禅。霜含庭柏依稀老，月到经窗暗澹圆。蠛枕沈迷难话别，半桥衰柳锁寒烟。②

——《送僧归护国寺》

总之，钱易的诗歌风格比较丰富，其白体诗作主要表现在反映兵民疾苦的讽谕诗作上，其白描手法突出；其记游、节日、诗酒唱和之作，情感较为低沉，语言在平易之中多了几分含蓄与凝练，这无疑是对宋初白体诗歌特征的丰富。

其三，闲适咏物：杨备的白体诗歌创作。

杨备（生卒年不详），字修之，安徽建平（今郎溪）人（《两宋名贤小集》卷二四一谓系杨亿之弟，但杨亿为福建浦城人，籍贯不一，《全宋诗》也存疑）。其一生主要活动于真宗、仁宗两朝。仁宗天圣中，知长溪县。明道初，知华亭县，因爱姑苏风物，遂家吴中。庆历中，以尚书虞部员外郎分司南京，卒年应在庆历之后不久。其诗作跨越真宗朝，但白体诗并非止于真宗朝，这里将其放入真宗朝来论述。

杨备诗学白居易，曾效白居易体作《我爱姑苏好》十章。另有

---

①《全宋诗》，第二册，第1187页。

②《全宋诗》，第二册，第1188页。

《姑苏百题诗》三卷、《金陵览古百题》，惜已佚。杨备诗作，今人从《吴郡志》《吴都文粹》《六朝事迹类编》《景定建康志》等书中共辑出115首，编为二卷，收入《全宋诗》，其诗作在题材上的最大特点是几乎全是写景咏物怀古，表达了自己的闲适之情。在体裁上几乎都是五言或七言绝句，深得白居易诗的情韵。现略举几例，以观其特点。

久厌城居适野情，揎筇蹑屐傍山行。人间多少险巇路，纵是天平还不平。①

——《天平山》

驾鹤骖鸾自古闻，策名仙籍是真君。天边旧迹无处寻，满目青山空白云。②

——《白都山》

秋星如弹月如梳，宫妓香添乞巧炉。万缕千针同一意，眼穿肠断得知无。③

——《层城观》

渔市花村夹酒楼，山光沈碧水光浮。松陵雨过船中望，一道青虹两岸头。④

——《长桥》

路平如砥直如弦，官柳千株拂翠烟。玉勒金羁天下骏，急于奔电更挥鞭。⑤

——《驰道》

汨罗鱼腹葬灵均，竞渡如飞不救人。天意明知谗口毒，果

① 《全宋诗》，第三册，第1424页。
② 《全宋诗》，第三册，第1424页。
③ 《全宋诗》，第三册，第1430页。
④ 《全宋诗》，第三册，第1426页。
⑤ 《全宋诗》，第三册，第1430页。

遭天谴作蛇身。①

——《楚靳尚庙》

葛玄功行满三千，白日骖鸾上碧天。留得旧时坛宇在，后人方信有神仙。②

——《洞玄观》

青雀浮航夜照波，星繁云静月华多。玉楼人凭栏干立，直下天心耿耿河。③

——《二十四浮航》

摘茧抽丝女在机，茅簷苇箔旧堂扉。年年桑柘如云绿，翻织谁家锦地衣。④

——《蚕室》

尤喜凌人职未隳，闭藏出纳示箴规。战兢国步艰难者，常似临深履薄时。⑤

——《藏冰井》

枕面钟声及早催，锦衾香叠百花堆。蟾蜍影落珊瑚架，照得仙娥下界来。⑥

——《促妆钟》

手拖葛屦坐藜床，竹树萧然一水傍。枕上白云船下月，卜邻东磵胜东岗。⑦

——《东磵》

山花野草一荒丘，云里骄奢旧迹留。珠翠管弦人不见，上

---

①《全宋诗》，第三册，第1435页。
②《全宋诗》，第三册，第1434页。
③《全宋诗》，第三册，第1436页。
④《全宋诗》，第三册，第1430页。
⑤《全宋诗》，第三册，第1432页。
⑥《全宋诗》，第三册，第1438页。
⑦《全宋诗》，第三册，第1434页。

头麋鹿至今游。①

——《姑苏台》

语言浅显平易、流畅易懂，是典型的白体诗风。

此外，陈从易(966—1031)，字简夫，泉州晋江人，太宗端拱二年(989)进士及第，为岚州团练推官，后调彭州军事推官。真宗时，官至侍御史、刑部员外郎、知制诰。仁宗时为左谏议大夫，进龙图阁直学士、知杭州，天圣九年(1031)正月卒于任上。有《泉山集》二十卷，《中书制稿》五卷，《西清奏议》三卷，均已散佚。《宋史》卷三〇〇有传。

曾慥说："陈从易诗类白乐天。"②惜其诗歌散佚严重，《全宋诗》收诗3首，难以窥其面貌。但从相关文献，可知陈从易确有白体倾向，作诗不避俗语，《能改斋漫录》卷二载："江西俚俗骂人，有曰'客作儿'。按陈从易《寄荔支与盛参政》诗云：'樱桃真小子，龙眼是凡姿。橄榄为下辈，枇杷客作儿。'盛问其说，云：'樱桃味酸，小了也。龙眼无文采，凡姿也。橄榄初涩后甘，下辈也。枇杷核大肉少，客作儿也。'凡言客作儿者，佣夫也。"③可见其一斑。

就现存的几首诗来看，如《小孤山》："山称孤独字，庙塑女郎形。过客虽知误，行人但乞灵。"④《题北海》："闻道荆王废池馆，化为徐湛好亭台。江山形胜周遭见，花木芬芳次第开。"⑤残句："千重浪里平安过，百尺竿头稳下来。"⑥语言平易，流畅自然，具有白体特征。真宗朝尚有不少文臣的诗歌也具有白体诗作的部分特

① 《全宋诗》，第三册，第1434页。
② [宋]曾慥编《类说》卷五六，影印文渊阁《四库全书》本，第873册，第976页。
③ [宋]吴曾《能改斋漫录》卷二，上海古籍出版社1960年版，第34页。
④ 《全宋诗》，第二册，第1257页。
⑤ 《全宋诗》，第二册，第1257页。
⑥ [宋]潜说友《咸淳临安志》卷八九，影印文渊阁《四库全书》本，第490册，第955页。

征，限于篇幅不能一一列举，只能挂一漏万了。

总之，宋初白体诗人在真宗朝呈现分化的趋势，中下层文士把它进一步由朝廷推向民间，这一过程使得白体诗的题材进一步扩大到讽谕领域。与此同时，朝廷高层的馆阁翰苑文士们却将追求平易流畅的次韵酬唱、宴集应制的白体诗歌引向富赡华丽、精致典密之路，最终促使西昆体在真宗朝中期的风靡。

第三章　宋初白体诗人群体考论——阶段学白篇

宋初诗坛白体诗人众多，成员也十分复杂，除上述较为典型的白体诗人外，还存在不少阶段学白的诗人，他们的诗风呈现出明显的阶段性，有前期学白而中道似昆的，也有早年学白后转入晚唐的。当然，还存在转益多师的情况，即风格多样，不局限于白体一家。此外，宋初还有一些方外之人，其诗作受到诗坛白体的浸染，具有部分白体的特征，现分节逐一阐述，以期对宋初白体有较全面的勾勒。

第一节　阶段学白诗人考论

所谓阶段学白诗人，即他们的诗风呈现明显的阶段性，人生有一段时间诗风近白，后又发生变化。这其中有前期学白而中道似昆的，也有早年学白后转入晚唐的。前者以李宗谔、丁谓、张咏为代表，后者以“水边”白体诗人魏野为代表。笔者对此略作考述，以显宋初白体概貌。

一、由白体而入西昆体诗人考论——以李宗谔、丁谓、张咏为考察中心

这类诗人早年诗歌学白，最终以昆体面貌出现在宋初诗坛上。

从时间上看，宋初白体稍前于昆体，不少西昆作家深受白体熏染。对此，王水照先生《宋代文学通论》说："咸平四年，王禹偁去世，景德二年至大中祥符元年，杨亿等人编纂《册府元龟》，再次进行馆阁唱和时，改变了以往唱和风气，而以'雕章丽句'为其主要宗旨，诗风为之大变。……许多诗人在酬唱前都受白体诗风的熏陶，如舒雅（？—1009）、刁衎（945—1013）皆由南唐入宋，参加过淳化五年王禹偁等人《题义门胡氏华林书院》的集体题诗，其诗纯为白体；张咏（946—1015）除写古风外，许多诗都很粗率，无昆体的华丽精细之风；晁迥（951—1034）以'拟白乐天诗'为题的诗极多，主要学白说理谈道的悟道诗；晁迥的友人李维（961—1031），曾辑白居易的'遣怀之作'，'名曰《养恬集》'；张秉（952—1016）常误作刘秉，曾在郑州与王禹偁有联句之谊，其诗句也是白体；李宗谔（965—1013）是李昉之子，当王禹偁谪居商州时，他曾劝王'看书除庄、老外，乐山诗最宜枕藉'，可见其欣赏趣味；丁谓（966—1037）是王禹偁得意门生，王称其早作'类杜甫'。"①可见，由白体而入昆体的人数之众。就连西昆领袖杨亿，诗歌受到王禹偁的积极影响，如《读史效白体》："易牙昔日曾蒸子，翁叔当年亦杀儿。史笔是非空自许，世情真伪复谁知。"②诗虽是咏史之作，但语言并不艰涩富丽，用典浅显易懂，诗作有白体的痕迹。

笔者从上述诗人中选取较有代表性的李宗谔、丁谓、张咏来分析他们诗作中的白体成分，至于晁迥，归属于白体更合适些（后有专章论述）。李宗谔是白体大家李昉之子，虽参与昆体唱和，但其诗风更接近白体，而且本人也推崇白居易的为人与诗作；丁谓虽参与昆体酬唱，其诗歌风格并非昆体所能概括，早期诗作白体风格更为明显；张咏早年诗歌深受王禹偁的影响，白体成分也很是明显，

---

① 王水照主编《宋代文学通论》，河南大学出版社1997年版，第85页。

② 《全宋诗》，第三册，第1367页。

现分别论之。

（一）议论与讽谏：李宗谔诗歌中的白体成分

李宗谔(965—1013)，字昌武，深州饶阳人，李昉之子。太宗端拱二年(989)进士，授校书郎。次年又献文自荐，迁秘书郎，集贤校理，同修起居注。真宗时，拜起居舍人，后至右谏议大夫，迁知制诰，判集贤院。景德二年(1005)召为翰林学士，大中祥符元年(1008)，改工部郎中。四年，拜右谏议大夫，六年病卒，年49。有文集六十卷，内外制三十卷，《翰苑杂记》一卷，又曾预修《太宗实录》《续通典》，作《家传谈录》等，《宋史》卷二六五有传。

其诗歌《西昆酬唱集》收7首，诗题为《南朝》《代意》《汉武》《馆中新蝉》《劝石集贤饮》《灯夕寄献内翰虢略公》《清风十韵》，为西昆体诗作，占《全宋诗》收其诗12首的二分之一强。但李宗谔除昆体风格外，尚有近半数的诗，语言平易，不同于他的昆体之作。如《绝句》："戴了宫花赋了诗，不容重睹赭黄衣。无聊独出金门去，恰似当年下第归。"①这首诗的写作背景，吴处厚记载道："翰林学士李宗谔，以京官带馆职，赴内宴，阁门拒之。献诗曰……公尝举进士，御试下第，因及之。太宗览诗，即宣赴坐，后遂为例，虽选人带馆职，亦同赴宴。"②此诗句意连贯明白，语言几乎到流俗的地步，但太宗览后"即宣赴坐"，也可显出其对浅易的白体诗风的认可。再如《送僧归天宁万年禅院》：

> 师住天台寺，天台水石幽。眼前皆胜境，门下尽名流。法号君恩赐，精蓝国力修。渡杯来凤阙，振锡谒珠旒。内殿从容对，神都委曲游。高僧类云鹤，归思在林丘。御札全编得，宸

---

① 《全宋诗》，第二册，第1139页。

② ［宋］阮阅编，周本淳校《诗话总龟》卷四，人民文学出版社1984年版，第35页。

毫几处收。遥思到时节，烟树赤城秋。①

这是送别之作，前三句介绍高僧情况：入住的寺院，寺院周围的环境，法号、佛寺的来历等等十分清楚。中间三句写高僧入京的活动，从容对策于内殿之上，游于京都之中，但毕竟是世外高人，所思在无羁绊的山野丘林。后两句写高僧整理行装离京及送别时的惆怅之情。“遥思到时节，烟树赤城秋”，写得意境悠远，语意丰富。遥想朋友到达的时节应是满树尽秋的时节了，自己的忧伤之情隐含其间。全诗没有华丽的语言与厚密的用典，平白如家常语，与其昆体诗歌有明显的差异。

再如《诗送士龙腹兄》：“铜鱼四明守，竹马十年兄。掺袂河梁别，鸣桡泽国行。登楼知日近，傍海见潮生。郡政应多暇，新诗几首成。”②这是写给从表兄士龙之作。首联写现在，一句写过去。“铜鱼”为刺史之义，柳宗元有诗《铜鱼使赴都寄亲友》，其中有：“附庸唯有铜鱼使，此后无因寄远书。”③韩醇注：“唐武德初，改太守为刺史，加号为使持节。而实无节，但颁铜鱼符而已。”从表兄士龙将作明州太守，故用此典。“竹马”指儿童游戏时当马骑的竹竿，以喻童年而来的手足情深。颔联暗用李陵、苏武河梁分别之典，回忆自己与好友的离别之景，“掺”为执持、握持之义，在河梁执袖而别。“鸣桡”意为船桨发出的击水之声。颈联为设想之句，从兄在明州为官，登楼更近红日，傍海能见潮生，也十分惬意。最后语意明晰，询问之中显出手足之情的深厚。全诗总体而言，虽用典而不晦，平易流畅，近似白体的送别寄友之作。

李宗谔也参加群臣在华林书院的同题唱和，并作有《咏华林书

---

① 《全宋诗》，第二册，第1139页。

② 《全宋诗》，第二册，第1139页。

③ ［唐］柳宗元《柳宗元集》卷四二，中华书局1979年版，第1180页。

院》："华林有胡氏，孝义共知名。宅对千峰秀，家传双桂荣。书楼藏六籍，讲席聚诸生。官序新春拜，门闾往岁旌。儿孙多力学，兄弟亦躬耕。一院松篁影，满山猿鹤声。傍溪挑蕨煮，就树采茶烹。客恋琴樽乐，僧依水石清。官途空扰扰，尘世自营营。他日林泉约，何当遂此情。"①便是典型的白体风格。

总体而言，李宗谔的诗作白体与昆体兼而有之，早期作品以白体为主，后来参与杨亿等馆阁文人酬唱，诗风渐次向昆体靠拢。这种变化不仅仅表现在李宗谔的身上，不少西昆诗人都存在，如舒雅、刁衎都参加了王禹偁《题义门胡氏华林书院》的赋诗活动，所作诗歌也多为白体。

（二）风格杂糅：丁谓诗歌中的白体成分

丁谓（966—1037），字谓之，后改字公言，苏州长洲人。太宗淳化三年（992）中进士甲科，释褐以大理评事通判饶州。真宗咸平初除三司户部判官，权三司使。大中祥符年间因劝真宗封禅，拜为三司使，五年进户部司郎、参知政事。天禧四年（1020），为枢密使，迁中书门下平章事。乾兴元年（1022）被封为晋国公。仁宗继位，获罪贬崖州司户参军。明道中，以秘书监致仕，居光州。景祐四年（1037）病卒，年72。有《丁谓集》八卷、《虎丘集》五十卷、《刀笔集》二卷、《青衿集》三卷、《知命集》一卷，惜均已散佚。《宋史》卷二八三、《东都事略》卷四九有传。

丁谓与王钦若、林特、陈彭年、刘承珪都以奸邪险伪著名，并称"五鬼"，与朝臣争权夺利，实开宋代党争之先河。但我们也不能因人废诗，当时不少文人都称赞其文学才华，如龚颖说："（龚）颖自负文学，少许可，又谈论多所折难。太宗朝，知朗州，士罕造其门，独丁谓贽文求见，颖倒屣延迓，酬对终日，以至忘食。曰：'自唐韩、柳

① 《全宋诗》，第二册，第1139页。

后，今得子矣。’”①虽是野史记载，也能从一个侧面见其文学才华。晁公武也说：“（丁谓）幼聪敏，书过目辄记不忘。善为古文章，尤工诗什。”②

李宗谔的诗作，白体与昆体的数量大致相当，诗作风格则多样，有类似杜甫的，如王禹偁称赞说：“有进士丁谓者，今之巨儒也，其道师于‘六经’，泛于群史而斥乎诸子；其文类韩、柳，其诗类杜甫，其性孤特，其行介洁，亦三贤之俦也。”③有似白体的，如其诗《公舍春日》：“绿杨垂线草铺茵，触处烟光举眼新。一品也须妨白发，千金莫惜买青春。莺声圆滑堪清耳，花艳鲜明欲照身。独向此时为俗吏，风流知是不如人。”④被方回评之为：“近似白乐天体。”冯班、纪昀都表示赞同。欧阳修《归田录》也说：“（丁谓）少以文称，晚年诗笔尤精。在海南篇咏尤多，如‘草解忘忧忧底事？花能含笑笑何人’尤为人所传诵。”⑤而其晚年风格，也有近似白体风貌者。

《西昆酬唱集》收其诗作 5 首，后人就把他完全当作昆体诗人对待，这有失片面。《全宋诗》收其诗两卷，共计 126 首，残句三四则。日本学者池泽滋子先生辑得诗 3 首、残句 7 则。⑥ 其创作风格颇为芜杂，白体、昆体甚至晚唐体在其诗歌均有表现。

其一，中青年时期诗歌的白体成分。

起初，丁谓声名不显，后得到文坛名家王禹偁的赏识，才名扬四方。对此，《吴郡志》有记载：“（丁谓）少与孙何善，袖文谒王禹

① ［宋］吴处厚《青箱杂记》卷二，中华书局 1985 年版，第 14 页。

② ［宋］晁公武著，孙猛校《郡斋读书志校证》卷一九，上海古籍出版社 1990 年版，第 971 页。

③ 《全宋文》第 7 册，卷一五〇，第 385 页。

④ ［元］方回著，李庆甲汇评《瀛奎律髓汇评》卷一〇，上海古籍出版社 1986 年版，第 366 页。

⑤ ［宋］欧阳修著，李伟国点校《归田录》卷一，中华书局 1981 年版，第 12 页。

⑥ ［日］池泽滋子《丁谓研究》，巴蜀书社 1998 年版，第 336 页。

俩，大惊，重之，以为自唐韩愈、柳宗元后，二百年始有此作。”①由此，被世人称之“孙丁”，声名鹊起。

其诗歌具有白体特征，虽然关心时艰民困的内容不多，感受也不是很深切，但在人人歌功颂德之时还是比较珍贵的，如咏物诗《咏泉州刺桐》：“闻得乡人说刺桐，叶先花发始年丰。我今到此忧民切，只爱青青不爱红。”②诗歌语言通俗，爱青青的刺桐之叶，即是盼望年年岁穰民丰，表现出难得而深切的“忧民”情怀。

又如《虎丘》：“久尘黄阁侍威颜，忽拥高牙出帝关。玉佩乍辞文石陛，锦衣重到虎丘山。仙飚时傍潺湲起，珍羽多从杳霭远。官大宠深难得暇，林泉怀旧是偷闲。”③此诗写自己重游虎丘山，其中的富贵闲适，志得意满之情溢于言表，这是白体诗显著的特点之一。

再如《游卧龙山》：“日长春老职司闲，纵辔因寻负郭山。花气半飘青霭外，泉声多在白云间。香灯肃肃严僧事，钟梵萧萧爽客颜。坐有诗人樽有酒，拟抛城市宿禅关。”④此诗如同一篇游记，首联写暮春日长，职司悠闲，得以游山玩水。继而两联写登卧龙山所见所闻：花香四溢，泉水叮咚，山高雾绕，钟声振振，使人倍感愉悦。尾联表达对遁入空门的向往，这里有诗友知己，有美酒常伴，有如此幽静的环境，真不如抛弃城市的喧嚣栖身其间。全诗语言没有丝毫的富贵气，颇近白体诗风，此类诗作还有不少，如：

> 欺天行当吾何有，立地机关子太乖。五百青蚨两家阙，白洪崖打赤洪崖。⑤
>
> ——《戏答白稹》

① ［宋］范成《吴郡志》卷二五，影印文渊阁《四库全书》本，第485册，第184页。
② 《全宋诗》，第二册，第1148页。
③ 《全宋诗》，第二册，第1145页。
④ 《全宋诗》，第二册，第1149页。
⑤ 《全宋诗》，第二册，第1144页。

四两玄参三两松，麝香半分蜜和同。丸如弹子金炉爇，还似花心喷晓风。①

——《清真香歌》

白麻初降紫宸中，簪组相惊帝泽丰。骤陟将坛知连偶，久尘台席愧材庸。桑榆便觉人间别，旌戟犹疑梦里逢。已是都城耸荣观，更颁天唱耀戎容。②

——《次韵和进真宗七言四韵》

至于王禹偁评价丁谓的诗似老杜，但现存此类诗篇极少（可能有散佚），如七绝《九华山》："宿月鸥凫立浅沙，落花芦荻露人家。天寒夜静长无物，一片清江浸九华。"③诗歌意境清冷幽远，语言冷峻雅洁，描绘出一幅幽冷的九华山月图，确实有一丝"类杜甫"的神韵。

其二，晚年诗歌的近白成分。

仁宗继位，丁谓即开始了长达十余年的贬谪颠簸的晚年生活。先是获罪贬崖州司户参军三年余，继而迁居雷州五年之久，后移道州四年，最后在光州以秘书监致仕，前后达十二年之久。丁谓晚年仕途坎坷，诗文创作却从未间断。《宋史·丁谓传》记载他"在贬所，专事浮屠因果之说，其所著诗并文亦数万言"。④ 曾慥说他："贬崖州司户，在朱崖教民造屋，日赋一诗，号《知命集》。"⑤欧阳修也说："晚年诗笔尤精，在海南吟咏尤多。"⑥晚年编定之《青衿集》和《知命集》，据日本学者池泽滋子先生考证大多保存在《诗渊》之

① 《全宋诗》，第二册，第1148页。
② 《全宋诗》，第二册，第1145页。
③ 《全宋诗》，第二册，第1147页。
④ ［元］脱脱《宋史》卷二八三，《丁谓传》，第9570页。
⑤ ［宋］曾慥《类说》卷二，影印文渊阁《四库全书》本，第849册，第30页。
⑥ ［宋］欧阳修《归田录》卷一，中华书局1981年版，第12页。

中，进而得以流传至今。[①]

在海南，丁谓留下不少带有贬谪情感的诗作，如《有感》："今到崖州事可嗟，梦中常若在京华。程途何啻一万里，户口都无三百家。夜听猿啼孤树远，晓看潮上瘴烟斜。吏人不见中朝礼，麋鹿时时到县衙。"[②]本是朝廷名宦，晋封晋国公，一夜之间远贬万里之遥的崖州，内心的痛苦可以想象。初到贬所，万事嗟叹，就连梦境之中都在京城，贬谪之痛饱含其间。中间两联，一写贬所的远僻与荒凉，一写孤独听猿的悲哀与瘴气的肆虐。尾联近一步突出贬所的莽荒。全诗感情真挚，不似昆体的富赡，倒像白体的通俗。

再如贬官海南时的七律《山居》："洞口清香彻海滨，四时芬馥四时春。山多绿桂怜同气，谷有幽兰让后尘。草解忘忧忧底事，花能含笑笑何人？争如彼美钦天圹，长荐芳香奉百神。"[③]这首诗贬谪意味略少，诗人心态逐渐平和起来。

当然，丁谓诗歌富赡似昆体的成分也不少，《西昆酬唱集》所收的 5 首就是典型之作，如《代意》："玦带瑚瑚佩解琼，楚云无定好伤情。临邛已误通琴意，金谷难寻辩玉声。微警单栖盘露重，密含幽思畹兰平。明珠百琲将何当？怅望轻躯病欲成。"[④]因而，方回才说："昆体，则有杨、刘，《西昆集》传世，二宋、张乖崖、钱僖公、丁崖州皆是。"[⑤]

正因为丁谓诗歌风格的多样性，昆体只是其中一种而已，不能笼统地说丁谓是昆体诗人，其诗作中有不少白体的成分。池泽滋子甚至认为丁谓的主要风格不是西昆体，将他归入这一体派是不

---

① ［日本］池泽滋子《丁谓〈青衿集〉多数诗存世》，载《古籍整理研究学刊》1998 年第 2 期。

② 《全宋诗》，第二册，第 1148 页。

③ 《全宋诗》，第二册，第 1146 页。

④ 《全宋诗》，第二册，第 1143 页。

⑤ ［元］方回《桐江续集》卷三二，影印文渊阁《四库全书》本，第 1193 册，第 662 页。

合适的，她说："他虽曾参与西昆酬唱，但算不上真正的西昆派作家，就其文学主张和诗文风格而言，应属宋初王禹偁一派古文家。"①

（三）张咏诗歌中的白体风格

张咏（946—1015），字复之，自号乖崖，濮州鄄城人。太平兴国五年（980）进士，授大理评事、知鄂州崇阳县。雍熙元年（984）任著作佐郎。端拱元年（988），转秘书丞。淳化四年（993），迁枢密直学士，五年出知益州。咸平元年（998），拜给事中，六年再知益州。后历任升州、陈州等地方官。大中祥符八年（1015）卒，谥号忠定。有《张乖崖集》十卷存世，《宋史》卷二九三有传。

其诗《全宋诗》收四卷，共计143首，断句2则。方回把张咏列入"西昆体"一派，这不完全正确，张咏诗歌有昆体富丽的一面，但也有白体通俗浅近的另一面。四库馆臣道："（张咏）平日刚方尚气，有岩岩不可犯之节。其文乃疏通平易，不为崭绝之语。其诗亦列名西昆体中。其《声赋》一首，穷极幽渺，梁周翰至叹为'一百年不见此作'。则亦非无意于为文者。特其光明俊伟，发于自然，故真气流露，无雕章琢句之态耳。"②

宋人郭森卿也说："读其歌诗，有古乐府风气，律句得唐人体。"③所谓"唐人体"不少应是指白体诗风。张咏论诗讲"风雅"，他说："已得风雅正，任从时士轻。何当较才用，期与二南并。"④重视诗歌现实功能，与一味咏史颂美、讲究艺术技巧有较为明显区别。可见，张咏白体诗歌以继承讽谕精神见长，并已得到当时与后人的肯定，其白体诗作可大致分为以下几类：

---

① ［日］池泽滋子《丁谓不应归入西昆派——评丁谓与〈西昆酬唱集〉》，载《四川大学学报》1998年第4期。

② ［清］永瑢《四库全书总目》卷一五二，中华书局1965年版，第1306页。

③ ［宋］郭维森《乖崖集·序》，影印文渊阁《四库全书》本，第1085册，第577页。

④ 《全宋诗》，第一册，第539页。

其一，讽谕色彩浓烈的“助治”之作。

张咏是赵宋王朝第一代新型文人的杰出代表，毕生贡献于新朝的政治文化重建，他胸怀天下，勤政为民，自觉捍卫皇权的权威。因而，特别重视诗歌的“助治”功能，这也汇入太宗后期白体诗风扩大到讽谕诗作的时代潮流之中。

张咏与王禹偁是儿女亲家，关系密切，其诗作受到王禹偁的影响，再加上张咏出身贫寒，深知社会下层百姓的窘状，故诗作学白注重讽谕而闲适之情绝少。

其讽谕色彩最为浓烈的诗作要数长篇五古《悼蜀四十韵》为代表。其诗序中说道：“呜呼！虽采诗之官阙之，然诗咏讽刺，道不可寂然。某敢作悼蜀古风诗四十韵，书于视政之厅。有识君子，幸勿以狂瞽为罪。”可见，其作诗的政教目的甚是明确。其诗为：

> 蜀国富且庶，风俗矜浮薄。奢僭极珠贝，狂佚务娱乐。……天道本害盈，侈极祸必作。当时布政者，罔思救民瘼。不能宣淳化，移风复俭约。……悲夫骄奢民，不能饱葵藿。朝廷命元戎，帅师荡凶恶。虎旅一以至，枭巢一何弱。燎毛焰晶荧，破竹锋熠爚。兵骄不可戢，杀人如戏谑。悼耄皆丽诛，玉石何所度。未能剪强暴，争先谋剽掠。良民生计空，赊死心陨获。四野构豺狼，五亩孰耕凿。出师不以律，余孽何由却。鄙夫炽蜂虿，寡术能笼络。边陲未肃清，胡颜食天爵。世方尚奔竞，谁复振謇谔。黄屋远万里，九重高寥廓。时称多英雄，才岂无卫霍。近闻命良臣，拭目观奇略。①

发挥诗歌的讽谏功能，要关注民瘼、淳化风俗，并揭示蜀中动乱的缘由实为官员者不思民困、不事教化，无恶不作导致的。这种

① 《全宋诗》，第一册，第521页。

猛烈的讽谕之作是需要胆识的，这种为民请命的精神与讽谕精髓是一致的。再如《悯农》：

悠悠世事称无穷，千灵万象生虚空。活人性命由百谷，还须着意在耕农。自有奸民逃禁律，农夫倍费耕田力。青巾短褐皮肤干，不避霜风与毒日。暮即耕兮朝即耘，东坻南垄无闲人。春秋生成一百倍，天下三分二分贫。天意昭昭怜下土，英贤比迹生寰宇。惩奸济美号长材，来救黎元暗中苦。我闻悯农之要简而平，先销坐食防兼并。更禁贪官与豪吏，悯农之道方始行。①

诗人对农民不避霜风毒日、暮耕朝耘的艰辛劳作深表同情，还对因分配不公而导致"天下三分二分贫"的残酷现实表示不满，更重要的是诗人还提出"简而平"、"销坐食"、"防兼并"、"禁贪官豪吏"等一系列措施来解决这一问题。这类诗歌反映现实的力度丝毫不下白居易的新乐府之作，使宋初白体诗的内容大大加深了，并与王禹偁等掀起白体诗作的讽谕之风。这类诗作尚有不少，如：

奢竞苦不息，生民只有冤。谁搜元化窟，凿断丽华根。使绝侵夺苦，著为明圣恩。何烦重师古，即此是羲轩。②

——《本农》

救旱功何远，淋漓昼复昏。风雷潜助势，草木岂知恩。积霭消残影，枯源涨旧痕。朗吟浑得意，重起凭前轩。③

——《喜雨》

---

① 《全宋诗》，第一册，第 522 页。
② 《全宋诗》，第一册，第 542 页。
③ 《全宋诗》，第一册，第 542 页。

大化不自言,委之在英才。玄门非有闭,苦学当自开。世上百代名,莫遣寒如灰。晨鸡固自勉,男子胡为哉。胸中一片地,无使容纤埃。海鸥尚可狎,人世何嫌猜。勤慎君子职,颜闵如琼瑰。刻薄小人事,斯辈真可哀。放荡功不遂,满盈身亦灾。将心须内疚,祸福本无媒。①

——《劝学》

其二,寄友酬唱之作。

宋初酬唱之作盛行,这也是白体诗重要的创作方式,张咏也有不少这方面的诗作。但张咏的寄友酬唱诗作,闲适消遣味大大减少,更多的带有较为深沉的感时情怀。这与其讽谕诗的精髓有一致之处。如《游赵氏西园》:

蜀中春艳世间殊,比并陈园恐未如。数里花光浮暖日,六街尘净见香车。翻空雅乐催欢处,入格新诗上板初。方信承平无一事,淮阳闲杀老尚书。②

这首诗是游赵氏西园而作。前三联依次写蜀中春季赵氏西园的艳丽,堪比陈园,继而写春暖花簇、香车齐聚、雅乐合奏、赋诗饮酒,一片宴乐场景,但结尾给人一种蹉跎时光与无所事事之感。作者并没有沉浸其间、乐而不返,而是无尽的无奈与着急。再如:

年来流水坏平田,客径穷愁自可怜。汀苇乱摇寒夜雨,沙鸥闲弄夕阳天。狂嫌浊酒难成醉,冷笑清诗不直钱。碧落故

① 《全宋诗》,第一册,第522页。
② 《全宋诗》,第一册,第534页。

人知我否？几回相忆上渔船。①

——《郊居寄朝中知己》

闻说怀经济，乘闲过隐庐。话言殊不逆，交分合何如？道愧将时背，心非与世疏。凄凄重惜别，蝉噪古槐初。②

——《邺中留别平仲》

张咏还有一些与方外之人交往的诗作，如与少年同窗，后远隐世外的高士傅霖赠寄频繁，大多表现出对他们自由闲逸的向往和自己为官羁身的无奈，语言清新，不事雕琢，近似白体诗作，如：

绿杨阴映长楸道，桃杏初花红影小。手扶大白口谈天，得意相欢不知老。一从召入金马门，三载长缨事边徼。几欲含毫寄别离，悠悠乱思如芳草。③

——《寄程说傅逸人》

少年名节动人群，避俗深居积水濆。几为典衣留远客，半来欹枕看闲云。门连酒舍青苔滑，路近汀沙白鸟分。谁道无心活黎庶，数篇新制咏南熏。④

——《贻傅逸人》

其三，闲适记游之作。

张咏也有少许记游之作，语言清丽流畅，诗风清新自然，心情闲适自在，与白体诗无异，如：

---

①《全宋诗》，第一册，第538页。
②《全宋诗》，第一册，第531页。
③《全宋诗》，第一册，第526页。
④《全宋诗》，第一册，第536页。

何人移置向何年，牢落空庭见断顽。竹外松间滋澹伫，土昏苔染更斓斑。贪怜玩月名偏好，莫问朝天信不还。闲醉闲吟聊自得，渐无魂梦忆归山。①

——《吴宫石》

莫问王庭苦，高栏是夕攀。时清官事少，边静戍人闲。雉堞临寒水，穹庐倚乱山。皇恩正无外，不拟更移关。②

——《登麟州城楼》

人生三万六千日，二万日中愁苦身。惟有无心消遣得，有心到了是痴人。③

——《遣兴勉友人》

此外，张咏还有不少带有伤感色彩的感怀之作，有感叹时光流逝，向往自由无拘生活的，有感恩报国与怀才不遇的，这与白居易诗歌有相似之处，但感情要深切的多，如：

风帆江上往来频，渔叟应多笑此身。自愧无才酬圣泽，已甘行乐负青春。疲羸未复空忘味，网绪难条欲问津。更拟倾杯祝天地，世间不用长奸人。④

——《舟行感怀》

才薄难胜任，空销懒惰情。公堂群吏散，苔地乱蛩声。隔岁乡书绝，新寒酒病生。方今圣明代，不敢话辞荣。⑤

——《县斋秋夕》

野人官职与心违，何况经年未得归。一夕秋风无限思，偶

① 《全宋诗》，第一册，第 541 页。
② 《全宋诗》，第一册，第 531 页。
③ 《全宋诗》，第一册，第 550 页。
④ 《全宋诗》，第一册，第 540 页。
⑤ 《全宋诗》，第一册，第 530 页。

来凭槛到斜晖。①

——《秋日登美美亭》

第一首诗作写于江上行舟之中，本来江帆迅驰、绿水东流，一派快意之景，但诗人却发出无才酬君、无奈行乐之叹。第二首诗人说自己才薄难以胜任郡县之官，这是明显愤激之辞。接着写县衙里面环境恶劣，青苔满地，蛩声乱鸣，官吏也散怠不堪。诗人被贬到此处，离家千里，家书甚希，加上生病，感情要深沉的多。面对此等境遇，诗人还不便口无遮拦宣泄，这是何等的郁结。第三首仍然带有浓厚的不满与伤感。诗人登美美亭，抒发的却是对自己长期遭遇贬谪的不满。违心的官职，整年不得归，面对秋日黄昏，诗人独自凭栏，其中感思可想而知。

当然张咏诗歌有昆体的成分，但不多，更不是主导风格，《西昆酬唱集》只收张咏诗歌 2 首，说他是昆体诗人有点以偏概全。清人姚埙说："（张咏）偶染西昆习气，终非本色。"②赵齐平先生指出："拿张咏与晏殊作比较，张咏虽然名入《西昆酬唱集》，但并不是西昆派诗人。"③

除白体风格外，张咏的古体诗歌飞扬驰骋、豪迈挥洒极似李白，如其五古《解嘲》《劝酒惜别》等。张咏诗歌也有晚唐体的风貌，程千帆、吴新雷《两宋文学史》中说："《乖崖集》中的作品大多接近晚唐体，有些讽谕诗还是在王禹偁的影响之下写成的。"④总之，张咏的诗作风格多样，其中近似白体的成分较多，把他笼统划归为昆体诗人是欠妥的。

---

① 《全宋诗》，第一册，第 544 页。

② 转引自：赵齐平《宋诗臆说》，北京大学出版社 1993 年版，第 7 页。

③ 赵齐平《宋诗臆说》，北京大学出版社 1993 年版，第 7 页。

④ 程千帆《程千帆全集》，河北教育出版社 2000 年版，第 16 页。

（四）其他昆体诗人的白体成分

除上述白体成分比较突出的昆体诗人外，《西昆酬唱集》中收录的作家，也有不少带有一定的白体成分，他们与宋初盛行的白体诗风也有着较为密切的联系。如由南唐北播的诗人舒雅（？—1009），字子正，歙县（今属安徽）人，南唐保大八年（950）状元。入宋后，为将作监丞，后充秘阁校理，累迁职方员外郎。出知舒州，秩满掌灵仙观，改直昭文馆，大中祥符二年（1009）卒。

舒雅一直被认为是昆体的代表诗人，理由是他参与李宗谔、杨亿、刘筠等人的酬唱，其作品见于《西昆酬唱集》。这有一定的道理，不过舒雅诗歌散佚严重，《全宋诗》卷一八仅收录其诗 5 首，几乎难以看出他诗歌的整体风貌。就仅存的这 5 首而言，《答内翰学士》《答钱少卿》《答刘学士》是典型的昆体诗作，如《答钱少卿》：

> 蓬莱阁下旧邻居，偶别俄惊四载余。每见寒葭思倚玉，忽临秋水得双鱼。人间贵盛君谁及，物外优闲我自如。闻说归艎向春渚，深知不与道情疏。①

这是舒雅回赠西昆体领袖钱惟演的诗，钱诗为《寄灵仙观舒职方学士》："方瞳玄鬓粉闱郎，绛阙斋心奉紫皇。征士高怀云在岭，骚人秋思水周堂。闲园露草开三径，灵宇华灯烛九光。知有美田堪种玉，几时春渚逐归艎。"②舒诗首先回忆两人共同供职秘阁时的往事，不经意间一别，竟达四年之久。接着写自己对钱氏的挂念与忽收到对方的书信喜悦之情。钱君为吴越王之后，贵盛谁及！自己超然物外，悠闲自得。一句称赞对方，一句自许自己。最后回答原诗"几时春渚逐归艎"问题，即不与向道之情疏远才能达到真

① 《全宋诗》，第一册，第 262 页。
② 《全宋诗》，第二册，第 1062 页。

正的宁静。

全诗使用不少生僻的典故，这是昆体诗歌的代表特征。如“蓬莱阁”是昆体诗人喜用之典，此处指宋代帝王藏书之地。“倚玉”：语典比较难懂，实指高攀或亲附贤者，语出《世说新语·容止》：“魏明帝使后弟毛曾与夏侯玄共坐，时人谓‘蒹葭倚玉树’。”①“归艎”犹归舟，语出谢朓《拜中军记室辞随王笺》：“唯待青江可望，候归艎于春渚。”②李周翰注：“艎，舟名，王乘也。”钱惟演为吴越王之后，理应乘艎。“道情”指向道、悟道之情。

但舒雅还有《送僧归护国寺》：“偶思皇泽来丹阙，却为禅斋返旧林。岭上白云终挂念，人间余事不关心。澄潭雨过秋涵月，古桧风生夜对琴。闻道石桥多胜境，几时相伴一间寻。”③读来平易流畅，毫无晦涩之感。

此外，舒雅虽未亲自参加太宗朝淳化五年(994)，君臣达三十多人围绕胡氏华林书院的同题酬唱，但作诗一首以襄盛会。这次同题唱和作家不乏李昉、李至、王禹偁等白体诗作的名家。舒雅诗作《题义门胡氏华林书院》：“江外力为儒，荣华表里闾。后生多折桂，数世必同居。筑室寒留谷，穿池夏养鱼。买山添胜境，移席讲新书。竹鸟邻僧刹，溪亭入野蔬。姓名喧魏阙，行止到公车。顾我曾游此，多年尚忆诸。未能重得去，寄咏一踌躇。”④是纯粹白体诗作。

再如昆体诗人张秉，其生平《全宋诗》卷五八记载道：“张秉(952—1016)，字孟节，歙州新安(今安徽歙县)人。太宗太平兴国五年(980)进士，授将作监丞，通判宣州，迁监察御史。以荐得知郑

① ［南朝宋］刘义庆、刘孝标注，余嘉锡笺疏《世说新语笺疏》，上海古籍出版社1993年版，第607页。

② ［南朝宋］谢朓、曹融南校注《谢宣城集校注》，上海古籍出版社1991年版，第54页。

③ 《全宋诗》，第一册，第263页。

④ 《全宋诗》，第一册，第263页。

州，召还，直昭文馆，迁右司谏。后擢知制诰。真宗即位，除左谏议大夫，历知颍、襄、河南、河阳、澶、滑、永兴军等州府，后转礼部侍郎，加枢密直学士，再知并州，徙相州。大中祥符九年(1016)卒，年六十五。《宋史》卷三〇一、《新安文献志》卷九四有传。”①《全宋诗》收其诗作7首，其中《清风十韵》《戊申年七夕五绝》收入《西昆酬唱集》，是典型的昆体之作。

但张秉尚有《郑州联句》，由诗歌内容可知，这是与白体杰出诗人王禹偁的联句，现录如下：

函关秋霁雁初回，六里商於晓色开。四皓有灵应笑我，谪官方始入山来。②

诗句语言平易，诗意通晓，从中也可看出张秉受到白体诗人影响，只是其诗歌散佚严重，未能见其全貌。此外，昆体中的刁衎(945—1013)，也参加了淳化五年胡氏华林书院的同题酬唱，留有《题义门胡氏华林书院》，诗歌全用白体手法。李维(961—1031)，字仲方，洺州肥乡(今属河北)人，宋初西昆体诗人，《西昆酬唱集》收《休沐端居有怀希圣》《王左臣新菊》《霜月》3首。《全宋诗》卷八八还收有他3首送别诗，诗文如下：

金骨一何轻，瞳方鬓复青。楼居隐岩桂，飚驭别阶蓂。玉宇藏丹诀，琱觞泛绿醽。霞城中夕梦，悬想在彤庭。③

——《送张无梦归天台》

香刹隐霞标，斋房见落潮。归思海众绕，来应辅臣招。倚

① 《全宋诗》，第一册，第634页。
② 《全宋诗》，第一册，第635页。
③ 《全宋诗》，第二册，第986页。

策吟云合，乘杯咒浪销。曹溪久得法，游戏自逍遥。①

——《送僧归护国寺》

读碑经岘首，贳酒过宜城。莫问依刘事，休伤吊屈情。②

——《送舒殿丞》

张无梦，北宋著名道士，字灵隐，号“鸿蒙子”，凤翔盩厔人。作者这首送别诗诗意明晰、语言典雅，称赞张无梦仙风道骨与无为虚一，不为外物所动的道学修为。后两首送别诗，语言更为平易，情感颇为闲适，有白体的影子。

总体说来，白体与昆体也不是截然对峙非此即彼的，白体诗人与昆体诗人很多关系亲密，王禹偁与张咏自不必说，王禹偁对丁谓、杨亿也甚是奖掖，彼此影响是存在的，张鹤霖先生甚至说：“西昆体正是在白体的基础上演化产生的，二者相互渗透、相斥相融，是‘同质异构’的关系。”③宋初作家由白体渐入昆体也说明此论断具有一定的正确性。这类作家甚多，对之笔者只能选其代表，略作论述。曾枣庄先生也指出：《西昆酬唱集》的17人并称具有偶然性，他们的政治态度、文论主张、诗文风格都不统一，统统算作西昆体诗人，显然是不恰当的，应该区别对待。④ 丁谓、张咏是其中比较突出者。

二、由白体而入晚唐体诗人考论——以魏野为考察中心

晚唐体出现时间也是在真宗朝前后，几乎与昆体同时，虽稍后于白体诗人群，但诸体作家存在明显的共时性。文学史上也有一

① 《全宋诗》，第二册，第986页。

② 《全宋诗》，第二册，第986页。

③ 张鹤霖《浅论白体诗和昆体诗的同质异构》，载《安徽广播电视大学学报》2006年第3期。

④ 曾枣庄《论〈西昆酬唱集〉的作家群》，载《文学遗产》1993年第6期。

些晚唐体诗人也有白体的影子，甚至有主导风格近白的"晚唐体"作家，这其中尤以魏野为典型。

魏野(960—1019)，字仲先，陕州陕县(今属河南)人。隐居不仕，号草堂居士。真宗大中祥符四年(1011)曾被征召，力辞不往，与当时名流寇准、王旦及大批僧道隐者都有诗赋交往。卒后，赠秘书省著作郎。原有《草堂集》十卷，后其子重编为《钜鹿东观集》七卷。《宋史》卷四五七、《东都事略》卷一一八有传。

魏野诗歌，方回将之定为晚唐体，这对后世影响深远，刘克庄在《江西诗派小序》说："国初诗人如潘阆、魏野，规规晚唐格调，寸步不敢走作。"①直至现当代如梁昆先生《宋诗派别论》、许总先生《宋诗史》等都将之划为晚唐体。这大致不错，但其诗也有许多白体成分，魏野本人十分敬仰白居易为人，曾凿室于陕郊曰"乐天洞"，司马光言魏野："其诗效白乐天体。"②释文莹也说："魏野字仲先，其诗固无飘逸俊迈之气，但平朴而常，不事虚语尔。如《赠寇莱公》云：'有官居鼎鼐，无地起楼台。'及《谢寇莱公见访》云：'惊回一觉游仙梦，村巷传呼宰相来。'中的易晓，故虏俗爱之。"③贺裳也指出："魏仲先微有俊句而体轻，轻则易率，率则易俗。如'有名闲富贵，无事小神仙'，堕恶趣矣。惟善写坞壁间事，如'妻喜栽花活，儿夸斗草赢'，'洗砚鱼吞墨，烹茶鹤避烟'，田园隐沦之趣，宛然如见也。"④都点明魏野诗歌有通俗浅易近似白体的风貌。今《全宋诗》收其诗十卷387首，其中赠别交友酬唱之类的诗作占到其诗歌总量的八成以上，其诗作颇具白体风貌。魏野的诗作，从内容上大致分为以下几点：

---

① [清] 丁福保编《历代诗话续编》，中华书局1983年版，第478页。

② [清] 何文焕编《历代诗话》，中华书局1981年版，第276页。

③ [宋] 释文莹《玉壶清话》卷七，中华书局1981年版，第66页。

④ 郭绍虞《清诗话续编》，上海古籍出版社1983年版，第403页。

首先，是送别赠友之作。如《谢知府寇相公降访》："昼睡方浓向竹斋，柴门日午尚慵开。惊回一觉游仙梦，村巷传呼宰相来。"①诗全用白描的手法把自己昼寝、惊醒并得知寇相来访的全过程展现出来，没有任何晦涩雕琢之处，就连昼梦内容也和盘托出，毫无掩饰，是典型的白体风格。这类诗还有：

> 少作长安宰，寻常似隐夫。琴书家惯有，杖印客疑无。锦水心虽役，圭峰眼不辜。闲签归业状，贫与旧山图。酒为廉犹断，棋因让忽输。即看联雁序，相继在蓬壶。②
>
> ——《赠长安知县陈尧佐》
>
> 王业政艰难，功成退自安。闲中犹有俸，品外更无官。洛水垂帘听，嵩峰凭几看。惟应问安诏，时复到门阑。③
>
> ——《上致仕赵中令》

虽身为长安县宰，却心如野村隐夫，琴棋书画常备，达官显贵鲜至。锦水虽难以一饱眼福，圭峰却能不辜眼帘。官轻身安，虽贫犹闲。断酒为廉，输棋是让，举止行藏极为随意。在《上致仕赵中令》一诗中，虽是称赞赵中令，也是自己的理想所在，功成身退，优渥闲适，心态与诗作都近似白居易。

其次，是次韵酬唱之作。这类诗作甚多，不少也具有白体特征，如《和薛田察院咏雪》④其一："林间踏去宜沽酒，石上收来好煮茶。除却子猷当此景，高情偏忆戴逵家。"其二："七字空吟六出花，与君无酒只烹茶。门前俱绝行踪迹，还似袁安卧在家。"其三："密

---

① 《全宋诗》，第二册，第895页。
② 《全宋诗》，第二册，第907页。
③ 《全宋诗》，第二册，第907页。
④ 《全宋诗》，第二册，第937页。

压溪�入户斜，照开睡眼不须茶。谁言落处无偏党，牵率诗家比酒家。”三首和韵之作，音韵和谐流畅，虽用典但语义不晦，没有过分炼字琢句之处，且诗人心情闲适，沽酒煮茶，好不自在。再如：

丽春园甲召公城，池想游鱼恨至清。一簇楼台如画出，数群鸥鹭似家生。芰荷香里垂纶坐，杨柳阴中把卷行。不领管弦唯静憩，相门年少有高情。①

——《和寇寺丞夏日游丽春园》

闲忆披云辍卧云，尽惊獬豸鹿同群。舜耕山下辞廉使，禹凿门前谒宰君。莫讶楼台抛接武，却愁泉石动移文。花时离别尤堪惜，头白三分欲二分。②

——《和河中孙谏议见送同薛田察院之龙门谒刘煜大著》

欲写情怀难一一，拟寻山水隔千千。输他吴越闲鸥鹭，朝夕常亲画舫前。③

——《和江南提刑王国博见寄》

再次，有一些咏物言怀之作。注重字句的锤炼，诗风清幽，具有晚唐体的风格。但其中也表达闲适自足之情，接近白体精髓，如《述怀》之作：

春暖出茅亭，携筇傍水行。易谙驯鹿性，难辨斗禽情。妻喜栽花活，童夸斗草赢。翻嫌我慵拙，不解强谋生。④

——《春日述怀》

① 《全宋诗》，第二册，第 898 页。
② 《全宋诗》，第二册，第 912 页。
③ 《全宋诗》，第二册，第 922 页。
④ 《全宋诗》，第二册，第 899 页。

瘿枕闲攲苇箔褰，浩然情性雪晴天。却嫌雏鹤饶声气，惊觉茅檐曝背眠。①

——《冬日述怀》

东郭魏仲先，生计且随缘。任懒自扫地，更贫谁怨天。有名闲富贵，无事小神仙。不觉流光速，身将半百年。②

——《述怀》

魏野诗风有晚唐体的成分，尤其五律非常讲究中间两联的锤炼，但其七律诗风要平易的多。总体而言，魏野诗歌兼具两体，其中白体成分应占主流，赵齐平先生也说："魏野诗往往不加雕饰，而流于浅易平近。"又说："魏野诗是否属于晚唐体，看来首先得打个问号。"③吕肖奂先生在《宋诗体派论》中也说："（魏野）他的五律大多具有人们称道的'清苦''冲淡闲逸'，但他的七言尤其是七律基本上是白体的平易浅切。"④张鸣先生也说："从以上分析看，与其把他算作晚唐体诗人，不如说他是宋初隐士中写白体诗的代表。"⑤

此外，晚唐体名家林逋诗歌不学白体，但对白居易推崇有加，曾称赞王禹偁道："放达有唐惟白傅，纵横吾宋是黄州。"⑥晚唐体名宦崇尚苦吟的寇准，其诗也不完全囿于"晚唐体"风格，也有自然流畅的一面，如《微凉》："高桐深密间幽篁，乳燕声稀夏日长。独坐水亭风满袖，世间清景是微凉。"⑦心情闲逸，诗风轻盈流畅。

寇准的应制酬唱之作更多，如《奉圣旨赋牡丹花》："栽培终

① 《全宋诗》，第二册，第902页。

② 《全宋诗》，第二册，第932页。

③ 赵齐平《宋诗臆说》，北京大学出版社1993年版，第95页。

④ 吕肖奂《宋诗体派论》，四川民族出版社2002年版，第21页。

⑤ 张鸣《宋初水边林下的白体诗风》，载《文史知识》1997年第8期，第13页。

⑥ 《全宋诗》，第二册，第1230页。

⑦ 《全宋诗》，第二册，第1019页。

得近天家,独有芳名出众花。香递暖风飘御座,叶笼轻霭衬明霞。纵吟宜把红笺襞,留赏惟张翠幄遮。深觉侍臣千载幸,许随仙仗看秾华。”①《应制赏花钓鱼》:“龙禁含佳气,銮舆下建章。碧波微荡漾,红萼竟芬芳。玉斝春醪满,金枝昼漏长。逢时空窃抃,万宇正欢康。”②等等,具有白体气息。

总之,宋初诗坛流行的“宋初三体”,他们之间并不是彼此孤立的,而是有着一定内在的关联。他们无论是标榜乐天、师范义山,抑或标举贾、姚,都是在历史遗产中寻觅诗材,继承中蕴含新变,都处于宋诗发展的酝酿时期。再者,昆体作家不少来自白体。时至真宗朝,白体大部分诗人未能延续王禹偁所开创的新变之路,陷入昆体的无边无际的酬唱应制之中。当然这也与白体自身缺陷有关,与时代审美变化有关,流于中下层的白体诗人,有些也向晚唐体方向转化,宋初白体诗在演进中不断发展变化。

第二节 宋初方外诗人白体诗歌创作考论

虽然宋初兴盛的白体诗歌主要在士大夫中间传播,停留在宫廷世俗之间,但在方外山林的僧道与隐士群体中也有不小影响,他们虽不能说是典型意义上的宋初白体诗人,但他们的诗风近白,应属于外围的白体诗人,现将他们做一简单考查。

一、宋初僧人群体的白体诗歌创作

(一) 宋初名僧释智圆的白体诗歌创作

宋初有一些僧人的诗歌明显受到白体诗风的影响,诗歌呈现

---

① 《全宋诗》,第二册,第 992 页。

② 《全宋诗》,第二册,第 994 页。

平易流畅的特点，其中尤以宋初名僧释智圆为突出。

释智圆(976—1022)，俗姓徐，字无外，自号中庸子，钱塘人。8岁受戒于龙兴寺，21岁曾传天台三观于源清法师。后世居杭州孤山玛瑙院，与隐士林逋友善。同时，学问渊博，“旁涉老、庄，兼通儒、墨，至于论撰，多所宪章”。① 同时，也精通诗文，“十五知骚雅，好为唐律诗”，②是汇通佛儒的一代名僧。真宗乾兴元年(1022)卒，年47，谥号法慧，有《闲居编》五十一卷。《全宋诗》卷一二八至一四二收其诗十五卷，是宋初存诗颇多的名僧之一。

释智圆非常推崇白居易，曾作《读白乐天集》：“李杜之为诗，句亦模山水。钱郎之为诗，旨类图神鬼。讽刺义不明，风雅犹不委。于铄白乐天，崛起冠唐贤。下视十九章，上踵三百篇。句句归劝诫，首首成规箴。謇谔贺雨诗，激切秦中吟。乐府五十章，谲谏何幽深。美哉诗人作，展矣君子心。岂顾铄金口，志遏乱雅音。龊龊无识徒，鄙之元白体。良玉为碔砆，人参呼荠苨。须知百世下，自有知音者。所以长庆集，于今满朝野。”③对白居易诗作推崇备至，是唐贤之冠，甚至超过李杜、钱起。其新乐府诗作真正是远绍诗经风雅传统，近接古诗十九首的精髓，对后世无识之徒的指玉为石，呼参是荠似的妄自指责深表不满与愤慨。最后，作者用历史的评价结束全诗，好的诗文能接受时间的考验，百世之下，终有知音，现在《白氏长庆集》早已遍布朝野了。

释智圆对白居易的推崇是源于共同的诗歌主张，即对讽谕美刺的儒家事功文学观念的肯定。这与王禹偁在白体诗上的进一步开拓是一致的，也比一般层次的诗酒酬唱、闲适富足要自觉深刻的多，这是释智圆学白的前提。同时，也较为客观地反映出白居易诗

---

① [宋]吴尊路《闲居编·序》，《续藏经》，第101册，新文丰出版股份有限公司1994年。

② [宋]释智圆《闲居编》卷一九，《中庸子传》，新文丰出版股份有限公司1994年。

③《全宋诗》，第三册，第1559页。

文在宋初的风靡程度。那么释智圆的文学观是怎样的呢？他在《钱唐闻聪师诗集序》中说：

> 或问诗之道，曰："善善，恶恶。"请益，曰："善善颂焉，恶恶刺焉。""如斯而已乎？"曰："刺焉俾远，颂焉俾迁，乐仁而怵义，黜回而崇见，则王道可复矣。故厚人伦、移风俗者，莫大于诗教欤！"於乎！……（诗之道）果出于仲尼之道也，吾见仲尼之道也。吾见仲尼之删者，悉善善恶恶、颂焉刺焉之辞耳……岂如今之人谓之诗者……噫，诗之道，其丧也如此。①

继承《诗经》美刺传统，注重发挥诗歌"厚人伦、移风俗"的诗教功能。同时对"皆写山容水态，述游仙洞房"的不涉教化谲谏之作深表不满。在诗歌形式上，也批评"变其声，偶其字"的雕饰之风。这与白居易诗教观基本一致，也汇聚于王禹偁等掀起的复古潮流之中。至于文论方面，可参看祝尚书先生的《论宋释智圆的文学观》②一文，这里不赘。

在具体诗作上，释智圆诗歌具有明显为现实服务的意识，注重发挥诗歌的劝诫功能。这是他诗风近白最突出的特点，当然释智圆是个出家人，不可能锋芒毕露地站出来对现实政治指责一通，但其揭示世风浇薄，用佛儒思想劝诫从善，这与白体讽谕精神是一致的，如《古人与今人》："古人与今人，禄仕一何异。古人贵行道，今人贵有位。古人贵及亲，今人贵悦意。古人同白日，光明溢天地。今人如履险，动足易颠坠。古道如可行，斯言不遐弃。"③

诗歌语言浅显，议论突出，运用古今对比揭示在禄仕方面的

---

① 《全宋文》卷三一〇，《钱唐闻聪师诗集序》，第 233 页。

② 祝尚书《论宋释智圆的文学观》，载《乐山师范学院》2003 年第 5 期。

③ 《全宋诗》，第三册，第 1560 页。

人心不古，具有劝诫时下之义。再如他有组诗《湖西杂感诗》对时下的流俗，诸如孝道沦丧、贪婪耻俭、谄求献媚、乖仁背义、孤洁难立、礼让不修、狡佞贪残，都有正面的劝诫，诗歌不讲形象，开口议论，语言通俗。就连带有游戏成分的诗作，也染上讽谕的影子，如他曾在《戏题四绝句并序》中说："遂为四绝句以现其意，适足以自取欢笑乎。昔者乐天为八绝，盖陈乎鹤鸡乌鸢鹅赠答之意，故吾得以学嚬焉。噫！亦有所儆，非直以文为戏云耳。"①直接学习白居易戏谑讽谕时态的诗作。这类诗作还有不少，现移部分如下：

良工采峄桐，斫为绿绮琴。一奏还淳风，再奏和人心。君子不暂去，所贵禁奢淫。后世惑郑声，此道遂陆沉。朱丝鼠潜啮，金徽尘暗侵。冷落横闲窗，弃置岁已深。安得师襄弹，重闻大古音。②

——《古琴诗》

酷矣秦皇灭，荒哉汉武还。将军封五利，神药访三山。重色为金屋，穷兵过玉关。岂知尧舜道，千古在人间。③

——《汉武帝》

孤吟成白首，十载别同声。海国书难到，空堂梦易成。淳风心共乐，直道世多轻。未卜重相见，波涛万里程。④

——《怀同志》

莫言青松青，有时亦摧折。莫言圆月明，有时亦亏缺。莫逆论心素，刎颈定交结。年发未及衰，交情已消歇。俄因竞分

① 《全宋诗》，第三册，第1571页。

② 《全宋诗》，第三册，第1502页。

③ 《全宋诗》，第三册，第1549页。

④ 《全宋诗》，第三册，第1566页。

寸，忽尔成楚越。爱之欲其生，恶之欲其死。识欲松枯及月亏，请看陈馀与张耳。①

——《慎交歌》

自得南风旨，虚堂此夕弹。正声传不易，俗耳听终难。峭壁虫音绝，乔枝鹤梦残。坐来消万虑，斜月上危栏。②

——《听琴》

表现"知足保和"，闲适无欲心态的诗作也与白居易创作心态相似，如曾仿元、白作《拟洛下分题》4 首，③又有《友人元敏示以三题乃赓而和之》④3 首，都带有戏作的成分，但释智圆这种闲适无忧无惧更具有宗教色彩。如：

终日湖亭坐，悠悠万虑闲。眼前何所有，寒水与秋山。⑤

——《湖上闲坐》

白傅湖西玛瑙坡，轩窗萧洒漾烟波。讲余终日焚香坐，毁誉荣枯奈我何。⑥

——《玛瑙院居戏题》其三

傍砌疏篁手自栽，数竿苍翠胜花开。今宵窗下更深睡，应送寒声枕上来。⑦

——《新栽竹》

移花来种草堂前，红紫纷纭间淡烟。莫欢朝开还暮落，人

---

① 《全宋诗》，第三册，第 1502 页。
② 《全宋诗》，第三册，第 1576 页。
③ 《全宋诗》，第三册，第 1497 页。
④ 《全宋诗》，第三册，第 1498 页。
⑤ 《全宋诗》，第三册，第 1566 页。
⑥ 《全宋诗》，第三册，第 1536 页。
⑦ 《全宋诗》，第三册，第 1570 页。

生荣辱事皆然。[1]

——《栽花》

造化无余岂有私，如何庶物自参差。群乌不涅身长黑，双鹭无愁顶亦丝。岩桂翠浓深雪夜，井桐黄落暮秋时。虚空世界都如幻，莫把闲心逐境思。[2]

——《闲咏》

此外，释智圆还有与僧人赠别酬唱的诗作，也有白体的成分，但大多带有寒峭的色彩，如《次韵酬明上人》："养病孤山下，消摇任野情。闲门浸寒水，高槛露荒城。砌月移杉影，岩泉隐磬声。唯君许来此，相伴老余生。"[3]

总体而言，释智圆诗作在宋初僧人中成就较高，其部分诗作有近似白体的成分，尤其表现在讽谕劝诫的部分。但其诗作主导风格应为晚唐体，如《幽居》："尘迹不能到，衡门藓色侵。古杉秋韵冷，幽径月华深。窗静猿窥砚，轩闲鹤听琴。东邻有真隐，荷策夜相寻。"[4]此类诗作甚多，精致工巧，诗歌体裁选择以近体为主，注重中间两联的打磨，诗风比较幽远清寒，是晚唐体诗歌的典型特征。

（二）宋初其他僧人的白体诗歌创作

此外，释延寿、释清豁、释赞宁、释遇安、释道常、释警玄、释洪寿、释本先等等，诗歌都带有浅易、不避俗语俗意的成分，他们虽不是严格意义上的白体诗人，但也在不同程度上受到当时白体诗风的影响。

其一，释延寿。

---

① 《全宋诗》，第三册，第 1568 页。
② 《全宋诗》，第三册，第 1570 页。
③ 《全宋诗》，第三册，第 1511 页。
④ 《全宋诗》，第三册，第 1578 页。

关于释延寿的生平资料,《全宋诗》卷二有较为详细的记载,现移录如下：

释延寿(904—975),俗姓王,字仲玄,号抱一子。余杭人。年二十八为华亭镇将时,弃吏出家。初礼龙册寺翠岩参禅师,寻谒天台山德韶国师,德韶一见而深器之。先住明州雪窦山。太祖建隆元年(960),吴越王钱俶请入居灵隐山新寺。明年,迁永明寺,居十五载。著述颇丰,有诗偈赋咏凡千万言,流播海外。开宝八年卒,年七十二。赐号智觉禅师。《景德传灯录》卷二六、《宋高僧传》卷二八、《禅林僧宝传》卷九、《五灯会元》卷一〇、《佛祖统纪》卷二六、《释氏稽古略》卷三、《咸淳临安志》卷七〇有传。①

释延寿的诗作可以大致分为两大类,一大类是表现佛理、佛趣及佛僧生活的诗作。如山居诗,内容或描写山居生活,或表现参禅感悟,或表达厌弃世间荣华,向往出世的自然宁静。这是极具佛理、禅意的佛教诗歌。对此,祁伟博士论文《佛教山居诗研究》②有专门的论析。再如表达对佛教片刻领悟的偈颂诗与佛教活动中使用的佛事诗。另一大类就是与佛教联系不甚紧密的景物诗。当然,由于身份与经历等因素的影响,释延寿的景物诗取景幽静、清冷,但不狭隘,语言清雅,风格清丽,结构自然,与晚唐体有别,倒有几分白体风范。如：

松萝高镇夏长寒,透出群峰画恐难。造化功成彰五德,洞

① 《全宋诗》,第一册,第18页。

② 祁伟《佛教山居诗研究》,2007年四川大学博士学位论文,第55—66页。

天云散露花冠。①

——《金鸡峰》

盘空势险露岩根，深洞声寒落石泉。好是雨余江上见，水云僧出认西天。②

——《蛾眉峰》

翠压群峰地形直，落日猿声在空碧。天风吹散断崖云，古松长露三秋色。③

——《积翠峰》

烟萝高巘势凌云，影泻斜阳出海门。曾与支公探隐去，夜寒雷雨上方闻。④

——《凌云峰》

湖外层峰泻危瀑，天际阴阴长寒木。南北行人望莫穷，秋云一片横幽谷。⑤

——《白马峰》

此外，释延寿还有表达闲适之情的诗作，如《闲居》："闲居谁似我，退迹理难过。要势危身早，浮荣败德多。雨催虫出穴，寒逼鸟移窠。野径无人剪，疏窗入薜萝。"⑥趁早远离世俗"要势""浮荣"，做到全身而退，闲居环境一片清幽。这与普通士大夫诗作无异，而且语言径直、浅易。再如《舟中》："一水浮千棹，悠悠来去人。缆开湘浦岸，帆落楚江滨。风色东西变，潮痕旦暮新。祇兹澄汉色，几

① 《全宋诗》，第一册，第27页。
② 《全宋诗》，第一册，第27页。
③ 《全宋诗》，第一册，第27页。
④ 《全宋诗》，第一册，第27页。
⑤ 《全宋诗》，第一册，第28页。
⑥ 《全宋诗》，第一册，第28页。

度化为尘。”[①]诗歌内容虽然与宣扬佛教有一定联系，但诗歌结构清晰，流畅语言之中尽显骨力，中间两联对仗工稳。这些显示出释延寿诗歌既有白体成分又有自身的特色。

其二，释清豁。

释清豁（？—976），宋初福州人。居泉州开元上房院，留漳州保福院。太祖建隆三年（962），辞归至贵湖。刺使陈洪进奏赐紫方袍，以名上宋太祖，赐号曰“性空禅师”，太宗太平兴国元年（976）卒。《全宋诗》收其诗2首，现录如下：

> 聚如浮沫散如云，聚不相将散不分。入郭当时君是我，归山今日我非君。[②]
>
> ——《归山吟寄友》
>
> 世人休说行路难，鸟道羊肠咫尺间。珍重苎溪溪畔水，汝归沧海我归山。[③]
>
> ——《过三岭苎溪》

第一首是作者重归山林之后写给朋友的诗作。释清豁在福建僧界与世俗界颇负盛名，当权者及名流们争相与之交往。不久释清豁便毅然地返回深山，继续隐居修行。而曾经与自己一同隐居的朋友却“入郭”奔走。作者在寄赠给他的七言诗中，对他不无微词，也算是对朋友的规劝和开导。诗写得富有禅意，却浅显平易、亲切柔和，极似白体风格。

其三，释赞宁。

释赞宁（919—1001），祖籍渤海，俗姓高，后唐明宗天成年间出

---

① 《全宋诗》，第一册，第28页。

② 《全宋诗》，第一册，第147页。

③ 《全宋诗》，第一册，第147页。

家于杭州祥符寺。吴越王钱俶任命他为两浙僧统,赐号“明义宗文大师”。宋太宗太平兴国三年(978),随钱俶入朝,被封为“通慧大师”。七年,诏修《宋高僧传》。咸平四年(1001)去世,终年83岁。赞宁学识渊博,著述宏富,《宋高僧传》三十卷、《三教圣贤事迹》一百卷、《内典录》一百五十二卷、《外学集》四十九卷等。

《全宋诗》卷一一收其诗8首。《悟空塔》:“浮图萧瑟入虚空,一聚全身罔像中。传马祖心开佛印,识龙潜主示神通。毫光委坠江楼月,道气馨香海岸风。此地化缘才始尽,更于何处动魔宫。”① 《居天柱山》:“四野豁家庭,柴门夜不扃。水边成半偈,月下了残经。虽逐诸尘转,终归一念醒。未知斯旨者,万役尽劳形。”②两首直接宣扬佛教教旨,语言浅显。《寄题明月禅院二首》则描写明月禅院幽深、禅静的环境及如何获得禅趣的途径。

除此之外,释赞宁还有《落花》《秋日寄人》《夜吟》,作者或表达伤春之情,或传递怀人之情,或表达闲适寂寞之概,相当于白体诗人的闲适伤感之作,语言平易流畅。

蝶醉蜂狂香正浓,晚来阶下坠衰红。开时费尽阳和力,落处难禁一阵风。③

——《落花》

白鸟行从山嘴没,青鸥群向水湄分。松斋独坐谁为侣,数片斜飞槛外云④

——《秋日寄人》

独坐闲吟野思清,秋庭萧索暮烟轻。孤相欲炮月未上,万

---

① 《全宋诗》,第一册,第151页。
② 《全宋诗》,第一册,第150页。
③ 《全宋诗》,第一册,第151页。
④ 《全宋诗》,第一册,第151页。

籁寂然蛩一声。①

——《夜吟》

释赞宁诗歌中的白体成分或许与王禹偁交往有关，二人私交甚厚。王禹偁曾作《左街僧录通惠大师文集序》，称释赞宁为通“内典”与“外学”，并“诗”与“文”的“大师”，对其生平、事迹尤其著作成就肯定有加。

其四，释遵式。

释遵式(964—1032)，浙江海宁人，俗姓叶，字知白。18岁落发，20岁于禅林寺受具足戒。雍熙元年(984)，从宝云寺义通修学天台宗典籍，尽其奥秘，终成宋代天台宗一代名僧。明道元年(1032)，示寂，寿69岁，谥号“法宝大师”。

《全宋诗》卷九八收其诗26首(组)，其中绝大多数是《念佛三昧诗》《十六观经颂》《为檀越写弥陀经正信偈发愿文》《大悲观音栴檀像》《诫酒肉慈慧法门》之类的直接宣传佛教教义的诗作，可读性较差。

释遵式也有一定数量非阐释佛理的诗作，如表达自己闲适的记游之作，像《游天台观》：“古观春山下，寻幽似有期。瀑清冥坐久，峰好独归迟。客啸巢禽识，仙踪药叟知。我来无别趣，禅性尽相宜。”②诗人笔下的天台观在一片春意盎然的深山之中，作者慕名而来似有约期。在清澈瀑布旁久久冥坐，在清秀山峰间迟迟忘归。这里一片仙境，我到此只为参禅悟道，以尽佛学诸相。除结尾涉及佛学之外，全诗就是一首优美的写景记游诗，与普通士大夫诗作无异。释遵式更多的是赠友之作，如《酬伉上人》：

---

① 《全宋诗》，第一册，第150页。

② 《全宋诗》，第二册，第1111页。

> 鸟外清闲极，谁能更似君。山光晴后见，瀑响夜深闻。拾句书幽石，收茶踏乱云。江头待无事，终学弃人群。①

这首诗应是诗人称赞一位饱学而又遗世隐士的诗作。首联写上人居身于鸟迹罕至的清闲之所，俨然一个世外高人，世上谁人能及此。颔联写上人所处之景，山深壑纵，风景如画；雨后初晴，山色缥缈；夜深人静，瀑声历历。真是幽美惬意之极。颈联更是精妙，在幽石间题诗拾句，踏着白云自由采茶，这是何等快乐、自在。尾联说赶紧远离是是非非的人群，学一学这位无为的上人。诗歌除尾联宣扬出世外，中间写景清丽，语言通俗，不用典实，接近白体诗风。再如《隐者》，更是不避浅俗，歌颂一位隐者的无为闲适与淡薄名利。其诗为："一径千峰里，何人更往还。无为无事者，白首白云闲。酿酒担寒瀑，寻猿过别山。岂知名利客，鞭马向秦关。"②释遵式的赠友诗还有以下几首，大多语言通俗易懂，毫不晦涩，流露出对友人闲适生活的称赞与淡淡的寄思之情。如：

> 雨余残景照渔家，渔子鸣榔彻郡衙。今夜相呼好垂钓，晚来新雨涨蒹葭。③
>
> ——《酬苏屯田西湖韵》
>
> 溪竹拥疏帘，溪云冷不厌。千岩唯虎伴，一讲许诗兼。煮茗敲冰柱，看经就雪檐。有时开静户，寒日下峰尖。④
>
> ——《赠智伦弟》
>
> 度月阻相寻，应为苦雨吟。井浑茶味失，地润屐痕深。鸟

---

① 《全宋诗》，第二册，第1111页。
② 《全宋诗》，第二册，第1112页。
③ 《全宋诗》，第二册，第1112页。
④ 《全宋诗》，第二册，第1111页。

背长湖色，门闲古树阴。想君慵更甚，华发昼方簪。①

——《寄刘处士》

此外，宋初诗风近白的诗僧还有不少，如释遇安、释道常、释警玄、释洪寿、释本先等等。他们诗歌浅易，不避俗语、俗意，都属于广义上白体外围诗人群体。现录部分他们的诗作如下：

不是岭头携得事，岂从鸡足付将来。自古圣贤皆若此，非吾今日为君裁。②

——释遇安《将卒示嗣子蕴仁》

女娲补天天不疏，精卫填海海欲枯。留余乱石龙下蛰，结兹古洞神中刳。三冬温温等氈帐，六月凛凛同冰壶。致身岩壑真胜地，寓目尘寰皆畏途。③

——释道常《岩𥕢寺》

杨广山头草，凭君待价焞。异苗翻茂处，深密固灵根。④

——释警玄《寄浮山远禅师》

二、宋初隐士群体的白体诗歌创作

仕与隐的矛盾，在我国古代文人身上始终存在，“邦有道，则仕；邦无道，则可卷而怀之”。⑤ 几乎成为人们抉择的缘由。晚唐五代以来，战乱频仍，文人地位不堪，使得儒家人格日益萎缩，遁世避祸成为乱世文人的选择。因而，晚唐五代是我国隐逸之风大盛

① 《全宋诗》，第二册，第 1112 页。

② 《全宋诗》，第一册，第 169 页。

③ 《全宋诗》，第二册，第 837 页。

④ 《全宋诗》，第一册，第 505 页。

⑤ ［清］刘宝楠《论语正义》，中华书局 1990 年版，第 617 页。

的时期，真正意义上的隐逸人格也形成于此。

宋初的隐者延续五代隐逸之风，人数庞杂。既有“人行大道，号为道士。身心顺理，唯道是从，从道为事，故称道士”的道教神职人员，即所谓“道士”群体；也有那些保持独立人格，追求思想自由，不委曲求全，不依附权势，具有才德学识并甘愿出世的隐者，即所谓“隐士”群体，他们又被称为“处士”“高士”“逸士”等等。

虽然他们存在明显差异，出入仕途的原因与程度各异，但在根本问题上都选择了远离仕途，洁身自好。此外，他们的道德修为、气质人格、情趣爱好等等也都有颇多相似之处，故而，一并放入隐士群体中勾勒。

张海鸥先生说：“《宋史》隐逸传收四十九人，这远非宋代隐士的全部。我又从多种方志中检索得三百七十八人，这仍非宋代隐士的全部。”[①]仅《宋史·隐逸传》立传者收有近五十人，这其中宋初隐士达到近四成，部分隐士有作品传世，其中就有诗作受到白体诗风影响的著名隐士如魏野，上文已详论。此外，尚有陈抟、朱贞白、种放等人，他们的诗歌散淡闲适、悠游无闷，语言直白，不避俗语，不讲形象，冲口而出，自由洒脱。其创作心态极为闲适散漫，与白居易相比有过之而无不及；其诗作也近似白居易闲适与表达人生哲理之作，应属于宋初外围白体作家群，现简略考察如下：

（一）陈抟

陈抟（871—989），字图南，号扶摇子，人称白云先生，宋亳州真源（今河南鹿邑）人。少读经史百家之书，后唐明宗长兴中，举进士不第，遂隐居武当山二十余年。又隐居华山云台观，止少华石室。后周诏为谏议大夫，不受。宋太宗太平兴国时朝京，赐号希夷先生。端拱二年（989）卒。有诗六百余首，今散佚。《宋史》卷四五七有传。《全宋诗》卷一收其诗 16 首。

---

① 张海鸥《宋代隐士隐居原因初探》，载《求索》1999 年第 4 期，第 85 页。

陈抟是五代宋初一位仙真高隐和学术大师，有深厚的传统儒家修养，并以此融合黄老思想、道教方术及佛学禅宗于一炉，使其无论在道教思想史上，还是在儒、佛思想上都有重要的意义，可以说他直接开启宋代学术汇通三教的序幕。陈抟的诗歌自然以宣传道家、道学归隐思想为主，现略作分类如下：

其一，直接宣扬归隐思想的诗作。

这类诗作不讲诗歌形象性，直截了当阐释自己的观点，语言极为直接，不避俗语、俗意。如《辞上归进诗》：

> 草泽吾皇诏，图南抟姓陈。三峰千载客，四海一闲人。世态从来薄，诗情自得真。乞全麋鹿性，何处不称臣。①

这首诗应是作者向帝王上的归隐诗。作者深受皇恩爱戴，被召入京，但内心依然恋及华山，作者知道自己只不过是四海之内的一个闲人，面对浇薄的世态，唯有诗情是真。诗结尾处乞求放归山林，以全麋鹿般自由散漫之性，在哪里不都是向帝王称臣，何必拘泥于庙堂呢？陈抟在《石刻诗》中也说："我谓浮荣真是幻，醉来舍辔谒高公。因聆元论冥冥理，转觉尘寰一梦中。"②当然陈抟不是一开始就走归隐道路的，他也是在尘世碰壁之后，才幡然醒悟的，他在《归隐》一诗中写道：

> 十年踪迹走红尘，回首青山入梦频。紫陌纵荣争及睡，朱门虽贵不如贫。愁闻剑戟扶危主，闷见笙歌聒醉人。携取旧书归旧隐，野花啼鸟一般春。③

---

①《全宋诗》，第一册，第10页。

②《全宋诗》，第一册，第12页。

③《全宋诗》，第一册，第9页。

陈抟还有《对御歌》，语言极为通俗，如同白话，真是老妪能解，但诗意极为通脱，创作心态极为洒脱，其诗为："臣爱睡，臣爱睡。不卧氈，不盖被。片石枕头，蓑衣铺地。震雷掣电鬼神惊，臣当其时正酣睡。闲思张良，闷想范蠡，说甚孟德，休言刘备。三四君子只是争些闲气，争如臣向青山顶头，白云堆里，展开眉头，解放肚皮，但一觉睡。管什玉兔东升、红轮西坠。"①

其二，写景诗。

陈抟写景诗大多写自己隐居华山周围的景物，有气象雄浑的，如《华山》："半夜天香入岩谷，西风吹落岭头莲。空爱掌痕侵碧汉，无人曾叹巨灵仙。"②《诗一首》："华阴高处是吾宫，出即凌空跨晓风。台殿不将金锁闭，来时自有白云封。"③《冬日晚望》："山鬼爠或呼，溪鱼寒不跳。晚景愈堪观，危峰露残照。"④也有萧瑟冷峻的，如《题石水涧》："银河洒落翠光冷，一派回环淡晚晖。几恨却为顽石碍，琉璃滑处玉花飞。"⑤

陈抟也有在景物诗中表达归隐思想的，如《西峰》："为爱西峰好，吟头日尽昂。岩花红作阵，溪水绿成行。几夜碍新月，半山无夕阳。寄言嘉遁客，此处是仙乡。"⑥陈抟景物诗是其诗歌的精华，写景既有细腻之笔，又不乏气势，语言清丽峻洁，白体的成分不多。

其三，赠友诗。

陈抟还有少量的赠友诗，则语言极为平易，风格近似白体，如宣扬人生如梦、早日归隐的《赠金励睡诗二首》⑦：

---

① 《全宋诗》，第一册，第 10 页。

② 《全宋诗》，第一册，第 10 页。

③ 《全宋诗》，第一册，第 11 页。

④ 《全宋诗》，第一册，第 9 页。

⑤ 《全宋诗》，第一册，第 9 页。

⑥ 《全宋诗》，第一册，第 9 页。

⑦ 《全宋诗》，第一册，第 9 页。

常人无所重，惟睡乃为重。举世皆为息，魂离神不动。觉来无所知，贪求心愈用。堪笑尘中人，不知梦是梦。

至人本无梦，其梦本游仙。真人本无睡，睡则浮云烟。炉里近为乐，壶中别有天。欲知睡梦里，人间第一玄。

作者用对比的手法比较常人与至人对梦与人生的不同理解，常人浑浑噩噩，不知现实也如同梦中，贪求无度；至人则视现实如梦，视梦为游仙。此外，陈抟还有《喜英公大师挂锡太华》："暗喜莲峰作近邻，拨开云雾见师频。有时问个艰难字，便沐周旋说与人。唐李监应留后迹，汉蔡邕想是前身。堪嗟继踵无徒弟，笔法收藏在渭滨。"①语言近似散文笔调，平易流畅，近似白体。

（二）朱贞白

朱贞白，生卒年不详，江南人，自号处士，隐逸至终。《全宋诗》收诗作 6 首、断句 2 则。其诗具有白体通俗浅易、诙谐幽默的风格。《杨文公谈苑》说他"善嘲咏，曲尽其妙，人多传诵"。② 可谓戏谑怒骂皆成文章，如《咏刺蝟》："行似针毡动，卧似栗裘圆。莫欺如此大，谁敢便行拳。"③诗歌题材甚小，读之通俗可爱。这天不怕地不怕的小刺猬，憨态可掬又刚猛无畏的形象展现在读者眼前，再仔细一想仿佛诗里还有一层意思，这浑身长刺的刺猬又象征谁呢？言简而不乏情趣。

再如《谒贵公子不礼书格子屏风》："道格何曾格，言糊又不糊。浑身都是眼，还解识人无？"④由诗题可知此诗写作的缘由，即作者拜谒贵家公子却未曾得到应有的礼遇，题诗格子屏风之上。诗歌

---

① 《全宋诗》，第一册，第 11 页。

② 上海古籍出版社编《宋元笔记小说大观》，第 549 页。

③ 《全宋诗》，第一册，第 204 页。

④ 《全宋诗》，第一册，第 204 页。

字面意义十分明确，前两句写格子屏风的形状，后两句语意诙谐风趣，一“眼”字语意双关，一指格子之眼，屏风为格子屏风自然浑身是眼，但其下一句“识人无”，可知其“眼”还指贵公子的有眼无珠，不识人物。全诗语言通俗诙谐，有白体的浅熟特征，再如：

当望当望见，芜湖芜湖见。八月十五夜，一似没柄扇。①

——《咏月》

蝉眼龟形脚似蛛，未尝正面向人趋。如今钉在盘筵上，得似江湖乱走无。②

——《咏螃蟹》

久久终须要，而今未要君。有时闲忆着，大是要知闻。③

——《题棺木》

与虱都来不较多，搡挑筋斗大娄罗。忽然管着一蓝子，有甚心情那你何。④

——《题狗虱》

总之，宋初隐士朱贞白的诗歌题材极小，具有生活化甚至琐碎化倾向，这与白体有相似之处。在诗歌语言方面，即幽默嘲谑、通俗易懂，又蕴含托物之志，有一定的艺术特色。

（三）种放

种放(955—1015)，字明逸，号云溪醉侯，洛阳人。曾隐居终南山三十年，真宗咸平五年(1002)出仕为左司谏，后直昭文馆。景德二年除右谏议大夫，后历官至工部侍郎。晚年移居嵩山。大中祥

① 《全宋诗》，第一册，第204页。
② 《全宋诗》，第一册，第205页。
③ 《全宋诗》，第一册，第204页。
④ 《全宋诗》，第一册，第204页。

符八年(1015)卒,年61。有《种放集》十卷、《江南小集》两卷,均散佚。《宋史》卷四五七有传。

《全宋诗》收其诗9首、断句4则。诗歌具有较为明显的感伤情怀。种放早年隐居,后入世为官,心中时时有仕隐的矛盾。为官之时,惴惴不安,心念自由之身,如《寄怀》:“予生背时性孤僻,自信已道轻浮名。中途失计被簪绂,目睹荣辱心潜惊。虽从鹓鸾共班序,常恐青蝇微有声。清风满壑石田在,终谢吾君甘退耕。”①

此诗即表达这种复杂的心情,首联写自己出生背时,本性孤僻,轻视浮名利禄。颔联则说自己中途“失计”接受官职,在官场之上目睹名利的纷争而内心暗自惊悚。颈联注重突出内心仕隐的矛盾,虽为宦与鹓鸾同列,但内心时刻担心遭受“青蝇”们的责难诋毁。尾联用田园的朗朗清风含蓄反衬官场的阴暗,表达自己甘心退耕的心愿。全诗语言平易,近似白体风格。此类诗歌还有:

> 我本厌虚名,致身天子庭。不终高尚事,有愧少微星。北阙空追悔,西山羡独醒。秋风旧期约,何日去冥冥。②
>
> ——《寄二华隐者》
>
> 竹扉常昼掩,幽僻置身安。自委渔樵分,因思出处难。周庭方设燎,汉将尚封坛。莫问渔樵意,人寰事万端。③
>
> ——《酬陈齐民见寄》

种放也有一些抒发闲适的诗作,心情自在安闲,与白体诗人的作诗心境有相似之处,但清闲中又含有一丝的无奈,如《夏日村居》:“阴阴林木静,寂寂无人境。红绽紫葳香,岚沈玉膏冷。看云

① 《全宋诗》,第二册,第819页。
② 《全宋诗》,第二册,第819页。
③ 《全宋诗》,第二册,第820页。

时独坐，慎事常中省。何客驭风来，新篁动疏影。”[1]此诗具有唐人风貌，尤其是“何客驭风来，新篁动疏影”极为传神，同时也可看出作者的寂寞之情，再加上“阴阴”与“寂寂”的环境，“冷”“独”的心情，一个孤独寂寥的诗人形象被营造出来。再如《咏桃》：“习习香薰薄薄烟，杏迟梅早不同妍。山斋尽日无莺□，只与幽人伴醉眠。”[2]情趣相似，语言清丽易晓，流畅自然，有白体风味。

此外，种放还有咏史讽谕性质的诗作，前者有《潇湘感事》：“离离江草与江花，往事洲边叹复嗟。汉传有才终去国，楚臣无罪亦沉沙。凄凉野浦寒飞雁，牢落汀祠晚聚鸦。无限清忠沉浪底，滔滔千顷属渔家。”[3]作者感叹屈原的无罪沉沙，贾谊的有才去国。此诗环境描写极为出色，离离江草，艾艾江花，一片凄凉。继而，又用寒飞之雁、暮聚之鸦衬托潇湘的悲凉，十分出色。

后者如《谕蒙》：“大盈卑百渎，自成浮天浔。崇丘下累块，竟为蔽日深。王者在谦小，夙惟尧禹心。拜言尊贤仁，慎德弃珠金。自满九族散，匪骄百善寻。炳兹夏商鉴，灭国因夸淫。”[4]讽谕诗在太祖、太宗朝白体诗人中不多。这首讽谕之作寓意直白，与白居易讽谕诗“首句标其目，卒章显其志”是一致的。

宋初隐士诗风近白者人数众多，诸如王昭素、苏澄隐、张无梦、李渎也有少量的诗作传世，也有白体浅显的特征，这里不再逐一阐述了。

总之，宋初白体诗人是一个人数极为庞大的又相对松散的诗人群体，既有典型的核心诗人群体，也有相对外围的近白群体作家。他们之间以风格近似相维系，没有严密的组织结构。就跨越

---

① 《全宋诗》，第二册，第 820 页。
② 《全宋诗》，第二册，第 820 页。
③ 《全宋诗》，第二册，第 819 页。
④ 《全宋诗》，第二册，第 820 页。

时间来看，绵亘宋初数朝，并有延续的趋势。就其作家身份来看，上至帝王将相、名公巨卿，下至山林野士、方外僧道，十分复杂多样。就作家个体而言，也存在阶段学白的复杂情况，即先期学白，而中途更轨易辙另投他门者，或本有其他风格，受白体兴盛的刺激而转入其中者；存在一人而兼具多种风格的，或白体占据其主导风格的，或白体只偏居一隅的；甚至宋初还存在大量的偶尔学白者，他们不属于严格意义上的白体诗人，但他们也促使宋初形成规模浩大的学白浪潮，对整个宋代的学白风气都有积极意义。

第四章　宋初白体诗人徐铉的诗歌创作

由五代入宋的诸诗人中，最杰出的无疑是“二徐”之一的徐铉。徐铉出身诗书之家，早在居官南唐时期就已经名满天下，他集名儒、学者、官僚与诗人于一身，身历吴、南唐、赵宋三朝，在官场之上几经沉浮，入宋之后，因其降臣的身份，更是谨慎甚微。其诗歌是他心路历程的点滴记录，同时也把五代宗白诗风携入宋初，并注入自己新的内容，从而使他能在众多白体诗人中显得尤为突出，并成为其中的代表作家。

第一节　徐铉的生平与著述

徐铉出身诗书之家，在文治鼎盛的南唐就已经名满天下。他身历吴、南唐、赵宋三朝，在官场之上虽几经沉浮，入宋之后更是身份尴尬，但总体平顺。其生平著作颇丰，是他心路历程的真实记录。

一、南唐文治

与北方的连年战乱、经济凋敝及统治者轻视文臣相比，五代十国时期的南方可以说是文人的“湿地”，尤其是南唐，历代统治者都以善待文士著称，如烈祖李昪设太学、兴书院，后继者中主李璟，后主李煜，则有过之而无不及，史载：

> 元宗少跻大位，天性谦谨，每接臣下，恭慎威仪，动循礼法，虽布素僚友无以加也。夏日御小殿，欲道服见诸学士，必先遣中使数四宣谕，或诉以小苦，巾裹不及冠褐可乎？常目宋齐丘为子嵩，李建勋为史馆，皆不之名也，君臣之间，待遇之礼率类于此。①
>
> 后主名煜，字重光，初名从嘉，元宗第六子也。母光穆圣后锺氏。为人仁惠，有慧性。雅善属文，工书画，知音律。②

历任君主优待文士，同时还在制度上向倾斜文士，如恢复科举，选拔人才。据夏承焘先生统计：南唐共举行 17 次科举考试，录取进士达 93 人。③ 李煜还设立崇文馆，招贤纳士，使南唐成为乱世中文人的天堂，大量文人纷纷涌入，形成彬彬之盛。对此，马令记不无赞赏地记载道：

> 五代之乱也，礼乐崩坏，文献俱亡，而儒衣书服，盛于南唐。岂斯文之未丧，而天将有所寓欤？不然，则圣王之大典，扫地尽矣。南唐累世好儒，而儒者之盛，见于载籍，灿然可观。如韩熙载之不羁，江文蔚之高才，徐锴之典赡，高越之华藻，潘佑之清逸，皆能擅价于一时。而徐铉、汤悦、张洎之徒，又足以争名于天下。其余落落，不可胜数。故曰江左三十年间，文物有元和之风，岂虚言乎？④

---

① ［宋］郑文宝《南唐近事》卷一，载《全宋笔记》第一编（二），第 212 页。

② ［清］吴任臣《十国春秋》卷一七，《后主本纪》，第 239 页。

③ 夏承焘《夏承焘集》（第一册），浙江教育出版社 1997 年版，第 99 页。

④ ［宋］马令《南唐书》卷一三，《儒者传》八，影印文渊阁《四库全书》本，第 464 册，第 310 页。

长期战乱割据，对文化精英阶层的文士来说，更是一场旷日持久的心灵磨难。乱世文人身上的诸多不足表现得更加明显，张兴武先生论述道："在近一个世纪的乱世的震荡中，当代作家，尤其是仕宦作家的群体人格发生了剧烈的质变。譬如说他们对王权政治所持的变通态度，顺乎时势和淡化是非标准的普遍作法，在出世与入世之间徘徊不定的心态，以及自我人格在名利驱使下的世俗化倾向等，都是与'修''齐''治''平'的传统士人人格相背离的。"①

乱世文人的顺时保身、混世逐利与荒纵之习在南唐君臣中也普遍存在，即使是负才自傲的名士潘佑，也有顺时保身的萎缩思想，他在《赠别》中对友人说："庄周有言：得者时也，失者顺也，安时处顺，则哀乐不能入也。"②

朝廷重臣张洎，深受后主信任与宠爱，但他在南唐政权危及存亡的关头，却心怀鬼胎、丑态百出，实无尽忠之心与守节之义。此外，乱世文人的荒纵声色，则在中主李璟、后主李煜执政之时，十分突出。君主迷恋宴乐酒色，臣子势必甚焉，使得士风日益荒纵，国事日非，这距离覆灭已经不远了。

开宝八年(975)六月，宋将曹彬等兵围金陵，十一月二十七日，城陷，后主李煜率群臣肉袒出降，南唐覆灭。

徐铉见证了南唐政权由建立到一步一步走向衰亡的整个历程。在这期间，他奋斗过，也彷徨过，既深受恩宠，文誉江左，又屡遭排挤，有志难伸。宦海沉浮数十年，最终随着南唐政权的覆灭，在年近六旬时成为新兴王朝的"降臣"。而面对新兴的赵宋王朝，与许多文士一样，徐铉经历着心灵的剧痛与悲凉，如履薄冰地参与新政权的文化重建。

① 张兴武《五代作家的人格与诗格》，人民文学出版社2000年版，第82页。
② [宋]陆游《南唐书》卷一三，影印文渊阁《四库全书》本，第464册，第458页。

二、生平概述

学界对徐铉生平事迹已有较为详细的考察，笔者结合前贤成果将徐铉一生分为四个时期进行阐释，以期对其经历、思想及诗歌变化有个较为整体的把握。

（一）读书与初入仕途时期（吴天祐十四年至南唐保大五年）

吴天祐十四年（917），徐铉出生于扬州广陵，7岁父亲病逝，从母亲教导。10岁时至舅舅家，苦节自立，能属文。读书至16岁，颇有文名，为徐知诰赏识，为校书郎。吴天祚三年（937）十月，吴主杨溥逊位，徐知诰受禅，改元昇元，国号为齐。昇元三年（939）复姓李，定国号为唐，史为南唐。徐铉继仕南唐，为校书郎、知制诰。昇元七年二月，烈祖李昪卒，其子李璟继位，改元保大。徐铉为祠部员外郎，知制诰。

（二）为民请命、两遭贬谪时期（保大六年至保大十四年）

此时期，徐铉为官颇有建树，为民请命。同时也两遭贬谪，其一是保大七年（949）四五月间的泰州之贬，其二是保大十一年十二月的舒州之贬。

对于前者《徐公行状》记载颇为简略："初拜祠部员外郎、知制诰，后睹受命草诏者无所经据，不根事实，由是驳议，忤旨，左迁泰州幕职。"[①]其弟徐锴也受到牵连，陆游记述徐锴被贬乌江尉时说："时殷崇义为学士，草军书，用事谬误，锴窃议之。崇义方得君，诬奏锴泄禁省语，贬乌江尉。"[②]《宋史・徐铉传》记载则更清楚，其文为："（徐铉）与宰相宋齐丘不协，时有得军中书檄者，铉及弟锴评其援引不当。檄乃汤悦所作，悦与齐丘诬铉、锴泄机事，铉坐贬泰州

---

① 《全宋文》卷一九〇，巴蜀书社1988年版，第261页。

② ［宋］陆游《南唐书》卷五《徐锴传》，影印文渊阁《四库全书》本，第464册，第411页。

司户掾，锴贬为乌江尉，俄复旧官。”[①]汤悦即是殷崇义，徐铉入仕以来，两人诗歌唱和频繁，关系甚密。但自福州兵败始，二人陷入党争，殷崇义则站在宋、陈一边，徐氏兄弟被贬的真正原因正是殷崇义与宋齐丘的诬陷而遭贬。

此贬对仕途一贯平顺、少年即风流得意的徐铉来说，影响非常深远。从其长篇七言古体诗《亚元舍人不替深知，猥贻佳作三篇，清绝不敢轻酬。因为长歌，聊以为报。未竟，复得子乔校书示问，故兼寄陈君，庶资一笑耳》，可窥其一斑：

> 海陵城里春正月，海畔朝阳照残雪。城中有客独登楼，遥望天边白银阙。……伊余独禀狂狷性，褊量多言仍薄命。吞舟可漏岂无恩？负乘自贻非不幸。一朝削迹为迁客，旦暮青云千里隔。离鸿别雁各分飞，折柳攀花两无色。……游处当时靡不同，欢娱今日两成空。天子尚应怜贾谊，时人未要嘲扬雄。曲终笔阁缄封已，翩翩驿骑行尘起。寄向中朝谢故人，为说相思意如此。[②]

此诗情感复杂，本来是喜庆的正月，在徐铉笔下却残雪犹存，春寒料峭。形单影只的徐铉独上城楼，这是何等的冷清孤寂。伸颈遥望天边的白银阙，正流露出他此刻的心情——忠君恋阙啊！此时的京城应是俊彦趋承明之时，而自己却身处孤寂的海陵城(今泰州)。“一朝削迹为迁客，旦暮青云千里隔。离鸿别雁各分飞，折柳攀花两无色。”贬谪前后的巨大反差，使诗人对自己因狂狷、多言而被贬，流露出一丝后悔之情。贬谪生活是谢客思过，即使赏游也是“暂似京华欢会处”，处处流露出对京城的留恋。“天子尚应怜贾

① [元] 脱脱《宋史》卷四四一，第13045页。

② 《全宋诗》，第一册，第82页。

谊，时人未要嘲扬雄。”则直接表达期盼被召回的愿望，但直至三年后，元宗李璟才让他官复原职。全诗笼罩着清冷、哀怨之气，与贬谪前“时清政事少，日永直官闲”时的清闲自在判若两人。

对徐铉泰州之贬的时间，学界认识并不一致。李文泽先生在《徐铉行年事迹考》中认为是保大元年，被召还的时间为保大三年。张兴武先生在《五代作家的人格与诗格》中则认为是保大九年，但在《五代十国文学编年》一书中改为保大二年。贾晋华、傅璇琮二先生在《唐五代文学编年史·五代卷》中认为被贬的时间是保大七年三月至九月间，保大九年春复召为主客郎、知制诰。金传道先生《徐铉三次贬官考》，则进一步考订为“可知徐铉于保大九年春征复主客员外郎、知制诰，寻为兵部员外郎、知制诰。从保大九年上推三年，则徐铉被贬当在保大七年。”①

综上各家观点，保大七年的推断更加合理。至于具体月份，可以排比诗作，进一步精确之。上引诗作《亚元舍人不替深知，猥贻佳作三篇，清绝不敢轻酬。因为长歌，聊以为报。未竟，复得子乔校书示问，故兼寄陈君，庶资一笑耳》作者在“卢龙渡口问迷津，瓜步山前送暮春”下自注云：“去年三月三十日，瓜步阻风。”此诗作于被贬泰州第二年正月。三月三十日徐铉还登临过瓜步（金陵六合县境内），被贬的具体月份应在四月份或稍后，不会在三月份。被召回的时间应如金传道先生所言为保大九年春，历时三载。

保大十一年十二月，徐铉又遭舒州之贬。对这次被贬外放的原因，司马光记载道：“唐祠部郎中、知制诰徐铉言贡举初设，不宜遽罢，乃复行之。先是，楚州刺史田敬洙请修白水塘溉田以实边，冯延巳以为便。李德明因请大辟旷土为屯田，修复所在渠塘堙废者。吏因缘侵扰，大兴力役，夺民田甚众，民愁怨无诉。徐铉以白唐主，唐主命铉按视之，铉籍民田悉归其主。或谮铉擅作威福，唐

① 金传道《徐铉家世考》，载《贵州教育学院学报》2007年第5期。

主怒，流铉舒州。然白水塘竟不成。唐主又命少府监冯延鲁巡抚诸州，右拾遗徐锴表延鲁无才多罪，举措轻浅，不宜奉使。唐主怒，贬锴校书郎、分司东都。”①

从记载上看，是非曲直是不言而喻的。徐铉与中主李璟争辩得失，又不惜得罪权臣冯延巳、李德明及皇帝的亲信车延规、董其役等人。“奏罢屯田，切责内臣不少贷，又捕得贼首，即斩于军前。”使百姓“感悦”。《徐公墓志铭》中所言：“当官执法，无所曲挠，奸邪为之侧目，权贵因之敛手。”②也并非都是溢美之词。为民请命、秉公执法的结果是诽谤接踵而至，差一点遭到沉江之祸，后长流舒州。稍后，其弟徐锴又直言上奏冯延鲁“无才多罪，举措清浅，不宜奉使”，也于同年被贬，分司东都。徐氏兄弟的品行至正至刚，这在乱世之中，实所希见。

相对于泰州之贬，此次流放舒州，徐铉的心态却平和很多。《徐公行状》说他：“在同城三年，唯游览胜境，披玩典籍，尤攻吟咏情性，未尝以得丧蛋芥于方寸。”③这种心态的微妙变化，在他这一时期创作的诗作中也有明显的体现，“三峰烟霭碧临溪，中有骚人理钓丝”“清时沦放在山州，邛竹纱巾处处游”之类数量有了明显上升。在纵情山水之中排遣其内心的痛苦。直至保大十四年，元宗才把徐铉改任饶州。一年后，被召至金陵，从而结束第二次贬谪生涯。

（三）富贵闲适、官运亨通时期（保大十五年至开宝八年）

保大十五年春，徐铉从饶州被召回金陵，开始了又一个仕途平顺、官高禄丰的巅峰时期。同时也是南唐形势日迥、国事弥艰的时期。《宋史·徐铉传》载：“周世宗南征，璟徙铉饶州，俄召为太子右谕

---

① ［宋］司马光《资治通鉴》卷二九一，《后周纪·二》，中华书局 1956 年版，第 9498 页。
② ［宋］徐铉《徐骑省集》，《四部丛刊》初编本，商务印书馆 1926 年版，第 3 页。
③ 《全宋文》卷一九〇，巴蜀书社 1988 年版，第 264 页。

德,复知制诰,迁中书舍人。璟死,事其子煜为礼部侍郎,通署中书省,事历尚书右丞、兵部侍郎、翰林学士、御史大夫、吏部尚书。”①

仕途平顺,官位日隆,而中主李璟统治后期,国力式微,风光不再。伴随着后周的强大攻势,只能一味隐忍退让。先是削帝号改称南唐国主,对周称臣,继而迁都南昌,颜面尽失。建隆二年(961)八月,后主李煜继位,徐铉官至中书舍人、翰林学士,成为李煜的富贵近臣,但国势日窘,外附大宋,苟且残喘;内恋声色,不理政事,南唐国祚不永已成定势。直至开宝七年(974)十一月二十七日,李煜出降,南唐覆灭,徐铉也无可奈何地成为归降之臣。

(四)降臣时期(太平兴国元年至淳化三年)

随着南唐政权的覆灭,徐铉由南唐清闲要员沦为进退维谷的降臣,步入歌功颂德、谨小慎微的晚年。宋太祖、太宗对徐铉还是非常优待的,入宋后的事迹李昉在《徐公墓志铭》中记叙道:“上即位之元年冬,以学士李昉独直翰林,诏太子率更令徐铉入院分直视草。是时昉与公以同道相知,论交契之始也。越四年春,天子率六师亲征太原,并垒既平,遂北幸塞垣,耀光卢龙。秋七月,凯歌归于京师。军卫之中,书诏填委,公援笔马上,应答如流。以扈跸劳迁给事中,直学士院如故。又四年,授右散骑常侍,始罢文翰之职。端拱元年,帝亲耕籍田,授左散骑常侍。积阶至金紫光禄大夫,叙勋至上柱国,累封至东海郡开国侯,食邑一千户。”②

尽管如此,入宋前后徐铉的地位发生了巨大的变化。入宋前,徐铉是博学儒雅的名士,北宋名臣李昉说他“今也儒宗,古之君子”③,李至也称赞他为“海内才名重,儒宗学问高”。④ 在诗、文、小

---

① [元] 脱脱《宋史》卷四四一,第 13045 页。

② [宋] 徐铉《徐骑省集》,《四部丛刊》初编本,第 3 页。

③ [宋] 徐铉《徐骑省集》,《四部丛刊》初编本,第 4 页。

④ [宋] 徐铉《徐骑省集》,《四部丛刊》初编本,第 5 页。

说、书法、小学诸方面都卓有成就。又是南唐名臣，尤其是后主统治时期，官位日显，成为名副其实的“权臣”。但他为人简淡寡欲、质直率真，从未与朋党宋齐丘、冯延巳诸人争权夺利，贻误国政。在纸醉金迷的南唐君臣中，他可以说是个清醒者，直言为国而两度被贬。徐铉也曾想到退居山林，但他面对国势式微、朋党乱政、平民涂炭时，又始终不忍拂袖而去。这种矛盾的心情，是他贬谪时期诗歌的重要内容之一，如：“戚戚逢人问所之，东流相送向京畿。自甘逐客纫兰佩，不料平民着战衣。树带荒村春冷落，江澄霁色雨霏微。时危道丧无才术，空手徘徊不忍归。”[①]在国家危急的关头，时穷节乃见，徐铉挺身自荐，两度出使，据理力争，不卑不亢。在不以失节背主为耻的乱世，徐铉是难能可贵的忠贞之士。

正如张兴武先生所说：“五代后期作家所面临的最大历史课题，就是如何对待久乱之后的重新统一。他们中的不少人经历过由分裂到统一的艰苦岁月，亲身感受过割据政权衰亡过程中的剧痛与悲凉。有些人从偏僻之邦的卿相一下沦为北宋政权中无足轻重的降臣，其生活境遇虽各不相同，但如履薄冰的人生体验则大略相似。”[②]徐铉就是一个典型的例子。

归宋后，徐铉虽然得到太祖、太宗的优待，但始终只将其看成文士，所任多为空头闲职。其尴尬的身份，在北方士人中倍受排挤，内心也纠缠于旧宠与新恩之中，再加上年事已高，亲人亡故，徐铉已无心于新朝，谨小慎微，唯求善终，无聊混世是其内心的追求。心态的改变，使其诗歌具有明显的歌功颂德、谄谀奉承与自足闲淡的倾向，这也恰好暗合新兴王朝统治的需要，而使得这一诗歌内容在太宗朝成为时代旋律。

晚年徐铉有两件事可见其内心的谨慎与处境的凶险。其一是

---

① 《全宋诗》，第一册，第 88 页。

② 张兴武《五代作家的人格与诗格》，人民文学出版社 2000 年版，第 171 页。

太平兴国三年(978),徐铉奉旨探视违命侯李煜。徐铉一方面以臣子之礼相见,另一方面又如实报告李煜言行,而有秦王赐牵机药之祸。对此,王铚《默记》卷上记载道:

> 徐铉归朝,为左散骑常侍,迁给事中。太宗一日问:"曾见李煜否?"铉对以:"臣安敢私见之",上曰:"卿第往,但言朕令卿往相见可矣。"铉遂径往其居,望门下马,但一老卒守门。徐言:"愿见太尉。"卒言:"有旨不得与人接,岂可见也!"铉云:"我乃奉旨来见。"老卒往报。徐入,立庭下。久之,老卒遂入,取旧椅子相对。铉遥望见,谓卒曰:"但正衙一椅足矣。"顷间,李主纱帽道服而出。铉方拜,而李主遽下阶,引其手以上。铉告辞宾主之礼,主曰:"今日岂有此礼?"徐引椅少偏,乃敢坐。后主相持大哭,乃坐,默不言。忽长吁叹曰:"当时悔杀了潘佑、李平!"铉既去,乃有旨再对,询后主何言。铉不敢隐,遂有秦王赐牵机药之事。①

李煜的牵机药之祸,本是太宗猜忌未消的必然结果,与徐铉的探视实无多大的因果关系。但从中确实可以看出徐铉的内心矛盾与尴尬处境。初见故主,情甚于理,不避猜嫌,以行臣子之礼,足现忠义之情。但回到现实中来,理甚于情,不敢隐瞒(也无法隐瞒)以图明哲保身。我们很难想象徐铉会满怀邀功之心,向太宗密报旧主的"不轨"之心,其不敢隐也表明自己处境的凶险。

李煜死后,就有人别有用心地让徐铉撰写墓志,使其陷入进退维谷之中。徐铉在获准"容臣以存故主之义"的前提下,奉诏撰成《吴王神道碑》,让太宗感叹不已。险恶尴尬的处境,让徐铉借诗酒以排遣内心的苦楚。

---

① 上海古籍出版社编《宋元笔记小说大观》,第4536页。

其二是淳化二年(991)秋，七十五岁高龄的徐铉，却身遭诬陷，被贬邠州静难军节度行军司马。飞来的横祸，徐铉无从辩解，《宋会要辑稿》对之记载最详：

> 左散骑常侍徐铉，开封府判官、左谏议大夫张去华，皆免所居官，仍削一任；续责禹偁商州团练副使、湜均州团练副使、铉静难军节度行军司马、去华安远军节度行军司马。坐庐州尼道安尝请开封府讼兄萧献臣、嫂姜氏不养母姑，府不为理，械系道安送本郡。至是，道安复击登闻鼓，自言尝诉兄嫂不孝，嫂姜氏徐铉妻之兄女，铉以尺牍请托张去华，故不为治，且诬铉与姜奸。帝颇骇其事，以道安、献臣、姜氏及铉、去华属吏。狱具大理寺，以铉之奸罪无实。刑部详覆，议与大理寺同，尼道安当反坐。帝疑其未实，尽捕三司官吏系狱，而有是命。①

徐铉晚景甚是悲凉，老妻已故，子女皆亡，又遇无妄之灾，被贬邠州，只有醉心老庄，才能了透一切。次年因冷疾，冷清而从容地走完人生的最后一程。李昉在《徐公墓志铭》中无不动情地说："明年八月二十六日晨起时，方冠带，遽命笔砚，语左右曰：'吾疾作矣。'手书一幅，约束后事，又别书一幅：'道者天地之母。'书讫而终，年七十六。"②

徐铉久居官场，虽一生遭遇三贬，但总体上还算平顺。作为博学儒雅的名士，徐铉风光无限，为世人所称道；作为南唐的名宦权臣，则心系家国，却屡遭打击排挤，以致渐次心灰意冷；作为北宋王朝的降臣，徐铉则如同林黛玉进贾府，时时留意，处处小心。徐铉

---

① [清] 徐松辑《宋会要辑稿》职官六四之八，中华书局 1957 年版，第 3824 页。

② 《全宋文》，第三册，卷四八，上海辞书出版社，2006 年版，第 173 页。

的诗作，较为忠实地反映了乱世之中，这位具有多重身份的士人的心路历程。

三、著述概况

徐铉对文学艺术特别钟爱，一生著述颇为丰富，北宋官修《崇文总目》卷二收徐铉增释《说文解字》十五卷；卷三录《江南录》十卷；卷六载《稽神录》十卷，《棋图义例》一卷；卷一一收《徐铉文集》二十卷；卷十二载《质论》一卷。陈振孙《直斋书录解题》卷五收录《江南录》十卷；卷一一收《稽神录》六卷；卷一七收《徐常侍集》三十卷。晁公武《郡斋读书志》除上述之书外，卷五下收录《篆书千文》一卷。郑樵《通志・艺文略・七》"弈棋类"收录《金谷圆九局图》一卷。《宋史・艺文志・三》又增收《吴录》二十卷（徐铉等合著）。可见其作品的丰富。

这里只考察其诗文结集流传情况，最早提到诗文结集的应是生前好友李昉，他说："所著文多遗落，今其存者编成三十卷。又拟徐幹《中论》作《质论》数十篇；集耳目闻见之异，作《稽神录》二十卷，并行于世。"①其弟子陈彭年在《故散骑常侍东海徐公集序》中说："公江南文稿撰集未终，一经乱离，所存无几，公自勒成二十卷。及归中国，入直禁林，制诰表章，多不留草，其余存者，子婿尚书水部员外郎吴君淑编为十卷，通成三十卷。所撰《质论》《稽神录》，奉诏撰《江南录》，修许慎《说文》，并别为一家，不列于此。"②作序者是徐铉的亲密友人，其可信度应是毋庸置疑的。由此可知，《徐公文集》共三十卷，前二十卷为徐铉手编而成，后十卷则由其婿吴淑编次。

---

① 《全宋文》，第三册，第 176 页。
② 《全宋文》，第九册，第 228 页。

第一个《徐公文集》刻本是天禧胡克顺刻本。胡克顺是徐铉的弟子，深慕徐公的文才胆识，他从陈彭年那里得到《徐公文集》，并于天禧元年刻成《徐骑省文集》三十卷。他在《进徐骑省文集表》中说：

> 家藏稍多，耳剽亦久。窃见故散骑常侍徐铉，杰出江表，夙负重名。逮事天朝，荐升近列。特受先皇之顾遇，颇为后进之宗师。文律高深，学术精博。辞惟尚要，思在无邪。克著一家之言，盖处诸公之右。淳化之岁，被病考终。生嗟伯道之孤，殁虑若敖之馁。而臣顷在场屋，获造门墙，情笃乡关，礼钧甥侄。……数年前，故参知政事陈彭年因臣屡言，成臣夙志，假以全本，并兹冠篇。乃募工人，肇形锓板。竹简更写，无愧于前修，绨几回观，愿留于睿览。……其新印《徐铉文集》两部，计六十卷，共一十二册，谨随表上进。干冒宸严，臣无任战汗激切屏营之至。臣克顺诚惶诚惧，顿首顿首，谨言。天禧元年十一月日，三司户部判官、朝散大夫、行尚书都官员外郎、上护军臣胡克顺上表。①

南宋高宗绍兴十九年(1149)，徐琛重刻《骑省徐公文集》三十卷，此为明州公库刻本，徐琛在其跋说："《骑省徐公文集》三十卷，天禧间尚书都官员外郎胡君克顺编录刊行，且奉表上进，章圣皇帝降诏奖谕。参知恭政陈公彭年为之序引，丞相晏元献公复为后序。骑省在江南有重名，仕天朝为近侍，以文翰忠直，在当时诸公先。既殁，丞相赵郡李文正公实志其墓，所以称述推尊之者甚至。距今且二百年，其英明伟节，得以不泯，而为后学法者，系文集是赖。年世敻远，兵火中厄，鲜有存者，偶得善本，使公

① 《全宋文》，第九册，卷一八七第292页。

库镂板以传。”①

此本影响深远，当时与后世各家传抄者大都据此本。仁宗朝官修《崇文书目》卷十一收录《徐铉文集》二十卷（不知是否有讹误），祝尚书先生就曾考证郑樵《通志》卷七〇《艺文略·第八》中收录《徐铉集》二十卷，乃三十卷之误。他说：“晁、陈二氏所见，当不出天禧、明州二本。马端临《文献通考》卷二三四从之，《通志》卷七〇《艺文志·七》著录为二十卷，疑‘二’乃‘三’之讹。《宋史》卷二〇八《艺文略·七》著录为三十二卷，疑连附录。”②其他公私书目均载以三十卷，如：宋代著名私家书目晁公武的《郡斋读书志》卷四下与陈振孙的《直斋书录解题》卷一一收录的均为三十卷；明杨士奇《文渊阁书目》卷九、叶盛《菉竹堂书目》卷三、钱溥《秘阁书目》及其清代钱谦益《绛云楼书目》卷三等都著录为三十卷。

绍兴明州公库刻本《骑省徐公文集》，今藏于日本。国内存明清影写本、钞本以及清末民初由影写本而出的覆刻本多达几十种，对此四川大学古籍所编《现存宋人别集版本目录》③对其有详细的考察，此处不赘。《四部丛刊》初编《徐骑省集》即选用清黄丕烈校跋的影印宋钞本，《四部备要》则选用南宋高宗绍兴十九年明州公库刻本。至于徐铉的诗作今存七卷，三十卷本《骑省集》中，收录诗歌的是卷一、卷二、卷三、卷四、卷五、卷二一、卷二二。北京大学中国古文献研究中心编《全宋诗》则以《四部丛刊》为底本，校以《四库》本、《四部备要》本、徐乃昌影刻的宋明州本，参校《全唐诗》《玉壶清话》《东轩笔录》诸书，是迄今版本最为考究、收诗最为完备的基础文献，下文所论诗歌，除特别注明之外，均据《全宋诗》本。

---

① ［宋］徐琛《明州重刊徐骑省文集后序》，载祝尚书先生编《宋集序跋汇编》（一），中华书局2010年版，第4页。

② 祝尚书《宋人别集叙录》，中华书局1999年版，第3页。

③ 四川大学古籍所编《现存宋人别集版本目录》，巴蜀书社1990年版，第1页。

第二节 徐铉的诗学思想

不管作家是否意识到，任何文学创作都要基于他对文学问题的基本认识。作为五代宋初的著名诗人——徐铉的文学思想表现得十分独特。对此，已逐渐引起学人们的重视。罗宗强先生在论及南唐主缘情的文学思想时，对徐铉的缘情理论予以较高的评价。张毅先生认为徐铉是宋初文学思想的代表人物。金传道先生甚至认为："徐铉是五代最后一个，也是宋代第一个文论家。"[①]笔者受时贤启发，对徐铉的文学思想作一番探讨，以有利于认识其作品。

一、儒道崩坏与徐铉的文道观

（一）儒道崩坏与南唐崇儒

五代十国不仅是战争频仍、国家崩裂、生灵涂炭的乱世，更是儒道式微、权霸横行、缺乏信仰的混世。忠信孝悌、仁义廉耻等传统儒家伦理观念在战乱中被击得粉碎，背信弃义、卖主求荣、鲜廉寡耻甚至弑君自立变得司空见惯。儒道崩坏所引起的思想混乱，也慢慢反映到文学思想上来。罗宗强先生对五代文学思想的大势有精辟的阐述，他说：

> 社会思想的这种不知不觉的变化影响到文学思想上来，便是重功利的文学观如诗教说和明道说的失去现实意义。……文学思想的主要倾向，是缘情说。缘情说从两个方面发展，一是走向娱乐消遣，因此追求轻艳；一是虽亦用消遣，而着重于追求真情抒发，追求内心感情的细腻表达和意境的

---

① 金传道《论徐铉的文学观》，载《江苏广播电视大学学报》2004年第1期。

细美深广。[1]

尽管如此，南唐统治者也很重视儒士的培养，烈祖李昪设太学、兴书院、延儒臣、复科举使崇儒之风在乱世之中得以延续，这已详于前。身在儒学氛围甚浓的南唐，从小又深受儒学家风的熏陶，使得徐铉"以儒术名一时"，为学者所宗，他的文学观念具有浓郁的儒家诗教明道的成分。

（二）崇道重教的诗用说

徐铉认为文学要言"志"，所言之"志"即是传统的儒家之道。文学的功用就是要明儒家之教，只有这样才能"泽及四海，化成天下"。他在《御制春雪诗序》中说："臣闻尧尚文思，《书》有咏言之目，汉崇儒学，史称好道之名，所以泽及四海，化成天下。"[2]徐铉对汉代及以前的诗作十分推崇，原因就是他们是儒家言志之作。

文学的功用就是要有利于教化，他在《送武进龚明府之官序》中说："才不才在我，用不用在时。道之所存，其人乃贵；功名宠禄，何足算哉！苟泽及于民，教被于物，则百里之广，千室之富，斯可矣。与夫扬、孟之徒，坎坷闾巷，垂空言于后世者，不犹愈乎！"[3]徐铉将"道"置于功名宠禄之上，批评扬雄、班固的文章是"空言"，不能"泽及于民，教被于物"，可以说这是"不关风化体，纵好也徒然"的先河，也与白居易的儒家诗用说基本一致。徐铉还认为词臣的职责就在于"将顺致美，铺陈耿光，布尧言于万邦，称汉德于殊俗"。[4] 徐铉这一文学思想是一贯的，他作于宋太宗端拱二年(989)六月的《故兵部侍郎王公集序》，仍然要求文章发挥其道德教

---

① 罗宗强《隋唐五代文学思想史》，中华书局 2003 年版，第 280 页。

② 《全宋文》，第二册，卷二一，第 180 页。

③ 《全宋文》，第二册，卷二〇，第 174 页。

④ 《全宋文》，第二册，卷二一，第 183 页。

化的功能，其文为：

> 君子之道，发于身而被于物，由于中而极于外。其所以行之者言也，行之所以远者文也，然则文之贵于世也尚矣。虽复古今异体，南北殊风，其要在乎敷王泽、达下情，不悖圣人之道，以成天下之务，如斯而已矣。至于格高气逸，词约义丰，音韵调畅，华采繁缛，皆其余力也。①

相类似的表述还有："诗之旨远矣，诗之用大矣，先王所以通政教、察风俗，故有采诗之官、陈诗之职，物情上达，王泽下流。"②徐铉崇道明教的理论不只是停留在口头阐述之中，其诗文创作也实践这一主张。他在诗文中说："时危道丧无才术，空手徘徊不忍归""羁游白社身虽屈，高步辞场道不卑"等等，看出其对儒家之道的向往与追求。

徐铉崇道明教的文学思想虽然有脱离当时现实政治的成分，并随着偏安一隅的南唐王朝走向没落和自己因董道直行而屡遭打击，崇道明教思想的空泛性日益突出。但这一思想反映了作为传统文人对儒道精神的执着追求和对晚唐五代以来绮靡文风的不满，也对宋代文论的儒学重振有一定的积极影响。

二、缘情自适与徐铉的缘情观

南唐诗歌具有浓郁的娱乐成分与抒情色彩。南唐君臣雅集宴饮、诗酒唱和十分普遍，使其诗歌具有明显的娱乐色彩。其抒情作品的情感更加真实高雅，表达得更加细腻清新。再加上，儒士所追

---

① 《全宋文》，第二册，卷二二，第 196 页。

② 《全宋文》，第二册，卷二一，第 189 页。

求的“道”，在现实中被践踏抛弃、所剩无几的时候，为了安顿心灵，文士们或遁身于隐、或溺身于情、或醉心于酒，诗歌内容转向于描绘闲适的生活、从容的心态及优美的山水，借以沉溺于一己私情之中，忘却现实的悲哀，如此种种，在徐铉诗论中也有所反映，如：

人之所以灵者，情也；情之所以通者，言也。其或情之深、思之远，郁积乎中，不可以言尽者，则发为诗，诗之贵于时久矣。……每良辰美景，登高送远，适莫不存于心府，势利不及于笑谈，含毫授简，唱予和汝。其性淡，故略淫靡之态；其思深，故多清苦之词。大雅之士，何以过此？①

——《萧庶子诗序》

鼓天下之动者在乎风，通天下之情者在乎言。形于风，可以言者，其惟诗乎。②

——《文献太子诗集序》

古人云：诗者，志之所之也。故君子有志于道，无位于时，不得伸于事业，乃发而为诗咏。南阳邓君，少而从吏，服勤靡监，时命不偶，淹翔末涂。养心浩然，不以为慊，遇事造景，辄以吟咏自怡。悔吝不及，终始无累，至于皓首，未见愠容。家贫晏然，惟诗稿盈箧。……嗟乎！士君子乐道自娱，贞节没齿，斯可矣，悠悠世利，曾何足云！子其勖之，无易尔守。③

——《邓生诗序》

诗之旨远矣，诗之用大矣，先王所以通政教、察风俗，故有采诗之官、陈诗之职，物情上达，王泽下流。及斯道之不行也，犹足以吟咏情性，黼藻其身，非苟而已矣。若夫嘉言丽句，音

① 《全宋文》，第二册，卷二一，第188页。
② 《全宋文》，第二册，卷二一，第185页。
③ 《全宋文》，第二册，卷二二，第199页。

韵天成，非徒积学所能，盖有神助者也。①

——《成氏诗集序》

徐铉论文也注重情的成分，他认为诗歌是郁积于胸的情思的外化，情思的发生又是因外物的感发而成，这是对刘勰“岁有其物，物有其容；情以物迁，辞以情发。一叶且或迎意，虫声有足引心。况清风与明月同夜，白日与春林共朝哉”②的继承。君子有志而不能申，则以诗歌来抒泄其愤、遣兴怡神、陶冶性灵，达到乐道自娱、安顿心灵的目的，这也是对“诗可以群，可以怨”与“使穷贱易安，幽居靡闷，莫尚于诗矣”③的发挥。

作为学识渊博、温文尔雅的儒雅之士，徐铉的“怨情”大多也是个人情怀，抒发的方式也是含蓄而内敛的，所追求的目的也只是自适无闷。这与韩愈的“不平则鸣”有很大的不同，也与西蜀花间诸人只注重香奁闺情迥异，正如罗根泽先生所指出的那样：“（徐铉）所谓的情不一定是性爱之情，而是人情、物情之情，是在调和当时的艳情的提倡与反对。”④自适无闷的创作心境与对“情”范围的开拓，对有宋一代诗歌创作都有积极的影响。

徐铉论诗之用，虽重儒家政教，强调移风易俗，但在儒道式微之世，也强调诗歌“吟咏情性，黼藻其身”，这看似矛盾，其实这是身处乱世想有所作为最终却又无可奈何的心态的反映。儒士的社会责任，在残酷现实的震颤下，逐渐遁失为一己的悲欢离合，徐铉也很难独立于世外。

徐铉由“通政教、察风俗”内敛到“犹足以吟咏情性，黼藻其

---

① 《全宋文》，第二册，卷二一，第 189 页。

② ［梁］刘勰著，杨明照校注《增定文心雕龙校注》，中华书局 2000 年版，第 566 页。

③ 转引自：郭绍虞主编《中国历代文论选》，上海古籍出版社 2001 年版，第 309 页。

④ 罗根泽《中国文学批评史》，上海书店出版社 2003 年版，第 483 页。

身”，与白居易由“上以裨教化，舒之济万民”，转向“下可理性情，卷之善一身”，有着惊人的相似之处。学习白居易也转向“事物牵于外，情理动于内，随感遇而形于叹咏”的感伤诗作，及其“或退公独处，或移病闲居，知足保和，吟咏情性”的闲适诗作与“亲朋合散之际”的杂律诗上来。徐铉集中有感而发的作品比比皆是，有对君主的忠心，有对家国的忧愁，有对百姓的关切，有对亲友的思念等等，至于君臣侍宴应制、同僚诗酒宴乐唱和之类的作品则要占去总数的近六成。

三、诗歌风格追求自然清丽

在道与文的问题上，徐铉有明显的重道轻文的倾向。但在儒道不济时，徐铉还是看重诗歌吟咏情性的一面，还是讲求诗文要写得格高气逸、词约义微、音韵调畅、华采繁缛。如他在《故兵部侍郎王公集》序中就说道：

> 君子之道，发于身而被于物，由于中而极于外。其所以行之者言也，行之所以远者文也，然则文之贵于世也尚矣。虽复古今异体，南北殊风，其要在乎敷主泽、达下情，不悖圣人之道，以成天下之务，如斯而已矣。至于格高气逸，词约义微，音韵调畅，华采繁缛，皆其余力也。①

文章（包括诗歌）要宣扬君子之道，要“敷主泽、达下情，不悖圣人之道，以成天下之务”，做到如此，就足够了。但“行有余力”，儒道不济之时，还是可以追求“格高气逸，词约义微，音韵调畅，华采繁缛”的。徐铉赞成诗文要写得高逸含蓄、富艳流畅，但更推崇自然成文的写作状态，反对人为刻意雕琢。他在《文献太子诗集序》中说：

---

① 《全宋文》，第二册，卷二二，第196页。

鼓天下之动者在乎风，通天下之情者存乎言。形于风，可以言者，其惟诗乎？……体有古今，理无用舍。夫机神肇于天性，感发由于自然。被之管弦，故音韵不可不和；形于蹈厉，故章句不可不节。①

同时，徐铉论诗重"精诚"、重"天成"，诗歌还要有感而发，不可为文造情，矫揉造作。他在《萧庶子诗序》中说："人之所以灵者，情也；情之所以通者，言也。其或情之深、思之远，郁积乎中，不可以言尽者，则发为诗，诗之贵于时久矣。虽复观风之政阙，遒人之职废，文质异体，正变殊途，然而精诚中感，靡由于外奖，英华挺发，必自于天成。"②只有发自天机的、灵性的诗作，才会英华挺发，异代流芳。

徐铉的直抒胸襟、率意而为，与元白的"率意放辞"有明显相通之处。但徐铉毕竟是饱学之士，更深知后世学白者失之粗疏的弊病，因而也注重诗歌的含蓄蕴藉，以达到"取譬小而其指大，故禽鱼草木无所遗；连类近而及物远，故容貌俯仰无所隐"③的境界，即诗歌要以小指大，以近喻远，借眼见之物，传言外之理，做到典雅含蓄。

徐铉认为诗才是上天赋予的，非积学所能至。语言要清丽，用韵要自然。他说："若夫嘉言丽句，音韵天成，非徒积学所能，盖有神助者也。"④徐铉精通音韵，诗作以近体为多，对仗工稳，音韵和谐，形成清丽流畅之美。

追求清丽流畅是五代文学的共性，儒道式微，政权跌宕，折断了许多文人正常的人生轨迹，使他们从传统的儒家政治责任中解放出来，或情愿或无奈地走向纯文学的创作殿堂。这是对晚唐以

---

① 《全宋文》，第二册，卷二一，第185页。
② 《全宋文》，第二册，卷二一，第188页。
③ 《全宋文》，第二册，卷二一，第186页。
④ 《全宋文》，第二册，卷二一，第189页。

来崇尚苦吟雕琢、取境荒僻瘦硬之风的反拨，也是对南唐宗白诗风中过于浅切的补救。

徐铉诗论中的“矛盾”与不足，在白居易身上也存在。徐铉过于强调自然为文，反对必要的细琢以致流于粗疏。因而，晁公武评价其作品时说：“凡有撰述，常不喜预作，有欲从其求文者，必戒临事即来请，往往执笔立就，未尝沉思。”①虽然如此，徐铉在乱世中对崇道明教的坚持、对缘情自适的肯定及其对清丽流畅诗风的推崇，使其文学思想在五代宋初具有独特的时代意义，尤其是关于诗歌自适功能的阐述，对宋人自适心理的形成有直接的影响。

第三节 徐铉白体诗歌的内容

南唐诗坛是宗白诗风的重镇，作为五代宋初白体诗人的杰出代表——徐铉，其诗歌在许多方面具有独特性，他身仕三朝，宦海屡折，诗歌无论是内容、风格还是创作心态都发生明显的改变，在学习白居易诗歌方面不同时期也各有侧重。本文大致按其生平为序，将其诗歌内容分成四段来阐述。

一、初入仕途时期(932—949)

即从被烈祖李昪赏识，举荐为校书郎至保大七年(949)四五月间被贬泰州之前，这一时期诗坛宗白诗风呈现出进一步汇集、融合与新变的新局面。由吴入南唐的名臣李建勋高举白体旗帜，成为南唐诗坛的奠基者，二冯、二徐、韩熙载、江文蔚、乔匡舜诸人，都是诗坛宗白骨干。烈祖、元宗身边网罗众多饱学之士，又雅好诗文，作为近侍词臣的徐铉自然留下不少侍宴应制之作。另外，徐铉此

① [宋] 马端临《文献通考·经籍考》，卷233，中华书局1986年版，第1860页。

一时期仕途平顺，先后出任校书郎、祠部员外郎、知制诰、中书舍人等清闲之职，交友唱和表现日常生活闲情雅趣的诗作有不少，这些深得白体闲适之趣，现分以下几类来考察：

（一）侍宴应制的台阁闲情

作为南唐帝王身边的侍臣，又以诗文称世，徐铉自然有很多侍宴应制之作。这其中尤以保大五年（947）元日，君臣应制唱和为盛。次年元日，中主李璟会宴群臣，登楼赋诗，雅兴之致。赴宴者有太弟李景遂、进士李建勋、中书舍人徐铉、勤政殿学士张义方等，至夜深乃散，徐铉为之作序，太弟使名士作画，中主、李建勋、张义方、徐铉都有诗留存至今。

对此次侍宴应制，王士禛《五代诗话》记载颇为详细，录于下：

> 保大五年元日大雪，上诏太弟以下登楼展宴，咸命赋诗，令中使就私第赐李建勋。建勋方会中书舍人徐铉、勤政殿学士张义方于溪亭，实时和进。元宗乃召建勋、铉、义方同入，夜艾方散，侍臣皆有兴咏。……御诗云："珠帘高卷莫轻遮，往往相逢隔岁华。春气昨朝飘律管，东风今日散梅花。素姿好把芳姿比，落势还同舞势斜。座有宾朋樽有酒，可怜清味属侬家。"建勋诗云："纷纷忽降当元会，著物轻明似月华。狂洒玉墀初放絮，密粘宫树未妨花。迥封双阙千寻峭，冷压南山万仞斜。宁意晚来中使出，御题宣赐老僧家。"铉诗曰："一宿东林正气加，便随仙仗放春华。散飘白兽惟分影，轻缀青旗始见花。落砌更依宫舞转，入楼偏向御衣斜。严徐幸待金门诏，愿布尧言贺万家。"义方诗曰："恰当岁月纷纷落，天赞瑶华助物华。自古最先标瑞牒，有谁轻拟比杨花。密飘粉署光同冷，静压庭枝势欲斜。岂但小臣添兴咏，狂歌醉舞一家家。"①

① ［清］王士禛编，郑方坤删补《五代诗话》卷一，人民文学出版社 1989 年版，第 5 页。

元宗李璟饮酒观雪，雅兴十足，首唱《元日大雪登楼》。前两句点题，高楼雅会，即逢瑞雪，高卷珠帘，以览这元日之雪；中间两联对仗工整，昨宵一夜春气，今朝东风送雪。虽然严寒尚在，但春天已至，有一丝喜悦之情。接着写素雪含蓄而优雅的飞舞之姿。尾联回到宾客之宴上来，有俊彦之臣与溢香之酒相伴，这是何等的清闲与快意，全诗洋溢着清平之气。徐铉和作，开头写天降瑞雪，但写的典雅精致。中间两联写飞雪之姿，白兽门前大雪飘散，试与宫女并舞，又拟偏向御衣，竭尽飞舞之态。应制之作，结尾难免过渡到对君主皇恩浩荡的感激与臣子竭力事君的表白，此诗亦是如此，有幸待诏金门，定要宣圣主之德，行臣子之义。全诗典雅含蓄，颂美之义甚浓。

此外，保大七年正月天降瑞雪，元宗李璟与太弟李景遂、齐王李景达及太傅李建勋、知制诰徐铉、勤政殿学士张义方等众大臣宴集唱和，还将21首唱和诗作编集成册，徐铉作有《御制春雪诗序》记载此事。此次应制，徐铉存有《春雪应制》《进雪诗》等：

> 繁阴连曙景，瑞雪洒芳辰。势密犹疑腊，风和始觉春。萦林开玉蕊，飘座裛香尘。欲识宸心悦，云谣慰兆人。①
>
> 欲使新正识有年，故飘轻絮伴春还。近看琼树笼银阙，远想瑶池带玉关。润逐蘼芜铺绿野，暖随杯酒上朱颜。朝来花萼楼中宴，数曲赓歌雅颂间。②

此类应制诗作内容无外乎歌颂吾皇，粉饰太平，表达忠君职守与台阁闲情，普遍缺乏真情实感。在形式上多用近体和依韵唱和的方式进行，由于受到和韵与时间的限制，这类诗歌需要娴熟的创

① 《全宋诗》，第一册，第108页。
② 《全宋诗》，第一册，第108页。

作技巧与一定的才识学养，这也是受当时宗白之风、推崇诗歌酬唱的影响。

（二）交友酬唱的富贵逸情

除上述君臣应制唱和外，仕途平顺、生活清闲的徐铉更多的是与同僚或诗酒依韵、或咏物赠答，以诗歌为消遣之具，表达富贵闲适之情。诗歌中充斥着“闲游”“闲步”“闲立”“闲人”“闲吟”“闲歌”“闲思”之类的言辞，其闲淡随意的创作心态，深得白居易闲适之致。如《早春左省寓直》：

> 旭景鸾台上，微云象阙间。时清政事少，日永直官闲。远籁飞箫管，零冰响佩环。终军年二十，默坐叩玄关。①

左省是对门下省的称呼，此诗作于他为官清要之时。这首律诗，首联旭日东升，祥云流溢，给人祥和之美。颔联、颈联对仗工整，语言直白流畅，“飞”字极富动态地写出了从远处传来的天籁般的箫管之声，诗人抒发的是“时清政事少，日永直官闲”的官场闲适之情。再如《和殷舍人萧员外春雪》：

> 万里春阴乍履端，广庭风起玉尘干。梅花岭上连天白，蕙草阶前特地寒。晴去便为经岁别，兴来何惜彻宵看。此时鸳侣皆闲暇，赠答诗成禁漏残。②

此诗是和同僚殷舍人、萧员外（赞善）之作。春阴乍寒，风起雪落，连天皆白，好一幅撩人春雪图。然而，念起雪晴经年之别，不禁生出一丝感叹。全诗文字优美娴熟，有温文尔雅之美。再如《和萧

① 《全宋诗》，第一册，第62页。

② 《全宋诗》，第一册，第67页。

郎中小雪日作》：

征西府里日西斜，独试新炉自煮茶。篱菊尽来低覆水，塞鸿飞去远连霞。寂寥小雪闲中过，斑驳轻霜鬓上加。算得流年无奈处，莫将诗句祝苍华。①

此诗虽为和作，但写得跌宕起伏，舒缓不迫，深得摇曳之美。首联写日暮黄昏，天降小雪，生炉煮茶，独自品茗，一片闲雅安详，尤其一“独”字写尽了环境的超凡脱俗。接着，由近而远，写篱边隐菊，独自临水自赏，远逝的鸿雁，与天边的云霞相连，不禁使人想起“手挥五弦，目送归鸿。俯仰自得，心游太玄”的名士嵇康，充满自得闲逸。颈联流露淡淡忧愁，由闲适无事而顿生的寂寞，由时光流逝而催生的感叹。尾联又将这闲愁轻轻抹去，时光流逝，鬓发已斑，虽惊觉无奈，还是无须写诗感叹好，给人一种参透人生的冲淡之美。

中书李建勋设宴溪亭，赴宴者有萧俨、江文蔚、徐铉等当时名流，徐铉也依韵酬唱作《中书相公溪亭闲宴依韵》：“雨霁秋光晚，亭虚野兴回。沙鸥掠岸去，溪水上阶来。客傲风欺帻，筵香菊在杯。东山长许醉，何事忆天台。”②

诗歌描绘初秋雨霁的傍晚，中书李建勋在溪亭中设宴待宾的情景。首联交代闲宴的时间地点，颔联则写亭上所见之景：远处洁白的沙鸥款款掠岸而飞，碧绿的溪水因下雨而漫过台阶，“掠岸去”与“上阶来”极其平易流畅。赴宴的宾客们则或临风孤傲而立，或怀菊持酒而饮，多么闲适潇洒，又何须时时许东山、忆天台呢？其他诸人的诗作内容也是抒发文人的闲情雅趣。诸如此类的富贵闲愁诗作还有：

① 《全宋诗》，第一册，第 74 页。
② 《全宋诗》，第一册，第 74 页。

幽人春望本多情，况是花繁月正明。竟夕无言亦无寐，绕阶芳草影随行。①

——《春夜月》

垂杨界官道，茅屋倚高坡。月下春塘水，风中牧竖歌。折花闲立久，对酒远情多。今夜孤亭梦，悠扬奈尔何。②

——《寒食宿陈公塘上》

徐铉还以诗歌为信札，与同僚赠答咏物，或表达思友之情，或抒发一己闲情，感慨逸兴，形式多样。如《早春旬假独直寄江舍人》："省署皆归沐，西垣公事稀。咏诗前砌立，听漏向申归。远思风醒酒，余寒雨湿衣。春光已堪探，芝盖共谁飞。"③这是赠友之作，含蓄表达自己的寂寞思友之情。开头四句突出独自守职的寂寞与吏事清闲，只得饮酒咏诗听漏而归。后四句则含蓄地表达自己对友人的思念之情。"远思风醒酒，余寒雨湿衣"对仗句式都十分讲究，作者因冷风醒酒而思念远方的人，因寒雨沾湿衣服而觉寒意与孤独。野外春色已浓，芝盖与落花同飞，而现在又能与谁共飞呢！含蓄表达自己的孤独与对远方友人的思念。

在徐铉众多诗友中，有一个薛姓少卿，郎中(今安徽省青阳)人，由于性情相通，诗歌交往颇密，留有《附池州薛郎中书因寄歙州张员外》《奉使九华山中涂遇青阳薛郎中》《送薛少卿赴青阳》等诗作。这些诗作语言通俗平易，闲适之中不乏道义。如：

新安从事旧台郎，直气多才不可忘。一旦江山驰别梦，几年簪绂共周行。岐分出处何方是，情共穷通此义长。因附邻

① 《全宋诗》，第一册，第 66 页。

② 《全宋诗》，第一册，第 62 页。

③ 《全宋诗》，第一册，第 64 页。

州寄消息，接舆今日信为狂。①

——《附池州薛郎中书因寄歙州张员外》

故人相别动相思，此地相逢岂素期。九子峰前闲未得，五溪桥上坐多时。甘泉从幸余知忝，宣室征还子未迟。且饮一杯消别恨，野花风起渐离披。②

——《奉使九华山中涂遇青阳薛郎中》

作者一生推崇靖节的清风高洁、冠卿的脱俗高雅，但自己无奈沉沦世事，只能有志难申了。继而，对居官如处隐的薛少卿极为称赞。其精髓与白居易的“大隐住朝市，小隐入丘樊。丘樊太冷落，朝市太嚣喧。不如作中隐，隐在留司官”的《中隐》是一致的。

总之，徐铉赠友酬唱之作多富贵逸情，“闲步”“闲立”“闲人”“闲吟”之类的言辞充斥诗作之中，其富贵闲雅的内容与闲淡随意的创作心态，深得白居易闲适诗的精髓。

（三）感叹时事的悲情

深受儒家思想影响的徐铉，身处战争不止、士风败坏的乱世，不可能一点感触都没有。此段时期徐铉也有感叹时事、不满现实的愤激之作，情感甚是悲愤。如《观人读春秋》：“日觉儒风薄，谁将霸道羞。乱臣无所惧，何用读春秋。”③面对儒风日薄、霸道横行，乱臣贼子无所畏惧的社会现实表示出极度的痛苦与不满。此诗直抒胸臆，冲口而出，与温文尔雅、清新含蓄迥乎不同。再如《谢文静墓下作》：

越徼稽天讨，周京起战尘。苍生何可奈，江表更无人。岂

① 《全宋诗》，第一册，第75页。

② 《全宋诗》，第一册，第103页。

③ 《全宋诗》，第一册，第68页。

惮寻荒垄，犹思认后身。春风白杨里，独步泪沾巾。①

此诗是写于生前好友谢文静墓前，诗前有小序："时闽岭用师，契丹陷梁宋。"此应是当时时事，南北战事连连，百姓生灵涂炭，惜江表无人能力挽狂澜、救民于水火之中。这是时事之悲。后四句回到题目上来，忧时的诗人在荒草垄原寻找友人的坟冢，感叹贤者离世，独自伤心流泪。全诗感情基调沉郁忧伤。

徐铉也作少量的咏史怀古之作，以感叹时事，不少作品还有讽刺戏谑的成分。如《景阳台怀古》："后主亡家不悔，江南异代长春。今日景阳台上，闲人何用伤神。"②讽刺陈后主亡国无悔。《赋得霍将军辞第》"汉将承恩久，图勋肯顾私。匈奴犹未灭，安用以家为？"③对霍去病则深表敬意。

此外，这一时期徐铉还有一些登临游览、羁旅行役及题画之作，大多抒发淡淡的逸情闲愁，语言清丽，风格流畅。如《登甘露寺北望》："京口潮来曲岸平，海门风起浪花生。人行沙上见日影，舟过江中闻橹声。芳草远迷扬子渡，宿烟深映广陵城。游人乡思应如橘，相望须含两地情。"④全诗意境开阔，情景交融，含蓄而恬淡地抒发思乡之情。

概言之，徐铉此段时期仕途平顺，诗歌中虽偶有感慨时事但大量的还是应制酬唱与诗友唱和，抒发的多为富贵闲情，创作方式与创作心态近似白居易的闲适之作，也深得白体闲适之趣。

二、两度贬谪时期（949—957）

大致从保大七年春被贬泰州到保大十五年被召回金陵止。此

① 《全宋诗》，第一册，第 68 页。
② 《全宋诗》，第一册，第 68 页。
③ 《全宋诗》，第一册，第 73 页。
④ 《全宋诗》，第一册，第 63 页。

时期国政日非，“为人忠厚，不以位貌骄人”[①]的徐铉虽远离党争，始终避免不了两遭贬谪的命运。政治上的打击，生活上的多艰，让徐铉的诗歌创作与以前抒发富贵闲情、诗风清新典雅有很大区别。这一时期，徐铉诗歌的现实性有明显增强，或感叹时事，或抒发感伤，即使是诗酒酬唱，与单纯的闲情逸致迥异，总是夹杂着一丝悲愤失落之情，对白居易学习的侧重点也相应发生转移，讽谕伤感的成分明显增加。现将徐铉这一时期的诗歌内容大致分为以下几个方面来阐释：

（一）抒发贬谪情怀之作

徐铉保大七年春，因被宋齐丘等诬其泄密机事而被贬泰州任司户掾。仕途平顺的徐铉，面对突如其来的贬谪，内心自是不满，孤独寂寞、人生失意之情流露在贬谪诗作中，如《雪中作》：

赋分多情客，经年去国心。疏钟寒郭晚，密雪水亭深。影迥鸿投渚，声愁雀噪林。他乡一樽酒，独坐不成斟。[②]

此诗作于泰州，抒发的是孤独寂寞之情。离京来此已逾一年，时值傍晚，天降大雪，疏钟远响，一片寂静，尤其一“寒”字，使全诗笼罩在凄冷的基调之中。远处孤鸿翩翩，停栖沙渚；近处愁雀喳喳，集噪树林。一远一近，一静一动，对仗精巧，构图优美。又一“愁”字，移情于物，暗示出作者心境之悲。尾联揭示出其中的缘由：身在他乡，孤独寂寞，美酒何以独饮？全诗笼罩着贬谪的冷清与孤寂。再如《寒食成判官垂访因赠》：

常年寒食在京华，今岁清明在海涯。远港蹋歌深夜月，隔

① [宋] 佚名《江南余载》卷下，载《全宋笔记》第二册，第248页。

② 《全宋诗》，第一册，第81页。

墙吹管数枝花。鸳鸯得路音尘阔，鸿雁分飞道里赊。不是多情成二十，断无人解访贫家。①

这首诗也是抒发贬谪后的孤独寂寞之情。以前寒食都在京城度过，而今却要在偏僻的泰州。接着回忆京城寒食清明是通宵蹋歌，音乐不断，一片繁华。“鸳鸯得路音尘阔，鸿雁分飞道里赊”，鸳鸯得路，相隔遥远，鸿雁分飞，道阻且长，作者用鸿雁营造一个凄清的氛围。尾联极写身在贬所无人来访的孤寂落寞之情。

此外，《送客至城西望图山因寄浙西府中》：“枚叟邹生笑语同，莫嗟江上听秋风。君看逐客思乡处，犹在图山更向东。”也是抒发一己悲情。徐铉对遭遇贬谪流露出不满情绪，如《赠维扬故人》：

东京少长认维桑，书剑谁教入帝乡。一事无成空放逐，故人相见重凄凉。楼台寂寞官河晚，人物稀疏驿路长。莫怪临风惆怅久，十年春色忆维扬。②

前四句对自己遭遇贬谪充满愤懑之情，尤其是“一事无成空放逐”的“空”字满腔牢骚跃然纸上，故人相见自是更觉凄凉。抒发对贬谪不满的还有：“纶闱放逐知何道，桂苑风流且暂归。莫问升仙桥上客，身谋疏拙旧心违。”(《经东都太子桥》)“一朝削迹为迁客，旦暮青云千里隔。”(《亚元舍人……资一笑耳》)“贾生去国已三年，短褐闲行皖水边。”(《送彭秀才》)“莫问升迁桥上客，身谋疏拙旧心违。”(《经东都太子桥》)诸如“去国”“迁客”“逐客”等字眼也比较常见，诗歌喜用贾谊、屈原等典故，表达忠而被谤的不平之情。

徐铉更多的还是表达自己忠贞不屈、忠君恋阙及盼望早归的

---

①《全宋诗》，第一册，第81页。

②《全宋诗》，第一册，第79页。

诗作。如抒发贬谪后的忠贞之情的，如《过江》："别路知何极，离肠有所思。登舻望城远，摇橹过江迟。断岸烟中失，长天水际垂。此心非橘柚，不为两乡移。"①表达为国尽职，虽贬不悔的，如《贬官泰州出城作》："浮名浮利信悠悠，四海干戈痛主忧。三谏不从为逐客，一身无累似虚舟。满朝权贵皆曾忤，绕郭林泉已遍游。唯有恋恩终不改，半程犹自望城楼。"②等等。

名利对我而言不过如过眼浮云，自己所关注的是为国尽职、替主分忧，但却换来被贬他乡的结局。"三谏不从"为儒家为臣之道，"三谏不从，遂去之，故君子以为得君臣之义也"。③"逐客"应为贾谊直陈时事，却被谗言诬陷而惨遭贬谪的典故。"虚舟"为无人驾驭的船只，语出《庄子·山木》："方舟而济于河，有虚船来触舟，虽有惼心之人不怒。"④索性一身无累能如无人驾驭的小舟任其所至。徐铉虽也遍游林泉，但始终流露出忠君恋阙之情："唯有恋恩终不改，半程犹自望城楼。"对主上的恩宠始终不敢忘怀，一心想再回君主身边，感情真实曲折，用典自然无痕。再如《陈觉放还至秦州见寄以诗作此答之》：

> 朱云曾为汉家忧，不怕交亲作世仇。壮气未平空咄咄，狂言无验信悠悠。今朝我作伤弓鸟，却羡君为不系舟。劳寄新诗平宿憾，此生心气贯清秋。⑤

贬谪虽有一己之悲，但更多的是报国之志遭遇挫折，徐铉即使遭到贬谪也不改初衷。以汉代朱云为榜样，刚正不阿，折槛直谏，

---

①《全宋诗》，第一册，第79页。
②《全宋诗》，第一册，第97页。
③［汉］何休《春秋公羊传注疏》卷八，《十三经注疏》本。
④ 王叔岷《庄子校诠》，中华书局2007年版，第729页。
⑤《全宋诗》，第一册，第80页。

无所畏惧。"壮气未平空咄咄,狂言无验信悠悠。"一个铮铮铁骨、遇挫犹荣的忠贞之士凸显出来,这在乱世之中尤为可贵。诗人羡慕陈君"不系舟"的悠然自得,但自己这只伤弓之鸟,却以朱云为范,追求"心气贯清秋"的豪迈。此外,徐铉与陈觉有憾,纯属为国为民、毫无己私之利的冲突,与党争迥异。

渴望回到京城的恋阙之情也有体现,如《王三十七自京垂访作此送之》:"失乡迁客在天涯,门掩苔垣向水斜。只就鳞鸿求远信,敢言车马访贫家。烟生柳岸将垂缕,雪压梅园半是花。惆怅明朝樽酒散,梦魂相送到京华。"①前两句作者写自己远离家乡、漂泊天涯的贬谪生活,一"掩"字,可见其在贬所的孤寂,很少有客造访。作者对京城故友的来访自是既惊讶又高兴,本来只愿有信能通就知足了,岂敢奢望登门垂访。颈联写相见时的美景,结尾则感叹酒席散去,老友返京,自己独留此地。"梦魂相送到京华",送友更是潜意识地流露出自己想归京的愿望。

（二）反映社会现实之作

徐铉两遭贬谪,有机会接触社会中下层,对社会现实有了更深的认识,诗作进一步触及社会现实,特别是第二次被贬舒州之时,以由侧重于宣泄内心的悲切、一己的人生失意过渡到家国社会上,显得更加的冷静与深刻。如《避难东归依韵和黄秀才见寄》:

> 戚戚逢人问所之,东流相送向京畿。自甘逐客纫兰佩,不料平民著战衣。树带荒村春冷落,江澄霁色雾霏微。时危道丧无才术,空手徘徊不忍归。②

面对北周的强大攻势,南唐国势日窘,中主颜面尽失。此诗作

① 《全宋诗》,第一册,第80页。
② 《全宋诗》,第一册,第88页。

于保大十四年后周军队南侵，徐铉避难东归之时。贬谪之中又遭兵燹，自甘逐客的伤己之悲与民著战衣的感时之叹交织在一起。冷落荒村，一片萧条，时危道丧，不忍独隐，这是何等的令人伤心。

身处儒道丧失的时代，徐铉一方面感叹道的缺失，另一方面又在默默的坚守，这种复杂的心理在诗歌中也有较多的表现，如：

念君介然气，感时思奋发。示我数篇文，与古争驰突。彩缛粲英华，理深刮肌骨。古诗尤精奥，史论皆宏拔。举此措诸民，何忧民不活。吁嗟吾道薄，与世长迂阔。顾我徒有心，数奇身正绌。论兵属少年，经国须儒术。夫子无自轻，苍生正愁疾。①

——《酬郭先辈》

旧族知名士，朱衣宰楚城。所嗟吾道薄，岂是主恩轻。战鼓何时息，儒冠独自行。此心多感激，相送若为情。②

——《送刘山阳》

世乱离情苦，家贫色养难。水云孤棹去，风雨暮春寒。幕府才方急，骚人泪未干。何时王道泰，万里共鹏抟。③

——《送黄秀才姑熟辟令》

乱中吾道薄，乡族旧人稀。胡为佩铜墨，去此白玉墀。吏事岂所堪，民病何可医。藏用清其心，此外慎勿为。县郭有佳境，千峰溪水西。云树杳回合，岩峦互蔽亏。弹琴坐其中，世事吾不知。④

——《送高起居之泾县》

---

① 《全宋诗》，第一册，第 89 页。
② 《全宋诗》，第一册，第 89 页。
③ 《全宋诗》，第一册，第 90 页。
④ 《全宋诗》，第一册，第 96 页。

虽然世道非清，但徐铉没有放弃。因而，对郭先辈的感时奋发的浩然正气，对他苍劲精奥的诗文，尤其是诗文中的时事宏论极为称赞，还激励他不要妄自菲薄，处于疾苦之中的天下苍生需要我们。在送刘山阳、黄秀才、高起居诗中都有类似的情感。此外，徐铉诗歌中也有直接描写时事日艰、战乱频仍、百姓艰难处境的诗作，如：

四年去国身将老，百郡征兵主尚忧。

——《移饶州别周使君》

海内兵方起，离筵泪易滋。怜君负米去，惜此落花时。

——《送王四十五归东都》

下国兵方起，君家义独闻。若为轻世利，归去卧溪云。

——《送勋道人之建安》

酌酒围炉坐，愁襟默自增。长年逢岁暮，多病见兵兴。

——《和明上人除夜见寄》

时情世难消吾道，薄宦流年厄此身。莫叹京华同寂寞，会经兵革共漂沦。……善政空多尚淹屈，不知谁是解忧民。

——《和王明府见寄》

这些诗作对当时宗白诗风有很大的突破，进一步丰富了白体诗歌的内涵。徐铉发扬白居易为时、为事、为君、为民而作的现实精神，具有较强的现实批判性，这也是他贬谪时期诗歌创作的精髓之一。

（三）分题唱和之作

虽然国事多艰，徐铉还是留下不少唱和之作。保大九年(951)春，徐铉由泰州回到金陵，此年冬十月，钟蒨离京任东都少尹，太弟让德萧在金陵设宴为之饯行，好友徐铉、萧彧、孙岘、谢仲宣、王沂等都与会饯行。酒宴上群友分咏风、月、松、竹、山石，或示思友之情，或传旷达之义，或显文人才气。徐铉还作《送钟员外诗序》记录此次酬唱活动：

> 岁辛亥冬十月，天子命吾友德林为东府亚尹，太弟谕德萧君洎诸客饯于石头城。云日苍茫，园林摇落，樽酒将竭，征帆欲飞，处者眷眷而不能回，行者迟迟而不忍去。烟生景夕，风静江平。君子曰："公足以灭私，子当促棹；诗所以言志，我当分题。"故以风、月、松、竹、山、石寄情于赠别云尔。兵部员外郎、知制诰徐铉序。①

徐铉作《赋石奉送德林少尹员外》，其诗为："我爱他山石，中含绝代珍。烟披寒落落，沙浅静磷磷。翠色辞文陛，清声出泗滨。扁舟载归去，知是泛槎人。"②好友远行，咏石送别，十分独特。此诗先写自己爱石，石中蕴含绝代之珍。接着，写在寒烟笼罩下，浅滩边静静卧着的石头，分别用"落落""磷磷"，一表现其寒气，一突出其美姿，这是赋石，然后过渡到送客。这里作者以石喻人，"文陛"为宫阙的殿阶，即好友离开京城，清名之声已扬播开来。最后巧用张华《博物志》之典，传达对好友的祝福，此次钟蒨驾舟而去，远赴东都，必定能乘筏登天。全诗语言典雅，结构清晰，很显学力。

保大十四年九月，还是在金陵，徐铉、乔舜、萧彧、徐锴、陈元裕、钟蒨分咏酒、江、菊、远山、水、新鸿以送钟蒨赴东府，徐铉有《送德林郎中学士赴东府诗序》记载其事并作《送德林郎中学士赴东府得酒》一诗，其诗为：

> 酌此杯中物，茱萸满把秋。今朝将送别，他日是忘忧。世

---

① 《全宋诗》，第一册，第 85 页。
② 《全宋诗》，第一册，第 85 页。

乱方多事，年加易得愁。政成频一醉，亦未减风流。①

此诗与五年前的迥然不同，前一首虽是送别，但意在咏物，作者在石上尽显才华。而现在国事日艰，屡遭沉浮，夹杂着时事弥艰与时光飞逝所带来的忧愁，诗人只有暂凭杯酒得以忘却。

这一时期，也有不少闲适之作，如《赠陶使君求梨》："昨宵宴罢醉如泥，惟忆张公大谷梨。白玉花繁曾缀处，黄金色嫩乍成时。冷侵肺腑醒偏早，香惹衣襟歇倍迟。今旦中山方酒渴，惟应此物最相宜。"②《附书与锺郎中因寄京妓越宾》："暮春桥下手封书，寄向南江问越姑。不道诸郎少欢笑，经年相别忆侬无？"③等等，进一步扩大了诗歌的题材。

同时，隐逸题材的诗作突然增多起来，与道士僧人的来往逐渐频繁起来，抒发自己进退自如、不拘泥于仕隐的通达之情。如：《咏梅子真送郭先辈》：

忠臣本爱君，仁人本爱民。宁知贵与贱？岂计名与身。梅生为一尉，献疏来君门。君门深万里，金虎重千钧。向永且不可，况复论子真。拂衣遂长往，高节邈无邻。至今仙籍中，谓之梅真人。郭生负逸气，百代继遗尘。进退生自知，得丧吾不陈。斯民苟有幸，期子一朝伸。④

徐铉对汉末上疏难成而遁迹人世的名士梅福极其羡慕。忠臣仁人，不管贵贱都是忠君爱民的，如果正道不能容身，兼善无法实

① 《全宋诗》，第一册，第 95 页。
② 《全宋诗》，第一册，第 80 页。
③ 《全宋诗》，第一册，第 82 页。
④ 《全宋诗》，第一册，第 90 页。

现，就隐居山林，做个进退自如的潇洒之士。虽是赠送郭先辈，也反映了作者的思想特点，不拘泥于仕与隐，这是白体诗人诗歌的相似之处。此外，还有不少与僧道交友的诗作，或传友谊、或示羡慕等等，如：

京邑功臣多伫望，凌烟阁上莫辞劳。

——《送写真成处士入京》

下国兵方起，君家义独闻。若为轻世利，归去卧溪云。挂席冲岚翠，携筇破藓纹。离情似霜叶，江上正纷纷。

——《送勋道人之建安》

他日飚轮谒茅许，愿同鸡犬去相随。　——《赠奚道士》

平生心事向玄关，一入仙乡似旧山。　——《题白鹤庙》

何以宽吾怀，老庄有微词。达士无不可，至人岂偏为。客愁勿复道，为君吟此诗。

——《回至南康题紫极宫里道士房》

随着国事日非、年龄阅历的渐长，佛道隐逸思想日益浓烈，这既是环境使然，也是他儒释通达、进退无碍秉性的结果。正如张兴武先生所论述的那样，身处乱世的文士人格普遍由“守道”向“顺时”转化，徐铉也不例外，只是徐铉徘徊于两者之间，没有泯灭其一端。徐铉后半生的自适委顺，与白居易后期思想极为相似，这也是徐铉宗白的情感基础。

三、仕途辉煌时期(957—975)

从保大十五年回到金陵到南唐覆灭，徐铉的官职日隆，由词臣上升为朝廷显贵，其诗作也渐次典雅富贵起来，内容多以君臣及臣僚之间的雅集宴赏、应制酬唱为主，情感趋向于淡定豁达、闲适自足，把南唐君臣之间的风雅发挥到极致。这与两贬时期的诗歌创作有明显的差异，与当时宗白诗人一样，学习白居易又回到了富贵闲适之路。

（一）应制唱和之作

君臣设宴雅集，游赏胜景，不免要赋诗作颂，以附风雅。位居清要又是才高八斗的徐铉，此类作品自然甚多。如开宝元年(968)，邓王李从益出镇宣州，后主设宴送行，徐铉与会，奉旨作《御筵送邓王》为其饯行，其诗为：

> 禁里秋光似水清，林烟池影共离情。暂移黄阁只三载，却望紫垣都数程。满座清风天子送，随车甘雨郡人迎。绮霞阁上诗题在，从此还应有颂声。①

全诗情感一抑一扬，平正典雅，深得应制之体。第一句写宫禁之中秋光如洗，秋高气爽，这是扬。但毕竟是送别，这是抑。虽分别只是短暂的三年，但宣州路途遥远又较为偏僻，自有去国怀乡之愁，又是前扬后抑。颈联感情为之一振，先写天子相送，该是多么荣耀，这是实，再写宣州郡人热情迎接，这是虚，虚实结合十分巧妙。尾联预祝邓王治理有方，颂声频传。全诗情感不卑不亢，语言流畅典雅。

开宝二年，李后主在北苑宴集群臣，徐铉作《北苑侍宴诗序》："臣闻通物情而顺时令者，帝王之能事；感惠泽而发颂声者，臣子之自然。……岁躔己巳，月属仲春，主上御龙舟，游北苑，亲王旧相，至于近臣，并俨华缨，同参曲宴。……乃命即席分题赋诗。睿思云飘，天词绮缛，文明所感，蹈咏皆同。既击钵以争先，亦分题而较胜。长景未暮，百篇已成。自扬《大雅》风，岂在遒人之职？奉诏作序，冠于首篇，授以集书，藏之金匮。谨上。"②应制之作大多感恩

---

① 《全宋诗》，第一册，第113页。

② 《全宋文》，第二册，卷二一，第185页。

泽发颂声，徐铉此次侍宴有《北苑侍宴杂咏》①五首，分咏竹、松、水、风、菊，虽无多少真情实感，但典雅明丽，才学富赡。如：

劲节生宫苑，虚心奉豫游。自然名价重，不羡渭川侯。

——《竹》

细韵风中远，寒青雪后浓。繁阴堪避雨，效用待东封。

——《松》

碧草垂低岸，东风起细波。横汾从游宴，何谢到天河。

——《水》

昨朝才解冻，今日又开花。帝力无人识，谁知玩物华。

——《风》

细丽披金彩，气氲散远馨。泛杯频奉赐，缘解制颓龄。

——《菊》

徐铉还曾奉御札："新酒初熟，偶与郑王诸公开尝于清宴堂庑之间。既览秋物，复瞩霜笺，因赋茱萸一题，以遣此时之兴。卿鸿才敏思，不可独醒，宜应急征，同赋前旨。"②而作《茱萸诗》与《奉和御制茱萸》：

万物庆西成，茱萸独擅名。房排红结小，香透夹衣轻。宿露霑犹重，朝阳照更明。长和菊花酒，高宴奉西清。③

台畔西风御果新，芳香精彩丽萧辰。柔条细叶妆治好，紫蒂红芳点缀匀。几朵得陪天上宴，千株长作洞中春。今朝圣

---

① 《全宋诗》，第一册，第110页。

② 《全宋诗》，第一册，第116页。

③ 《全宋诗》，第一册，第116页。

藻偏流咏，黄菊无由更敢邻。①

万物赖秋以成，茱萸更是擅得其名。小小的红色茱萸排列整齐如屋，浓郁的香气侵满衣袖，经宿的茱萸沾满露水，恰似娇滴的少女低垂着头，一沐朝阳就愈加的晶莹剔透、明艳动人，咏物细腻。第二首则不如第一首来的清新自然。

此外，还有《侍宴赋得归雁》："夜静群动息，翩翩一雁归。清音天际远，寒影月中微。何处云同宿，长空雪共飞。阳和常借便，免与素心违。"②《春雪应制》："繁阴连曙景，瑞雪洒芳辰。势密犹疑腊，风和始觉春。萦林开玉蕊，飘座裛香尘。欲识宸心悦，云谣慰兆人。"③也有一定的韵味。

但总体而言，应制之作多歌功颂德，抒发的也是台阁闲情，自己的真情实感普遍不足。在同题分韵中，追求有异于同僚，往往挖空心思翻奇出新，有利于诗艺的提高和才学化的形成。

（二）同僚酬唱之作

除了君臣宴集唱和之外，还有大量的同僚之间的诗歌往来，或登临游赏，或同题唱和，或赠友送别等等，抒发的情感也较为复杂，但总体上趋向于闲适淡定、通脱无碍，归隐情趣也日益浓厚，追逐白居易的闲适之作与自得之趣。如《九日落星山登高》：

秋暮天高稻穗成，落星山上会诸宾。黄花泛酒依流俗，白发满头思古人。岩影晚看云出岫，湖光遥见客垂纶。风烟不改年长度，终待林泉老此身。④

① 《全宋诗》，第一册，第116页。
② 《全宋诗》，第一册，第105页。
③ 《全宋诗》，第一册，第108页。
④ 《全宋诗》，第一册，第113页。

此诗写重阳登高，首联交代登高的时间、地点及人物。中间两联对仗考究。重阳登高喝酒赏花，自是潇洒自适，但想到时光流逝，青丝不在又不禁感叹伤感起来。颈联写登山所看之景：山上云气从山洞之中缭绕而出，湖面上闲客垂钓，一片清闲。结尾自然过渡到对终老林泉的向往之情。次日，兴犹未尽的徐铉还作《十日和张少监》，表达时清行乐、莫问名利的闲淡之情，其诗为："重阳高会古平台。吟遍秋光始下来。黄菊后期香未减，新诗捧得眼还开。每因佳节知身老，却忆前欢似梦回。且喜清时屡行乐，是非名利尽悠哉。"①

官闲无事，诗酒酬赠，雅兴十足。徐铉与友人咏物依韵唱和，此类情感最为普遍，如《和张少监晚菊》："忆共庭兰倚砌栽，柔条轻吹独依偎。自知佳节终堪赏，为惜流光未忍开。采撷也须盈掌握，馨香还解满樽罍。今朝旬假犹无事，更好登临泛一杯。"②《和陈表用员外求酒》："暑天频雨亦频晴，帘外闲云重复轻。珍重一壶酬绝唱，向风遥想醉吟声。"③《右省仆射相公垂览和诗复贻长句辄次来韵》："西院春归道思深，披衣闲听暝猿吟。铺陈政事留黄阁，偃息神机在素琴。麈柄暂时疏末座，瑶华频复惠清音。开晴便作东山约，共赏烟霞放旷心。"④等等。

此时期长篇和韵、依韵之作多起来，十八韵、二十韵甚至四十韵，此前绝无。依韵越长可供选择的韵字越少，对作者才识的要求就愈高，因而诗作中的才学成分较浓，也不免流于浅易的弊病。另外，创作此类依韵长篇，需要闲适的心态，如《和门下殷侍郎新茶二十韵》：

暖吹入春园，新芽竞粲然。才教鹰嘴拆，未放雪花妍。荷

---

①《全宋诗》，第一册，第113页。
②《全宋诗》，第一册，第113页。
③《全宋诗》，第一册，第108页。
④《全宋诗》，第一册，第113页。

杖青林下，携筐旭景前。孕灵资雨露，锺秀自山川。碾后香弥远，烹来色更鲜。名随土地贵，味逐水泉迁。力藉流黄暖，形模紫笋圆。正当钻柳火，遥想涌金泉。任道时新物，须依古法煎。轻瓯浮绿乳，孤灶散余烟。甘荠非予匹，宫槐让我先。竹孤空冉冉，荷弱谩田田。解渴消残酒，清神减夜眠。十浆何足馈，百榼尽堪捐。采撷唯忧晚，营求不计钱。任公因焙显，陆氏有经传。爱甚真成癖，尝多合得仙。亭台虚静处，风月艳阳天。自可临泉石，何妨杂管弦。东山似蒙顶，愿得从诸贤。①

这首诗是和殷侍郎新茶的。此诗徐铉从春暖芽发写起，"鹰嘴"喻茶叶尖貌，新芽刚吐，尚未与雪花争妍。继写日出前采茶，茶凝聚着大自然的灵秀雨露，制成后愈远愈香，色香怡人。对煎茶之水、所用之火、具体煎法、所用器具都颇有讲究，尽显文人闲雅逸趣。此茶功能更是独特，可解渴醒酒、清神消睡，常饮甚至可以得仙，有此茶浆汤，美酒都可捐弃。最后，诗人自抒心愿，在良辰静亭之下，泉石之间，沏一壶清茶，心随古之诸贤，这是多妙的境界啊！全诗具有散文化、才学化的特色。结构清晰，前后关联，深得元白长篇唱和之体的风貌。"寄君十八韵，思拙愧新奇"与"君王偏属咏，七子尽搜奇"的创作心态，也使得此类长篇和韵之作具有求新求奇的特点，这对当时及宋初的诗坛有较深远的影响，后文有阐述，此处不展。此外《奉和宫傅相公见寄怀旧四十韵》《依韵和令公大王蔷薇诗》《蔷薇诗一首十八韵呈东海侍郎、太尉中书令、郑王从善》等等都是长篇宏制。

（三）赠友述怀之作

与同僚之间除宴饮酬唱之外，还有不少感情真挚的赠友之作，抒发的情感也各有不同，如《送高起居之泾县》：

---

① 《全宋诗》，第一册，第106页。

> 右史罢朝归，之官句水湄。别我行千里，送君倾一卮。酒罢长叹息，此叹君应悲。乱中吾道薄，乡族旧人稀。胡为佩铜墨，去此白玉墀。吏事岂所堪，民病何可医？藏用清其心，此外慎勿为。县郭有佳境，千峰溪水西。云树杳回合，岩峦互蔽亏。弹琴坐其中，世事吾不知。时时寄书札，以慰长相思。①

此诗情感很是复杂，高起居贬官泾县，徐铉饯别痛饮，饮罢长叹。此叹包含着自己两遭贬谪的酸苦，但更多的还是对儒道不振、旧友日稀、吏事不堪、民病难医的感叹。正需用人之际，朋友却离京远贬，实在令人愤懑痛心！接下作者笔锋一转，用孔子"用之则行，舍之则藏"②来安慰朋友也慰藉自己，至此情感发生转折。后六句则写泾县山水之胜：千峰竞秀，溪水潺潺，云树蔽日，岩峦叠翠。在此弹琴长啸，坐忘一切，这是何等的超凡脱俗、清静淡远！当然，这也反映出徐铉在残酷现实面前自我退缩的精神状态。

后主统治下的南唐已经处于极度危险时期，外患紧逼，内忧不断，而统治者却填词作画、诗酒雅集，无心图强。徐铉无力改变现实，只能消极退避，甚至学道求仙，隐逸思想剧增。如《送薛少卿赴青阳》：

> 我爱陶靖节，吏隐从弦歌。我爱费征君，高卧归九华。清风激颓波，来者何以加。我志两不遂，漂沦浩无涯。数奇时且乱，此途今愈赊。贤哉薛夫子，高举凌晨霞。安民即是道，投足皆为家。功名与权位，悠悠何用夸。携朋出远郊，酌酒藉平

① 《全宋诗》，第一册，第 96 页。

② 杨树达《论语疏证》，上海古籍出版社 1986 年版，第 158 页。

沙。云收远天静，江阔片帆斜。离怀与企羡，南望长咨嗟。[1]

开头四句，直抒胸臆，表达对隐士陶潜、费冠卿由衷的仰慕。对自己久困于现实之中，归隐之志难成的无奈。对薛少卿禅透功名、出尘脱俗的情怀极其称赞，并想象其回青阳后的闲逸生活：携朋郊游，酌酒平沙。后四句点题，晴空万里，诗人目送好友消逝于辽阔的江面之上，离别之愁夹杂着由衷的羡慕，令诗人长叹不已。既然不能脱身而去，只能求得心灵上的闲淡豁达，自适无碍。这类情感的诗作不少，如：

簪组非无累，园林未是归。世喧长不到，何必故山薇。

——《自题山亭》其一

小舫行乘月，高斋卧看山。退公聊自足，争敢望长闲。

——《自题山亭》其二

跂石仍临水，披襟复挂冠。机心忘未得，棋局与鱼竿。

——《自题山亭》其三

本图忘物我，何必计输赢。……不如相视笑，高咏两三声。

——《棋赌赋诗输刘起居》

日华穿竹静，云影过阶闲。箕踞一长啸，忘怀物我间。

——《又和游光睦院》

这一时期，徐铉由一个屡遭贬谪的落魄文人转变成官居清要的达官显要，其创作心态发生微妙的变化。再加上，国事已到病入膏肓的地步，作者关注点也由国事民生过渡到一己情怀，诗作范围进一步萎缩，徐铉的变化更多的是时代使然。

---

① 《全宋诗》，第一册，第96页。

四、为官新朝时期(976—992)

开宝七年十月，宋将曹彬从荆南发兵，闰十月兵围金陵，十一月二十七日李煜率群臣肉袒出降，南唐王朝就此覆灭。徐铉无可奈何地成为归降之臣，进而迈入人生最后一个时期。

新朝帝王急于修文安邦，江南文坛名宿徐铉受到重用，但徐铉毕竟身份尴尬，加上年事已高，早已无心政治，其委顺任化的思想进一步凸显，使其诗歌远离现实政治，具有明显的阿谀色彩。应制酬唱、赠友送别及隐逸伤感成为这一时期诗歌的三大主旨，这虽于南唐后期相似，但其闲适坦荡、雍容尔雅之气已为谨小慎微、阿谀谄媚所代替，打上深深的宋初气息。

(一) 阿谀应制之作

此时期徐铉应制之作颇多，阿谀谄媚的成分几乎充斥于每一首应制诗作，显得枯燥乏味，这是徐铉，更是宋初君臣应制诗歌的通病，如《奉和御制打球》：

> 上闲精习渥洼骢，玉镂金鞍锦覆鬃。金埒无尘初浥露，朱旗向日自生风。雷传画鼓偏增气，星度飞球欲映空。共道宸游因习武，凯歌犹似奏平戎。①

此诗奉和太宗打球，盛赞帝王英武。首句用精美的语言写帝王座驾，“渥洼”指渥洼河，在甘肃安西县境内，为产神马之处，帝王打球的御座即为渥洼神马。此马装饰豪华，玉镂金鞍，一派王者之气。颔联写打球前的环境，露水沾湿地面，金埒周围一片洁净。红色的大旗插满四周金色的围墙，使人顿生风意。颈联正面描写帝

① 《全宋诗》，第一册，第120页。

王打球的神姿，远处传来震天的鼓声，飞球如星，在高空飞转，欲映长空。字里行间流露出对帝王打球宏大场面的推崇，徐铉还觉不够直接，于是加个不太紧密的尾联："共道宸游因习武，凯歌犹似奏平戎。"皇帝打球是为了习武练兵，胜利的歌舞似在庆祝平戎的凯旋，为帝王游乐粉饰。再如《奉和御制春雨》：

> 祁祁甘雨正当春，草树精神一倍新。匀洒农郊偏长麦，缓飘花槛不惊人。密随宫仗环青辂，普逐皇恩下紫宸。霁后楼台更堪望，满园桃李间松筠。①

天降甘霖，春雨绵绵，草树为之精神增倍。春雨均匀地洒向郊外的麦田，缓缓地悄无声息地飘落在花朵之上，如同杜甫笔下春雨的神姿。颈联却说这春雨是密随宫杖、追逐皇恩而来到人间，皇恩浩荡才使天降甘霖，奉承之义十分明显。此类之作内容上无外乎节日观灯、观鱼赏花等等，情感上无外乎点缀升平、歌功颂德。诸如此类的诗作还有很多，如：

> 仙乐来天上，祥光起日边。……圣制如春色，周流遍八埏。
>
> ——《奉和御制寒食十韵》
>
> 五侯皆辑瑞，四海尽占风。圣政乾行内，群生寿域中。
>
> ——《奉和御制岁日二首》
>
> 幔亭高敞九门前，银箭迟迟夜漏迁。明月静添华烛影，和风时度御炉烟。朱轮绣毂车声接，玉勒金羁马首骈。一曲云谣飞圣藻，万方歌咏仰尧天。
>
> ——《奉和御制上元灯》
>
> 绿树阴阴惬豫游，早蝉清韵远还收。唤回昼梦和宫漏，引

---

①《全宋诗》，第一册，第120页。

起微冰助麦秋。禁柳烟中飞乍觉，御沟声里听偏幽。群生遂性宸章悦，从此人间不识愁。

——《奉和御制闻早蝉》

常嫌群艺用心粗，不及棋枰出万途。妙似孙吴论上策，深如夔益赞讦谟。静陈玉槛连琴榻，密映珠帘对酒壶。圣智纵横归掌握，一先终不费多图。

——《奉和御制棋》

(二) 赠友咏怀之作

此时期赠友诗作数量颇多，成就突出，抒发的情感也多种多样，有抒发珍惜友谊的，有抒发离别愁绪的，与以前相比写得深沉凝重、伤感味浓，颇为感人。如《送蒯员外东游旧治》："百岁犹强健，知君即地仙。孤飞下华表，太息问桑田。故吏今谁在，高名昔共传。伊余亦遗老，相送一潸然。"①蒯员外年逾九旬，身体强健，东游旧治，本是高兴的事情，但徐铉感叹旧友凋零，自己也垂垂老矣，送友时不禁潸然泪下，情感真挚浓烈。再如《送坊州贾监军》：

圣主欲东封，怜君四护戎。乡心经灞岸，诗思省豳风。旧业今成旅，朱颜色变翁。忘怀一杯酒，闲夜与谁同。②

徐铉送友西任，也夹杂着浓郁的伤感气氛，旧业已成过去，时光流逝，朱颜不在，只有靠酒来忘却现实以获得片刻的闲适。再如《送郑先辈及第西归》：

春晚缑山路，华光满翠微。怜君持郄桂，归去著莱衣。故

---

① 《全宋诗》，第一册，第128页。
② 《全宋诗》，第一册，第137页。

国几人在，浮生万事非。唯当拭病眼，看子九霄飞。①

此诗首联点出送别的时间地点，时间为山花烂漫的春季，地点则为充满仙气的缑山，阳光明媚。而颔联更是写喜气，郑氏摘桂及第，正要衣锦还乡，拜谒亲友。颈联却道出"故国几人在，浮生万事非"的感叹来，似有不合情理之处，但仔细揣摩也能理解，徐铉看到春风得意的郑氏不免想到自己年轻时的踌躇满志，而现在南唐遗老又有几人健在？顿生万事皆非之感。自然这种念头如潜意识一样，存留于作者内心深处。结尾则回到现实送别上来，"唯当拭病眼，看子九霄飞"，自己老了，但对后生充满着期待与祝福。全诗语言含蓄，典故精巧。像这样充满伤感味的送别诗还有很多，如：

别离情绪两难任，消遣唯应有醉吟。冉冉光阴玄鬓改，勤勤书札旧情深。凉宵梦寐清淮月，永日徘徊玉树阴。野鹤乘轩无所用，角巾何日返中林。②

——《和颍川曹监军》

老大离群一倍愁，溪山风物且淹留。酝成春酒谁斟酌，抄得新书自校雠。莫似牧之矜旷达，须教子重让风流。恩门旧分知难忘，题取新诗上郡楼。③

——《和清源太保寄湖州潘郎中》

旷望丛台路，飘摇楚塞人。琴堂无故旧，何计免沾巾。④

——《送下博陈员外》

忆在同安郡，谁知是胜游。仙山常独往，骚客自忘忧。暂

---

① 《全宋诗》，第一册，第 134 页。
② 《全宋诗》，第一册，第 124 页。
③ 《全宋诗》，第一册，第 125 页。
④ 《全宋诗》，第一册，第 127 页。

别经多难，劳生已白头。羡君驱蒨旆，兼得潄清流。民俗常如古，风光最称秋。短歌聊抒意，为我谢沙鸥。①

——《送乐学士知舒州》

送好友曹监军，除了离别时的离愁别绪外，作者发出光阴似箭、老大无用之感。在寄送潘郎中、陈员外、乐学士的诗作中，老大离群的孤寂始终萦绕其间。这是该时期赠别诗的显著特点。当然赠别不全是离愁别绪，也有诗酒酬唱、潇洒闲适甚至旷达豪迈的，如《送阮监丞赴余杭》："杨柳依依水岸斜，鹢舟东去思无涯。坐临棋局延明月，行采题诗对落花。虚白亭中多宴赏，钱塘湖上剩烟霞。风光到处宜携酒，况有余杭阿姥家。"②作者在虚白亭中设宴送别阮监丞，整个场面毫无清冷之感。杨柳依依，明月皎皎，作者与好友对棋、赋诗、宴饮，即使远赴杭州，钱塘湖边也是烟霞奇幻，风光绚丽，适宜携酒游赏，更何况余杭还有阿姥之家（西王母），毫无离愁之苦。在《送钱副使黎阳发运》中，徐铉还发出"应用方无暇，何须怆别情"的豪迈。

还有一些赠友之作蕴含着对社会及人生的思考，有一定的思想意义。如："士生秉道义，公论重才名。美哉双白璧，高价等连城。"（《送容州程员外端州吴员外》）谈及道义与才名何者更重要的问题。"但使民瘼瘳，无忧国赋亏。贞观笑割股，文侯谕治皮。学古平生事，行行当在兹。赠言聊执手，愿子副心期。"（《送廖舍人江南安抚》）"棋罢早寒生北户，酒醒黄菊满西园。时人自有思齐者，践迹观形不在言。"（《和清源太保闲居偶怀》）等等。

（三）向往隐逸生活

遭遇故国破灭，再加上所有至亲纷纷亡故，即使面对新朝的

① 《全宋诗》，第一册，第 132 页。

② 《全宋诗》，第一册，第 124 页。

“隆恩”，已走入人生暮年的徐铉难以再燃用世之心。他的这种孤独感慨自然不能流露于应制之中，只有游心佛道才能泯灭内心的巨大伤痛，与僧道的交往明显增多，对隐逸生活的向往随着年龄的增长愈发浓烈。

这一时期也留有不少这类作品，感情尤为真切。徐铉与筠州道士谈炼师交往至密，唱和诗作多首，多抒发对归隐的向往，如《和筠州谈炼师见寄》：“共叹昆冈火，谁知玉自分。寂寥人境外，萧索数峰云。真箓终年秘，空歌偶得闻。应怜霸陵上，衰病故将军。”①“昆冈火”语出《尚书·夏书·胤征》“火炎昆冈，玉石俱焚”，②说是昆山产玉，一日生出大火而使玉石俱焚，不辨彼此。此处应指烈火使玉石自分，自己则落入寂寥萧索的人境。“真箓终年秘，空歌偶得闻”，则流露出对隐逸生活的向往，但却无法实现，只能自怜自伤。再如《代书寄谈炼师》：“朱山松桂翠连云，中有清虚小隐君。密养丹砂存正气，静披琼蕴诵真文。埙篪金石心长在，圭组烟霞路自分。凭仗乡人传尺素，前山惊起白羊群。”③则抒发对谈炼师炼丹养气、披琼诵经生活的敬仰，也对他闲逸高洁的情趣深表赞赏。在《送元道人还水西寺》中，则对自己皓首不能脱身而去深感惭愧：“自惭丘壑志，皓首不知还。”这一类的诗作还有很多，如：

> 戎服非吾事，华缨寄此身。谬为金马客，本是钓乡人。引领梁园雪，扬鞭辇路尘。知师亦多病，拥褐侍阳春。④
>
> ——《和旻道人见寄》
>
> 云水李道士，曾为中贵人。绮纨终不恋，松鹤自相亲。云

① 《全宋诗》，第一册，第127页。

② ［汉］孔安国注，［唐］孔颖达疏《尚书注疏》卷六，《十三经注疏》本。

③ 《全宋诗》，第一册，第134页。

④ 《全宋诗》，第一册，第128页。

气苍梧晚，芒花紫盖春。匏瓜老犹系，惆怅望行尘。[1]

——《送李道士南游》

尝忆漱甘醴，洪涯药臼旁。今来眇如梦，此景未曾忘。圭组老无味，林泉路更长。羡师从此去，当暑叩云房。[2]

——《送清道人归西山》

尝忆洪崖涧，穿云路万寻。曾经照玄鬓，未得卸朝簪。老去驰庄蝶，年来有越吟。羡师从此去，旧隐翠微深。[3]

——《送颓道人还西山》

（四）表达闲适旷达之情

闲适旷达是徐铉诗歌一贯的内容，虽然晚年的徐铉身份地位心境都发生巨大的变化，但闲适依旧，只是闲适中略带哀愁，旷达间隐含无奈，甚至闲适悠然到混世地步，如《和钱秘监旅居秋怀二首》：[4]

秘监疏朝谒，门前长绿苔。未愁玄鬓改，且喜素秋来。独坐翻棋势，闲行绕药栽。凉风入书幌，时动水沉灰。

闲静无凡客，开樽共醉醒。琴弹碧玉调，书展太玄经。酒熟看黄菊，诗成写素屏。晚来潇洒甚，山鸟下中庭。

虽不得见钱秘监之作，从徐铉和作可看出钱秘监的闲适生活与徐铉对其闲适生活的欣赏。首联写秘监官职生活的清闲，无须朝朝上谒，没有多少俗客来打扰，门前一片清静。虽头发已白，又

---

① 《全宋诗》，第一册，第 129 页。
② 《全宋诗》，第一册，第 139 页。
③ 《全宋诗》，第一册，第 141 页。
④ 《全宋诗》，第一册，第 135 页。

何足以愁。接着写素秋之中，钱秘监悠闲高雅的生活：独坐、对弈、闲行、读书。描写极为细致，尤其是尾联，凉风吹入窗纱，细尘沉入水底，泛出细微波纹，读之如历历在目。第二首也是，饮酒共醉，弹琴阅经，赏菊赋诗，潇洒胜仙，字里行间流露出徐铉的羡慕。

当然，此时期闲适中有哀愁，旷达中隐含无奈，如《和李秀才雪中求酒》："雪英飘洒绕虚廊，晓景沉沉朔吹狂。银阙晶荧标帝里，桂华纷糅认仙乡。少年风味新吟动，老叟襟怀万事忘。自倒空樽酬绝唱，书帏聊得泛寒光。"[①]闲适中给人万事皆忘的空漠之感。在《和李宗谔秀才赠蒯员外》中发出"贱更襟怀旷，贫犹世利疏"[②]的感叹等等。

徐铉诗歌的内容在四个阶段既有延续性又有各自特点，概言之，为官之初，以侍宴应制、同僚酬唱为主，加以少量的反映现实的羁旅怀乡之作，抒发的多是台阁闲情、富贵逸情；两度贬谪时期，是徐铉诗风转变的关键时期，其诗歌内容以抒发贬谪情怀、反映社会现实为主，即使是分题唱和也以咏物为主，抒发的多是离愁别绪；仕途亨通时期，则富贵气大增，虽偶有感慨时事、悲己咏怀甚至退隐之作，但诗歌主题回到应制、酬唱的闲适之中，成为宗白诗风的主要代表；进入新朝，由于身份地位、创作心态等的变化，其诗歌在继承中呈现新的特点，即侍宴应制之作的阿谀逢迎味道浓烈，赠友咏怀之中感情有两极化倾向，隐逸心态日趋浓烈，闲适旷达之中略带哀愁与无奈，甚至有明显的混世倾向。

徐铉诗歌在题材与主旨上，明显受到"元和体"的影响，或次韵相酬的长篇排律，或杯酒光影间的小碎篇章，大多表现日常生活与闲适人情，抒情功能、娱乐成分与交际功能大大增强。虽然徐铉的

---

① 《全宋诗》，第一册，第137页。

② 《全宋诗》，第一册，第139页。

诗歌题材较南唐其他宗白诗人要广阔，但仍然有狭隘的缺点，这也是五代宋初宗白诗人的共同缺陷。尽管如此，在五代宋初诗人群体中，徐铉还是独树一帜的，其诗歌内容较为深刻地反映了徐铉身历三朝的坎坷历程。

第四节　徐铉诗歌的艺术特色

徐铉是五代宗白诗风与宋初白体诗的代表诗人，其诗歌特色具有明显的白体特征。方回明确指出徐铉"诗有乐天之风"①"白体如李文靖、徐常侍昆仲、王元之、王汉谋"。② 徐铉对白居易评价甚高，他说："观乐天之文，主讽刺，垂教化，穷理本，达物情，后之学者服膺研精，则去圣何远！其为益也，不亦多乎？尸而祝之，固其宜矣。"③充满颂美之辞。

徐铉诗论重道、重情，与白居易有相通之处，其诗歌题材也明显受到当时元和体的影响。徐铉诗歌的特色究竟表现在哪些方面呢？徐铉在具体诗文中很少提及白居易，其学白尊白，在诗歌艺术上又是如何体现的呢？在五代宗白诗人群体及宋初白体诗人群体中，徐铉诗歌的独特性又表现在什么地方？等等问题，都尚待进一步挖掘。笔者拟从以上几个方面进行探讨。

一、徐铉入宋前诗歌的艺术特色

（一）主导风格：典雅清丽，明快流畅

吴之振评价徐铉诗文说："诗冶衍遒丽，具元和风律，而无澳涊

---

① ［宋］方回著，李庆甲汇评《瀛奎律髓汇评》，上海古籍出版社 1986 年版，第 625 页。

② 李修生主编《全元文》，第一册，江苏古籍出版社 1999 年版，第 51 页。

③ ［宋］徐铉《徐骑省集》卷二八，商务印书馆 1937 年版，第 272 页。

纤阿之习。”①认为徐铉的诗文深得“元和体”的风神，作诗不喜奇语，强调率意而成，但在实际创作中，又能炼意酌句，达到自造精极的境界，其诗歌语言艳丽富赡、遒劲华丽，其诗风雄健，毫无澳涊纤阿、孱弱无力之习。

徐铉入宋前的诗歌给人典雅清丽、明快流畅之感。卢文弨在《徐常侍文集跋》中称其诗为：“诗致清婉，在昆体未兴之前，故无丰缛之习。”②典雅清丽指诗文含蓄端庄、高雅清秀；明快流畅指节奏轻盈流畅、不滞不塞。这种艺术特色的形成与南唐安定富庶的社会环境及统治者重用文士的政策有密切关系。徐铉虽生长在乱世，但南唐的小环境却成就了他儒雅的人格与博学的才识，这必然要反映在诗歌创作中，即要追求雅正，拒绝低俗。入宋前的徐铉，虽两遭贬谪，心灵受到沉重打击，但总体而言，官场生涯还是较为平顺的，诗歌大多以君臣侍宴应制、同僚酬唱宴饮为主，抒发更多的是富贵闲情与儒雅情趣，自然不会低回曲折。

此外，南唐文坛在文学史上有着重要的意义，此前主要是继承唐代，之后则在继承中渐启赵宋，这与宗白诗风发生转向密切有关。徐铉的诗作集中体现这一转向，其明快流畅与典雅清丽也是对晚唐以来苦吟雕琢弊病的不满以及对学白而流于细琐粗疏的补救。富贵闲适的诗作最能体现这一特色，如前引《中书相公溪亭闲宴依韵》：

> 雨霁秋光晚，亭虚野兴回。沙鸥掠岸去，溪水上阶来。客傲风欺帻，筵香菊在杯。东山长许醉，何事忆天台。③

中书相公李建勋在东山溪亭设宴闲吟，徐铉也在应邀之列。

---

① [清] 吴之振编《宋诗钞・徐铉骑省集钞》卷二，中华书局1986年版，第68页。

② [清] 卢文弨《抱经堂文集》卷一三，《四部丛刊》初编本。

③《全宋诗》，第一册，第74页。

首联交代闲宴的时间与地点，秋季的傍晚又刚刚雨后天晴，自然空气净爽，清凉宜人。一“虚”字足现小亭的玲珑别致，它依山而建，下临小溪，这良辰美景唤起雅士们无尽的山野之趣。继而写亭上所见，先远观沙滩上的白鸥展翅轻盈地飞过岸去，作者用字十分典雅，着一“掠”字尽显沙鸥轻盈敏捷的体态。再近视溪水，溪水如同闲雅之士一样登上台阶而来，一“上”字，化静为动，给人以无穷的情趣。徐铉作诗用字典雅考究又不着痕迹，色彩一白一青，素雅清丽，由此可见一斑。前四句写景，宴会之上的人呢？颈联过渡到写人，赴宴之客手握秋菊，依风傲立，帽带轻拂，目光远视，我们可以想象这是怎样一个神姿啊！“傲”字也尽显他们的自信与尊贵的气质。结尾写东山之景使人长久的醉心于此，又何必恋着天台啊！此句用阮肇、刘晨误入仙境之典，即使不知其典也不影响理解诗意，浙江天台山本以景色秀美出名，此处把东山溪亭与之比美而丝毫不逊，足显此处的形胜。全诗语言典雅精练，结构清晰、自然流畅，绝无曲折迂回之感，作者的闲适喜悦情感蕴含其中，尽显雅士的情韵。

即使带有贬谪色彩的诗作，在徐铉的笔下也写得含蓄典雅，其贬谪落寞的情怀表现得极为疏淡，章培恒等先生说：“徐铉的诗大多有一种索寞中略带怅惘的情愫，他把这种情愫写的很淡，语言也是清淡自然的，少有生涩的地方。”①如作于泰州的《寄从兄宪兼示二弟》：

别路吴将楚，离忧弟与兄。断云惊晚吹，秋色满孤城。远信鸿初下，遥乡月共明。一枝栖未稳，回首望三京。②

此首诗充满离忧之情，离开繁华的京城远赴楚地，手足离情自

① 章培恒、骆玉明编《中国文学史》(中册)，复旦大学出版社2007年版，第310页。
②《全宋诗》，第一册，第82页。

是心中抑郁。颔联写景，断云片片随风飘移，满眼尽是萧瑟的秋色。作者用语平易而蕴含深情，“断云”语义平直，既被风吹成一片一片，彼此孤独无依的云，但似乎作者在自喻自己如同被风卷散的云一样孤单寂寞。着一“惊”字，移情于物，对此景而心惊。秋色也是难以形象化的，作者用一“满”字，将其写得具体可感，用语平常却能达到不平凡的效果，这就需要才气。颈联先写受到从兄的来信，再想象身处遥乡的手足也在对月感受这份孤独的心情，一实一虚，情感邈远。结尾则用典新颖，巧取其意，“一枝栖未稳”语义应化自曹操“明月星稀，乌鹊南飞。绕树三匝，何枝可依”的诗意，以一孤鸿寻求栖身之地喻自己贬谪后的人生处境。“回首望三京”则化用王粲“南登霸陵岸，回首望长安”的诗意，表达自己忠君爱国之意，将手足思念之情扩大到家国之思。全诗情感表达哀而不伤，儒雅敦厚。

再如前已引《贬官泰州出城作》：“浮名浮利信悠悠，四海干戈痛主忧。三谏不从为逐客，一身无累似虚舟。满朝权贵皆曾忤，绕郭林泉已遍游。唯有恋恩终不改，半程犹自望城楼。”①徐铉受谗被贬泰州，自然心中满腹牢骚，但诗人以精巧的典故、含蓄的语言、跌宕的结构将其表现得有节有度。

（二）语言平易清丽与含蓄精练并重

徐铉诗歌追求明白晓畅，清丽自然，与其大胆运用俚语、俗语入诗，不事雕琢有关，如极具民歌色彩的《柳枝辞十二首》②四首：

> 把酒凭君唱柳枝，也从丝管递相随。逢春只合朝朝醉，记取秋风落叶时。
>
> ——其一
>
> 南园日暮起春风，吹散杨花雪满空。不惜杨花飞也得，愁

① 《全宋诗》，第一册，第 97 页。

② 《全宋诗》，第一册，第 78 页。

君老尽脸边红。　——其二

陌上朱门柳映花，帘钩半卷绿阴斜。凭郎暂住青骢马，此是钱唐小小家。　——其三

夹岸朱栏柳映楼，绿波平幔带花流。歌声不出长条密，忽地风回见彩舟。　——其四

这几首《柳枝辞》清新自然，明白如话，俗语"也从""只合""也得""忽地"等使其极富民歌特点而又不显俗气。语言追求平易是宗白诗人的总体倾向，但也导致后人的批评，如清代四库馆臣评其诗为："流易有余，而深警不足。"①徐铉诗歌语言平易，与其不喜用生僻的典故有关，即使用典也追求用典无痕。此外，清丽的风格也与徐铉喜用淡雅清新的色调有一定的关系，如：

云收楚塞千里雪，风结情怀一尺冰。

——《和方泰州见寄》

波澄濑石寒如玉，草接汀苹绿似烟。

——《京口江际弄水》

寂寥小雪闲中过，斑驳轻霜鬓上加。

——《和萧郎中小雪日作》

烟生柳岸将垂缕，雪压梅园半是花。

——《王三十七自京垂访作此送之》

烟披寒落落，沙浅静磷磷。翠色辞文陛，清声出泗滨。

——《赋石》

梅花岭上连天白，蕙草阶前特地寒。

——《和殷舍人萧员外春雪》

---

①［清］永瑢《四库全书总目》卷一五二，中华书局1960年版，第1305页。

徐铉毕竟是博学宏才之士，又官职清要，为人儒雅闲淡，有诗歌平易通晓的一面，也有语言精练含蓄的一面，而且和谐的统一在诗人的诗歌创作之中。此外，从体裁上看，徐铉诗作律诗占绝对多数，七言律诗大约有170首，五言律诗也有130首左右，两样之和超过诗歌总数的七成。同时，还有一定数量的五七言绝句。这些近体诗在平仄、用韵、对仗、字句等方面要求比古体诗更高，徐铉喜作近体，可见他在才学识力、艺术技巧方面的高人一筹。其才学技巧主要体现在以下几个方面：

其一，锤炼字句。

徐铉诗歌风格典雅与精练含蓄的语言有极大的关联，锤炼字句是其重要的方面，这一点前文已有不少涉及。徐铉诗作虽然明白晓畅，但并不滑易俗陋，如《过江》：

> 别路知何极，离肠有所思。登舻望城远，摇橹过江迟。断岸烟中失，长天水际垂。此心非橘柚，不为两乡移。①

诗人遭谗被贬泰州，此诗作于途中，心情可想而知。首联的"别路""离肠"即点明此刻的心情，所思何物呢？离京城愈来愈远啊！一"远"字不知不觉地流露出哀伤，就连船儿也迟迟不肯离去，"迟"字顿使小船也染上离愁别绪。江面寥廓，对岸消失在烟雾迷茫之中，长天如幕，笼罩着浩浩的江面，一"失"字给人以迷茫无依、怅然若失之感，十分奇妙传神。最后，诗人在悲痛之中化用屈原《橘颂》："后皇嘉树，橘徕服兮。受命不迁，生南国兮。深固难徙，更壹志兮。"②以明坚贞之志。全诗语言精练，在五代实难有人与之匹敌，像这样的例子甚多，如：

---

① 《全宋诗》，第一册，第79页。

② 屈原著，金开诚等校注《屈原集校注》卷四，中华书局1996年版，第606页。

一事无成空放逐，故人相见重凄凉。

——《赠维扬故人》

白鹤唳空情渺渺，丹砂流涧暮潺潺。

——《题白鹤庙》

挂冠朝睡足，隐几暮江清。

——《和致仕张尚书新创道院》

沙鸥掠岸去，溪水上阶来。

——《中书相公溪亭闲宴依韵》

壮气未平空咄咄，狂言无验信悠悠。

——《陈觉放还至秦州见寄以诗作此答之》

其二，对仗工稳。

徐铉诗歌精于对仗，《玉壶清话》说："徐铉事江南后主，为文理院学士，随煜纳国，卒于鄘。晚年诗愈工，《游木兰亭》云：'兰桡破浪城阴直，玉勒穿花苑树深。'《观习水战》云：'千帆日助阴山势，万里风驰下濑声。'《病中》云：'向空咄咄频书字，与世滔滔莫问津。'《谪居》云：'野日苍茫悲鹏舍，水风阴湿敝貂裘。'《送陈秘监归泉州》云：'三朝恩泽冯唐老，万里江山贺监归。'《宿山寺》云：'落月依楼阁，归云拥殿廊。'"①所举例子都显出这一特征。徐铉的近体诗对仗十分精巧，甚至连首句都讲究对仗，如《陪郑王相公赋檐前垂冰应教依韵》，则叠词相对，读起来朗朗上口：

窗外虚明雪乍晴，檐前垂溜尽成冰。长廊瓦叠行行密，晚院风高寸寸增。玉指乍拈簪尚愧，金阶时坠磬难胜。晨餐堪醒曹参酒，自恨空肠病不能。②

① ［清］王士禛编，郑方坤删补《五代诗话》卷三，人民文学出版社 1989 年版，第 167 页。
② 《全宋诗》，第一册，第 100 页。

此诗为依韵之作，吟咏檐前垂冰。中间两联对仗工稳，细腻传神，用“行行密”与“寸寸增”相对，一突出长廊檐下冰柱密密排列的形状，一突出冰柱在寒风中漫漫增长的姿态，具有动态之感。“玉指乍拈簪尚愧，金阶时坠磬难胜”为流水对，如玉的冰柱连玉簪都自愧不如，坠落金阶发出的清脆声钟磬莫及，极其细腻地写出冰柱美姿与落地清脆之声。“玉指”对“金阶”，“拈”对“坠”，十分妥帖自然。结尾先写垂冰化水的清凉可备醒酒之需，只可惜身体空腹微恙不能享受它的冰凉了。全诗对檐前垂冰极尽描写，清丽自然。再如《和元帅书记萧郎中观习水师》：

> 元帅楼船出治兵，落星山外火旗明。千帆日助江陵势，万里风驰下濑声。杀气晓严波上鹢，凯歌遥骇海边鲸。仲宣一作从军咏，回顾儒衣自不平。①

“千帆”对“万里”，数词相对，衬托水师气势浩大，紧接着写演习的效果：震天的杀气使得烟波上的水鸟都为之心惊，胜利的欢呼声使远在海边的巨鲸也为之胆战。此外，《又赋早春书事》则颜色相对：“苑里芳华早，皇家胜事多。弓声达春气，奕思养天和。暖酒红炉火，浮舟绿水波。雪晴农事起，击壤听赓歌。”②“暖酒”对“浮舟”，“红”对“绿”，“炉火”对“水波”。

其三，用典无痕。

徐铉作诗追求平易流畅，不刻意求深，尤其是闲适酬唱之作，创作状态大多“率意而成”，少用典故。这并不代表饱学之士的徐铉诗中不用典故，而是擅用典故，妙而无痕，尤其一些咏物诗作，才学化倾向较浓，以至于张兴武先生认为他的诗是学人之诗，如《送萧尚书致仕归庐陵》：

---

① 《全宋诗》，第一册，第 73 页。

② 《全宋诗》，第一册，第 106 页。

江海分飞二十春，重论前事不堪闻。主忧臣辱谁非我，曲突徙薪唯有君。金紫满身皆外物，雪霜垂领更离群。鹤归华表望不尽，玉笥山头多白云。①

萧尚书为萧俨，庐陵人，为人极其方直，"元宗于宫中作百尺楼，召近臣入视，皆叹其宏丽，俨独曰：'恨楼下无井。'元宗问其故，对曰：'以此不及景阳楼耳！'元宗怒，贬为舒州判官"。② 马令又说他："后主初嗣位，屡与嬖幸对弈，俨入白事，举奁投于地。后主大怒曰：'汝与魏徵孰愈？'俨从容曰：'臣若非魏徵，陛下亦非太宗矣。'后主默然，罢弈。俨秉身方直，弹奏不阿，百官贵戚，敛衽避之。"③由此可见其为人刚直。

徐铉用徐福"曲突徙薪"的典故来赞赏其忠主为国的行为。此典出自《汉书》，其文为："霍氏诛灭，而告霍氏者皆封，人为徐生上书曰：'臣闻客有过主人者，见其灶直突，傍有积薪。客谓主人，更为曲突，远徙其薪，不者且有火患。主人嘿然不应。俄而家果失火，邻里共救之，幸而得息。于是杀牛置酒，谢其邻人，灼烂者在于上行，余各以功次坐，而不录言曲突者。人谓主人曰："乡使听客之言，不费牛酒，终亡火患。今论功而请宾，曲突徙薪亡恩泽，燋头烂额为上客邪？"主人乃寤，而请之。'"④

以徐福建议把烟囱改砌成弯曲的，把柴薪搬到远处去喻萧俨对国事忧虑与防患于未然的远见，十分恰当。再如《送陈秘监归泉州》："风满潮沟木叶飞，水边行客驻骖騑。三朝恩泽冯唐老，万里乡关贺监归。世路穷通前事远，半生谈笑此心违。骊歌不识高堂

---

① 《全宋诗》，第一册，第 114 页。
② ［清］吴任臣《十国春秋》，卷二五，第 348 页。
③ ［宋］马令《南唐书》，卷二二，《丛书集成》初编，中华书局 1985 年版，第 164 页。
④ ［东汉］班固《汉书·霍光传》，卷六八，中华书局 1962 年版，第 2958 页。

庆，特地令人泪满衣。”①

好友陈秘监，一生沉浮宦海，年老回乡。徐铉颔联运用“冯唐”与“贺监”之典，这里虽不是感慨“冯唐易老，李广难封”，但读之给人悲凉之感，冯唐受三朝“恩泽”，如今告老还乡。“贺监”指“四明狂客”贺知章，他晚年自号秘书外监，年逾八旬，被赐还乡。徐铉用这两个典故，写陈秘监回家乡泉州，即使不知其典也不影响诗意的表达。

徐铉诗歌用典，有以下几个特征：

首先，多用汉朝掌故，表达愤激伤感之情。

这说明徐铉的诗歌承接唐诗而来，唐人好以汉说唐，徐铉诗中多用冯唐、贾谊、扬雄、梁王、枚乘、霍去病等人之典，特别是被贬泰州时，多用这些典故以表达自己的贬谪之情，如：

> 贾生去国已三年，短褐闲行皖水边。尽日野云生舍下，有时京信到门前。无人与和投湘赋，愧子来浮访戴船。满袖新诗好回去，莫随骚客醉林泉。②
>
> ——《送彭秀才》

> 梁王旧馆枕潮沟，共引垂藤系小舟。树倚荒台风淅淅，草埋欹石雨修修。门前不见邹枚醉，池上时闻雁鹜愁。节士逢秋多感激，不须频向此中游。③
>
> ——《题梁王旧园》

> 汉将承恩久，图勋肯顾私。匈奴犹未灭，安用以家为。郢匠虽闻诏，衡门竟不移。宁烦张老颂，无待晏婴辞。甲乙人徒费，亲邻我自持。悠悠千载下，长作帅臣师。④
>
> ——《赋得霍将军辞第》

---

① 《全宋诗》，第一册，第119页。

② 《全宋诗》，第一册，第88页。

③ 《全宋诗》，第一册，第116页。

④ 《全宋诗》，第一册，第73页。

贾傅栖迟楚泽东，兰皋三度换秋风。纷纷世事来无尽，黯黯离魂去不通。直道未能胜社鼠，孤飞徒自叹冥鸿。知君多少思乡恨，并在山城一笛中。①

——《寄蕲中高郎中》

贾傅南迁久，江关道路遥。北来空见雁，西去不如潮。鼠穴依城社，鸿飞在泬寥。高低各有处，不拟更相招。②

——《和州江中丞见寄》

其次，多用魏晋六朝掌故，表达闲情逸趣。

闲适情怀的诗作占徐铉诗歌的绝大部分，侍宴、雅集、赋诗、赏花、下棋、出游等等内容随处可见。这些诗作，徐铉喜用魏晋六朝诸如谢安、谢朓之典，如："谢守高斋结构新，一方风景万家情。"（《和王庶子寄题兄长建州廉使新亭》）"谢公制胜常闲暇，愿接西州敌手棋。"（《和萧郎中午日见寄》）"买宅尚寻徐处士，餐霞终访许真君。"（《寄萧给事》）等等，以表达闲情雅趣。

另外，晚年醉心于佛道，不少隐士、方外之人进入徐铉的诗歌之中，这类诗作几乎不用典实，平易通晓。此外，徐铉还有一些抒发羁旅思乡的作品，使用的典故多是明白易懂的熟典，如"莼菜""向南枝""鲈鱼"等。

总之，徐铉不喜用生僻的典故以炫其才，即使晚年的君臣唱和诗作中也很少使用怪癖的典故，这种不深奥也不浅俗的典故使用，使其诗作既含蓄委婉，又不生涩难懂。

其四，音律和谐。

徐铉是小学大家，不管是近体、古体大多做到音韵和谐，读起来朗朗上口。用韵来表达或激昂明朗之情，或低沉缠绵之态。如

① 《全宋诗》，第一册，第 67 页。

② 《全宋诗》，第一册，第 77 页。

《和萧郎中小雪日作》：

征西府里日西斜，独试新炉自煮茶。篱菊尽来低覆水，塞鸿飞去远连霞。寂寥小雪闲中过，斑驳轻霜鬓上加。算得流年无奈处，莫将诗句祝苍华。①

天降小雪，日渐西沉，诗人新炉煮茶，虽两鬓微霜，未显无奈之情，全诗用声调明朗的麻韵，与情感一致，十分得体。再如《谪居舒州累得韩高二舍人书作此寄之》："三峰烟霭碧临溪，中有骚人理钓丝。会友少于分袂日，谪居多却在朝时。丹心历历吾终信，俗虑悠悠尔不知。珍重韩君与高子，殷勤书札寄相思。"②作者贬谪舒州，心情不佳，即用开口小的支韵，与所抒发的情感一致。

此外，徐铉善用双声、叠韵、叠字等造成和谐铿锵之美，如《秋日泛舟赋苹花》："素艳拥行舟，清香覆碧流。远香分的的，轻浪泛悠悠。雨歇平湖满，风凉运渎秋。今朝流咏处，即是白苹洲。"③徐铉用"的的"与"悠悠"的叠字，加上尤韵营造出一个活泼悠远的意境。

（三）结构清晰流畅

徐铉诗歌给人明快流畅之感主要与其诗歌结构和节奏有关，徐铉诗歌结构清晰，不喜翻新出奇，故作曲折。本来诗歌讲究跳跃性，忌讳使用连词，而徐铉则善用连词，使诗意连贯，如《和张少监晚菊》：

忆共庭兰倚砌栽，柔条轻吹独依偎。自知佳节终堪赏，为惜流光未忍开。采撷也须盈掌握，馨香还解满樽罍。今朝旬假犹无事，更好登临泛一杯。④

---

① 《全宋诗》，第一册，第 74 页。
② 《全宋诗》，第一册，第 87 页。
③ 《全宋诗》，第一册，第 116 页。
④ 《全宋诗》，第一册，第 113 页。

首联用“忆”点明是回忆栽花时的情景，诗中运用连词“也须”“还解”“犹”使诗句结构清晰，流畅无涩。这样的例子还有很多，如《送和州张员外为江都令》：“经年相望隔重湖，一旦相逢在上都。塞诏官班聊慰否？埋轮志气尚存无。由来圣代怜才子，始觉风清激懦夫。若向西冈寻胜想，旧题名处为踌躇。”①诗中有表示起承转合的虚词，如“尚”“由来”“始觉”“若向”等，使此诗语意流畅、脉络清晰。

徐铉前期的诗作给人总的印象是典雅清丽、明快流畅。其诗作以律诗成就最高，“作为南唐最重要的七律作者，徐铉在他的作品中初步恢复了与白居易七律相类似的理性因素，这是南唐七律最值得重视的创作结果”。② 此言甚是不虚。

徐铉所在的南唐诗坛“元和体”大盛，追求平易流畅、清新自然，代表诗人有李建勋、冯延巳、孙鲂、沈彬、冯延鲁、徐铉、韩熙载、江文蔚、乔匡舜等人，其中徐铉集中体现“元和体”的新特点，即学习白居易由讽谕诗为主转向以感伤、闲适、杂律诗为主；由片面的追求通俗平易甚至琐碎粗俗向清丽典雅、明快流畅方面转化；诗歌吟咏性情的功能大大提升，创作方式上接元白，多次韵唱酬。不足之处也是他们的通病，即诗歌题材比较狭隘，创作有率意之处，这两点徐铉也不例外。

二、徐铉入宋后诗歌的艺术特色

徐铉诗歌特色在入宋前已经成熟，步入晚年却又身经国破家亡。虽然新朝出于文化重建的需要，对文士极其重视，名满南国的徐铉自然颇受优待，但其降臣身份，常常使徐铉陷于进退维谷的尴尬境地。其诗歌也发生微妙的变化，清人吴之振说他：“大梁以后，

---

① 《全宋诗》，第一册，第 69 页。

② 刘宁《唐宋之际诗歌演变研究》，北京师范大学出版社 2002 年版，第 169 页。

气稍衰苶矣。盖情郁为声，凄楚宛折，则难言之意多焉。”[①]即认为入宋后，徐铉的诗歌气力变得衰弱，情感抑郁，凄楚曲折，多含有难言之隐，这是十分敏锐而准确的观察。

（一）主导风格：含蓄精奇，凄楚宛折

含蓄精奇，指语言方面，含蓄则与前期相似只是多点阿谀的成分，精奇则是新变，创作方式也由前期的率意为主过渡到刻意求精求奇，甚至以诗歌创作为人生的寄托。凄楚宛折则指情感，入宋后徐铉诗歌的情感变得内敛保守、散淡忧郁起来，时而似乎无可无不可，时而似有难言之隐，南唐时的开阔清刚之气渐次消失。

（二）语言上：阿谀奉承，含蓄清丽

入宋后，徐铉先后任太子率更令，加给事中，右散骑常侍，迁左常侍等侍臣之职，虽无实权，却很清要，因而对新朝感恩戴德。新君们重文士、立三馆、兴科举以重振文化，君臣侍宴酬唱十分频繁，关系亲密融洽，如雍熙二年(985)太宗“召宰相，参知政事，枢密，三司使，翰林，枢密直学士，尚书省四品、两省五品以上，三馆学士，宴于后苑，赏花钓鱼，张乐赐饮，命群臣赋诗、习射。自是每岁皆然。赏花钓鱼曲宴，始于是也。”[②]即是一例。君臣侍宴之作是徐铉这一时期重要的诗歌内容，前文已详。与前期相比，新朝侍宴之作语言具有浓郁的阿谀奉承的成分。

除上文提及诗作之外，还有甚多，如《又五言》：“彩仗映花鞯，春庭散曙烟。球飞皆应手，马骏不须鞭。仙乐飘云外，祥风起日边。筹多不虚发，制胜在机先。”[③]此诗也是奉和太宗打球，盛赞帝王英武之作。首联写打球时的盛大排场，色彩炫目的仪仗映着雕花的鞍鞯，拂晓时的烟霭散漫在春庭周围。继而写打球的矫健身

① ［清］吴之振《宋诗钞·徐铉骑省集钞》，中华书局1986年版，第68页。
② ［宋］李焘《续资治通鉴长编》卷二六，中华书局1979年版，第595页。
③《全宋诗》，第一册，第120页。

姿，球应手远飞，马矫健轻逸。美妙仙乐响彻云外，徐徐祥风从日边而来，结尾则称赞帝王筹不虚发的高超球技，奉谀之词溢于言表。奉谀溢美之词几乎在每一首侍宴应制中都或多或少的存在，如：

上闲精习渥洼骢，玉镂金鞍锦覆鬃。金埒无尘初浥露，朱旗向日自生风。雷传画鼓偏增气，星度飞球欲映空。共道宸游因习武，凯歌犹似奏平戎。①

——《奉和御制打球》

祁祁甘雨正当春，草树精神一倍新。匀洒农郊偏长麦，缓飘花槛不惊人。密随宫仗环青辂，普逐皇恩下紫宸。霁后楼台更堪望，满园桃李间松筠。②

——《奉和御制春雨》

吹律政知宽，迎长物倍安。初阳殊胜腊，积雪更添寒。庭实罗千品，珍符荐百般。群臣同偶圣，不叹夜漫漫。③

——《冬至日奉和御制》

依林张幄幕，夹道建秋千。仙乐来天上，祥光起日边。游丝经冉冉，芳草绿芊芊。圣制如春色，周流遍八埏。④

——《奉和御制寒食十韵》

绿树阴阴惬豫游，早蝉清韵远还收。唤回昼梦和宫漏，引起微冰助麦秋。禁柳烟中飞乍觉，御沟声里听偏幽。群生遂性宸章悦，从此人间不识愁。⑤

——《奉和御制闻早蝉》

---

①《全宋诗》，第一册，第 120 页。
②《全宋诗》，第一册，第 120 页。
③《全宋诗》，第一册，第 121 页。
④《全宋诗》，第一册，第 121 页。
⑤《全宋诗》，第一册，第 122 页。

无论是节日奉和，还是观蝉打球，结尾近似千篇一律的歌圣德、传颂声，枯燥乏味，就连送别之作也有阿谀的成分，这在前期同僚酬唱中是极其罕见的。这进一步反映进入新朝时，徐铉谨慎甚微的心态，南国降臣与北方名宦相比自然要矮人几等。如《寄张阶州》："仪甫秉忠信，神明自来舍。绛灌虽不容，蛮貊皆从化。荣名任纷纠，道行常闲暇。传语当途人，无为劳叹吒。"①盛赞张阶州忠信神明，如同汉代的绛侯周勃与颍阴侯灌婴，同时又淡泊名利，这也明显具有溢美之嫌。在《送廖舍人江南安抚》："贤哉廖夫子，尽忠不顾私。朝闻青蒲奏，暮见轺车驰。愚闻奉使者，受命不受辞。但使民瘼瘳，无忧国赋亏。贞观笑割股，文侯谕治皮。学古平生事，行行当在兹。赠言聊执手，愿子副心期。"②也有阿谀的成分。

当然徐铉也并非一点故国之思都没有的忘恩负义之辈，只是这种情感不能直露表达，更不能不计场合，此类作品主要集中在向往隐逸之情及部分赠别诗作中。这一类作品语言更加含蓄，格律更为圆熟，对仗也更为工整，其创作状态正如他自言的"往往冥搜宵不寐"那样，将诗文创作视为人生寄托。掺杂着故国之思与身世之感的情感在诗歌中隐约地表现出来，如《送王监丞之历阳》：

叹息曾游处，江边故郡城。青襟空皓首，往事似前生。绿绶君重绾，华簪我尚荣。年衰俱近道，莫话别离情。③

送好友王监承到历阳，自己却先是感叹起来，因为自己曾经游览过此地，这是南唐的"故郡"，一"故"字，黍离之悲隐含其中。"青襟空皓首，往事似前生"，语言精练含蓄，包含无限的忧伤。青年时

---

①《全宋诗》，第一册，第130页。
②《全宋诗》，第一册，第140页。
③《全宋诗》，第一册，第128页。

期游赏历阳，而现在转眼已是白发苍苍，着一“空”字，使人生之慨尤为浓烈。一幕一幕的往事如自己的前生一样，往事不堪回首。到颈联才回到现实，今王生又重绾绿绶，自己也华簪尚荣，似有自我陶醉的意味在其中，但尾联却隐含真实的心境，即无心官场，空漠向道。故国之思，人生之慨，现实心境融入送别之中，给人深沉之美。

除上文所引的例子外，表达难言之意的作品都具有含蓄深婉的特点，如：

> 莫笑皤然一病翁，百年交分两家同。
>
> ——《送冯中久使蜀》
>
> 故国几人在，浮生万事非。唯当拭病眼，看子九霄飞。
>
> ——《送郑先辈及第西归》
>
> 旧感吴山色，离愁浚水声。外门庐井在，相送几重情。
>
> ——《送历阳方明府》
>
> 百年遗老今谁在，应喜辽东鹤下来。
>
> ——《送吴支使之长安》
>
> 故吏今谁在，高名昔共传。伊余亦遗老，相送一潸然。
>
> ——《送蒯员外东游旧治》
>
> 乡国悲前事，风光属后生。名从天上得，身入故都行。
>
> ——《送高先辈南归》
>
> 那知身计关前定，却向人间逐世纷。
>
> ——《送周郎中还司》

（三）情感上：凄楚宛折

与前期相比，晚年徐铉的思想情感也有明显的特别之处，即时常在依附新朝与眷顾故国之间徘徊，具有明显的两端化倾向。这自然也会表现在诗歌创作中，即一面是喜气洋洋歌功颂德于新邦，一面却又悲悲戚戚怀念旧恩与故国。这种浸含着“难言之隐”的家国之思在新朝中又不宜表现，除了在赠别好友和抒发归隐之旨中隐含故国之思外，更多的是沉溺诗酒宴乐以消解内心痛苦，语言极为含蓄，情感凄楚宛折，给人以淡淡的忧愁与挥之不去的无奈之情，如《送周郎中还司》：

> 忆在庐山始识君，当时惟拟共眠云。那知身计关前定，却向人间逐世纷。紫阁峰前欣独往，银台门里叹离群。青囊旧有登真诀，莫遣闲人取次闻。①

想起自己与周郎相识庐峰共拟长卧松云之志，而现实中自己却坠入红尘为名利所绊，自然十分愧疚。颈联用对比，周郎在紫阁峰下自由自在，而自己却孤独地在这银台之中，由此诗可以想象徐铉现实处境的寂寞与无助。在送别好友中，带有“难言之隐”的诗作还有很多：

> 清漳幽咽长流恨，铜雀荒凉几换秋。
>
> ——《邺都行在和刁秘书见寄》
>
> 匪石心诚徒自许，浮云踪迹信难知。
>
> ——《和寄光山徐员外》
>
> 旧国荒凉成黍稷，故交危脆似琉璃。
>
> ——《奉和武功学士舍人纪赠文懿太师净公》
>
> 百年遗老知谁在，应喜辽东鹤下来。
>
> ——《送吴支使之长安》

李昉在《徐公墓志铭》中记载道：“及归朝，太祖盛怒责之曰：

---

①《全宋诗》，第一册，第133页。

‘吾向与汝言，何谓弗达于汝主？且拒抗之罪，皆汝所为！’公（徐铉）顿首谢曰：‘臣为江南大臣，而其国灭亡，抵此死有余罪，余复何言！’太祖于是叹息曰：‘忠于所事者乎！汝当事我如事李氏。’命坐，存抚甚厚。……江南故人子弟及亲族之孤遗者，来投于公，岁无虚月。公分廪禄以恤之，虚馆舍以安之，殆于终年未有倦色。”①可见，其对故国旧主与旧人的深厚感情。

总之，徐铉的诗歌特色入宋前以典雅清丽、明快流畅为主，是南唐宗白诗风的核心人物；入宋后，一方面沿袭含蓄清丽、平易流畅的宗白诗风传统，另一方面诗歌情感变得凄楚宛折，少几许清刚之气，多几分奉谀之嫌。降臣身份造成的内敛心态对徐铉晚年诗歌影响明显，在白体诗人常见的侍宴酬唱、富贵闲适题材之外，增加几分家国之思与真情实感，虽然成分不多，但也足够使其诗歌在宋初白体诗人群体中处于突出地位。

第五节　徐铉诗歌的历史地位与影响

五代诗歌是唐诗与宋诗两座双峰之间的桥梁，而南唐诗坛又是五代诗歌的分水岭，贺中复先生说：“五代诗歌演至南唐开国，始由前期承唐转为后期的启宋。”②徐铉身历南唐三朝，是南唐宗白诗风的翘楚，并把宗白诗风推向一个更高的层次，入宋后，把宗白诗风带入宋初，正如程千帆、吴新雷在《两宋文学史》中所说：“当时主盟诗坛的官僚文人如徐铉、李昉等，都是由五代入宋的。他们不仅是赵宋开国时期振兴文教的骨干，而且也是把应酬诗风带到宋朝来的始作俑者。”③对宋初白体诗的大盛有重要的影响。

---

① 《全宋文》，第二册，卷四八，第175页。

② 贺中复《论五代十国的宗白诗风》，载《中国社会科学》1996年第5期，第147页。

③ 程千帆、吴新雷《两宋文学史》，上海古籍出版社1991年版，第3页。

一、徐铉诗歌的地位

（一）南唐与宋初诗歌的一贯性

南唐文化与赵宋王朝有着千丝万缕的联系，南唐覆灭之时，所藏数万卷珍贵图书悉数运抵汴京，对此，《续资治通鉴长编》记载道："建隆初，三馆所藏书仅一万二千余卷。及平诸国，尽收其图籍，惟蜀、江南最多，凡得蜀书一万三千卷，江南书二万余卷。又下诏开献书之路，于是天下书复集三馆，篇帙稍备。"①可见，北宋文脉与南唐文化的关系。

此外，跟随南唐后主北上的还有为数众多的文化名流，如张洎、郑文宝、汤悦、陈彭年、张佖、舒雅、吴淑、刁衎等等，他们在宋初文坛都享有很高的声誉，以致引起其他文士的嫉妒与不满。如由吴越入宋的名士黄夷简，程俱曾记载说："至道二年九月，以都官郎中黄夷简直秘阁。夷简上言浙右人无预馆阁之职者，因自陈故吴越王僚佐，尝从王入朝，词甚肯激，上怜之，故有是命。先是，江南之士如徐铉、张洎之流，翱翔馆阁者多矣。"②可见，南唐入宋文士在宋初文坛上的地位，更不用说南唐才俊、宋初博学之士的徐铉了。与徐铉交往甚密的南唐文士纷纷入宋，形成规模庞大的南方作家群体，他们在我国文化史上发挥着承前启后的重要作用，可以说北宋诗坛就是以江南诗歌为基础建立起来的。

南唐后期以徐铉为核心，以韩熙载、江文蔚、乔匡舜、冯延巳、冯延鲁等为骨干的宗白诗人群体诗酒唱和，多取法白居易"事物牵于外，情理动于内，随感遇而形于叹咏"③的感伤诗和"或退公独

---

① ［宋］李焘《续资治通鉴长编》卷一九，中华书局 1986 年版，第 422 页。
② ［宋］程俱著，张福祥校正《麟台故事校正》，中华书局 2000 年版，第 243 页。
③ ［唐］白居易著，朱金城笺校《白居易集笺校》卷四五，第 2794 页。

处，或移病闲居，知足保和，吟玩情性”①的闲适诗及其表现“亲朋合散之际”悲欢之情的杂律诗。其含蓄清丽、明快流畅的诗风，随着这一大群文士的北迁而移植到新朝，使得白体诗在宋初率先兴盛起来，几乎统治了整个太宗朝，正如蔡宽夫所说：“国初沿袭五代之余，士大夫皆宗白乐天诗。”②

南唐诗坛也存在一些其他非主流诗人，诸如孙晟、陈贶、刘洞等人，诗学贾岛，偏于苦吟，诗风清冷。李匡文《资暇录》记载孙晟时说：“孙晟初名凤，又名忌，好学，尤长于诗，为道士，居庐山简寂宫，尝画贾岛像置屋壁，晨夕事之，人以为妖。”③崇拜贾岛，为人怪异，惜无诗歌传世。《十国春秋》记载陈贶道：“闽人。性淡漠，孤贫力学，积书至数千卷。隐庐山几四十年，庆吊人事，都未暂往，衣食乏绝，不以动心。有季父为桑门，时时赖其资给。苦思于诗，得句未成章，已播远近。学者多师事之。”④刘洞作诗“得贾岛逸法”。可见，其作诗非走平易流畅之路，这对宋初晚唐体的兴起也有重要的意义。这虽不在本文探讨的内容之中，但也足显南唐诗坛与宋初诗坛的一贯性。

（二）南唐宗白诗人的翘楚与宋初白体的代表

徐铉是南唐宋初最有成就的作家兼学者之一，入宋前是南唐诗坛的领袖，以自己的诗歌创作给五代宗白诗风注入了清丽含蓄、平易流畅之风，并成为五代后期和宋初宗白诗人的翘楚。

徐铉在诗歌主张、诗歌内容、艺术手法等诸多方面改造了当时的宗白诗风，使之不同于五代前期的琐碎浅易与讽谕自怜，也不等同于中晚唐的元和诗体长篇排律与小碎篇章，徐铉是宗白诗风演

---

① [唐] 白居易著，朱金城笺校《白居易集笺校》卷四五，第 2794 页。
② 郭绍虞《宋诗话辑佚》，中华书局 1986 年版，第 398 页。
③ [清] 王士禛编《五代诗话》卷三，人民文学出版社 1989 年版，第 155 页。
④ [清] 吴任臣《十国春秋》卷二九，第 419 页。

进过程中的重要一环。

徐铉崇道重教的诗用说与白居易及五代前期宗白诗人的重诗教、主讽谕的精神是一致的，但徐铉也重缘情，在现实创作中表现得更为明显。其情近似白居易的富贵闲情，而迥异于五代前期怀才不遇、有志难伸的怨情，其抒发方式追求含蓄内敛，目的在于自适无闷。

诗歌内容则回到伤感诗与闲适诗及杂律之中，与五代前期效法反映现实的讽谕诗为主的情况不同，文人们主动对政事的疏离，这是乱世的悲哀。徐铉的作品虽有家国之思、黍离之悲与贬谪之感，但总体上以酬唱应制的闲适诗为主，抒发的主要是富贵闲情，即使是伤感之作，大多也是个人的闲愁。

艺术手法不像五代前期唯白居易是从，而是取法多家。贺中复先生认为，南唐"元和体"以白居易为主，兼取贾岛、姚合，甚至上溯到李杜，见解新颖独特。就徐铉而言，其诗歌一反追求浅显、不事雕琢的倾向，而是含蓄委婉，精练而不留斧痕，以自己的才学技巧达到自然天成。

总之，徐铉以其杰出的诗才与诗作，在文学暗淡的战乱年代成为最耀眼的一朵火花并传递给新生的赵宋王朝。入宋后，徐铉等一批文士把宗白诗风带入北宋，在与北方文化冲突与交融中，又渐次发生变化，使宗白诗风向宋初白体演进，这是徐铉等人所始料未及也是无力左右的。徐铉在宋初白体诗人群体中有自己的特色，即并不像一味歌功颂德、富贵雅正的太平宰相李昉的诗作，也不像独善逍遥、随运任化的晁迥的诗歌，更不像耿介正直、儒学事功的王禹偁的诗作，而是既有阿谀谄媚的一面，更有凄楚忧思的另一面，给人含蓄清丽、凄楚宛折之感。他没有北方达官李昉、李至等人的得意直爽，也不能如晁迥那样彻底的乐天知命，只好战战兢兢、唯唯诺诺、谨小慎微地过着降臣的生活，其馆阁应制之外的不少诗作，就是此种心理的折射。这与应制酬唱千篇一律的谄媚相比，此一类诗作感情真挚深沉，语言含蓄精练，艺术手法也更为圆熟，使之成为宋初白体诗人的代表作家。

二、徐铉诗歌的影响

徐铉及其南唐同僚将含蓄清丽、平易流畅的宗白诗风带入太宗朝，其闲适富贵、平易流畅也正好符合新朝权贵们的文化品位与审美需求，因而得以迅速发扬光大，成为太宗朝诗坛的主宰。在这过程中，徐铉以其独特的诗歌成就与诗坛号召力成为举足轻重的白体代表诗人。

整个晚唐五代直到宋初，都处于唐宋诗歌的转型时期。身处文化转型时期的文化人来说，徐铉的诗作既具有"唐音"色彩，也具有一些"宋调"的影子，如徐铉晚年的一些诗歌，无论是故国之思还是平日的闲情愁绪似乎都经过清水淘沥过一般，给人以平淡深远之感。这与追求兴象玲珑、汪洋恣意的盛唐之音已经相差甚远了，倒是比较接近宋调的平淡深邃之美。此外，徐铉的诗作有一定的理性色彩，刘宁在《唐宋之际诗歌演变研究》中说道："徐铉对人生的体味也是富于理性气质的，他对身世的感慨与白居易不乏相似之处。……理性的因素渗透到徐铉的创作中，带来新的创作面貌。徐铉的诗思比较曲折，感情也较深沉。"①至于题材上的开拓、语言上的追求平易流畅，如此等等，都对宋代诗歌产生积极的影响。

当然，徐铉不是完人。虽有儒者报国之志，但却生于乱世之中，身居东南一隅的小国度，处于险恶的政治环境与纸醉金迷的仕风之中，他抗争过、被贬过也沉思过，只可惜是昙花一现。后来，沉醉其间，虽然是个清醒者，偶尔也发发心中的哀怨，但更多的是全身避害。入宋之后，由分裂到统一给徐铉带来的更多的是剧痛与悲凉，处处警惕，时时小心，心情更是百无聊赖，有时连独立的人格

① 刘宁《唐宋之际诗歌演变研究》，北京师范大学出版社2002年版，第169页。

都难以得到保证，就更不用谈儒家事功了。终其一生，徐铉应只是个博学宏才的儒生兼文士，政治上绝少建树，这也是时代使然。

其诗歌成就在五代是出类拔萃的大家，在宋初也是诗坛名宿，但毕竟五代宋初诗歌是我国诗学双峰中间的低谷。徐铉诗歌题材过于狭隘，侍宴应制与同僚酬唱送别占绝大多数，这一类诗作内容现实意义不大，情感比较空泛，程式化也很明显。所结交的不是朝廷显贵就是方外高人，都与当时的社会现实相隔一层，酬唱的内容也以日常琐事与文人雅趣为主。入宋后，阿谀逢迎的成分渐增，几乎沦为馆阁御用文人。只有在少数赠别咏怀诗作中，可以找到徐铉自己的影子。从某种意义上讲，新朝建立之初，文人们往往不是噤若寒蝉就是齐唱颂歌，其本质都有相同之处，徐铉自然也逃脱不了时代命运。所不同的是，徐铉是个清醒者、孤独者，不想如此，又不得不如此，内心多一份纠结，时而表现出来的真情实感却成为其诗歌的精华。这也是徐铉与其他宗白诗人的区别所在。

徐铉的诗歌在艺术层面上也存在明显的不足，即由于题材的单薄而造成的诗歌意境甚至词语的重复，如“所嗟吾道薄，岂是主恩轻”(《送刘山阳》)，“吁嗟吾道薄，于世长迂阔”(《酬郭先辈》)，“不是多情成二十，断无人解访贫家”(《寒食成判官垂访因寄》)，“只就鳞鸿求远信，敢言车马访贫家。”(《王三十七自京垂访作此送之》)等等，给人似曾相识之感。当然，徐铉的上述不足不仅仅只属于他一个人，而是白体诗人身上共有的缺陷。

总之，徐铉生在乱世的安乐窝中，这既是幸事也是不幸之事。其一生虽身事数朝，三遭贬谪，但总体比较平顺，其诗歌是他各个时期内心的折射。徐铉凭借着杰出的诗才，成为南唐宗白诗人的领袖，使宗白诗风既不同于中唐的元白诗风，也不同于五代早期的追求浅俗讽谕的宗白诗体。入宋后，又把这种诗风移入新朝，并推动它迅速扩张成为主宰太宗诗坛的劲旅。徐铉以其独特的诗歌成就，成为宋初白体诗的杰出代表。

第五章　李昉、李至的白体诗创作

宋末方回在《送罗寿可诗序》中说："诗学晚唐不自四灵始，宋刬五代旧习，诗有白体、昆体、晚唐体。白体如李文正、徐常侍昆仲、王元之、王汉谋……深涵茂育，气极势盛。"①其中李文正即太平宰辅、宋初名臣李昉。其诗作，王禹偁称其为："须知文集里，全似白公诗。"②李昉与李至唱和不断，有《二李唱和集》存世，两人诗歌风格近似，都是宋初白体诗人的典型代表。

第一节　李昉、李至的生平及其对白居易的态度

宋初名臣，太平宰辅李昉与参知政事李至并称"二李"，他们对白居易的思想和生活情趣极为追慕，对白居易诗歌更是钟爱有加，其诗作模仿白居易痕迹明显，是宋初白体诗人的典型作家。

一、李昉、李至的生平

（一）李昉的生平

李昉（925—996），生于后唐庄宗同光三年，卒于北宋至道二

---

① ［元］方回《桐江续集》卷三二，影印文渊阁《四库全书》本，第1193册，第662页。

② 《全宋诗》，《司空相公挽歌》其二，第二册，第758页。

年，字明远，深州饶阳（今属河北）人。身经五代乱世，出仕四朝，终成显达，曾三入翰林，两拜宰辅，是宋初德高望重的开国元勋，其事迹可参见《宋史・李昉传》。与政治上的崇高地位相似，其诗歌创作标举白体，是宋初白体的杰出代表。其生平事迹大略可分为三个时期。

其一，入宋前：读书求仕与为官五代三朝时期。

这一时期李昉的经历比较清楚，唯有两事，略作补充。一是李昉中进士的时间，由于文献记载不一造成不小的混乱，现归纳一下几种说法：

第一种，李昉中进士的时间应为后晋天福年间（936—944），李昉二十岁以前，如《十国春秋》卷七五《孟宾于传》载有："孟宾于字国仪，连州人。少孤力学，事母以孝闻。会中朝工部侍郎李若虚来湖南，宾于以诗数百章命为《金鳌集》献之，若虚称善，誉诸朝，由是声名益振。晋天福中，登进士第。未几，以离乱还乡。会文昭王开府，辟为零陵从事，亦不显用。及恭孝王入金陵，宾于自归南唐，授丰城簿，迁涂阳令。坐黩货论死。时宋翰林学士李昉，宾于同年进士也，遗之以诗。"①

第二种，认为李昉中进士的时间应为后晋开运元年（944），此年，李昉虚年二十。张兴武先生即主此一说，他在《五代作家的人格与诗格》附录二"五代作家综合年表"中将邓洵美、孟宾于、李昉三人登第的时间系于后晋开运元年。②

第三种，李昉中进士的时间为乾祐初。后汉存在的时间很短，乾祐年号共有三年即948—950。乾祐初，则元年或二年。此时，李昉二十三、四岁，如《十国春秋》卷一〇八《李恽传》载有："李恽字孟深，汴州阳武人。乾祐初第进士，客游岚州。……端拱元年卒，

---

① ［清］吴任臣《十国春秋》卷七五，第1029页。

② 张兴武《五代作家的人格与诗格》，人民文学出版社2000年版，第284页。

年七十有三。恽性躁达，善谈名理。年少时好滑稽，及为相，颇事持重。初，与王溥、李昉同年登第，国亡，相见叙旧，情好益固，论者美之。"①

第四种：李昉中进士的时间为乾祐元年。《登科记考》："正月乙卯，大赦，改元。……进士二十三人：王溥、李昉、邓洵美、李恽、窦侃、许中宣。诸科一百七十九人。知贡举：户部侍郎王仁裕。"②

这些都与《宋史》卷二六五《李昉传》的记载未及具体年份有关，其记载为："汉乾祐，举进士，为秘书郎。"③《宋史》卷二四九《王溥传》也不明确："王溥，汉乾祐中，举进士甲科，为秘书郎。"④而且一说是"汉乾祐"，一说是"汉乾祐中"，似乎更让人觉得两人中进士时间的不同。笔者赞同第四种观点，即李昉中进士的时间应为乾祐元年的戊申科，同榜进士者有名臣王溥、李恽，及好友邓洵美、孟宾于等，理由如下：

先看《十国春秋》，其记载有前后抵牾之处，卷七七说李昉中进士与孟宾于同年，为晋天福中登进士第，而卷一〇八又说李昉与李恽、王溥同为乾祐初第进士，这令读者不知所从。后晋天福年间进士与张兴武先生的系年明显与《李昉传》《王溥传》所记不符。后汉乾祐年间则是无疑的，而且只在元年或二年之间，再看：

> 王仁裕，字德辇，天水人也。……仁裕与和凝于五代时皆以文章知名，又尝知贡举，仁裕门生王溥，凝门生范质，皆至宰相，时称其得人。⑤
>
> 王仁裕，字德辇，天水人也。少不知书，以狗马弹射为乐，

---

① ［清］吴任臣《十国春秋》卷一〇八，第1532页。

② ［清］徐松撰 赵守俨点校《登科记考》，卷二六，中华书局1984年版，第998页。

③ ［元］脱脱著《宋史》，卷二六五，《李昉传》，第9135页。

④ ［元］脱脱著《宋史》，卷二四九，《王溥传》，第8799页。

⑤ ［宋］欧阳修著，徐无党注《新五代史》卷五七，第662页。

> 年二十五始就学，而为人俊秀，以文辞知名秦、陇间，秦帅辟为秦州节度判官。……国亡降唐，历晋、汉，累官翰林学士承旨、户部尚书。乾祐初知贡举，发榜得士二百一十四人，因题诗以荣之。已罢为兵部尚书、太子少保。①
>
> （乾祐三年春四月）戊子，翰林学士承旨，户部尚书王仁裕罢职，守兵部尚书。②

此年科考，王溥高中状元，作为先生的王仁裕肯定喜不自胜，发榜后，“题诗荣之”应与此有关。其诗作即《示诸门生》、《与诸门生春日会饮繁台赋》等，其中《示诸门生》一诗写道：“二百一十四门生，春风初长羽毛成。掷金换得天边桂，凿壁偷将榜上名。何幸不才逢圣世，偶将疏网罩群英。衰翁渐老儿孙小，异日知谁略有情。”③可见“得人”之后的喜悦之情。后罢职为兵部尚书，太子少保。乾祐三年四月，又由户部尚书罢职守兵部尚书。由此可见，乾祐二年与乾祐三年均不甚恰当。《全宋诗》卷十一王溥小传中则点明他中进士时间为乾祐二年，这是不适宜的。

二是李昉对前朝尤其是后周的态度。李昉身经五代，出仕四朝，在后汉与吕端一起供职弘文馆，后改右拾遗、集贤殿修撰。入周后，李昉官位日隆。显德初擢为主客员外郎知制诰、集贤殿直学士。显德四年(957)，加史馆修撰判馆事，后曾知开封府，深得世宗重用。显德六年六月癸巳，世宗英年早逝。年仅七岁的恭帝柴宗训继承大统，大赦天下，翰林学士、尚书屯田郎中、知制诰李昉，加柱国。后周殿前都检点赵匡胤与后汉枢密使郭威，于显德七年春在陈桥驿发动兵变，从七岁的幼主柴宗训手上夺得帝位，重建新

---

① ［清］吴任臣《十国春秋》卷四四，第643页。

② ［五代］薛居正《旧五代史》卷一〇三，第1367页。

③ ［清］徐松撰 赵守俨点校《登科记考》卷二六，中华书局1984年版，第1000页。

朝。深受后周两代帝王厚恩的李昉对武人篡政夺权的态度到底怎样呢？下面两则材料，可窥一斑：

淮南节度使、兼中书令沧人李重进，周太祖之甥也，始与上俱事世宗，分掌内外兵权，而重进以上英武出己右，心常惮焉。恭帝嗣位，重进出镇扬州，领宿卫如故。及上受禅，命韩令坤代重进为马步军都指挥使。重进请入朝，上意未欲与重进相见，谓翰林学士饶阳李昉曰："善为我辞以拒之。"昉草诏云："君为元首，臣作股肱。虽在远方，还同一体。保君臣之分，方契永图，修朝觐之仪，何须此日。"重进得诏，愈不自安，乃招集亡命，增陴浚隍，阴为叛背之计。①

李相昉在周朝，知开封府，人望已归太祖，而昉独不附。王师入京，昉又独不朝，贬道州司马。昉步行，日十数里，监者中人问其故，曰："须候命尔。"上闻之，诏乘马，乃买驴而去。三岁，徙延州别驾，在延州为生业以老。三岁，当徙，昉不愿内徙。后二年，宰相荐其可大用，召判兵部。昉五辞，行至长安，移疾六十日，中使促之行，至洛阳，又移疾三十日而后行。既至，上劳之，昉曰："臣前日知事周而已，今以事周之心事陛下。"上大喜，曰："宰相不谬荐人。"②

第一则是太祖赵匡胤篡夺帝位后，为先稳住淮南节度使李重进，命翰林学士李昉为之撰写诏书以安抚。但李昉的诏书却让李重进愈不自安，加快起兵反叛的步伐。凭李昉的天资，不可能连太祖的旨意都不能领会，只能是李昉对新朝尤其是武人篡权的反感甚为不满，这表明他对旧恩的一丝怀念。他比陶穀之流要正直忠

---

① ［宋］李焘《续资治通鉴长编》卷一，中华书局1979年版，第23页。

② ［宋］陈师道《后山谈丛》卷四，印影文渊阁《四库全书》本，第1037册，第87页。

贞得多。

第二则则更加明显地看出宋建立之初，李昉对新朝的态度，但毕竟大势已去，一个文臣只能无奈接受新主，五代乱世儒家忠孝礼乐崩坏，很难出现以身殉主之事。当时名臣王溥、范质等也只能是惊愕、无奈，继而“质等不知所为，(王溥)降阶先拜，质不得已从之，遂称万岁”。① 相比之下，李昉应超过他们。有趣的是，太祖尤其是太宗在坐稳江山后，当然不希望有人效法自己，相对忠贞之人受到重用，而投机之辈则疏而远之，陶穀自不必说，就连宋初名相范质，太宗都说他：“宰辅中能循规矩、慎名器、持廉节，无出(范)质右者，但欠世宗一死，为可惜尔。”②而李昉的职位渐高，很可能与此有关。

其二，太祖朝：渐次得到重用。

李昉入宋后，对新朝颇有“敌意”，武人出身的太祖对之态度有明显的变化，先后贬为道州司马长达三载，继而再贬延州别驾。在延州，李昉甚至打算“为生业以老”，即有终老于此的念头。对此陈师道的《后山谈丛》与《宋史·李昉传》及李焘的记载稍有出入，且头绪较多，甚为复杂，今重新厘定如下：

李昉的道州司马之贬应在建隆元年(960)前后。三年后，即乾德元年(963)，此年夏四月乙酉，权知衡州。乾德二年三月丁丑，李昉被贬为彰武行军司马，对其中缘由，《续资治通鉴长编》记载道：“吏部尚书张昭与翰林学士承旨陶穀同掌选，穀诬奏左谏议大夫崔颂以所亲属给事中李昉求东畿令，引昭为证。上召昭面质其事，昭知其不直，于上前免冠，抗声言穀罔上。上不悦，三月丁丑朔，昉坐责为彰武行军司马，颂为保大行军司马。昭遂三上章乞老，乙酉，

① [宋]李焘《续资治通鉴长编》卷一，中华书局1979年版，第4页。

② [元]脱脱《宋史》卷二四九，中华书局1977年版，第8796页。

以本官致仕。”[①]

由其记载可知，李昉此次贬谪之因实由陶穀诬告为所亲属求东畿令而起，太祖亲质张昭，虽无中生有，但仍然大怒，予以贬谪，带有较为明显的嫌弃之义。好进之士陶穀对李昉素有排斥之心，而李昉对此不予计较，并赢得时人的尊敬。

彰武军节度使即知延州（今陕西延安），“中都督府，延州，延安郡，彰武军节度”。[②] 李昉忽而在南方湘桂之地，忽而北迁至永兴军延州府，可见其在宋初的颠簸。陈师道言被贬为延州别驾，而李焘说是被贬彰武行军司马，其实都是指延州府的佐官。《宋会要辑稿》职官四八之一：“宋以诸州府长史、司马、别驾为上佐官。”[③]品位都是正九品，其职能，龚延明先生说：“无特许不得签署公事，无职事。”[④]主要用于安置贬降官，三班使臣（奉职、殿直）年七十以上老髦不任事者，或选授以摄别驾，授纳粟官，即灾伤州军纳粟八千石者。可见，太祖对李昉的态度，简直就是让他告老还乡了，而此时李昉未满不惑之年。李昉无故被贬，心中自有不满之气，“上疑之不释，出昉为彰武军行军司马，居延州为生业以老。三岁当内徙，昉不愿”。[⑤] 可见，其当时心情颇为不满。

后得到宰相的举荐，开宝二年（969）十一月戊辰，太祖将其召还，复拜中书舍人。未几，入直学士院。从此，对李昉开始重视起来，陈师道记载道：“后二年，宰相荐其可大用，召判兵部。昉五辞，行至长安，移疾六十日，中使促之行，至洛阳，又移疾三十日而后行。既至，上劳之，昉曰：‘臣前日知事周而已，今以事周之心事陛

---

① ［宋］李焘《续资治通鉴长编》卷五，中华书局1979年版，第123页。
② ［宋］王存《元丰九域志》卷三，中华书局1984年版，第107页。
③ ［清］徐松辑《宋会要辑稿职官》卷四八，中华书局1957年版，第3456页。
④ 龚延明《宋代官制辞典》，中华书局1997年版，第535页。
⑤ ［元］脱脱《宋史》卷二六五，《李昉传》，第9136页。

下。’上大喜，曰：‘宰相不谬荐人。’”①

《宋史·李昉传》只笼统地说：“宋初，加中书舍人。”中书舍人，“宋前期，无职事，为文官所迁官阶。寄禄阶易为通议大夫”，②为正四品文官官衔。不久，迁任给事中，随后二知贡举，二入翰林，渐次得到重用。给人以太祖对李昉一直十分重视的错觉。

其三，太宗朝：仕途平顺，太平宰辅。

开宝九年冬十月癸丑，太祖崩于万岁殿。太宗即位，李昉开始了新的政治征程。太祖朝，虽然李昉也得到任用，但身份都是翰苑词臣，而且仕途也多有波折，其中有自己的过失，也有太祖的多疑。至太宗朝，李昉迎来自己政治上的巅峰，曾两拜平章事，成为宋初著名的太平宰辅。

在文化建设上，李昉曾主编《太平御览》《太平广记》《文苑英华》，对保存祖国的历史文化作出杰出贡献。又参与修撰《太祖实录》。直至淳化五年(994)五月，右仆射李昉以司空致仕，从而结束了自己半个世纪的宦海生涯。至道二年病卒，享年72，谥号文正。

总之，李昉一生较为平顺，尤其是入宋后更是久居翰林，从太祖建隆元年到太平兴国八年，任直院、学士及承旨前后长达18年之久。翰院词臣在“崇文轻武”的宋代地位颇高，前已有阐述，作为“天子私人”的翰林学士，担任着起草诏令文书的职责，是帝王的心腹智囊。就连宋太宗都说：“学士之职，清要贵重，非他官可比，朕常重此官。”③

翰林学士院，有“玉堂”的雅称，布置精美，“玉堂东西壁，延袤数丈，画水以布之，风涛浩渺，盖拟瀛洲之象也。修篁皓鹤，悉图廊庑，奇花异木，罗植轩砌。每外喧已寂，风传玉漏，月色满庭，真人

① [宋] 陈师道《后山谈丛》卷四，印影文渊阁《四库全书》本，第1037册，第87页。
② 龚延明《宋代官制辞典》，中华书局1997年版，第172页。
③ [宋] 江少虞《宋朝事实类苑》卷二九，第375页。

世之仙境也”。[1] 李昉久居清贵闲雅之职，其雍容闲适心态对白居易闲适之作有天然的亲近感，陈元锋先生说：“在太宗崇奖文儒、优宠词臣的气氛下，翰林学士成为清贵近密的文学之选。翰林学士主持修书，大大促进了宋朝廷的文化建设，并在诗坛形成以学士馆职为主体、以白体诗风为主导风格的唱和群体，为宋代文化与文学的持续繁荣奠定了基石。”[2]而李昉则是太宗朝翰林学士的领袖，他不仅是太宗朝白体诗的典型作家，更是此一诗风兴盛的鼓手。

（二）李至的生平

李至(947—1001)，字言几，真定人。太平兴国初年进士，释褐将作监丞，通判鄂州。后擢知制诰，入直史馆。太平兴国八年(983)为翰林学士、右谏议大夫、参知政事。雍熙初，时议亲征范阳，至切谏。以目疾求解机政，旋判国子监。至道初，为太子宾客。真宗继位，拜工部尚书，再除参知政事。真宗咸平元年(998)，授武新军节度使，知河南府。咸平四年卒，赠侍中。《宋史》卷二六六、《隆平集》卷六、《东都事略》卷三六有传。

李至一生虽跨数朝，但其一生主要活动是在太宗朝，是两入宰辅的名臣。李至尝师徐铉，曾手写徐铉及弟徐锴集置于几案，又赋《五君咏》，即对徐铉、李昉、石熙载、王祜[3]、李穆五人的诗作常颂于口。他们都是宋初白体诗作的代表作家。其中李至有“《李至集》三十卷”，[4]《全宋诗》卷五二至五三收其诗 88 首，是宋初白体存诗较多的诗人之一。李至一生大致分为前后两个时期：前期为读书、求仕与为官之初，时间跨度从出生到太平兴国中期入京为知制诰。李至前期事迹较为明晰，太平兴国二年中进士高第后，“释

---

① [宋] 江少虞《宋朝事实类苑》卷三〇，第 382 页。

② 陈元锋《宋太宗朝翰林学士述论》，载《文学遗产》2010 年第 4 期，第 41 页。

③ “祜”字常作“祐”，误，见祝尚书《王祜不名“祐”辨》，载《中华文史论丛》1989 年第 2 期。

④ [元] 脱脱《宋史》卷二〇八，《艺文志・七》，第 5359 页。

褐将作监丞，通判鄂州。旋擢著作郎、直史馆”。[①] 后期则两入宰辅，官显位尊。太平兴国七年，知制诰李至参与李昉、宋白诸人编撰的《文苑英华》，太平兴国八年，为翰林学士、右谏议大夫、参知政事。雍熙三年，给事中、参知政事李至因竭力谏止用兵契丹，罢为礼部侍郎。端拱元年五月辛酉，置秘阁于崇文院，分三馆之书万余卷以实其中，命吏部侍郎李至，兼秘书监，后任礼部侍郎。

至道三年(997)三月癸巳，太宗崩于万岁殿，真宗继位。同年四月甲辰，太子宾客李至为工部尚书，李沆为户部侍郎，并参知政事。咸平元年(998)冬十月，工部尚书、参知政事李至，罢为武胜节度使，至以目疾解机务。咸平四年正月庚寅，知河南府武胜节度使，赠侍中，后卒于任上，终年55。

二李都是宋初名臣，久居翰林，几出宰辅，又友谊深厚，他们高举白体酬唱之风对宋初士人特别是馆阁文臣的慕白有典型的示范作用。

二、李昉、李至对白居易思想、情趣的追慕

(一) 李昉、李至对白居易思想的态度

其一，对白居易知足闲适思想的推崇。

知足闲适是白居易晚年思想重要的方面，陈寅恪先生说：“乐天之思想，一言以蔽之曰知足。”[②]白居易晚年的闲适保和、委运任化都是以省分知足与富足身闲为基础的。他在《序洛诗》中说：“自(大和)三年春至八年夏，在洛凡五周岁，作诗四百三十二首。除丧朋、哭子十数篇外，其他皆寄怀于酒，或取意于琴。闲适有余，酣乐不暇。苦词无一字，忧叹无一声。岂牵强所能致耶！盖亦发中而形

---

① [元] 脱脱《宋史》卷二六六，《李至传》，第9176页。

② 陈寅恪《元白诗笺证稿》，第337页。

外耳。斯乐也，实本之于省分知足，济之以家给身闲，文之以觞咏弦歌，饰之以山水风月。此而不适，何往而适哉？兹又以重吾乐也。”①

白居易晚年绝大多数诗歌创作确如其言，其闲适之作毫无矫揉造作之态。其物质上的充裕丰厚、个人职位的官显责轻，这既与李昉有极大的相似，也为其效法白居易提供了物质前提。李昉对白居易精神上的知足省分表现出极大推崇，其自足心态甚至志得意满与白居易如出一辙，这类诗作甚多，如：

历官从宦复何如，冒宠叨荣最有余。五载滥批黄纸敕，半生曾典紫泥书。安民济物才无取，报国酬恩志未疏。圣主忧边心正切，若为端坐自安居。②

——《昉著灸数朝废吟……补为十首学颦之诮诚所甘心》（其四）

平生荣遇更谁如，窃位妨贤四纪余。昔冠北门诸学士，今先南省六尚书。演纶岂有文章称，调鼎仍惭绩效疏。弭役销兵恨无策，退朝长是闭门居。③

——《昉著灸数朝废吟……补为十首学颦之诮诚所甘心》（其五）

地僻尘埃少，闲门掩绿苔。长因五字至，暂得两眉开。信步寻三径，祛寒饮一杯。何曾问家计，散庭自堪咍。④

——《侍郎吟……以地僻尘埃少为首希垂采览》

这些观点与白居易并无二致。很多人认为白居易有琐屑甚至

① ［唐］白居易著，朱金城笺注《白居易集笺校》，第3757页。
② 《全宋诗》，第一册，第175页。
③ 《全宋诗》，第一册，第176页。
④ 《全宋诗》，第一册，第179页。

庸俗的一面，这固然存在，白居易时常在诗中直露地表现自己对功名利禄的在意与追求，以至于招致后人的严厉指责，如理学名流朱熹曾说："乐天，人多说其清高，其实爱官职，诗中凡及富贵处，皆说得口津津地涎出。"①其实白居易深知物质追求与精神追求的关系，如在《吟四虽》一诗中说：

> 酒酣后，歌歇时，请君添一酌，听我吟四虽。年虽老，犹少于韦长史；命虽薄，犹胜于郑长水；眼虽病，犹明于徐郎中；家虽贫，犹富于郭庶子。省躬审分何侥幸，值酒逢歌且欢喜。忘荣知足委天和，亦应得尽生生理。②

白居易也深知功名利禄与心灵的愉悦不是一回事，甚至只有"忘荣"才能达到知足、天和的境界。李昉也有相似的认识，其对物质荣华也抱有知足的心态，方其如此，才能真正获得心灵的宁静，才能在官场之上保持自己的淡定与从容，也才能有心情去享受发自内心的闲适与自在。他说：

> 行年已老拟何如，手植园林十亩余。婢仆尽能修药饵，儿孙亲教读经书。趋时徇俗诚为拙，守道安身未必疏。惟望多情蓬岛客，偷闲时访野人居。③
>
> ——《昉著灸数朝废吟……补为十首学颦之诮诚所甘心》（其二）
>
> 交朋相问兴何如，不愿家财有羡余。一卷佛经心谙诵，七篇真诰手亲书。荣名厚禄都来足，酒兴诗情积渐疏。多谢营

① [宋]黎靖德《朱子语类》，中华书局1986年版，第3328页。

② [唐]白居易著，朱金城笺校《白居易集笺校》，第2031页。

③ 《全宋诗》，第一册，第175页。

巢旧时燕，又依时节到贫居。①

——《昉著灸数朝废吟……补为十首学颦之诮诚所甘心》（其三）

野性从严只澹如，奉身求足不求余。清风明月三间屋，赤轴黄签一架书。午睡爱茶鱼眼细，春餐费笋锦皮疏。比惭多病仍多告，犹拟分司洛下居。②

——《将就十章更献三首词……稍赐披寻》

李至也是如此，既有"福德才名尽不如，三朝荣贵四旬余"③的自负与自得的一面，更有闲适自足的另一面，如：

歌舞林亭不外求，朝回多著道衣游。蔷薇点缀勾栏好，薜荔攀缘怪石幽。泥浸落花红片湿，鸟啼深树绿阴稠。春风去便还经岁，莫负芳菲醉即休。④

——《奉和小园独坐偶赋所怀》

无营无欲自如如，寂静空斋昼寝余。渴饮三杯市沽酒，闲看一卷道家书。奔趋势利心元薄，接奉交朋老渐疏。终指嵩峰待归去，白云深处卜岩居。⑤

——《擅车斜之美……大雅君子无或见哈》（其一）

出门何所适，遇兴即留连。野寺微茫雪，渔家冷淡烟。地炉寒拥坐，瘿枕醉欹眠。帝顾应相笑，吾心自泰然。⑥

——《节假之中风气又作……览之斯为幸也》

① 《全宋诗》，第一册，第 175 页。
② 《全宋诗》，第一册，第 176 页。
③ 《全宋诗》，第一册，第 557 页。
④ 《全宋诗》，第一册，第 553 页。
⑤ 《全宋诗》，第一册，第 559 页。
⑥ 《全宋诗》，第一册，第 566 页。

其二，对白居易佛道吏隐思想的赞赏。

李昉、李至虽不笃信佛道，但在佛道盛行的太宗、真宗朝也不免有所感染，特别是他们追慕的白居易也是三教兼修，从其悟道诗歌中感受到闲适与宁静。因而，他们的诗作尤其是晚年的诗作，读经参禅也比较普遍，如李昉有《数日来顿疏酬唱……用惊昼寝》："日照清空火欲燃，须将酬唱强相牵。若无啸月吟风侣，争度流金铄石天。帘卷小亭终少到，簟铺深室亦难眠。如何偷得清凉乐，除却冥心学坐禅。"①此外，李昉在《太平广记》中记载大量的僧道材料，李昉的诗友李至也有一些此类诗作，如：

> 红尘赤日欲相燃，赖向蓬丘少事牵。明月动摇纨扇室，乱云重叠火□天。幽屏看雪思寒景，小簟横风恋昼眠。安得心源凉似水，虎溪遥羡老僧禅。②
>
> ——《依韵奉和来篇》
>
> 流年冉冉不曾停，合向劳生养道情。万物已怜成复象，一阳还见动勾萌。南廳日转阶前影，北陆风吹枝杪声。看即东宫布时令，绿杨堤上有闲行。③
>
> ——《至启伏蒙……奉酬辄次高韵》

（二）李昉、李至对白居易生活情趣的追慕

白居易晚年知足闲适的心境，李昉、李至推崇备至，其安逸闲雅的生活方式也给予竭力的模仿。这类例子也甚多，如白居易晚年钟情于山水楼阁的营建，分司洛阳时，其住宅——履道坊宅园，

---

① 《全宋诗》，第一册，第184页。

② 《全宋诗》，第一册，第568页。

③ 《全宋诗》，第一册，第570页。

就是他充满诗情雅趣的地方，他曾在《池上篇》（并序）中有详细的介绍，其文为：

都城风土水木之胜在东南偏，东南之胜在履道里，里之胜在西北隅，西闬北垣第一第即白氏叟乐天退老之地。地方十七亩，屋室三之一，水五之一，竹九之一，而岛树桥道间之。初乐天既为主，喜且曰：虽有台池，无粟不能守也，乃作池东粟廪。又曰：虽有子弟，无书不能训也，乃作池北书库。又曰：虽有宾朋，无琴酒不能娱也，乃作池西琴亭，加石樽焉。乐天罢杭州刺史时，得天竺石一、华亭鹤二以归，始作西平桥，开环池路。罢苏州刺史时，得太湖石、白莲、折腰菱、青板舫以归，又作中高桥，通三岛径。罢刑部侍郎时，有粟千斛、书一车，洎臧获之习筦磬弦歌者指百以归。先是，颍川陈孝山与酿法，酒味甚佳。博陵崔晦叔与琴，韵甚清。蜀客姜发授《秋思》，声甚淡。弘农杨贞一与青石三，方长平滑，可以坐卧。大和三年夏，乐天始得请为太子宾客，分秩于洛下，息躬于池上。凡三任所得，四人所与，洎吾不才身，今率为池中物矣。每至池风春、池月秋，水香莲开之旦，露清鹤唳之夕，拂杨石，举陈酒，援崔琴，弹姜《秋思》，颓然自适，不知其他。酒酣琴罢，又命乐童登中岛亭，合奏《霓裳散序》。声随风飘，或凝或散，悠扬于竹烟波月之际者久之。曲未竟，而乐天陶然已醉睡于石上矣。睡起偶咏，非诗非赋，阿龟握笔，因题石间。视其粗成韵章，命为《池上篇》云尔。

十亩之宅，五亩之园。有水一池，有竹千竿。勿谓土狭，勿谓地偏。足以容膝，足以息肩。有堂有亭，有桥有船。有书有酒，有歌有弦。有叟在中，白须飘然。识分知足，外无求焉。如鸟择木，姑务巢安。如龟居坎，不知海宽。灵鹤怪石，紫菱白莲。皆吾所好，尽在吾前。时饮一杯，或吟一篇。妻孥熙熙，鸡犬闲闲。优哉游哉，吾将终老乎其间。①

李昉对白居易这种典雅别致极具诗意的生活极为推崇与羡慕，也曾在洛阳修建庄园，希望能过着与白居易相似的生活。对此，王称记载道："(李)昉温和循谨，为文慕白居易。所居有园亭，又葺郊外宴游之地，多畜声妓乐，娱乐亲友。"②即与亲友们一起雅集宴游，甚至蓄妓玩乐。李昉在开封也有小园，其园幽静闲雅，他曾作诗道："烟光澹澹思悠悠，朝退还家懒出游。静坐最怜红日永，新晴更助小园幽。砌苔点点青钱小，窗竹森森绿玉稠。宾友不来春又晚，眼看辜负一年休。"③李昉在洛阳万安山下也有庄园，其写诗道："心情休问近何如，冉冉浮生六十余。抱病久无欢笑兴，信缘慵答往还书。容颜也道随年改，牙齿谁教斗顿疏。何处此身堪养老，万安山下有村居。"④李昉在庄园里或"行年已老拟何如，手植园林十亩余"，或"婢仆尽能修药饵，儿孙亲教读经书"，或"一卷佛经心谙诵，七篇真诰手亲书"，或"逢人不喜谈时事，养性惟便读道书"等等，自在闲适，极似晚年的白居易。

白居易晚年分司洛阳，李昉也想"比惭多病仍多告，犹拟分司洛下居"。⑤ 致仕后的白居易，与胡杲、吉皎、郑据、刘真、卢贞、张浑聚会于履道宅，诗酒唱和，宴集不断，史称"九老会"。这引起后世特别是宋代致仕老臣们的羡慕与效仿，类似的怡老会、耆英会、五老会、六老会、九老会等等，如雨后春笋般地出现，这其中李昉应是个始作俑者。李昉晚年对白居易洛阳九老会羡慕不已，也曾踌躇满志地筹划当代版的九老会，虽然因蜀寇内乱而流产，但其对白

① [唐]白居易著，朱金城笺校《白居易集笺校》，第3705页。
② [宋]王称《东都事略》卷三二，齐鲁书社2000年版，第258页。
③ 《全宋诗》，第一册，第172页。
④ 《全宋诗》，第一册，第175页。
⑤ 《全宋诗》，第一册，第176页。

居易情趣爱好的模仿可见一斑。

白居易在履道坊宅园中放养华亭二鹤，李昉则更胜一筹，他在自己园林中畜五禽，以客为名，以附风雅，宋朝《事实类苑》卷三四载道："李昉再入相，以司空致仕。为诗慕白居易之浅切，所居有园林，畜五禽，皆以客为名。白鹇为闲客，鹭为雪客，鹤为仙客，孔雀为南客，鹦鹉为陇客。昉各为诗一章，尽为客图，传于好事者。又慕居易西京九老之会，得宋琪等八人，皆年七十余，时为九老会，未果而卒。"①

就连白居易一些生活上的习惯性动作，李昉也不时流露出模仿之态，如同当下的追星族一样。如白居易在《秘省后厅》一诗中写道："槐花雨润新秋地，桐叶风翻欲夜天。尽日后厅无一事，白头老监枕书眠。"②这是白居易为官翰林，官闲无事，枕书小憩的悠闲之态。李昉在组诗中就写道："秘阁清虚地，深居好养贤。不闻尘外事，如在洞中天。日转迟迟影，炉焚袅袅烟。应同白少傅，时复枕书眠。"③模仿白居易枕书而眠的雅举。

白居易晚年自称迂叟，喜竹，爱松，爱诗，恋琴，笃酒；"清风两窗竹，白露一庭松"，"虚窗两丛竹，静室一炉香"，"欲知住处东城下，绕竹泉声是白家"等等。由李昉晚年的诗歌"谩栽花卉满朱栏，争似疏篁种百竿"，"自喜身无事，乘春但种花"，"入竹新寻笋，燃铛旋煮茶"，"唱酬聊取乐，不觉又盈箱"，"鹤立莓苔径，犬眠兰菊丛"，"春旦两壶宣赐酒，一壶留着待君开"等等，可知，李昉与白居易都是一样的爱竹赏花、煮茶踏雪、饮酒写诗。李至年岁不永，其生活态度在其与李昉酬唱的诗歌中有所表露，也是如此，如："园中比比是花栏，只欠修篁十数竿"，"出槛新枝罥冠冕，上阶狂笋碍笙歌"，

---

① ［宋］江少虞《宋朝事实类苑》卷三四，第434页。

② ［唐］白居易著，朱金城笺校《白居易集笺校》，第1713页。

③ 《全宋诗》，第一册，第177页。

"犹欠小桃花两树，夹丛争艳压枝柯"等等，都极具文人之趣。

第二节　李昉、李至的白体诗歌创作

李昉病逝后，王禹偁在《司空相公挽歌》中称其诗文为："须知文集里，全似白公诗。"①吴处厚在《青箱杂记》卷一中也说："昉诗务浅切，效白乐天体，晚年与参政李公至为唱和友，而李公诗格亦相类，今世传《二李唱和集》是也。"②可见，二李对白居易的推崇，其诗作是宋初白体的代表作家是得到当时文人的普遍认可的。李昉、李至不仅创作了一大批典型的白体诗作，也以特殊的政治地位引领宋初诗坛，从而成为宋初白体诗兴盛的重要推手。

一、李昉、李至对白居易诗歌的态度

思想观念、生活方式及其审美情趣上的推崇与趋同，是李昉推崇白居易诗作的重要前提。李昉十分喜爱白居易的诗作，宋敏求《春明退朝录》卷中记载道："李文正公(昉)罢相为仆射，奉朝请，居城东北隅昭庆坊，去禁门辽远，每五鼓则兴，置《白居易集》数册于茶镣中，至安远门仗舍，燃烛观之，俟启钥，则赴朝。"③李昉对白居易诗作十分熟悉，朱熹在《宋名臣言行录》前集卷一记载这样一则材料："太宗语侍臣曰：'朕何如唐太宗?'左右互辞以赞，独昉无他言，微诵白居易讽谏《七德舞》词曰：'怨女三千放出宫，死囚四百来归狱。'上闻之，遽兴曰：'朕不及，朕不及，卿言警朕矣。'"④

---

① 《全宋诗》，第二册，第758页。

② [宋]吴处厚著，李裕民校《青箱杂记》卷一，中华书局1985年版，第3页。

③ [宋]宋敏求《春明退朝录》卷中，中华书局1980年版，第32页。

④ [宋]朱熹《宋名臣言行录》前集卷一，影印文渊阁《四库全书》本，第449册，第15页。

(一) 李昉、李至是白居易闲适诗的忠实崇拜者与模仿者

翻开二李的诗作，闲适之气扑面而来，“自喜身无事”组诗，“秘阁清虚地”组诗，“地僻尘埃少”组诗，“老去心何用”组诗等等，都充满闲适之气。不少闲适诗作直接化用白居易诗意甚至具体的诗句入诗，如白居易有《晚兴》：“极浦收残雨，高城驻落晖。山明虹半出，松暗鹤双归。将吏随衙散，文书入务稀。闲吟倚新竹，筠粉污朱衣。”①李昉则化用其意作有《小园独坐偶赋所怀寄秘阁侍郎》：“烟光澹澹思悠悠，朝退还家懒出游。静坐最怜红日永，新晴更助小园幽。砌苔点点青钱小，窗竹森森绿玉稠。宾友不来春又晚，眼看辜负一年休。”②

李昉有诗作化用白居易句意甚至具体诗句入诗，如《辄歌盛美献秘阁侍郎》：“满朝清望更谁如，才略文章尽有余。避宠怕闻调鼎鼐，爱闲专喜掌图书。歌诗唱和心偏乐，势利奔趋迹自疏。恰与宗兄性相近，好来城外卜邻居。”③“避宠怕闻调鼎鼐，爱闲专喜掌图书”即化用白居易“专掌图书无过地，遍寻山水自由身”④一句。再如《齿疾未平灸疮正作新诗又至……怀甘轮降款》(其四)：“等闲无客访闲门，时访闲门只有君。最喜举觞吟绿筱，谁能骑马咏红裙。遮窗密影朝朝见，聒枕幽声夜夜闻，更待明年渐滋盛，投林宿鸟定成群。”⑤“最喜举觞吟绿筱，谁能骑马咏红裙”一句明显的模仿白居易“几度听鸡歌白日？亦曾骑马咏红裙”⑥。此类诗作还有不少，足现李昉对白居易诗作的熟悉与推崇。李至诗作几乎都是与李昉的唱和之作，诗歌内容与李昉较为相似，闲适诗作也有明显的

---

① [唐] 白居易著，朱金城笺校《白居易集笺校》，第 1338 页。

② 《全宋诗》，第一册，第 172 页。

③ 《全宋诗》，第一册，第 175 页。

④ [唐] 白居易著，朱金城笺校《白居易集笺校》，第 1721 页。

⑤ 《全宋诗》，第一册，第 184 页。

⑥ [唐] 白居易著，朱金城笺校《白居易集笺校》，第 1746 页。

白居易身影。

（二）二李对元白创作方式的继承与发展

在诗歌内容上，二李主要追慕白居易的闲适诗作；在诗歌创作方式上，二李则是继承并发展白居易与元稹、刘禹锡的次韵唱和诗作，发挥诗歌的交际功能与娱乐功能，《二李唱和集》就是二李模仿刘白唱和的典型之作。

除了大量的单篇次韵唱和外，还存在不少唱和组诗，当然元白、刘白也存在同诗题的连环次韵酬唱，即对唱和之作的再和，对再和的次韵，形成蔚为壮观的连环唱和之作，前文已有简述。这里二李则是对某一诗题创作一组诗作，唱和者则次韵数首，形成规模更大的连体唱和组诗，如：李至有"蓬阁多余暇"组诗十首、"吾家何所有"组诗五首、"朱门多好景"组诗五首，李昉则以"秘阁清虚地"组诗五首、"地僻尘埃少"组诗五首、"老去心何用"组诗五首来应和，从而构成一组规模庞大的唱和组诗。此外，李昉有"自喜身无事"组诗五首；李至有"出门何所适"组诗五首等等，都是这种类型的唱和诗作。

二李的唱和诗作，在诗歌题目上很有特色，喜欢使用长诗题。这继承了元白唱和诗题叙事性的特点，如李至"蓬阁多余暇"组诗的诗题为《至性灵迂僻，学术空虚，幸逢好古之君，获在藏书之府，惟无功而禄重，招髦彦之讥，而多病所萦，实喜优闲之任。居常事简，得以狂吟，因成恶诗十章，以"蓬阁多余暇"冠其篇而为之目，亦乐天"何处难忘酒"之类也，尘黩英鉴，幸赐一览下情，不任兢灼之至》，[①]李昉以"秘阁清虚地"组诗酬和，其题为《伏蒙侍郎见示"蓬阁多余暇"诗十首，调高情逸，无以咏歌。篇篇实为绝伦，一一尤难次韵，强率鄙思，别奉五章，却以"秘阁清虚地"为首句，所谓西子之颦也。惟工拙之不同，岂天壤之相接，莞尔而笑，其敢逃乎》。李至

① 《全宋诗》，第一册，第562页。

再以"吾家何所有"组诗来和李昉之作，诗题为《至启，至学惭半古，才不逮人，虽酷好风骚，而不成文字。一联一咏，或偶得于斐然；于再于三，讵可投于作者？然而业已思虑，忍所弃捐。幸冀矜其不能，且念伸于知己，而又以"吾家何所有"冠兹五章，非敢望于一观，庶更资于一噱，渎则不告，其能逭乎》，李昉又以"地僻尘埃少"组诗五首应和，其诗题为《侍郎吟思愈清，逸才无敌，唱弥高而和弥寡。我已竭而彼转盈，欲罢不能，盖彰其余刃，知难而退，甘竖于降旗。五章强振于芜音，三鼓那成于勇气，暂希解甲，少遂息肩，庶重整其懦兵，愿别当其坚阵。此时胜负，期一决焉，却以"地僻尘埃少"为首，希垂采览》等等，其诗题如同一封封简短的书札，对作诗的缘由作了简洁的介绍。

二李唱和的创作心态也与元白、刘白一致，既有悠游闲适的一面，也有逞强斗胜的一面，具有明显的娱乐性与竞赛性，与刘白唱和时"彭城刘梦得，诗豪者也。其锋森然，少敢当者。予不量力，往往犯之，夫合应者声同，交争者力敌；一往一复，欲罢不能"①的斗胜较量心理一致，具有明显的娱乐性与竞赛性。

（三）李昉所编类书对白居易诗文的收录

李昉是宋初三大类书的主要编撰者，三大类书中对白居易诗文轶事的收录情况也可从某一方面反映编撰者及其所处时代对白居易关注的热度。先看《文苑英华》，这部类书达一千卷，虽然有很多的不足，但毕竟保存了《文选》之后，尤其是有唐一代的集部文献，其中选录白居易诗文 250 余首，是选诗最多的作家，而且所收白居易诗作，讽谕诗作仅为 4 首，杂律诗却多达 180 余首，其中绝大多数都是诗友之间的次韵酬唱与赠答留别之作，即元稹所说的"唯杯酒光景间"的小碎篇章与次韵相酬的长篇排律，与晚唐五代有相似之处。

---

① ［唐］白居易著，朱金城笺校《白居易集笺校》，第 3711 页。

这些或“率尔成章”的小章或精巧富赡的百韵排律，既反映出宋初文人们追慕白居易的对象，也为他们提供模仿的范本。同时，次韵酬唱之作也为文臣们集体唱和提供更好的诗歌创作范式。

有趣的是《文苑英华》选诗标准标举传统儒家教化，杨亿曾说：“非风雅之言，未尝取也。”①但实际上，对白居易早年的美刺讽谕之作并不欣赏，“盛世”多颂美，怨刺诗作对身居高位的宋初文臣而言已失去吸引力，这也是宋初白体诗作多闲适酬唱的原因之一。

此外，李昉主编的《太平御览》与《太平广记》中也收有不少关于白居易的趣闻轶事。从一个方面，显现李昉及其宋初文坛对白居易诗文的真实态度。这种仰慕与推崇直接影响到二李的白体诗歌创作。

二、李昉、李至白体诗歌的创作

二李的诗歌创作以闲适酬唱为主，《全宋诗》卷一二至一三收李昉诗歌两卷，卷五二至五三收李至诗歌两卷。其中《二李唱和集》就收有二李唱和诗作 123 首，占其诗歌创作的很大一部分。此外，太宗、真宗极爱赐宴群臣，御制之作自不可避免，现略分几类以阐述其唱和诗作。

（一）二李的御制唱和诗作

作为“天子私人”的翰林词臣，二李尤其是李昉与太宗关系密切，太宗雅好舞文弄墨，经常赐宴群臣，次韵酬唱以附风雅，前文已有大量的描述可参考。身历太祖、太宗的李昉与出仕太宗、真宗的李至，他们久居翰林之首，几入宰辅，是帝王身边的御用词臣，参与御制唱和十分平常，《通志》载：“《李昉唱和诗》一卷，宋朝李昉等，兴国中从驾至镇阳，过旧居。……《翰林酬唱集》一卷，宋朝王溥与李昉、汤悦、徐铉等，《应制赏花集》十卷、《瑞花诗赋》一卷，宋朝馆

---

①［宋］杨亿《武夷新集》卷一一，影印文渊阁《四库全书》本。

阁应制作。”[①]其中《李昉唱和诗》是太宗太平兴国四年(979),李昉随太宗御驾亲征北汉,至李昉家乡时,赐宴父老,酬唱叠韵诗作的结集。可惜,此集早已散佚,就连仁宗朝编撰的《崇文总目》卷十一在书目下备注阙佚。

关于二李参与御制唱和的记载也不少,《宋史·李昉传》说:“上居藩邸时,每有篇咏,令昉属和,前后数百章。”[②]太宗朝著名的赏花赋诗宴,李昉是其主要成员,《玉海》卷三〇载:“(淳熙)三年三月癸酉,命宰臣李昉等就第为观花赋诗之会,酒酣,各赋奉诏《赏花诗》,帝亦作诗赐之。……四年三月己卯,赏花宴于后苑,上临池垂钓,令侍臣赋《赏花钓鱼诗》,应制者凡二十有六人,俄出五言御诗一章,赐宰臣李昉等,晚御水心殿习射。”[③]其君臣唱和诗作流传至今的甚少。李昉《闻馆中宣赐赏雪赋诗之会,书五十六字呈秘阁侍郎》:“圣主怜才古所稀,转知吾道有光辉。特宣秘府群仙会,教看遥空六出飞。痛饮不容停盏斝,冥搜各要斗珠玑。仍闻中使传中旨,须尽欢娱酩酊归。”[④]作者虽没有参与此次赏雪赋诗之会,但此诗却是为此而作的。诗意简明,语言浅切,无非是盛赞太宗是圣主,爱才古今稀有。再写赐宴、赏雪、宴饮、赋诗。最后,酩酊大醉,尽兴而归,自始至终都以羡慕的眼光写此次宴会活动。

(二)臣僚之间的闲适唱和诗作

其一,淳化《禁林宴会集》。

除李昉、王溥、徐铉等人的《翰林酬唱集》散佚外,尚有不少存世者,现存李昉、李至之作绝大部分都是这类诗作,如太宗淳化年间的《禁林宴会集》就存有李昉的诗作,关于此次规模空前的群臣

---

① [宋]郑樵《通志·艺文略·第八》卷七〇,中华书局1987年版,第825页。

② [元]脱脱《宋史》卷二六五,《李昉传》,第9141页。

③ [宋]王应麟《玉海》卷三〇,第574页。

④《全宋诗》,第一册,第174页。

唱和的概况，第二章已有详细的阐释，这里不赘。李昉《御书飞白"玉堂之署"四字颁赐禁苑，今悬挂已毕，辄述恶诗一章，用歌盛事》：

玉堂四字重千金，宸翰亲挥赐禁林。地望转从今日贵，君恩无似此时深。宴回上苑花初发，麻就中宵月未沉。衣惹御香拖瑞锦，笔宣皇泽洒春霖。院门不许闲人入，仙境宁教外事侵。我直承明愈二纪，临川实动羡鱼心。①

李昉此作与其他同题唱和的诗作相似，先是写帝王御书赐禁林，其字珍贵无比。继而说由于皇恩的眷顾，今日翰林之贵已非昔日可比。后六句写群臣宴集，依次交代雅集的地点、时间，及其对皇泽的感激。结尾写出自己对翰林词臣的羡慕之情，颂美之辞溢于言表。作者还屡作小注，歌颂皇帝的恩泽。如在全诗结尾，他自注道："昉顷在禁林，前后出处凡二十有五载，不逢今日之盛事者有七：新学士谢恩日，赐袭衣金带宝鞍名马，一也；十月朔，改赐新样锦袍，二也；特定草麻例物，三也；改赐内库法酒，四也；月俸并给见钱，五也；特给亲事官随从，六也；新学士谢恩后，就院赐宴设，虽为旧事，而无此时供帐之盛，七也。凡此七事，并前例特出异恩，以见圣君待文臣之优厚也。临川之羡，其在兹乎。"②

其二，淳化《题义门胡氏华林书院》同题唱和。

淳化五年，二李参与《题义门胡氏华林书院》的同题唱和，其诗作如下：

孝义冠乡闾，门多长者车。岁收千顷稻，家贮一楼书。待

① 《全宋诗》，第一册，第187页。

② 《全宋诗》，第一册，第187页。

客开新酒，留僧煮嫩蔬。三公老且病，无暇访山居。①

——李昉《题义门胡氏华林书院》

墙头翠色云分岭，井底泉声瀑落崖。讲席日闻谈俎豆，书厨时见整竿牌。野猿有果频窥槛，山鸟无人忽下阶。好是鲁儒争就学，不辞千里过江淮。②

——李至《题义门胡氏华林书院》

诗歌语言平易，李昉重点推崇胡氏家族的孝义，李至则对华林书院的优美静谧环境及其卓越的教学效果给予称赞，可与鲁地儒学一争高下，他们都注重发挥诗歌的教化之职，自觉地参与到新朝的文化重建中去。

其三，臣僚酬唱的典范之作——《二李唱和集》。

李昉与同僚之间的酬唱当以二李酬唱为最，现存《二李唱和集》就是他们诗歌酬唱的结集，诗作多达123首。其集以模仿白居易晚年闲适之作为主，其内容主要有以下几类：

首先，知足保和与志得意满之作。

二李不少的唱和诗作表现自己知足保和的心情，其中也带有明显的自得意满之意。此类作品甚多，除前文所举例子外，还有组诗《将就十章，更献三首，词虽愈拙，诚即可矜，或歌执事之风猷，或导鄙人之情志，愿宽捷给，稍赐披寻》（其三）中有：

野性从严只淡如，奉身求足不求余。清风明月三间屋，赤轴黄签一架书。午睡爱茶鱼眼细，春餐费笋锦皮疏。比惭多病仍多告，犹拟分司洛下居。③

① 《全宋诗》，第一册，第189页。
② 《全宋诗》，第一册，第571页。
③ 《全宋诗》，第一册，第176页。

李昉这首诗流露出的知足适性的心态与白居易极为相似，语言通俗中见警策，中间两联对仗工整，诗意明了。此外，不少诗作闲适中，流露出洋洋自得之情，如组诗《昉著灸数朝，废吟累日，继披佳会，莫匪正声，亦贡七章，补为十首，学颦之诮，诚所甘心》，写道：

平生荣遇更谁如，窃位妨贤四纪余。昔冠北门诸学士，今先南省六尚书。演纶岂有文章称，调鼎仍惭绩效疏。弭役销兵恨无策，退朝长是闭门居。①

李昉感叹自己一生的荣遇，为官四十载，入阁出相，志得意满，结尾虽有叹已才短，无策弭役销兵，但丝毫不影响自满之情。这种情感在李昉诗中经常出现，甚至非常露骨，如他说："腰下转嫌金印重，眉间渐长白毫长。"这也甚似白居易晚年的心态。

其次，赏花听竹、坐禅观书之作。

李昉晚年退居洛阳，也与白居易一样，种花栽竹、观书养鹤，甚至坐禅悟道起来，心境十分闲雅，这类作品数量最多，二李的唱和组诗如李至的"蓬阁多余暇""吾家何所有""朱门多好景"，李昉的"秘阁清虚地""地僻尘埃少""老去心何用"等等都是典型的诗作，现移录几首如下：

秘阁清虚地，深居好养贤。不闻尘外事，如在洞中天。日转迟迟影，炉焚袅袅烟。应同白少傅，时复枕书眠。②

秘阁清虚地，仙材称此居。心轻万钟录，性乐百王书。枕上漏声近，窗前竹影疏。迟来稀见面，高兴复何如。③

---

① 《全宋诗》，第一册，第176页。
② 《全宋诗》，第一册，第177页。
③ 《全宋诗》，第一册，第177页。

地僻尘埃少，幽居一院清。自题花色号，暗记树根茎。竹撼萧疏影，松摇淅沥声。也知园辅和，随分适闲情。①

地僻尘埃少，闲门掩绿苔。长因五字至，暂得两眉开。信步寻三径，祛寒饮一杯。何曾问家计，散庭自堪咍。②

老去心何用，闲吟月正中。细香红菡萏，疏影碧梧桐。鹤立莓苔径，犬眠兰菊丛。吾宗不我顾，幽兴与谁同。③

自喜身无事，因行过寺墙。闲题僧舍壁，静爇佛家香。竹户蜘蛛挂，莎阶蟋蟀藏。唱酬聊取乐，不觉又盈箱。④

此处，仅以二李的单篇唱和为例，其诗作大多抒发自己的闲适之趣，放入白居易诗集几可乱真，如：

绕东丛了绕西丛，为爱丛丛紫间红。怨望乍疑啼晓雾，妖饶浑欲殢春风。香苞半绽丹砂吐，细朵齐开烈焰烘。病老情怀慢相对，满栏应笑白发翁。⑤

——李昉《独赏牡丹因而成咏》

绕台依榭一丛丛，紫映黄苞白映红。烂漫只因前夜雨，馨香无奈此时风。暖融春色交相妒，繁晒晴阳艳欲烘。应恨官高少同赏，樽前不得召邻翁。⑥

——李至《奉和独赏牡丹》

沈烟漠漠晦平皋，尽日空蒙阻出遨。窗打纸声闻细点，槛飘花影见凝膏。依稀恨曲添呜溜，怅望啼妆在小桃。何假锦

① 《全宋诗》，第一册，第178页。
② 《全宋诗》，第一册，第179页。
③ 《全宋诗》，第一册，第179页。
④ 《全宋诗》，第一册，第182页。
⑤ 《全宋诗》，第一册，第173页。
⑥ 《全宋诗》，第一册，第554页。

障泥看麦，门前芳草绿于袍。①

——李至《喜雨》

溟蒙烟景似江皋，静赏何须郭外遨。点点暗滋花气色，祁祁尽作麦指膏。

洗开玳瑁湘妃竹，裛损烟脂阿母桃。昨日君王倚栏看，东风吹湿赭黄袍。②

——李昉《和喜雨》

再次，叹老言病之作。

二李尤其是李昉在唱和中不忌讳言年老多病，这也与白居易相似。白居易晚年闲适诗作叹老言病之作颇多，如《白发》《老去》《病眼花》《首夏病闲》《答卜者》《寄同病者》《病中逢秋招客夜酌》《叹常生》《村居卧病三首》《病中友人相访》等等不可胜数，李昉也有有意模仿的成分，如"四时奔速都如电，两鬓凋疏总作霜"，③即是化用白居易"遂使四时都似电，争教两鬓不成霜"④之句，这类诗作后文还有分析。现移录李昉部分叹老言病之作如下：

衰病增加我斗谙，头风目眩一般般。纵逢杯酒都无味，任听笙歌亦寡欢。朝退便思亲枕簟，客来多倦著衣冠。行行渐近悬车岁，转恐君恩报答难。⑤

——李昉《老病相攻偶成长句寄秘阁侍郎》

白公曾咏牡丹芳，一种鲜妍独异常。眼底见伊真国色，算头闻者是天香。朝含宿雨低垂泪，晚背残阳暗断肠。多病老

① 《全宋诗》，第一册，第554页。
② 《全宋诗》，第一册，第173页。
③ 《全宋诗》，第一册，第174页。
④ ［唐］白居易著，朱金城笺校《白居易集笺校》，第1080页。
⑤ 《全宋诗》，第一册，第174页。

翁争奈向，寄诗遥问少年郎。①

——李昉《牡丹盛开对之感叹寄秘阁侍郎》

小亭愁坐对残阳，梧直翻阶片片黄。老去只添新怅望，病余无复旧欢狂。四时奔速都如电，两鬓凋疏总作霜。看取衰容今若此，有何情绪听宫商。②

——李昉《攀和嘉篇》

复次，寂寞怀人之作。

《二李唱和集》中的诗作作于端拱初至淳化二年间（约989—991），李昉已经进入人生的晚年，其怀人之作中带有一丝落寞伤感之情。李昉外在的闲适与内在的寂寞交织在诗文之中，如：

烟光澹澹思悠悠，朝退还家懒出游。静坐最怜红日永，新晴更助小园幽。砌苔点点青钱小，窗竹森森绿玉稠。宾友不来春又晚，眼看辜负一年休。③

——李昉《小园独坐偶赋所怀寄秘阁侍郎》

何事情怀郁不开，为思蓬阁谪仙才。通宵空有梦魂去，隔月更无篇咏来。夜室已闻啼蟋蟀，秋庭惟见长莓苔。清晨懒把菱花照，两鬓如丝堪自咍。④

——李昉《偶述所怀寄秘阁侍郎》

（三）二李的伤感、送别之作

追慕白居易闲适之作是二李诗歌的主导。除此之外，李昉也

① 《全宋诗》，第一册，第185页。
② 《全宋诗》，第一册，第174页。
③ 《全宋诗》，第一册，第172页。
④ 《全宋诗》，第一册，第172页。

有数篇赠别、悼亡之作，感伤色彩超过二李的酬唱之作。如李昉与同年邓洵美关系甚密，曾作《赠邓洵美》一诗，感情颇为真实，其诗为："忆昔词场共着鞭，当时莺谷喜同迁。关河契阔三千里，音信稀疏二十年。君遇已知依玉帐，我无才藻步花砖。时情人事堪惆怅，天外相逢一泫然。"①

此诗平淡之中见真情，在满是富贵闲适的诗歌中甚是抢眼。首联回忆同科及第时的喜悦之情，继而由于种种原因天各一方，音讯稀疏，"三千里"与"二十年"极为自然，从中包含了多少感慨。颈联前半句写对方，此时邓洵美在武陵，供职幕府，后半句写自己，带有自谦之意，才思不敏，还只是北厅供职的学士。其中"花砖"指有花纹的砖，唐时内阁北厅前阶有花砖道，为学士入值以"五砖时"为准，白居易有诗："衙排宣政仗，门启紫宸关。彩笔停书命，花砖趁立班。"②结尾写时事多艰的惆怅与相逢在这荒远之地的怆然。

关于邓洵美的事迹及其此诗的写作背景，阮阅在《诗话总龟》卷一四中有详细的记载："邓洵美，连山人，乾祐元年中进士第，与司空昉，少保溥同年。谒刘氏，不礼，归武陵。时周氏有其地，且辟在幕府。未几，司空氏自禁林出使武陵，与洵美相遇，赠诗曰：'忆昔词场共着鞭，当时莺谷喜同迁。关河契阔三千里，音信稀疏二十年。君遇已知依玉帐，我无才藻步花砖。时情人事堪惆怅，天外相逢一泫然。'"③

邓洵美还有和作《答同年李昉见赠次韵》："词场几度让长鞭，又向清朝贺九迁。品秩虽然殊此日，岁寒终不改当年。驰名早已超三院，侍直仍忻步八砖。今日相逢翻自愧，闲吟对酒倍潸然。"④

---

① 《全宋诗》，第一册，第186页。

② ［唐］白居易著，朱金城笺校《白居易集笺校》，第1238页。

③ ［宋］阮阅编，周本淳校《诗话总龟》卷一四，人民文学出版社1987年版，第168页。

④ ［清］彭定求编《全唐诗》卷七三四，中华书局1960年版，第8387页。

后来邓洵美被加害，其中原因与经过《三楚新录》卷二记载道："有邓洵美者，连郡人也。登进士第，将归连，上笺行逢，署馆驿巡官。洵美背伛，时谓之'邓驮'。为性迂僻，皆类其形，众咸不悦之。故虽处幕府僚，而食贫不暇给。同年王溥为相，闻洵美不得志，乃为诗曰：'彩衣我已登黄阁，白社君犹困故庐。'自是，行逢稍优给之。未几，给事中李昉至，昉亦洵美同年也，相见话旧，不觉号恸，古人布衣交，不及此也。久而忤行逢无鉴，乃贬为易俗场官。须臾，又使人诈为山贼，突入公署杀之。闻者无不痛惜。"①

李昉得知邓洵美遭此横祸，无不痛惜。建隆初，王师下湖湘，相国复牧衡阳，道经易俗场，李昉到老友坟前，作《吊邓洵美》一诗予以凭吊，对其人生遭遇颇为同情，其诗为："十年衣染帝乡尘，踪迹仍传活计贫。高掇桂枝曾遂志，假拖蓝绶至终身。侯门寂寞非知己，泽国凄惶似旅人。今已向公坟畔过，不胜怀抱暗酸辛。"②

此外，李昉有较独特的《赠襄阳妓》："岘山亭畔红妆女，小笔香笺善赋诗。颜貌共推倾国色，篇章皆是断肠辞。便牵魂梦从今日，得见婵娟在几时。千里关河万重意，夜深无睡暗寻思。"③这是代言诗，《能改斋漫录》记载："时通判贾郎中言，自京师与岳州通判武补阙同途至襄阳。遇一妓，本良家子，失身于风尘，才色俱妙。二公迫行，醉别于凤林关。妓以诗送武云：'弄珠滩上欲销魂，独把离怀寄酒樽。无限烟花不留意，忍教芳草怨王孙。'武得诗属意甚切，有复回之意。时太守吕侍讲，尝叹恨不识之，因请李赋一诗以寄。"④吕侍讲请李昉所赋之诗即《赠襄阳妓》，这首情诗依然延续一贯的直露浅显之风，前四句写襄阳妓，突出其才情与美貌。后四句写别后的

---

① [宋] 周羽翀《三楚新录》，卷二，影印文渊阁《四库全书》本，第 464 册，第 169 页。

② 《全宋诗》，第一册，第 186 页。

③ 《全宋诗》，第一册，第 187 页。

④ [宋] 吴曾《能改斋漫录》卷一一，中华书局 1960 年版，第 322 页。

思念，豪放直率之中不乏缠绵悱恻，在李昉诗集中比较独特。

三、李昉、李至白体诗歌的特点、影响与不足

（一）李昉、李至白体诗歌的艺术特点

其一，内容上的闲适气与富贵气。

二李的诗作给人最突出的就是闲适气与富贵气，身为宰辅，又身经数朝的二李，其人生经历不可谓不丰，但其诗作几乎找不到与现实有直接联系的诗歌。《二李唱和集》的"缘情遣兴"与"闲吟适情性"的酬唱之作则更是如此，或抒发知足自得的为官心境，或描写赏花坐禅的退居生活，或是叹老言病的闲愁别绪，诗中不时流露"腰下转嫌金印重，眉间渐长白毫长""清职美官皆遍历，物情时态尽深谙"之类的富贵得意之情，其自在安逸的太平宰辅形象表现得淋漓尽致。

当然，李昉处处追慕白居易，但其闲适与白居易仍有一定区别，尤其是进入晚年似乎多一丝寂寞无奈之情，近似高官退居二线后的落寞与无聊，但这种情感又表现的清淡，如李昉的《小园独坐偶赋所怀寄秘阁侍郎》："烟光澹澹思悠悠，朝退还家懒出游。静坐最怜红日永，新晴更助小园幽。砌苔点点青钱小，窗竹森森绿玉稠。宾友不来春又晚，眼看辜负一年休。"①

此诗是《二李唱和集》的作品，写得十分淡雅，继续闲适的路子，退朝还家，静坐小园，虽已春末，懒于出游。中间两联写小园，点点青苔，森森绿竹，一派宁静雅致。诗人则静坐其间，怜惜落日，情思悠悠。结尾道出所思的缘由，春色将尽，而宾友不至，又辜负了一年大好春色啊！淡淡的寂寞之情溢于言表。这样的诗作还有：

① 《全宋诗》，第一册，第172页。

朝退归来只在家，诗书满架是生涯。吟成拙句何人和，按得新声没处夸。夜景最怜蟾影洁，秋空时见雁行斜。望君偷暇来相访，犹有东篱残菊花。①

——李昉《偶述所怀寄秘阁侍郎》

楮冠仍用竹为簪，随分林亭自称心。病里变难全断酒，老来无奈更耽吟。闲行策杖青苔径，静坐移床绿树阴。时有新诗寄何处。蓬丘仙客是知音。②

——李昉《寄秘阁侍郎》

李昉毕竟不是白居易，白居易中年时，思想就发生巨大的变化，后半生出入佛道，居官如隐，主动请求外任，归洛阳后的喜悦之情更多的是发自内心的，只有这样才能达到无闷的境界。而二李的唱和诗作更多有为作诗而作的成分，其内心对求仕功名没有白居易看得那么散淡，自然有诸多寂寞失落显于其中。

其二，结构上的叙事特色。

二李的唱和诗作在结构上也是模仿白居易，用叙事的思维来间架诗作，使得诗歌具有通畅流利之姿。当然，这也牺牲了诗歌跳跃性所造成的含蓄蕴藉之美，如李昉《宿雨初晴介风顿至小园独步方多索寞之怀嘉句忽来骤引吟哦之兴仰攀高韵少达鄙诚》一诗："融融和气满亭台，寂绝无人访我来。忽喜贰卿篇咏至，如闻三岛信音回。偷闲旋要偿诗债，减俸惟将买树栽。春旦两壶宣赐酒，一壶留着待君开。"③

整首诗全用叙事的思维把得到朋友寄诗后的喜悦之情娓娓道来。首联先写天晴气和，自己寂寞独对亭台。颔联心情大变，因为

① 《全宋诗》，第一册，第173页。
② 《全宋诗》，第一册，第174页。
③ 《全宋诗》，第一册，第174页。

侍郎篇咏寄至，对诗人而言，这如同三岛寄来的音讯，期待之情不言而喻。本来无聊偷闲，现在得要作诗"还债"了，表面在说苦，实为高兴。结尾处还发出亲切的邀请，春节、元旦皇帝御赐的两壶美酒，留一壶等你来时开啊！

此诗依诗题为序，给人平实之美，又使用"忽（喜）""如（闻）""旋要""惟将"等表示时间的虚词使全诗自然流畅，如同一篇简短的回札。李至的诗作也用叙事的手法写诗，这是有意追随白居易诗作的写作特色。白居易的很多诗歌叙事性强，具有散文化与议论化的特点，谋篇布局甚似散文，线索极其明白，平实自然，不追求开阖跌宕、跳跃险奇。

再如《携诸山客同上香炉峰遇雨而还沾濡狼藉互相笑谑题此解嘲》："萧洒登山去，龙钟遇雨回。磴危攀薜荔，石滑践莓苔。袜污君相谑，鞋穿我自咍。莫欺泥土脚，曾蹋玉阶来。"[①]此诗以时间为顺序，记叙了诗人与诸山客登临庐山，半道遇雨，狼狈而回的经历，整首诗如同一篇小游记。山虽未登成，但我们仍能看到这些雅士们作诗笑谑、解嘲忘忧的神情。

此外，《二李唱和集》中的唱和诗作，诗题大多特别长，这也吸收了元白、刘白唱和的做法，诗题如同诗歌的序文，介绍写作时的情况，如作诗的缘由、和诗的艰难、对诗友之作的称赞等等，如李昉的"秘阁清虚地"唱和组诗，其诗题为：《伏蒙侍郎见示"蓬阁多余暇"诗十首，调高情逸，无以咏歌。篇篇实为绝伦，一一尤难次韵，强率鄙思，别奉五章，却以"秘阁清虚地"为首句，所谓西子之颦也。惟工拙之不同，岂天壤之相接，莞尔而笑，其敢逃乎》[②]即交代作"秘阁清虚地"组诗五首的缘由为和李至的"蓬阁多余暇"，对李至的诗作推崇为调高情逸、篇篇绝伦，自己则非常自谦地说是西子之

① ［唐］白居易著，朱金城笺校《白居易集笺校》，第1045页。

② 《全宋诗》，第一册，第177页。

鞶，与对方作品是天壤之别，但内心的"较劲"从"其敢逃乎"中也能感受一二。这样的长幅诗题在二李的诗作中十分常见，这在宋初其他类型的诗歌中不太常见。

其三，语言上的浅切流易与较艺斗胜。

(1) 二李诗歌语言追求浅切流易。前文已引吴处厚所言："昉诗务浅切，效白乐天体。晚年与参政李公至为唱和友，而李公诗格亦相类，今世传《二李唱和集》是也。"《续资治通鉴长编》也说："(李)昉温和无城府，宽厚多恕。为文章慕白居易，尤浅近易晓。"①此类诗作还有：

> 园中比比是花栏，只欠修篁十数竿。时见此君怜淅沥，春来何处得檀栾。黄初换叶应深惜，绿未成阴已好看。看取北窗风更冷，不须炎月用冰盘。②
>
> ——李至《那日获诣芳园窃见新栽丛竹萧然可爱……望垂台顾》(其一)
>
> 吾家何所有，非富亦非贫。逐月官供俸，随时自奉身。积薪长满屋，脱粟亦盈囷。信美无他虑，其如窃禄人。③
>
> ——李至《至启……则不告其能逭乎》

(2) 二李诗歌追求较艺斗胜。二李次韵唱和有较艺逞胜的一面，不少诗题也能看出他作诗时绞尽脑汁的状态，从他们唱和诗题中看得更加明显。如二李用"如""余""书""疏""居"五个韵脚，多次次韵，竟创作出 40 余首唱和组诗。李至在诗题中反复表达才思穷竭、疲于应对的痛苦，如《昨晚又捧五章，尽含六义，意转新而韵

---

① [宋] 李焘《续资治通鉴长编》卷三九，中华书局 1979 年版，第 828 页。

② 《全宋诗》，第一册，第 567 页。

③ 《全宋诗》，第一册，第 564 页。

皆紧，才益赡而调弥高，始知元白之前贤虚擅车斜之美誉。夜来绕遍林树，搜穷肺肝，虽巧拙以不侔，亦讴吟而自得。又依前韵，各罄乃怀，所贵夫伏老之身心，亦罔避不量力之讥诮。自兹解甲，且议休兵，向非起予，何以为乐？大雅君子，无或见哈》《节假之中，风气又作，仅将伏枕，固难登门，更献五章，代伸一谒，疲兵再战，已取败于空拳，下客请行，尚费词于露颖。徒堪大噱，岂足遍酬，虽投刃皆虚罔睹全牛之状，然援毫而就，亦劳倚马之才，但冀览之斯为幸矣》。李昉的组诗诗题为《修竹百竿，才欣种植，佳篇五首，旋辱咏歌，若无还答之言，是阙唱酬之礼，恭依来韵，以导鄙怀，调下才卑，岂逃嗤诮》。

这与白居易接到元稹的唱和诗作后所说的"微之又以近作四十三首寄来，命仆继和，其间瘀絮四百字，车斜二十篇者流，皆韵剧辞殚，环奇怪谲。又题云：奉烦只此一度，乞不见辞。若欲定霸取威，置仆于穷地耳"①，如出一辙，极具元白以难相挑的味道。后来李昉在《二李唱和集序》中说："慵病之叟颇蒙牵率，若抽之思强以应命，所谓'策疲兵而当大敌'也。"②

二李的次韵组诗，在有限的韵字中选韵入诗，难度甚大，其字数较少的窄韵尤甚，这严重束缚诗人的才情，严羽在《沧浪诗话》中曾说："和韵最害人诗，古人酬唱不次韵，此风始盛于元、白、皮、陆，而本朝诸贤乃以此而斗工，遂至往复有八九和者。"③但诗歌的创作尤其是近体律诗，本来就是"戴着镣铐跳舞"。这使得他们的诗作也有讲究技巧的成分，语言也有精练华丽的一面，但其艺术水准不均衡，往往有句无篇，鱼龙混杂，如前已引李昉《独赏牡丹因而成咏》：

---

① ［唐］白居易著，朱金城笺校《白居易集笺校》，第 1463 页。

② 吴文治编《宋诗话全编》(一)，江苏古籍出版社 1998 年版，第 39 页。

③ ［宋］严羽《沧浪诗话》，《历代诗话》本，前引书，第 699 页。

绕东丛了绕西丛，为爱丛丛紫间红。怨望乍疑啼晓雾，妖饶浑欲殢春风。香苞半绽丹砂吐，细朵齐开烈焰烘。病老情怀慢相对，满栏应笑白发翁。

虽然首联十分滑易，但颔联"怨望乍疑啼晓雾，妖饶浑欲殢春风"特别有情致，语意含蓄，似乎在写自己怀疑牡丹心怀不满，在早晨吐出花蕾，以其艳丽挽住春风，写得十分传神凝练。接着写香苞半绽，娇如火焰。自己多病身老，独对浪漫之花，料想应在笑我满头白发吧。

其四，体裁上的多用近体七律。

在体裁上，二李沿用近体特别是七律，这一方面延续五代诗歌多近体之风，也与追慕白居易唱和诗作有关。在所有体裁中，七律最适宜于酬唱应答。古体大开大阖，难以驾驭，绝句又太短小，刚起头就要想着如何收尾。只有七律，既有伸缩空间，又不至于无法掌控，才情超迈者自可以翻新出奇，才薄情寡者通过努力也可勉强成篇。宋初的唱和之作几乎是律诗的天下，从《禁林唱和集》到《二李唱和集》，再到《西昆酬唱集》，律诗都是绝对多数。

《全宋诗》收录李昉七律 58 首，其中《二李唱和集》就收有 49 首，占李昉唱和诗 72 的近七成，五律 22 首，五言排律 1 首；《全宋诗》收李至七律 59 首，其中《二李唱和集》中就有 58 首，占李至唱和诗 86 首的近七成，五律 26 首，五言排律 2 首。所有体裁几乎全部为近体，与刘白近体唱和一致，而不同于元白唱和的长篇排律。但刘白的次韵诗作数量不占主导，至皮、陆次韵渐起，五代渐盛，二李唱和几乎篇篇次韵，与此是一脉相承的。

（二）李昉、李至白体诗歌的影响与不足

李昉、李至对宋初诗坛的影响与其崇高的政治地位密切关联。一方面他们是数朝重臣，尤其是李昉深受太宗赏识，两入宰辅，久居翰林，是当时文坛与士人的一面旗帜。他带头对白居易闲适情怀

与闲适诗歌顶礼膜拜，势必在诗坛上掀起白体旋风，可以说李昉、李至近承五代宗白之风，远袭元白、刘白唱和诗作，是宋初王禹偁之前白体诗的领头羊，并与太宗朝由南唐入宋的徐铉一起构成太宗朝前期诗坛的主流。当然，二李的诗作也存在较为明显的不足，如：

其一，题材狭隘与内容空泛。

这是宋初唱和诗作的共同软肋，二李的白体诗作表现得尤为突出。李昉身历数次朝代更替，其诗作对此几乎无一反映。这或与其早期诗作散佚有一定的关系。但入宋后，身为宰辅、翰林名臣，其诗作也几乎找不到与宋初现实的直接联系。

身处社会上层的文学侍臣，其诗作给人更多的是闲适自足甚至无聊慵懒的感觉，新兴王朝建立之初所应有的豪气与进取精神消失得无影无踪，这与久乱之后的世人尤其是饱受武人打压的文臣追求安定是一致的。

此外，也与宋初统治者有意提倡有关。太祖黄袍加身，对武人杯酒释兵权，以防止武人干政。对文臣，也是有意黜落好进狷介之士，陶穀就是一例。有意提倡安分守道、循默守善之辈，李昉就是典型。他"和厚多恕，不念旧恶，在位小心循谨，无赫赫称"。[①] 屡次被卢多逊、张洎中伤排挤，但始终不嫌旧恶，因而深为太宗所重。这种但求仕途平顺、闲适保和，以安享富贵荣华的心态使其诗歌内容不离山水、花草、禽鸟、琴酒，所阐发的情感也是自足自适，存在题材狭隘与内容空泛的不足。

其二，邯郸学步与激情匮乏。

李昉、李至追慕白居易晚年的闲适情趣、闲适生活，最终成为宋初模仿白居易闲适之作最成功的作家。其作品放入白居易集中真能达到以假乱真的程度，但李昉、李至始终只是宋初二流甚至更低的作家，这与他们对白居易闲适诗作的亦步亦趋的模仿有关。

---

① ［元］脱脱《宋史》卷二六五，《李昉传》，第 9138 页。

其大量的唱和组诗，诗意雷同，有凑章拼句之嫌，使其诗作始终是屋下架屋，缺乏建树。

李昉模仿白居易诗作的例子甚多，上文已有涉及，化用诗意尚且能通，如李昉《仙客》："胎化仙禽性本殊，何人携尔到京都。因加美号为仙客，称向闲庭伴野夫。警露秋声云外影，翘沙晴影月中孤。青田万里终归去，暂处鸡群莫叹吁。"①即与白居易《答裴相公乞鹤》："警露声音好，冲天相貌殊。终宜向辽廓，不称在泥涂。白首劳为伴，朱门幸见呼。不知疏野性，解爱凤池无。"②在构思、语言方面都有相似之处。

至于比较浅显而直接地模仿白居易现成诗句者就更多了，如李昉有"腰下转嫌金印重，眉间渐长白毫长"（《更述荒芜自咏闲适》），白居易有"瘦觉腰金重，衰怜鬓雪繁"（《六十六》）；李昉有"门前多野景，墙外是精蓝"（《侍郎吟思愈清，逸才无敌……希垂采览》），白居易有"门前有流水，墙上多高树"（《闲居自题》）；白居易在《岁暮》中惭愧道："如我饱暖者，百人无一人。安得不惭愧，放歌聊自陈。"李昉也在《侍郎吟思愈清，逸才无敌……希垂采览》感叹："因思寒馁者，饱暖自须惭。"白居易《遣怀》中有"遂使四时都似电，争教两鬓不成霜"之句，李昉在《攀和嘉篇》中有"四时奔速都如电，两鬓凋疏总作霜"；白居易有"尽日后厅无一事，白头老监枕书眠"（《秘省后厅》），李昉作："应同白少傅，时复枕书眠。"（《伏蒙侍郎见示蓬阁多余暇诗十首……其敢逃乎》）如此等等，不胜枚举。

此外，二李在唱和组诗中，一作就是五首、十首，一和也是五首、十首，这自然导致创作的疲劳、激情的匮乏，使得诗意有重复之处，甚至难以卒读，如"秘阁清虚地"五首、"地僻尘埃少"五首、"老去心何用"五首等等，都在表达闲适之旨，诗歌"作"的成分甚浓，非

---

① 《全宋诗》，第一册，第188页。

② ［唐］白居易著，朱金城笺校《白居易集笺校》，第1761页。

情感的自然流露。现移录组诗“秘阁清虚地”如下，以显其不足：

秘阁清虚地，深居好养贤。不闻尘外事，如在洞中天。日转迟迟影，炉焚袅袅烟。应同白少傅，时复枕书眠。①（一）

秘阁清虚地，仙材称此居。心轻万钟禄，性乐百王书。枕上漏声近，窗前竹影疏。迟来稀见面，高兴复何如。②（二）

秘阁清虚地，更无闲客过。身虽纡组绶，心若在烟萝。架上群书满，阶前败叶多。知君自得意，其奈万灵何。③（三）

秘阁清虚地，安然养道心。无人接高论，遇兴恣闲吟。笔阁珊瑚架，冠欺玳瑁簪。苍生待康济，未用忆云林。④（四）

秘阁清虚地，优贤最得宜。自持儒者行，偏受圣君知。道比朱弦直，心无暗室欺。宗兄虽暮齿，待盾致雍熙。⑤（五）

诸多不足也对宋初白体诗的发展带来不利影响，二李对白居易的追慕只限于闲适之作，具有明显的狭隘性；艺术成就也不平衡，大多数是追求平易浅切、缘情遣兴而作；在具体创作过程中，对白居易诗作亦步亦趋，继承的成分多，创新的色彩少，是宋初学白的初级阶段。这些不足也是宋诗演进史上难以逾越的历程，对当时及稍后馆阁翰苑词臣的白体诗歌创作在内容上缺乏深度有一定的影响。

总之，二李是太祖、太宗朝上层文人白体诗歌创作的代表，他们带头追慕白居易的闲适唱和之作，并在创作实践中积极模仿，虽存在诸多缺陷与不足，但仍不失为宋初白体诗风兴起的重要推手。

---

①《全宋诗》，第一册，第177页。

②《全宋诗》，第一册，第177页。

③《全宋诗》，第一册，第178页。

④《全宋诗》，第一册，第178页。

⑤《全宋诗》，第一册，第178页。

第六章　闲适、悟道与讽谕：晁迥、田锡的白体诗歌创作

晁迥与田锡均是宋初政坛、文苑名流。政坛上，晁迥“历仕三朝，垂五十载；徊翔两制，逾二十年”，田锡乃“天下之正人也”。文苑中，晁迥诗作追慕王禹偁，诗风倾向于闲适与讽谕，晚年诗文更多的是对白居易乐天知命、委运任化的认同与追慕，诗歌具有突出的白体悟道色彩。蜀中才俊田锡，其文学成就长期为其政治地位所掩，对其文学创作的研究又长期集中在古文与辞赋上，对其诗歌的研究一直处于相对寂寞的境地。田锡诗作题材多样、风格各异，既表现出闲适平易的白体之风，也有转益多师的印记，这些进一步丰富了宋初白体诗的内涵。

第一节　晁迥生平及其对白居易的态度

晁迥是宋初政坛、文苑及儒林一位颇具影响力的人物。他人生经历虽屡有颠簸，但终享有很高政治威望。晁迥对白居易儒释兼修、出入无碍十分欣赏，对其诗歌也是推崇备至，这使得他成为宋初白体诗人的代表。

一、晁迥生平概况

晁迥（951—1034），字明远，世为澶州清丰（今属河南）人，后徙

彭门(今彭城),是宋代兴盛数百年的晁氏家族的奠基者之一。于太平兴国五年(980)进士及第,释褐为大理评事。真宗朝累迁至右正言,直史馆、知制诰。景德二年(1005)任翰林学士,后累官至集贤院学士、判西京留司御史台。仁宗为礼部尚书,以太子少保致仕。景祐元年卒,年84,谥号文元,《宋史》卷三〇五有传。其著作有《翰林集》三十卷(已佚)、《道院集》十五卷(今存三卷)、《法藏碎金录》十卷、《昭德新编》三卷等。

对晁迥的生平考述,学界已有不少令人尊敬的成果,如曾枣庄先生的《〈西昆酬唱集〉诗人年谱简编》①中对晁迥的生平有粗线条的论述,很有拓荒之功。论述较为详细的要数李朝军先生的《晁迥年谱简编》②、张剑先生博士论文《宋代家族与文学——以澶州晁氏为中心》也附有《晁迥年谱》,对我们了解晁迥人生经历提供重要的线索,但尚有一些值得商榷的地方。笔者为方便阐释,将其一生大致分为四个时期,并重点对已有研究成果作一些纠补。

(一)读书求仕时期

晁迥出生于后周广顺元年,已无异议,但其青少年的具体情况则难以一一厘清。如祖籍问题就说法不一,《全宋诗》认为是四川彭县人。③ 李朝军先生在其博士论文《宋代晁氏家族文学研究》中设"占籍"④一节,其中对晁迥及其家族有详细的考述,认为澶州清丰(今属河南)是晁氏一脉晁佺的祖籍,可能避五代之乱其父晁佺举家迁往彭门,晁迥及其兄弟晁遘、晁迪应在此地长大,并对此地产生情感上的认同,这是极有见地的。晁迥在其著作中署名为"彭门晁迥",也就不难理解了。

---

① 吴洪泽、尹波《宋人年谱丛刊》,四川大学出版社2003年版,第一册,第49页。

② 李朝军《晁迥年谱简编》,载《乐山师范学院学报》2005年8月,第24—29页。

③ 《全宋诗》,第一册,第605页。

④ 李朝军《宋代晁氏家族文学研究》,四川大学2005年博士论文,第8—19页。

晁氏一脉祖籍澶州清丰，宋时属河北路，《元丰九域志》卷二载："河北路东路"条载："上，澶州，澶渊郡，镇宁军节度(治濮阳)。……清丰，州北六十里。一乡，清丰、旧州二镇，有广阳山、黄河。"①这明白易晓。而其父迁往"彭门"又在何处？其实这一问题并不复杂，王珪在《晁君墓志铭》(晁迥之孙)中说："其先澶之清丰人，后徙彭城，今家开封之昭德坊。"②"彭城"，宋时是大都督府徐州的属地，今在江苏徐州境内。这一问题就转变成"彭城"或"徐州"与"彭门"是否是同一地点的问题，而答案显然是肯定的，材料有：

《彭门解嘲二首》其二(薛能)："伤禽栖后意犹惊，偶向蘱竿脱此生。身外不思簪组事，耳中唯要管弦声。耽吟乍可妨时务，浅饮无因致宿酲。秦客莫嘲瓜戍远，水风潇洒是彭城。"③

《徐州黄楼歌寄苏子瞻》(郭祥正)："君不见彭门之黄楼，楼角突兀凌山丘。云生雾暗失柱础，日升月落当帘钩。黄河西来骇奔流，顷刻十丈平城头。浑涛舂撞怒鲸跃，危堞仅若杯盂浮。斯民嚣嚣坐恐化鱼鳖，刺史当分天子忧。……彭门子弟长欢游，长欢游，随五马。但看红袖舞华筵，不顾黄河到楼下。"④

《河复》并叙(苏轼)："熙宁十年秋，河决澶渊，注巨野，入淮、泗。自澶、魏以北皆绝流，而济、楚大被其害。彭门城下水二丈八尺，七十余日不退，吏民疲于守御。"⑤

---

① [宋]王存《元丰九域志》卷二，中华书局1984年版，第63页。
② [宋]王珪《华阳集》卷五〇，影印文渊阁《四库全书》本，第1093册，第373页。
③ [清]彭定求编《全唐诗》卷五五九，中华书局1960年版，第6485页。
④ [宋]郭祥正《青山集》卷九，影印文渊阁《四库全书》本，第1116册，第620页。
⑤ [宋]苏轼著，冯应榴等注《苏轼诗集合注》，上海古籍出版社2001年版，第743页。

《燕魏录》云(陈彦升):“陈彦升资政篇什尤高,尝为《彭门八咏》,士大夫传诵。彭门,今徐州也。南通垓下,北连丰沛,有范增墓。”①

既然三地是为一地,《全宋诗》晁迥小传何以说其为今四川彭县人呢？可能是将“天彭山”看成“彭山”了,《元和郡县志》卷三一记载说:“彭州,《禹贡》梁州之地,汉分梁州为益州,即汉益州繁县地也。垂拱二年,于此置彭州,以岷山导江,江出山处,两山相对,古谓之天彭门,因取以名州。”②《舆地广记》卷二九也有类似记载:“望彭州,秦、二汉及晋属蜀郡。……垂拱二年,置彭州,以天彭山为名,汉湔氐道有大彭山,两山相对,其形如阙,谓之天彭门,亦曰天彭阙,江水径其间,今在茂州,特取其名耳。”③

青少年时期的晁迥事迹多漫灭不可考,但有一事对晁迥的诗歌创作有极大的影响,就是结识当时文坛执牛耳的王禹偁。对之王称《东都事略》卷四六记载道:“晁迥,字明远,澶州清丰人也。自其父佺始徙家彭门,迥少从学于王禹偁。”④不少学者对“从学”的提法提出异议,说晁迥一则尚年长王禹偁三岁,二则中进士的时间早于王禹偁,称其“从学”不妥,亦师亦友更为合适,当然这也不无道理,只是过多的受到时下观念的影响,也低估宋人实事求是与谦逊好学的品质,年长三岁无碍于宋人乐学进取,而且这种情况在宋代士人中也比较常见,连晁迥的后代晁公武也毫不讳言地说:“右五世祖文元公也。讳某,字明远,澶州人。自父始徙家彭门。幼从

① [宋]何汶著,常振国等校《竹庄诗话》卷一六,中华书局1984年版,第316页。

② [唐]李吉甫《元和郡县志》卷三一,中华书局1983年版,第772页。

③ [宋]欧阳忞《舆地广记》卷二九,影印文渊阁《四库全书》本,第471册,第456页。

④ [宋]王称《东都事略》卷四六,二十五别史本,齐鲁书社2000年版,第362页。

王禹偁学，太平兴国五年进士。”[①]就实际情况看，王禹偁在中进士之前就已小有名气，曾先后撰《济州众等寺新修大殿碑》《龙兴寺新修三门记》《兴隆寺记》等文，反响很大，而晁迥相对默默无闻得多，向其学习也不为过。再加上地缘因素，王禹偁是济州人（今山东巨野），晁迥居于彭门（今江苏徐州境内），相隔不远，青年才俊慕名求教也是极易之事。总之，青少年结识王禹偁对晁迥太宗朝的诗歌产生极大的影响，可以说是晁迥白体诗歌创作的引路人。

太宗太平兴国五年（980），三十岁的晁迥与名宦李沆、寇准、王旦、苏易简、张咏等同科进士，释褐为大理评事，开始为宦生涯。本来三十岁中进士，前途一片大好，不想晁迥却开始了近二十年沉沦下僚的为宦生涯。

（二）蹉跎下僚时期

晁迥在太宗朝官运不济，屡遭挫折。《宋史·晁迥传》说：“迥举进士，为大理评事，历知岳州录事参军，改将作监丞，稍迁殿中丞。坐失入囚死罪，夺二官。复将作丞，监徐、婺二州税，迁太常丞。”[②]即用十八年时间从正九品的大理评事爬到正八品的太常丞，实在是古今罕有。

太宗朝晁迥为官更迭较为频繁，加上宋代职官分离，官制错综复杂，具体时间难以准确划定，只能匡出大体。太平兴国五年中第，授大理评事，知岳州录事参军。本传紧接又说：“改将作监丞”，说明先授岳州录事参军一职未曾任满而又领任此职的。具体何年改任，张剑先生认为是太平兴国六年十一月，其理由为：“该年十一月，郊祀，大赦，加恩，张咏改将作监丞。晁迥与张咏系同年，迁将作监丞亦当在此年。”[③]

---

① [宋] 晁公武著，孙蒙校证《郡斋读书志校证》卷四，上海古籍出版社 1990 年版，第 963 页。

② [元] 脱脱《宋史》卷三〇五，《晁迥传》，第 10085 页。

③ 张剑《宋代家族与文学——以澶州晁氏为中心》，2000 年中国社科院博士论文，《附录》。

可立一说，在没有确凿的证据之前，这是一种较好的假设。

按宋代京城文官正常三年一磨堪，雍熙元年(984)岳州录事参军任满待阙。《宋史》本传言其稍迁殿中丞，通判鄂州的具体时间存在争议，李朝军先生认为应系在雍熙二年，[①]张剑先生则把它系在淳化元年(990)，我个人认为李先生少往后挪点，张先生再往前挪点，可能更接近事实。

晁迥在鄂州任上，曾因失职误判囚犯死罪而夺二官、连削三任，这对晁迥的政治生涯是个不小的挫折。对此，李焘《续资治通鉴长编》卷三一记载道："初，殿中丞清丰晁迥通判鄂州，坐失入囚死罪，削三任，有司以殿中丞、右赞善大夫并上柱国通计之。丙申，诏自今免官者并以职事官，不得以勋、散、试官之类。"[②]

李焘把此事录在真宗"淳化元年"条，虽值得商榷，但由此可知淳化元年正月丙申(十九日)之前，晁迥就已经在通判鄂州任上，"坐失入囚死罪，削三任"了，要是还把晁迥通判鄂州的时间定在此年，似有点太晚。

系于雍熙二年(985)，虽与前雍熙元年岳州录事参军任满待阙一致，但又与后文不合。晁迥鄂州任上"坐失入囚死罪，削三任"，即"有司以殿中丞、右赞善大夫并上柱国通计之"。这三任，其中的殿中丞易解，上柱国为勋官，"勋，通常为虚衔，既无职事，又无俸钱"，[③]此是晁迥所得的虚衔也不难理解，但所夺的"右赞善大夫"从何而来？它虽然也是文官的寄禄官，但品阶已升至二十五阶，正八品。[④] 殿中丞官阶为二十四阶，将作监丞官阶为二十七阶，而宋代官员的官阶晋升是极其严格的，张希清先生说："北宋前期，初授

---

① 李朝军《晁迥年谱简编》，载《乐山师范学院学报》2005年第8期，第25页。

② [宋]李焘《续资治通鉴长编》卷三一，中华书局1979年版，第699页。

③ 龚延明《宋代官职辞典》，中华书局1997年版，第39页。

④ 龚延明《宋代官职辞典》，中华书局1997年版，第688页。

勋官、文臣京官、幕职州县官从最低一级武骑尉始，朝官自第八等骑都尉始，皆逐级升转。”①

晁迥也很难例外，这说明雍熙元年岳州录事参军任满后，晁迥定有其他任职。再者，假如雍熙二年迁殿中丞，通判鄂州，至淳化元年(990)或稍前发生失职事故，中间相距时间应超过一个磨堪期，空余时间太长不好解释，以至于李朝军先生把晁迥后面任职婺州、掌关市的时间提前到端拱二年(989)，明显又与《续资治通鉴长编》卷三一记载有较大的出入。

有鉴于此，迁殿中丞，通判鄂州的时间应在两者之间更为合适，通判鄂州之前应有一任任职，这样上述诸多不合之处就能得到较好的弥补。

上文说李焘把晁迥失职夺官一事载于真宗“淳化元年”条，这是值得商榷的，虽然难以确定此事发生的具体年月，但淳化元年应基本排除，有《续资治通鉴长编》记载可知此事肯定发生在淳化元年(990)正月丙申(十九日)之前。新年才过半月，加上官员例假，此事发生在淳化元年开年的区区半个月内可能性应该不大，但应在端拱年间，具体系于何年何月则不大好定夺，暂且存疑，以待新材料的发现。

晁迥在鄂州任上被夺二官，削三任，又回到官阶为二十七的将作监丞，又开始了八九年的颠簸外任时期。先是出任婺州监税，张剑先生说他“淳化二年辛卯(991)，四十一岁，复将作监丞，监婺州税。”②

我认为推前至淳化元年秋更为合适，首先可由晁迥《游虎丘诗序》逆推其年份，其序为：“余罢掌赋东阳，归次苏台。时故人王士龙饮饯乎阊门，且曰：虎丘山寺，吴中胜概。不越数里，可能游乎？

① 张希清《宋朝典章制度》，吉林文史出版社2001年版，第96页。

② 张剑《宋代家族与文学——以澶州晁氏为中心》，2000年中国社科院博士论文，《附录》。

余沛然惬心，请与偕往。由枝派乘水舆，长啸清风，目穷幽趣。棹工丛力，叶舟如飞。拂白英以半开，萦红树以傍出。造诣幽境，敻无纤尘。相与披烟萝，凌磴道，杳疑天外，作为佛宫，俯临剑池，呀若断岸，磊岢嶒崒，不能形容。……一觞一咏，棍兴而还。遂裁八章，以表嘉会。时淳化四载，自序。”①

“罢掌赋东阳，归次苏台”，东阳即宋两浙路婺州的郡名，《元丰九域志》卷五载：“上，婺州，东阳郡，保宁军节度。”②婺州监税任满在淳化四年，那么上任的时间逆推三年应在淳化元年。

再由王禹偁的送别之作可知季节为秋冬，晁迥远赴婺州，好友王禹偁曾为之作诗赠别，其诗为《送晁监丞赴婺州关市之役》，诗中有“霜晴震泽初尝橘，泉过惠山应试茶。虎溪晓云灵隐雪，钱塘夜潮照湖月。密排诗景在途中，旋吟新句教儿童”③诗句，可知晁迥赴婺州任上应是深秋初冬之季，而王禹偁在淳化二年触怒太宗而被贬商州，对此《宋史·王禹偁传》记载道：“（淳化二年）未几，判大理寺，庐州妖尼道安诬讼徐铉，道安当反坐，有诏勿治。禹偁抗疏雪铉，请论道安罪，坐贬商州团练副使，岁余移解州。”④王禹偁在此年秋已经抵达贬所，有诗《初入山闻提壶鸟》：“迁客由来长合醉，不烦幽鸟道提壶。商州未是无人境，一路山村有酒沽。”⑤可为证据，即淳化二年秋，王禹偁已经到了贬所商州，如何能饯别赠诗晁迥，因而，晁迥出任婺州是在淳化元年秋冬应更显缜密。

淳化四年婺州监税任满待缺，晁迥曾与好友王士龙饮饯阊门，登游虎丘，写下不少充满闲适意味的登临之作，这是他难得的保存至今的前期诗作。

---

① 《全宋诗》，第一册，第 614 页。

② ［宋］王存《元丰九域志》卷五，中华书局 1984 年版，第 213 页。

③ 《全宋诗》，第二册，第 780 页。

④ ［元］脱脱《宋史》卷二九三，《王禹偁传》，第 9794 页。

⑤ 《全宋诗》，第二册，第 708 页。

接着迁太常丞，出任徐州监税，时间应在淳化五年(994)四五月间。王禹偁诗《酬太常晁丞见寄》："当年布素定交情，恨不同为出谷莺。犹作三丞君最屈，遍寻两制我知荣。湮沉莫厌青衫在，彼此俱嗟白发生。重入玉堂非所望，汶阳田好欲归耕。"①此诗有王禹偁原注"晁诗祝予再入翰苑"，而王禹偁再入(应为三入)翰苑为知制诰的时间即为淳化五年四月。《宋史》卷二九三《王禹偁传》载："四年，召拜左正言，上以其性刚直不容物，命宰相戒之。直弘文馆，丐外任以便奉养，得知单州，赐钱三十万。至郡十五日，召为礼部员外郎，再知制诰。"②《续资治通鉴长编》卷三四"淳化四年八月"条载："(淳化四年八月)己卯，授左正言，谓宰相曰：'禹偁文章，独步当世，然赋性刚直，不能容物，卿等宜召而戒之。'寻命直昭文馆。"③即淳化四年八月授左正言，十一月入直昭文馆，后"求补郡以便奉养"，所补何郡呢？《单州谢上表》说：

> 臣某言：今月(三月)九日，曹州进奏院递到敕一道，伏蒙圣慈，就差知单州军州事，兼赐钱三百贯文。祗荷宠荣，不任感惧。臣已于今月十七日到本州上讫。乍别天庭，初临郡印，锡赉颇厚，恩荣实多。④

即先后为曹州决狱、知单州军州事，并由单州赴京为知制诰，时间只能为淳化五年四月。前一年尚在商州，而后一年五月又因"坐谤讪，罢为工部郎中，知滁州"了。这样王禹偁写诗回赠时，晁迥已是太常丞，出任徐州监税肯定在此年四月或稍后。

---

① 《全宋诗》，第二册，第763页。
② [元]脱脱《宋史》卷二九三，第9794页。
③ [宋]李焘《续资治通鉴长编》卷三四，中华书局1979年版，第752页。
④ 《全宋文》卷一四五，第303页。

至道三年(997),对晁迥而言是个命运大转折的一年。此年三月,太宗崩,真宗继位,大赦天下,晁迥结束了太宗朝坎坷多舛的仕途生涯,四月,徐州监税任满的晁迥,迁右正言,十二月入直史馆,从此可谓青云直上,开始了"徊翔两制,逾二十年"的显宦生涯。

(三)官运显达时期

至道三年三月癸巳,太宗崩于万岁殿,真宗继位,大赦天下,加恩群臣,晁迥迎来人生的转折。《宋史》本传载:"真宗即位,用宰相吕端、参知政事李沆荐,擢右正言、直史馆。"①其后又"献《咸平新书》五十篇,又献《理枢》一篇,召试除右司谏、知制诰",深得真宗的赏识。景德元年,加右谏议大夫,为判官。次年春,与赵安仁、陈彭年等同知贡举。五月拜翰林学士,成为真宗的近臣,有机会参与君臣赐宴雅集与文臣之间诗酒酬唱。如大中祥符元年(1008),晁迥参与杨亿、刘筠等西昆派的唱和,作有《属疾》《清风十韵》等唱和诗作。次年又参与群臣送别种放的宴集之作,晁迥的诗作与杨亿、王曾的序文为优,其诗风与早年重讽谕有明显的差异,昆体色彩渐浓。

同时,作为帝王身边的制臣,参与歌颂真宗朝的祥瑞、天书之类也在所难免,如真宗《大中祥符封禅记》书成,晁迥献赋颂歌诗以记其盛德;(大中祥符三年)八月八日,真宗曾召群臣观瑞物于崇和殿,并赐宴于资政殿,群臣皆赋《初观瑞物》,晁迥、杨亿也不无奉承地说:"此主圣朝受命之符,不可不载于史册。望内降名件付修国史院。"②一个"性乐易宽简,服道履正,虽贵势无所屈,历官临事,未尝挟情害物"③的晁迥也不得不谄媚起来,自己真心如此倒也不甚痛苦,但晁迥应是个清醒者,杨亿称晁迥"所作书命无过褒,得代

---

① [元]脱脱《宋史》卷三〇五,第10085页。

② [宋]李焘《续资治通鉴长编》卷七〇,第1683页。

③ [元]脱脱《宋史》卷三〇五,第10086页。

言之体”。他也不喜术数，曾说：“自然之分，天命也。乐天不忧，知命也。推理安常，委命也。何必逆计未然乎？”①晁迥中晚年在政坛上，其内心应多有不得已之处，但在摸索出为官之道后，只能曲之于心了，其晚年屡次求罢及致仕后全心悟道也就不难理解了。

从大中祥符四年至天禧元年(1017)长达七年时间，晁迥一直任翰林学士，成为真宗朝的“文章宗工”“文苑宗师”与名宦近臣。天禧二年，年近七旬的晁迥还被委任为册立皇太子礼仪使，进翰林学士承旨。次年迁兵部侍郎，为南郊礼仪使。年过耳顺之年的晁迥，屡求致仕，仍未许可，授工部尚书、集贤院学士、判西京留司御史台。直至仁宗即位，尚迁之为礼部尚书，真可谓年愈高，而官愈显。但晁迥求致仕之心已决，屡次上书仁宗乞老，直至天圣四年(1026)以太子少保致仕，实现久违的“宏愿”。自此，晁迥结束真宗朝个人官运显达的时期，开始步入仁宗朝闲逸安适的致仕生活。

（四）闲逸安适、参禅悟道的致仕生活

从礼部尚书、集贤院学士退居下来，晁迥并不失落，而是重新获得心灵上的自由。在开封昭德坊，笔不停辍，手不释卷，创作与悟道似乎成为晁迥晚年生活的全部。

今天所能看到的诗文绝大多数都是晚年遗留下来的，如天圣五年九月十五日，晁迥完成《法藏碎金录》的撰写；天圣六年五月撰成《慎刑箴》《劝慎刑文》；天圣七年作《闻思三法资修记》；天圣九年进太子少傅，著成《昭德新编》等等。直至景祐元年九月卒前不久，仍献《斧扆》《恤刑箴》《大顺》《审刑》《无尽灯颂》诸篇，后因忽感疾，医药不进，于此年九月十五日卒，赠太子太保，享年84。

概言之，晁迥生平具有明显阶段性与复杂性。在仕途上，为官之初颠簸磕碰与青年时期晁迥的个性有关，他“乐易纯固，服道履

① [宋]李焘《续资治通鉴长编》卷一一五，第2700页。

正，虽贵势无所屈”。[1] 在斗智更斗心的政坛肯定屡屡所挫。中年之后，官运渐显，晁迥为人处事方法不同于前期虽贵势无所屈，而是具有较为明显的角色意识，为官与平居有较大的区别，这也是宋人调和儒道及儒佛关系的结果。

如对待真宗大搞祥瑞一事，从个体而言，晁迥不信祥瑞天书，但为官之时，角色发生变化，可以“不费”心力的称赞符瑞天书来。因而，与杨亿一起高声说道：“此主圣朝受命之符，不可不载于史册。望内降名件付修国史院。”当然晁迥是个君子，不似王钦若、丁谓那样曲意奉迎、推波助澜，《曲洧旧闻》卷一载：“祥符中，天书降，有旨云：‘可示晁迥。’迥云：‘臣读世间书，识字有数，岂能识天上书！’定陵屡欲用为宰执，用事者忌之而止。迥即文元公也。”[2]说明他有守道的一面，但晁迥深知御用文臣的职责，积极参与真宗朝的各种文化甚至迷信活动，也给他带来诸多的荣恩与升迁，如咸平四年献《咸平新书》《理枢》，继而官至右司谏、知制诰，判尚书刑部；大中祥符元年，详定东封仪注，随帝东封泰山，进所拟《东封赦书》，又作《祭澶州河渎庙碑文》；天禧二年撰册皇太子礼乐《明安》三曲，被任为册立皇太子礼仪使，进翰林学士承旨等等。

再如对佛老的态度也可见其个性的复杂性与阶段性。致仕后的晁迥，主要就是博览内书、著述悟道。我们不能认为晁迥是致仕后突然倾心于佛道，《石林燕语》卷一〇也说：“初学道于刘海蟾，得炼气服形之法；后学释氏，常以二教相参，终身力行之。既老，居昭德坊里第。”[3]“初学”之时肯定不是年逾七旬的致仕之时，也与“终身力行”与“既老”不合。晁迥很早就二教相参，只是有碍自己的身份，不便在政治生活中表露而已，再加上晁迥政治上的儒家事功与

---

① [宋] 李焘《续资治通鉴长编》卷一一五，第 2699 页。

② [宋] 朱弁著，孔凡礼点校《曲洧旧闻》卷一，中华书局 2002 年版，第 88 页。

③ [宋] 叶梦得《石林燕语》卷一〇，中华书局 1984 年版，第 153 页。

情趣上的醉心佛老互不冲突，没有多少心灵纠结，因而表现不显。

致仕前的诗文绝少有公开称颂二教的。致仕后，对白居易的思想人格及其佛道学术表现出极大的兴趣，除了笔耕不辍外，还手不释书，博观内书，所著书籍几乎都与佛道相关。同时，对白居易的追慕由诗文层次提高到思想意识层面，其悟道禅偈似的诗文创作更多的不是表达情性，而是阐释自己对佛家禅理、老庄思想及其白居易委运任化、知足自适人生态度的理解与追慕。其晚年所作《法藏碎金录》《道院集要》充斥着大量的佛学成分，能从中看出晁迥晚年的思想变化。

这种把为官政治生活与平居情趣爱好分离开来的角色意识，自中唐白居易始变得愈加清晰。这也是文人自我意识与自我价值不断觉醒的表现，自我的情趣爱好甚至信仰被很好地圈定在个体范围之内，政治立场是一回事，个人情感又是一回事，甚至截然对立都能和谐统一于个体之中，稍后的范仲淹、欧阳修、苏轼等更是典型。

二、晁迥思想

当代对晁迥的思想研究，存在两种不同的观点，其一是认为晁迥思想的主导是儒家思想，只是以佛道为参，发明儒家学说，持这种观点的学者众多，而且尽是学术名流，如宋史研究名家邓广铭先生，他在《王安石在北宋儒家学派中的地位》一文中说："晁迥确实是熔冶了儒释道三家学说于一炉的一个人；而他却始终是以一个儒家学者的面目出现的。但更须注意的是，晁迥的这种学术取向，不但为晁氏一族的学者所世代承袭，综观北宋一代的学术界，这种学术取向也是颇有其代表性的。"①

---

① 邓广铭《邓广铭治史丛稿》，北京大学出版社 2010 年版，第 140 页。

漆侠先生也说："这两部书(《法藏碎金录》《道院集要》),主要的是晁迥通过对儒佛道三家思想的比较、度量,指出佛道两家特别是佛家思想的长处是些什么,并在这一认识和理解的基础上,寻绎出吸取佛道思想的一个门径,使儒家思想更加丰赡、更加光彩,作者的立场并没脱离儒家思想的轨范,亦即没有离经叛道。……晁迥从儒家思想向佛家思想渗透,有助于宋学的形成,倒是顺理成章,提供了方便的。"①并高度评价晁迥在宋初汇通三教过程中的独特地位与作用,他说："如果说,释智圆是宋代佛教僧徒沟通佛儒思想的第一人,那就应当说,晁迥是宋代士大夫沟通儒佛思想的第一人。这种沟通,对后来宋学的形成,特别是对宋学中的一支——道学或理学的形成,起着重要的影响和作用。"②

与传统观点相左,年轻一代学者则认为晁迥的主导思想是佛教,是站在佛教立场上吸收汇通儒道,开宋代三教合流的先河。如郑州大学青年学者何新所,他在《文元心法——晁迥三教思想研究》中："认为晁迥的思想是以佛学为支点,以佛教义理来反观儒道两家学说,发掘儒道两家的心性论资源,从而在方法上和随后出现的新儒家相合。而不是以儒家为出发点来融合佛家学说的。"③

其实,晁迥思想比较复杂,可以粗略以致仕为分水岭分成前后两个时期,每个时期也都存在复杂性,但儒家思想主体地位不容置疑,现细论之：

(一) 致仕前：儒家主导,佛老停留在个人兴趣范围内

晁迥思想具有明显的阶段性,致仕之前内心虽喜佛老但只停留在个人兴趣范围内,其主导思想是儒家,这是毋庸置疑的,一则

---

① 漆侠《晁迥与宋学——儒佛思想的渗透与宋学的形成》,载《河北大学学报》1996年第3期。

② 漆侠《宋学的发展和演变》,河北人民出版社2002年版,第167页。

③ 何新所《文元心法晁迥三教思想研究》,载《甘肃社会科学》2006年第3期。

前期诗文对佛道几乎只字未提，二则太宗朝虽为官多有曲折，但未有心灰意冷之心，到了真宗朝，更是积极参与文化重建，年逾七旬还进任翰林学士承旨、工部尚书、集贤院学士，为真宗朝的文治沥尽心血，即使到了晚年也殚精竭虑地教育子孙、恩荫后世，为晁氏大族的发展兴盛奠定了基础，这种积极进取之心与佛老应该有显著的差异。

张剑先生说："晁迥好文守道，又有着清醒而严格的社会角色意识，是宋代中前期士大夫的一个典型。"①晁迥具有严格的社会角色意识，即自如的"根据政治制度的规定要求去理性调整个人的社会行为，以契合社会对自己期许的角色"。为官则以社会角色为主，致仕则以个体情感为主，把社会角色与个人情趣分开。这种"角色意识"几乎成为宋人普遍性的精神特征。因而，宋代文人其政治观点与个人情趣往往相左，四库馆臣说："盖嘉祐、治平以前，濂洛之说未盛，儒者沿唐代余风，大抵归心释教。以范仲淹之贤，而手制疏文，请道古开坛说法，其他可知。"②晁迥以致仕为界，一生思想也表现为两种境界。

（二）致仕后：儒佛为主，三教兼修并重

致仕后，晁迥创作了大量充满佛学内容的著作，已见上文。对儒、释、道三教教义都有着深刻的研究与理解，"晁迥确实是熔冶了儒、释、道三家学说于一炉的一个人"，此言甚是不虚，而且是汇通三教的先驱之一。晁迥以其博大的心胸与汇通思想，启迪后世学人，在他之后，僧人有释智圆、释契嵩，文臣有范仲淹、欧阳修，特别是后世儒者主动汇通佛老，以致形成三教融通合一的新儒学——宋代理学。

首先，晁迥屡次强调三教各有利弊，不能互相替代，他说："予

---

① 张剑《晁迥及其文化意义》，载《华南师范大学学报》2005 年第 5 期，第 97 页。

② ［清］永瑢《四库全书总目》卷一四五，中华书局 1965 年版，第 1237 页。

自谓曰：尔能总持三事可以足用。读儒书，若能乐天知命，不以世故贻忧；读佛书，若能识心达本，不以外缘致挠；读道书，若能遗物离人，不以众人同趣。既明且守，夫复何求。”①对三教的重要性都给予高度的重视。

其次，栖心佛老，重视佛学。晁迥很早就接触佛老，门人李淑有《澶渊晁公别录五事》之二说：“公冠岁遇高士刘惟一，访以生灭之事。刘曰：‘人常不死。’公骇之。刘曰：‘形死性不灭。’公始悟其说。自兹留意禅观，老而愈笃。”②晁迥年方二十即悟其说，愈老愈笃。前已引叶梦得《石林燕语》卷一〇也说：“初学道于刘海蟾，得炼气服形之法。后学释氏，常以二教相参，终身力行之。”③《渑水燕谈录》卷二记载道：“晁文元公迥，少闻方士之术，凡人耳有灵响，目有神光。其后听于静中，若铃声远闻。耆年之后，愈觉清澈。公名之曰三妙音：一曰幽泉漱玉，二曰清声摇空，三曰秋蝉曳绪。尝闻其裔孙端礼云。”④三妙音乃道家修炼出阳神之景。

致仕后晁迥对佛老给予很高的评价，他说：“儒家立一切法，以为规检，目曰名教，此于佛家门中有如相宗。道家破一切法，贵乎混一，复归虚无，此于佛门中有如空宗。若乃立一切法不碍真空，破一切法不妨妙有，并包广大，唯佛法之性宗焉。”⑤把儒家喻佛教之相宗，道家为佛门空宗，佛学则是性宗，这三者的关系，他又用“及门”“升堂”“入室”来比喻，可见其对佛学的推崇胜过儒道。

再次，晁迥尝试以禅解庄，沟通释老，他说：“道释宗旨，但其华竺之言有异也，考其大略，意同耳。且如庄子有云‘大觉’者，予谓

---

① [宋] 晁迥《法藏碎金录》卷一，文渊阁《四库全书》本，第1052册，第444页。
② [宋] 晁迥《道院集要》卷三，文渊阁《四库全书》本，第1052册，第637页。
③ [宋] 叶梦得《石林燕语》卷一〇，中华书局1984年版，第153页。
④ [宋] 王辟之《渑水燕谈录》，卷二，中华书局1981年版，第12页。
⑤ [宋] 晁迥《法藏碎金录》卷四，文渊阁《四库全书》本，第1052册，第484页。

释氏‘菩提’之义也；又有云‘至乐’者，即释氏‘涅槃’之义也。”[①]把道家与佛门核心概念相互比附，同时晁迥又试图以庄释佛，如他说：“《金刚三昧经》云：‘无住菩萨闻佛所说，一味真实，不可思议，专念谛听，入清白处，身心不动。’予因援老庄之言，配解清白二字。所谓清者，得非老子云‘孰能浊以静之徐清’乎？所谓白者，得非庄子云‘瞻彼阕者，虚室生白’乎？但能到此徐清虚白之地，亦可谓之入清白处矣。”[②]晁迥甚至用儒家“不动心”“不惑”与道家“心斋”来比附佛教的由戒生定、由定生慧的修行方法，他在《法藏碎金录》卷一〇中说：“庄子所云‘心斋’者，性之自然戒也。孟子所云‘我四十不动心’者，性之自然定也。孔子所云‘吾四十而不惑’者，性之自然慧也。内典统而名之曰‘三无漏学’。夫识敏智圆之士，方能和会，不滞于一隅尔。”[③]

复次，晁迥用带有形而上的儒家之“性”、老庄之“道”与释家之“心”相沟通，以融通三教，他说：“儒家之言率性，道家之言养神，禅家之言修心，共理一也，何烦争论。”[④]

这种带有思辨色彩的道、理、真之类，对稍后的儒学之士用释道丰富儒学思辨内质具有方法论意义。虽然晁迥晚年佞佛尚道，但并没有动摇儒学主导的地位。他对儒、释、道三教有自己的认识，他说：“予以观书得意，聊举三家之所宗。孔氏之书云：‘有杀身以成仁，无求生以害仁。’此以名为宗，不顾其身者也。老氏之书云：‘名与身孰亲？’此以身为宗，不顾其名者也。释氏之书云：‘妙性圆明，离诸名相。’此以性为宗，不顾其名与身者也。源流实繁，难以广记而备言之尔。”[⑤]尤其是面对士人对其嗜佛的指责，还千

---

① [宋] 晁迥《法藏碎金录》卷五，文渊阁《四库全书》本，第1052册，第498页。
② [宋] 晁迥《法藏碎金录》卷四，文渊阁《四库全书》本，第1052册，第480页。
③ [宋] 晁迥《法藏碎金录》卷一〇，文渊阁《四库全书》本，第1052册，第594页。
④ [宋] 晁迥《法藏碎金录》卷八，文渊阁《四库全书》本，第1052册，第552页。
⑤ [宋] 晁迥《法藏碎金录》卷八，文渊阁《四库全书》本，第1052册，第555页。

方百计的进行辩解，其理由就是上乘内典与儒家旨趣一致都归于善，学佛不违背儒家最终旨意，他说："先师孔子晚而好《易》，读之韦编三绝。夫《易》者，穷理尽性之书也。予亦晚而好读上乘内典，因而发为演劝，笔不停辍。良由见其旨趣，极陈理性之法，曲尽其妙。虽设教不同，而会归于善。是则区区力学，不背先师之道明矣。教识洞鉴，当以为然。"①

要是主导思想即为佛老，又何必辩解。晁迥与前人相比，则从更高的哲理思辨角度，用人们易于接受的传统儒道语言、范畴来汇通释家，但虽是晚年致仕，但仍然有官职领全俸，不可能不顾及自己的身份像僧人那样以释家思想为主导。再者，著书立说从来就是儒家"三不朽"之一，晚年的晁迥还善教子孙，是晁氏大族的精神领袖。若用晁迥近十年的崇佛经历就断定其一生八十余载的思想主导是佛学，则有以偏概全之嫌。我们不能说晁迥的思想到年近垂暮之年才成熟，更何况其晚年的佞佛崇道是站在儒家思想上的三教融会贯通，这也与宋初恢复儒教之后，儒学对佛道的优势与自信是一致的。

三、晁迥对白居易的态度

晁迥对白居易推崇备至，尤其是到中晚年时期，打开现存的《昭德新编》《法藏碎金录》，崇仰之情俯拾皆是，如：

> 愚夙慕白乐天之为人，虽才识不逮乎乐天，而志愿阃域其殆庶几乎？乐天有《新制布绵裘诗》其末句云："安得万里裘？盖覆周四垠。稳暖皆如我，天下无寒人。"愚有《击壤辞》其末

① ［宋］晁迥《法藏碎金录》卷三，文渊阁《四库全书》本，第1052册，第470页。

句云："安得大金棍，制彼日月轮。免同流水车，今人续古人。"①

——《昭德新编》卷上

予常爱白乐天，词旨旷达，沃人胸中，有诗句云："我无奈命何，委顺以待终。命无奈我何，方寸如虚空。"夫如是，则造化阴骘不足为休戚，而况时情物态，安能刺鲠其心乎？②

——《法藏碎金录》卷一

白氏诗云："羲和走驭趁年光，不许人间日月长。遂使四时都似电，争教两鬓不成霜。荣销枯去无非命，壮尽衰来亦是常。已共身心要约定，穷通生死不惊忙。"予拟之而作诗云："羲和走驭趁年华，不许人间岁月赊。春正艳阳春即老，日方停午日还斜。时情莫测深如海，世事难齐乱似麻。已共身心要约定，古今如此勿惊嗟。"③

——《法藏碎金录》卷五

如此等等，晁迥还曾筑虚白堂，逍遥期间，神似白居易晚年退居洛阳时的闲适逍遥。其晚年仰慕白居易既有对其思想及人生态度上的认同，也有对其充满悟道色彩诗歌的推崇，现将晁迥对白居易的态度略分三类进行阐述。

（一）对白居易思想的接受

白居易思想十分复杂，也具有明显的阶段性，江州之贬前，儒家事功占绝对主导。作诗则以"为君、为臣、为民、为物、为事而作，不为文而作也"的讽谕诗为主，为官地方则造福一方，就任谏官则不顾官场大忌，越职上奏，结果被贬江州，从此判如两人。此后的

① ［宋］晁迥《昭德新编》卷上，文渊阁《四库全书》本，第849册，第258页。

② ［宋］晁迥《法藏碎金录》卷二，文渊阁《四库全书》本，第1052册，第431页。

③ ［宋］晁迥《法藏碎金录》卷五，文渊阁《四库全书》本，第1052册，第508页。

三十年里，儒、释、道三教兼修，游刃于官场与独处之间，使自己的官场生活与个人雅趣爱好分离开来，心中了无瓜葛，自得自适后半生。晚年白居易尤为崇尚佛教，曾说自己是："大抵宗庄叟，私心事竺乾。浮荣水划字，真谛火生莲。梵部经十二，玄书字五千。是非都付梦，语默不妨禅。"①

晁迥对白居易思想的接受以佛教及三教合一的思想为主。前人对白居易的佛教思想阐述极多，毋庸再多言。晁迥晚年也是悟道坐禅，这虽然有时代及晁迥自身爱好的成分，但这种心灵上的契合是晁迥推崇白居易的重要前提。

关于晁迥佞佛前文已有阐述，可以说晚年所著《道院集要》几乎是清一色的谈佛论禅，而且不时引用白居易言论，确实有白居易的影子，如：

> 般若第五百十六内云：心住为如禅宗，《永嘉集》中说："心法云：'前不接灭，后不引起。前后断续，（断其相续）中间自孤。当体不顾，应时消灭。知体既已灭，豁然如托空。寂尔少时间，唯觉无所得。'予成十字云：'寂尔少时间，无思心正住。即此心住之，时便是真如。'"（乐天诗："前后际断处，一念不生时。"）②
>
> ——卷一《心住为如》
>
> 人生一世中，其梦无数。无数之梦，一一称我。一一之我，岂非空乎？历劫之中，其身无数。无数之身，一一称我。又非空乎？梦既是空，身亦如梦。何以迷着，念念争空。一生梦想，自信同是。一我自然，历劫性相。同是一我，此乃不空。之空无我，之我故心。经以照见，五蕴皆空。为染智入道之

① ［唐］白居易著，朱金城校《白居易集笺校》卷一九，第1270页。

② ［宋］晁迥《道院集要》卷一，文渊阁《四库全书》本，第1052册，第613页。

要。”(乐天诗云：“未悟病时须去病，已知空后莫依空。”)①

——卷一《梦身同空》

在三教兼修上，白居易用儒家六义比附佛教十二部，四科比附六度，孔门十哲比附如来十大弟子，甚至说：“夫儒门释教，虽命数则有异同；约义立宗；彼此亦无差别。所谓同出而异名，殊途而同归者也。”②对晁迥汇通三教都有直接的启发，只是比白居易阐述的更加严密而已，上文已有阐释。

（二）对白居易人生态度的推崇

白居易的无碍于官场与独处，为官如居隐，既不清苦难耐又能保持自己的相对独立的吏隐思想与乐天知命、委顺任化、知足闲适的人生态度，对后世文人具有极大的吸引力，晁迥对此也由衷地推崇，据张剑先生统计，仅《法藏碎金录》中，公开赞美、引用和模仿白诗的地方达 40 余处。③

对白居易知足常乐、随运任化等人生态度极为赞同，此类例子甚多，如：

心如常满杯，所以明知足。心似不燃火，所以明无欲。二法可行持，书绅聊自勖。④

——《书绅二法辞》

纷然往事来，浮云经大空。喧然是非声，惊飙触灌丛。古今无奈何，委顺于其中。⑤

——《知常委顺辞》

① ［宋］晁迥《道院集要》卷一，文渊阁《四库全书》本，第 1052 册，第 614 页。

② ［唐］白居易著，朱金城笺校《白居易集笺校》卷六八，第 3676 页。

③ 张剑《晁迥及其文化意义》，载《华南师范大学学报》2005 年第 5 期，第 100 页。

④《全宋诗》，第一册，第 606 页。

⑤《全宋诗》，第一册，第 607 页。

人多乐于新相知，又多悲于生别离。唯能与道相知久，如鱼乐水无暌时。乐道至乐非常乐，宜真造适潜熙怡。逌然在心不在境，安能更与白云期。①

——《与道相知最乐篇》

心息相依，息调心静。静调久久，可成胜定。神气相合，气和神清。清和久久，可致长生。②

——《禅道同功修养诀》

晁迥甚至以白居易为榜样，偶有超越之处则高兴无比，曾作《醒默居士歌》一诗，说道："白氏先生耽醉吟，衔杯洒翰恣欢心。樽空才尽若为计，释闷遣怀功未深。愚称居士名醒默，清思忘言求妙德。习此功成道更高，不到诗魔兼酒惑。"③在《法藏碎金录》卷一〇中也有类似的言论："古人有诗句云：'醉遇春秋社，闲因雨雪天。'唐贤白乐天闲醉俱多，故自称闲乐公，又称醉吟先生。吾自引年退居，闲乐有之矣。虽爱诗酒之美，不至耽于醉吟，而思福庆之缘，窃比尤胜。"④

晁迥认为自己的清思忘言之乐是超越白居易的衔杯耽醉之乐的，提升到更高的"道"的境界。这虽然有误解白居易的成分，但也确实指出白居易闲乐的世俗性与物质性，晁迥及其稍后士人们在诗中提升白居易闲适旷达、自足常乐的人生态度，使之具有更高的精神追求。如他说：

白乐天酷好游观，形于吟咏，有诗句云："留春不住登城

① 《全宋诗》，第一册，第608页。
② 《全宋诗》，第一册，第610页。
③ 《全宋诗》，第一册，第609页。
④ [宋]晁迥《法藏碎金录》卷一〇，文渊阁《四库全书》本，第1052册，第599页。

望，惜夜相将秉烛游。"又有诗句云："眼看筋力减，游得且须游。"如此之类，不可具举。予谓乐天所好者，常游耳；予所好者，游可游，非常游。予好列子之游。列子曰："人之游也，观其所见；我之游也，观其所变。"谓凡人唯睹荣瘁殊观，以为休戚，未觉与化俱往，势不暂停。予又好壶丘子之游。壶丘子曰："务外游不如务内观，外游者求备于物，内观者取足于身。取足于身，游之至也；求备于物，游之不至也。"予详其意，谓人身取象二仪，无有不备，大约贵乎反躬观理，心游于大道足矣，故予好之。予于游观，又好庄子云："假道于仁，托宿于义，以游逍遥之墟。"又好老子云："常无欲以观其妙。"予以立意为宗，触类而长，唯变所适，下笔不休也。①

——《法藏碎金录》卷一

白乐天有诗云："惭将理自夺，不是忘情人。"窃思"理""夺"二字，正是予切用之法。夫御世之道，求理而已，出世之道，理可废乎？以理夺情，率由智胜，以理复性，率由力胜。若能智力兼备，理性相符，真学指归，曲尽善矣②

——《法藏碎金录》卷三

（三）对白居易诗歌的态度

其一，对白居易闲适、讽谕诗的态度。

晁迥是宋初风格独特的白体诗人之一，早年受自己人生经历及白体诗友的影响，诗歌创作兼具闲适与讽谕两种功能。虽然其前期诗作没能保存下来，但仍能见到他对白居易的闲适、讽谕之作的喜爱之情，如他说：

---

① ［宋］晁迥《法藏碎金录》卷一，文渊阁《四库全书》本，第1052册，第445页。
② ［宋］晁迥《法藏碎金录》卷三，文渊阁《四库全书》本，第1052册，第471页。

白氏诗中颇有遣怀之作，故近道之人率多爱之。予友李公维录出其诗，名曰《养恬集》。予亦如之，名曰《助道词语》。盖于经教法门，用此弥缝其阙，而直截晓悟于人也。予记其有诗云："此身是外物，何足苦忧爱。"又有句云："已共身心要约定，穷通生死不惊忙。"夫如是，则身外悠悠，不合意事何用介怀?①

晁迥对白居易的遣怀之作甚是喜爱，也曾学好友李维摘录其诗，称之为《助道词语》。所举之诗尽是直截晓悟的感悟之作，属于白居易闲适诗的范畴。

晁迥中前期的白体诗歌创作中也应有不少此类的诗作，只是散佚严重，所见不丰而已。现略举几首如下：

求位不由己，求道不由天。位即无以求，道可使进焉。且务由己者，己能尽心源。勿问由天者，天高擅化权。②

——《拟白乐天诗》(其一)

顺逆不由己，喜怒不由他。他即无奈何，己可存太和。且务由己者，克己谅非多。勿责由他者，他心是我魔。③

——《拟白乐天诗》(其二)

羲和走驭趁年华，不使人间岁月赊。春正艳阳春即老，日方停午日还斜。时情莫测深如海，世事难齐乱似麻。已共身心要约定，古今如此勿惊嗟。④

——《拟白乐天遣怀》

角胜劳生不足云，滥传僧语亦非真。始知解爱禅中乐，万

---

① [宋] 晁迥《法藏碎金录》卷四，文渊阁《四库全书》本，第 1052 册，第 503 页。
② 《全宋诗》，第一册，第 611 页。
③ 《全宋诗》，第一册，第 611 页。
④ 《全宋诗》，第一册，第 612 页。

万人中无一人。[①]

——《拟白乐天期李二十文略王十八质夫不至独宿仙游寺》

孟子四十心不动，定光四十心离尘。我到明年加一倍，如何此际尚因循。已喜自逃名宦网，犹患长随造化钧。记得前贤有诗句，祖师元是世间人。[②]

——《拟白乐天题赠定光上人》

《全宋诗》辑录晁迥诗作共计56首，诗题中明确标注"拟白乐天"的就达有12篇，可见白居易诗作对晁迥的巨大影响。

其二，对白居易悟道诗的态度。

晁迥对白居易悟道诗具有明显的偏好，尤其是晚年居开封昭德坊，参禅悟道，对白居易的悟道诗爱不释手，评价甚高，而且化用其诗甚多，如：

予常爱白乐天，词旨旷达，沃人胸中。有诗句云："我无奈命何，委顺以待终。命无奈我何，方寸如虚空。"夫如是，则造化阴骘不足为休戚，而况时情物态，安能刺鲠其心乎？[③]

白乐天有诗云："心不择时适，足不拣地安。穷通与远近，一贯无两端。"予爱其语，因而拟之，别为四句，以述己意，云："心不择时息，书不择时观。达理意无碍，豁如大地宽。"[④]

白乐天有诗云："已共身心要约定，穷通死生不惊忙。"予因拟之，别为二句曰："已共身心要约定，险艰情伪不伤嗟。"白公所云，知天均不定之大常也；予之所云，知世缘本妄之大

① 《全宋诗》，第一册，第612页。

② 《全宋诗》，第一册，第612页。

③ ［宋］晁迥《法藏碎金录》卷一，文渊阁《四库全书》本，第1052册，第431页。

④ ［宋］晁迥《法藏碎金录》卷六，文渊阁《四库全书》本，第1052册，第523页。

常也。①

予观白氏诗，凡有惬心之理者，每好依据而沿革之，往往得新意以自规耳。②

总之，晁迥与白居易在思想上有很多相通之处，在人生态度上对白居易极其欣赏与追慕，这些也促使他对白居易诗歌由衷的称赏，也使其诗作具有明显的白体特征，并成为宋初风格独特的白体诗人之一。

第二节　晁迥交友与其白体诗歌的创作

晁迥的诗歌与其人生经历一致，具有较为明显的阶段性，而且又与不同阶段的交友有密切的联系，晁迥晚年也认识到自己诗歌的变化，他说："昔予方壮，乐游文苑之洪丽；今老矣，唯于微言妙道回向深切。"③当然，"方壮"之年，除了洪丽之外，也应包括太宗朝为官曲折时的淳朴与清丽。太宗朝亲近王禹偁，使其诗歌成为宋初白体诗人的代表；真宗朝，与昆体领袖杨亿意气相投，又让其诗染上昆体特征，其诗作的阶段性与交友有密切的关系。

一、青年时期——诗学王禹偁

晁迥青年时期诗歌创作学习白居易的讽谕诗与闲适诗，这与太宗朝白体诗风大行于世有关，更与和白体集大成者王禹偁相善有关。二人为官地方近二十载，互相诗歌赠答甚多，晁迥诗作内容

① ［宋］晁迥《法藏碎金录》卷七，文渊阁《四库全书》本，第1052册，第542页。
② ［宋］晁迥《法藏碎金录》卷三，文渊阁《四库全书》本，第1052册，第508页。
③ ［宋］晁迥《法藏碎金录》卷六，文渊阁《四库全书》本，第1052册，第525页。

与风格颇受王禹偁诗风的影响。

晁迥与王禹偁相识甚早，王禹偁在《答晁礼丞书》中说："某始识足下时，年未冠，身未婚。逮今四十有四，娶妻生子，长子复纳妇矣。"[①]晁迥早年诗作散佚殆尽，王禹偁的诗作也是从太平兴国五年(980)开始编年的，这一段交往诗作空缺，其"少从学于王禹偁"的具体情境只能淹没于历史之中了。双方为官期间，赠诗不断，虽晁迥的诗文不存，可从其友人的赠寄酬和诗文中窥其诗作内容及风格之一斑。如晁迥鄂州失职后，被降职任婺州监税，王禹偁作《送晁监丞赴婺州关市之役》以赠之：

> 关征市赋縻贤俊，谁爱此官为吏隐。将作晁丞于役时，婺女星临海边郡。黄绢辞高位尚卑，白华行洁身犹困。会待时来即并伸，也知道在终无闷。君不见路随含笑坐市中，屈身岂愧丹阳尹。又不见张生狂醉恋扬州，冬瓜堰下甘肥遁。此行况是奉皇华，收丈轻舠载一家。携瓶下岸买竹叶，挂席背风穿蓼花。霜晴震泽初尝橘，泉过惠山应试茶。虎溪晓云灵隐雪，钱塘夜潮照湖月。密排诗景在途中，旋吟新句教儿童。渐近金华见隼旟，五马来迎使者车。应知骥足暂拘绊，八咏楼开频启宴。醉中官妓乞歌诗，剡溪纸贵抄新词。他年谁献子虚赋，召入金门五云路。因思元白在江东，不似晁丞今独步。[②]

其诗情感屡有转折，先是对晁迥的仕途命运颇表不满，关征市赋真是如缰绳一样拴住贤俊啊！如此白华行洁却遭受困顿。继而转向安慰，道在无闷，终有时来之日，暂且吏隐于此。后半部分则情感明朗起来，充满温情的想象之词，举家同舟，沿途可以携酒赏

① 《全宋文》，第七册，卷一五〇，第398页。
② 《全宋诗》，第二册，第780页。

花，尝橘茗茶，写诗教儿充满情趣。到任之时肯定是五马来迎，设宴洗尘，一派热闹。结尾则以司马相如与元、白来赞赏其文才，并以待诏金门来安慰晁迥回京赴职已是不远之事。此诗后半部分所用的携酒赏花、尝橘茗茶、设宴赋诗、官妓乞歌、新词纸贵极具文人情趣，也是白居易闲适诗作的重要题材，想必晁迥沿途“密排诗景”所作的“旋吟新句”应该也是这一类诗作吧。当然，除同情之外，还有饱含对老友劝勉之情的诗文往来，如他在《答晁礼丞书》中说：

> 某始识足下时，年未冠，身未婚。逮今四十有四，娶妻生子，长子复纳妇矣。足下策名十八载，官未出奉常丞，青衫白发，司关市之税。某擢第后足下二年，为尚书起曹郎，典大邦，被金紫，其间又再为制诰舍人，一为翰林学士。以某之所得，较足下之所屈，用时态观之，某不为不多，然道不行则一也。……今得足下书暨《东阳》《西楚》文赋二编，览之无斁，乃知足下屈于官而大伸于道者也，某屈于道而微得于官者也。江都、彭门，亭里连亵，长淮芳草，与春色俱绿。把袂未期，秉笔无赖，强食自爱，以俟大来。不宣。某再拜。①

王禹偁对晁迥策名十八年，官场连蹇，深表叹息。然而自己官场虽有所得，然道不能行，但不亚于足下之所屈。相比之下，晁迥则有《东阳》《西楚》二赋行于世，是屈于官而伸于道啊！自己则是屈于道而微得于官而已，劝勉之意充溢于整封书信之中。

仕途的不顺，寄情于诗歌创作也是极有可能的。设想年近五旬的晁迥还在地方上做监税，而同科进士的李沆、寇准、王旦、向敏中等都官场顺利，寇准于淳化二年(991)入宰辅，为枢密副使，李沆稍后也拜给事中，出知参知政事，就连比他晚三年登进士第的王禹

---

① 《全宋文》，第七册，卷一五〇，第398页。

偁也“为尚书起曹郎，典大邦，被金紫，其间又再为制诰舍人，一为翰林学士”。其心境如何呢？应该与太平宰相或名宦闲臣的富贵自足、自得闲适有异吧！从王禹偁的《酬太常晁丞见寄》中也可反观晁迥的心态，其诗为：“当年布素定交情，恨不同为出谷莺。犹作三丞君最屈，偏寻两制我知荣。湮沉莫厌青衫在，彼此俱嗟白发生。重入玉堂非所望，汶阳田好欲归耕。”①

由自注“晁诗祝予再入翰苑”，可知此诗作于淳化五年四月之后，上文已详。王禹偁此年四月三入翰苑，晁迥则婺州监税任满，改任徐州监税，继续辗转于下层官僚。由此诗可逆推晁迥寄作的心情。首联述友情，白衣既成定交，只是遗憾自己未曾与他同年及第。晁迥原诗应该也是在回忆两人的友谊。第二联诗人用“最屈”，深表对老友仕途不顺的同情，而自己却入馆两制，那么晁迥原作想必应是在慨叹自己的命运多舛，对王禹偁再度入翰苑致以祝贺与羡慕。颈联王禹偁是在安慰老友莫厌青衫，都在嗟叹世道人生，诗歌情感十分凝重。尾联王禹偁说不敢奢望官场能有多大的奇迹，倒希望老来能与好友归耕田园。晁迥的原作应是祝愿王禹偁能更进一步，实现更大的人生抱负。总之，晁迥的原作充满感慨甚至愤激之情，很难有悠闲自适、自足无闷的心态。

同时，长时期的沉沦下僚，心情自然有愤激之处，加上又有机会了解下层社会的真实状况，其诗歌理应触及社会的下层，与漂浮其上的馆阁文士的闲适之作有异。王禹偁在贬谪商州、出知滁州等地都有不少反映现实的讽谕之作，好友晁迥也肯定受其影响，从好友张咏的赠诗《寄晁同年》中，可略见一点痕迹，其诗为：

昔同白日升穹碧，还同水国司民籍。三年不见频寄书，两月相过忘行役。桃花江上雪霏霏，黄鹤楼中风力微。幽胜逼

---

①《全宋诗》，第二册，第763页。

人魂欲飞，此时不醉无与归。人间美事应有主，别马蹄沾边塞土。南楼一望心凄迷，昨夜疏檐滴寒雨。休夸笔力驱真风，勿忆云山千万里。但偶四风一行雁，杀青相问莫辞慵。①

张咏在诗中先写俩人同科进士，又同为官南国，三年之中，鸿书不断。继而，用大量笔墨写自己的心境。诗中“休夸笔力驱真风”一句应是对对方说的，笔力指诗歌用词的追求，“真风”应是诗歌的一种风格，即真淳、淳朴、不注重雕饰之义。晁迥向张咏“夸”自己诗歌笔力直追淳朴之风，“勿忆云山千万里”则是张咏之忆，忆的对象应是晁迥，“云山”应指远离尘世之地，如隐士、佛僧的居所等。江淹有“臣不能遵烟洲而谢岐伯，迎云山而揖许由”②，元稹也有“劝尔诸僧好护持，不须垂钓引青丝。云山莫厌看经坐，便是浮生得道时”③之句。张咏用“云山”指晁迥的居所，从一个侧面反映出晁迥对官场的态度，前期诗作应有表现。

晁迥也自述壮年喜作“张皇奋发”之词，他说：“追思壮年筮仕之初，秉笔作气，好为张皇奋发之词，比彼击水抟风之翰飞，刷燕秣楚之疾驰。”④可惜这类作品难以睹其风采，但可以想象其“奋发”之作应与现实有关。晁迥还有直接表达对白居易讽谕之作的推崇，也为自己有这方面的诗作而自豪，他说：“愚夙慕白乐天之为人，虽才识不逮乎乐天，而志愿阃域其殆庶几乎”⑤这是何等的自负。

当然，晁迥早年也有闲适之作，只是晁迥的闲适没有多少富贵气息，而是从清新的语言中体验出作者的自适其乐与典雅情趣，即

① 《全宋诗》，第一册，第526页。

② ［南朝］江淹《江文通集》卷二，《为萧太傅谢侍中敦劝表》，印影文渊阁《四库全书》本。

③ ［清］彭定求编《全唐诗》卷四二三，第4651页。

④ ［宋］晁迥《法藏碎金录》卷一〇，文渊阁《四库全书》本，第1052册，第607页。

⑤ ［宋］晁迥《昭德新编》卷上，文渊阁《四库全书》本，第849册，第258页。

使是志曲未申之时也是如此。如晁迥婺州监税任满，曾应好友王士龙之邀游虎丘，并作组诗八章以写景纪游，现存《游虎丘诗序》存世，其序为：

余罢掌赋东阳，归次苏台。时故人王士龙饮饯乎阊门，且曰：虎丘山寺，吴中胜概。不越数里，可能游乎？余沛然惬心，请与偕往。由枝派乘水舆，长啸清风，目穷幽趣。棹工丛力，叶舟如飞。拂白英以半开，萦红树以傍出。造诣幽境，敻无纤尘。相与披烟萝，凌磴道，杳疑天外，作为佛宫，俯临剑池，呀若断岸，磊砢嶕崒，不能形容。肆凝览以更周，惜颓景之西匿。一觞一咏，梠兴而还。遂裁八章，以表嘉会。时淳化四载，自序。①

此诗序语言精致玲珑、清丽淡雅，毫无雕琢之感，极具诗情画意，交代了自己游览虎丘缘由与经过和同游者以及所见之景与心中之情。虎丘之游，所作诗章八首，今仅存一首，其诗为："饯别阊门复少留，故人邀我浣离愁。旋沽美酝乘渔艇，急棹斜阳到虎丘。千古剑池呀怪石，一方金地枕清流。归时眷恋情无限，不得从容秉烛游。"②

其诗首联写接受故人之邀，少留阊门。颔联先写前往虎丘的准备，沽数坛美酒，驾一叶轻舟，充满雅兴。继而用一"旋"一"急"尽显作者的急切心情。颈联对仗工整，平易中见警策，突出剑池之险、苏州城之盛。尾联写归时的心情，来去匆匆，不得从容细赏，留恋甚至遗憾之情流露笔尖，虽化用前人语典，但毫无生涩之感。总之，全诗语言平易，音韵和谐流畅，用近似叙事的方法，线索清晰地把整个游览过程娓娓道来，具有白体诗歌的特征。

① 《全宋诗》，第一册，第 614 页。
② 《全宋诗》，第一册，第 614 页。

再如《诗一首》："宜城征美酝，汉水得佳鲂。登岘思前哲，游池醉夕阳。"[1]宜城，宋时属京西南路襄州，今湖北宜城市。此诗应是青年时期途经此处所作，宜城有美酒鲜鲂可饱口福，有名胜遗迹可以登临玄思，一"醉"字尽显作者对此地的热爱与陶醉。全诗用语不涩，浅显易懂，具有白体诗作的典型特征。这类诗作还有少量存世，如：

貌愚愚谷邃，道醉醉乡春。愚醉无迷谬，伊予意又新。[2]

——《诗一首》

覆篑由心匠，多奇势逼真。盆池幽闲古，拳石翠峰新。云淡炉烟合，松滋树影邻。不须同谢传，对此已清神。[3]

——《假山》

虽然晁迥太宗朝诗文散佚殆尽，但从点滴诗友赠和诗作中，可知其早期诗作具有白体讽谕与闲适的双重成分，而这与王禹偁、张咏等白体诗人的密切交游有很深的关系。同时，晁迥对白居易推崇备至，加上宋初诗坛的时流因素，创作白体也是再自然不过的事。

二、仕途顺畅——诗风似昆体

咸平四年（1001），白体诗歌的盟主——王禹偁英年早逝，晁迥痛失一挚友，在诗歌创作上更是失去一个重要的同路人。此时，白体诗人也开始出现分化倾向，由白体而入西昆体者大有人在，前文已详。再加上，晁迥在真宗朝仕途风顺，长居翰林，久掌知制诰，由久居下僚的落魄文吏上升到"徊翔两制，逾二十年"的两朝宠臣，这

---

① 《全宋诗》，第一册，第 615 页。
② 《全宋诗》，第一册，第 613 页。
③ 《全宋诗》，第一册，第 614 页。

种人生处境的悬殊，必然会影响其创作心态。

同时，伴随地位的提升，也使他有机会与当时政坛、文坛名流钱惟演、杨亿、刘筠等人接触，与他们一起修书、唱和，诗作富贵之气渐盛，前期的讽谕愤激之词消失殆尽，诗风染上明显的西昆特征，并成为西昆酬唱的参与者之一。如《属疾》一诗即是参与杨亿等昆体诗人的唱和之作：

精骛成勤瘁，颐贞俟有瘳。吟生南越思，慈结北堂忧。粲枕甘为蝶，丰厨厌炙牛。玄元知寡欲，平子尚多愁。夕鸟侵阶啄，宵萤入树流。玉书能静览，桂矢倦闲投。忽赋行云什，堪听击壤讴。期君整朝佩，仙署在瀛洲。①

晁迥这首诗是和杨亿同名之作，而且是和韵之作，其难度之大，可想而知。杨亿原作为："积日劳无补，弥天疾未瘳。马卿非避事，盛宪自多忧。目眩花成果，心惊蚁斗牛。幽冰那浣热，洛笛更生愁。拂枕窗风度，穿帘隙日流。唾壶从此缺，博齿亦慵投。发箧寻桐箓，支颐动越讴。平生江海志，夕梦绕沧洲。"②

这两首诗在语言、技巧上都极为相似，都讲求用典的稠密，语言的属对精工，自然情感上也都比较空泛，是典型的昆体之作。晁迥之作的属和内容不繁，先是写杨公得疾的原因，对杨亿因疾而出现的"江海志"也表示安慰。但几乎句句用典，"精骛"语出陆机《文赋》："精骛八极，心游万仞。"③"颐贞"则用《周易·颐》："颐，贞吉。"④孔颖达疏："颐贞吉者，于颐养之世，养此贞正，

① 《全宋诗》，第一册，第 613 页。

② ［宋］杨亿编，王仲荦注《西昆酬唱集》卷下，中华书局 1980 年版，第 267 页。

③ 郭绍虞编《中国历代文论选》（一）上海古籍出版社 2001 年版，第 170 页。

④ ［魏］王弼注，［唐］孔颖达正义《周易正义》卷五，《十三经注疏》本，中华书局 1980 年版，第 40 页。

则得吉也。”“吟生南越思”一句则化用《史记·张仪列传》中的典故，其文为：“越人庄舄，仕楚执珪，有顷而病。”①“慈结北堂忧”，王中荦先生注解说：“《诗·卫风·伯兮》：‘焉得谖草，言树之背。’《毛传》：‘谖草让人忘忧，背，北堂也。’”②诗意既是说生病了让慈母结忧。几乎句句如此，不弄清典故出处，很难懂得其意，这就是典型的西昆风格了。

因而，李朝军先生认为：“他（晁迥）的诗风经历了由白体到西昆体的转变，呈现出明显的阶段性。”③西昆领袖杨亿在给晁迥的书信中也以“司谏学士瑰琦迈俗，纯粹积中，负王佐之伟才，擅人伦之嘉誉。至诚遇物，固璞玉以浑金；余力为文，必摛锦而布绣”④称誉其文采富丽。晁迥壮年的诗歌确实是有“宏丽”的成分，至于制文就更是如此，华丽宏赡，深得时人称赏。晁说之记载说：“杨文公称吾文元公深得代言之体，而谓《河宗新祠碑》自唐中叶之后未睹斯作者。”⑤可见，晁迥是个制诰表章的高手，这些骈体制文极重语言的富赡精工。

晁迥真宗朝诗风虽以昆体特征为主，但也有少许清新浅易、平淡自然的近白之作，释文莹在《玉壶野史》卷一中记载道：

> 枢密直学士刘综出镇并门，两制、馆阁皆以诗宠其行，因进呈。真宗深究诗雅，时方竞务西昆体，磔裂雕篆，亲以御笔选其平淡者，止得八联。晁迥云：“宿驾都门晓，微凉苑树秋。”⑥

---

① [汉] 司马迁《史记》卷七〇，中华书局1963年版，第2301页。
② [宋] 杨亿编，王仲荦注《西崑酬唱集》卷下，中华书局1980年版，第267页。
③ 李朝军《晁迥与宋初文学》，载《四川大学学报》（哲学社会科学版）2005年第3期。
④《全宋文》，第十四册，第328页。
⑤《全宋文》，第一三〇册，第74页。
⑥ [宋] 释文莹《玉壶清话》卷一，中华书局1984年版，第2页。

晁迥诗作也有平淡者，如其首唱的昆体之作《清风十韵》中，也存在诗风比较清丽平淡的，可以说有取白体与昆体两长的倾向，既不似白体浅近，又避免昆体的过度华艳，其诗为：

仙御来相慰，解颜良会稀。病蠲宜养素，趣远欲忘机。惩躁能无渐，延龄或可祈。影摇珠箔细，声泛钿筝微。委恨余班扇，流欢入楚衣。陶潜知梦稳，韩寿畏香飞。气爽苍龙阙，凉生白虎闱。健资鸡距笔，偷撼兽镮扉。松下琴心逸，江东鲙缕肥。宿怀真隐处，终约与同归。①

此诗用典也多，但相对上首诗要清新流畅一些。此诗应与杨亿染疾有关，先写君王探视安慰，展颜而笑，良宴甚是罕见。病除之后静心修养本性，旨趣高远想要忘记时事。虽句句都有出处，但也大致可通。尤其是结尾部分："松下琴心逸，江东鲙缕肥。宿怀真隐处，终约与同归。"不但语言平易，而且感情真挚，与昆体主导风格应有一定区别。可以说晁迥学昆体诗作也具有偶然性，参与西昆酬唱的次数甚少，对昆体诗人敬重的李商隐几乎没有评价，也没有多少理会西昆诗人的作诗方法。

此外，真宗朝君臣唱和频繁，晁迥也不能例外，如他就参与真宗设宴赐归种放的群臣唱和活动，对之王辟之在《渑水燕谈录》卷五记载道："景德中，种放赐号先生，暂还嵩山，真宗置酒资政殿饯放，侍臣当直者四人预。时所司不宿具，皆相顾不敢坐，上乃亲定位次：翰林学士晁迥西向，资政殿学士王钦若东向，知制诰朱巽西向，次迥，待制戚纶西向，次钦若，放北面对上，示特客礼，酒半。上赋七言一章赐放，侍臣皆赋，士大夫荣之。"②

---

① 《全宋诗》，第一册，第613页。

② 上海古籍出版社编《宋元笔记小说大观》，第1257页。

只可惜晁迥的唱和诗作尚未流转至今，难知其概貌。整个真宗朝时期，晁迥的诗作流传甚少，在数量不多的诗作中尚有《燕居》《送何水部蒙出牧袁州》等作，诗风清丽，具有白体的特征，诗为：

> 炼矿成金得宝珍，炼情成性合天真。相逢此理交谈者，千百人中无一人。①
>
> ——《燕居》
>
> 条教属惟良，乘秋始办装。朱轓重按部，白首尚为郎。督课民期富，从儒道益光。更资谈博物，千载楚萍乡。②
>
> ——《送何水部蒙出牧袁州》

真宗朝晁迥的诗作现存不多，《西昆酬唱集》收录仅 2 首，《宋诗纪事》收录 1 首，《晁氏客语》收录 1 首，极少量难以断代的片言只语。可以说，诗学昆体是这一时期的主导诗歌风格。这和他与忘年之交杨亿的交往有密切关系，也与整个诗坛的诗风转变一致。

但晁迥毕竟还是个正直之士，这也是与杨亿情投意合的因素之一，参与西昆酬唱的次数毕竟甚少，对西昆诗法也没有多少兴趣，诗学昆体具有明显的际遇性，加上青年时期白体的底子，诗风没有完全沉溺于辞藻典故之中，尚有清新流畅之处，有中和两种风格的倾向，也应是西昆体或白体的变调。

总之，晁迥的人生具有鲜明的阶段性，致仕前是其人生的前期，主要就是读书、求仕与为官时期。由于个人性格与人生际遇的差异，使他在太宗朝与真宗朝仕途命运迥异。晁迥的诗歌也与其人生遭际一致具有明显的阶段性，太宗朝诗风似白，是宋初白体的代表诗人，而真宗朝又诗风近昆，这种诗风的前后变异与其交友的

---

① 《全宋诗》，第一册，第 614 页。

② 《全宋诗》，第一册，第 614 页。

差异有重要联系。太宗朝时，王禹偁是他白体诗歌创作的领路人，真宗朝时，杨亿又是其诗学昆体的推手。由此可见，带有群体色彩的诗体，群体对个人诗歌创作具有巨大影响。

第三节　晁迥白体诗作及其历史地位与影响

天圣四年(1026)，年逾七旬的晁迥以太子太保的身份致仕，从而进入人生的最后阶段。晚年的晁迥，手不释卷，著述不断，现存晁迥作品几乎都是晚年退居开封所作，其诗歌学习白居易的悟道诗，加上自己的人生阅历，使其晚年白体诗作具有浓郁的佛道色彩与理性精神，这也使他在宋初白体诗人中具有独特的风格，其阐理悟道之作开启后世道学体诗作的先河。

一、晚年自适乐道与悟道诗歌

宋仁宗天圣四年，七十六高龄的晁迥终于获准以太子少保的身份致仕，回到旧居开封昭德坊，自此过上参佛论禅，手不释卷、笔不停辍的生活。其作品，后人晁说之说："高祖太师文元公，自国初为闻人，仕宧极礼乐文章之选。逮仁宗即位，始获如请，致仕著书于八十岁之余。其书凡三十有四卷，而十卷名之曰《法藏碎金录》，今行于世。"[①]剩下二十四卷即是："《道院集》十五卷……《耆智余书》《随因纪述》《昭德新编》各三卷。"[②]今天所见《道院集要》《昭德新编》《法藏碎金录》几乎都是晚年之作。

晁迥现存诗歌数量不多，《全宋诗》收录56首，绝大部分是从晚年所作《法藏碎金录》《昭德新编》及《道院集要》中辑录出来。晚

---

① 《全宋文》，第一三〇册，第62页。

② ［元］脱脱《宋史》卷三〇五，《晁迥传》，第10087页。

年晁迥潜心研究佛道学说，所作诗文几乎都与此相关，自适悟道的色彩甚浓，对白居易晚年生活情趣及其悟道诗作由衷的欣赏。这既是其晚年晁迥生活的另一种写照，也是宋初白体诗歌的另一种题材风格的展示，丰富了白体诗的内涵。现将晁迥晚年诗作略分以下三类，其中为突出他对白居易的追慕，特将其拟白之作单独分成一类，并分析其诗歌内容与风格。

（一）拟白之作

晁迥晚年甚是推崇白居易，曾作十余首拟白之作，从不同侧面表达自己对白居易的赞赏，现移录部分如下：

> 求位不由己，求道不由天。位即无以求，道可使进焉。且务由己者，己能尽心源。勿问由天者，天高擅化权。
>
> 顺逆不由己，喜怒不由他。他即无奈何，己可存太和。且务由己者，克己谅非多。勿责由他者，他心是我魔。[1]
>
> ——晁迥《拟白乐天诗》

晁迥此诗即拟白居易《咏怀》诗，白居易诗为："冉牛与颜渊，卞和与马迁。或罹天六极，或被人刑残。顾我信为幸，百骸且完全。五十不为夭，吾今欠数年。知分心自足，委顺身常安。故虽穷退日，而无戚戚颜。昔有荣先生，从事于其间。今我不量力，举心欲攀援。穷通不由己，欢戚不由天。命即无奈何，心可使泰然。且务由己者，省躬谅非难。勿问由天者，天高难与言。"[2]这是对白居易知天命、随任化的人生态度的肯定，诗歌语言更是化用痕迹明显。

白居易有诗《答崔侍郎钱舍人书问因继以诗》："旦暮两蔬食，日中一闲眠。便是了一日，如此已三年。心不择时适，足不拣地

---

① 《全宋诗》，第一册，第611页。

② ［唐］白居易著，朱金城笺校《白居易集笺校》，第406页。

安。穷通与远近，一贯无两端。"[①]晁迥作《拟白乐天诗》诗："心不择时息，书不择时观。达理意无碍，豁如天地宽。"[②]表达自己对理达的追求，明白此理即可达到自适无碍的境界。白居易有诗《罢药》"自学坐禅休服药，从他时复病沉沉。此身不要全强健，强健多生人我心。"[③]晁迥拟作："自学养恬休用智，从他名迹日衰微。我身不欲全高贵，高贵多乘祸败机。"[④]白居易求坐禅，不求全强健，因为强健多生人我之心，因而罢药；晁迥则主张恬养，不求高贵，因为高贵之中暗藏灾祸败机，这带有自足不辱的味道。

此外，晁迥还拟白居易《遣怀》："羲和走驭趁年光，不许人间日月长。遂使四时都似电，争教两鬓不成霜！荣销枯至无非命，壮尽衰来亦是常。已共身心要约定，穷通生死不惊忙。"[⑤]作《拟白乐天遣怀》："羲和走驭趁年华，不使人间岁月赊。春正艳阳春即老，日方亭午日还斜。时情莫测深如海，世事难齐乱似麻。已共身心要约定，古今如此勿惊嗟。"[⑥]晁迥直接拟白之作还有：

> 权要亦有苦，苦在当忧责。闲慢亦有乐，乐在无萦迫。[⑦]
>
> ——《拟白乐天诗》
>
> 角胜劳生不足云，滥传僧语亦非真。始知解爱禅中乐，万万人中无一人。[⑧]
>
> ——《拟白乐天期李二十文略王十八质夫不至独宿仙游寺》

---

① [唐] 白居易著，朱金城笺校《白居易集笺校》，第 389 页。
② 《全宋诗》，第一册，第 612 页。
③ [唐] 白居易著，朱金城笺校《白居易集笺校》，第 936 页。
④ 《全宋诗》，第一册，第 613 页。
⑤ [唐] 白居易著，朱金城笺校《白居易集笺校》，第 1080 页。
⑥ 《全宋诗》，第一册，第 612 页。
⑦ 《全宋诗》，第一册，第 612 页。
⑧ 《全宋诗》，第一册，第 612 页。

孟子四十心不动，定光四十心离尘。我到明年加一倍，如何此际尚因循。已喜自逃名宦网，犹患长随造化钧。记得前贤有诗句，祖师元是世间人。①

——《拟白乐天题赠定光上人》

多图果何益，只自劳奔竞。不如收身心，凝然成静定。②

——《拟白乐天诗》

影外影为三等妄，梦中梦是两重虚。③

——《拟白乐天诗》

色空变相何妨道，语默由心不碍禅。④

——《拟白乐天诗》

耳音清亮好，最爱梦醒时。⑤

——《拟白乐天诗》

具体诗法上，晁迥对白居易诗歌有明显的承袭，有的甚至只改动几个核心词语而已，其句式章法与白居易完全一致。至于诗歌所表达的理趣则与白居易极为相似，或是原理重释或改变角度“接着说”，其拟作的艺术成就并不高，大多是直接阐发道理，没有多少形象性可言。

（二）对佛道教义的参悟

晁迥仰慕白居易，更偏重对白诗中佛教禅理的认同与汲取，他自己也说：“盖于经教法门，用此弥缝其阙，而直截晓悟于人也。”除拟白之作有参悟佛理的成分，晁迥尚有大量的禅语悟道之作。佛教注重“定”“空”“幻”“无”等等禅宗教义，晁迥许多诗作就是抒发自己对此的理解。

① 《全宋诗》，第一册，第612页。
② 《全宋诗》，第一册，第613页。
③ 《全宋诗》，第一册，第615页。
④ 《全宋诗》，第一册，第615页。
⑤ 《全宋诗》，第一册，第616页。

晁迥在《洞心情境定心篇》中说："物来诱之而不随，物来触之而不动。不随不动自由心，何须结社询千众。万事悠悠过即空，追思岂异春宵梦。"①不随不动之自由心也即是佛教追求的心定，心定之后又何须结社问僧？晁迥还有直接阐释由静而定、定而生慧的佛教修行之法的诗作，如《三法自然歌》："心本不愆自然戒，何用科条防毁败。心本不动自然定，何用勤劳止自兢。心本不迷自然慧，何用参寻叩伦类。即今知此三自然，奉以周旋无失坠。"②

晁迥在《反本观空无碍辞》中说："形是幻，情是梦，寝兴视息随群动。当念元来一切无，豁然顿遣心中空。"③用诗直接宣传佛教"无""空"等教义，没有多少情感或形象的东西，以至于四库馆臣不把它们视为诗作。其实，这种阐理悟道，也正是晁迥晚年诗歌的重要特征。这类诗作甚多，现移录几首如下：

心空如太空，豁然无可触。一真法界中，灵照常安住。④

——《偈》

起灭心不停，生化形无数。奇哉大丈夫，自在空中住。一切是非蘙，皆从外听成。我是厌闻者，反听存灵响。求听存灵响，冥心合太虚。清融浮想尽，名曰小无余。⑤

——《偈》

了知入道门，先从静为祖。静胜则心安，安久虚灵府。虚极发明灵，洞彻无不睹。天然法乐多，岂此闻箫鼓。⑥

——《静深生四妙辞》

① 《全宋诗》，第一册，第 608 页。
② 《全宋诗》，第一册，第 608 页。
③ 《全宋诗》，第一册，第 607 页。
④ 《全宋诗》，第一册，第 609 页。
⑤ 《全宋诗》，第一册，第 611 页。
⑥ 《全宋诗》，第一册，第 606 页。

静中好，冥心归宴寂。斋已不虚吟，静是真消息。①

——《静中好》

若能觉其梦，且悟浮生如戏弄。若能智其识，渐悟狂知枉心力。若能性其情，大悟归真即妙明。喜得自然三悟法，书之聊以表研精。②

——《三悟辞》

（三）对人生的感悟

晁迥晚年也有不少表达人生感悟的诗作，诸如对委顺的称赞，如《知常委顺辞》："纷然往事来，浮云经大空。喧然是非声，惊飚触灌丛。古今无奈何，委顺于其中。"③对自足、无欲的追求，如《书绅二法辞》："心如常满杯，所以明知足。心似不燃火，所以明无欲。二法可行持，书绅聊自勖。"④有对无所求的称赏，他在《无有所求歌》中说："无所求，摆落人间万事休。有所求，安养衰年乐圣猷。不愿竹木林内隐，不愿莲花社里收。愿在清平仁寿域，含华守素得优游。"⑤如此等等。

晁迥的种种人生感悟，掺杂着佛理，很难将其与之完全剥离开来。同时，还有对逍遥自适的隐逸生活的向往，对富贵的体认等等，其诗如下：

处世间法，或伸或屈。用观察智，无固无必。出世间法，勿违勿失。用决定信，惟精惟一。曲尽其妙，退藏于密。⑥

——《并用存心微妙诀》

① 《全宋诗》，第一册，第606页。
② 《全宋诗》，第一册，第606页。
③ 《全宋诗》，第一册，第607页。
④ 《全宋诗》，第一册，第606页。
⑤ 《全宋诗》，第一册，第609页。
⑥ 《全宋诗》，第一册，第609页。

了达事终虚，往事何殊梦。此后事来干，屹如山不动。了达事终虚，往事今何在。此后事来干，豁若空虚碍。独觉贵高奇，杰出群迷外。①

——晁迥《超真独觉辞》

人爱居而富，我爱白而虚。富贵荣辱会，虚白吉祥居。②

——《拟宠居士诗》

除上述几项内容之外，晁迥晚年崇道，十分注重身体的修养，当然这种养生之道与悟道参禅融合在一起，如他在《禅道同功修养诀》中说："心息相依，息调心静。静调久久，可成胜定。神气相合，气和神清。清和久久，可致长生。"③通过调息静心，达到神清气和，可致长生。调息静心是佛道两家修行的重要方法之一。在《简求心要书绅辞》中说："以静制动，静为躁君。以虚受有，虚缘葆真。详而后习，可书诸绅。"④《集句书绅自用辞》中的："蒙以正，德而隐。专于静，遁于遁。无是无非无所求，无名无迹无诸闷。愚自书绅用此言，深心更与何人论。"⑤等等都具有养生的内涵。

由上述可知晁迥晚年诗作内容尽是闲适悟道与修身参禅，创作方式极似禅悟似的偈语短颂，充满佛道教义与人生感悟的味道，而且几乎排斥情感因素，这也伤害诗歌应有的艺术性，开后世道学体诗歌的先河。与稍前的白体名流徐铉、李昉及白体集大成者王禹偁都有极大的区别。这种只关注白居易晚年的悟道之作，及由此而创作的抒发佛道之理与人生感悟的诗，使他成为众多宋初白体诗人中极具鲜明特色的诗人之一。

---

① 《全宋诗》，第一册，第 607 页。
② 《全宋诗》，第一册，第 611 页。
③ 《全宋诗》，第一册，第 610 页。
④ 《全宋诗》，第一册，第 607 页。
⑤ 《全宋诗》，第一册，第 608 页。

二、晁迥白体诗歌的地位与影响

（一）晁迥白体诗歌的历史地位

晁迥为人乐易宽简，曾说："自然之分，天命也；乐天不忧，知命也；推理安常，委命也，何必逆计未然乎？"①这是他亲近白居易的思想基础。在诗歌方面推崇白居易闲适讽谕与遣怀悟道之作，他说：

> 唐白氏诗中颇有遣怀之作，故近道之人率多爱之。予友李公维录出其诗，名曰《养恬集》。予亦如之，名曰《助道词语》。其词语盖于经教法门，用此弥缝其阙，而直截晓悟于人也。余爱其诗云："羲和走驭趁年光，不许人间日月长。遂使四时都似电，争教两鬓不成霜！荣销枯至无非命，壮尽衰来亦是常。已共身心要约定，穷通生死不惊忙。"予今拟其句语，聊加变易，入于别韵，前述时景之迅迁，后述世态之不一，而终篇亦断之以"不惊"也。诗云："羲和走驭趁年华，不使人间岁月赊。春正艳阳春即老，日方亭午日还斜。时情莫测深如海，世事难齐乱似麻。已共身心要约定，古今如此勿惊嗟。"②

由此可见一斑。但晁迥的白体诗歌创作在艺术成就上不很突出，前期的闲适、讽谕之作具有同时代其他白体诗人相近的特征，即以清新朴实、明白易晓为主。中期也有部分诗作兼具白体与昆体的双重特征，富赡之中也略带平淡之美，这些都具有一定的共性。

如何在宋初白体诗人群体中有自己的一席之地呢？这就与他晚年学习模仿白居易诗作的选择上下功夫，在白居易诗歌接受上

① ［元］脱脱《宋史》卷三〇五，《晁迥传》，第10087页。

② ［宋］晁迥《法藏碎金录》卷五，文渊阁《四库全书》本，第1052册，第503页。

晁迥可谓另辟蹊径，专选遣怀悟道的诗作，使其诗作也具有较为独特的佛道情结与理趣特征，虽然这种诗歌语言甚是枯燥，诗情也十分寡味，但这毕竟是他的独特之处。

晁迥晚年的部分闲适之诗，也与太平宰辅李昉、李至所钟爱的白居易闲适诗有很大差别。李昉、李至等朝廷名宦，他们更多的是推崇白居易诗酒宴乐、吟咏情性的闲适之诗，更多的是模仿白居易通俗浅易的诗风，追求白居易次韵酬唱的创作方式等等，对一味地阐发佛理、悟道参禅的诗作则甚是罕见。而晁迥对白居易诗歌的接受则不然，晚年唯独对白居易的参禅悟道、抒发人生感悟的作品青眼相加，当然，这也不是晁迥故意标新立异，更多的是与白居易晚年的嗜佛与三教汇通的思想有相通之处。

晁迥晚年退居开封昭德坊，深居简出，几乎谢绝一切来客，更不用说酒宴唱和了。他自己也对白居易闲适的物质性与世俗性表示不满，他曾作诗道："白氏先生耽醉吟，衔杯洒翰恣欢心。樽空才尽若为计，释闷遣怀功未深。愚称居士名醒默，清思忘言求妙德。习此功成道更高，不到诗魔兼酒惑。"①自己的闲适之作更多的是注重精神的愉悦，这也不同于李昉诸人。当然也与时刻战战兢兢的南唐降臣徐铉的清丽精工不同，与刚直之士王禹偁的集大成更是不一样，正因为晁迥接受上的独特，使他在宋初白体诗坛上拥有自己的一席之地。

（二）晁迥白体诗歌的影响

晁迥对宋初诗坛的影响与其崇高的政治地位有密切的关系。真宗景德二年，晁迥由知制诰拜翰林学士，自此开始近二十年的翰苑词臣的生涯，成为真宗朝主要的指掌天下文柄的文臣。这期间，他又先后于大中祥符元年、五年、八年三知贡举，选拔了数以千计的英才，杰出士子如夏竦、晏殊等也久居知制诰，位列宰辅，从而扩

① 《全宋诗》，第一册，第609页。

大了晁迥对宋初文坛的影响。

晁迥的白体诗歌在宋初具有独特的地位，但其影响却不大，其晚年学习模仿白居易的道情之作，创作出具有佛道情结与理趣特征的悟道诗，诗歌语言也甚是枯燥乏味。他晚年曾说："昔予方壮，乐游文苑之洪丽。今老矣，唯于微言妙道，回响深切。文章中有白乐天《求玄珠赋》、高迈《长明灯颂》、一宿觉《证道歌》，每一读诵，非但忘饥，有如食其品膳，侑以国乐，比较安国所好类乎。野人美芹，以为至味也。"①甚至说"追思壮年筮仕之初，秉笔作气，好为张皇奋发之词"的现实讽谕之作有后悔之意，他说："今兹大耋，以道眼观之，是何颠倒想，是何虚妄言！此自知非之深者也。"②把文章当着佛事看待，晚年好"四事"，他说："予自引年退居，日用有定，酒药随宜，扶衰养疾，身心随时，息缘反照，以经论为智地，以文章为佛事，止此四者，余无所云。"③笔墨不再触及社会的中下层。

晁迥以"道言"来审视诗作，自然诗文的情感色彩与艺术技巧都被排斥在外。这也大大削弱晁迥诗文在当时的影响，同时这种重"道"（更多的是佛道与人生感悟）轻文的言论对同时代的道学先驱柳开等"道统派"古文家的"文道一元说"及其后世道学家们的"作文害道"观念的形成应有一定的影响。这种只注重阐发三教之理，绝少顾及诗歌语言特性的白体悟道诗对甚似现代"打油诗"的击壤体及其宋代的理学诗体都有影响。吕肖奂先生说："邵雍和朱熹是理学诗派两个成绩突出的代表诗人，在理学诗派中，他们现存的诗歌最多，都在千首以上。邵雍是理学诗派的开创者，他的《伊川击壤集》是第一部理学诗集。"④

---

① ［宋］晁迥《法藏碎金录》卷六，文渊阁《四库全书》本，第1052册，第525页。
② ［宋］晁迥《法藏碎金录》卷一〇，文渊阁《四库全书》本，第1052册，第607页。
③ ［宋］晁迥《法藏碎金录》卷八，文渊阁《四库全书》本，第1052册，第555页。
④ 吕肖奂《宋诗体派论》，四川民族出版社2001年版，第284—296页。

晁迥一生经历宋初数朝，仕宦起伏，诗风屡变，接近白体则似白，接近昆体则似昆，在某种角度上也反映出晁迥诗歌创作的复杂性与阶段性。

晁迥的诗歌现存50余首，当然这不是其创作的全部。太宗朝晁迥经历颇为曲折，应有一些真性情的诗作，惜其散佚。自古"文章憎命达"，①但自真宗朝后，晁迥官运亨通，优游馆职，所作多以制文居多。晚年的晁迥更是沉浸于释道禅悦之中，关注视野极窄，笔端丝毫未触及当时的社会现实，而是视文章为"禅家偈颂"，这些都使其无法在王禹偁之后扛起诗坛大旗，成为文坛的领袖，其诗歌散佚的原因很多，当与其诗歌本身之乏味有一定的关系。

第四节　田锡的白体诗歌创作

田锡是宋初蜀中文坛、政坛名流，其文学成就长期为其政治地位所掩，对于田锡文学的研究又长期集中在古文与辞赋上，其诗歌研究一直处于相对寂寞的境地。五代宋初蜀中是宗白诗风兴盛之地，身处此地的田锡，其诗作也应受时俗影响，既表现出闲适平易的白体之风，也有转益多师的印记。其白体诗作，无论诗歌内容还是艺术风格，都对当时以二李为首的馆阁翰苑词臣及其以徐铉为代表的南唐降臣的白体诗歌是个极大的丰富。

一、田锡生平著作及交友概况

（一）田锡的生平著作

关于田锡生平材料的原始文献，主要有田锡自述家世的《先君

① ［唐］杜甫著，仇兆鳌注《杜诗详注》卷七，《天末怀李白》，中华书局1979年版，第590页。

赠工部郎中墓碣》、范仲淹《赠兵部尚书田公墓志铭》、苏轼《田表圣奏议序》《宋史》卷二九三《田锡传》《东都事略》卷三九《田锡传》及其《续资治通鉴长编》中的零星记载。今人对其生平的研究成果已经非常深入，这里主要对田锡生平前半段略作补充，并纠正一些小误。

其一，羁留长安时间的重新界定。

田锡(940—1003)，其祖原为京兆人，唐末僖宗年间举家入蜀。少年读书，15岁遭遇母丧(广政十七年)，18岁丧父，记载都很清晰，但丁父忧满后，是在蜀中游学读书，并不是东游长安。罗国威先生将田锡东游长安的时间系于后蜀广政二十一年即958年，其理由为："虽未具年月，然以情理考之，父母殁，方远游，此乃古训，故系于此。且以'为期二十年'考之，锡三十九岁登第，恰相符合。"[①]这是不妥当的，理由如下：

一则隋唐时期居丧制度已经全面法律化，《唐律疏义》就有众多这方面的规定，如卷一〇："父母之丧，法合二十七月，二十五月内是正丧，若释服求仕，即当不孝，合徒三年；其二十五月外，二十七月内，是'禫制未除，此中求仕为'冒哀'合徒一年。"[②]在注重儒家教育的田氏家族，应该不至于发生父丧期间远游他方的情况。

二则，田锡只说中第前有"为期二十年"的读书生涯，这并非说是从游学长安开始算起。

三则，田锡稍后的许多游历、交友与诗作明显发生在蜀中，则难以解释。如《海州谢恩表》：

> 每念生于剑南，鄙在草野。父母训励，早令读书；乡里荐称，遂谋干禄。相继数举，未成一名。洎朝廷书轨混同，文物

---

① 罗国威《田锡年谱》，载《西华大学学报》2010年第4期，第26页。

② [唐]长孙无忌《唐律疏义》卷一，文渊阁《四库全书》本，第672册，第36页。

光被，臣始携持老幼，涉历艰险，往来咸秦，羁旅京阙。值陛下嗣登宝位，振起儒风，微才不遗，群英咸至。臣年三十九及第，便授官资；达不因人，骤升华贯。①

这是田锡向皇帝写的谢恩表，可靠性应当非常高。由此表可知，在赵宋灭蜀之前（后蜀于宋乾德三年即965年覆国），田锡应有几次失败的科举应考。“朝廷书轨混同”之后才居家迁往咸秦的，而这肯定发生在乾德三年之后。

四则，《宋史・田锡传》记载：“杨徽之宰峨眉，宋白宰玉津，皆厚遇之（田锡），为之延誉，繇是声称翕然。”②即田锡与当时文坛、政坛已崭露头角的峨眉县令杨徽之、玉津县令宋白结成忘年之交，并深受他们的赏识，诗文唱和不断，文名渐起。此事发生在蜀中则不言而喻，《宋史・宋白传》说：“建隆二年，窦仪典贡部，擢进士甲科。乾德初，献文百轴，试拔萃高等，解褐授著作佐郎，廷赐袭衣、犀带。蜀平，授玉津县令。”③《宋史・杨徽之传》：“蜀平，移峨眉县令。时宋白宰玉津，多以吟咏酬答。”④即二人是在后蜀平定后（乾德三年之后）为官蜀中的，如果田锡已在后蜀广政二十一年（958）东游长安，就不好解释杨、宋二人“皆遇厚之”，并与之交友唱和了。

五则，田锡在《贻青城小著书》中对宋白等人的鼓励十分感激：“洎吾皇平定中区，蜀为内地，锡滞若匏系，介在一隅，约《国风》以伸辞，玩《大易》以知命，栖息环堵，服膺大道。虽然，长者之辙交于陈平之门，天将屈我一时，而伸我以道乎？厚我以文，而遇我以知乎？不然，安得弘农杨公徽之、安定梁公周翰、广平宋公白，皆博我

① 《全宋文》，第五册，卷八九，第157页。
② ［元］脱脱《宋史》卷二九三，《田锡传》，第9787页。
③ ［元］脱脱《宋史》卷四三九，《宋白传》，第12998页。
④ ［元］脱脱《宋史》卷二九六，《杨徽之传》，第9867页。

以雅道，勉我以大来矣?”①也可看出平定后蜀后，田锡并未离开蜀地远徙长安游学。

那么，何时田锡迁往咸秦呢？应在太祖开宝四年(971)左右，理由主要有：

田锡曾有《答胡旦书》，其文为：“秀才即先辈：人来得书，窃知宁适，慰悦之外，感荷良深。兼蒙见招，俾与文会，良期美信，莫尚于兹，甚善甚善！余念自出蜀至咸、镐间，今已六稔，再迁家，两遇权停贡举……吕状元得第之后，有御制诗以赐之，闻两制中得与上倡和。”②由此文“吕状元蒙正得第”可知，此文作于太平兴国二年正月戊辰(七日)之后，因为吕蒙正即此年中丁丑科状元，而《咸平集》在此文前附有《附胡旦书》，文中结尾有写作时间：“正月二十九日。”田锡此文应该与之时间相近，即太平兴国二年(977)二月或稍后，由此逆推六年，即开宝四年或稍后田锡离开蜀中，就接近历史事实了。

(二) 田锡前期的交友

田锡在蜀中时，就与杨徽之、宋白有交往并结成忘年之交，在田锡科举受挫后二人给予了鼓励与褒扬，并有诗作唱和。杨徽之(921—1000)，字仲猷，建州浦城人。宋白(936—1012)，字太素，河北大名人，是宋初太宗、真宗朝著名文臣，也是宋初白体诗人的代表，田锡与之诗歌酬唱，对其早年的诗作有一定的影响。

田锡还与白体领袖王禹偁有过较为密切的交往，田锡自称：“慕魏徵、李绛之为人，以尽规献替为己任。”③遇事敢言，喜臧否人物，董道直行的王禹偁也说：“吾若生元和时，从事于李绛、崔群间，斯无愧矣。”④两人秉性相类，品格上互相砥砺，诗文上互相切磋。

---

① 《全宋文》，第五册，卷九三，第 231 页。

② 《全宋文》，第五册，卷九三，第 225 页。

③ [元] 脱脱《宋史》，卷二九三，《田锡传》，第 9792 页。

④ [元] 脱脱《宋史》，卷二九三，《王禹偁传》，第 9799 页。

王禹偁与田锡赠答诗作有10首之多，田锡诗作虽散佚严重，但从王禹偁与之交游诗作可见其一斑，如《书怀送田二舍人自吏部郎中出典泰州》：

> 共叹蹉跎两鬓苍，立朝为郡是寻常。重归谢客中书省，又送山涛吏部郎。三入承明身最忝，十年兄事分偏长。喜闻辞日留前席，莫算多时住水乡。①

两鬓苍苍、生性耿直的前辈诗人田锡，在谢客回朝不久，即又以吏部郎中的身份出典泰州。面对这种官场遭遇，好友王禹偁心中自然愤愤不平，但诗人却站在友人的立场上，宽慰道“立朝为郡”是平常之事不必纠缠于心。由“重归”“又送”仍然见其不满心境。接着写自己与田锡的十年友情，在饯别席上深情的祝愿。可见，王禹偁与田锡友谊的深厚。此外，王禹偁还有《酬赠田舍人》《和陈州田舍人留别》《寄海州副使田舍人》《寄田舍人》《送田舍人出牧淮阳》，在王禹偁的交友诗作中数量是非常突出的。王禹偁诗歌推崇白体，是宋初白体诗作成就最高的作家，其古文在宋初也是成就卓然，其论文主张“易道易晓”，对田锡的诗文创作肯定有不小的影响。

（三）宋初直臣

田锡性格刚烈，是太宗、真宗朝著名直臣。宋代诸多贤公名臣都对田锡的磊落之风称赞不已，如范仲淹感慨道：“呜呼！田公天下之正人也。言甚危，命甚奇，尽心而弗疑，终身而无违。呜呼！贤哉！吾不得而见之。”②司马光说：“范公大贤，其言固无所苟，今其铭曰：‘呜呼田公，天下之正人也。’虽复使他人竭其慕仰之心，颂

---

① 《全宋诗》，第二册，北京大学出版社1991年版，第771页。

② ［宋］范仲淹《范仲淹全集》卷一二，四川大学出版社2002年版，第321页。

公之美，累千万言，能有过于此乎？光于范公，无能为役，范公恨不得见田公，则田公果何如人哉？”①苏轼在《田表圣奏议叙》中也感慨地说：“呜呼！田公，古之遗直也。其尽言不讳，盖自敌以下受之有不能堪者，而况于人主乎！吾是以知二宗之圣也。”②

四库馆臣对田锡的评价也很高，他们在《咸平集提要》中说：“锡常慕魏徵、李绛之为人，以献纳为己任。《国老谈苑》记太宗幸龙图阁阅书，指西北架一漆画箧，上亲自署钥者，谓学士陈尧叟曰：‘此田锡之奏疏也。’怆然者久之。则当时已重其言，故其没也，范仲淹作墓志，司马光作神道碑，而苏轼序其《奏议》亦比之贾谊，为之操笔者皆天下伟人，则锡之生平可知也。诗文乃其余事，然亦具有典型，其气体光明磊落如其为人，固终非澳涊者所得仿佛焉。”③这种重道与正直对其诗作内容的重时事、重讽谕有密切关系。当然，这也是宋初恢复儒学的必然结果，他在《陈州谢恩表》中说：

> 始自秘省擢升谏官；初上封章遽蒙听纳。寻下御札，遍求直言，仍赐臣敕书，以示嘉奖。以臣所言者罢交趾之役，以臣所谏者去髡钳之刑，其余所陈，不敢备述。敕书喻臣曰：“今后凡有见闻，更在无辞献替。或行或寝，断自于朕心；尽节尽忠，勿渝于尔志。”臣所以尝思启沃，上答圣明，每有见闻，必陈章疏，非敢沽直臣之誉，但欲酬英主之知臣。④

至于田锡为官生涯中的三起三落，都与其董道而行的个性有

---

① 《全宋文》，第56册，卷一二二五，上海辞书出版社2006年版，第266页。
② ［宋］苏轼著，孔凡礼点校《苏轼文集》卷一〇，中华书局1986年版，第317页。
③ ［清］永瑢《四库全书总目》，卷一五二，中华书局1965年版，第1306页。
④ 《全宋文》，第五册，卷八九，第156页。

关。对此，今人已经有比较详细的考证，可参看孙华的硕士论文《田锡事迹著作编年》、张胜海的硕士论文《宋初直臣田锡研究》及罗国威先生的《田锡年谱》等著述。田锡的著作情况，祝尚书先生《宋人别集叙录》有详细的考证，①可参看。需要指出的是《全宋诗》收录田锡的诗作 122 首(同题组诗算作 1 首)及残句 5 则，这只是田锡创作极小的一部分，他曾自述道："十年苦思诗千首，一夕回肠事万端。"②田锡的创作时间又远多于十年。可见，今存之作只是其创作的零头而已，实属可惜。

田锡困顿的人生经历，与白体名家王禹偁等人的密切交往以及其正直不阿的人格对其诗风近白都有重要的影响，而且也决定其诗作与馆阁翰苑词臣的闲适悠游之作迥异，其富有特色的诗歌创作是与其诗学观念是一致的。

二、田锡的诗学思想

田锡是宋初古文运动的先导之一，其古文思想重儒家教化，"夫人之有文，经纬大道，得其道则持政于教化，失其道则忘返于靡漫。"③毕生"窃尝以儒术为己任，以古道为事业"。④ 同时，又纠正论文重道轻文、重道废文的不足，这与韩愈相似。他推崇"雅正"之美与"君子之文"，又博采众长，转益多师。如他说："锡以是观韩吏部之高深，柳外郎之精博；微之长于制诰，乐天善于歌谣；牛僧孺辩论是非，陆宣公条奏利害；李白、杜甫之豪健，张谓、吕温之雅丽。锡既诎陋，皆不能宗尚其一焉。"⑤甚至连李贺的"艳歌"，田锡也说

① 祝尚书《宋人别集叙录》卷一，中华书局 1999 年版，第 12 页。
② 《全宋诗》，第一册，第 459 页。
③ 《全宋文》，第五册，卷九二，第 217 页。
④ 《全宋文》，第五册，卷九二，第 219 页。
⑤ 《全宋文》，第五册，卷九二，第 219 页。

“不害于正理。”可见其取法的广泛，可详参祝尚书先生《北宋古文运动发展史》第一章“宋初古文：由方兴到失败(上)”①。

虽然诗文有异，但在古代中国，两者也有相通之处，故而上述对其文论略有涉及。田锡的诗学主张不少与其古文思想是一致的，现将其稍作阐释如下：

（一）反映现实，服务政治

田锡从小饱读儒家经典，深受儒家事功思想熏陶。同时，出仕前曾辗转于社会的中下层，释褐之后，又因董道刚直，大多为官地方。这种经历与久居高位的太平宰辅及其深居馆阁的御用文臣们有很大的差异。田锡主张诗歌要反映社会现实，对白居易反映现实的讽谕诗评价甚高，他说：“乐天有《长恨》词、《霓裳》曲，五十讽谏，出人意表，大儒端士，谁敢非之？”②

同时，强调诗文要承担“施教化于民”的政教作用，恢复儒家传统的“美刺”功能。他说：“臣闻美盛德之形容谓之颂，抒深情于讽刺莫若诗，赋则敷布于皇风，歌亦揄扬于王化。下情上达，《周礼》所以建采诗之官；君唱臣酬，《舜典》于是载赓歌之事。既逢清世，何让古人。木铎求规讽之词，弥光圣德，金门献刍荛之说，式表忠怀。”③以期用诗文达到：“上翼圣君，下振逸民，使天下穆穆然，复归于古道。”④又说：“夫人之有文，经纬大道，得其道则持政于教化，失其道则忘返于靡漫。”⑤发挥诗文的持政教化、扬善惩恶的政治功能。田锡前期的政论文多关心时政民瘼的现实问题，其前期的白体诗作反映现实的成分也较多，具有较为浓厚的政治色彩，这与其诗学观点是一致的。

---

① 祝尚书《北宋古文运动发展史》，北京大学出版社2012年版，第10—67页。
② 《全宋文》，第五册，卷九二，第217页。
③ 《全宋文》，第五册，卷八八，第138页。
④ 《全宋文》，第五册，卷九三，第232页。
⑤ 《全宋文》，第五册，卷九二，第217页。

（二）崇尚雅正与艳丽并举的审美观

这两者看似矛盾，却在田锡身上和谐统一起来。一方面田锡强调内容的典雅与淳正，合乎儒家之道。他说："夫人之有文，经纬大道，得其道则持政于教化，失其道则忘返于靡漫。孟轲、荀卿，得大道者也，其文雅正，其理渊奥。厥后扬雄秉笔，乃撰《法言》；马卿同时，徒有丽藻。"①这虽对古文而言，但也应包括诗歌，除了对元稹文胜于行的批评外，还对好友胡旦的重文轻德提出批评，他说："设使至艺如至仁，自然无敌；德苟修，而众善必为已邻。名载德而行，故君子金玉其名，砥砺其行，行茂而名荣，人莫得而胜之也，又何必肝胆楚越，而使人莫已胜也。"②

田锡十分注重作家的个体"德行"修养，甚至说："与其有文也，宁有行也。"这反映出经过近半个世纪的传统儒家文化思想的重塑，文人们的精神面貌已有很大的改观。

同时，田锡又公开为"艳丽"正名。他在《贻陈季和书》中更是认为李贺"艳歌不害于正理"，公开的为李贺"艳歌"及"宫体诗"辩白，其文为：

> 迩来文士，颂美箴阙，铭功赞图，皆文之常态也。若豪气抑扬，逸词飞动，声律不能拘于步骤，鬼神不能秘其幽深，放为狂歌，目为古风，此所谓文之变也。李太白天付俊才，豪侠吾道，观其乐府，得非专变于文欤？乐天有《长恨》词、《霓裳》曲，五十讽谏，出人意表，大儒端士，谁敢非之？何以明其然也？世称韩退之、柳子厚，萌一意，措一词，苟非美颂时政，则必激扬教义。故识者观文于韩、柳，则警心于邪僻。抑末扶本，跻人于大道可知也。然李贺作歌，二公嗟赏，岂非艳歌不害于正

---

① 《全宋文》，第五册，卷九二，第217页。

② 《全宋文》，第五册，卷九三，第226页。

理，而专变于斯文哉！①

田锡还创作一些带有闲情色彩的诗作，语言颇为艳丽，情感比较荡逸。如他写道："风月心肠别有情，灵台珠玉气常清。微吟暗触天机骇，雅道因随物象生。春是主人饶荡逸，酒为欢伯伴纵横。莫嫌宫体多淫艳，到底诗狂罪亦轻。"②甚至还有充溢明显艳情成分的诗作《多情》，作者以细腻的言语、缠绵的情思，写出了自己的相思之情，其诗为："多情如病苦难医，头绪多于折藕丝。送客落花行马处，望乡残月倚楼时。忆来几入春深梦，感极翻成酒后悲。大抵为君言不尽，彩笺闲咏合欢诗。"③这是极需要勇气的，当然也遭到当时理学先驱们的普遍指责，使其较为合理的文学主张长期被冷落。

虽然如此，这种不废"艳丽"，注重诗歌本身艺术特色的通达主张也使得诗作语言不同于稍前一味地追求平易简切的风格，而呈现出华艳的特色来，以此表现其内心细腻的情感，形成自己的独特风格。

（三）文道自然与转益多师

田锡论文也包括诗作推崇"自然""性灵"，主张"心与言会"，甚至"随其所归"，反对外物对性灵的桎梏，追求"不知文有我欤，我有文欤"的物我两忘的境界。他说："为文为诗，为铭为颂，为箴为赞，为赋为歌，氤氲吻合，心与言会，任其或类于韩，或肖于柳，或依稀于元、白，或仿佛于李、杜，或浅缓促数，或飞动抑扬，但卷舒一意于洪蒙，出入众贤之阃阈，随其所归矣。使物象不能桎梏于我性，文彩不能拘限于天真，然后绝笔而观，澄神以思，不知文有我欤，我有

① 《全宋文》，第五册，卷九二，第217页。

② 《全宋诗》，第一册，第459页。

③ 《全宋诗》，第一册，第457页。

文欤。"①

对"性""情""道"进行富有哲理的阐释，他认为"性"秉自于天，"情"感知于物，"道"则任运而达其自然。写诗文要以情合于性，以性合于道，达到自然的境界。田锡的"犹微风动水，了无定文，太虚浮云，莫有常态"的生动比喻对苏轼论文名言："大略如行云流水，初无定质，但常行于所当行，常止于所不可不止，文理自然，姿态横生。"②有明显的启发。其主张诗歌中要有作者的真"情"实"意"，没有"情"的诗歌就是"丹青为妖，无阳和之活景；锦绣曰丽，无造化之真态"的纸上春光，缺乏"活景"与"真态"，这也深得为文之道。尚情主意使得田锡的诗作充满浓郁的情感色彩，既有儒家事功的豪迈，也有无名落寞的伤感，甚至创作不少格调清新、宫体色彩浓郁的吟风弄月之作，与白居易表达个人情感的感伤诗有相似之处。

田锡对文与道的认识非常通达，这也决定他对前代诗歌学习的不厚此薄彼。他在《答何士宗书》中说："虽未窥卫玠之容貌，未交夷甫之谈谐，在君子以道为心，以信为体，文彩为貌，声称为言，又何必敷衽相亲，晤言以接，方云识面，始谓知心哉？……余欲以六经为寰区，以史籍为藩翰，聚诸子为职方之贡，疏众集为云梦之游。然后左属忠信之櫜鞬，右执文章之鞭弭，以与韩、柳、元、白相周旋于中原。"③六经、史籍齐观，诸子、众集侵染，忠信、文章并举，退之、子厚、乐天、微之并取，毫无轩轾之辞。

田锡将"文"与"道"的关系比喻成"貌"与"心"的关系，两者不可或缺。在具体师法方面，从六经到诸子，从史籍到诗骚，直至韩、柳、元、白都博采其长。在具体的诗文取法上，他在《贻宋小著书》中说地更加具体：

---

① 《全宋文》，第五册，卷九二，第 219 页。

② ［宋］苏轼著，孔凡礼点校《苏轼文集》卷四九，中华书局 1986 年版，第 1418 页。

③ 《全宋文》，第五册，卷九三，第 227 页。

（田）锡以是观韩吏部之高深，柳外郎之精博；微之长于制诰，乐天善于歌谣；牛僧孺辩论是非，陆宣公条奏利害；李白、杜甫之豪健，张谓、吕温之雅丽。锡既拙陋，皆不能宗尚其一焉。①

田锡论道重文的主张与韩愈有内在的联系，与当时重道废文的道学家论文相比要客观辩证地多，其文学观点不仅部分纠正宋初古文创作之失，有利于宋代古文运动的健康发展，而且也较好地拓宽与丰富了宋初白体诗作内容与风格上的偏狭，使白体诗作学习白居易的面更广，语言也变得更加丰富。

当然，田锡的文学思想也存在不足，正如祝尚书先生指出的其对艳丽诗歌的态度上，使人难以区分“丽而则”与“丽而淫”之间的界限。其诗歌转益多师，风格多样，不专属一家，只是宋初部分学白的代表。

三、田锡白体诗歌对宋初白体诗题材的拓展

田锡的诗作，《全宋诗》卷四一至四六收诗六卷，共计 160 余首。虽然与其“十年苦思诗千首，一夕回肠事万端”相比不足十一，但在宋初也算存诗比较多的一位了。

田锡对白居易的学习追慕不是放在口头上，更多的是继承其讽谕精神与伤感色彩，对宋初白体诗作的内容有较大丰富。同时，田锡能较好地融汇各家之长，诗歌的文学特质较浓。现将田锡的白体诗作如下分类：

（一）田锡现实政治诗及对白居易讽谕精神的继承

与其文学思想一致，田锡的白体诗作最突出的就是存在不少反映现实政治的诗作，发扬诗歌的“颂美”与“怨刺”功能，这是对白

---

① 《全宋文》，第五册，卷九二，第 219 页。

居易新乐府政治情怀与讽谕精神的继承。如《思归引》：

> 河朔受诏书，移官向湖外。初问禁法茶，次问丁身税。税口征四百，茶利高十倍。老死及充军，县籍方消退。采摘不入官，公家定科罪。何以升平时，遗民犹未泰。何以在位者，兴利不除害。我愿罢秩归，天颜请转对。一言如沃心，恩波必滂霈。①

此诗作于移官睦州（今浙江建德）之后。作者对官府的沉重赋税及其乱施暴行表示强烈愤慨，“何以升平时，遗民犹未泰。何以在位者，兴利不除害”。措辞激烈，甚至要弃官上奏言事，一个为国为民立命的正直之士凸显在眼前，这是对白居易讽谕精神的继承。再如《苦寒行》：

> 昨日北风高，霏霏满天雪。千里六出花，六日飞不歇。深山深一丈，树木冻砍折。平地盈数尺，布肆不成列。覆物生辉光，照人清皎洁。紫塞群玉峰，沧溟白银阙。篁竹为琅玕，松风筛玉屑。官吏来参贺，物情亦感悦。汤药厌服饵，酒肉愁罢辍。夹幕映重帘，炉茵与衾褐。禄粟不忧饥，帑俸无乏绝。江海主恩深，素餐心激切。儿童温且饱，当风溯凛冽。朝索暖寒酒，暮须汤饼设。不知有饥寒，灯火夜暖热。越人轻活计，春税供膏血。及至风雪时，日给多空竭。樵苏与网捕，负薪冰路滑。口噤无言语，股栗衣疏葛。藜藿不充饥，冻饿多不活。惭惶襦裤恩，徬徨多陨越。因作《苦寒行》，聊与儿童说。②

---

① 《全宋诗》，第一册，第 495 页。

② 《全宋诗》，第一册，第 490 页。

诗歌开头用质朴的语言塑造出一个风雪交加，天寒地冻的苦寒环境。瑞雪普降、衣食无忧的官吏们纷纷感悦参贺，而作者因“素餐”而倍感惭愧。继而，诗人笔触触及越人生活资料的空乏，樵夫渔民的饥寒交迫，并想以此引起世人的注意。全诗用对比手法将“禄粟不忧饥，咯俸无乏绝”的长吏不知饥寒的生活与“藜藿不充饥，冻饿多不活”的越人艰难处境进行对照，深刻揭示宋初社会现实阴暗而真实的一面，这是身处高位的文臣们所难以企及的。田锡还对社会风气中的不正之风进行鞭挞，如《雉媒》：

> 东风麦垄青，白日桑阴清。一雉欲媒众，众雉无猜情。五步一饮啄，十步一飞鸣。暗中触骇机，镞发如流星。洞彻羽毛质，低摧锦绣翎。郄宛若召客，子常非好兵。谗言既交构，祸难即随生。齐王听游说，韩信急功名。三军虽罢戍，一命遽遭烹。①

田锡此作应受到元白《雉媒》与《和雉媒》诗作的影响，此诗元稹首唱，主要感叹雉鸟为了一己之利甘愿为媒诱捕同类的可鄙行径，白居易和作则以“岂唯鸟有之，抑亦人复然”引申到人，又以“劝君今日后，结客结任安”进一步过渡到交友的层面上。

这里田锡则感叹谗言交构、急功逐名导致的祸乱迭起。诗中用典较多，“郄宛”即司马郄宛，“子常”为囊瓦，是春秋时楚国人，子常听信奸臣费无极的谗言错杀郄宛，后使楚国遭到巨大的灾难，自己也身死异国。“齐王”应指齐威王，苏代曾替燕昭王游说齐王，离间秦齐联盟。他与汉初三杰之一的韩信都急功好名，为此或死于非命或几乎遭受亡国厄运。此诗虽是咏史，实也对五代以来诸侯争权夺利的黑暗现实进行揭露与批判。

田锡积极关注现实政治，心系黎元苍生，具有自觉淑世情怀，

---

① 《全宋诗》，第一册，第478页。

即使外任也未远离政治，退守一己的狭小空间。这与白居易及其他白体诗人游离于吏隐之间的心态迥异。因而，这类诗作的恋阙情怀表现地尤为迫切而直接，如《郡楼书怀》：

馆殿尝为侍从臣，出分忧寄牧黎民。时平事简多公暇，楼迥风清欲暮春。树杪壶关千嶂叠，天边漳水绿波新。帝乡永日凭栏望，心羡浮云向紫宸。①

作者为官相州，本来暮春时节，楼高风清，树叠波绿，又加上时平事简，要是白居易或是宋初其他白体诗人，正是闲游的好时节，但作者终日凭栏所望的却是帝乡，心里所牵盼的是紫宸，恋阙之情十分强烈，而且这种情感作者在其他诗作中反复提到，如：

漳滨柳色弄微黄，春日情怀咏载阳。自念安边无上策，如何补衮与周行。身如回雁来河朔，心似浮云在帝乡。吟寄昌黎韩小谏，嘉谟应有好封章。②

——《障川即事寄韩丕拾遗》

红烛除花酒满卮，绕廊风细动帘帷。已从半夜分春漏，即是平明受岁时。右省转官因大庆，元正立仗忆丹墀。吟思何日承宣召，却得金门和御诗。③

——《除夜》

南山晴霭御炉烟，回望长安白日边。率众谢恩呼万岁，思归侍宴已三年。翠微钟磬行香寺，红叶楼台祝寿筵。吟想皇

① 《全宋诗》，第一册，第467页。
② 《全宋诗》，第一册，第469页。
③ 《全宋诗》，第一册，第468页。

州晚来景，云间宫阙夕阳天。①

——《圣节有怀》

同时，田锡注重发挥诗歌的治兴教化功能，他在《呈杨侍郎》中说："权分忧寄理漳滨，惠化何曾及相民。条奏事宦思复古，兴修皇教望还淳。静当细雨初封印，吟对余花自送春。清景好陪池上酌，故人情分最相亲。"②作者为官地方，一心想要复古兴教，惠及子民。在《琢玉歌》中更是要把这块"荧荧辉彩锵锵声"的宝玉雕琢为北斗柄，来"指麾五星齐七政"，以使阴阳造化、四时六气能够随我而定，其中的入世为民情怀何其明显。其诗为："蓝溪中，荆山峰，结灵凝粹生群玉，飞英荡彩如长虹。野人初向深崖得，蹋着云根风雨黑。满把晶荧雪霜色，特达天姿几人识。治玉之工初琢成，荧荧辉彩锵锵声。方瑚圆琏荐宗庙，苍佩玄圭颁帝庭。尧兵曾用丹浦战，汉斗已碎鸿门营。我愿琢为北斗柄，指麾五星齐七政。庶使阴阳造化机，四时六气随吾令。"③诗歌的行文章法、语言技巧及其强烈的入世情怀与贬谪前的白居易极为相似。因而，陈振孙说他"所谓忧治世而危明主者也"。④

五代宋初而来的讽谕精神及其诗作的涓涓细流，至田锡得到较大的发扬，这对蜀中张咏，尤其是王禹偁把它大规模地付诸创作实践有积极的影响。

（二）田锡的宦游咏怀诗及对白居易感伤诗的继承

相对于现实政治诗而言，田锡感伤诗数量更多，而且散佚的也可能最多，现存田锡的诗作最早都是出蜀入咸秦之作，蜀中三十多

① 《全宋诗》，第一册，第 469 页。

② 《全宋诗》，第一册，第 468 页。

③ 《全宋诗》，第一册，第 487 页。

④ ［宋］陈振孙《直斋书录解题》卷一七，上海古籍出版社 1987 年版，第 489 页。

年颠簸与不获于有司的坎坷之作都已散佚殆尽。作为南方诗人的田锡，青年时代倍受仕途不顺与颠沛流离之苦，中年之后奔波于地方，其宏大的政治抱负与琐碎繁杂的现实人生自然有很多感慨要宣泄，现略分几类，阐释于下：

其一，对颠沛宦游的感伤。

田锡仕途不顺，曾困顿长安达六年之久。释褐之后，也经常颠沛于地方，自然留有不少漂泊宦游的感伤之作，如《冬夕书事》："堪嗤栖屑客长安，风雪加添近腊寒。冻笔呵来书字淡，孤灯挑尽向窗残。十年苦思诗千首，一夕回肠事万端。家住天涯归未得，岭梅江蓼自辛酸。"①

这首诗写于羁旅长安之时，首联自嘲客居长安，其中风雪腊寒尤使人倍感寒意。颔联也是一样的冷清寂寞，连笔墨都冷冻，可见家里的清冷，"呵"字用的甚妙，我们似乎可以想象诗人题诗时的情景。"孤灯挑尽"也显示出作者的落寞孤寂。颈联有一丝感慨，十年奔波唯存诗千首，夕阳西下，往事历历浮现眼前。结尾倍感辛酸，有家难归，自己如同岭头的梅子与水中的蓼草，其中辛酸只有自己知道。全诗带有很强的伤感色彩，不是身居高位的人能写出来的，此类诗作还有不少，如：

> 雨里飞花片片红，雨微花乱转溟蒙。川原何处连天草，帘幕无人半日风。寂寞刘桢新病后，凄迷庄舄苦吟中。可堪更是黄昏景，燕冷莺寒恨想同。
>
> ——《花雨比下秦中》②
>
> 三年多谢主人翁，杯酒相宽礼数丰。唯惜时光如走马，懒询天道似张弓。秋深街巷槐花雨，夜静厅堂苇箔风。尽是无

① 《全宋诗》，第一册，第459页。

② 《全宋诗》，第一册，第455页。

憀肠断处，都将分付醉乡中。

——《樽前吟呈宋白小著》①

渭北居来似塞垣，三逢尧历度寒暄。家贫老幼思归国，性僻交朋少及门。天暖忆游沙苑寺，雪中会过洛河村。流年又是重阳节，赏菊论诗酒一樽。

——《渭北即事书呈太素》②

为官之后，表达宦海沉浮的思乡之愁与恋阙之情的诗作也有不少，如：

郡在江湖烟树间，谢公遗踵好跻攀。诗中胜景堪吟啸，池上清风足往还。疑思但怜云映水，回头不觉日衔山。登临屡起归欤兴，看是槐花满故关。

——《登叠嶂楼》③

远山苍翠满西楼，亶甲遗风古相州。春晚落花经雨尽，夜来寒水绕堂流。诏条静理无才术，衮职思归侍冕旒。吟寄良交若为意，安眠不得似诸侯。

——《言怀》④

其二，对历史沧桑的感伤。

田锡的咏史之作也很有特色，风格多样，深受汉魏以来咏史之作的影响。如其五古组诗《拟古》多达16首，有"祢衡鹦鹉词，挥翰无停缀。狂甚于接舆，才不容当世。身居桴鼓下，心在云天际。黄

① 《全宋诗》，第一册，第456页。
② 《全宋诗》，第一册，第457页。
③ 《全宋诗》，第一册，第463页。
④ 《全宋诗》，第一册，第468页。

祖悁忿来，殒之如虎噬。"[1]感叹祢衡、接舆、黄祖不被当时所容的悲哀，给人一种历史的感伤。咏史诗中，《华清宫词》可谓是对白居易伤感诗精神最明显的继承，其诗为：

> 绣岭葱茏浮瑞气，云楼霭阙明珠翠。禁城缘岭连九天，一片笙歌如鼎沸。我恐紫麟丹凤洲，移于近甸资宸游。东将太华为城雉，北以渭川为御沟。又疑西王开月圃，白云仙都紫云府。碧瑶新宫初构成，借与明皇自为主。开元之末天宝初，天下太平方晏如。……六宫每从鸾舆到，遗珠落翠长安道。百司既奉玉乘归，汤宫横锁黄金扉。门戈陛戟皆绣衣，朝钟暮鼓含清辉，参差天上朝元阁，往往紫烟飞皓鹤。至今碧落星宿繁，犹似当时挂珠箔。[2]

这首诗以唐明皇与杨贵妃为素材，用铺排渲染的手法、精美委婉的语言，给人以唯美感伤的体验。这些明显地受到白居易《长恨歌》的启发。

其三，个人闲愁情思的哀怨。

田锡论诗重情，不少诗作都是其情感的外显，除上文中提到的之外，田锡尚有表现自己个人感情生活的诗作，格调清雅脱俗、细腻含蓄，哀婉动人，具有感伤色彩，这在宋初白体诗人群中不多见。如《离怀》：

> 离怀如醉复如痴，脉脉无言不展眉。秋草空牵幽意在，征轩疑有断魂随。残星更漏门开处，斜月帘栊酒醒时。此恨谁能解消遣，因题红叶偶成诗。[3]

---

① 《全宋诗》，第一册，第 475 页。

② 《全宋诗》，第一册，第 479 页。

③ 《全宋诗》，第一册，第 456 页。

这首诗也是写于羁旅长安之时，但写得非常清婉含蓄。首句写离怀的愁绪，低头蹙眉，脉脉无言。中间两联是景中含情，秋草空自牵动幽独之意，心似断魂追随远逝的藩车而去。酒醒之时，天色将亮，友人已去，唯有数点残星与一轮孤月半悬天空，景色十分冷清悠远。诗至结尾始终未曾点破怀忧的对象，给人以余音袅袅、含蓄之至之美。田锡这类闲愁情思之作，与二李及馆阁文臣的宴饮、赏花、观书不同，更多的是展现内心世界的微妙体验。

再如上已引的《多情》诗也是哀婉动人，含蓄深远，情感中掺杂着朋友远去的伤感与身在异乡的惆怅孤独之情及其对家人的爱怜。多情如病难医，思绪断藕如丝。落花送客，残月倚楼，一片清冷悠远。由“彩笺闲咏合欢诗”可知，其抒情的客体应是自己的妻子或是亲密的女子，感情极为深挚。当然，诗人也有说不清道不明的闲愁，但格高脱俗，如：

金蝉饰绿云，细靥蕊黄新。南浦解清佩，西溪采白苹。密竹映深花，湖山日欲曛。春肠知已断，脉脉两难亲。

——《江南曲》(其一)①

吴艳若芙蓉，乘舟弄湖水。照影不知休，云鬟坠簪珥。含笑忽回头，见人羞欲死。归去入花溪，棹溅鸳鸯起。

——《江南曲》(其二)②

衣鲛绡兮美人，采白苹兮水滨。袅翠翘兮为饰，步罗袜兮生尘。绵绵兮远道，萋萋兮芳草，远山眉兮澹扫。

——《春洲谣》③

---

① 《全宋诗》，第一册，第 479 页。

② 《全宋诗》，第一册，第 479 页。

③ 《全宋诗》，第一册，第 486 页。

（三）田锡的应制唱和诗作

作为太宗、真宗朝著名文臣，田锡肯定要参与君臣应制，他在《进应制诗》中也说："辄尝赋《牡丹诗》《赏花诗》《赏花钓鱼诗》《钓鱼诗》，因得盈编。皆金门应奉之词，悉丹禁芳菲之景，不敢藏秘，是用进呈，与今日奉宸旨所赋诗同进。歌时乐圣，爰因侍宴之辰；比兴缘情，盖受言诗之赐。干冒严宸。"①

从中可见，田锡所作的《牡丹诗》《赏花诗》《赏花钓鱼诗》与当时馆阁文臣们的应制之作应无二致，而且是十分自觉地创作这类诗作的，以实现诗歌的"颂美"功能。如他在《答胡旦书》中说："帝王好文，士君子以名节文藻相乐与升平之世，斯实天地会通之运也。自数百载罕遇盛事，今锡与君偶斯时焉。自吕状元蒙正得第之后，有御制诗以赐之，闻两制中得与上倡和。"②

这种自觉的为时为事颂美的心态与宋王朝建立之后的逐步兴盛有关，可以说是时代精神在士人身上的体现，应与南唐降臣们小心翼翼的赞美称颂不同，也与由五代入宋的名臣们一味地保守浅易不同。

田锡的应制诗作有《乾明节祝寿》③12 首（原注为 19 首，其中 7 首已经散佚），现移录几首如下：

百辟欢呼降诞辰，金樽献酒愿千春。延年不假丹砂效，享寿全由圣德新。

古物进来兼药鼎，画图呈处有仙人。君恩若赏歌诗意，应念甘泉待从臣。

生日称觞自六宫，香焚甲观画堂中。太平历数归英主，上寿年龄属圣躬。

---

① 《全宋文》，第五册，卷九〇，第 189 页。

② 《全宋文》，第五册，卷九三，第 226 页。

③ 《全宋诗》，第一册，第 465 页。

玉树有花因瑞雪，钧天呈曲在虚空。三公进贺祯祥事，先奏河清达帝聪。

吾皇享福自无涯，百辟称觞礼数加。韶乐揭天如上界，炉香映日似轻霞。

空中紫气圆成盖，海上蟠桃暖放花。感应圣人千万寿，神仙日月属官家。

此类应制之作无外乎歌功颂德，祝寿赏花，观画读书，一派欢腾喜气，尽显新朝蓬勃生机。这类诗作还有不少，如《进瑞雪歌》其中有："圣人德泽如阳春，阳春及物无不均，微臣怀抱如葵藿，葵藿向阳堪喻身。"①颂美色彩更浓。

此外，田锡与臣僚之间的酬和之作数量不多，风格也与馆阁翰苑词臣之间的闲适情趣迥异，更多的饱含着自己浓烈的用世之心，如《和温仲舒感怀》："郡斋松盖翠斜欹，客到鸣琴泛酒卮。江上正当摇落景，天涯空惜太平时。雪残幽谷春难到，兰茂深林众岂知。上国三千五百里，杨梅熟日是归期。"②

此诗写于为官桐江之时，温仲舒原作不见于《全宋诗》，极可能散佚。此作没有多少闲适成分，开头虽是翠松斜欹，鸣琴饮酒，但摇落之景、蹉跎岁月，实在没有多少闲情逸趣。颈联却说身处幽谷，春色难到，兰生茂林，何人知晓，其闲置之意十分明显。这虽是和作，但也有自己的情感在其中。尾联应是安慰对方不顺将止，归期不远。仕途多舛时，更多的是积极用世，而不是超脱旷逸。

田锡曾代牡丹答谢诗友作《代牡丹酬答》一诗："舒元舆是赋家流，我有余妍不尽收。今日谢君贻好句，恨无双佩略相酬。神仙见

① 《全宋诗》，第一册，第 492 页。

② 《全宋诗》，第一册，第 471 页。

谪情虽薄，风雨相轻恨未休。为报悦人须以礼，不同苏小耐惭羞。”[①]此诗下有小注：“太素有醉赠牡丹之作。”应是回赠诗友宋白之作。前四句诗意比较浅显，唐人舒元舆曾作《牡丹赋》，享誉文坛；我（牡丹）也艳丽无比，美不胜收。收到好友的名篇佳句，却苦于无予相酬。颈联带有一丝谪意，风雨相轻，恨意不休，闲雅之情不在。结尾则是题诗回赠，虽才力不济，惭愧羞涩，也要以礼相赠。

（四）田锡的赠友与闲适之作

田锡与宋初名臣、白体代表诗人宋白及宋初白体诗作成就最高的王禹偁的交游诗作颇丰。田锡与胡旦均是宋白的弟子，王禹偁在田锡的引荐下结识宋白，他们都是宋初诗坛学白的名流，上文有关田锡交友部分已有所涉及，这里只选取部分作品以窥其诗作大概。先看田锡写给宋白的《寄蒲城宋白小著》：

> 春日闲销一局棋，春愁还得数篇诗。高吟大醉何人问，英略雄图欠已知。破产虽无容足所，丈夫岂合以家为。时来富贵终须有，懒学梁鸿赋五噫。[②]

此诗应写于田锡出蜀不久投宋白寄居于蒲城之时，在此之前，田锡已与诗坛前辈宋白在蜀中结成忘年之交，因而这首诗写得毫无遮掩，将自己的复杂情感和盘托出。先是写闲适闲愁，以棋以诗销解慢慢春日。继而是愤激之情，“英略雄图”无人知晓啊！“欠”字，《全宋诗》作“久”，未若四库本作“欠”字好，与前半句语意相连，多少给人一种怀才不遇之感。颈联比较豁达，即使破产到连容身之处都没有，诗人也不甚在意，大丈夫岂能为一己小家而常戚戚。这里田锡应化用霍去病的豪言“匈奴未灭，何以家为”的语典。最

① 《全宋诗》，第一册，第457页。
② 《全宋诗》，第一册，第456页。

后流露出自信与豪迈，时运逆转，富贵终有，懒得学东汉梁鸿那样赋《五噫歌》以明其志。此诗语言平易，虽用典但与诗意融合无间，毫无晦涩之感。诗意流畅，感情真挚，跌宕生姿。

再如《渭北即事书呈太素》："渭北居来似塞垣，三逢尧历度寒暄。家贫老幼思归国，性僻交朋少及门。天暖忆游沙苑寺，雪中会过洛河村。流年又是重阳节，赏菊论诗酒一樽。"①此诗作于暂居渭北之时，诗人有一种落寞的寒意与超脱的旷达，对前辈文友直率不讳。田锡《咸平集》中有不少与宋白酬和诗作，如《和太素春昼》《渭北春尽日作因思蜀洛旧游寄太素》《和太素早春书事忆游京国》《览太素新编》《晚望因寄宋太素》《秋夜有怀寄副翰宋白舍人》《寄宋白拾遗》等等，两人友谊深厚，在往来诗作中都有呈现。

田锡与王禹偁的诗作散佚严重，《小畜集》存有与田锡的酬和之作达10首之多，已见前文。此外，田锡集中也存有与其他诗友的酬赠之作，如《酬陈处士咏雪歌》《酬宋提贾黄中二学士菊花之什兼呈诸厅学士》《酬桐庐知县刁衎歌》《赠杨监察》《相州郡楼赠高秘丞》《赠朱玄进士》等等。

田锡也有一些抒发悠游闲适的诗作，如《醉题红叶》："拾笔闲题红叶时，醉容相向亦相宜。塞垣风劲应吹尽，江国霜微想半衰。嫌听满阶鸣夜雨，曾看临水映疏篱。春光不许长如此，旋放寒梅嫩柳枝。"②此诗的情感要闲适安逸的多，酒醉之后雅兴不止，题诗红叶别具诗情。虽是深秋夜雨之时，春光早已远去，但诗人毫无哀伤之意，寒梅将开，嫩柳欲绽，在深秋季节却想到春意将至，可见心情的悠游愉悦。此类诗作还有：

沧州深隐未言归，三载桐江解印迟。官职清华非不达，性

---

① 《全宋诗》，第一册，第457页。

② 《全宋诗》，第一册，第458页。

灵疏拙欲何为。闲移夫子青山庙，拟立严陵钓渚碑。兼喜溪云每相狎，时来窗户伴吟诗。①

——《桐江即事》

秋来嘉树色堪攀，红叶沿溪复映山。半露寺楼深崦里，密笼渔舍夕阳间。吟看摇落堆金井，醉赏扶疏对玉颜。水国却疑春野秀，似花幽鸟正关关。②

——《红树》

春天寒惨欲昏黄，数点霏霏忽绕廊。城漏暗催相共滴，花尘轻湿乍闻香。风生水际来将密，雨打帘文洒处光。独向郡斋心自喜，丰年宜贺待飞章。③

——《暮雨》

当然，田锡闲适之作不时流露些闲置的不满，带有较为明显的怀才不遇的落寞与不甘，怏怏不乐甚至磊落不群的意味隐含其中，与徐铉、李昉、李至等人的那份悠然自适的心态不同。因而，环境总显得凄然，心情也略带愤激，如：

年来吟鬓已星星，乌石溪边叶又零。帘下孤灯删草奏，窗间叠嶂读茶经。瘴乡怕袭山岚毒，野艇嫌冲水雾腥。天末岂忘归去意，白云掩映数峰青。④

——《暇日偶题》

清秋江国有余暄，谢朓遗风称雅言。帘下水亭人吏静，窗分竹阁簿书繁。坐来幽蝶双飞过，吟次高梧一叶翻。自笑无

① 《全宋诗》，第一册，第 470 页。
② 《全宋诗》，第一册，第 469 页。
③ 《全宋诗》，第一册，第 468 页。
④ 《全宋诗》，第一册，第 470 页。

能莅公事，将何才术报君恩。①

——《早秋言怀》

王师犹未下全吴，何日封章贺献俘。正是郁蒸生瘴疟，可堪水潦满江湖。威宣铁轴千艘盛，势撼金陵一垒孤。羁客无能为筹略，闲消白日覆棋图。②

——《夏日即事》

总之，田锡的诗作题材广泛、内容丰富，对白居易诗作的继承面超越当时的馆阁翰苑词臣，诗笔触及社会底层，宦游咏怀情真意切，唱和应制也流露出时代气息，闲适之作又深深打上自己的烙印，是宋初阶段学白诗人中甚为突出者。

四、田锡白体诗歌对宋初白体诗艺的丰富

田锡诗作风格多样，自己诗学主张也是“转益多师”，既有学白的成分，也有学韩愈、柳宗元、李贺、李白、杜甫，乃至六经、诸子的成分，真如他自己所说：“锡以是观韩吏部之高深，柳外郎之精博；微之长于制诰，乐天善于歌谣；牛僧孺辩论是非，陆宣公条奏利害；李白、杜甫之豪健，张谓、吕温之雅丽。锡既拙陋，皆不能宗尚其一焉。”③因而，其诗作在艺术上具有较为鲜明的复杂性特点，即使诗风近白的诗作也是如此。这一方面给人以不纯之感，另一方面又丰富了宋初白体诗歌的艺术特征。

（一）诗歌语言上：平易清新与含蓄精健并存

田锡白体诗作，语言上继承元白诗歌平易通俗、

---

①《全宋诗》，第一册，第464页。

②《全宋诗》，第一册，第456页。

③《全宋文》，第五册，卷九二，第219页。

清新流畅的特征，这类作品甚多，几乎通篇明白如话，毫无艰涩之感，如：

> 溪云澹澹浪悠悠，十二州中最小州。花落喜过流水寺，月明懒下看潮楼。药栏梅润秋重换，棋局松阴夜不收。吟寄故人如借问，钓鱼矶在海西头。①
>
> ——《郡中遣意寄友人》
>
> 嵩室乱峰三十六，嵩阳今复住何峰。已因诗好声名出，却为情高仕进慵。白鸟白云秋色树，水南水北月明钟。逍遥自得闲吟兴，谁识夫君是卧龙。②
>
> ——《寄韩丕进士》
>
> 归去来。……尔今已年五十二，前去七十几多时。尔性虽拙颇好学，尔才虽短颇好诗。文学歌诗之外非乐为。金门玉堂若无分，随分官职胡不归。苟能遣得婚嫁累，又何苦忧伏腊资。尔不闻仲尼曰，饭疏食饮水，曲肱而枕之，乐亦在其中，浮云富贵非尔宜。表圣表圣，尔当念兹而在兹，勿使无其实而有其词。尔若舍灵龟而观朵颐，无乃见尔痴尔痴。③
>
> ——《归去来》

诗歌如同古文一样，易晓易闻。与此同时，田锡也注重诗歌的艺术特性，鉴于五代以来追慕元白往往流于卑俗琐屑的弊病，在诗作中特别注重“健”与“精”，无论写景抒情还是咏史怀古，都极具韵味，如《倚楼》：“西楼吟倚若为情，情似浮云处处生。翠叠乱山千里阔，红翻晴叶一川明。散分野色渔村小，斜衬秋光雁阵横。回望帝

---

① 《全宋诗》，第一册，第471页。

② 《全宋诗》，第一册，第457页。

③ 《全宋诗》，第一册，第495页。

乡归未得，芦花如雪绕江城。”①

这是一首写景抒情之作，尤其是中间两联写倚楼所见之景极为寥廓，远处群山翠叠，绵亘千里，红叶摇曳，晴川历历，极为壮阔。再写静卧的小渔村，如珍珠般点缀其间。抬头仰视，则是夕阳下的秋雁阵阵，都是一幅幅静谧的泼墨山水，清丽可人。结尾抒情，表达恋阙之意，其“芦花如雪绕江城”一句有余音袅袅之妙，情感茫茫，景色也以如雪的芦花为结，渲染一种孤独落寞的氛围。全诗语言清丽中不乏精练。再如带有抒情怀古色彩的《钓台怀古》：

> 闲读铭词扫绿苔，溪边永日自徘徊。白云遗迹今亲到，青史训名不可陪。千古烟霞为己有，一竿风月避谁来。松巅老鹤应相识，时唳和风下钓台。②

此诗虽是钓台怀古，但只是点滴的片段：钓台古铭、溪边骚人、白云遗迹、青史训名、千古烟霞、一竿风月等等，这些意象组合成冷清幽远的意境，表达诗人惆怅的思绪。结尾的松巅老鹤尽显骨力，增加一份苍劲之美。

因而，好友兼白体领袖王禹偁称赞他的诗作为：“两制唯君最清慎，笔力辞锋有余刃。”③这是极有见地的。田锡注重造境抒情的写法与白居易及宋初白体诗人重议论、讲铺陈不同，这得益于他不拘一家的胸襟，正如他自己所说的：“风骚复古少知音，本色诗人百种心。顺熟合依元和体，清新堪似郊韩吟。搜来健比孤生竹，得出精于百炼金。唯我与君相唱和，天机自见不劳寻。”④这无疑极

① 《全宋诗》，第一册，第 472 页。

② 《全宋诗》，第二册，第 469 页。

③ 《全宋诗》，第二册，第 778 页。

④ 《全宋诗》，第一册，第 457 页。

大地丰富了宋初白体诗歌的语言风格。

（二）诗歌体裁上：古体与近体平分秋色

田锡的白体诗作在体裁上也比宋初其他白体作家更为丰富。宋初白体诗人们留恋光景依韵酬唱的小碎篇章，大多是属对工稳、讲究声律的五七言近体诗作，古体诗歌极少。就徐铉、二李的诗作而论，《全宋诗》收录徐铉诗歌420余首，其中七言古体仅8首，五言古体也只有21首，占其总量的约百分之七；二李的诗作几乎是清一色的近体诗作，其他馆阁之臣情况也是如此。他们对元白诗歌的继承集中在次韵短章上，对其古体则敬而远之，这与诗人才情有关，也与唱和的实际需要紧密相连。

田锡诗作则古体、近体几乎平分秋色，这无疑弥补了宋初白体诗歌创作在体裁上偏狭的不足。《全宋诗》收其古体诗近50首，占其现存诗歌总数的四成左右。这对蜀中张咏、白体领袖王禹偁等人的古体诗歌创作都有积极的影响，而且其古体诗作成就尤为突出，祝尚书先生说："田锡的古风歌行，是他诗歌理论的最好实践，也是他诗歌创作的最高成就。他的古风歌行或感事抒情，或咏史怀古，或歌唱大自然，题材广泛，内容丰富，充分展示了诗歌'变'于文后的广阔道路。"①

田锡的古体诗在宋初极为显眼，内容丰富，尤其是感叹时事民艰的诗作深得白居易新乐府的精髓，这一点上文已有论述，此处不赘。田锡古体诗歌风格不独元白一路，兼学李杜、韩柳甚至李贺，具有明显融汇众家之长的特点。既有瑰丽豪迈之气，也有自然酣畅之美。如古体诗《投杼词》：

孝为百行本，至性由天资。曾参善事母，母氏贤且慈。馨膳以馈进，承意惟欢怡。高堂既自乐，织室闲鸣机。飞语忽来

① 祝尚书《试论宋初西蜀作家田锡》，载《四川大学学报》1990年第2期，第68页。

告，明识潜深思。盖念事吾孝，安得杀人为？亟闻宁不信，投杼遂生疑。乃知君臣际，反以交朋推。道德难结固，恩情有合离。毁誉苟不入，谗间无以施。景慕魏文侯，满箧留谤辞。乐羊在中山，委遇终不衰。①

这首古风歌行以诗歌的形式、散文的笔法描述曾参杀人的历史典故，表达对君臣无猜的向往，语言平易浅近，结构清晰流畅。

再如《峨嵋山歌》："高高百里一屈盘，八十四盘青云端。星辰淋漓泻瀑布，岚楼雪寺五月寒。残阳忽黑雨雹飞，霹雳火着枯杉枝。登临慨然小天下，回时一顾东海涯。细看朝阳初出时，火精转球百尺围。疃疃咙咙浮在水，峨嵋朝云已如绮。"②田锡用绚烂神奇的诗笔描绘故乡峨眉秀丽磅礴之景。先是突出其高，高入青云之端；再写登山时奇特之景，头顶星辰闪烁，耳边瀑布轰鸣，忽而暴雨倾盆，忽而霹雳燃枝。登巅顿生小天下的豪情，此刻之景更是磅礴雄奇：一轮朝阳如浮水而出的火球，天边的云霞早已灿烂如绮，极为壮阔。全诗近似用移步换景之法展现峨眉神奇之景，既有白居易的酣畅与清晰，更有李白似的豪迈与瑰丽。

田锡也有一些古体是走平易畅达一路的，这明显受到白居易的影响。他说"若得工夫可作歌，歌中言语不厌多"。③ 这种不厌多的平铺直叙与白居易古体诗作是一致的。其不足之处也与白居易相似，即铺陈有余，感情不足，多平板直叙，少剪裁布局，如《进瑞雪歌》：

圣德昭彰动天地，岁岁丰穰为上瑞。明年有闰节气迟，冬

① 《全宋诗》，第一册，第 474 页。
② 《全宋诗》，第一册，第 485 页。
③ 《全宋诗》，第一册，第 494 页。

> 深有雪方及时。三农但喜及时雪，天心帝力岂得知。臣忝颁条居近辅，劝课农桑理舆赋。宛丘之下为封部，宣布皇恩槐禱裤。王泽流而有颂声，因而拜手献歌行。……诗成封进同奏谢，御制歌行竞传写。拜舞欢呼感圣明，千年遭遇作门生。微臣忝幸在两制，得以歌诗乐太平。而令出典淮阳郡，组绶辉华佩金印。才微任重副忧勤，履薄临深守廉慎。圣人德泽如阳春，阳春及物无不均，微臣怀抱如葵藿，葵藿向阳堪喻身。今因瑞雪献歌咏，西垣再愿演丝纶。①

这种近似无聊的铺陈使全诗具有“质实”特点的同时，也不免给人以重复之感，成玮先生在其博士论文《宋初诗坛研究》中说：“（田锡古体诗作）偏于舒缓、切实、畅达一路，学李贺的奇特而无其诡谲，学李白的纵放而无其飘逸。……他们接续的，是前代七古中唯一比较客观化的白居易的传统，即使学习李白、李贺的部分，其主观色彩也有所削弱。这一选择定下了此后宋代七古乃至整个宋诗的基调。”②

当然，田锡也有诗作如《琢玉歌》《赠宋小著》《夜宴词》《结交篇》等，更接近于李白、李贺的瑰丽神奇。相对于古体诗而言，田锡的近体诗诗风近白则更加明显，祝尚书先生也认为：“和宋初其他诗人一样，田锡近体诗也学‘元白体’和晚唐。”③田锡诗作中近体诗作占相当一部分。

《全宋诗》收田锡近体诗作近 80 首，占其诗歌总数的六成。田锡的近体诗题材十分广泛，有现实政治诗、宦游咏怀诗、应制唱和诗和赠友闲适、登临怀古诗等等，而且情感浓烈、真挚动人，风格多

---

① 《全宋诗》，第一册，第 492 页。

② 成玮《宋初诗坛研究》，2007 年度华东师范大学优秀博士论文。

③ 祝尚书《试论宋初西蜀作家田锡》，载《四川大学学报》1990 年第 2 期，第 68 页。

样，不仅丰富了宋初白体诗歌的内容，也扩展了白体诗作的风格。

（三）诗歌风格上：转益多师

田锡诗作风格多样，古体诗上文已有初步阐释，兼学李白、杜甫、李贺与白居易等古体名家，呈现出豪健自然、雄奇酣畅的特点。其近体诗的风格更是多样，豪健深沉者有之，哀婉缠绵者有之，清丽流畅者有之，闲适澹远者有之，多姿多彩，不拘一格，在宋初阶段学白体诗人群体中很是显眼。

其一，豪健深沉。

此种风格主要体现在反映现实政治、关注民生疾苦及自己颠沛闲置时的作品中。语言劲健，气韵深沉，形虽与白体有异，但其一颗炽热的用世之心与忠君爱民之情是与前期白居易诗极为相似的，如上文已提到的《夏日即事》，全诗虽有一丝羁旅闲置的无奈，但豪情不减，对朝廷南下攻吴的战事惦记在心，也充满期待。“威宣铁轴千艘盛，势撼金陵一垒孤”一联，气势尤为壮阔，豪健有力。田锡对杜牧七律劲健俊爽屡有称赏，他说：“樊川景物终南翠，遂性空思杜紫微。”①也以自己诗歌近似杜牧为豪，他说：“诗中赢得为官况，不让樊川杜使君。”②其诗风也应受到杜牧的积极影响。

其忠君忧民、怀才不遇总给人以深沉抑郁之美，如上文已引的《寄蒲城宋白小著》《郡楼书怀》《呈杨侍郎》等等。

其二，哀婉缠绵。

这种风格主要体现在田锡的感伤诗中，田锡虽以直臣享誉宋初政坛，但是身世经历毕竟坎坷不顺，15 岁丧母，18 岁丧父，在蜀中难以立足，不得已颠沛长安，寄居“篱下”。青年时又长期困顿于科场，直至年近不惑才举进士及第。为官之后，又因其耿直不阿，宦海三起三落，其中的辛酸甘苦，只有自己才能体会。其漂泊宦游

① 《全宋诗》，第一册，第 461 页。
② 《全宋诗》，第一册，第 471 页。

的寂寞、个人闲情的伤感、咏史怀古的沧桑都使其诗作具有哀婉缠绵的风格，如上文已引的《冬夕书事》："堪嗤栖屑客长安，风雪加添近腊寒。冻笔呵来书字淡，孤灯挑尽向窗残。十年苦思诗千首，一夕回肠事万端。家住天涯归未得，岭梅江蓼自辛酸。"①颠沛流离，凄寒索寞，一片寒意充斥其间，真是哀婉至极啊！其闲情中夹杂家国之思与怀才不遇，缠绵中有哀婉，哀婉中有一丝不满与愤激，这类诗作还有不少，如：

西楼吟倚若为情，情似浮云处处生。翠叠乱山千里阔，红翻晴叶一川明。散分野色渔村小，斜衬秋光雁阵横。回望帝乡归未得，芦花如雪绕江城。

——《倚楼》

多情如病苦难医，头绪多于折藕丝。送客落花行马处，望乡残月倚楼时。忆来几入春深梦，感极翻成酒后悲。大抵为君言不尽，彩笺闲咏合欢诗。②

——《多情》

离怀如醉复如痴，脉脉无言不展眉。秋草空牵幽意在，征轩疑有断魂随。残星更漏门开处，斜月帘栊酒醒时。此恨谁能解消遣，因题红叶偶成诗。③

——《离怀》

其三，清丽流畅。

田锡的赠友唱和、闲适记游等作与其他白体诗人诗作一致，平易流畅，清新丽人，有些还带有澹远之味。这类风格的作品较多，除上文已引之外，尚有不少，如《送安仪凤》："宣城相送思依依，正

① 《全宋诗》，第一册，第459页。
② 《全宋诗》，第一册，第457页。
③ 《全宋诗》，第一册，第456页。

是红莲菡萏时。行色迎秋清似画，别情因景化为诗。人离湖水南边岸，蝉听槐花北向枝。天子文明是何地，丹霄岐路莫生疑。”①这首送别之作，首联点明写送别之地是宣城，临别之时是初秋，红莲将开，情思依依。颔联交代送行时的环境，景中代情，情中有景。初秋将至，清朗如画；景因别离，似带愁情。颈联则写送别之时的情景，而且笔法独特，明明朋友乘舟北去，却写成“人离湖水南边岸”，明明是自己思念友人，却借用蝉向北枝鸣叫来表达，甚是精练含蓄，在无痕中足现笔力。结尾则是鼓励好友无需在离别的岔道上狐疑不定。全诗语言平易浅切、音韵和谐，给人以流畅易晓之美。这类风格的诗作尚有一些，如：

近遣司宾小吏时，寄书兼寄十篇诗。自惭不是阳春曲，谁敢微求作者知。叠嶂晚登空远望，昭停别合倍相思。夜来远有微吟兴，风动新荷月满池。②

——《寄樊郎中》

南山晴霭御炉烟，回望长安白日边。率众谢恩呼万岁，思归侍宴已三年。翠微钟磬行香寺，红叶楼台祝寿筵。吟想皇州晚来景，云间宫阙夕阳天。③

——《圣节有怀》

此外，还有华赡富丽者，主要是一些次韵应制之作，如《乾明节祝圣寿》组诗中就充满珠光宝气，如“翡翠帘前云气紫，珊瑚枝上雪花红”“宫树晓来生瑞露，金门夜半有天香”“霓旌绛节仙家乐，金阙银台海上山”“百辟欢呼降庭辰，金樽献酒愿千春”等等，不一而足。

---

① 《全宋诗》，第一册，第463页。

② 《全宋诗》，第一册，第463页。

③ 《全宋诗》，第一册，第469页。

总之，田锡诗歌创作题材多样，对当时及稍前的宋初白体诗人只把视线集中在白居易晚年抒发闲适情趣的小碎篇章之上是个很大的开拓。其反映现实政治、关注社会人生具有浓郁的讽谕精神与政治色彩的诗作，是对白居易新乐府精髓的继承与发扬，张咏、王禹偁等人进一步扩大其影响，使淑世情怀在宋代诗人中渐次扎下了根。同时，田锡注重诗情，注重抒发自己的情志。因而，诗歌中充满自己的真情实感，其感伤之作也有白居易伤感诗的影子。此外，其咏史怀古之作，涉及内容甚广，也扩大了宋初白体诗歌的表现内容。

田锡诗在诗艺方面也有一定的开拓。语言上，既有平易直率、不事雕琢的一面，也有清新工整、委婉含蓄甚至劲健豪放的另一面。体裁上，对近体、古体没有轩轾，这也改变了宋初白体诗以近体短章为绝对主导的状况。至于诗歌风格，田锡更不拘一格。这既是对宋初白体的丰富，也蕴含着宋初白体诗发展的新动向，这种新变在王禹偁身上表现地更为明显。在诸多风格中，白体风格占有重要地位，是宋初阶段学白的代表诗人。

当然作为新朝成长起来的第一代诗人，其诗歌主张与诗歌创作自然也有这样那样的不足。但总体说来，田锡对文学的认识是比较深刻的，创作成果也是有目共睹的，李之鼎称他为："其他诗文，气象宏博，允为北宋大家。"[1]也不是虚美之辞，田锡是宋初阶段学白诗人中成绩较为突出者，这是毋庸置疑的。

---

① 祝尚书《宋集序跋汇编》第一册《咸平集跋》，中华书局 2010 年版，第 15 页。

第七章　宋初白体诗集大成者王禹偁的诗歌创作

王禹偁是宋初白体诗歌的集大成者。他一方面继承宋初白体闲适浅易的诗风，是宋初白体的代表诗人，另一方面又以自己独特的经历与广阔的视野丰富宋初白体诗的内容，提升白体诗歌的品格，使得白居易的现实精神得到发扬，继而并尊白、杜，这不仅使宋初白体的诗歌创作达到一个前所未有的全新高度，也蕴含着宋代诗歌发展的新动向。虽然这种新动向随着王禹偁的早逝与西昆之风的兴起而遭遇阻遏，但其茁壮的种子已经播下，从这个意义上讲，王禹偁是当之无愧的北宋诗坛革新的先驱者，对其“独开有宋风气”①的评价是公允的。

第一节　王禹偁生平、思想及对白居易的态度

宋初白体诗的集大成者王禹偁，生性耿介，政治生涯三起三落而无怨无悔。政治上主张尊儒重道，又儒释、儒道兼济，文学上则标举“远师六经，近师吏部”“传道明心”与“易道易晓”。这是对白居易的继承，更是在继承中的超越，这尽显新朝士人的自信与开阔的胸怀。

---

① ［清］吴之振等编《宋诗钞·小畜集钞序》中华书局1986年版，第13页。

一、王禹偁生平及交游述略

王禹偁(954—1001),字元之,济州巨野人。对其生平事迹的勾勒材料较多,如《宋史》卷二九三有《王禹偁传》、王称的《东都事略》卷三九有《王禹偁传》、曾巩《隆平集》卷一三《王禹偁》等等。现当代则以宋史专家徐规先生的《王禹偁事迹著作编年》[①]一书最为详尽,为我们了解其生平著作提供了明晰的线索。此外,王廷梯先生的《王禹偁诗集编年笺注》[②]对王禹偁的诗歌及其生平事迹有很多发明之处;潘守皎先生的《王禹偁评传》[③]也有较为系统的描述;台湾学者黄启方《王禹偁研究》[④],对王禹偁的事迹也有比较新颖的阐释。不少硕博论文中也有部分涉及于此,如范永锋的硕士论文《王禹偁贬谪心态及其影响下的诗歌创作》有"仕途的坎坷历程"一节论及王禹偁的仕途经历;秦蓁的硕士论文《王禹偁与宋初白体诗》有"耿介儒者的刚健振作——代表诗人之王禹偁"一节中对王禹偁的耿介个性有颇为深入的论述;陈瑶的硕士论文《王禹偁贬谪商州时期的诗风研究》一文也有"王禹偁三次贬谪经历简述"专章论述其为官坎坷的经历等等。老一辈学者如墨铸先生的《王禹偁略论》[⑤]、《王禹偁三次谪官缘由》[⑥];陈植锷先生的《试论王禹偁与宋初诗风》[⑦]等等也有涉及。前人取得的厚重学术研究成果为我们理解王禹偁的诗文提供了良好的基础。为了便于考察其思想与

---

① 徐规《王禹偁事迹著作编年》,中国社会科学出版社 1982 年版。

② 王廷梯《王禹偁诗集编年笺注》,香港天马出版有限公司 2006 年版。

③ 潘守皎《王禹偁评传》,齐鲁书社 2009 年版。

④ 黄启方《王禹偁研究》,台北学海出版社 1979 年版。

⑤ 墨铸《王禹偁略论》,载《东岳论坛》1982 年第 5 期。

⑥ 墨铸《王禹偁三次谪官缘由》,载《文史哲》1984 年第 5 期。

⑦ 陈植锷《试论王禹偁与宋初诗风》,载《中国社会科学》1982 年第 2 期。

诗歌创作的前后变化及其原因，对其生平经历的简要考述是有必要的，为了尽量避免重复，这里仅重点考察，不面面俱到。

（一）王禹偁的家世与读书求学

王禹偁出生于动荡不宁的五代乱世，其祖上几代都应是朴实清贫的农民，邵博说："王元之，济州人，年七八岁已能文，毕文简公为郡从事，始知之。闻其家以磨面为生，因令作《磨诗》。元之不思以对：'但存心里正，无愁眼下迟。若人轻着力，便是转身时。'文简大奇之，留于子弟中讲学。"①王禹偁自己也说："且念少苦寒贱，又尝为州县官，人间利病亦粗知之。"②

这与白居易类似，白居易出身庶族，童年饱受颠沛之苦，他在《朱陈村诗》诗中慨叹道："我生礼义邦，少小孤且贫。……孤舟三适楚，羸马四经秦。昼行有饥色，夜寝无安魂。东西不暂住，来往若浮云。离乱失故乡，骨肉多三分。江南与江北，各有平生亲。平生终日别，逝者来年闻。朝忧卧至暮，夕哭坐达晨。悲火烧心曲，愁霜侵鬓根。一生苦如此，长羡村中民。"③王禹偁寒贱的出身使他的诗歌不可能像二李、徐铉诗文那样，只局限于反映社会的上层及其自我较小的空间。同时，也为他继承白居易充满现实精神与批判意识的讽谕诗作提供了必要的心理基础。

一方面王禹偁是个"济州白屋子"，④另一方面他又极其刻苦好学，思进之心极为迫切，这也与青少年时期的孤灯苦读以至于口舌生疮、手肘成胝的白居易是一致的。王禹偁在《孟水部诗集序》中自述道："余总角之岁，就学于乡先生。授经之外，日讽律诗一章。"⑤在《不见阳城驿序文》中也说："予为儿童时，览元白集唱和

① [宋] 邵博《邵氏闻见后录》卷一七，中华书局 1983 年版，第 133 页。

② 《全宋文》，第七册，卷一五〇，第 385 页。

③ [唐] 白居易著，朱金城笺校《白居易集笺校》，第 511 页。

④ 《全宋文》，第七七册，卷一六七九，第 119 页。

⑤ 《全宋文》，第八册，卷一五四，第 29 页。

《阳城驿》诗。"[1]可见其读书之勤。王禹偁励志于学，心无旁骛，目不窥园，乐而忘疲，倍受世人称赞，其儒家用世精神深深刻于脑海。太平兴国八年(983)，王禹偁中癸未科进士，从此踏入仕途。

（二）为官前后的交游

王禹偁的官宦生涯大致可以淳化二年(991)商州之贬为界分成前后两期，前期仕途平顺，倍受宠信，可谓春风得意，踌躇满志。太平兴国八年三月登进士第，七月即任成武县主簿，一年后的雍熙元年(984)秋，以大理评事，知长洲县。四年后的端拱元年(988)，王禹偁与在吴县任职的同窗好友罗处约一同入京应中书试，王禹偁任右拾遗，罗处约为著作郎，均擢直史馆，赐绯鱼，倍受称赏。次年王禹偁升任知制诰，成为令人羡慕的"两制"词臣。

自淳化二年(991)被贬商州团练副使至咸平四年(1001)病逝蕲州，这十年间王禹偁仕途三起三落，饱受贬谪流离之苦。"文章憎命达，磨难出诗人"，这十年颠簸经历使得王禹偁诗风大变，对白居易诗歌中的现实情怀与讽谕精神认识更为深刻，继承与发扬变得更为自觉，并由此继武杜甫，使得王禹偁及其诗歌既是宋初白体诗人群体中的最高者，又为宋诗的发展与变革指引了方向，成为无可争议的宋初诗文革新的先驱者。这一点，后文另有详论。

王禹偁在登第前后与士人交往频繁，其中不乏当时文坛或政坛的名流，这对王禹偁前期白体诗作有积极的影响，与同辈文人及其后辈士子的诗歌往来对扩大宋初白体的影响也有积极的作用，因而，笔者不惜笔墨将其重要的交友情况考察如下：

其一，与前辈白体诗人毕士安、宋白的交往。

与前辈士人的交往中，当以毕士安、宋白最为突出，二人都是当时政坛、文坛领袖。忘年之交的毕士安对王禹偁有知遇之恩，是改变其命运的第一人。宋白作为宋初白体名家，对其白体诗歌创

---

① 《全宋诗》，第二册，第659页。

作产生积极的影响，这种亦师亦友的交往对王禹偁的成长影响深远。

先看毕士安，其事迹见于《宋史》卷二八一《毕士安传》。此外，杨亿《武夷新集》卷一一有《毕公墓志铭》，刘挚《忠肃集》卷一一有《毕文简神道碑》，尤袤《梁溪遗稿》卷二有《思贤堂三赞·毕文简公》，毕仲游《西台集》卷一六有《丞相文简公行状》，等等，都对毕士安的生平政绩有诸多介绍，可资参考。

毕士安与王禹偁相识甚早，虽然毕士安长王禹偁16岁，但对王禹偁的聪颖早慧赞不绝口，并亲自授以举业，这对出身微贱的王禹偁来说，确实是转变命运的"贵人"。《宋史》卷二八一《毕士安传》记载：

> 王禹偁、陈彭年皆门人也。（王）禹偁，济州人。幼时以事至士安官舍，士安识其非常童，留之，教以学，誉业日显，后遂登科进用，更在士安前。及士安知制诰，其命乃禹偁词也。①

刘挚在《毕文简神道碑》说："王翰林禹偁、陈彭年皆门人也。……尝以事至公官舍，阴识其非常童，留之，教以学。诲育奖进，学业日显，后遂登科，进用更在公前。"②毕仲游在其祖行状中也有类似的记载："开宝三年选授济州团练推官，州民王禹偁为磨家儿，年最少，数以事至推官廨中。禹偁貌不及中人，然公阴察禹偁类有知者，问：'孺子识字乎？'曰：'识。''尝读书乎？'曰：'尝从市中学读书。''能舍而磨家事，从我游乎？'曰：'幸甚！'遂留禹偁于推官廨中，使治书学为文。久之，公从州守会后园中，酒行，州守为令属诸宾客，竟席，对未有工者。公归，书其令于壁上。禹偁窃从后

---

① ［元］脱脱《宋史》卷二八一，《毕士安传》，第9521页。

② 《全宋文》，第七七册，卷一六七九，第119页。

对,甚佳,亦书于壁。公见大惊,因假冠带,以客礼见之。(原注:州守令"鹦鹉能言争似凤",禹偁对"蜘蛛虽巧不如蚕"。)由此禹偁浸有声,后遂登第。"①

当然,毕仲游有溢美之词。青少年时期的王禹偁与诗坛前辈毕士安诗歌唱和不断,苏颂在《小畜外集序》中记载道:"公讳禹偁,字符之。生知好学,九岁能诗,与郡从事、故相毕文简公为唱酬之友。"②只是宋初文献散佚严重,毕士安的诗歌所存无几,《全宋诗》卷二一仅收其诗 4 首,未见与王禹偁来往诗作,今从现存王禹偁诗歌中举出几首反映二人交往的诗作,以显二人的友谊。

如毕士安年逾五旬、头发花白被召入翰林任学士时,王禹偁既喜且愤地创作《贺毕翰林新入》,以示庆贺,其诗为:"闻步花砖喜复悲,所悲君较十年迟。银台晓入批丹诏,铜镜秋开镊白髭。宫锦细袍宜与着,内闲骄马赐来骑。家门记得咸通事,莫忘论兵夜召时。"③王禹偁患病,毕士安寄来药方,王禹偁挥笔作《翰林毕学士寄示医瘿药方因题四韵兼简两制诸知》,以示答谢,其诗为:"预忧囊瘿病龙钟,乞得仙方便有功。纵免项如樗里子,也应头似夏黄公。西晖亭下峰峦碧,南静川未木叶红。尽是贰车堪醉处,春来唯恐酒樽空。"④

王禹偁被贬之时,偶遇会昌三年(843)写本《毛诗音义》,其中有数行残缺,作者从补缺的笔迹中,辨认出乃工部侍郎毕士安所为,乃作诗记其事,其文为:"谪宦山州自训童,因求书籍有遭逢。偶收毛郑古诗义,认得欧虞旧笔踪。南郡携行心不足,西斋送去手亲封。尘侵烟染尤堪重,年号标题历武宗。"⑤

---

① 《全宋文》,第一一一册,卷二四〇三,第 117 页。

② 《全宋文》,第六一册,卷一三三七,第 347 页。

③ 《全宋诗》,第二册,第 718 页。

④ 《全宋诗》,第二册,第 719 页。

⑤ 《全宋诗》,第二册,第 773 页。

王禹偁还作《内翰毕学士(士安)外制柴舍人(成务)故兵部阁老王公(祜)之门生又与第五厅舍人(旦)同在两制追思余庆因赋短章寄于三君子》,对包括毕士安在内的三君子,在两制时的功绩进行高度评价:"掌贡司言耀圣朝,宦途屯否数难逃。雄文自贮胸中甲,直气谁防笑里刀。黄阁不登名甚屈,紫垣终老道弥高。君看身后荣多少,两制门生伴凤毛。"①

此外,王禹偁在《送毕从事东鲁赴任序》中,对恩师毕士安给予自己的知遇之恩与奖掖之情极为感激,道:"在昔姬旦以摄政于周,伯禽乃食邑于鲁。用四代之礼乐,有千乘之兵革,表以龟蒙之山,带以洙泗之水,风淳俗厚,君义臣直,梦华胥之国,跻仁寿之域,未为比也。……议者曰:公是行也,抱其德,遇其时,若敬而守之,奉而行之,见周、孔之道尽行于今世矣。珍重珍重!"②可见,两人关系的挚密。

再看宋白,《宋史》卷四三九有传,曾三掌贡举,"得苏易简、王禹偁、田锡、李宗谔、胡旦,时谓之得人"。③ 又两入翰苑,任翰林学士、翰林承旨前后长达二十年,成为太宗朝后期名副其实的主持文坛的"翰林主人大宗伯"。其白体诗作上文已详,虽诗文散佚严重,仍不失为宋初以"元白才名"著称的白体名家、文坛领袖。

王禹偁与诗坛前辈宋白的交往对其诗风近白应有直接的影响。《小畜集》保存部分与宋白交往的诗文,可由此看出二人的密切关系。如考中进士前,王禹偁就有《投宋拾遗文》,其文为:

下韩氏二百年,世非无其文章,罕能聚徒众于门,张圣贤之道矣。其或者复授于明公乎!明公履孔孟、扬雄之业,振仲

---

① 《全宋诗》,第二册,第719页。

② 《全宋文》,第八册,卷一五三,第4页。

③ [宋]王称《东都事略》卷三八,齐鲁书社1999年版,第298页。

淹、退之之辞，矧天与之时，则追还唐风，不为难焉。然登明公之门，师明公之道者甚众，止闻胡、田二君矣。……今年春，始敢囊书笈文，登明公之门以求誉，师明公之道以进身。……某辍旨甘之具，为桂玉之费，久留阙下，则身与亲冻馁俱至也。进之退之，俟明公命。①

祝尚书先生认为此文作于太平兴国四年(879)十一月二十日，王禹偁参加科举考试前的干谒陈情之文，其求第之心十分迫切。王禹偁对宋白的诗作称赞有加，在《寄献鄜州行军司马宋侍郎》中说：

巨贤如木铎，一振声盖代。文人文曲星，谴谪落下界。辞源发昆仑，意尽若到海。昔在神德朝，少秀负文彩。擢第应制举，召试拂华盖。醉挥拔萃判，一字不复改。传写遍都下，纸贵无可买。一命佐著作，芸阁垂缨佩。歌诗数千首，人口炙与脍。……制诰复西汉，碑板揭东岱。金銮赴夜召，顾问及远大。白麻几千纸，意出元白外。荐贤恐不及，诱善曾无怠。当朝自独步，晚节亦泛爱。……讵惟师硕德，常许接佳话。国朝大手笔，日夕期鼎鼐。……大笑引淳风，樽前一长噫。今兹当委顺，自昔无芥虿。投诗助醉吟，入室生徒在。②

对宋白称赏备至，称其是盖世巨贤，是当世文曲星。对其诗歌数量之多与喜爱之广赞叹不已；对其荐贤诱善、泛爱硕德赞不绝口，谀美之情溢于言表。

此外，王禹偁还有长篇五古《东门送郎吏行寄承旨宋侍郎》《寄

---

① 祝尚书《宋代文学探讨集》，大象出版社2007年版，第420页。

② 《全宋诗》，第二册，第655页。

献翰林宋舍人》《赠礼部宋员外阁老》等等，可见二人关系的紧密。陈元锋先生在论及宋白与王禹偁等人交往的作用时说："太宗后期至真宗初，以宋白为'翰林主人''文章盟主'，王禹偁、田锡等人为辅翼，形成座主门生相呼应的两制词臣文学群体，成为北宋第一批有开创性成就的作家。"①认为王禹偁是"元白才名"著称的诗坛盟主——宋白的主要成员，这与王禹偁前期密切的与之交往并受其诗风的影响是分不开的。

其二，与同辈晁迥、田锡、罗处约、冯伉、张咏等的交往。

王禹偁一方面与前辈白体诗人交往，诗风自然受到他们的影响，另一方面也与同辈诗人交游，其中尤与蜀中名士晁迥、田锡、罗处约及其南唐降臣冯伉、儿女亲家张咏交往密切。这不仅扩大了宋初白体的阵营而且促使宋初白体创作的总体转型，从而迎来宋初白体诗歌创作的最高峰。

晁迥是宋初白体代表诗人，更是王禹偁的诗友。王禹偁与之交游，对晁迥白体诗歌创作有着重要的影响。这表现在讽谕诗与闲适诗的创作上，前文已详。咸平四年（1001）随着王禹偁的早逝及晁迥政治地位的提升与交游的变化，其诗风逐渐转化成昆体风格，这进一步证明王禹偁与之交游对其诗歌创作的巨大影响力。

田锡的生平与诗歌前文已有较为详尽的阐述，此处不赘。田锡诗歌风格多样，其白体诗作既有宋初白体诗的共性，更有他自己的个性，严格的儒家诗教的熏陶、刚烈正直的个性与贫困颠簸的生活，使其诗歌创作突破了宋初白体专门反映达官显贵那种悠游闲适的生活场景，创作出数量较为可观的反映社会现实诗歌，其诗歌语言、体裁、风格都极大地丰富了宋初白体诗歌的特征。

王禹偁与田锡的诗歌交往在前文已有涉及，田锡虽比王禹偁年长，中进士为官也都早于王禹偁，但仍然学诗于他。田锡诗文散

---

① 陈元锋《宋太宗朝翰林学士述论》，载《文学遗产》2010 年第 4 期，第 52 页。

佚严重，所存与王禹偁交往的诗作不多，但《全宋诗》收录王禹偁与田锡赠答的诗作就有10首之多，如：《书怀送田二舍人自吏部郎中出典泰州》："共叹蹉跎两鬓苍，立朝为郡是寻常。重归谢客中书省，又送山涛吏部郎。三人承明身最忝，十年兄弟分偏长。喜闻辞日留前席，莫算多时住水乡。"[①]对田锡出治泰州有几多愤叹，并与田锡称兄道弟，可见两人友谊已十分深厚。

端拱二年(989)，田锡因直言不讳被罢知制诰，出知陈州。王禹偁为之饯行，一口气创作5首《和陈州田舍人留别》，诗中情感复杂而真切，有替田锡遭遇贬谪的不满，有饯席上的依依惜别之情，更有乐观的劝慰，"预想郡斋公宴处，桃花凝露柳垂条""郡吏好排红粉妓，史君曾是紫微郎""道服日斜披鹤氅，药畦春暖步龙鳞"，虽是想象之辞，但却能淡化友人心头的贬谪之情。王禹偁甚至想与田锡一起去淮阳，共治陈州，现移录几首如下：

宛丘分理藉贤明，暂辍词臣抚百城。职罢掖垣人共惜，郡连京辅自为荣。休吟红药阶前色，且听长淮枕上声。驻马都门相别处，柳黄莎碧上林莺。[②]

——《和陈州田舍人留别》(其一)

东风初暖酒难销，五马行春罢趁朝。道畔棠阴同召伯，阶前蓂荚别唐尧。下车正是尝新笋，得句何妨寄旧僚。预想郡斋公宴处，桃花凝露柳垂条。[③]

——《和陈州田舍人留别》(其二)

演纶多暇每封章，暂去颁条道更光。郡吏好排红粉妓，史君曾是紫微郎。楼台有月新诗出，囹圄无人绿草长。地接清

① 《全宋诗》，第二册，第771页。
② 《全宋诗》，第二册，第703页。
③ 《全宋诗》，第二册，第703页。

淮足佳致，水村烟坞似鱼乡。①

——《和陈州田舍人留别》（其三）

此外，王禹偁还有《送田舍人出牧淮阳》："药树吟多且握兰，蔼然公议满朝端。西垣罢直苍苔冷，南郡行春绿野宽。茜旆出过应曜墓，棠阴潜上伏牺坛。乡心休梦峨眉雪，会顾青蒲忆史丹。"②也写于此时。二人还有被贬时的同病相怜，这更能显出其友谊的真挚。淳化二年（991），田锡又因稽留狱案而谪为泰州团练副使，始末详见前文。就在同年，王禹偁也为徐铉辩诬，触怒太宗而谪为商州团练副使，二人以诗传达彼此的情感，王禹偁有《寄海州副使田舍人》，其诗为："系即匏瓜转即蓬，可怜踪迹与君同。眼前有酒长须醉，身外除诗尽是空。闲采紫芝饥可疗，欲浮沧海道应穷。声名官职相磨折，休忆西垣药树红。"③

第一次遭遇官场挫折的王禹偁心情不像此后几次贬谪时的旷达，心中的愤激与苦闷往往直露无遗。因而，此诗一开始就给人悲伤之感，人竟如匏瓜，大而无用，愤激之情隐含其中；转如飞蓬，游而无根，哀伤之味溢于言表。自己在商州以酒浇愁、以诗泄情，也不避讳说自己"闲采紫芝饥可疗"，只有好友方可如此直言不讳。

除此，王禹偁还有《寄田舍人》："出处升沉不足悲，羡君操履是男儿。左迁郡印辞纶阁，直谏书囊在殿帷。未有佥谐征贾谊，可无章疏雪微之。朝行孤立知音少，闲步苍苔一泪垂。"④王禹偁首先称赞田锡执着于个人"操履"（操守），而非自己的出处升沉。"纶

---

① 《全宋诗》，第二册，第703页。

② 《全宋诗》，第二册，第701页。

③ 《全宋诗》，第二册，第731页。

④ 《全宋诗》，第二册，第704页。

阁”，为代皇帝撰拟制诰之处，后代指中书省。对此，《初学记》卷一一记载道：“又中书职掌纶诰，前代词人，因谓纶阁。”[①]田锡虽因秉笔直谏，由中书省出治郡守，但其耿直文章仍留在京城。接着，作者揭示时下官场的乱象。正直之人的贬谪，朝廷竟没有形成一致意见去召回他，也没有朝臣上书为其雪不白之冤。“佥谐”指共同认定、一致认可之意。“征贾谊”，用贾谊之典，这里实为征田锡；“雪微之”，用元稹之典，实指田锡。最后，诗人感叹形单影只、知音稀少，闲步落泪，带有较为浓厚的伤感色彩。

只可惜田锡诗文散佚严重，和作几无所见，但两人关系的笃厚是毋庸置疑的。王禹偁诗歌推崇白体，是宋初白体诗作成就最高的作家，田锡的诗文在宋初白体诗人中有自己的独特地位与影响，两人确实是宋白的左右辅翼。无论是顺境中互相欣赏提携还是逆境中的安慰劝勉，使得二人的诗文有诸多的相似之处，其中突破此前白体的一味闲适，把笔触引入更为广阔的社会生活是一致的。

罗处约(958—990)，字思纯，益州华阳人。其生平事迹主要见于《宋史》卷四四〇《罗处约传》。王禹偁与罗处约相识甚早，又是同年，关系甚密。

王禹偁为官之初的诗歌创作多以传统白体诗歌记游唱和为主，而这与罗处约交友应有密切关系。宋代章定曾说：“宋朝罗处约，蜀人也。举进士为临涣簿，再迁大理评事，知吴县。王禹偁与为倡酬，人多传诵。”[②]王禹偁在《官舍思怀呈罗思纯》一诗中也说：“同年事分几般同，墨绶逶迤一郡中。仙桂并枝攀月魄，县花交影笑春风。分莎种就寻僧径，借竹编成养鹤笼。公暇不妨闲唱和，免教来往递诗筒。”[③]二人交友酬唱，模仿元白的痕迹，十分明显。

---

① [唐] 徐坚等编《初学记》，第二册，中华书局 1962 年版，第 272 页。

② [宋] 章定《名贤氏族言行类稿》卷二一，文渊阁《四库全书》本，第 933 册，第 294 页。

③ 《全宋诗》，第二册，第 690 页。

王禹偁与罗处约交往之作数量不少，几乎贯穿罗处约中第后的各个阶段，如罗处约巡抚荆湖路时，王禹偁为之饯行，并作《送罗著作奉使湖湘》；①按狱两浙时，王禹偁又为之饯行，并作《送罗著作两浙按狱》；②除夜日，王禹偁作《除夜寄罗评事同年三首》。③ 淳化元年（990）十一月，罗处约卒于任上，年仅33岁，时贬商山的王禹偁对此十分悲痛，作组诗《哭同年罗著作》④5首，以怀念好友，其诗如下：

宿草离披泪满衫，孤坟遥想帝城南。天生贾谊成何事，只得人间三十三。

一枝丹桂谩成名，一片绯衫未是荣。赖有遗文在东观，直应千载气如生。

荒凉故宅何人住，寂寞孀妻即日还。一岁婴儿安健否，巨源虽在谪深山。

生死虽殊道义存，晓来襟袖有啼痕。只应知我方憔悴，时向商山入梦魂。

同试五题为县吏，共求三字作词臣。西垣谪宦何须恨，若比罗三是幸人。

王禹偁与罗处约的交往，无论是创作方式、创作内容还是创作心态都对彼此产生明显影响。如罗处约游太湖，在王禹偁面前述说见闻，王禹偁作《听罗评事话洞庭太湖之景因赋十韵》，还为罗处约游太湖的诗作作序："造化之功，功大而不自伐，故山川之气出

① 《全宋诗》，第二册，第701页。
② 《全宋诗》，第二册，第702页。
③ 《全宋诗》，第二册，第691页。
④ 《全宋诗》，第二册，第724页。

焉，为云泉，为草木，为鸟兽，必异其声色，怪其枝叶，奇其毛羽，所以彰造化之迹用也。山川之气，气形而不自名，故文藻之士作焉，为歌诗，为赋颂，为序引，必丽其词句，清其格态，幽其旨趣，所以状山川之梗概。……然则君之是役也，得不为大来之阶乎？又何劳之叹邪？茂苑吏王某，同年也，序以附之。”①（《桂阳罗君游太湖洞庭诗序》）就连罗处约的鹤死了，王禹偁也要作《罗思纯鹤毙为四韵吊之》：“雪干朱澹殒仙姿，千岁无征事可悲。埋瘞肯饶鹦鹉冢，飞鸣不到凤凰池。遗翎尚在飘松径，旧迹犹存傍槿篱。应得羽人尸解术，夜来何处啄灵芝。”②

王禹偁前期悠游闲适的诗歌创作实与其他白体诗人无异，这种创作倾向的形成与其和罗处约等人的交友也应有一定的关系。这类诗作还有不少，如《游虎丘》《吴王墓》《惠山寺留题》《游虎丘寺》《泛吴淞江》《长洲种牡丹》《陆羽茶》《赠草庵禅诗》《长洲遣兴》等等，诗风都异于后期诗作。

罗处约诗作肯定也受到王禹偁的影响，惜其散佚殆尽，《全宋诗》卷七四收录其诗仅 3 首，从中可以窥见罗处约诗歌对社会现实的关注，其《题太湖》：“三万六千顷，湖侵海内田。逢山方得地，见月始知天。南国吞将尽，东溟势欲连。何当洒为雨，无处不丰年。”③关注的视角不是太湖之浩渺壮观而是湖水侵占农田，并希望用此水灌溉天下的农田，则何处不丰。

在《梁县界蚜蚄虫生》一诗中，关注的是疫情的蔓延，百姓的艰难，其诗为：“方喜云油布，俄闻叶螣生。田神何纵虐，稼政自非明。颍凤那充食，吴牛已绝耕。黄堂厌粱肉，对尔自心惊。”④

---

① 《全宋文》，第八册，卷一五四，第 30 页。

② 《全宋诗》，第二册，第 693 页。

③ 《全宋诗》，第二册，第 847 页。

④ 《全宋诗》，第二册，第 847 页。

当然也有闲适记游之作，如《吴江圣寿寺》："渔翁沙鸟傍回塘，携杖闲吟绕寺廊。远岫不离青草渡，片帆时过绿苔墙。风狂林木生清籁，日暖涟漪动画梁。张翰思乡应有意，几多屏障水为乡。"①

再看冯伉，王禹偁被贬商州前后与冯伉交往的诗作数量十分可观，粗略统计有近40首之多。这在王禹偁的交友诗作中很是罕见。而冯伉的生平事迹比较模糊，诗文散佚殆尽，《全宋诗》卷五八只录残句2句，《全宋文》也未见其作。《全宋诗》的小传说：

> 冯伉，字仲咸，新安(淳安)人。天平兴国八年(九八三)进士。累迁殿中侍御史。太宗淳化三年(九九二)知商州。真宗咸平三年(一〇〇〇)知福州，卒于任。文辞清丽，在商州时屡与王禹偁唱和。事见《小畜集》卷二〇《商於驿记后序》及《宋史》卷四七八《冯谧传》。②

对其生平事迹的记叙比较简略，目前李中合、黄元英二先生所著《度尽劫波兄弟在，相逢一笑泯恩仇——简论王禹偁、冯伉在商州的情结表现》③一文，对冯伉的身世有所补充，而且对王禹偁与冯伉二人交往的曲折波澜有较为详细的阐释，可参。商州之贬后，二人尽释前嫌，酬唱、赠寄、述怀之作逐渐增多。前后三年，与冯伉相关的诗作达38首之多，是商州之贬期间诗歌创作的重要组成部分，著名的《商於唱和集》就诞生与此时。

淳化二年(991)十二月，被贬商州的王禹偁主动作《岁暮感怀贻冯同年中允》3首，淋漓尽致地描写了自己在商於百无聊赖的生

---

① 《全宋诗》，第二册，第847页。

② 《全宋诗》，第一册，第643页。

③ 李中合、黄元英《度尽劫波兄弟在，相逢一笑泯恩仇——简论王禹偁、冯伉在商州的情结表现》，载《商洛师范专科学校学报》2005年第3期。

活，以及抒发对拜访同年冯伉的殷切之情，“荒城共谁语，除却访同年”，化解二人关系的坚冰。其诗为：

谪宦商於郡，闲门车马稀。尘侵书命笔，香散入朝衣。烧尽峰峦出，霜晴木叶飞。夜来天欲雪，寒梦不成归。①

岁暮客商山，谪居多昼眠。梦回红药树，身落紫微天。不得亲公事，如何望俸钱。荒城共谁语，除却访同年。②

谪居京信断，岁暮更凄凉。郡僻青山合，官闲白日长。烧烟侵寺舍，林雪照街坊。为有迁莺侣，诗情不敢忘。③

淳化三年三月，冯伉至辛谷，王禹偁作长篇《赋得南山行，送冯中允之辛谷冶按狱》为之送行。其诗为：“商山三月花如火，草树青葱雨初过。柳条渐软蝶双飞，桑叶尚多蚕一卧。薄情野水流不回，无力春云慵欲堕。团团榆荚是谁抛，漠漠游丝向人亸。可怜花木间岚光，花前正好飞觥觞。冯君夙驾一何速，捧檄银坑按辛谷。转输昨日又移文，小吏诉牒何纷纭。见说南山六百里，跙尽马蹄摧屐齿。是何屈于不知已，冲斗太阿教补履。龙无尺水且蟠泥，骥困盐车但垂耳。片言折狱亦胡为，必也无讼方君子。吾徒事业本稽古，得行其志当刑措。画衣画地免烦苛，抵璧捐金返淳素。未行此道且营营，营营为禄聊代耕。残春小别不足念，为君高唱南山行。南山一月期回首，莫诉临歧数卮酒。”④

淳化三年九月，冯伉由通判升至知州，王禹偁作《仲咸就加郡印，因以四韵贺而勉之》：“如何小郡滞清贤，未得徵归振鹭班。莫

---

①《全宋诗》，第二册，第716页。

②《全宋诗》，第二册，第716页。

③《全宋诗》，第二册，第716页。

④《全宋诗》，第二册，第783页。

怕三年持汉诏，犹胜迁客卧商山。俱谙宦路须推命，同有诗情合好闲。唯是谪官无考限，比君知向几时还。”①既有对好友的祝贺，也有对自己的劝勉。由《移入官舍偶题四韵呈仲咸》：“赁舍喧卑谪宦情，同年邀我住公庭。不离铫药煎茶屋，便坐吟诗看雪厅。苔径乍行侵屐绿，竹窗初卧满床青。使君公署虽宏敞，未见南山翠似屏。”②可知冯伉已把王禹偁接至官舍居住，二人关系日益密切。

淳化三年除夕之夜，冯伉曾携酒拜访，二人痛饮大醉，王禹偁事后作《岁除日，同年冯中允携觞见访，因而沉醉病酒三日，醒而偶题》，其诗为：

> 除夜浑疑便白头，携壶相劝醉方休。敢辞枕上三朝卧，且免灯前一夕愁。薄命我甘离凤阁，多才君亦滞龙楼。相逢不尽杯中物，何以支当寂寞州。③

诗中充满贬谪之意，二人已经尽弃前嫌，在以诗排忧的过程中，心灵得以安慰。至年底，王禹偁把入商州一年来与冯伉等人的唱和诗作100余篇编成《商於唱和集》，冯伉作诗相贺赠，王禹偁作《仲咸以予编成〈商於唱和集〉以二十韵诗相赠依韵和之》，其诗为：

> 诗战虽非敌，吟多偶自编。齐强侵北鄙，许败守东偏。犹恨多虚日，何妨且系年。龙媒难趁逐，驽驾赖驱牵。拙句传非梦，雄词纵自天。一嘲花灼灼，再咏雁翩翩。白雪终无继，洪崖谩拍肩。驂鸾元在汉，堕鼠不成仙。硎发锋芒利，衡诚势力悬。石因良玉润，褧借锦衣鲜。糠粃豪家笑，铏羹古味全。虎

① 《全宋诗》，第二册，第734页。
② 《全宋诗》，第二册，第793页。
③ 《全宋诗》，第二册，第719页。

盐宜燕享，猴棘谩雕镌。我笔非江氏，君才比孟坚。岂劳开茜旆，早合步花砖。重甚连城璧，精于万选钱。西江闻祖德，南国许名贤。夜阁调琴月，秋堂煮茗烟。淡交轻势利，孤达鄙荣迁。媚挹怀珠水，幽听喷玉泉。谪居叨属和，都志命迍邅。①

二人诗酒酬唱，其内容大多是关注现实人生，抒发的是自己贬谪的苦闷。这要远远丰富于君臣应制之作与馆阁臣僚之间的闲适悠游之作。这是对宋初白体酬唱诗作的丰富。他们在逆境中以诗互相安慰，汲取力量，即使是闲适记游，其情感都要真实的多，如《仲咸以一秋苦雨两日忽晴，以四韵见寄，因次原韵兼纾客情》：

愁霖百日思低迷，昨夜星辰似旧时。稼穑已伤忧客计，津梁全坏怯归期。丹河浪减沙痕涨，锦岭霜晴月影迟。喜霁未遑抽赋笔，劳君先惠碧云诗。②

对雨的喜愁取决于稼穑，近似杜甫悯农之情。再如《和仲咸除知郡后，雨中戏作见赠》："明代何人为荐雄，专城犹与众人同。徒闻清政如黄霸，尚借绯衫似白公。我有金章知是忝，君无银榼信为穷。不须厌见随车雨，岁晚当期五谷丰。"③不厌雨多，是因为可期丰年。其《次韵和仲咸对雪散吟三十韵》："应同头上发，复乱眼中花。光暝侵灯暗，声繁拂竹斜。东风吹片片，北户积些些。最豁三农望，匀淹百草芽。润胜天上露，媚掩日边霞。史笔应先纪，丰年的不赊。舞萦农叟袂，飘逐使君车。善政商於郡，优闲副使家。"④

① 《全宋诗》，第二册，第796页。
② 《全宋诗》，第二册，第797页。
③ 《全宋诗》，第二册，第792页。
④ 《全宋诗》，第二册，第794页。

面对翩翩飞舞的飞雪，作者想到的还是来年的丰收与否。

因而，徐规先生说："（王）禹偁以冬雪关系农事颇大，故喜作此诗贻知州冯伉。"①当然最多的是反映贬谪时的苦闷，对现实不合理现象的愤激与无奈，如《次韵和仲咸感怀贻道友》二首：

> 莫问穷通事若何，遇花逢酒且狂歌。人情易逐炎凉改，官路难防陷井多。只合收心抛世网，不须推命说天罗。如今玉石休分别，免被无辜刖卞和。②
>
> ——《次韵和仲咸感怀贻道友》（其一）
>
> 好齐生死与穷通，古往今来事略同。轩后谩留烧药鼎，汉皇虚筑望仙宫。鉴中容鬓看看老，梦里荣枯旋旋空。不逐冥鸿天外去，可怜焦烂扑灯虫。③
>
> ——《次韵和仲咸感怀贻道友》（其二）

全诗情感悲切，对人情淡薄、世态炎凉、官场多舛，甚至不辨玉石的世道表达由衷的不满与无奈。第二首给人以齐生死、等穷通的空漠之感。迥异于当时稍前的二李等馆阁臣僚之间的富贵闲适之作，这一类的酬唱之作数量最多，略移录几首：

> 风雅荒凉信可悲，家声留得尽玄微。且欣丹穴一毛在，莫道沅江九肋稀。思苦也知关国政，官卑应为泄天机。他时迁客归朝去，拟觅琼瑶满袖归。④
>
> ——《和仲咸诗六首·和回喻令诗集》

---

① 徐规《王禹偁事迹著作编年》，第98页。

② 《全宋诗》，第二册，第794页。

③ 《全宋诗》，第二册，第794页。

④ 《全宋诗》，第二册，第729页。

莫道商山节候迟，晓来帘外半空枝。明朝落尽无蜂蝶，冷暖人情我最知。①

——《和仲咸杏花三绝句》(其一)

阶前已见三分落，枝上都无十日繁。谁伴多情王副使，吟诗倾酒与招魂。②

——《和仲咸杏花三绝句》(其二)

老去对花多感叹，春来耽酒少康宁。也知此事终无益，免被渔人笑独醒。③

——《和仲咸杏花三绝句》(其三)

淳化四年(993)四月，王禹偁移解州(今山西运城)团练副使，冯伉为之送行，王禹偁对两年来冯伉对自己的照顾相伴十分感激，二人洒泪而别，王禹偁作《留别仲咸》。到解州任上，二人诗歌往来不断，友谊长青，如《寄商州冯十八仲咸同年》，十分怀念在商州的岁月，并相约同归山林。

总之，初贬商州，王禹偁牢骚满怀，诗作中的谪居之情浓烈。此时与冯伉友情的重建，并在诗歌酬唱赠答中互相安慰，使得王禹偁的贬谪之感得到缓解，对其诗歌创作尤其是唱和诗作的创作有积极的影响。

再看张咏(946—1015)，字复之，自号乖崖，濮州鄄城(今属山东)人，其生平诗作前文已有阐释，其诗歌风格不拘一家，具有一定的阶段性与复杂性，既有明显的白体色彩，又具有昆体风格，不少古体也神似李白式的飞扬驰骋，是宋初由白体而入昆体的代表之一。张咏与王禹偁是儿女亲家，诗歌交往不多，如淳化五年(994)，

---

①《全宋诗》，第二册，第 795 页。
②《全宋诗》，第二册，第 795 页。
③《全宋诗》，第二册，第 795 页。

张咏出知益州，王禹偁作《赠密直张谏议》[①]送之，现存交往诗作寥寥，但两人交往应该比较频繁。王禹偁与张咏及田锡都是当时白体诗的核心成员，他们的交往对扩大白体阵营、丰富白体诗风应是不争的史实。

其三，与晚辈士人的交游。

王禹偁喜奖掖后进，好结交儒雅之士，其中尤以丁谓、孙何为典型，"所与游必儒雅，称奖后进，如孙何、丁谓，遂名重一时"。[②]司马光说："孙何、丁谓举进士第未有名，翰林学士王禹偁见其文大赏之，赠诗云：'三百年来文不振，直从韩柳到孙丁。如今便好合修史，二子文章似六经。'二人由此诗名大振。"[③]王禹偁通过与他们的交往，对他们白体诗作创作产生显著的影响，同时也推进了白体诗的整体演进。

丁谓的生平事迹与诗歌创作前文已有涉及，是由白体入昆体的代表诗人，其前期诗作带有明显的白体特征，这与王禹偁与之交往是分不开的。

孙何（961—1004），字汉公，蔡州汝阴（今河南汝南）人。少有文采，与丁谓齐名。太宗淳化三年进士，为陕州通判。后入史馆，迁秘书丞，为西京转运副使。景德元年（1004），任知制诰，同年卒，年44。有文集四十卷，已散佚，《宋史》卷三〇六有传。

王禹偁对两人的奖掖已成为文坛佳话，阮阅记载道："丁晋公、孙何齐名。翰林学士王元之延誉，尝言二人可使白衣充修撰。"[④]至于丁谓后来依附王钦若等成为奸佞之臣，那是王禹偁卒后十多年的事，不应把不识人之罪加在王禹偁身上，而且王禹偁曾在品性

---

① 《全宋诗》，第二册，第774页。

② ［宋］曾巩《隆平集》卷一三，文渊阁《四库全书》本，第371册，第127页。

③ 上海古籍出版社编《宋元笔记小说大观》，第796页。

④ ［宋］阮阅编，周本淳点校《诗话总龟》卷四，人民文学出版社1987年版，第39页。

上指责过丁谓，只是丁谓不知悔改而已。对此，吴曾《能改斋漫录》载："吕献可记丁晋公诗有'天门九重开，终当掉臂入'。王元之读之曰：'入公门，犹鞠躬如也。天门岂可掉臂入乎？此人必不忠。'"①

《全宋诗》收孙何、丁谓二人的诗作中未曾发现与王禹偁交往的诗作，可能有散佚。除上文已引赠诗外，王禹偁尚有不少往来的诗作，如在商州贬所的王禹偁闻孙何高中状元，喜不自禁作《闻进士孙何及第因寄》，其诗写道："昨朝邸吏报商山，闻道孙生得状元。为贺圣朝文物盛，喜于初入紫微垣。"②其喜悦之情胜过当年自己初入"紫微垣"。孙何任陕府通判时，王禹偁作《寄陕府通判孙状元兼简令弟秀才》，与孙何几乎兄弟相称，诗写道："商山留滞再经年，咫尺无由见状元。会赦未教归北阙，高歌应合遇东园。寸心谩道如弦直，两鬓难禁似雪繁。兄弟相知情未改，著书呼取屈原魂。"③正直不阿的王禹偁还以"忧道"与孙何劝勉，如他在《甘棠即事简孙何》一诗中曾说："听讼何如使无讼，与君忧道合沾巾。"④如此等等。

王禹偁对孙何、丁谓二人给予厚望，他在《书怀简孙何丁谓》一诗中，希望他们快速成长起来，自己就可以买船种田去了，他写道："三入承明已七年，自惭踪迹久妨贤。吾子几时归凤阁，病夫方欲买渔船。季路旨甘知已矣，潘安毛鬓更皤然。举人自代何由得，归去东皋种黍田。"⑤

王禹偁在《次韵和史馆丁学士赴阙书怀见示》中，更是称赞丁谓的品行是"行藏无玷白于圭"，文章如同"阳春寡和人传郢"，是"一举方知燕雀低"的名士，延誉之情，溢于言表。其诗为：

① [宋] 吴曾《能改斋漫录》卷一一，上海古籍出版社 1979 年版，第 310 页。
② 《全宋诗》，第二册，第 723 页。
③ 《全宋诗》，第二册，第 737 页。
④ 《全宋诗》，第二册，第 741 页。
⑤ 《全宋诗》，第二册，第 750 页。

> 清夜哀吟敌晓鸡，行藏无玷白于圭。阳春寡和人传郢，肉味都忘子在齐。绝俗文章终远大，循资班列暂卑栖。看君更刷鸾皇翼，一举方知燕雀低。①

王禹偁对丁谓诗歌反映现实民生表示赞赏，他说："淮海丰登接帝畿，家家耕破旧荒陂。乳牛引犊精神健，野叟携孙鬓发衰。河市妓翻轻茜袖，社筵人插小红旗。凭谁画取村田乐，尽使忧民圣主知。"②这对丁谓前期的"忧民"色彩的诗歌创作应是个鼓励。

至于古文方面也有不少材料，如《送孙何序》《送丁谓序》，对二人的文章创作也有影响，可参见曾枣庄先生的论文《直从韩柳到孙丁——论王禹偁与孙何、丁谓的关系》③一文。

此外，王禹偁还与僧人、处士有一定的接触，如对高僧赞宁十分推崇，对潘阆也十分称赏，曾赠诗潘阆道："烂醉狂歌出上都，秋风时节忆鲈鱼。江城卖药长将鹤，古寺看碑不下驴。一片野心云出岫，几茎吟发雪侵梳。算应冷笑文场客，岁岁求人荐子虚。"④《西湖游览志余》卷一二记载道："潘逍遥，阆，钱唐人，以诗名，宋太宗将官之，辞不就。……阆与王元之、孙何、柳开、魏野最厚，暇则放怀湖山，随意吟咏。"⑤与处士种放也有交往，如《赠种放处士》《酬种放徵君》等。与西昆领袖杨亿交往颇密，有《送史馆学士杨亿闽中迎侍》《送正言杨学士亿之任缙云》。杨亿在王禹偁病逝后，作诗《故蕲州王刑部阁老挽歌五首》给予沉痛的悼念等等。昆体与白体有着千丝万缕的联系，最直接的例子就是大量的昆体作家都有

---

① 《全宋诗》，第二册，第801页。

② 《全宋诗》，第二册，第801页。

③ 曾枣庄《直从韩柳到孙丁——论王禹偁与孙何、丁谓关系》，载《菏泽学院学报》2010年第7期。

④ 《全宋诗》，第二册，第804页。

⑤ ［明］田汝成《西湖游览志余》卷一二，文渊阁《四库全书》本，第585册，第442页。

学白的经历或与白体诗人有着密切的交往，这一点前文已有阐述，某种意义上可以说昆体是宋初白体诗的“延续”。

概言之，王禹偁与各色士人的交友不仅扩大了宋初白体诗的影响，还宣传了新的白体诗歌创作的动向，并得到同辈及其晚辈诗人们的积极响应，有利于白体乃至宋初诗歌的健康演进。

（二）政坛上三起三落原因推究

王禹偁在政坛上“八年三黜”，倍受挫折，对此《三黜赋》有详细的记述。对其原因，正史记载多大同小异，如商州之贬，《宋史》卷二九三说：“庐州妖尼道安诬讼徐铉，道安当反坐，有诏勿治。禹偁抗疏雪铉，请论道安罪，坐贬商州团练副使，岁余移解州。”①再贬滁州为：“禹偁与客言，后尝母仪天下，当遵用旧礼。坐谤讪，罢为工部郎中、知滁州。”②三贬黄州为：“咸平初，预修《太祖实录》，直书其事。时宰相张齐贤、李沆不协意，禹偁议论轻重其间。出知黄州。”③这成为权威的解释，也合乎史实。

其实三次贬谪应有更深层次的原因，即正直不阿、敢言直谏的王禹偁与权贵们的矛盾冲突所致，这种品行来之于其贫贱的出身与传统儒家思想的熏陶。不管是妖尼道安狱，还是坐谤讪抑或预修《太祖实录》，都是被贬的导火索而已。

先看被贬商州，庐州妖尼道安诬陷徐铉一事已详于前文，其是非曲直甚是明晰，但朝廷还是将年逾七旬的徐铉贬往邠宁静难任行军司马，还将王禹偁、宋湜、张去华等人皆予以贬谪。何至一宗案子牵连如此多人？《宋会要辑稿》记载诬陷之辞为：“铉以尺牍请托张去华，故不为治，且诬铉与姜奸。帝颇骇其事，以道安、献臣、姜氏及铉、去华属吏。狱具大理寺，以铉之奸罪无实，刑部详覆，议

① ［元］脱脱《宋史》卷二九三，《王禹偁传》，第 9794 页。
② ［元］脱脱《宋史》卷二九三，《王禹偁传》，第 9795 页。
③ ［元］脱脱《宋史》卷二九三，《王禹偁传》，第 9798 页。

与大理寺同，尼道安当反坐。帝疑其未实，尽捕三司官吏系狱而有是命。”①官吏互相包庇，甚至结党相卫，这可是帝王的大忌，即使“奸罪无实”，太宗也“疑其未实，尽捕三司官吏系狱”。因而，王禹偁商州之贬，首先是太宗多疑个性的牺牲品。

再者就是王禹偁正直无私的量刑冒犯帝王的权威而由此一劫。对道安一案，太宗的态度存在明显的偏见，对徐铉等是疑罪从有，甚至是有意打击，而对诬陷者道安还下旨不予追究。时任大理寺王禹偁，却不顾太宗“有诏勿治”的旨意，“抗疏雪铉，请论道安罪”，这当然让太宗无法忍受，加上小人搬弄是非，是贬就难以避免了。

其三可能与佞臣的诋毁有关，对此《诗话总龟》卷四二记载：“王元之以尼道安事谪商州，盖为卢崖州所谮也。有诗云：‘敢向台阶问罪名。’后有以事贬黄州者，有诗云：‘魏能下面看花衔。’魏能以军功升黄州刺史。”②

卢崖州应指卢多逊，此人曾与宋初开国名臣赵普有隙，“多逊尝有憾于普，又喜其进用，遂攻普之短，出镇河阳，普之罢甚危，赖以旧勋脱祸，多逊遂参知政事作相。太平兴国七年，普复入相，多逊有崖州之行。”③虽其时间有不吻合之处，但其得罪权臣是不争的事实，如黄州之贬，刘克庄《后村诗话》记载说：“王元之被遇熙陵，知制诰，因救徐铉，贬商州，为内相，因议孝章后丧，贬滁州。真皇登极召还，将用矣。其诗乃云：‘两制旧臣生白发，一番新贵上青天。’未几，再谪黄州，迁蕲州而卒。岂新贵有所未平乎？”④

---

① ［清］徐松《宋会要辑稿》职官六四之八，中华书局 1957 年版。

② ［宋］阮阅编，周本淳校《诗话总龟》卷四四，人民文学出版社 1987 年版，第 418 页。

③ ［宋］祝穆《古今事文类聚别集》卷三二，文渊阁《四库全书》本，第 927 册，第 1026 页。

④ ［宋］刘克庄著，王秀梅校《后村诗话》卷二，中华书局 1983 年版，第 21 页。

"两制旧臣生白发，一番新贵上青天。"可以想象"新贵们"见后的反应。而王禹偁黄州之贬，确与得罪时相张齐贤有关，不少文献有所涉及，如王辟之在《渑水燕谈录》卷二中记载："禹偁前在翰林，作《齐贤罢和麻词》，其辞丑诋。及再入中书，禹偁亦再知制诰，故两中伤之。"①江少虞也说："王元之之谪黄州也，实由宰相不说，交亲无敢私见，惟窦元实握手泣唁于阁门，曰：'天乎！使公屡黜，岂非命耶！'士大夫高之，元之以诗谢之曰：'惟有南宫窦员外，为余垂泪阁门前。'"②刘攽《中山诗话》也记载道：

王元之《谪黄州诗》曰："又为太守黄州去，依旧郎官白发生。"在朝与执政不相能，作《江豚诗》以讥之曰："江云漠漠江雨来，天意为霖不干汝（俗云：豚出则有风雨）。"又曰："餮啗虾鱼颇肥腯（讥其肥大）。"③

别说权相就连太宗，王禹偁也时常不加避讳，对此魏泰在《东轩笔记》卷二中说："太宗欲周知天下之事，虽疏远小臣，苟欲询访，皆得登对。王禹偁大以为不可，上疏略曰：'至如三班奉职，其卑贱可知，比因使还，亦得上殿？'当时盛传此语，未几，王坐论妖尼道安救徐铉事，责为商州团练副使。"④

"三班奉职，卑贱可知"，太宗览之自然不快。被贬滁州后，曾作《滁州谢上表》，其中有"诸县丰登，苦无公事；一家饱暖，全荷君恩"⑤之句，多疑的太宗读出反语之意也是极有可能的。

二贬滁州的原因更是王禹偁"干涉"到帝王家的私事了，所谓

① 上海古籍出版社编《宋元笔记小说大观》(二)，第1242页。
② [宋]江少虞《宋朝事实类苑》卷三四，第427页。
③ [清]何文焕编《历代诗话》中华书局1981年版，第285页。
④ [宋]魏泰著，李裕民校《东轩笔录》卷二，中华书局1983年版，第17页。
⑤ 《全宋文》，第七册，卷一四五，第306页。

"坐谤讪"的事因就是太宗对去世的开宝皇后所用丧礼"不尊旧礼"的不满。是非也很明显，这是皇室内部权力斗争的表现，太宗有意为之。王禹偁也不会糊涂到连这都不知的地步，但他仍然固守正道，"谤讪"指责，故而又遭谴谪。

太宗对王禹偁的刚烈狷介、不容于物是极为不满的，曾予以告诫，这类文献也有不少，如：

> 尝侍宴琼林，太宗独诏至御榻，面诫之曰："文章在有唐，不下韩、柳之列，但刚不容物，人多沮卿，使朕难庇。"禹偁泣拜，书绅而谢。①
>
> ——《玉壶清话》卷四
>
> 禹偁性刚狷，数忤权贵，宦官尤恶之。上累命执政召至中书戒谕之，禹偁终不能戒。②
>
> ——《涑水记闻》卷二
>
> 己卯，授左正言，谓宰相曰："禹偁文章，独步当世，然赋性刚直，不能容物，卿等宜召而戒之。"寻命直昭文馆。③
>
> ——《续资治通鉴长编》卷三四

王禹偁这种"事上不邪曲，居下不谄佞，见善若己有，疾恶过仇雠"④的刚正不阿、直言犯禁的个性在当时肯定会备受摧残的，即便统治者时而表现出欣赏之态。这种正直的不屈士风，在经过宋初几十年的儒学重建之后终于表现出来，这是一件可喜之事。宋人的淑世精神、自觉意识与忠义之气在太宗朝后期士人中逐渐得

---

① ［宋］释文莹《玉壶清话》卷四，中华书局1984年版，第41页。

② 上海古籍出版社编《宋元笔记小说大观》(一)，第793页。

③ ［宋］李焘《续资治通鉴长编》卷三四，中华书局1979年版，第752页。

④ ［宋］江少虞《宋朝事实类苑》卷七，第68页。

到普遍的认可，对此《宋史》卷四四六记载道："士大夫忠义之气，至于五季，变化殆尽。宋之初兴，范质、王溥犹有余憾，况其他哉！艺祖首褒韩通，次表卫融，足示意向。厥后西北疆埸之臣，勇于死敌，往往无惧。真、仁之世，田锡、王禹偁、范仲淹、欧阳修、唐介诸贤，以直言谠论倡于朝，于是中外缙绅知以名节相高、廉耻相尚，尽去五季之陋矣。"①

王禹偁政治上的正直不苟，虽屡遭贬谪但其心不悔就是士风重建的结果，更是自己儒学修为的产物，这也与早年白居易为官的精神一致，更与老杜的忧国忧民的儒者责任意识相同。经过贬谪打击的王禹偁，其诗风更多地是对白居易与杜甫现实情怀、责任意识的传承与发扬。

二、王禹偁思想及对白居易的态度

（一）王禹偁的尊儒重道思想

其一，对儒家伦理道德的坚守。

王禹偁直道而行、屡折不悔、刚正不阿、忠义独立的人格源于他对传统儒家伦理道德的推崇与发扬。王禹偁道德与文章兼备、气节与文风交融，成为士人的楷模，同朝为官的谏议大夫戚纶诔之曰："事上不邪曲，居下不谄佞。见善若已有，疾恶过仇雠。世以为知言。"曾巩称赞他说："禹偁辞章敏赡，喜谈世事，臧否人物，以正道自持，故屡被摈斥。"②王称无不感叹地说："(田)锡、(王)禹偁真天下正直之士哉。其事君必尽言无隐，以谨其微，以防其渐，由是二宗有听言之美，二臣有敢言之效，而治道隆矣。古之所谓主圣臣

① [元] 脱脱《宋史》卷四四六，《忠义一》，第13149页。

② [宋] 曾巩《隆平集》卷一三，《王禹偁传》，印影文渊阁《四库全书》本，第371册，第127页。

直、君明臣忠者，岂不然哉，岂不然哉。”①苏轼在《王元之画像赞并序》中称赞他说：“如汉汲黯、萧望之、李固，吴张昭，唐魏郑公、狄仁杰，皆以身殉义。招之不来，麾之不去，正色而立于朝，则豺狼狐狸自相吞噬，故能消祸于未形，救危于将亡。……故翰林王公元之，以雄文直道，独立当世，足以追配此六君子者。方是时，朝廷清明，无大奸慝，然公犹不容于中，耿然如秋霜夏日，不可狎玩，至于三黜而死。倘不幸而处于众邪之间、安危之际，则公之所为，必将惊世绝俗，使斗筲穿窬之流，心破胆裂，岂特如此而已乎？”②将王禹偁与前朝汲黯、萧望之、李固、张昭、郑公、狄仁杰六人相提并论，实为当时及后世士人学习的典范。

王禹偁虽出身贫寒，但先后得到毕士安、宋白等人的提携帮助，从小深受儒家思想的熏陶，他在《用刑论》中说：“予自幼服儒教，味经术，尝不喜法家者流，少恩而深刻。”③在阐述己志的《吾志》诗中说：“吾生非不辰，吾志复不卑。致君望尧舜，学业根孔姬。自为志得行，功业如皋夔。”④可比“致君尧舜上，再使风俗淳”儒道至上的杜甫。他在组诗《放言》中表达自己对儒道的坚守，其诗为：

贤人虽学心无闷，君子须知道自消。德似仲尼悲凤鸟，圣如姬旦赋鸱鸮。看松好待严霜降，试玉宜将烈火烧。青女祝融如不党，愿分顽石与山苗。⑤

——其三

人生唯问道如何，得丧升沉总是虚。宁可飞鸿随四皓，未能鱼腹葬三闾。傅岩偶梦谁调鼎，彭泽高歌自荷锄。不向世

① [宋] 王称《东都事略》卷三九，齐鲁书社 1999 年版，第 314 页。

② [宋] 苏轼著，孔凡礼点校《苏轼文集》卷二一，中华书局 1986 年版，第 603 页。

③ 《全宋文》，第八册，卷一五五，第 39 页。

④ 《全宋诗》，第二册，第 658 页。

⑤ 《全宋诗》，第二册，第 720 页。

间争窟穴，蜗牛到处是吾庐。①

——其四

道要时刻保持，不然它就会自动消失，而且坚守儒道要经历严霜烈火般的考验，即使身处艰难之境，也宁愿追随四皓、彭泽独善其身也不放弃对儒家之道的坚守。他被贬商州，常常以虽九死其犹未悔的屈原及忠而被黜的贾谊自比，表现出百折不挠、坚贞爱国的品格。历经三次贬谪之苦后的王禹偁不是趋利避害，而是更加地直道勇往，《三黜赋》就表达了自己守道不悔的坚定毅力，现移录其赋如下：

一生几日，八年三黜。始贬商於，亲老且疾，儿未免乳，呱呱拥树。六百里之穷山，唯毒蛇与貙虎。历二稔而生还，幸举族而无苦。再谪滁上，吾亲已丧，几筵未收，旅榇未葬，泣血就路，痛彼苍兮安仰？移郡印于淮海，信靡盬而鞅掌。旋号赴于国哀，亦事居而送往。叨再入于掖垣，何宠禄之便蕃。今去齐安，发白目昏。吾子有孙，始笑未言。去无骑乘，留无田园。羝羊触藩，老鹤乘轩。不我知者，犹谓乎郎官贵而郡守尊也。

於戏！令尹无愠，吾之所师；下惠不耻，吾其庶几。卞和之刖，吾乃完肤；曹沫之败，吾非舆尸。缄金人之口，复白圭之诗。细不宥兮过可补，思而行兮悔可追。慕康侯之昼接兮，苟无所施，徒锡马而胡为；效仲尼之日省兮，苟无所为，虽叹凤而奚悲？夫如是，屈于身兮不屈其道，任百谪而何亏？吾当守正直兮佩仁义，期终身以行之。②

---

① 《全宋诗》，第二册，第721页。

② 《全宋文》，第七册，卷一四一，第237页。

王禹偁在《小畜集》序言中也说："因阅平生所为文，散失焚弃之外，类而第之，得三十卷。将名其集，以《周易》筮之，遇乾之《小畜》。《乾》之《象》曰'君子以自强不息'，是禹偁修辞立诚、守道行己之义也。《小畜》之《象》曰：'风行天上，小畜，君子以懿文德。'说者曰：'未能行其施，故可懿文而已。'是禹偁位不能行道，文可以饰身也，集曰《小畜》，不其然乎？"①王禹偁抱着"位不能行道，文可以饰身"的儒家"立言"之说，编撰自己的诗文集，它是"修辞立诚、守道行己"理想的外化。

此外，王禹偁也重视传统儒家的"德"，以德辅道，强调德对普通士人的重要性。他在《省试四科取士何先论》中说："祖述尧舜之心，宪章文武之道，历聘者七十国，授教者三千徒。于是设四科，垂之万世。以为立身者莫若德，故德行以首之。"②即将"德"置于四科之首。

其二，政治革新主张。

王禹偁不仅仅是宋初文坛领袖，北宋诗文革新的先驱，其在政治、经济甚至军事等诸多方面，王禹偁也有自己的思考与见解，可以说他是宋代中期政治革新的先导者。其政治革新思想主要集中在太宗朝所献的《端拱箴》《御戎十策》《三谏书序》及真宗所作的《应诏言事疏》之中，现简略归纳如下：

先看政治方面。王禹偁尊儒重道必然要落到实处，前期的王禹偁与白居易一样关心时事，积极为君分忧。宋初过度的权力集中、无限制的扩大官僚机构、实施守内虚外的军事政策及荒年养兵的机制，导致"冗官""冗费""冗兵"及边患难治等诸多问题，而太宗后期守着"祖宗家法"不肯变异。为此，王禹偁大声疾呼："改辙更张，因时立法，固无封执。太祖削诸侯跋扈之权，不得不尔。太祖

① 《全宋文》，第八册，卷一五四，第34页。

② 《全宋文》，第八册，卷一五五，第52页。

平伪国，夷妖巢，本以杜觊望之术，其如救世设法，久则弊生，救弊之道，在乎从宜。”①如何改辙更张，因时立法呢？

首先，王禹偁反对过于集中的中央集权。他说：“尊京师而抑郡县，强干弱枝之术，亦非得其中道也。”②尤其是边境重镇，要给予足够的自主权，发挥地方、臣下的积极性，实现统治才能稳定。

其次，要精简官僚机构，严格选举、赏罚制度。北宋官僚机构臃肿，效率低下，王禹偁对此主张：“减冗兵，并冗吏，使山泽之饶，稍流于下。”③为此，他提出“艰难选举，抑儒臣而激武臣也”，使入官不滥。同时，通过赏罚制度提高行政效率，他说：“赏罚者，国之大柄；喜怒者，人之常情。赏虽由己，勿因弃而行；罚虽在我，勿因怒而刑。喜赏惑滥，亏损天鉴；怒刑不正，枉屈人命。”④要用人唯贤，“亲大臣，远小人，使忠良蹇谔之士，知进而不疑；奸憸倾巧之徒，知退而有惧”。⑤ 要“信用大臣，参决机务”，分权与臣下。对不肖者，实行淘汰，以解决“冗官”问题。

再次，经济方面，首先要计口授田，抑制兼并。宋初统治者对官吏广占土地持有默许政策，导致农民失地现象十分严重，自然影响社会的长治久安。王禹偁提出按人口多寡分配土地，以巩固统治，他说：“计口授田，兼并何有？是为仁政。”此外，从经济角度，对宋初佛教的兴盛十分不满，他说：“臣愚以为国家度人众矣、造寺多矣，计其费耗，何啻亿万。先朝不豫，舍施又多，佛若有灵，岂不蒙福？事佛无效，断可知矣。”⑥因而他主张要“沙汰僧尼，使疲民无

① ［宋］李焘《续资治通鉴长编》卷四七，中华书局1979年版，第1037页。

② ［宋］李焘《续资治通鉴长编》卷四七，中华书局1979年版，第1037页。

③ ［元］脱脱《宋史》卷二九三，《王禹偁传》，第9795页。

④ ［宋］魏齐贤《五百家播芳大全文粹》卷一〇九，印影文渊阁《四库全书》本，第1353册，第799页。

⑤ ［元］脱脱《宋史》卷二九三，《王禹偁传》，第9797页。

⑥ ［元］脱脱《宋史》卷二九三，《王禹偁传》，第9797页。

耗”。在《三谏书序》中也有相似的观点，他说：“以齐民颇耗，像教弥兴。兰若过多，缁徒孔炽，蠹人害政，莫甚于斯，臣故献韩愈《论佛骨表》。”[①]另外，王禹偁提出“禁止游惰，厚民力也”的主张，劝农耕桑，达到人力强，而边用实，解决因“三冗”而导致的国库匮乏问题。

最后，军事方面。王禹偁对宋初的军事制度颇为不满，他说：“兵势患在不合，将臣患在无权。”[②]接着提出一系列的措施巩固西北边防，如“谨边防，通盟好，使輦运之民有所休息”“侦逻边事，罢用小臣”“行间谋以离之，因衅隙以取之”“以夷狄伐夷狄，中国之利也”“下哀痛之诏，以感激边民”等等措施，具有很强的现实意义。

此外，对浮竞、浇漓、躁进的社会时风十分不满，他在《三谏书序》中说：“其一以搢绅浮竞，风俗浇漓，率多躁进之徒，鲜闻笃行之士，不移旧辙，渐紊彝伦，臣故献刘寔《崇让论》。”[③]主张“不贵虚名，戒无益也”。

王禹偁这些主张虽有复古之嫌，但绝大多数能切中时弊，他对最高统治者的直言指责反映出正直封建士大夫的卓越见识与非凡勇气，其中一些主张实为庆历新政的先声，范仲淹在《答手诏条陈十事》中提出著名的十条革新主张，其中“明黜陟”“抑侥幸”“精贡举”“择长官”“均公田”“厚农桑”“修武备”“减徭役”诸条与王禹偁的政治观点有明显的继承关系。从这个意义上说，王禹偁实为宋代政治改革的先驱者。同时，王禹偁对政治的关注与前期的白居易极为相似，白居易也撰写《策林》，对现实问题给予高度重视。这种关心时政的淑世精神使其诗作迥异于馆阁文臣的悠游消遣与无病呻吟。

其三，重民思想。

---

① 《全宋文》，第八册，卷一五四，第 16 页。

② [宋] 李焘《续资治通鉴长编》卷三〇，中华书局 1979 年版，第 672 页。

③ 《全宋文》，第八册，卷一五五，第 16 页。

民本思想是儒家思想的精华之一，孔子的“仁者爱人”，孟子的“民为贵，社稷次之，君为轻”①等成为历代儒士思想的一部分。王禹偁从小饱读儒家经典，深受儒家思想熏陶，加上自己贫贱的出生及长期为官社会下层，能深刻地体会民生的疾苦。其脑海里的重民思想尤为突出，不论是三入承明、春风得意之时，还是久居贬所、坎坷失意之时，他都视民瘼为己苦，曾说：“男人得志升青云，须教利泽施于民。穷来高枕卧白屋，蕙带藜羹还自足。”②在《单州成武县主簿厅记》中说：“士君子学古入官，不以位之高下，身之贵贱，在行乎道、利乎民而已矣。”③

在诗歌中表现其对农业的重视、对农民生活境况的关注十分突出，诸如作于初贬商州时期的诗歌《七夕》，王禹偁结合自身的不幸遭遇，真实地再现身处社会底层的河朔贫民及其戍边役者的苦难生活，诗中流露出可贵的重民之情。此外《感流亡》《对雪》《对雪示嘉祐》《乌啄秃驴歌》《十月二十日作》等等，诗中都饱含对民生问题的关注之情。

在现实政治中，王禹偁也是积极为民谋福利，如初至长洲时，“其土污潴，其俗轻浮，地无柔桑，野无宿麦，饪鱼饭稻，衣葛服卉，人无廉隅，户无储畜。好祀非鬼，好淫内典，学校之风久废，诗书之教未行。兼并者僭而骄，贫窭者欺而堕，田赋且重，民力甚虚，租调失期，流亡继踵。或岁一不稔，则鞭楚盈庭而不能集事矣，至有市男女以塞责者，甚可哀也。”④王禹偁重新调整了租赋，一年之后就达到“狱讼靡，繁赋调”的政绩。在黄州时亦然，深得黄州百姓拥戴，被黄州人称为“吾元之也”。⑤ 这也与前期白居易的为官心态

① [清] 焦循《孟子正义》，卷二八，中华书局 1987 年版，第 973 页。
② 《全宋诗》，第二册，第 786 页。
③ 《全宋文》，第八册，卷一五六，第 62 页。
④ 《全宋文》，第八册，卷一五六，第 64 页。
⑤ [宋] 苏轼著，孔凡礼点校《苏轼文集》卷六八，中华书局 1986 年版，第 2155 页。

一致，这使王禹偁对白氏讽谕诗作有一种亲切感。

（二）王禹偁释、道兼济思想及与白居易的异同

当然，王禹偁生活在三教融合的宋代，其思想不可能不受到释道思想的影响。再加上，传统儒家思想本身也有不少地方与释道相通，它本身也讲进退之道，孔子就说："邦有道，则仕；邦无道，则卷而怀之。"①"穷则独善其身，达则兼济天下。"②成为儒士们进退的人生准则。王禹偁一面是尊儒重道的楷模（这是主导），一面又兼济释道，既奋力进取，百折不回，又能够在挫折时超越苦难，显出旷逸平和与冷静坦然，当然他没有苏轼那么了然无痕，也不像白居易晚年时闲适压倒一切，而是具有过渡的色彩。具体如下：

其一，对佛教的双重态度。

在政治经济层面上，王禹偁对佛教持坚决反对态度，上文已有简述。《石林燕语》卷一〇说："王元之素不喜释氏，始为知制诰，名震一时。丁晋公、孙何皆游门下，元之亦极力延誉，由是众多侧目。有伪为元之《请汰释氏疏》及《何无佛论》者，未几有商、洛之贬。"③

但在个人情感上，王禹偁对佛教的态度要变通的多。他很早就接触佛教，中第之前就作有《济州众等寺新修大殿碑并序》《龙兴寺记》《龙兴寺新修三门记》等文章。为官之余也经常游览佛寺，惠山寺、虎丘寺、仙泉寺、武平寺、宝应寺、昭庆寺都留下了王禹偁的足迹；结交僧友，除名僧赞宁外，还与草庵禅师、虚己禅师、九华山的处才上人等都有诗歌往来。被贬商州则与佛教接触更深，曾寄居妙高禅院与寺院住持自有密切的接触，其《济州众等寺新修大殿碑》《商州福寿寺天王殿碑》即作于此时，佛道净空坐忘、委顺寂灭等成为王禹偁贬谪心理的慰藉，其"委顺信吾生，无可无不可"的人

① [清] 刘宝楠《论语正义》，中华书局 1990 年版，第 617 页。
② [宋] 朱熹《四书章句集注》，中华书局 1983 年版，第 351 页。
③ [宋] 叶梦得著，侯忠义点校《石林燕语》卷一〇，中华书局 1984 年版，第 145 页。

生态度应受到佛道的影响。在滁州、扬州、黄州等都留有与佛教相关的诗文，如《滁州全椒县宝林寺重修大殿碑》《扬州建隆寺碑》《左街僧录通惠大师文集序》等等。“坐禅为政一般心”即认为佛教与为政有相通之处，在贬谪滁州时说：“朝簪未解虽妨道，宦路无机即是禅。铃阁悄然私自问，郡斋何异玉堂前。”[①]佛教是其遇折后的心灵良药。

王禹偁与佛僧的交往尤以释赞宁为突出。释赞宁前文有所涉及，是宋初汇通释儒的一代名僧，王禹偁为其文集作序，极为赞美，甚至与徐铉一起向赞宁学习，曾慥记载道：“僧录赞宁博物，王禹偁、徐铉尝就学焉。”[②]江少虞也有类似的记载，他说：“僧赞宁有文学，洞古博物，著书数百卷，王元之（禹偁）、徐骑省（铉）疑则就质焉，二公皆拜之。”[③]王禹偁也激赏释赞宁，《青箱杂记》卷六记载：“近世释子多务吟咏，唯国初赞宁独以著书立言尊崇儒术为佛事，故所著《驳董仲舒繁露》二篇、《难王充论衡》三篇、《证蔡邕独断》四篇、《斥颜师古正俗》七篇、《非史通》六篇、《答杂斥诸史》五篇、《折海潮论兼明录》二篇、《抑春秋无贤臣论》一篇，极为王禹偁所激赏，故王公《与赞宁书》曰：‘累日前蒙惠顾谀才，辱借通论，日殆三复，未详指归。徒观其涤《繁露》之瑕，劘《论衡》之玷，眼瞭《独断》之瞽，针砭《正俗》之疹，折子玄之邪说，泯米颖之巧言，逐光庭若摧枯，排孙郃似图蔓，使圣人之道无伤于明夷，儒家者流不至于迷复。然则师胡为而来哉？得非天祚素王，而假手于我师者欤？’”[④]简直把释赞宁当成儒道的维护者、发扬者。

当然，王禹偁的主导思想始终是儒家思想。他在《吾志》一诗中

---

① 《全宋诗》，第二册，第751页。

② ［宋］曾慥编《类说》卷一八，《江南野录》，印影文渊阁《四库全书》本，第849册，第323页。

③ ［宋］江少虞《宋朝事实类苑》卷五九，第778页。

④ ［宋］吴处厚《青箱杂记》卷六，中华书局1985年版，第61页。

说得极为明确，他说："吾生非不辰，吾志非不卑。致君望尧舜，学业根孔姬。"①因而，在他屡遭贬谪后，也没有像白居易那样沉溺于佛道，只是以此为调节而已，大多只是停留在口头之上。这样商州之贬时的诗文中充斥的屈原、贾谊式的哀怨、愤激与执着就不难理解了。王禹偁对佛教的双重态度也不是个案，在宋初诸多名儒如稍后的范仲淹、欧阳修都是如此。这反映出宋初三教融合的时代背景。

其二，对道家思想的吸收。

王禹偁个人情感上除亲近佛教外，也吸收道家思想。这主要体现在贬官商洛之后，王禹偁对老庄学说发出由衷的喜爱，如淳化三年元宵节，王禹偁读《逍遥游》作《上元夜作》："去年正月十五夜，乾元门上奉乘舆。今年正月十五夜，商洛郡中为贰车。谪宦门栏偏冷落，山城灯火苦萧疏。炉灰画尽不成寐，赖有逍遥一帙书。"②除了阅读老庄思想的经典著作《庄子》《道德经》之外，甚至还整日披羽衣道服，可见，道家思想对他也具有一定的影响。

老庄的"功遂身退，天之道也"，③对历代士人都有积极影响，王禹偁遭遇贬谪之后也是如此。他在《南园偶题》中说："天子优贤是有唐，鉴湖恩赐贺知章。他年我若功成去，乞取南园作醉乡。"④在《荒亭晚坐》中说自己："荒亭秋日沉，独坐白头吟。为郡殊无味，归田素有心。鹊翻枫叶乱，蛬响菊丛深。微物休相聒，幽怀老不禁。"⑤《为郡》诗说："道孤自合先归隐，俸薄无由便买山。出坐两衙皆勉强，此心长在水云间。"⑥等等，也曾与冯伉相约归隐，之所以迟迟未成行是因为没有建立理想的"功业"而已，他在《月波楼咏

① 《全宋诗》，第二册，第 658 页。
② 《全宋诗》，第二册，第 713 页。
③ 陈鼓应《老子注译及评介》，中华书局 1984 年版，第 93 页。
④ 《全宋诗》，第二册，第 692 页。
⑤ 《全宋诗》，第二册，第 752 页。
⑥ 《全宋诗》，第二册，第 753 页。

怀》中抒怀道:“君恩无路报,民瘼无术瘳。唯惭恋禄俸,未去耕田畴。题诗郡楼上,含毫思夷犹。功名非范蠡,何必泛扁舟。”①

正因为这颗“兼济”之心未灭,即便遭到种种挫折,也未忍空手而去。他虽称赏白居易的“吏隐”,自己却始终无法真正做到居官如隐,甚至连徐铉、二李等人的闲适自足的心态也学不上几分,其身闲心不闲的闲适之作不同于白居易,也有异于宋初馆阁重臣们的白体诗作,倒有几分似杜气息。

(三) 王禹偁的诗学思想

王禹偁虽是宋代骈文大家,但更是宋初诗文革新的先驱者。他的古文创作与古文理论成绩在欧、苏之前当首屈一指,其理论上的“远师六经,近师吏部”“传道明心”“词简理正”“易道易晓”等等,对宋代的诗文革新有着深远的影响。对此,祝尚书先生在《北宋古文运动发展史》一书中设有《宋初古文:由方兴到失败(下)——王禹偁与宋初古文运动》②专节论述,可资参考。在我国古代虽诗文异途,但两者实有相通之处,王禹偁的诗学主张有不少与其文论一致,现简要归纳如下:

其一,诗歌功能:传道明心。

王禹偁认为,诗歌的重要功能就是要“传道”,即传达儒家之道;要“明心”,即表现作者的主观情志。他在《答张扶疏书》中直言:

> 夫文,传道而明心也,古圣人不得已而为之也。且人能一乎心,至乎道,修身则无咎,事君则有立。及其无位也,惧乎心之所有不得明乎外,道之所畜不得传乎后,于是乎有言焉。又

① 《全宋诗》,第二册,第685页。

② 祝尚书《北宋古文运动发展史》,北京大学出版社2012年版,第47—67页。

俱乎言之易泯也，于是乎有文焉。信哉，不得已而为之也。①

圣人写文章是不得已而为之的，即“一乎心至乎道”的内心不得明乎外，圣人之“道”不能传于后世，又担心言辞易于泯灭，才不得不提笔著文。反过来，写文章就得要明内心于外，传圣人之“道”于后世，即传道明心。

他也以此标准来审视诗文，如在《送丁谓序》中推崇孙何道：“去年得富春生孙何文数十篇，格高意远，大得六经旨趣，仆因声于同列间。”②在《送江翔黄序》盛赞其人其文道：“观其风骨秀朗，言论和雅，则钱之交、姚之荐，斯得之矣。又继之以文，好古近道，趣向不俗，修之不已，可为闻人，况一第哉？”③在《送戚维序》中论及他本人及家风时说：“盐官戚君，始以儒雅受训于庭，复以文学策名于国，终以廉平莅事于官。下笔到古人，诵书得圣理。家门嗃嗃，敦大《易》之象；亲族熙熙，有遂古之风。士流之家，仰为模范。”④如此等等，可见王禹偁对儒家之道的崇敬。

他自然对晚唐五代以来诗文儒道不复的情况提出尖锐的批评，在《送孙何序》中说：“天之文，日月五星；地之文，百谷草木；人之文，六籍五藏。舍是而称文者，吾未知其可也。咸通以来，斯文不竞，革弊复古，宜其有闻。”⑤在《五哀诗》中，他更是尖锐地说：“文自咸通后，流散不复雅。因仍历五代，秉笔多艳冶。”⑥

王禹偁对晚唐咸通以下的文学作品评价也很低，他在给好友罗处约诗文集作序时说：“士君子者，道也；行道者，位也。道与位

① 《全宋文》，第七册，卷一五〇，第 395 页。
② 《全宋文》，第七册，卷一五二，第 425 页。
③ 《全宋文》，第七册，卷一五二，第 437 页。
④ 《全宋文》，第七册，卷一五二，第 427 页。
⑤ 《全宋文》，第七册，卷一五二，第 424 页。
⑥ 《全宋诗》，第二册，第 665 页。

并，则敷而为业，《皋陶》《益稷谟》《尹训》之类是也；道高位下，则垂之于文章，仲尼经籍，荀、孟、扬雄之书之类是也。……天未厌德，付于李唐。然而三百年间，圣贤相会，事业之大者，贞观、开元；文章之盛者，贞元、长庆而已；咸通而下，不足征者。"①

苏颂在《小畜外集序》这样评价王禹偁从理论与实践上改变晚唐五代以来颓靡风气的功绩："窃谓文章末流，由唐季涉五代，气格摧弱，沦于鄙俚。国初屡有作者，留意变风，而习尚难移，未能复雅。至公特起，力振斯文，根源于六经，枝派于百氏，斥浮伪，去陈言，作而述之，一变于道。后之秉笔之士，学圣人之言，由藩墙而践堂奥，繄公为之司南也。"②

当然，王禹偁论诗重道的范围要远远大于柳开等古文家倡导的儒家之道，更与"道统"无涉，他在《荐丁谓与薛太保书》中借称赞丁谓以表达自己对"道"范围的认识，他说："其道师于六经，泛于群史，而斥乎诸子；其文类韩、柳，其诗类杜甫，其性孤特，其行介洁，亦三贤之俦也。"③诗歌所传之道甚广，也没有停留在就道论道的玄学之上，而是积极面向现实人生，关注社会冷暖。其道最终要落实到具体的忠君、爱民中来。因而，创作出大量反映现实的诗作。

王禹偁论诗，也包括赋、铭、歌等，有恢复"诗言志"传统的理论自觉。他在《答张知白书》中说："夫赋之作，本乎诗者也。自两汉以来，文士若相如、扬雄、班固辈皆为之，盖六义之一也。……歌又杂诗之伦也，故《书》曰：'诗言志，歌永言。'又《诗序》云：'嗟叹之不足，则永歌之。'言此其始也。吁哉后人，流荡忘反。盖其得也，荐宗庙，播管弦；其失也，语淫奔，事诡怪而已。"④虽是言赋，自然也

① 《全宋文》，第八册，卷一五四，第17页。
② 《全宋文》，第六一册，卷一三二六，第348页。
③ 《全宋文》，第七册，卷一五〇，第385页。
④ 《全宋文》，第七册，卷一五〇，第392页。

包括诗歌，这与白居易诗论有明显的一致性。白居易的诗论前文已详，前期重视诗歌的言志功能，其极具现实精神与批判色彩的讽谕诗就是这种思想的体现。

其二，诗歌形式：易晓易闻。

至于诗歌形式，王禹偁主张通俗易晓，反对过分的雕纤艳冶，王铚曾记录王禹偁向真宗上奏论文时的一段材料："真宗初即位，暇日召翰林学士王禹偁，与之论文。禹偁奏曰：'夫进贤黜不肖，辟谏诤之路，彰为诰命，施之四方，延利万世，此王者之文也。至于雕纤之言，岂足轸虑思、较轻重于琐琐之儒哉？愿弃末务大，以成宗社之计。'上顾曰：'卿爱朕之深矣。'"①

王禹偁在《再答张扶书》一文中更是直接批评张扶之文的"迂而艰"，违背六经明白易晓之道。此处虽然谈文，但诗文有相通之处，可见在语言风格上，他"尚平易"而"矫流俗"，其文为：

> 子又谓六经之文语艰而义奥者十二三，易道而易晓者十七八，其艰奥者，非故为之语，当然矣。今子之文则不然，凡三十篇语皆迂而艰也，义皆昧而奥也，岂子之文过于六籍邪？若犹未焉，子其择也。……故仆欲之文句易道、义易晓也。②

这种不故求艰涩高深，崇尚明白晓畅的语言风格，正是白居易诗歌语言的主要特色。王禹偁甚至在《畬田词并序》中不避俚俗，说：

> 仆爱其有义，作《畬田词》五首，以侑其气。亦欲采诗官闻之，传于执政者，苟择良二千石暨贤百里，使化天下之民如斯

① ［宋］王铚《国老谈苑》卷一，文渊阁《四库全书》本，第1034册，第634页。
② 《全宋文》，第七册，卷一五〇，第397页。

民之义，庶乎污莱尽辟矣。其词俚，盖欲山甿之易晓也。[1]

当然，此处王禹偁是想发挥乐府诗的观风俗、知得失的传统诗教功能而为之的，并不是王禹偁的一贯观点。王禹偁还是很重视诗歌的形式美，这与古文派轻视诗文不同，如他在《冯氏家集前序》中说诗文要："词丽而不冶，气直而不讦，意远而不泥，有讽谕，有感伤，有闲适，落落焉，铿铿焉，真一家之作也。"[2]诗文言辞要有文采，但不能妖艳；诗文要理壮气直，但不能谩骂攻击；诗文意境要深远，但不能拘泥不畅。同时，还对讽谕、伤感、闲适之作毫无轩轻。这与强调诗歌的政治社会功能，又暗中称赞自己的闲适、伤感、杂律之作的白居易极为相似。王禹偁看重诗歌的教化功能与"文章合为时而著，歌诗合为事而作"的诗歌理论也如出一辙。这也是王禹偁学习其讽谕诗作的理论前提。

其三，对待文学遗产：兼容并蓄。

当然，王禹偁论诗不走极端，继承前代文学遗产的胸怀甚是广博，对白居易、杜甫、李白、韩愈、柳宗元等等都极为推崇。对诗圣杜甫，王禹偁曾经多次作诗对其人其诗屡加推崇，如他在《日长简仲咸》称赞："子美集开诗世界。"

在创作实践上，王禹偁曾仿杜甫《八哀诗》作《五哀诗》，在诗前小序中说："予读杜工部《八哀诗》，唯郑广文、苏司业名位仅不显者，余多将相大臣，立功垂裕，无所哀矣。噫，子美之诗，盖取'人之云亡，邦国殄瘁'而已，非哀乎时也。有未列于此者，待同志而嗣之云。"[3]王禹偁作《村居杂兴》二首，其子认为诗句意蕴神似老杜，王禹偁高兴地作《前赋村居杂兴诗二首……聊以自贺》，并得意地说：

---

① 《全宋诗》，第二册，第 717 页。
② 《全宋文》，第八册，卷一五四，第 24 页。
③ 《全宋诗》，第二册，第 665 页。

“本拟乐天为后进，敢期子美是前身。”①

王禹偁还以能继承杜甫衣钵激励后辈，如他在《荐丁谓与薛太保书》中说道：“有进士丁谓者，今之巨儒也。其道师于六经，泛于群史，而斥乎诸子；其文类韩、柳，其诗类杜甫，其性孤特，其行介洁，亦三贤之俦也。”②对后辈孙何也是以杜甫、韩柳相勉励，他在解州团练副史任上作《寄题陕府南溪兼简孙何兄弟》，有云：“篇章取李杜，讲贯本姬孔。古文阅韩柳，特策开晁董。”③如此等等。

王禹偁对天才诗人李白也是倾慕已久，他在《李太白真赞序》中说：“予尝读《谪仙传》，具得其事：始而隐以俟命也，中而仕以求用也，终而退以全身也。又尝读谪仙文，微达其旨：颂而讽，以救时也；僻而奥，以矫俗也；清而丽，以见才也。而未识谪仙之容，可太息矣。恨不得生于天宝间，与谪仙挈书秉毫，私愿毕矣。”④在《赠朱严》诗中说自己“尚对交朋赊酒饮，遍看卿相借驴骑。谁怜所好还同我，韩柳文章李杜诗”，⑤等等。

王禹偁既继承白居易诗歌精华，又能剔除其不足，正如清人贺裳所言：“王禹偁秀韵天成，常有临清流、披惠风之趣。……虽学白乐天，得其清而不得其俗，此善于取材者也。”⑥再加上其不轩轾一家的开阔胸襟，使王禹偁不仅成为宋初白体诗人中的一面旗帜，也使他成为宋诗革新的先驱者。

至于王禹偁的著作情况，祝尚书先生在《宋人别集叙录》卷一对王禹偁的《小畜集》及《小畜外集》有精细的考述，⑦此处不赘。

---

① 《全宋诗》，第二册，第 733 页。

② 《全宋文》，第七册，卷一五〇，第 385 页。

③ 《全宋诗》，第二册，第 656 页。

④ ［宋］佚名《历代名贤确论》卷七八，文渊阁《四库全书》本，第 687 册，第 660 页。

⑤ 《全宋诗》，第二册，第 759 页。

⑥ 郭绍虞编，富寿荪校《清诗话续编》，上海古籍出版社 1983 年版，第 402 页。

⑦ 祝尚书《宋人别集叙录》上册，中华书局 1999 年版，第 27—35 页。

第二节　王禹偁对宋初白体诗内容的开拓

《蔡宽夫诗话》在论“宋初诗风”时说：“国初沿袭五代之余，士大夫皆宗白乐天诗，故王黄州主盟一时。”①足现王禹偁在宋初白体诗人中的突出地位。他继承宋初白体闲适诗风并赋以新的时代与个人特质，同时，将宋初以来的讽谕“细流”汇聚成河，并由白居易直追杜甫，为宋诗的发展指引了方向。正因如此，清人吴之振说他“独开有宋风气”，②此言实为不虚。

一、对宋初白体闲适诗的开拓

王禹偁自幼深受白居易诗歌的艺术熏陶，他在《不见阳城驿》诗序中说：“予为儿童时，览元白集，见唱和阳城驿诗。”③对其闲适酬唱之作也十分欣赏，加上他先后“八载侍丹墀，三入承明庐”，④是宋初著名的翰苑词臣，其君臣应制、臣僚酬唱也是极为平常的事。总体来看，王禹偁商州之贬以前的诗作多以继承白居易闲适酬唱诗作为主，应制酬唱、赠别记游、闲情逸致是其创作的主体；商州之贬之后，虽也作闲适之作，但更多的夹杂了诗人的贬谪情怀，具有伤感的倾向。现将其闲适诗作分类如下：

（一）应制酬唱诗作

其一，君臣应制。

帝王与馆阁文臣的赏花钓鱼、聚会宴饮甚至观稼畋猎，往往都

---

① 郭绍虞辑《宋诗话辑佚》，中华书局1986年版，第398页。
② ［清］吴之振等编《宋诗钞·小畜集钞序》，中华书局1986年版，第13页。
③《全宋诗》，第二册，第659页。
④《全宋诗》，第二册，第675页。

伴随着应制赋诗活动，前文已有详细的叙述。王禹偁虽官场上屡有挫折，但毕竟还是得到太宗、真宗的赏识，太宗曾夸奖他“禹偁文章，独步当世”。① 王禹偁也曾自豪地写诗道：“琼林侍游宴，金口独褒扬。”②其前期诗歌带有自觉的词臣意识，他曾毫不掩饰地说自己是“为霖非我事，职业唯词臣”。③ 因而，他也有一定数量的应制之作，诗歌内容不外是赏花钓鱼、歌功颂德、祝寿祥瑞之类，诗风浅易通俗，交际性强，与其他翰苑词臣并无二致。

如太宗朝的赏花钓鱼曲宴，王禹偁也是其中的常客，对此《诗话总龟》卷三引《桂堂诗话》记载道：“真宗(太宗之误)末年，尝游禁中，见翰林学士王禹偁倚宫木若咏吟，命宫使亟探之，果预作《赏花钓鱼诗》。明日，百官赴宴，迨题出，乃《千叶石榴花》，百官皆失所拟。禹偁首进一绝云：‘王母庭中亲见栽，张骞偷得下天来。谁家巧妇残针线，一撮生红熨不开。’上称赏，谓真才。”④

王禹偁对自己能参与御前赏花钓鱼宴感到万分荣幸，贬谪商州时还曾作《谪居感事》一诗，记述其往事，他说：“赓歌才不称，掌诰笔难摛。制历无多事，词头每怯迟。……内朝长得对，驾幸每教随。琼苑观云稼，金明阅水嬉。赏花临凤沼，侍钓立鱼坻。拂面黄金柳，酡颜白玉卮。分题宣险韵，翻势得仙棋。竞举窥天管，争燃煮豆萁。恨无才应副，空有表虔祈。睿睠偏称赏，天颜极抚绥。”⑤

除观鱼赏花外，王禹偁也有一些贺雪之作，《续资治通鉴长编》卷二九记载：“上闻其(王禹偁)名，召赴中书，命试《诏臣僚和御制雪诗序》称旨，故皆擢用为直史馆，赐绯；旧只赐涂金带，特择犀带

① [宋] 李焘《续资治通鉴长编》卷三四，中华书局 1979 年版，第 752 页。

② [宋] 江少虞《宋朝事实类苑》卷七，第 68 页。

③ 《全宋诗》，第二册，第 681 页。

④ [宋] 阮阅编，周本淳校《诗话总龟》卷三，人民文学出版社 1987 年版，第 30 页。

⑤ 《全宋诗》，第二册，第 709 页。

宠之。”①《玉海》卷一九五“雍熙雪诗”条载有：“（雍熙）四年十二月丁巳，大雨雪，近臣称贺。王元之试《和制雪诗序》：‘四年十二月，繁云翳空，密雪飘野，散五谷之精华，润三农之畎亩。上林未暖而花发，禁柳不春而絮飞。’”②

称颂帝王功德才艺也是常见应制内容，王禹偁也不例外，《宋稗类钞》卷三〇载：“太宗万机之暇，留心弈棋。自制三势：一曰对面千里势，二曰天蛾独飞势；三曰海底取明珠势。一时近臣，例以棋图颁赐，故王元之诗云：‘太宗多材复多艺，万机余暇翻棋势。对面千里为第一，独飞天蛾为第二。第三海底取明珠，三阵堂堂皆御制。中使宣来示近臣，天机秘密通鬼神。’所以纪其事也。”③

王禹偁其诗名为《筵上狂歌送侍棋衣袄天使》，作者在屡遭贬谪之后，以复杂的心情回忆自己在先皇（太宗）时出入禁门，近侍帝王的那一份殊荣。此诗语言较为平直，但情感饱含贬谪之情，与一般的应制之作有明显的差异，其诗为：

> 昔事先皇叨近侍，北门西掖清华地。太宗多材复多艺，万机余暇翻棋势。对面千里为第一，独飞天蛾为第二；第三海底取明珠，三陈堂堂皆御制。中使宣来示近臣，天机秘密通鬼神。先皇三势有深旨，岂独一枰而已矣。当时受赐感君恩，藏于箧笥传子孙。……人生不易逢圣朝，君恩未报双鬓凋。金銮殿花春灼灼，永熙陵树夜萧萧。空叹拖肠在泥土，不如舐鼎升烟霄。④

① ［宋］李焘《续资治通鉴长编》卷二九，中华书局1979年版，第646页。
② ［宋］王应麟《玉海》卷一九五，第3582页。
③ ［清］潘永因编《宋稗类钞》卷八，书目文献出版社1985年版，第657页。
④ 《全宋诗》，第二册，第787页。

王禹偁有不少应制祝寿之作，如淳化四年(993)被召回朝，作《寿宁节祝圣寿》组诗十首，替太宗祝寿，诗中的谀美之味甚浓，现选几首如下：

待漏齐趋圣节筵，云开金阙上青天。天明引入长生殿，共祝尧云百万年。[1]（一）

数声飞电响鸣鞘，香袅金炉映赭袍。王母亲承玉皇诏，年年今日进蟠桃。[2]（二）

祇为忧民感上玄，玉京今日集群仙。更教添注吾君寿，直过人皇万八千。[3]（八）

汉主寿山称万岁，玄宗佳节号千秋。吾皇别享无疆福，百姓欢呼动九州。[4]（九）

此外，王禹偁还有节日应制诗作，如《七夕应制》："斜汉横空瑞气浮，桥边乌鹊待牵牛。长生殿冷时无事，乞巧楼多岁有秋。菡萏晚花清露湿，婵娟新月暮烟收。华封祷祝华胥梦，谁道神仙不可求。"[5]甚至还有歌颂祥瑞的《甘露降太一宫诗》，其诗为："甘露霭长空，垂休太一宫。瑞光经日在，圣德与天通。如醴沾衣白，凝脂间叶红。淋漓滴层汉，顾眄骇重瞳。五色名难比，三危味莫同。祇应书信史，千古仰玄功。"[6]等等。

总体而言，王禹偁的应制诗作留存尚少，可能是他编辑《小畜集》时有意删除所致。有上述所列应制诗作，可知王禹偁在为官翰

① 《全宋诗》，第二册，第746页。
② 《全宋诗》，第二册，第746页。
③ 《全宋诗》，第二册，第747页。
④ 《全宋诗》，第二册，第747页。
⑤ 《全宋诗》，第二册，第702页。
⑥ 《全宋诗》，第二册，第790页。

苑时的创作与其他馆阁词臣的白体诗作一致，与其后期诗作判若两人。

其二，臣僚酬和。

王禹偁与当时名流交往甚密，诗文酬唱是必不可少的，如与有知遇之恩的毕士安很早就有诗歌酬和；与同年罗处约“相与日赋五题”以传递音讯；即使贬谪商州，也与知州冯伉等人诗歌酬唱不断，并编有《商於唱和集》；王禹偁参加淳化五年群臣同题唱和胡氏华林书院活动，作有《寄题义门胡氏华林书院》一诗，王禹偁还作《诸朝贤寄题洪州义门胡氏华林书斋序》，记叙此次群臣酬唱活动等等，上文已有论述，此处不赘。

除上述之外，王禹偁还有一些臣僚之间的酬和之作，如《酬安秘丞见赠长歌》，其诗为：“郡斋狂醉复狂吟，书尽巴东一川叶。迩来游宦五六年，吴山越水供新编。还同白傅苏杭日，歌诗落笔人争传。”①

作者羡慕白居易在苏杭任上与诗友之间的酬唱应答的文坛佳话。太平兴国八年(983)，在成武主簿任上的王禹偁，写诗给好友傅翱说：“健羡鱼台景最奇，鲍参军到语多时。波平绿野悬鱼网，木脱空城露酒旗。锦掷鲜鳞红拨刺，雪翘寒鹭白褵褷。仍夸县尹风骚客，应有秋来唱和诗。”②史载王禹偁在长洲任上，设席宴饮是家常便饭，对此《吴郡志》卷一四说：

> 南园，吴越广陵王元璙之旧圃也，老木皆合抱，流水奇石，参错其间。王禹偁为长洲令，常携客醉饮焉。有诗曰：“天子优贤是有唐，镜湖恩赐贺知章。他年我若功成后，乞与南园作醉乡。”③

---

① 《全宋诗》，第二册，第784页。

② 《全宋诗》，第二册，第688页。

③ [宋]范成大《吴郡志》卷一四，文渊阁《四库全书》本，第485册，第97页。

王禹偁与好友罗思纯还与苏州童子刘少逸联诗唱和，堪称诗坛佳话。对此，《续归田录》中比较详细地记载道："苏州童子刘少逸，年十一，文辞精敏，有老成体。其师潘阆携以见长洲宰王元之、吴县宰罗思纯，以所作贽二公。二公名重当时，疑所贽假手，未之信，因试之；与之联句，略不淹思。思纯曰：'无风烟焰直。'少逸曰：'有月竹阴寒。'又曰：'日移竹影侵棋局。'少逸曰：'风递花香入酒尊。'元之曰：'风雨江城暮。'少逸曰：'波涛海寺秋。'元之曰：'一回酒渴思吞海。'少逸曰：'几度诗狂欲上天。'凡数十联皆敏，二公惊异，至闻于朝，赐进士及第。官止尚书员外郎。"①

总体而言，王禹偁前期的应制酬唱诗作交际功能突出，诗歌中的真情实感比较贫乏，诗歌语言也多平白直叙，与当时其他白体诗人们的交友唱和一致。王禹偁贬谪商州之后，与诗友同道的诗歌唱和情感要真实地多，如《又和曾秘丞见赠》②三首，对自己蹉跎官场十分无奈：

非才误受帝恩深，报国空存一片心。命薄任从官进退，道孤难与众浮沉。日边信断无归梦，滁上公余且醉吟。劳寄新诗远相唁，野云何处望为霖。

——《又和曾秘丞见赠》（其一）

谬因文字立虚名，寓直金銮冒宠荣。两度黜官谁是援，二毛侵鬓自堪惊。宫花谩役春来梦，山蕨聊供醉后羹。身外浮华尽闲物，不将穷达问君平。

——《又和曾秘丞见赠》（其二）

箧中经岁锁朝衣，自觉心闲少梦思。失马叟言徒喻道，牧猪奴戏任争棋。且持使节安黔首，莫爱恩波沃漏卮。况是无

① ［宋］阮阅编，周本淳点校《诗话总龟》卷二，人民文学出版社1987年版，第25页。
② 《全宋诗》，第二册，第759页。

功头已白，此身长恐负明时。

——《又和曾秘丞见赠》(其三)

王禹偁把在商州与冯伉等诗友酬和之作编撰成《商於唱和集》，集中诗作充满对仕宦沉浮、时光流逝的感慨，贬谪意味甚浓，如《和仲咸杏花三绝句》：①

莫道商山节候迟，晓来帘外半空枝。明朝落尽无蜂蝶，冷暖人情我最知。

阶前已见三分落，枝上都无十日繁。谁伴多情王副使，吟诗倾酒与招魂。

老去对花多感叹，春来耽酒少康宁。也知此事终无益，免被渔人笑独醒。

本来阳春三月，杏花盛开，是人们踏青出游的好时机，但作者却并无此等雅致。面对晚开的几朵杏花，作者没有惊喜，却想到落尽时的寂寞，进而毫不掩饰地过渡到人情的冷暖。在这浪漫季节，作者唯有以诗酒消愁，还担心自己被笑为独醒之人，其中的贬谪之意、不满之情，可见一斑。

也有对百姓冷暖的牵挂，如《和仲咸除知郡后雨中戏作》，对雨的情感主要出发点是百姓对丰收的期望，其诗为："明代何人为荐雄，专城犹与众人同。徒闻清政如黄霸，尚借绯衫似白公。我有金章知是忝，君无银榼信为穷。不须厌见随车雨，岁晚当期五谷丰。"②

这是对以前白体臣僚酬唱诗作在内容与情感上的极大丰富，

① 《全宋诗》，第二册，第795页。

② 《全宋诗》，第二册，第792页。

这类酬唱诗作尚有不少，如《和陈州田舍人留别》其五："颁条京辅近吾君，政术高于召信臣。道服日斜披鹤氅，药畦春暖步龙鳞。归朝莫指三年调，化俗应苏一郡人。愿作淮阳去思颂，与君刊石慰陈民。"①《和庐州通判李学士见寄》其一："北门西掖久妨贤，出入丹墀近八年。且把一麾淮水上，敢思三接浴堂前。将何政术称循吏，岂有文章号谪仙。除却清贫入诗咏，山城坐客冷无毡。"②等等。

（二）记游赠别

王禹偁中进士之前有过十年的游历生活，但其作绝大多数没被王禹偁编入《小畜集》及《小畜外集》。中进士后，先后任成武县主簿、长洲县令。在长洲任上，遍游山水名胜，他在《酬安秘丞见赠长歌》诗中说："尔来游宦五六年，吴山越水共新编。还同白傅游杭日，歌诗落笔人争传。"③真实记录在长洲游山玩水的闲适生活。王禹偁与同年罗处约"日以诗什唱酬，苏杭间多传诵"，④前后诗作达百余首，已见上文。其记游诗作心情愉悦，诗风清丽，是宋初白体诗的典型代表，如畅游苏州虎丘，王禹偁作有《游虎丘》：

> 乐天曾守郡，酷爱虎丘山。一年十二度，五马来松关。我今方吏隐，心在云水间。野性群麋鹿，忘机狎鸥鹇。乘兴即一到，兴尽复自还。不知使君贵，何似长官闲。⑤

无论是诗歌语言还是传达出来的作者心情几乎与白居易毫无二致，乐天曾居官于此，游览名胜，追慕前贤，心情闲适安逸。再如《游虎丘寺》："寺墙围着碧孱颜，曾是当年海涌山。尽抱好峰藏院

① 《全宋诗》，第二册，第703页。
② 《全宋诗》，第二册，第758页。
③ 《全宋诗》，第二册，第784页。
④ ［元］脱脱《宋史》卷四四〇，《罗处约传》，第13033页。
⑤ 《全宋诗》，第二册，第687页。

里，不教幽景落人间。剑池草色经冬在，石座苔花自古斑。珍重晋朝吾祖宅，一回来此便忘还。”①在幽景中流连忘返。又如《惠山寺题留》写道：“吟入惠山山下寺，古泉闲挹味何嘉。好抛此日陶潜米，学煮当年陆羽茶。犹负片心眠水石，略开尘眼识烟霞。劳生未了还东去，孤棹寒篷宿浪花。”②王禹偁神游佛寺，静心煮茶，悠游闲适。

贬谪商州之后，王禹偁也有不少记游之作，他曾数次游览四皓庙，其诗作中多了一层或浓或淡的贬谪之意，如：

> 修篁瑟瑟石磷磷，去谒荒祠不厌频。四皓古来无事客，贰车今世最闲人。紫芝欲采非仙骨，红药曾题是近臣。一奠村醪还独酌，满轩松雪照吟身。③
>
> ——《游四皓庙》
>
> 更无隐遁士，空有宾客官。况我谪宦来，尘迹污祠坛。朝衣惭蕙带，佩玉愧纫兰。或依阶下树，陶暑解马鞍。或借庙前水，乘秋把鱼竿。④
>
> ——《四皓庙》(其一)
>
> 红桃飞尽绿杨深，独倚危楼半日吟。六里山川多逐客，贰车官职是笼禽。蓬沾残雪经秋鬓，葵隔浮云向日心。身世荣衰不能算，且倾村酒沃愁襟。
>
> ——《春日登楼》⑤

这类诗作在以后的滁州、黄州之贬中都有，但其贬谪的情感渐

---

① 《全宋诗》，第二册，第 690 页。
② 《全宋诗》，第二册，第 689 页。
③ 《全宋诗》，第二册，第 715 页。
④ 《全宋诗》，第二册，第 659 页。
⑤ 《全宋诗》，第二册，第 722 页。

次淡去，旷达的成分逐渐增多，如在滁州游琅邪山八景作《八绝诗》，并刻石于开化寺前，诗歌多为抒发闲情逸趣，如：

我来一何暮，今秋始乘兴。山势环有缺，山门壶引柄。乍挹清泚姿，颇惬幽闲性。味将春茗宜，光与晓岚暝。架竹落僧厨，远声入清磬。何当宿禅室，攲枕终夜听。饮多病骨换，照久尘襟迥。销尽谪居愁，无心治归艇。①

——《庶子泉》

兹亭废已久，厥趾犹在哉。清风为我起，疑有精灵来。神交念官相，临砌倾一杯。回头问黄菊，寂寞与谁开。②

——《清风亭》

碧洞何眈眈，呀然倚山根。朝云出如呕，暮云归如吞。大块气不死，兹为玄牝门。怪石拥左右，势若貙虎蹲。旁行数十步，漆黑不可扪。安得鞭烛龙，为吾前驰奔。寻尽神仙窟，一一知其源。③

——《归云洞》

此时，王禹偁还与僧人赞宁、处才上人有诗歌交往，多抒发隐逸之情，上文已有涉及。商州之贬之后，内容变得丰富起来，有宣泄贬谪心情的，有朋友之间互相勉励的，有对世道炎凉与人情冷暖的感慨，还有对现实问题的关注等等，如上文已引的《对雪感怀呈翟使君冯中允同年》《岁暮感怀贻冯同年中允三首》《次韵和仲咸感怀贻道友二首》等等，上文已有阐述。

淳化四年秋，王禹偁由解州团练副使召入为左正言，十一月与

---

① 《全宋诗》，第二册，第672页。
② 《全宋诗》，第二册，第673页。
③ 《全宋诗》，第二册，第673页。

宋湜兼直昭文馆，次年再知知制诰。此时，王禹偁的心情与初入官场的激动与感恩不同，对现实政治多一份冷眼与散淡，这在与友人诗歌交往中表现得尤为明显，如：

未还西掖旧词臣，且向南宫作舍人。休叹贰车如苇竹，须知百日掌丝纶。锦窠官重真殊拜，玉笋班清只一身。堪笑白头王小谏，握兰犹未得相亲。①

——《赠礼部宋员外阁老》

谪宦归来发更斑，徊翔犹在寺卿间。几多僚吏三台上，大半生徒两制间。旧赐锦袍多贳酒，新裁纱帽欲归山。东垣小谏龙钟甚，空愧洪炉早铸颜。②

——《赠卫尉宋卿二十二丈》其二

王禹偁回到京城之后，其对社会下层的关注并没有减少，在众多送友为官的诗作中表现出他关注百姓的良苦之心，如：

三齐号难治，民瘼待良医。勿谓人多诈，须教吏不欺。鱼盐多近海，桑柘润连淄。御札新颁历，无忘训诫词。③

——《送毋殿丞赴任齐州》

郡城潇洒浙江滨，暂辍乘骢慰远民。莫放霜威夸御史，且收风景属诗人。雪侵楼上迎潮眼，花拥湖边泛月身。尽是公余吟咏处，好飞佳句寄词臣。④

——《送张监察通判余杭》

① 《全宋诗》，第二册，第744页。
② 《全宋诗》，第二册，第744页。
③ 《全宋诗》，第二册，第749页。
④ 《全宋诗》，第二册，第749页。

（三）闲逸情致

王禹偁为官之初，也写有大量的闲逸情怀的诗作，除了上述部分记游之作外，还有《长洲种牡丹》《长洲遣兴》《陆羽泉茶》《题钱塘县罗江东手植海棠》《馆中春直偶题》《朝退偶题》等等，多直接抒发自己的闲情逸致，诗风清新雅致、平易自然，是宋初白体诗的典范之作。如：

偶学豪家种牡丹，数枝擎露出朱栏。晚来低面开檀口，似笑穷愁病长官。①

——《长洲种牡丹》

七十浮生已半生，徒劳何日见功名。折腰米贱堪羞死，负郭田荒好力耕。庭鹤惯侵孤坐影，邻鸡应信夜吟声。年来更待贤良诏，咫尺松江未濯缨。②

——《长洲遣兴》其一

甃石封苔百尺深，试茶余味少知音。唯留半夜泉中月，尝得先生一片心。③

——《陆羽泉茶》

东邻谁种竹，偏称长官心。月上分清影，风来惠好音。低枝疑见接，迸笋似相寻。多谢此君意，墙头诱我吟。④

——《东邻竹》

御柳差差拂禁墙，菲才何事直仙乡。坐闻鸡唱皇宫近，睡枕鱼须白日长。帘挂藓庭微雨霁，研添桐井落花香。春风老尽诗情淡，翻卷青编独绕廊。⑤

——《馆中春直偶题》

---

① 《全宋诗》，第二册，第 805 页。
② 《全宋诗》，第二册，第 806 页。
③ 《全宋诗》，第二册，第 691 页。
④ 《全宋诗》，第二册，第 692 页。
⑤ 《全宋诗》，第二册，第 698 页。

昔是优贤地，今为省过州。非贤亦非过，醉卧怀嵩楼。①

——《题滁州怀嵩楼》

当然，贬谪之后也有一些闲逸之作，如贬谪商州时，作有《清明日独酌》："一郡官闲唯副使，一年冷节是清明。春来春去何时尽，闲恨闲愁触处生。漆燕黄鹂夸舌健，柳花榆荚斗身轻。脱衣换得商山酒，笑把离骚独自倾。"②闲逸之中带有一丝闲愁杂恨。王禹偁有《秋居幽兴》3首，满怀闲情地记叙自己贬官商州的生活，诗歌写道：

秋光虽寂澹，幽兴入诗家。篱暗蛩啼菊，园荒蚁上茄。围棋知日影，理发见霜华。向晓儿童喜，溪僧遗晚瓜。③

——其一

园林经积雨，晚步思悠哉。宿鸟头相并，秋瓜顶自开。药田荒野蔓，屐齿没苍苔。幽兴将何遣，燋琴贳酒杯。④

——其二

谪居人事慵，幽兴与谁同。僧到烹秋菌，儿啼索草虫。扫苔留嫩绿，写叶惜残红。岁晏琴樽好，篱边有菊丛。⑤

——其三

谪居商州，虽是秋光寂澹，作者却满怀诗情描述着昏暗篱笆旁，菊花枝头低鸣的蛩虫；荒凉菜园里，爬上紫茄上的蚂蚁。虽然时光流逝，头已花白，但作者没有多少愤激。早上儿童们的嬉戏，

① 《全宋诗》，第二册，第801页。
② 《全宋诗》，第二册，第722页。
③ 《全宋诗》，第二册，第733页。
④ 《全宋诗》，第二册，第733页。
⑤ 《全宋诗》，第二册，第733页。

傍晚溪僧馈赠的瓜果，一片恬静与闲适。其二、其三也抒发如此之情。贬官滁州时，作《高闲》："谪官滁上欲何为，唯把高闲度岁时。费尽俸钱因合药，忙于公事是吟诗。京中吏去慵传信，江外僧来与撰碑。更待吾家婚嫁了，解龟休致未全迟。"①潇洒闲适。方回说"元之谪商州团练副使时诗，盖白乐天体也"②是很确切的。

王禹偁在商州任上还流露出"自足"的心态，唯有自足方可任闲，如其《除夜》：

> 四十强而仕，礼文可遵守。筮仕已十年，明朝三十九。自知得禄早，左宦诚宜有。年虽过潘岳，未为全白首。贫犹胜墨子，黔突聊供口。若比张辟疆，吾甘为老丑。若比太公望，吾方为少秀。任从新岁来，且献高堂寿。更解金貂冠，多贳商山酒。③

全诗虽用了不少典故，但都比较易解。"四十强而仕"直接化用《礼记·曲礼上》"人生十年曰幼，学；二十曰弱，冠；三十曰壮，有室；四十曰强，而仕"④中的句子，意在说自己身体尚健，可以继续为民立命。中间连用四个名人典故，与潘岳相比，虽年龄超过他却头发尚未全白；虽贫穷犹胜过墨子，但官俸尚可以养家糊口；与张辟疆相比，我自甘老丑，但若与姜太公相较，我正值青春年少。其"黔突"出自《淮南子·修务训》："孔子无黔突，墨子无煖席。"⑤"黔"为黑色，"突"为烟囱，黔突意为因炊爨而熏黑了的烟囱，作者借此写俸微家贫。"潘岳"，西晋文学家，其《秋兴赋·序》说："晋十

① 《全宋诗》，第二册，第755页。

② ［元］方回选评，李庆甲集评校点《瀛奎律髓汇评》，上海古籍出版社1986年版，第1593页。

③ 《全宋诗》，第二册，第661页。

④ ［清］孙希旦集解，沈啸寰、王星贤点校《礼记集解》，中华书局1989年版，第12页。

⑤ ［西汉］刘安《淮南子》，中华书局2009年版，第88页。

有四年，余春秋三十有二，始见二毛。”①即潘岳三十二岁就生白发了。“张辟疆”，张良的次子，在15岁时即官至侍中。“太公望”指年逾七旬方始辅助文王、武王，建立不朽功名的姜子牙。这些名人故实近乎人人皆知。以己之所长较彼之所短，获取满心的自足感。这种笔法与白居易《吟四虽》如出一辙，其诗如下：

> 酒酣后，歌歇时。请君添一酌，听我吟四虽。年虽老，犹少于韦长史。命虽薄，犹胜于郑长水。眼虽病，犹明于徐郎中。家虽贫，犹富于郭庶子。省躬审分何侥幸？值酒逢歌且欢喜。忘荣知足委天和，亦应得尽生生理。②

至道三年正月移官扬州，王禹偁有《牡丹十六韵》《芍药花开忆牡丹绝句》《海仙花诗》《后土庙琼花诗》《樱桃渐熟牡丹已凋恨不同时辄题二韵》《芍药诗》《公余对竹》《朱红牡丹》《池边菊》等等，大多抒发自己的闲情逸趣。其名作《村行》深受后人称道，语言精练，有淡淡的乡愁，但心情闲适不闷，其诗为：“马穿山径菊初黄，信马悠悠野兴长。万壑有声含晚籁，数峰无语立斜阳。棠梨叶落胭脂色，荞麦花开白雪香。何事吟余忽惆怅，村桥原树似吾乡。”③不过，贬谪之后的闲吟之作，其情感更多地走向复杂，其中有抒发归隐愿望的，如：

> 华发不称老，高堂为有亲。宁同贾生恨，自比老莱身。官散且无过，俸微犹助贫。谁能学屈蠖，拳局苦求伸（原为“神”，

① [西晋] 潘岳著，王增文等校《潘黄门集校注》，中州古籍出版社2002年版，第262页。

② [唐] 白居易著，朱金城笺校《白居易集笺校》，第119页。

③ 《全宋诗》，第三册，第2031页。

据四库本改)。

——《自咏》①

百年身世片时间,况是多愁鬓早斑。贫有琴书聊自乐,贵无功业未如闲。波平南浦堪垂钓,日满东窗尚掩关。只为慈亲忆归去,商山不隐隐何山。②

——《遣兴》

被贬滁州时,对隐逸的期盼更浓,他在《荒亭晚坐》中说:"荒亭秋日沉,独坐白头吟。为郡殊无味,归田素有心。鹊翻枫叶乱,蛩响菊丛深。微物休相聒,幽怀老不禁。"③《闻鸮》中说:"四年两度黜,鬓发已苍苍。虽得五品官,销尽百炼钢。何当解印绶,归以谢膏粱。教儿勤稼穑,与妻甘糟糠。凤来非我庆,鸮集非吾殃。优游尽天年,身世俱可忘。"④

王禹偁移官扬州作《公退言怀》,表达引退之意时说:"吏胥围绕簿书堆,病眼昏昏素发垂。已觉文章无用处,不归田里待何时。"⑤时至晚年,归隐之心甚切,为官只是顾惜妻儿免于寒食,如《偶题》(其三)道:"白头厌郎署,病眼欲分司。寸心犹未决,所顾在妻儿。"⑥

还有闲适中略带几分无奈与坦然的,如《闲居》:"何必问生涯,幽闲度岁华。有琴方是乐,无竹不成家。吟里销春色,眠中见曙霞。今年如未去,更拟种胡麻。"⑦自己甚至开园务农,消磨时光,如《种菜子雨下》《偶置小园田题二首》就是记录这种心情的诗作,语言极为通俗。《览照》:"览照笑浮生,秋霜发数茎。才高空有气,

① 《全宋诗》,第二册,第731页。
② 《全宋诗》,第二册,第732页。
③ 《全宋诗》,第二册,第752页。
④ 《全宋诗》,第二册,第678页。
⑤ 《全宋诗》,第二册,第767页。
⑥ 《全宋诗》,第二册,第757页。
⑦ 《全宋诗》,第二册,第736页。

官散即无荣。贫久心还乐，吟多骨亦清。他年文苑传，应不漏吾名。”《高闲》：“费尽俸钱因合药，忙于公事是吟诗。”等等，我们看到一个坦然自乐的王禹偁，但更多的带有或浓或淡的贬谪情怀，如：

> 野桃无主满山隈，迁客携觞独自来。尽日馨香留我醉，每春颜色为谁开。枝穿绿竹浑疑画，片落丹河去不回。待约同年一攀折，便如刘阮到天台。①
>
> ——《南静川野桃花下独酌因简同年冯中允》
>
> 红桃飞尽绿杨深，独倚危楼半日吟。六里山川多逐客，贰车官职是笼禽。蓬沾残雪经秋鬓，葵隔浮云向日心。身世荣衰不能算，且倾村酒沃愁襟。②
>
> ——《春日登楼》
>
> 一郡官闲唯副使，一年冷节是清明。春来春去何时尽，闲恨闲愁触处生。漆燕黄鹂夸舌健，柳花榆荚斗身轻。脱衣换得商山酒，笑把离骚独自倾。③
>
> ——《清明日独酌》

就连纯属闲情的《春居杂兴》④都深含贬谪的意味，其一：“两枝桃杏夹篱斜，妆点商山副使家。何事春风容不得，和莺吹折数枝花。”其二：“春云如兽复如禽，日照风吹浅又深。谁道无心便容与，亦同翻覆小人心。”“何事春风容不得”总觉得有一丝隐喻隐含其间，第二首就更加明显，以云之变化无常以喻小人之心的翻手为云、覆手为雨。这样的诗作还有不少，如：

---

① 《全宋诗》，第二册，第720页。

② 《全宋诗》，第二册，第722页。

③ 《全宋诗》，第二册，第722页。

④ 《全宋诗》，第二册，第722页。

宦途流落似长沙，赖有诗情遣岁华。吟弄浅波临钓渚，醉披残照入僧家。石挨苦竹旁抽笋，雨打戎葵卧放花。安得君恩许归去，东陵闲种一园瓜。①

——《新秋即事三首》(其二)

襟袖飘飘晚吹轻，孤吟何必共人行。绿杨系马寻芳径，春草随人上古城。不愤黄鹂夸巧舌，多惭戴胜劝归耕。凭高朗咏沉湘赋，自许吾生似贾生。②

——《春郊独步》

平生诗句多山水，谪宦谁知是胜游。南下阌乡三百里，泉声相送到商州。③

——《听泉》

谪居多与俗为邻，熊耳当门入望频。感谢双峰对双眼，也胜逢见等闲人。④

——《望熊耳山》

经过官场挫折的王禹偁，即使再度入朝，其闲吟之中也略含不满的情绪，如淳化四年入朝后曾作《幕次闲吟》五首，其中就有：

二年憔悴咏江蓠，恩诏重教侍玉墀。寓直掖垣休入梦，常参幕次且吟诗。新文自负山中集，旧吏多惊鬓畔丝。莫道谏官无一事，犹胜闲卧解州时。⑤

——其一

六里山中谪宦身，归来无路掌丝纶。阶前不见朱衣吏，堂

① 《全宋诗》，第二册，第 732 页。
② 《全宋诗》，第二册，第 738 页。
③ 《全宋诗》，第二册，第 708 页。
④ 《全宋诗》，第二册，第 792 页。
⑤ 《全宋诗》，第二册，第 747 页。

上空辞白发亲。月入可堪茶作俸，雨多还怯桂为薪。懒求郡印缘何事，曾忝西垣侍从臣。①

——其四

江蓠吟尽鬓成霜，谪宦归来梦一场。每日只窥丹凤案，被人犹唤紫微郎。斋官独坐风翻幕，客舍闲吟叶满床。若是承明容再入，未曾荒废旧文章。②

——其五

王禹偁还有一些闲适诗关注的是农民、农业，这在宋初白体诗人中十分独特，如初贬商州所作的《赋得腊雪连春雪》："腊雪连春雪，商民舞且歌。数年求不得，一尺未为多。试法烹茶鼎，资吟落钓蓑。登楼应更好，丹水是银河。"③《和仲咸除知郡后雨中戏作见赠》："明代何人为荐雄，专城犹与众人同。徒闻清政如黄霸，尚借绯衫似白公。我有金章知是忝。君无银榼信为穷。不须厌见随车雨，岁晚当期五谷丰。"④等等，甚是可贵。

此外，王禹偁诗文中也好谈"薪俸"，这与白居易相似，在各个时期都留下记录自己薪俸的诗作，如初入官场时，有"位卑松在涧，俸薄叶经霜""渐有俸钱供药债，应无归梦到渔舟"等等。

贬谪商州后，经济情况明显恶化，王禹偁有不少谈俸论薪的诗句反映这一情况，如"月俸虽无余，晨炊且相继""应念前年献诗客，谪官无俸不胜贫""志大轻俸钱，痛饮负酒债""多病形容唯有骨，食贫生计旋无钱""妻病无医药，儿痴废典坟。簪裳看似梦，俸禄薄如云""贫有妻贤须薄禄，老无田宅可归耕"等等，薪俸成为其艰难物

---

① 《全宋诗》，第二册，第 747 页。

② 《全宋诗》，第二册，第 747 页。

③ 《全宋诗》，第二册，第 736 页。

④ 《全宋诗》，第二册，第 792 页。

质生活的体现，与白居易闲适富足迥异。

当然，作者更多的是忧道不忧贫，如《赠朱严》写道："未得科名鬓已衰，年年憔悴在京师。妻装秋卷停灯坐，儿趁朝餐乞米炊。尚对交朋赊酒饮，遍看卿相借驴骑。谁怜所好还同我，韩柳文章李杜诗。"①这在贬谪后，有关描述俸禄的诗中也有不少反映，如"俸外不教收果实，公余多爱入林泉""道孤自合先归隐，俸薄无由便买山"(《为郡》)"吾家本寒贱，自昔无生计。菜茹各须甘，努力度凶岁"(《蔬食示舍弟禹圭并嘉祐》)等等，这些诗作是他真实生活的反映。

二、对宋初白体感伤诗的开拓

（一）叹老伤病中的自伤自悼

王禹偁诗中爱叹老言病，这似乎也受到白居易的影响。白居易这类诗甚多，如《村居病卧》《病中作》《眼暗》《览镜喜老》《白发》《老病》《嗟发落》等等。王禹偁也有类似的癖好，尤其在贬谪滁州之时，白发、病眼之类的言辞在诗歌中频繁出现，如：

> 白发不相饶，秋来生鬓边。黑花最相亲，终日在眼前。老态固具矣，宦情信悠然。唯当共心约，收拾早归田。②
>
> ——《老态》
>
> 后楼前阁互严更，年鬓侵人睡渐轻。病眼已甘书册废，愁肠犹取酒杯倾。风摇纸帐灯花碎，日照铜壶漏水清。吟尽旧诗犹展转，百回移枕未天明。③
>
> ——《夜长》

---

① 《全宋诗》，第二册，第 759 页。
② 《全宋诗》，第二册，第 677 页。
③ 《全宋诗》，第二册，第 753 页。

一戴朝簪已十年，半居谪宦半荣迁。壮心无复思行道，病眼唯堪学坐禅。醉谢陶公长欠酒，俸惭吾祖不言钱。白头郎署成何事，见拟休官自种田。①

——《朝簪》

自笑是迂儒，诚宜与世疏。左迁犹上疏，薄俸亦抄书。漠漠花侵眼，萧萧发映梳。惟当早休去，幽处卜吾庐。②

——《迂儒》

秋光虽寂澹，幽兴入诗家。篱暗蛩啼菊，园荒蚁上茄。围棋知日影，理发见霜华。向晓儿童喜，溪僧遗晚瓜。③

——《秋居幽兴》其一

咸平元年王禹偁降知黄州，其身体已经每况愈下，在《伏日偶作》中写道："移床拖簟就南轩，门掩闲坊半树蝉。多病形容唯有骨，食贫生计旋无钱。掖垣已忝年深直，朝谒终妨日晏眠。会解纶闱求郡印，早收余俸卜归田"④面对衰老多病，王禹偁虽也学白居易那样的诗酒禅悟，但始终没有彻底地解脱出来，而是夹杂着诸多不屈与骨鲠之气。

（二）咏史怀古中的谪怀与隐退

这类诗作大多创作于遭遇贬谪之后，对商山四皓的推崇，对才高命舛者诸如屈原、贾谊、李广、冯唐的同情，对洁身自好的严子陵、陶渊明、颜回的追慕，对立下赫赫功勋的汉文帝、萧何、张良的歌颂，也有对乱政误国的吴王、楚君的批判，内容极为广阔。

如王禹偁初贬商州，对先贤——商山四皓，自然有一种别样的

① 《全宋诗》，第二册，第756页。
② 《全宋诗》，第二册，第754页。
③ 《全宋诗》，第二册，第733页。
④ 《全宋诗》，第二册，第773页。

情感。商州三年，作者先后作有《四皓庙》（二首）、《游四皓庙》《四皓庙碑》《别四皓庙》等诗文，对四皓的生平事迹与“一出定万乘，去若冥冥鸿”出处行藏多次表示由衷的赞赏，但其中含有自己贬谪的奋激与不满。如《四皓庙》其一：

秦皇焚旧典，汉祖溺儒冠。万民在涂炭，四老方宴安。白云且高卧，紫芝非素餐。南山正优游，东朝忽艰难。高步揖万乘，拂衣归重峦。飞源自冥冥，束帛徒戋戋。古庙对山开，清风向人寒。更无隐遁士，空有宾客官。况我谪宦来，尘迹污祠坛。朝衣惭蕙带，佩玉愧纫兰。或依阶下树，陶暑解马鞍。或借庙前水，乘秋把鱼竿。吾道多龃龉，吾生利盘桓。登山殊未倦，饮水聊尽欢。精灵莫相笑，此意乐且盘。①

再如《游四皓庙》：“修篁瑟瑟石磷磷，去谒荒祠不厌频。四皓古来无事客，贰车今世最闲人。紫芝欲采非仙骨，红药曾题是近臣。一奠村醪还独酌，满轩松雪照吟身。”②前为近臣，今为闲人，内心的不满可以想象，只好以酒来释怀，宣泄内心的压抑与痛苦。但作者没有走向引退，只是未建功名的不甘与焦急，所以他在《别四皓庙》中说：“明朝欲别采芝翁，吟绕阶前苦竹丛。贬谪入山非美退，此中争敢逐冥鸿。”③

唐代白居易也有《答四皓庙》《题四皓庙》等诗作，对四皓相时而进、识时而退、去留无碍十分欣赏，但白居易只停留在欣赏其进退自如的人生态度上，没有多少自己贬谪时的真实心情。如其长篇五言排律《答四皓庙》：

---

① 《全宋诗》，第二册，第 659 页。
② 《全宋诗》，第二册，第 715 页。
③ 《全宋诗》，第二册，第 739 页。

天下有道见，无道卷怀之。此乃圣人语，吾闻诸仲尼。矫矫四先生，同禀希世资。随时有显晦，秉道无磷缁。秦皇肆暴虐，二世遘乱离。先生相随去，商岭采紫芝。……皤皤四先生，高冠危映眉。从容下南山，顾盼入东闱。前瞻惠太子，左右生羽仪。却顾戚夫人，楚舞无光辉。心不画一计，口不吐一词。暗定天下本，遂安刘氏危。……勿高巢与由，勿尚吕与伊。巢由往不返，伊吕去不归。岂如四先生，出处两逶迤。何必长隐逸，何必长济时。由来圣人道，无朕不可窥。卷之不盈握，舒之亘八陲。先生道甚明，夫子犹或非。愿子辨其惑，为予吟此诗。①

王禹偁贬谪商州，好友李宗谔劝他说："看书除庄、老外，乐天诗最宜枕藉。"但王禹偁却作诗道："左宦寂寥惟上洛，穷愁依约似长沙。乐天诗什虽堪读，奈有春深迁客家。"②面对左迁商洛，依约觉得自己是南迁的贾谊。乐天诗虽旷达闲适，但难以弥补自己的迁客之愁。

因而，王禹偁在商州喜读《离骚》，常以屈原、贾谊自况，对李广、冯唐等也给予同情。诸多咏史怀古诗作中流露出贬谪之情，给人空漠惆怅之感，这在以前的宋初白体诗人群体中是极为罕见的。这类诗甚多，如：

西汉十二帝，孝文最称贤。百金惜人力，露台草芊眠。……贾生多谪宦，邓通终铸钱。谩道膝前席，不如衣后穿。使我千古下，览之一泫然。赖有佞幸传，贤哉司马迁。③

——《读汉文纪》

---

① ［唐］白居易著，朱金城笺校《白居易集笺校》，第119页。

② 《全宋诗》，第二册，第720页。

③ 《全宋诗》，第二册，第658页。

郎署领制诰，十年未上坡。冯唐空潦倒，卫绾是谁何？犹赖紫垣直，聊遮白发多。归田未有计，林树绿婆娑。①

——《病中书事上集贤钱侍郎》(其四)

纪信生降为沛公，草荒孤垒想英风。汉家青史缘何事，却道萧何第一功。②

——《荥阳怀古》

函关秋霁雁初回，六里商于晓色开。(秉)四皓有灵应笑我，谪官方始入山来。③（禹偁）

——《郑州与张秉监察联句》

再贬滁州时，心情较商州开朗很多，引退之义渐浓，这在怀古诗作中也有体现，如王禹偁曾于至道元年(995)七月登北楼访李德裕旧迹作《北楼感事》，对李卫公未能全身而退尤为感慨，他说："念昔李太尉(李德裕)，落落邦家基。下笔到西汉，料兵如六奇。谪官来此郡，郁郁时一麾。尝作怀嵩楼，记文悲盛衰。甚得进退理，深明祸福机。未几再入用，斯言忽如遗。君恩匪胶柱，天殃若影随。六月万里行，炎荒竟不归。"接着叙述自己官场上起伏跌宕的经历，并表达自己甘于贫贱、安于现状，甚至尽早身退的愿望，他说：

谬因弄文翰，八载侍丹墀。三入承明庐，古人期并驰。玉堂百日罢，所累非文辞。强仕非为老，望郎不为卑。淮边永阳郡，人物自熙熙。费用量所入，丰约从其宜。一妻本糟糠，不识金翠施。三男无庶孽，讵爱纨绮资。甘贫绝诛求，易退无羁

① 《全宋诗》，第二册，第 772 页。
② 《全宋诗》，第二册，第 707 页。
③ 《全宋诗》，第二册，第 707 页。

> 縻。五十拟归耕，何必悬车期。……自无经济术，乌用碌碌为。归欤复归欤，无忘北楼诗。①

王禹偁对李德裕的遭遇甚有感悟，他在《偶题》中说："贾谊因才逐，桓谭以谶疏。古今当似此，吾道竟何如。"②借贾谊、桓谭的遭遇以喻当下的时政。上文提到，王禹偁并未真正走向退隐，其退隐是建立在功成名就基础之上的，儒家兼济之心始终难以释怀。

（三）贬谪生活的辛酸甘苦

这类诗作数量甚多，上述几类中也有贬谪辛酸的成分，这里具体考察其贬谪生活与感受。如商州之贬时，曾作长篇五古《酬种放徵君一百韵》，对前往商州途中的艰辛及其抵达贬所的落寞心情有详尽的描述，他说：

> 太岁在辛卯，九月万木落。是时太阴亏，占云臣道剥。王生出紫微，谴逐走商洛。扶亲又抱子，迤逦过京索。弊车载书史，病马悬囊橐。……阌乡正南路，秦岭峭如削。肩舆碍巨石，十步三四却。妻孥亦徒步，碛砾不容脚。山店盖木皮，烟火浑熏灼。夜深闻虥虎，全家屡惊愯。……逐臣自可死，何必在远恶。刺史不我顾，古寺聊淹泊。③

淳化二年(991)，在万木凋零的深秋时节，王禹偁搀老携幼，弊车载书籍，病马托行李，走得如此匆忙与狼狈。在去贬所的途中，可谓一路的心惊胆战：道路陡峭如刀削，间不容脚，还时有巨石挡

---

① 《全宋诗》，第二册，第 675 页。
② 《全宋诗》，第二册，第 757 页。
③ 《全宋诗》，第二册，第 653 页。

道，停歇的山店，烟熏火燎，简陋无比，半夜还被猛虎的吼声惊破肝胆。好不容易抵达贬所，却一片清冷，无人洗尘，连住所都没有，只得寄居古寺，其中的辛酸与落寞自可想象。

在商州的两年之中，王禹偁写了不少反映谪居辛酸生活的诗作，如淳化三年的七夕之夜，作者不禁想起前一年在京城七夕之夜的热闹、富足与家人的喜悦，而今自己却羁縻、穷饿地谪居商於，亲老子啼，妻病吾衰，而作《七夕》，尽情宣泄自己贬谪商州以来内心的痛苦与不满，诗歌写道：

去年七月七，直庐闲独坐。西日下紫微，东窗晖青琐。露柳蜩忽鸣，风帘燕频过。寂寂红药阶，槿花开一朵。时清无诏诰，性澹忘物我。……暮随丞相出，自谓天上堕。归来备乞巧，酒肴间瓜果。海物杂时味，罗列繁且夥。家人乐熙熙，儿戏舞娑娑。宠辱方若惊，倚伏忽成祸。九月谪商於，羁縻复穷饿。……吾亲极衰耄，吾命何轗轲。稚子啼我前，孺人病我左。玄发半凋落，紫绶空垂拖。……自念一岁间，荣辱两偏颇。①

直至淳化四年冬末，王禹偁已回到京城还有回忆商州之贬的诗作，如长篇七古《对雪示嘉祐》，还留有“山城穷陋无妓乐，何以销得骚人愁。抱瓶自泻不待劝，乘兴一引连十瓯”的诗句，内心的寂寞与惆怅仍然记忆犹新。当然，正如上文所提到的王禹偁再贬滁州，三贬黄州的心态与初贬商州的愤激不同，表现出淡定守道，委运任化的特点，如再贬滁州就有：

晓直银台作侍臣，暮为郎吏入埃尘。一生大抵如春梦，三黜何妨似古人。不称禁中批紫诏，犹教淮上拥朱轮。时清郡

① 《全宋诗》，第二册，第657页。

小应多暇，感激君恩养病身。[1]

——《诏知滁州军州事因题》其一

罢直金銮领一麾，依前憔悴咏江蓠。所嗟吾道关消长，岂为微躯系盛衰。尚愧临民为父母，终当学稼养妻儿。自怜此度辞京阙，犹胜商山副使时。[2]

——《诏知滁州军州事因题》其二

忽从天上谪人间，知向山州住几年。俸外不教收果实，公余多爱入林泉。朝簪未解虽妨道，宦路无机即是禅。铃阁悄然私自问，郡斋何异玉堂前。[3]

——《滁州官舍》其一

失职金銮假一麾，琅邪山色绕城池。解龟且作三年调，下马先吟八绝诗。勾检簿书宁免俗，逢迎使命亦随时。公余不敢妨吟咏，异日声名继至之。[4]

——《滁州官舍》其二

再贬滁州之时，王禹偁心态要平和的多，甚至在诗文中屡次表达归隐之意，他在《身世》中说："不作归耕计，何阶望致君。"[5]在《荒亭晚坐》中也说："为郡殊无味，归田素有心。"[6]在《为郡》中说："为郎为郡意何阑，羞拂朝缨盖病颜。赐笔任分双管赤，梳头已是二毛斑。道孤自合先归隐，俸薄无由便买山。出坐两衙皆勉强，此心长在水云间。"[7]在《北楼感事》中更是深有感慨地说："自无经济

---

① 《全宋诗》，第二册，第751页。
② 《全宋诗》，第二册，第751页。
③ 《全宋诗》，第二册，第751页。
④ 《全宋诗》，第二册，第752页。
⑤ 《全宋诗》，第二册，第752页。
⑥ 《全宋诗》，第二册，第752页。
⑦ 《全宋诗》，第二册，第753页。

术，乌用碌碌为。归欤复归欤，无忘北楼诗。”等等，这种归隐之心更多的是遭遇挫折的愤激之辞，并非像白居易那样心甘情愿地过着亦官亦隐的闲适生活，他曾在《赠王献》中说：“举子竞文赋，风骚委路尘。吾宗多警句，诗道未无人。青眼有谁是，白头空镊频。贾生如再召，为尔指迷津。”①儒家仕进之心始终未泯。

咸平元年(998)除夕前夕，已是抱孙年龄的王禹偁又遭黄州之贬，他在《出守黄州上史馆相公》自然流露出内心的不满，他说：“出入西垣与内廷，十年四度直承明。又为太守黄州去，依旧郎官白发生。贫有妻贤须薄禄，老无田宅可归耕。未甘便葬江鱼腹，敢向台阶请罪名。”②但贬谪之情不再那么强烈，王禹偁建“无愠斋”，筑“睡足轩”，其内心不平表现地较为平和。他在《三黜赋》中虽也对“一生几日？八年三黜”耿耿于怀，但仍然发出“屈于身兮不屈其道，任百谪而何亏”③的豪言，根本不把贬谪放在心上。其散文名篇《黄州新建小竹楼记》，是他在黄州生活的真实写照，其文为：

> 因作小楼二间，与月波楼通。远吞山光，平挹江濑，幽阒辽夐，不可状。夏宜急雨，有瀑布声；冬宜密雪，有碎玉声。宜鼓琴，琴调虚畅；宜咏诗，诗韵清绝；宜围棋，子声丁丁然；宜投壶，矢声铮铮然，皆竹楼之所助也。公退之暇，披鹤氅，戴华阳巾，手执《周易》一卷，焚香默坐，销遣世虑。江山之外，第见风帆沙鸟、烟云竹树而已。待其酒力醒，茶烟歇，送夕阳，迎素月，亦谪居之胜概也。④

---

① 《全宋诗》，第二册，第757页。
② 《全宋诗》，第二册，第801页。
③ 《全宋文》卷一四一，第237页。
④ 《全宋文》卷一五七，第79页。

王禹偁在黄州筑竹楼，在其间观山听雨、鼓琴调瑟、投壶诗棋，不亦乐乎！这虽是消解内心不满的手段，但也毕竟使得他在这期间内的诗作，心态比较平和。王禹偁在黄州时的诗作不多，《公余对竹》中有“此君合是吾庐物，会种婵娟伴钓翁”的[①]闲适诗句。

尽管王禹偁政治几多挫折，但其心不悔，更没有丧失对政治前途的信心。他在《谪居》诗中说：“亲老复婴孩，吾生自可哀。无由得归去，有俸自嗟来。直道虽已矣，壮心犹在哉。端居寡俦侣，怀抱向谁开？”[②]就是其心理的表现。

三、对白居易讽谕精神的发扬

王禹偁论诗重儒家诗教，对“观风俗，知得失，自考正”的采诗观风有明确的认识，如他在《橄榄》一诗中以入口苦涩的橄榄为喻，谈的是忠臣进谏之言，他说：“江东多果实，橄榄称珍奇。北人将就酒，食之先颦眉。皮核苦且涩，历口复弃遗。良久有回味，始觉甘如饴。我今何所喻，喻彼忠臣辞。直道逆君耳，斥退投天涯。世乱思其言，噬脐焉能追。寄语采诗者，无轻橄榄词。”[③]在《畬田词》中说：“亦欲采诗官闻之，传于执政者，苟择良二千石暨贤百里，使化天下之民如斯民之义，庶乎污莱尽辟矣。其词俚，欲山甿之易晓也。”[④]等等。

因而，他对白居易及其晚唐五代以来追慕白居易的讽谕诗作尤为在意，并将之发扬壮大，使之成为宋初白体诗中成就最高的诗歌题材，进而由此推崇杜甫，成为北宋尊杜的第一人。正如清人吴

---

① 《全宋诗》，第二册，第768页。
② 《全宋诗》，第二册，第725页。
③ 《全宋诗》，第二册，第687页。
④ 《全宋诗》，第二册，第717页。

之振所说，王禹偁在“为杜诗于人所不为之时”①推崇杜甫，这在宋诗发展史上具有极为重要的意义。其讽谕诗作内容的广度与深度丝毫不亚于白居易，其情感愈加真实，不少作品神似杜甫。其讽谕诗作，大致可分为以下几类：

（一）针砭时下弊政

作为赵宋新一代代表士人——王禹偁，其独立意识与批判精神十分突出，尤其是贬谪之后，对下层社会有了进一步的体认，留下诸多针砭时弊的名篇佳作。这既是对白居易讽谕精神的继承与发扬，也是对宋初白体诗歌创作的巨大丰富，以前讽谕现实的涓涓小流，在王禹偁的推动下，已汇聚成河并成为宋初白体诗的一大亮点。

首先，王禹偁对时下吏制的腐败低效给予辛辣的批判。如贬谪商州时，作《竹鼬》诗，借啃食山涧竹笋的鼠鼬来讽刺“吁嗟狡小人，乘时窃君禄。贵依社树神，俸盗太仓粟”的贪官污吏，其下场也必将被“开穴窘如囚，洞胸声似哭。膏血尚淋漓，携来入市鬻”。

王禹偁贬官黄州，曾作《江豚歌》：“江豚江豚尔何物，吐浪喷波身突兀。依凭风水恣豨豪，吞啖鱼虾颇肥腯。肉腥骨硬难登俎，虽有网罗嫌不取。江云漠漠江雨来，天意为霖不干汝。”②写一个肉腥、骨硬难登刀俎的江豚，凭据江上风浪在吐浪喷波、吞食鱼虾，长得膘肥体壮，还恬不知耻地把江雨的来临归功于自己的功劳。这只“江豚”明显是贪天功为己有的大官僚的象征。据说王禹偁是以此批判时宰张齐贤的，对此，《宋人轶事汇编》记载道：“王元之在朝，与宰相不相能，作《江豚》诗刺之，讥其肥大云：‘食啖鱼虾颇肥腯。’又云：‘江云漠漠江雨来，天意为云不干汝。’俗云江豚出能致

---

① ［清］吴之振等编《宋诗钞》，中华书局1986年版，第13页。
② 《全宋诗》，第二册，第789页。

风雨也。"[1]这是比较可信的。

其次，王禹偁甚至把批评矛头直接对准最高统治者。如指责统治者赏罚不公，《金吾》一诗写一个专靠攀附嗜杀走向荣华的金吾（曹翰），帝王却对他推崇有加，辍朝示宠。作者也对福善与祸淫互为因果报应的传统观念深表疑惑，"金吾"三惑俱全，却五福不缺；杀人无数，仍富贵康乐终身，而守节的儒士们，却饱受寒饿，其中自然包含自己的愤激与不满。其诗如下：

> 金吾河朔人，事郡在贱列。攀附周世宗，龙飞起鱼鳖。委质向圣朝，积功取旄钺。所在肆贪残，乘时恃勋伐。皇家平金陵，九江聚遗孽。弥年城乃陷，不使鸡犬活。老小数千人，一怒尽流血。三惑无不具，五福何尝缺。晚年得执金，富贵居朝阙。娱乐有清商，康强无白发。享年六十九，固不为夭折。考终北牖下，手足全启发。子孙十数人，解佩就衰绖。赠典颇优崇，视朝为之辍。哀荣既如是，报应何足说。责簿李广死，赐剑武安灭。侥幸过古人，况无大功烈。福善与祸淫，斯言仅虚设。吁嗟为儒者，寒饿守名节。五十朝大夫，龙钟头如雪。无故不杀羊，礼文安可越？何况宾祀间，贫苦无羊杀。[2]

还用借古讽今的方式批评统治者与民夺利的官榷制度。他在滁州任上作《官酝》，对汉武帝的批判之中也有明显的讽今成分，其诗为："为郡得官酝，月给盈三斛。地僻少使车，时清罕留狱。……汉文亦禁酒，患在糜人谷。自从孝武来，用度常不足。榷酤夺人利，取钱入官屋。古今事相倍，帝皇道难复。吾无奈尔何，更尽杯

① ［清］丁传靖辑《宋人轶事汇编》卷五，中华书局1981年版，第174页。

② 《全宋诗》，第二册，第668页。

中渌。”①咸平元年三贬黄州，在途经凤皇陂时，作《凤皇陂》歌颂古代的贤臣循吏，自有不满现实吏制的成分，其诗为：

次公治颍川，仁政被一方。神物不藏瑞，兹焉集凤皇。在昔奏箫韶，舜庭来跄跄。西伯有至化，亦见鸣岐阳。仲尼岂无德，已矣空悲伤。夫何刀笔吏，而能致殊祥。我来过荒陂，烟草但苍苍。缅怀汉循吏，史笔恐未详。②

除了揭示之外，王禹偁为人十分正直刚烈，看到不公之事就要奋起反抗，他在《乌啄疮驴歌》中隐喻似的对侵害“老驴”的奸恶“乌鸦”进行猛烈的反击，为之复仇，诗中写道：“商山老乌何惨酷，嘴长于钉利于镞。拾虫啄卵从尔为，安得残吾负疮畜。我从去岁谪商於，行李唯存一蹇驴。乍登秦岭又巉岭，为我驮背百卷书。穿皮露脊痕连腹，半年治疗将平复。老乌昨日忽下来，啄破旧疮取新肉。驴号仆叫乌已飞，劆背整毛坐吾屋。我驴我仆奈尔何，悔不挟弹更张罗。赖是商山多鸷鸟，便问邻家借秋鹞。铁尔拳兮钩尔爪，折乌颈兮食乌脑。岂唯取尔饥肠饱，亦与疮驴复仇了。”③

（二）关注民生疾苦

关注民生疾苦是王禹偁的重民思想的突出表现，即使在为官之初也是如此。如好友毋殿丞赴任齐州时，作诗送行说：“三齐号难治，民瘼待良医。勿谓人多诈，须教吏不欺。鱼盐多近海，桑柘润连淄。御札新颁历，无忘训诫词。”④即要诚实待民，无忘朝廷的训诫之词。这不仅是王禹偁对好友的勉励与嘱托，也是他自己为

① 《全宋诗》，第二册，第 677 页。
② 《全宋诗》，第二册，第 684 页。
③ 《全宋诗》，第二册，第 783 页。
④ 《全宋诗》，第二册，第 749 页。

官从政的价值追求。再如创作于端拱元年(988)的《对雪》诗,实为白居易"歌诗合为事而作"的典型,由一己之温饱想到运粮边民、戍边士兵的艰难困苦。这并不是无病呻吟的做作,而是发自内心的惭愧与自责。同时,真实再现了北宋初期的社会现实,其诗为:

> 帝乡岁云暮,衡门昼长闭。五日免常参,三馆无公事。读书夜卧迟,多成日高睡。睡起毛骨寒,窗牖琼花坠。披衣出户看,飘飘满天地。岂敢患贫居,聊将贺丰岁。月俸虽无余,晨炊且相继。薪刍未阙供,酒肴亦能备。数杯奉亲老,一酌均兄弟。妻子不饥寒,相聚歌时瑞。因思河朔民,输税供边鄙。车重数十斛,路遥几百里。羸蹄冻不行,死辙冰难曳。夜来何处宿,阒寂荒陂里。又思边塞兵,荷戈御敌骑。城上卓旌旗,楼中望烽燧。弓劲添气力,甲寒侵骨髓。今日何处行,牢落穷沙际。自念亦何人,偷安得如是。深为苍生蠹,仍尸谏官位。謇谔无一言,岂得为直士?褒贬无一词,岂得为良史?不耕一亩田,不持一只矢。多惭富人术,且乏安边议。空作对雪吟,勤勤谢知己。①

贬谪之后,王禹偁在采诗观政意识的指导下创作了大量的反映民生疾苦的诗歌,如名作《感流亡》,对流亡者充满真挚的同情,对作为父母官的自己则深刻的自责,直追杜甫的忧国忧民。徐规先生言王氏讽谕之作是:"继承和发扬杜甫《三吏》《三别》与白居易《秦中吟》《新乐府》之现实主义精神,求诸宋人诗集中,诚多未见!"②实为确评,其诗为:

---

① 《全宋诗》,第二册,第668页。

② 徐规《王禹偁事迹著作编年》,中国社会科学出版社1982年版,第97页。

谪居岁云暮，晨起厨无烟。赖有可爱日，悬在南荣边。高春已数丈，和暖如春天。门临商於路，有客憩檐前。老翁与病妪，头鬓皆皤然。呱呱三儿泣，茕茕一夫鳏。遗粮无斗粟，路费无百钱。聚头未有食，颜色颇饥寒。试问何许人，答云家长安。去年关辅旱，逐熟入穰川。妇死埋异乡，客贫思故园。故园虽孔迩，秦岭隔蓝关。山深号六里，路峻名七盘。襁负且乞丐，冻馁复险难。唯愁天雨雪，僵死山谷间。我闻斯人语，倚户独长叹。尔为流亡客，我为冗散官。左官无俸禄，奉亲乏甘鲜。因思筮仕来，倏忽过十年。峨冠蠹黔首，旅进长素餐。文翰皆徒尔，放逐固宜然。家贫与亲老，睹尔聊自宽。①

王禹偁关注百姓疾苦，在滁州遇到“如燎复如焚”的大旱之年，就“食禄忧人忧，早夜眉不伸。促决狱中囚，遍祷境内神”，②为民求雨，循吏的形象跃然纸上。在黄州时，与宋承武宴游作《瑞莲歌》，结尾处说：“年年更愿再熟稻，仓箱免使吾民饥。”③其爱民之心，始终如一。

此外，王禹偁对自己坐享其禄、无功于民有着深深的自责与自愧，如释褐任成武主簿时，作《官成武主簿作五首》，其中有：

释褐来成武，始知为政难。每签逃户状，羞作字人官。冷砌莓苔遍，荒城草木寒。宦情销已矣，时梦钓鱼滩。④（其一）

释褐来成武，经春自愧多。晨炊犹接续，时雨未滂沱。拂榻惊巢燕，陈书起蛰娥。惠民无政术，尸禄竟如何。⑤（其三）

① 《全宋诗》，第二册，第660页。
② 《全宋诗》，第二册，第680页。
③ 《全宋诗》，第二册，第787页。
④ 《全宋诗》，第二册，第808页。
⑤ 《全宋诗》，第二册，第808页。

刚上任的王禹偁每次签署逃户的状文时，总是羞愧，更为自己无惠民之术、尸位素餐而惴惴不安。为官滁州，心中虽有诸多不快，但理政仍然一丝不苟，他在《病假》中说："小郡虽无事，常时亦有劳。坐衙衫强着，判案笔须操。"①再如为官淮扬，在《扬州池亭即事》中说："朝佥徙淮海，任重力易殚。君恩讵可报，感激涕汍澜。民瘼不能治，恻隐情悲酸。"②在《月波楼咏怀有序》中说："君思无路报，民瘼无术瘳。唯惭恋禄俸，未去耕田畴。"③等等，一个自律清醒、为民亲民的形象展露无遗。

咸平三年(1000)在黄州作《十月二十日作》，对黄州百姓的艰难生活表示由衷的同情，也为自己饱暖无忧而惭愧之至，其爱民精神已超过白居易式的坐着感叹，而是杜甫型的感同身受，其诗为："重衾又重茵，盖覆衰懒身。中夜忽涕泗，无复及吾亲。须臾残漏歇，吏报国忌辰。凌旦骑马出，溪冰薄潾潾。路旁饥冻者，颜色颇悲辛。饱暖我不觉，羞见黄州民。昔贤终禄养，往往归隐沦。谁教为妻子，头白走风尘。修身与行道，多愧古时人。"④

王禹偁对反映农业、农民的民间歌谣十分欣赏，曾作诗模仿，如初贬商州作有《畬田词》⑤五首，对农民的生产劳动予以热情的赞美，使畬田词有了歌词。这也是对民生问题的另一种关怀，其诗为：

大家齐力劚孱颜，耳听田歌手莫闲。各愿种成千百索，豆萁禾穗满青山。

杀尽鸡豚唤劚畬，由来递互作生涯。莫言火种无多利，禾

---

①《全宋诗》，第二册，第757页。
②《全宋诗》，第二册，第683页。
③《全宋诗》，第二册，第684页。
④《全宋诗》，第二册，第686页。
⑤《全宋诗》，第二册，第716页。

树明年似乱麻。

数声猎猎酒醺醺，斫上高山入乱云。自种自收还自足，不知尧舜是吾君。

北山种了种南山，相助刀耕岂有偏。愿得人间皆似我，也应四海少荒田。

畬田鼓笛乐熙熙，空有歌声未有词。从此商於为故事，满山皆唱舍人诗。

在滁州也有《唱山歌》："滁民带楚俗，下里同巴音。岁稔又时安，春来恣歌吟。接臂转若环，聚首丛如林。男女互相调，其词非奔淫。修教不易俗，吾亦弗之禁。夜阑尚未阕，其乐何愔愔。用此散楚兵，子房谋计深。乃知国家事，成败因人心。"①"修教不易俗，吾亦弗之禁"，王禹偁认识到风俗民谣对政治教化的作用。因而，对滁地百姓所喜爱的山歌给予认可，任其恣情歌唱。

（三）守道言志之作

无论是贬谪前的得意闲适还是屡遭沉浮的辛酸寂寞，王禹偁都有不少守道言志之作，其志博大，其怀若谷，充满儒家人道精神与济世品质，不少已经超越白居易式的口头讽谕（当然也有感同身受的成分）进入杜甫式的大爱中来，如前文已引的《吾志》，其中就有"吾生非不辰，吾志复不卑。致君望尧舜，学业根孔姬。自谓志得行，功业如皋夔。……一旦命执法，嫉恶寄所施。丹笔方肆直，皇情已见疑。斥逐深山中，穷辱何羸羸。于张及不得，安用此生为。"②

王禹偁直言进谏，毫不退缩，在滁州时曾作《啄木歌》，似有以啄木之鸦自喻之意，要啄尽世间蠹虫。他说："淮南啄木大如鸦，顶

① 《全宋诗》，第二册，第680页。
② 《全宋诗》，第二册，第658页。

似仙鹤堆丹砂。嘴长数寸劲如铁，丁丁乱凿干枯楂。黄柑红桃多有蠹，受命凤皇须破柱。何当更与绣衣裳，羽族横飞作持斧。"①

王禹偁曾仿白居易作《放言诗》组诗，其主旨比较复杂，有对吾道执着追求的，如其二："荣枯祸福转如轮，幽暗难欺有鬼神。天上若无司报者，世间争向不平人。夏虫莫怪冰壶色，秋隼休猜月窟身。吾道斯文如未丧，且凭方寸托穹旻。"②有对儒家之道的坚守的，如其三："贤人虽学心无闷，君子须知道自消。德似仲尼悲凤鸟，圣如姬旦赋鸱鸮。看松好待严霜降，试玉宜将烈火烧。青女祝融如不党，愿分顽石与山苗。"③其四则抒发洁身自好，远离世间纷争之情，其诗为："人生唯问道如何，得丧升沉总是虚。宁可飞鸿随四皓，未能鱼腹葬三闾。傅岩偶梦谁调鼎，彭泽高歌自荷锄。不向世间争窟穴，蜗牛到处是吾庐。"④

王禹偁始终怀有报恩明君之心，他在《旅次新安》中说："迁客乍离群，秋砧不忍闻。回头恋红药，失脚下青云。尚假金貂冕，犹残柱国勋。此身未敢死，会拟报明君。"⑤其理想是功成身退，他在《南园偶题》中说："天子优贤是有唐，鉴湖恩赐贺知章。他年我若功成去，乞取南园作醉乡。"⑥他甚至想如执戈将士那样建立赫赫战功，他在《射弩》中就说："安得十万枝，长驱过桑干。射彼老上庭，夺取燕脂山。不见一匈奴，直抵瀚海还。北方尽纳款，献寿天可汗。吾徒久不武，干禄为饥寒。所得才升斗，龌龊在朝班。不如执戈士，意气登韩坛。笑拥白玉妓，醉驰黄金鞍。……"⑦

---

①《全宋诗》，第二册，第788页。
②《全宋诗》，第二册，第720页。
③《全宋诗》，第二册，第721页。
④《全宋诗》，第二册，第721页。
⑤《全宋诗》，第二册，第708页。
⑥《全宋诗》，第二册，第692页。
⑦《全宋诗》，第二册，第677页。

其归隐之意更多的是贬谪心情的延伸物，当然也与宋初士大夫儒释道兼修及其大的时代潮流有密切的关系，但王禹偁并非真心实意隐居山林，事实上王禹偁也始终没有像白居易一样游离于仕隐之间。

总体而言，王禹偁的诗歌内容具有比较明显的阶段性，大致可以商州之贬为界分前后两大阶段。前半段诗作内容多以闲适诗作为主，如应制酬唱、记游赠别、闲逸情致之类，与其他白体诗人之作大体一致。后十年的王禹偁经历太多的人生曲折，正如杜甫所言“文章憎命达”，他也对自己前期优游酬唱的诗作深表后悔，曾对其子嘉祐说：“胡为碌碌事文笔，歌诗颂圣如俳优。”①

可见，商州之贬确实是王禹偁诗风变化的分水岭。王禹偁由一己的贬谪之情延伸到进一步关注现实人生与民生疾苦，诗笔触及社会底层，这是对白居易讽谕诗现实精神与批判意识的继承与发扬。王禹偁用诗歌来针砭时弊、关注民艰、守道言志；也用诗歌来传达自己贬谪后的辛酸历程，即使是前期的闲适之作也打上浓郁的贬谪色彩与现实情怀，这些都是对宋初白体诗作内容的巨大开拓。甚至有些现实爱民之作已经超越白居易的坐观感叹，而是直追杜甫的感同身受，“本与乐天为后进，敢期子美是前身”，不仅是他惊讶而又自豪的自述，也是其内心的默默追求。

第三节　王禹偁对宋初白体诗艺的开拓

王禹偁不仅开拓了宋初白体诗歌的题材内容，也极大丰富了宋初白体诗歌的创作手法，创作方式更加多样，诗歌体裁愈为完备，诗歌语言与风格摆脱一味追求浅俗流畅、清丽委婉的风格，呈现出纵横劲健甚至沉郁苍凉的特征，林逋《读王黄州诗集》也说：“放达有

---

①《全宋诗》，第二册，第780页。

唐惟白傅，纵横吾宋是黄州。”使宋初白体诗艺走向新的高峰。

一、对宋初白体诗风格的丰富

（一）前期：悠游闲适，平易清丽，浅而不俗

王禹偁前期诗歌多以闲适诗为主，君臣之间的赐宴应制、臣僚诗友的酬唱寄赠，及其为官之初的闲游寄怀、逸情闲愁，内容悠游闲适，诗风清丽流畅，与宋初其他白体诗人极为相似，只是语言上更加精练雅洁，正如清人贺裳在《载酒园诗话》中所言：“王元之秀韵天成，常有临清流、披惠风之趣，如‘扫苔留嫩绿，写叶惜残红’……虽学乐天，然得其清，不堕其俗，此善于取材也。”①这类诗作前文已有详尽的阐释，这里任选几首看其风貌，如《游虎丘》：

> 乐天曾守郡，酷爱虎丘山。一年十二度，五马来松关。我今方吏隐，心在云水间。野性群麋鹿，忘机狎鸥鹇。乘兴即一到，兴尽复自还。不知使君贵，何似长官闲。②

此诗作于为官长洲之时，全诗语言极为平易直露，“乘兴即一到，兴尽复自还”，虽用典但令人不觉，内容自在闲适。作者追慕白居易居官如隐的“吏隐”心态，饱游山川之胜。

再如臣僚之间酬唱的《和郡僚题李中舍公署》：“树影池光映晓霞，绿杨阴下吏排衙。闲施屐齿妨横笋，静拂琴床有落花。地脉暗分吴苑水，厨烟时煮洞庭茶。青宫词客多闲暇，按曲飞觞待岁华。”③诗人身闲心更闲，抚琴、煮茶、落花、饮酒极为闲暇，诗歌写

---

① 郭绍虞编，富寿荪校《清诗话续编》，上海古籍出版社 1983 年版，第 402 页。

② 《全宋诗》，第二册，第 687 页。

③ 《全宋诗》，第二册，第 698 页。

景细腻，给人清新淡雅之感。

再看一篇君臣应制之作《七夕应制》："斜汉横空瑞气浮，桥边乌鹊待牵牛。长生殿冷时无事，乞巧楼多岁有秋。菡萏晚花清露湿，婵娟新月暮烟收。华封祷祝华胥梦，谁道神仙不可求。"①王禹偁以民间故事入诗，又巧妙掺入自己的颂时歌功之意，语言典雅清丽，韵脚流畅，中间两联对仗工稳，尾联用典无痕，"华封祷祝"，典出《庄子·天地篇》："尧观乎华。华封人曰：'嘻，圣人！请祝圣人，使圣人寿。'尧曰：'辞。''使圣人富。'尧曰：'辞。''使圣人多男子。'尧曰：'辞。'"②即华州人对贤君尧的三个美好祝愿，合称三祝。"华胥梦"典出《列子·黄帝》："(黄帝)昼寝，而梦游于华胥氏之国。……其国无帅长，自然而已。其民无嗜欲，自然而已。不知乐生，不知恶死，故无夭殇；不知亲己……神行而已。黄帝既悟，怡然自得。"③后指理想的安乐和平之境，也作梦境。此典即使不作注释也能理解。"瑞气""无事""祷祝"及求仙虽都有阿谀色彩，但写得含蓄有致是应制之作的典范。

王禹偁后期的诗歌内容与风格的主导方面都发生明显的转折，闲适之作也是如此，这后文予以详论。前期这种清新流畅之风在贬谪之后虽也时有出现，但总给人以故作潇洒之状，尤其是在商州贬谪之时，如：

> 菜助三餐急，园愁五月枯。废畦添粪壤，胼手捽荒芜。前日种子下，今朝雨点粗。吟诗深自慰，天似悯穷途。④
>
> ——《种菜了雨下》
>
> 十亩春畦两眼泉，置来应得弄潺湲。三年谪宦供厨菜，数

① 《全宋诗》，第二册，第702页。

② ［清］王先谦《庄子集解》卷三，《诸子集成》本，世界书局1935年版，第72页。

③ 《列子》，卷二，影印文渊阁《四库全书》本，第1055册，第586页。

④ 《全宋诗》，第二册，第738页。

月朝行赁宅钱。空愧先师轻学圃，未如平子便归田。此身久畜耕山计，不敢抛官为左迁。①

——《偶置小园因题》(其一)

偶营菜圃为盘飧，淮渎祠前水北村。泉响静连衙鼓响，柴门深近子城门。濛濛细雨春蔬甲，亹亹寒流老树根。从此商于地图上，画工添个舍人园。②

——《偶置小园因题》

随着时光的流逝，作者贬谪心境逐渐平复，闲适诗作走向散淡，尤其在抒发隐逸思想的诗作中，如：

大燕引新雏，小鸦哺老乌。青青树木间，禽鸟声欢娱。我携二稚子，东园撷春蔬。可以奉晨馐，采采供贫厨。非肉诚不饱，割身实无余。缅怀宋阁老，同日出京都。谪官不携家，留妻事老姑。块然武当下，此乐固亦无。③

——《携稚子东园刈菜因书触目兼寄均州宋四阁长》

荒亭秋日沉，独坐白头吟。为郡殊无味，归田素有心。鹊翻枫叶乱，蛩响菊丛深。微物休相聒，幽怀老不禁。④

——《荒亭晚坐》

谪宦滁上欲何为，唯把高闲度岁时。费尽俸钱因合药，忙于公事是吟诗。京中吏去慵传信，江外僧来与撰碑。更待吾家婚嫁了，解龟休致未全迟。⑤

——《高闲》

① 《全宋诗》，第二册，第738页。
② 《全宋诗》，第二册，第738页。
③ 《全宋诗》，第二册，第659页。
④ 《全宋诗》，第二册，第752页。
⑤ 《全宋诗》，第二册，第755页。

（二）后期：关注现实，纵横沉郁，苍凉厚重

前期王禹偁诗歌总体表现出悠游闲适、平易清丽的特点。商州贬谪之后人生遭际发生逆转，济世之心受到挫折，诗人的心情既愤懑不平又自伤自悼，偶尔也暂时的潇洒超脱，更多的是由一己之困看到天下百姓的艰难，对白居易、杜甫等极具现实精神与批判意识的诗歌给予较全面的继承与发扬，儒家济世思想在困顿中得以延续，诗歌内容与诗风的主导方面都发生了明显的转折，关注现实、纵横沉郁、苍劲厚重逐渐成为主导。

这在王禹偁讽谕诗中最为突出，对社会现实反映的深度与广度都是前期白体诗人所望尘莫及的，如《感流亡》，史诗般地揭露关中大旱之年，百姓的悲惨遭遇，令人不忍卒读，诗人内心充满自责与痛苦；在《战城南》诗中"自古控御全在仁，何必穷兵兼黩武"，对太宗的黩武深表反感；在《金吾》中不但揭露了武人嗜杀为功的凶残本质，也对最高统治者不辨善恶给予抨击，同时也对文士低贱的政治经济地位做了形象的描述；《江豚歌》《竹鼬》等以象征手法揭示官吏奸佞、群小的丑恶行径，如此等等，详见前文。这类诗作给人纵横深沉、凝重苍凉之美，即使是题材短小的讽谕诗作也是如此，如《秋霖》二首：

> 秋霖过百日，岁望终何如。嘉谷就穗生，茁茁垂青须。宿麦未入土，大田多泥涂。河阔不辨马，原高恐生鱼。时政苟云失，生民亦何辜。雨若是天泪，天眼应已枯。①
>
> ——其一
>
> 山云百日雨，山水十丈波。田畴与道路，一夕成江河。巨石大于瓮，吹转如蓬窠。夏旱既损麦，秋潦复无禾。津梁尽倾坏，商贩绝经过。斗米二百金，吾生将奈何？安敢比夷齐，愚

① 《全宋诗》，第二册，第686页。

圣不同科。应如元鲁山，饿死深山阿。①

——其二

即使是贬谪之后的闲适之作，情感也复杂起来，如前文所说酬唱赠寄越发的关注时艰民情，记游闲逸之中常含贬谪之愤与退隐之意，自伤自悼色彩的诗作数量大增等等。诗人情感的变化，也使贬谪后的闲适记游多了几分沉郁与哀伤，不少叹老伤病之作，读之近乎苍凉之感，如前文已引：

红桃飞尽绿杨深，独倚危楼半日吟。六里山川多逐客，贰车官职是笼禽。蓬沾残雪经秋鬓，葵隔浮云向日心。身世荣衰不能算，且倾村酒沃愁襟。②

——《春日登楼》

自笑是迂儒，诚宜与世疏。左迁犹上疏，薄俸亦抄书。漠漠花侵眼，萧萧发映梳。惟当早休去，幽处卜吾庐。③

——《迂儒》

年来潘令鬓初凋，瘦马青衫耻下僚。药债渐多医宿疾，宦情犹切恋明朝。空江梅雨添幽郁，古县桃花锁寂寥。赖有郡侯知己在，每怜憔悴贯金貂。④

——《官舍书怀呈郡守》

当然，后期的王禹偁诗作也有延续前期悠游闲适、清丽流畅之风，如《朱红牡丹》："渥丹容貌着霓裾，何事僧轩只一株。应是吴宫

① 《全宋诗》，第二册，第 686 页。
② 《全宋诗》，第二册，第 722 页。
③ 《全宋诗》，第二册，第 754 页。
④ 《全宋诗》，第二册，第 696 页。

歌舞罢，西施因醉误施朱。”[①]《公余对竹》：“冠褐飘飘乍退公，引吟留坐一丛丛。买添幽景浑无价，洗却繁阴别有风。曾任雪欺终古绿，也从桃映暂时红。此君合是吾庐物，会种婵娟伴钓翁。”[②]但不占主导，其总体风格已经发生逆转，并带动宋初白体诗及整个诗坛的风向发生逆转。

二、对宋初白体诗技法的开拓

（一）对白居易诗歌技法的全面学习

王禹偁的诗学观点已详前文，注重儒家诗教，关注现实人生，语言风格上推崇通俗易晓，加上相近的思想政治观点与人生遭际，使得王禹偁成为宋初标榜学白的一面旗帜。与二李等人不同，他没有多少直接称赞白居易的地方，但他对白居易诗作尤其是充满批判精神的讽谕诗作有明显的继承。

在诗歌技法上也是如此，王禹偁与白居易诗歌一样，喜用对比的手法，将“美”与“刺”并放在一起，突出社会矛盾，引起人们的注意。

如白居易的《轻肥》，一方面是军中宴会上满桌子的山珍海味、美酒佳酿，一方面“是岁江南旱，衢州人吃人”的惨状；在《立碑》中，将虽未立碑却被百姓怀念的鞠信陵与立碑树德宣扬自己功德的达官显贵及其“谈墓得金”的无耻文人进行对比，使得是非观念更加鲜明，爱憎情感更加强烈。王禹偁的讽谕诗也继承这种对比手法，如其《金吾》诗，将贪婪残暴，嗜杀成性的上将军曹翰晚年生活的富足安泰、子孙满堂，与寒饿而坚守名节、龙钟头白的老儒士在“宾祀间”却“贫苦无羊杀”的窘境作对比，以凸显世道的不公，“福善祸

---

① 《全宋诗》，第二册，第 764 页。

② 《全宋诗》，第二册，第 768 页。

淫”只不过是一句虚言而已。

白居易的《观刈麦》《观稼》《纳粟》《村居苦寒》等等，作者不仅仅“坐岸”感叹，而且在对比之中自责自谴之情十分真诚。王禹偁的《感流亡》《对雪》《对雪示嘉祐》《十月二十日作》等诗篇也如出一辙，一方面真实再现百姓及冒着严寒风雪戍守边塞的兵民的苦难经历，另一方面又包含对自己的“小康”生活与身为谏官却“曾无一事裨皇猷”的无奈与自责。

白居易诗歌善于使用传统的比兴手法，或托物言志，或因事喻理，使诗歌含蓄隽永。如《羸骏》一诗，以一匹失主的骏马，因为饥饿瘠瘦被人看成驽马而遭到杀害为喻，意在揭示封建社会有识之士不仅得不到赏识，还遭到无妄之灾的悲剧命运。再如《感鹤》诗，作者借一只操守坚定、耿介正直的野鹤，一旦兴起贪欲之念，最终将被矰缴捕获，感叹为了混一碗饱饭尚且会尽弃多年的高洁，况且能有乘坐大夫之车的厚遇呢！全诗意在讽刺那些立志不坚、为口腹之欲而抛弃宏愿的假高士们。王禹偁不少讽谕诗也借用这种比兴手法，如他的《啄木歌》《江豚歌》《竹鼬》《乌啄疮驴歌》《秋莺歌》等等，以动物为喻，或指正直刺贪的循吏，或喻依仗权势逐利自肥的贪官，或刺欺压弱小、贪婪成性的恶吏，或批判陷害贤良的奸伪小人，或刺那些巧舌如簧的奸伪之徒，使诗歌显得既含蓄委婉又犀利有力。

白居易新乐府诗“首句标其目，卒章显其志”的结构特点，在王禹偁诗歌中也得到很好的继承，如《不见阳城驿诗》，首句“不见阳城驿”标目，卒章“德音苟不嗣，吾道当已而。前贤尚如此，今我复何悲？题此商於驿，吟之聊自怡”显志。《秋霖》诗，首句“秋霖过百日”标目，卒章“时政苟云失，生民亦何辜？雨若是天泪，天眼应已枯”显志。有些作品，首句虽未标目，但篇末有揭示寓意或主旨性的诗句，如《乌啄疮驴歌》诗卒章以“折乌颈兮食乌脑，岂唯取尔饥肠饱，亦与疮驴复仇了”点题，《竹鼬》诗卒章以“彼狡勿害贤，彼鼠无食竹”点题，如此等等，不胜枚举。

至于白居易诗歌的喜用白描手法，不避通俗，直言所见，直抒所感，在王禹偁的诗歌中更是处处可见。王禹偁甚至直接化用白居易现成的诗句入诗，都表明他对白居易的推崇与师法。对此，当时及其稍后的人们都有一致的论述，除上文已引方回之外，还有：

永叔《余话》云："学者品藻当今名贤诗，方之唐人，皆云王元之似乐天，欧阳永叔似退之，梅圣俞似孟东野，苏子美似李正封，王禹玉似元微之，石曼卿似杜牧之，或以斯言为中的。"①

宋初袭晚唐五季之弊，天圣以来，晏同叔、钱希圣、刘子仪、杨大年数人亦思有以革之，第皆师于义山，全乖古雅之风。迨王元之以迈世之豪，俯就绳尺，以乐天为法。欧阳永叔痛矫西昆，以退之为宗。②

宋人诗至欧、梅、苏、黄、王介甫而波澜始大，前此杨、刘、钱思公、文潞公、胡文恭、赵清献辈皆沿西昆体，王元之独宗乐天。③

本朝王元之诗可重，大抵语迫切，而意雍容，如："身后声名文集草，眼前衣食簿书堆。"又云："泽畔骚人正憔悴，道傍山鬼谩揶揄。"大类乐天也。④

从宋元到明清，王禹偁诗宗白居易几成定论，当代学者也有相似的观点，如王延悌先生的《放达有唐唯白傅，纵横吾宋是黄

① ［宋］何汶著，常振国等校《竹庄诗话》卷一，中华书局 1984 年版，第 12 页。

② ［明］宋濂《文宪集》卷二八，文渊阁《四库全书》本，第 1224 册，第 462 页。

③ ［清］王士祯著，湛之点校《香祖笔记》卷一〇，上海古籍出版社 1982 年版，第 192 页。

④ ［宋］许顗《彦周诗话》，文渊阁《四库全书》本，第 1478 册，第 915 页。

州——王禹偁与白居易的继承关系》；[①]尚永亮先生的《论宋初诗人对白居易的追摹与接受》、[②]赵艳喜女士的《论王禹偁对白居易的接受》、[③]潘丽娜女士的《王禹偁对白居易讽谕诗的师法与超越》[④]等等，都从各自的角度阐释二人的关联，可资参考。王禹偁师法白居易，在诗歌内容上更全面，前文已有详述。

（二）对宋初白体诗技法的开拓

在诗歌技艺上，王禹偁对宋初白体诗歌有明显的开拓，甚至有博采众家之长的心胸，并且由宗白进而走向尊杜，并成为引领宋代诗坛走向的重要旗手。具体表现如下：

其一，创作方式的丰富。

宋初白体诗在王禹偁之前，不论是白体名家徐铉、二李，还是一般的馆阁翰苑词臣，应制酬唱是他们创作的主导方式，这一点前文已有详细描述。

王禹偁商州之贬前多以闲适诗作为主，创作方式也以应制次韵为主。他在《酬安秘丞见赠长歌》中也说："迩来游宦五六年，吴山越水供新编。还同白傅苏杭日，歌诗落笔人争传。"[⑤]中进士后，与傅翱、罗处约等人唱和不断，徐规先生的《王禹偁事迹著作编年》系于商州之贬以前的诗作约为 130 首，其中唱和次韵赠答之作有近 80 首。

商州之贬后，王禹偁也有数量可观的赠答酬和之作，王禹偁还在离开商州前夕将与好友冯伉、毕士安、朱严等人的唱和次韵之作

① 王延悌《放达有唐唯白傅，纵横吾宋是黄州——王禹偁与白居易的继承关系》载《文史哲》1984 年第 3 期。

② 尚永亮《论宋初诗人对白居易的追摹与接受》，载《社会科学辑刊》2009 年第 4 期。

③ 张艳喜《论王禹偁对白居易的接受》，载《齐鲁学刊》2007 年第 6 期。

④ 潘丽娜《王禹偁对白居易讽谕诗的师法与超越》，《淮北煤炭师范学院学报》2009 年第 3 期。

⑤ 《全宋诗》，第二册，第 784 页。

编成《商於唱和集》。在滁州、黄州时期都有一定数量的次韵酬唱诗作，但王禹偁突破较为单一的次韵酬唱的诗歌创作方式，变得更为多样，如咏史怀古、借古讽今、记游咏怀等等，而且成为创作方式的主流。

创作方式的丰富也与创作心态的多元化密不可分，宋初白体诗人群体，尤其是处于社会中上层的翰苑词臣，创作心态基本以优游闲适、自得意满，甚至富贵称颂为主，没有多少个人与社会下层的愁苦滋味。而到了王禹偁之时，无论是讽谕之作，还是闲适之作，作者的声音愈见清晰，作者心态也更加多样。

其二，创作体裁的多样化。

王禹偁的诗作在体裁上古体、近体兼顾，贬谪之前几乎是一色的近体诗作，商州之贬后逐渐重视古体诗作，有效地改变了宋初白体诗人近体几乎一统的局面，并与田锡、张咏一起掀起宋初复古之风，并影响到整个宋初文坛。

首先，王禹偁的近体诗创作。

《全宋诗》存王禹偁诗作十三卷 630 余首，是迄今为止收罗王禹偁诗作最全的总集。其中律诗占到整整五卷（不包括《小畜外集》及其他文献辑录的部分），占诗歌总数的六成多。可见，近体诗是王禹偁创作的重要体裁之一。其中七律诗歌 280 余首，占其诗歌总数的近五成。王禹偁的五律 100 多首，占其诗歌总数的近两成。其近体诗作与其总的诗风一致，前期内容较为单薄，诗风秀丽清新，给人舒畅不迫之感；后期则复杂深沉起来，诗风也变得苍凉厚重起来。王禹偁远远扩大了律诗的表现范围，在徐铉、二李那里，七律只拘束于应制奉和、寄赠酬答、记游山水等相对狭小的空间里，而到王禹偁扩大到登临咏怀、感时伤事、言志守道等几乎无所不包的程度，如：

西接蓝田东武关，有唐名郡数商颜。二千石尽非无道，一百年来负此山。重叠晓岚新雨后，参差春雪夕阳间。唯供迁客风骚兴，醉望吟看不暂闲。①

——《登郡南楼望山有感而作》

年来失职别金銮，身世漂沦鬓发残。贫藉俸钱犹典郡，老为郎吏是何官。开樽暂喜愁肠破，堆案仍劳病眼看。自笑不归田里去，谩将名姓挂朝端。②

——《自笑》

人生唯问道如何，得丧升沉总是虚。宁可飞鸿随四皓，未能鱼腹葬三闾。傅岩偶梦谁调鼎，彭泽高歌自荷锄。不向世间争窟穴，蜗牛到处是吾庐。③

——《放言诗》其四

王禹偁还存有七绝近 110 首，占其诗歌总数六分之一多。王禹偁的七绝内容较为丰富，有咏物之作，如组诗《笋》《池边菊》《新月》、组诗《杏花》，有写离情别绪的《别北窗竹》《别丹水》《别商山》《别四皓庙》《别堂后海棠》，有闲情逸旨的《长洲种牡丹》《初拜拾遗游琼林苑》《独游南静川》《清明日独酌》，有赠答之作《得昭文李学士书报以二绝》，有咏史之作《读史记列传》《后土庙琼花诗》《芍药花开忆牡丹绝句》，有悼念亡友的《哭同年罗著作》5 首，有抒发隐逸情怀的《南园偶题》等等。此外，王禹偁在商州期间创作的具有乐府性质与儒家诗教精神的《畬田词》，语言通俗，极具乡土气息。

王禹偁七绝在艺术上有偏向说理的成分，最明显的例子就是其组诗《春日杂兴》，④其一以春风“不容”桃、杏（花），故意过早吹

---

① 《全宋诗》，第二册，第 723 页。

② 《全宋诗》，第二册，第 753 页。

③ 《全宋诗》，第二册，第 721 页。

④ 《全宋诗》，第二册，第 722 页。

折为喻，流露出自己因直道被贬的不满；其二以“春云”变化无端，喻反复不定的小人；其三写嘈杂的燕子不仅打搅诗人的春梦，还故意掉落春泥污染彩笺，则似有怨语，但写的含蓄清淡；其四则以惊蛰后“蚯蚓”的争胜，触破莓苔后的气势为喻，意在讽刺争势夺利的奸佞之人，使诗歌显得酣畅有力。其诗为：

两株桃杏映篱斜，装点商州副使家。何事春风容不得，和莺吹折数枝花。（一）

春云如兽复如禽，日照风吹浅又深。谁道无心便容与，亦同翻覆小人心。（二）

闲写新诗十数篇，晓来铺向竹窗前。无端燕子欺人睡，故落春泥污彩笺。（三）

一夜春雷百蛰空，山家篱落起蛇虫。无端蚯蚓争头角，触破莓苔气似虹。（四）

而且，语言有模仿杜甫的痕迹，对此《蔡宽夫诗话》记载道：

元之本学白乐天诗，在商州尝赋《春日杂兴》云：“两株桃杏映篱斜，装点商州副使家。何事春风容不得，和莺吹折数枝花。”其子嘉祐云：“老杜尝有‘恰似春风相欺得，夜来吹折数枝花’之句，语颇相近。”因请易之，王元之忻然曰：“吾诗精诣，遂能暗合子美邪？”更为诗曰：“本与乐天为后进，敢期杜甫是前身。”卒不复易。①

虽然王禹偁诗歌，许顗评之为“语迫切而意雍容”，②毕竟还是主动模仿杜甫，不少地方也确有神似杜甫的地方。

① ［宋］胡仔《苕溪渔隐丛话》前集卷二五，人民文学出版社1962年版，第170页。
② ［清］何文焕编《历代诗话》，中华书局1981年版，第388页。

王禹偁还有一些五七言排律，如贬谪商州作长达一百六十韵的《谪居感事》，记录自己生平事迹与人生抱负，又作《酬种放征君》一百韵记录自己被贬商州始末及其抵达贬所所思所感；淳化四年(993)由商州迁解州，作《中条山》二十韵，对中条山的高耸挺拔极力称赞，又作《五老峰》十六韵，渲染此峰的高俊神奇等等。虽总体数量与质量赶不上七律与五律，但也丰富了创作体裁。

其次，王禹偁的古体诗创作。

宋初白体诗人多选择体制短小的近体诗为主要诗体，即陈寅恪先生所说的“杯酒光景间之小碎篇章”，就连“次韵相酬之长篇排律”的数量也不占优势。相对于近体，王禹偁有看重古体的倾向，他曾自责地说：“胡为碌碌事文笔，歌时颂圣如俳优。”对早年的诗作表示不满，这虽主要是就内容而言，其实也有诗歌体制的成分。

王禹偁兼做古、今二体，现存五七言古诗四卷、歌行二卷，诗歌总数近百首，他与张咏、田锡一起推动宋初古体诗的创作，从而丰富宋初白体诗体裁上的偏狭。张咏、田锡的古体诗不拘泥一家，李白、李贺、白居易甚至魏晋古诗都取其所需，形成自己的特色，这已详见前文。王禹偁则更有融合诸家之长的气度，其学李白、李贺神奇的想象、恢宏的语言、纵横的结构甚是惟妙。如：

六龙衔火烧寰宇，魏王冰井如汤煮。松枝桂叶凝若痴，喘杀溪头啸风虎。北溟熔却万丈冰，千斤冻鼠忙如蒸。我闻胡土长飞雪，此时日晒地皮裂。仙芝瑶草不敢茁，湖川竹焦琅玕折。西郊云好雨不垂，堆青叠碧徒尔为。①

——《苦热行》

劝君莫把青铜照，一瞬浮生何足道。麻姑又采东海桑，阆苑宫中养蚕老。任是唐虞学姬孔，萧萧寒草埋孤冢。我恐自古

---

①《全宋诗》，第二册，第786页。

贤愚骨，叠过北邙高突兀。少年对酒且为娱，几日樽前垂白发。安得沧溟尽为酒，滔滔倾入愁人口。从他一醉千百年，六辔苍龙任奔走。男儿得志升青云，须教利泽施于民。穷来高枕卧白屋，蕙带藜羹还自足。功名富贵不由人，休学唐衢放声哭。①

——《对酒吟》

王禹偁的《苦热行》一连用了九个比喻写尽了苦热之状，想象极为神奇怪异！《对酒饮》很有几分李白的身影。王禹偁古体诗学白多得其叙事的思维、批判的精神、比兴的手法及其追求浅易详尽的总体风格，如《酬种放徵君》《感流亡》《竹鼬》《东门送郎吏行寄承旨宋侍郎》《对雪示嘉祐》《乌啄疮驴歌》《啄木歌》《江豚歌》《秋莺歌》等等，代表着宋初古体诗创作的最高成就。

其三，创作技巧的完善。

首先，语言上：平易晓畅与锤炼匠心并存。

王禹偁诗歌语言平易晓畅，不避俚俗，这是其诗歌语言上最为突出的特点。这类诗作俯拾皆是，如《携稚子东园刈菜因书触目兼寄均州宋四阁长》：

大燕引新雏，小鸦哺老乌。青青树木间，禽鸟声欢娱。我携二稚子，东园撷春蔬。可以奉晨馐，采采供贫厨。非肉诚不饱，割身实无余。缅怀宋阁老，同日出京都。谪官不携家，留妻事老姑。块然武当下，此乐固亦无。②

这是王禹偁在商州贬所寄给好友宋湜的诗作，语言朴素，通俗流畅，感情率真，对自己的艰难毫不掩饰，对老友的缅怀也在平常语

① 《全宋诗》，第二册，第786页。
② 《全宋诗》，第二册，第659页。

中流露出来。叙事是如此，就连言志议论也是质朴简洁、直截了当，如《对酒吟》中说："男儿得志升青云，须教利泽施于民。穷来高枕卧白屋，蕙带藜羹还自足。"在《为恶》诗中也是直露其意："明时巧言士，乱世佞幸郎。佞幸惟苟且，巧言颇包藏。为恶虽不同，同归于覆亡。"①

王禹偁也尝试民间歌谣、世俗俚语入诗，如上文所引的《畬田词》就是典型。更有甚者，王禹偁直接化用白居易的现成诗句入诗，如：

> 形容瘦薄诗情苦，岂是人间有相人？只合一生眠白屋，何因三度拥朱轮？金章未佩虽非贵，银榼常携亦不贫。唯是无儿头早白，被天磨折恰平均。②
>
> ——白居易《自咏》
>
> 明代何人为荐雄，专城犹与众人同。徒闻清政如黄霸，尚借绯衫似白公。我有金章知是忝。君无银榼信为穷。不须厌见随车雨，岁晚当期五谷丰。③
>
> ——王禹偁《和仲咸除知郡后雨中戏作见赠》
>
> 不厌西邱寺，闲来即一过。舟船转云岛，楼阁出烟萝。路入青松影，门临白月波。鱼跳惊秉烛，猿觑怪鸣珂。摇曳双红旆，娉婷十翠娥。香花助罗绮，钟梵避笙歌。领郡时将久，游山数几何。一年十二度，非少亦非多。④
>
> ——白居易《夜游西武邱寺八韵》
>
> 乐天曾守郡，酷爱虎丘山。一年十二度，五马来松关。我今方吏隐，心在云水间。野性群麋鹿，忘机狎鸥鹇。乘兴即一

① 《全宋诗》，第二册，第 687 页。

② ［唐］白居易著，朱金城笺校《白居易集笺校》，第 1622 页。

③ 《全宋诗》，第二册，第 792 页。

④ ［唐］白居易著，朱金城笺校《白居易集笺校》，第 1674 页。

到，兴尽复自还。不知使君贵，何似长官闲。①

——王禹偁《游虎丘》

何处春深好，春深迁客家。一杯寒食酒，万里故园花。炎瘴蒸如火，光阴走似车。为忧鹏鸟至，只恐日光斜。

——白居易《和春深二十首》（其九）②

左宦寂寥淮上洛，穷愁依约似长沙。乐天诗什虽堪读，奈有春深迁客家。③

——《得昭文李学士书报以二绝》（其二）

当然，王禹偁凭借自己的突出诗才，加上自己贫贱的出生与独特的人生遭际等因素，使得他的诗歌不仅仅在内容上大大拓展了宋初白体诗的范畴，也在诗歌语言上纠正宋初白体诗人平熟滑易的毛病。王禹偁的白体诗歌也有讲究字句、注重格律、在自然朴素之中创造上佳境界的诗作，如其名作《村行》：

马穿山径菊初黄，信马悠悠野兴长。万壑有声含晚籁，数峰无语立斜阳。棠梨叶落胭脂色，荞麦花开白雪香。何事吟余忽惆怅，村桥原树似吾乡。④

此诗作于淳化三年（992）谪居商州之时，全诗中间两联甚是讲究，对仗工稳，写景独特，动静结合，色彩绚丽，似有老杜的雍容不迫。钱锺书先生对其“数峰无语”尤是称赞，他说：“按逻辑说来，‘反’包含先有‘正’，否定命题总预先假设着肯定命题。诗人常常

① 《全宋诗》，第二册，第 687 页。

② ［唐］白居易著，朱金城笺校《白居易集笺校》，第 1827 页。

③ 《全宋诗》，第二册，第 720 页。

④ 《全宋诗》，第二册，第 786 页。

运用这个道理。山峰本来是不能语而‘无语’的，王禹偁说它们‘无语’……并不违反事实；但是同时也仿佛表示它们原先能语、有语、欲语而此刻忽然‘无语’。这样，‘数峰无语’‘此山不语’才不是一句不消说得的废话。……改用正面的说法，例如‘数峰毕静’，就削减了意味。”①现将字斟句酌的诗句，略举数例如下：

露莎烟竹冷凄凄，秋吹无端入客衣。鉴里鬓毛衰飒尽，日边京国信音稀。风蝉历历和枝响，雨燕差差掠地飞。系滞不如商岭叶，解随流水向东归。②

——《新秋即事》(其一)

南徐城古树苍苍，衙府楼台尽枕江。甘露钟声清醉榻，海门山色滴吟窗。直庐久负题红叶，出镇何妨拥碧幢。闻说秋来自高尚，道装筇竹鹤成双。③

——《寄献润州赵舍人》(其一)

江城方话旧，捧诏去长安。宦路相逢少，乡情叙别难。烟波迷晓渡，风雨动春寒。初夏应回首，重期看牡丹。④

——《送奉常李丞赴阙》

乘兴登虚阁，披襟一望间。圣朝新日月，亡国旧江山。柱隔晴虹断，檐喧夕鸟还。归衙不辞晚，吟思白云闲。⑤

——《登寿宁寺阁》

习习气初通，峨峨势自融。渌波归旧水，寒片漾和风。暖想千溪绽，吹疑一夜空。鹭翘休映白，鱼跃乍翻红。缯裂方塘

---

① 钱钟书《宋诗选注》，人民文学出版社 1958 年版，第 8 页。

②《全宋诗》，第二册，第 732 页。

③《全宋诗》，第二册，第 690 页。

④《全宋诗》，第二册，第 698 页。

⑤《全宋诗》，第二册，第 767 页。

上，琼流巨壑中。漪涟还浩渺，须赖济川功。①

——《东风解冻诗》

东邻谁种竹，遍称长官心。月上分清影，风来惠好音。低枝疑见接，迸笋似相寻。多谢此君意，墙头诱我吟。②

——《东邻竹》

王禹偁是北宋尊杜的第一人，称赞其诗道“子美集开诗世界”，积极学习杜甫的诗作，不少诗歌也得其含蓄凝练之美，如他的《对雪》《感流亡》，无论题材内容，还是字句章法，都直追杜甫的名篇“三吏”“三别”；《春日杂兴》《杏花》《村行》等闲适之作也有杜甫的神韵，虽“学杜而未至”，但在宋初白体诗人中无疑是最为突出的。正如清人吴之振在《宋诗钞·小畜集钞》中所说：“穆修、尹洙为古文于人所不为之时，元之则为杜诗于人所不为之时也。”③

其次，结构上：叙事与言志结合。

王禹偁诗作在结构上具有明显的叙事色彩，尤其在古体诗上表现得极为明显，这自然受到白居易、杜甫叙事诗的影响。王禹偁在诗歌中真实地再现“故事”的来龙去脉，再由此过渡到言志述怀，如其五古长篇《酬种放徵君》就是典型，开头有大量的文字记叙自己遭贬、奔赴贬所的狼狈概况，然后才是自己的感慨。在讽谕色彩浓烈的诗中更是如此，如上文的《感流亡》，诗人选取典型镜头如史诗般反映关中大旱对百姓带来的灾难，而后是对黎民的同情与对自己的自责。

王禹偁在叙事之中流露自己的感慨，并用多种方式使其叙事与言志有较好地结合，不像白居易主旨表现得那么突然。最常见

---

①《全宋诗》，第二册，第790页。

②《全宋诗》，第二册，第692页。

③［清］吴之振等编《宋诗钞·小畜集钞》，中华书局1986年版，第13页。

的是喜用对比的方式突出主旨，这深受白居易的影响，甚至有“首句标其目，卒章显其志”的味道，如讽谕名篇《对雪》《金吾》等。《对雪》上文已有阐释，此处不赘。《金吾》前部分写嗜杀得功、延寿享贵的武人曹翰，并给予揭露与批判，结尾却以“吁嗟为儒者，寒饿守名节。五十朝大夫，龙钟头似雪。无故不杀羊，礼文安可越？何况宾祀间，贫苦无羊杀”作结，把儒者、文臣与之对比，同时也可看出儒士们的物质贫寒与守护名礼。也有用比较含蓄的比兴隐喻的方式揭示诗歌主旨者，如《乌啄疮驴歌》《啄木歌》《江豚歌》《橄榄》《竹鼬》等等，使其结构较为灵活。

即使是近体诗，如七律也有浓重的叙事成分，创作思路清晰，有一定散文化的倾向。如前引《出守黄州上史馆相公》诗前半部分以叙事的方式记述自己十年为宦生涯。再如《诏知滁州军州事因题二首》之一：“晓直银台作侍臣，暮为郎吏入埃尘。一生大抵如春梦，三黜何妨似古人。不称禁中批紫诏，犹教淮上拥朱轮。时清郡小应多暇，感激君恩养病身。”①诗歌前四句写被召入朝，历任百日后又遭遇滁州之贬的人生经历，后半部分则写来滁州之后自己的生活状况，记叙性很强。其咏史怀古、闲情守道之作抒情言志成分较浓，已详前文。

再次，具体技法的继承与开拓。

王禹偁对宋初白体诗常见艺术技法诸如比兴寄托、对仗用典等等都有明显的开拓。对此问题已有不少论文涉及，如四川大学2007年秦蓁的硕士论文《王禹偁与宋初“白体诗”》有专章论述，河北大学2008年田宏瑞的硕士论文《王禹偁诗歌研究》也有专节阐述。此外，南京大学2007年赵艳喜博士论文《北宋白居易诗歌接受研究》，南京师范大学2006年周子翼的博士论文《北宋七言绝句研究》及张立荣的博士论文《北宋前期七言律诗研究》，华东师范大

① 《全宋诗》，第二册，第751页。

学2007年成玮的博士论文《宋初诗坛研究》等也有部分章节涉及于此。同时，还有一些单篇论文，这里不再一一枚举。

先看比兴寄托的运用。这在讽谕诗作中尤为明显，与白居易是一脉相承的。如上文所提到的《啄木歌》《江豚歌》《竹鼬》《乌啄疮驴歌》等等，以动物为喻，或指正直刺贪的循吏，或喻依仗权势逐利自肥的贪官，或批判陷害贤良的奸佞小人，使诗歌显得既含蓄委婉又犀利有力。

再看对仗用典。王禹偁的诗歌尤其是贬谪后的近体诗作，很讲究句法章法，中间两联往往对仗精巧，如《登郡南楼望山感而有作》："西接蓝田东武关，有唐名郡数商颜。二千石尽非吾道，一百年来负此山。重叠晓岚新雨后，参差春雪夕阳间。唯供迁客风骚兴，醉望吟看不暂闲。"①上文已引的《村行》："马穿山迳菊初黄，信马悠悠野兴长。万壑有声含晚籁，数峰无语立斜阳。棠梨叶落胭脂色，荞麦花开白雪香。何事吟余忽惆怅，村桥原树似吾乡。"

数字、颜色、叠词等等都对杖工稳，同时，王禹偁在诗歌中有意打破常规，在律诗的首联也对仗工整，十分显眼，如：

> 贤人虽学心无闷，君子须知道自消。德似仲尼悲凤鸟，圣如姬旦赋鸱鸮。看松好待严霜降，试玉宜将烈火烧。青女祝融如不党，愿分顽石与山苗。②
>
> ——《放言》(其三)
>
> 滁阳领郡经三月，宝应游山始一回。屐齿免忧岩下折，簿书长苦案头堆。粼粼泉石吟魂健，漠漠烟岚病眼开。尽日引

① 《全宋诗》，第二册，第723页。

② 《全宋诗》，第二册，第720页。

渠寻胜境，读碑看篆拂苍苔。①

——《与嘉祐同游宝应寺》

王禹偁很重视诗歌用典，贬谪之前用典数量不多更不深奥，基本都做到化之无痕。商州之贬的诗作，屈原、汉文帝、贾谊、司马迁、冯唐、四皓、陶渊明等出现的比例很高，以表达自己无辜遭贬后的愤激及其远害的心理。随着官场的屡遭不顺，老子、庄子、佛禅、道隐的典故逐渐增多，王禹偁退隐的念头时时浮现心头。这类作品如《次韵和仲咸感怀贻道友》其二："好齐生死与穷通，古往今来事略同。轩后谩留烧药鼎，汉皇虚筑望仙宫。鉴中容鬓看看老，梦里荣枯岁岁空。不逐冥鸿天外去，可怜焦烂扑灯虫。"②

当然，在王禹偁思想中儒家学说肯定始终处于中心地位，因而，他在诗中也经常化用儒家经典中的事典与语典，如《诗经》就经常被化用，如"青青子衿辈，栉比曳朝裾"，③出自《诗经·郑风·子衿》；"岸上黍离经故国，湖边木脱正高秋"，④出自《诗经·王风·黍离》；"因感得时留甘棠，更嗟无位泣麒麟"，⑤出自《诗经·召南·甘棠》等等。可见其对儒家之道的熟悉与推崇。

王禹偁的用典使事总体而言比较通俗自然，不为用典而用典，炫才逞气的成分更少，这与馆阁白体诗人不同，如其《阁下咏怀》："正向承明恋直庐，年来华发已侵梳。官清自比乘轩鹤，心小还同畏网鱼。西掖永怀王阁老，北门堪叹扈尚书。会当辞禄东陵去，数亩瓜田一柄锄。"⑥结尾处虽用萧何种瓜长安之典，但即使不知也

① 《全宋诗》，第二册，第753页。
② 《全宋诗》，第二册，第794页。
③ 《全宋诗》，第二册，第669页。
④ 《全宋诗》，第二册，第749页。
⑤ 《全宋诗》，第二册，第741页。
⑥ 《全宋诗》，第二册，第705页。

不影响对整首诗的理解。

总之，王禹偁不仅继承白居易的闲适之作，还将其扩大到伤感、杂律与讽谕等方面，尤其是后者更是继承了杜甫、白居易的现实精髓，使宋诗从悠游模拟中走向现实人生，为宋诗开拓了更为广阔的题材视野，而且在诗歌风格、诗歌技法诸方面都对宋初白体诗有极大的丰富。王禹偁代表着宋初白体诗人的最高成就，也为宋诗的健康发展增加了艺术积淀。

第四节 王禹偁在宋初诗坛的地位及宋初白体诗在宋代的遗响

王禹偁凭借着卓越的诗歌理论与创作成就成为无可争议的宋初白体诗的集大成者，成为宋初诗坛的翘楚。他全面继承白居易的诗作，尤其是现实精神与批判意识浓烈的讽谕之作，并由之扩大到尊杜，这对宋初诗坛乃至整个宋诗的发展都具有深远的意义，蕴含着宋代诗歌发展的新动向。虽然这种新动向随着王禹偁的早逝与西昆之风的兴起而受挫，但宋诗发展的方向已经孕育，从这个意义上讲，王禹偁是当之无愧的北宋诗坛革新的先驱者。

一、王禹偁在宋初诗坛的地位与影响

（一）宋初白体诗歌创作的集大成者

王禹偁的诗歌代表了宋初白体诗歌创作的最高成就，是宋初白体的集大成者，并与蜀中张咏、田锡等人一起实现了宋初白体诗歌创作的新高峰。其诗（包括其文与其人）得到后人的高度称赞，稍后而起的文坛领袖欧阳修为官滁州时，曾面对王禹偁的画像，作诗赞美他的政绩与文章：

偶然来继前贤迹，信矣皆如昔日言。诸县丰登少公事，一家饱暖荷君恩。想公风采常如在，顾我文章不足论。名姓已光青史上，壁间谷貌任尘昏。①

——《书王元之画像侧》

欧阳修的高足苏轼也对王禹偁的人品与诗文无不赞叹之至，并为之作《王元之画像赞并叙》："维昔圣贤，患莫己知。公遇太宗，允也其时。帝欲用公，公不少贬。三黜穷山，之死靡憾。咸平以来，独为名臣。一时之屈，万世之信。纷纷鄙夫，亦拜公像。何以占之，有泚其颡。公能泚之，不能已之。茫茫九原，爰莫起之。"②黄庭坚也在《王元之真赞》中说："天赐王公，佐我太宗。学问文章，致于匪躬。四方来庭，上稍宴衎。公舍瓦石，责君尧舜。采芝商山，以切直去。惟是文章，许以独步。白发还朝，泣思轩辕。鸡犬舐鼎，群飞上天。真宗好文，且大用公。太阿出柙，公挺其锋。龙怒鳞逆，在廷岌岌。万物并流，砥柱中立。古之遗直，叔向以之。呜呼王公，其尚似之。"③如此等等。

著名学者钱锺书先生也说王禹偁"在北宋三位师法白居易的名诗人里——其他两人是苏轼和张耒——他是最早的，也是受影响最深的"。④ 如上文所述王禹偁虽也模仿白居易闲适之作，创作出典型的悠游闲雅的白体诗歌，但其刚正有为、守道执着的人格使其在现实政治上屡遭波折，再加上其贫寒的出身使其与白体前辈诸如徐铉、李昉、李至及其馆阁翰苑文人们愈走愈远，从而突破宋初白体题材上的狭隘、语言风格上浅俗单一的倾向，使白体诗歌走

① 《全宋诗》，第六册，第 3685 页。

② ［宋］苏轼著，孔凡礼点校《苏轼文集》，中华书局 1986 年版，第 603 页。

③ ［宋］黄庭坚著，刘琳等校《黄庭坚全集》，四川大学出版社 2001 年版，第 557 页。

④ 钱钟书《宋诗选注》，人民文学出版社 1958 年版，第 5 页。

向现实人生，也由此奠定了他在宋初白体诗人中的集大成的历史地位。

（二）王禹偁由宗白到尊杜及其在诗坛上的影响

王禹偁是名副其实的两宋尊杜第一人。白居易的讽谕之作极具现实性与批判性，其个人的遭遇贬谪与此不无关系，如《卖炭翁》《观刈麦》《杜陵叟》《轻肥》，或刺宫市，或批赋税的繁重，或伤农夫之困，或揭露达官贵族的奢侈骄横。就连帝王也不例外，《海慢慢》以戒求仙，《太行路》则借夫妇以喻君臣之不终，如此等等，这些作品与老杜忠君爱国、悯农守道在精神上是一致的。王禹偁在推崇白居易的过程中自然对杜甫的现实之作表现出开风气之先的尊重与追慕，他曾在诗文中屡次称赞其诗歌人品，如：

杜甫且为诗宰相。①

——王禹偁残句

日长何计到黄昏，郡僻官闲昼掩门。子美集开诗世界，伯阳书见道根源。风飘北院花千片，月上东楼酒一樽。不是同年来主郡，此心牢落共谁论。②

——《日长简仲咸》

未得科名鬓已衰，年年憔悴在京师。妻装秋卷停灯坐，儿趁朝餐乞米炊。尚对交朋赊酒饮，遍看卿相借驴骑。谁怜所好还同我，韩柳文章李杜诗。③

——《赠朱严》

温树阴中别玉堂，应星犹得入文昌。莫嫌工部官曹慢，杜

---

① 《全宋诗》，第二册，第811页。
② 《全宋诗》，第二册，第737页。
③ 《全宋诗》，第二册，第759页。

甫才名是外郎。①

——《制除工部郎中出内署》

命屈由来道日新，诗家权柄敌陶钧。任无功业调金鼎，且有篇章到古人。本与乐天为后进，敢期子美是前身。从今莫厌闲官职，主管风骚胜要津。②

——《前赋春居杂兴诗二首……聊以自贺》

我闻天有二十八个星，降生下界为英灵。东方曼倩萧相国，至今留得终天名。又闻地有三十六所洞，洞中多聚神仙众。神仙负过遭谴谪，谪来人世为辞客。李白王维并杜甫，诗颠酒狂振寰宇。……③

——《酬安秘丞歌诗集》

王禹偁认为杜甫是诗人中的宰相，开辟诗歌新天地。由《赠朱严》一诗可知，王禹偁在开封的遭遇也恰似当年杜甫在长安十年的心酸经历。在这种境遇下，王禹偁唯独喜好阅读韩柳文章、李杜诗以解心中的苦闷。可见，王禹偁对杜甫及其诗歌是极为推崇的。

王禹偁对自己诗歌能够追随白居易就已心满意足了，当他的《春日杂兴》被其子嘉祐认为似老杜"恰似春风相欺得，夜来吹折数枝花"之句时，竟兴奋不已地说："吾诗精诣，遂能暗合子美邪?"④并作诗庆贺道："本与乐天为后进，敢期子美是前身。"足显王禹偁对杜甫的重视。

王禹偁也以诗风似杜来奖掖后生同道，如推荐丁谓道："有进士丁谓者，今之巨儒也。其道师于六经，泛于群史，而斥乎诸子。其文类韩柳，其诗类杜甫，其性孤特，其行介洁，亦三贤之俦也。"⑤

① 《全宋诗》，第二册，第751页。
② 《全宋诗》，第二册，第733页。
③ 《全宋诗》，第二册，第784页。
④ [宋]胡仔《苕溪渔隐丛话》前集卷二五，人民文学出版社1962年版，第170页。
⑤ 《全宋文》，第七册，卷一五〇，第385页。

王禹偁诗作存在不少学杜的地方，曾模仿杜甫《八哀诗》作《五哀诗》。此外，就具体技法而言，讽谕诗对杜甫诗的结构有明显的模仿；语言上，也有不少追拟之处，其律诗的缜密得益于杜甫晚年出神入化的近体诗作。

总之，王禹偁学杜，两人虽然存在很大的距离，但王禹偁在“杜诗于人所不为之时者也”倡导“韩柳文章李杜诗”，对北宋诗文革新实有开风气之先的作用，指引着宋诗今后发展的大方向，也是宋代诗歌“尊杜”的先声。

（三）王禹偁对宋初诗人的提携——以西昆领袖杨亿为例

王禹偁对宋初诗人群体的成长有积极的贡献。王禹偁以其文坛领袖的姿势，交友提携了不少诗人，这其中有白体代表诗人晁迥；有由白体入西昆体的李宗谔、张咏、丁谓；有转益多师的田锡；有宋初名僧赞宁等都有或深或浅的交往，前章已详。这不仅使得他们的诗歌或多或少地带有白体的印记，又扩大了宋初白体诗人的创作群体。

王禹偁不仅与白体诗人交往，也奖掖其他的后生，这其中尤以未来的西昆领袖杨亿为耀眼。由于人生遭遇、品行情操都有相似之处，二人关系甚为密切。对此问题田景丽在其硕士论文《杨亿生平与交友探究》中设有专节给予探讨。张明华先生在《王禹偁与西昆体关系之辨证》中甚至认为王禹偁的诗作“已经是白体变调，已体现出白体向西昆体过渡的倾向，而且其个别诗歌已很接近西昆体了。从这个意义上说，王禹偁也许可以看作西昆体的一个先驱呢”，①都有一定的道理。

王禹偁年长杨亿20岁，是他的诗坛前辈。其具体交往时间难以确考，李一飞先生在《杨亿年谱》中把王禹偁的《送史馆学士杨亿闽中迎侍》系在淳化五年（994）秋，杨亿回家接亲人之时。此时王

① 张明华《王禹偁与西昆体关系之辨证》，载《阜阳师范学院学报》2003年第6期。

禹偁刚过不惑之年，其诗为："迎侍闽川去路长，才名官职过欧阳。翰林贵族夸东榻，史馆清衔庆北堂。别酒正逢寒菊绽，归舟应见早梅香。拾遗健羡吟诗送，莫笑蹉跎两鬓霜。"①

对年轻才高、官清名显的后辈充满赞许。咸平初，杨亿出知处州，众人为之饯行，杨亿还将其诗歌编成《群公赠行集》，其中就有王禹偁的《送正言杨学士亿之任缙云》，其诗为："弱冠珥朝替，才堪入翰林。重违君厚遇，聊奉母欢心。笔削留惇史，囊装贮赐金。帆张浙河阔，山对括苍深。暂歇趋朝马，重闻故国禽。幽兰南涧采，寿酒北堂斟。务简墉开阁，家丰不典琴。彩衣方侍养，红药即供吟。我占掖垣久，自惊年鬓侵。妨贤兼罔极，相送泪盈襟。"②

对后辈的才华、德行仍然是称赏有加，可能由于散佚的原因，《全宋诗》所录杨亿的诗歌未见与王禹偁的赠答之作，但咸平四年(1001)五月，王禹偁病逝蕲州，杨亿闻讯连作 5 首《故蕲州王刑部阁老挽歌》，③对文坛前辈、政坛先哲王禹偁的多才、耿介、正直、清白表示由衷的称赞，可见，二人情感的深厚，其诗为：

东观未绝笔，西垣俄解龟。罢裁青纸诏，重入白云司。流落成三黜，聊翩换一麾。黄冈与滁上，应立去思碑。(一)

鸡省曾三入，鳌峰近十旬。命书批凤尾，谏疏逆龙鳞。按部朱幡远，悲秋素发新。茂陵终不起，遗札满埃尘。(二)

近署罹官谤，清淮绾郡章。平生不佞佛，晚岁尚为郎。得疾因卑湿，为文足感伤。才蒙宣室召，奄忽欢云亡。(三)

楚客离骚怨，子牟江海心。积忧偏损寿，多病未妨吟。野鸟俄窥舍，甘棠已结阴。郡中应罢市，遗爱在人深。(四)

① 《全宋诗》，第二册，第 745 页。
② 《全宋诗》，第二册，第 775 页。
③ 《全宋诗》，第三册，第 1390 页。

奏稿应盈箧，藏书复几车。门人谁渍酒，天子想投瓜。旅榇关山阔，铭旌道路赊。趋庭有令子，清白自传家。（五）

作为西昆体的未来领袖，其早年诗风也颇受诗坛前辈、白体旗帜——王禹偁的深刻影响。杨亿也有《读史效白体》那样直接模仿白居易《放言诗》（其三）之作，更有甚者杨亿深受王禹偁现实讽谕诗作的影响，从而创作出《民牛多疫死》《狱多重囚》等现实性浓烈的诗作来，其诗为：

南海逸风多失性，东吴喘月不逢医。一元祀典古所重，九谷民天命在斯。真相梶车宁致问，族庖更刃亦焉施。炎神厉鬼争为虐，渡虎消蝗复是谁。①

——《民牛多疫死》

铁锁银铛众，金科伏念频。绝闻空狱奏，深愧片言人。清颍黄公接，甘棠郡伯邻。怀贤不能继，多辟岂由民。②

——《狱多重囚》

《民牛多疫死》写东南沿海农民耕牛多遭疫病之灾，百姓难以为继，作者盼望能有良臣循吏到此替百姓消灾免祸，忧民之心昭然。全诗虽用典较多，但语句比较通畅，诗意比较显明。其中“东吴喘月”，是指吴牛望月而喘，后比喻遇到类似的事而疑心、害怕。“一元”，指天下。“祀典”，指祭祀的仪礼或记载祭祀仪礼的典籍。“九谷”，指九种不同的谷物，名目不一。虽然用《周礼·天官·大宰》“三农生九谷”之典，但丝毫不影响诗意的表达。“梶车”，指停车，喻指下车到任。“炎神”，指火神，后借指南方。《远游》：“指炎

---

① 《全宋诗》，第三册，第1417页。

② 《全宋诗》，第三册，第1417页。

神而直驰兮，吾将往乎南疑。"洪兴祖注："南方丙丁，其帝炎帝，其神祝融。炎神，一作炎帝。"①"渡虎"，化用《后汉书・宋均传》之典，其文为："(宋均)迁九江太守。郡多虎暴，数为民患，常募设槛阱而犹多伤害。均到，下记属县曰：'夫虎豹在山，鼋鼍在水，各有所托。且江淮之有猛兽，犹北土之有鸡豚也。今为民害，咎在残吏，而劳勤张捕，非忧恤之本也。其务退奸贪，思进忠善，可一去槛阱，除削课制。'其后传言虎相与东游渡江。中元元年，山阳、楚、沛多蝗，其飞至九江界者，辄东西散去，由是名称远近。"②

《狱多重囚》一诗则揭示当时监狱人满为患的真实情况，"空狱"的纯正民风已经成为绝响了，能臣"黄公"还有谁能继续的上？在作者看来"铁锁银铛众，金科伏念频"，这是为官者深深以为耻辱的事情！民风"多辟"岂止是由百姓一己造成的？认识问题的角度独特，显示出深刻的爱民、怜民之心。

即使是咏史咏物也有不少感慨时运、直指现实的诗作，如《禁中庭树》《馆中新蝉》。在送别诗作中，也有语言质朴、情感真挚的，如《弟伸归乡》："泽国思归咏采兰，束书携剑出长安。天涯朝暮倚门望，岁晏风霜行路难。闽岭夕岚乡树老，楚江寒浪客衣单。岩前旧勒移文处，到日重须拂藓看。"③杨亿的闲适杂咏诗有明显似白体者，略举几首如下：

> 陆羽不到此，标名慕昔贤。金瓶垂素绠，石甃湛寒泉。百汲甘宁竭，千金志不迁。真茶泛云液，一饮可延年。④
>
> ——《建溪十咏・其四陆羽井》
>
> 鸡园开净土，雁塔倚寒空。风铎和清梵，晴幡映彩虹。香

① [宋]洪兴祖《楚辞补注》卷五，中华书局1983年版，第172页。
② [晋]范晔《后汉书》卷四一，中华书局1999年版，第1412页。
③《全宋诗》，第三册，第1372页。
④《全宋诗》，第三册，第1377页。

花倾海国，金碧拟天宫。绝顶登临处，溪山一掌中。①

——《建溪十咏·其七大中塔》

天碧银河欲下来，月华如水浸楼台。谁将万斛金莲子，撒向星都五夜开。②

——《上元》

朱轮远守未成欢。薄宦令人意渐阑。郡阁政清慵按吏，乡园路近欲休官。梅花绕槛惊春早，布水当檐觉夏寒。已是三年不闻问，何如归去把鱼竿。③

——《偶书》

得种从西域，移根在帝乡。鲜葩猩染血，美味蔗为浆。入献殊诸果，敷荣后众芳。丹房高照日，绿叶半凋霜。酿酒扶南国，题诗白侍郎。浓阴兼茂实，相对度炎凉。④

——《庭榴》

以至于黄庭坚将其二人并列说："元之如砥柱，大年若霜鹗。王杨立本朝，与世作郛郭。观公有胆气，自可继前作。丈夫存远大，胸次要落落。"⑤当然，杨亿的诗歌有自己的特色，在王禹偁去世后则更加地凸显出来，并成为西昆体的领路人。

二、王禹偁病逝后白体诗的命运与诗坛西昆体的崛起

（一）王禹偁病逝后白体诗人的分化及昆体之风兴起

真宗咸平四年（1001）五月戊子，年仅 48 岁的王禹偁卒于蕲

---

① 《全宋诗》，第三册，第 1377 页。
② 《全宋诗》，第三册，第 1417 页。
③ 《全宋诗》，第三册，第 1332 页。
④ 《全宋诗》，第三册，第 1359 页。
⑤ ［宋］黄庭坚著，刘尚荣校《黄庭坚诗集注》卷一四，中华书局 2003 年版，第 499 页。

州，使得真宗颇为伤感，也让宋初白体诗人失去了一面旗帜，这给本来就松散的宋初白体诗人以巨大的打击。以前与王禹偁交往密切的诗人诗风纷纷转向昆体，例如上文所提到的李宗谔、张咏、丁谓、晁迥，他们都带有白体的底子而走向昆体。

正如上文所言，白体与稍后而起的昆体并非那么水火不容，除王、杨之间的亲密关系外，从诗歌创作方式的次韵酬唱到诗歌内容闲适咏物，再到创作心态的雍容尔雅，都有一致的地方，其主要区别应是艺术上的更加典雅富赡。宋初白体诗人急剧分化转入昆体也是情理之中的事情。

随着王禹偁的早逝，也改变了宋诗的复古路经。杨亿、刘筠、钱惟演等迅速走向诗坛的中心，他们从王禹偁由学白进而尊杜的路径受到挫折，富丽绵邈的李商隐成为诗坛效法的主要对象，宋初白体诗则从主流诗坛迅速淡出，并渐次融入宋诗的洪流之中，成为宋诗的底色之一。

（二）宋初诗坛演进的复杂性、迂回性及其原因

王禹偁诗文在太宗朝后期影响颇大，但随着他的早逝，白体诗人纷纷转向分化，其现实品质与言志精神受到抑制甚至“挫厄”，以杨亿、刘筠、钱惟演为代表的昆体诗人走上诗坛中心，新朝又开始了规模更为盛大的颂美唱和之中。

这种带有浓厚的新朝盛世颂美的唱和、咏史之作将王禹偁所开创的诗歌之路拦腰折断，显现出宋初诗坛演进之路的迂回性与复杂性。这其中的原因除了王禹偁早逝之外，应还有其他诸多因素共同作用所致，如：

首先，缺少强有力的政治地位的保障。

王禹偁在太宗朝是当之无愧的文坛领袖，但其政治地位颇为尴尬，与之前的二李甚至宋白难以相比，与之后的欧、苏更是难以企及，政治地位与其文坛的影响不管是在什么时代都有密切的联系。

王禹偁享年不永，又屡遭贬谪，虽三入承明但都极为短促即遭到贬谪，入翰林也仅百日，太宗始终未曾大用，也从没有知过贡举以扩大阵营，团结同道。因而，他看到苏易简榜下放孙何等358人诸生时，自己有一丝复杂的心理，曾作诗赠给送别自己的新科进士们，其诗写道："缀行相送我何荣，老鹤乘轩槐谷莺。三入承明不知举，看人门下放诸生。"①心中的怅然十分明显。虽然王禹偁上有毕士安、宋白等诗坛、政坛师友为盟，下有后学丁谓、孙何等青年才俊为继，同时又与田锡、张咏等人交友深厚，但与太宗朝为数众多的浅俗馆阁白体诗人相比数量还是甚少，难以形成合力，根本不能与欧阳修利用科举之力推进文风、诗风的演进可比。

其次，时机尚未成熟。

宋初经过几十年的文化重建，文学自信力得到一定的提升，但文坛的主流仍然是在"范唐"的阴影下徘徊，就连王禹偁本人也染五代之习，如林希逸曾说："王元之又在尹、穆之前，虽未能尽去五代浮靡之习，而意已务实，但未得典则之正。"②更不要说其他的诗人。

因而，当王禹偁的诗歌对宋初白体有所突破时就会显得"势单力薄"，缺少更多的同道之音，正如叶適所指出的："王禹偁文简雅古淡，由上三朝，未有及者，而不甚为学者所称，盖无师友论议之故也。"③时至欧、梅主盟诗坛，赵宋王朝的文化重建已经经历七八十年时间，庆历士风已然形成，崭新一代士人人格独立意识更加明显，文学自信更是空前，他们不满足于在历史堆里缝缝补补。欧阳修主持下的庆历诗坛，为宋诗的演进指明了方向。

---

① [宋] 阮阅编，周本淳校《诗话总龟》卷一七，人民文学出版社1987年版，第196页。

② [宋] 马端临《文献通考》卷二三三，中华书局1986年版，第1861页。

③ [宋] 叶適《习学记言》卷四九，文渊阁《四库全书》本，第849册，第794页。

再次，白体诗自身的不足。

宋初白体诗是“唐音”阴影下的诗歌创作，除了王禹偁、田锡、张咏、晁迥、徐铉等少数作家有自己的独特之处外，绝大多数都存在内容空泛、创作形式单调、创作情感匮乏、艺术成就低下等毛病。其通俗浅易、言尽意尽、不重技法的诗歌崇尚与乱世文人的兴趣爱好与涵养学识是一致的，但随着文化重建的推进，读书破万卷的士人普遍增多，饱学尚雅的新一代文人也自然不会崇尚浅易之风，杨亿连老杜都讥之为“村夫子”，何况更加俗气的白居易。

同时，随着赵宋王朝统治的巩固，盛世颂美的时代要求逐渐浮现出来，通俗滑易的白体诗风与雍容尔雅的盛世赞歌也难以吻合。因而，富赡典丽、高雅宏博的西昆体就在白体流行之时悄然登上诗坛，并随着白体旗帜——王禹偁的病逝而进入诗坛的中心。

宋初白体诗歌在历史遗产中摸索前行，为宋诗后来的发展积累了珍贵的艺术经验，同时也留下了令人叹惋的历史教训。

三、宋初白体诗在宋代的遗响

宋初白体诗远绍中唐元白体，近承五代宗白诗风，至太宗、真宗朝前期达到极盛，成为宋初诗坛规模空前的新诗体。但伴随王禹偁英年早逝，宋初白体诗人纷纷转向，转入西昆体者有之，转入晚唐体者有之，自标新体者有之，宋初白体诗迅速走出诗坛中心。宋代士人旗帜鲜明地标举学白的时代已经一去不复返了，但宋人诗歌学白从来就没有停止，只是转入更深层次的融合，这其中不乏宋代诗文名家，白体诗成为宋代诗歌的重要渊源之一。

兹以欧阳修、苏轼、黄庭坚、张耒为例，简略看其在宋代诗歌中的延续。

宋代诗文革新领袖欧阳修及诗坛名宿梅尧臣，对白居易与白体诗表面上评价很低。欧阳修论诗“专以气格为主”，①梅尧臣论诗重“格”，他说道：“诗以声律为窍，物象为骨，意格为髓。……炼句不如炼字，炼字不如炼意，炼意不如炼格。”②这与白居易及宋初白体的平弱浅熟诗风有异。

但欧阳修诗文不少具有明显的白体特征，尤其是在西京留守幕府之中，如《日长偶书》：“日长渐觉逍遥乐，何况终朝无事人。安得遂为无事者，人间万虑不关身。”③诗风平易，心态逍遥闲适。王辟之在《渑水燕谈录》中说：

> 天圣末，欧阳文忠公文章三冠多士，国学补试国学解，礼部奏登甲科。为西京留守推官，府尹钱思公、通判谢希深皆当世伟人，待公优异。公与尹师鲁、梅圣俞、杨子聪、张太素、张尧夫、王幾道为七友，以文章道义相切劘。率常赋诗饮酒，闲以谈戏，相得尤乐。凡洛中山水园庭、塔庙佳处，莫不游览。思公恐其废职事，欲因微戒之。一日府会，语及寇莱公，思公曰：“诸君知莱公所以取祸否？由晚节奢纵、宴饮过度耳。”文忠遽曰：“宴饮小过，不足以招祸；莱公之责，由老不知退尔。”坐客为之耸然，时思公年已七十。④

此外，欧、梅唱和的创作方式也是对前代唱和的继承与超越，元白以来诗歌题材的走向世俗，在欧梅身上的体现也更加明显，至于欧、梅诗歌风格追求平淡畅达则更接近于白居易及宋初白体诗风。

因而，钱锺书先生说欧阳修的诗：“苦学韩愈，参以太白、香

---

① ［清］何文焕编《历代诗话》，中华书局 1981 年版，第 407 页。

② ［宋］张镃《仕学规范》卷三七，文渊阁《四库全书》本，第 875 册，第 185 页。

③ ［宋］欧阳修著，李逸安点校《欧阳修全集》，中华书局 2001 年版，第 827 页。

④ ［宋］王辟之《渑水燕谈录》卷四，中华书局 1981 年版，第 40 页。

山。”[1]徐复观先生甚至说：“前人谓欧阳修学韩愈而兼及白居易，实则在他的作品中，可以看出白居易而不易看出韩愈。”[2]可见，欧、梅对白居易及白体诗的明拒暗收。

继欧阳修而起的文坛领袖苏轼其态度颇为复杂与矛盾。一方面对其浅易轻俗的批评十分尖刻，他在《祭柳子玉文》中说：“郊寒岛瘦，元轻白俗。”[3]但这显然不是苏轼意见的全部，在不少地方苏轼也曾表示过推崇，如“东坡云‘白公晚年诗极高妙’，余请其妙处。坡云如：‘风生古木晴天雨，月照平沙夏夜霜。’此少时不到也”。[4]对于苏轼追慕白居易及其诗歌，洪迈有较为深刻的论述：

> 苏公责居黄州，始自称东坡居士。详考其意，盖专慕白乐天而然。白公有《东坡种花二诗》云：“持钱买花树，城东坡上栽。”又云：“东坡春向暮，树木今何如。”又有《步东坡》诗云：“朝上东坡步，夕上东坡步。东坡何所爱？爱此新成树。”又有《别东坡花树》诗云：“何处殷勤重回首，东坡桃李种新成。”皆为忠州刺史时所作也。苏公在黄，正与白公忠州相似，因忆苏诗，如《赠写真李道士》云：“他时要指集贤人，知是香山老居士。”《赠善相程杰》云：“我似乐天君记取，华颠赏遍洛阳春。”《送程懿叔》云：“我甚似乐天，但无素与蛮。”《入侍迩英》云：“定似香山老居士，世缘终浅道根深。”而跋曰：“乐天自江州司马除忠州刺史，旋以主客郎中知制诰，遂拜中书舍人，某虽不敢自比，然谪居黄州，起知文登，召为仪曹，遂忝侍从，出处老少，大略相似，庶几复享晚节闲适之乐。”去杭

---

① 钱锺书《谈艺录》，三联出版社 2007 年版，第 434 页。

② 徐复观《中国文学精神》，上海书店 2006 年版，第 461 页。

③ [宋] 苏轼著，孔凡礼点校《苏轼文集》卷六三，中华书局 1986 年版，第 1938 页。

④ [宋] 赵德麟《侯鲭录》卷七，中华书局 2002 年版，第 182 页。

州云："出处依稀似乐天，敢将衰朽较前贤。"序曰："平生自觉出处老少粗似乐天。"则公之所以景仰者，不止一再言之，非东坡之名偶尔暗合也。①

王十朋也说："出处平生慕乐天，东坡名自乐天传。"②南宋罗大经说："本朝士大夫多慕乐天，东坡尤甚。"③阮阅在《诗话总龟》中列出苏轼的具体诗句谈其影响，他说："东坡平生最慕乐天之为人，故有诗云：'我甚似乐天，但无素与蛮。'又云：'我似乐天君记取，华颠赏遍洛阳春。'又云：'他时要指集贤人，知是香山老居士。'又云：'定似香山老居士'又云：'渊明形神似我，乐天心相似我。'东坡在杭，又与乐天所留岁月略相似。"④宋人对苏轼追慕白居易有相当广泛的共识。

苏轼还为后人对白居易的误解而辩驳，如甘露之祸时，白居易对王涯的态度，后人颇认为是幸灾乐祸，苏轼却辩妄说："白乐天为王涯所谗，谪江州司马。甘露之祸，乐天在洛，适游香山寺，有诗云：'当君白首同归日，是我青山独往时。'不知者，以乐天为幸之，乐天岂幸人之祸者哉，盖悲之也！"⑤苏轼不少诗作则存在明显的学白痕迹，现略举数例如下：

春入西湖到处花，裙腰芳草抱山斜。盈盈解佩临烟浦，脉脉当垆傍酒家。⑥

——苏轼《再和杨公济梅花》

---

① ［宋］洪迈《容斋随笔・三笔》卷五，中华书局2005年版，第485页。

② ［宋］王十朋《梅溪后集》卷一五，影印文渊阁《四库全书》本，第1151册，第462页。

③ ［宋］罗大经《鹤林玉露》丙编卷三，中华书局1983年版，第287页。

④ ［宋］阮阅《诗话总龟》卷九，人民文学出版社1987年版，第99页。

⑤ ［宋］苏轼著，孔凡礼点校《苏轼文集》卷六七，中华书局1986年版，第2110页。

⑥ ［宋］苏轼著，冯应榴等注《苏轼诗集合注》卷三三，上海古籍出版社2001年版，第1658页。

望海楼明照曙霞，护江堤白蹋晴沙。涛声夜入伍员庙，柳色春藏苏小家。红袖织绫夸柿蒂，青旗沽酒趁梨花。谁开湖寺西南路，草绿裙腰一道斜。①

——白居易《杭州春望》

我本山中人，寒苦盗寸廪。文词虽少作，勉强非天禀。既得旋废忘，懒惰今十稔。麻衣如再著，墨水真可饮。每闻科诏下，白汗如流渖。② ……

——苏轼《监试呈诸试官》

我本山中人，误为时网牵。牵率使读书，推挽令效官。既登文字科，又添谏诤员。拙直不合时，无益同素餐。以此自惭惕，戚戚常寡欢。③

——白居易《游悟真寺诗》

行歌野哭两堪悲，远火低星渐向微。病眼不眠非守岁，乡音无伴苦思归。重衾脚冷知霜重，新沐头轻感发稀。多谢残灯不嫌客，孤舟一夜许相依。④

——苏轼《除夜野宿常州城外》其一

病眼少眠非守岁，老心多感又临春。火销灯尽天明后，便是平头六十人。⑤

——白居易《除夜》

至于化用白居易的诗意，就更是不胜枚举，以至于张戒认为白

① ［唐］白居易著，朱金城笺校《白居易集笺校》，第1364页。

② ［宋］苏轼著，冯应榴等注《苏轼诗集合注》卷八，上海古籍出版社2001年版，第341页。

③ ［唐］白居易著，朱金城笺校《白居易集笺校》，第341页。

④ ［宋］苏轼著，冯应榴等注《苏轼诗集合注》卷一一，上海古籍出版社2001年版，第511页。

⑤ ［唐］白居易著，朱金城笺校《白居易集笺校》，第1971页。

诗是苏轼追慕学习的主要对象之一，他在《岁寒堂诗话》卷上中说："苏子瞻学刘梦得，学白乐天、太白，晚而学渊明。"[①]清代纪昀评点本《苏文忠公诗集》中也多次指出这一点，如言苏轼《张寺丞监斋》《故李诚之待制六丈挽词》二首是"香山门径"；《岐亭五首》其二评之为"纯是香山门径"，《送司勋子才丈赴梓州》评为"纯入香山门径"。谢桃坊先生说苏诗得"白居易的浅易"。[②]

但苏轼并非只停留在学白、似白的层面上，他在接受中进行改造超越。罗大经对此有清醒的认识，他说："东坡希慕乐天，其诗曰：'应似香山老居士，世缘终浅道根深。'然乐天酝藉，东坡超迈，各自不同。《魏鹤山诗》云：'湓浦猿啼杜宇悲，琵琶弹泪送人归。谁言苏白能相似，试看风骚赤壁矶。'此论得之矣。"[③]至于苏轼对白居易哲学层次的认同与超越，尚永亮先生在《苏轼与白居易的文化关联及差异》一文中有深入的探析，可参见。

至于"苏门四学士"之一的张耒，更是被称为"后白体"[④]的代表诗人。张耒在诗中多次称赞白居易，如在《白公祠》中说白居易是"鸾凤"，称赞他既能对朝廷的忠贞，又能出处自得，不受羁累。其诗为："斯人不可见，千古怀清风。犹想鸾凤姿，翛然山水中。空祠遗像俨，过者为肃恭。同时富贵人，泯灭知何穷。公昔得所遇，慨然屡输忠。一伤巧舌刀，泯默类瘖聋。出处竟无祸，卷舒讵知踪。被获空叹麟，不制方为龙。"[⑤]

张耒在政治上将儒家传统的民本思想推向极致。他在《诗杂说》《悯刑论》等文章中，反复强调治国要以民为本、要顺乎民情。

---

① [清]丁福保编《历代诗话续编》，中华书局2001年版，第452页。

② 谢桃坊《苏轼诗研究》巴蜀书社1987年版，第195页。

③ [宋]罗大经《鹤林玉露》丙编卷一三，中华书局1983年版，第52页。

④ 吕肖奂《多元共生——北宋诗坛非主流体派综论》，载《西南民族大学学报》2010年第2期，第107页。

⑤ [宋]张耒著，李逸安等点校《张耒集》中华书局1990年版，第86页。

因而，张耒创作了大量的反映农村、农民疾苦，表达同情之意的诗作，如《粜官粟有感》《春雨谣》《田家三首》等等，如悯农诗《食菜》：

> 大雨困淋漓，小雨伤霡霂。哀哉南亩人，日夜涂手足。入仓无一粒，敢望祈报福。余功归老圃，畦菜青满目。长官却野馈，性命赦鸡鹜。何须问清白，荐德刍一束。归来辍食叹，每悔釜炊玉。青衫尚如此，何况膏粱腹。愿君少自宽，谋远须食肉。①

全诗对南亩之民的艰辛表示由衷的同情，对自己也有一丝指责。无论是诗歌遣词造句，还是诗歌思想主旨都极似白居易。张耒除了直接反映人民的不幸与痛苦之外，还有不少诗作揭露与批判当权者的，如《有感三首》《和应之灯蛾》《和应之檐雀》等等。此外，张耒也常常为自己无力解除百姓痛苦而深感愧疚，如他在《一亩》诗中自责地说道："一亩秋蔬半成实，灶突无烟已三日。良人佣车毙车下，老妇抱子啼空室。秋风九月天已寒，饥肠不饱衣苦单。我身为吏救无术，坐视啼泣空泛澜。"②这与白居易新乐府诗歌在内容上极为一致，周紫芝也称赞他的诗歌"本朝乐府，当以张文潜为第一"。③ 张耒诗歌强烈的现实性，源于他的民本思想。

更为明显的是张耒集中有不少模仿白居易的诗作，如《白乐天有渭上雨中独乐十余首仿渊明予寓宛丘居多暇日时屡秋雨仿白之作得三章》：④

---

① [宋] 张耒著，李逸安等点校《张耒集》中华书局 1990 年版，第 98 页。
② [宋] 张耒著，李逸安等点校《张耒集》，中华书局 1990 年版，第 228 页。
③ [清] 何文焕编《历代诗话》，中华书局 1981 年版，第 354 页。
④ [宋] 张耒著，李逸安等点校《张耒集》，中华书局 1990 年版，第 105 页。

寒极则有暑，晦久则有明。开辟迄今兹，此理信可凭。炎炎者易灭，巍巍者必倾。圣智无奈何，况此愚昏氓。设罗以猎兽，切骨陷其膺。重势以镇物，悬绝压其肱。纵使贲与育，力有不获呈。物情千万变，可尽得经营。不如寂寞士，葛带而兰缨。无求复无忧，容貌甚和平。况兹积雨余，秋气日姿清。悠然有佳兴，美酒时一倾。——其一

罢官卧穷巷，值此云物稠。连延经旬雨，城市欲行舟。柱础变坳塘，瓦沟成暴流。萧然残暑退，寒事戒衣裘。老人朝睡足，起坐梳白头。呼童饬晨餐，薪湿爨妇愁。洗我朱提杯，不复具肴羞。一觞已径醉，万事良悠悠。——其二

故人遗我酒，气味芳似清。置之屋壁间，兴至时一倾。银杯度一合，三釂已御觥。既免戒沉湎，且无忧病酲。嵇阮愧令德，刘石无遐龄。荒狂有何乐？徒以酒自名。吾幸免困此，庶几尽平生。——其三

作者在第一首诗中阐释"寒极则有暑，晦久则有明"的道理，炎炎者、巍巍者终将倾灭，还不如做个无求无忧、悠然平和、美酒佳兴的寂寞者，全诗近似白居易的闲适之作，用语平易，流畅自然。第二首亦然，罢官闲居，虽有几分不满，但雨过残暑尽消，诗人慵睡晚起，继而独酌微醺，时事早已抛之脑后，第三首仍然是饮酒诗，面对老友送来的佳酿，诗人兴致一来辄银杯三盏，既免于沉湎其中，又无醉酒的苦恼，作者不愿如嵇（康）、阮（籍）那样，以饮酒换得美名，也不想像刘（渊）、石（勒）那样，因饮酒而短寿，还是随性以度平生，潇洒散淡，有白居易的影子。

此外，张耒还有《效白体二首》："功名富贵付悠悠，高卧山城又过秋。燕坐香灯为静侣，闲行麋鹿是同游。青黄草木新霜过，潇洒溪山夜雨收。回首十年梁苑客，枉教白却少年头。"（一）"州贫须惜尊罍费，俗陋兼无妓乐名。幸有蒲团供燕坐，不妨藜杖助闲行。看

炊香稻供斋饭，自采寒蔬试野羹。身外无营内无事，近来心气尽和平。”(二)[①]《效白体赠杨补之》：“青衫居士断荤血，一榻萧然如在山。堂下黄花惊岁晚，尊中绿酒觉官闲。胸中已了一事大，镜里莫惊两鬓斑。我亦久怀伊洛兴，烦君先为卜禅关。”[②]《效白体赠晁无咎……华然已不惭分义》[③]：“过去生中作弟兄，依然骨肉有余情。青衫校正同三馆，白发东南各一城。君比郦生多事业，我方谢朓欠诗名。想当把酒笙歌里，亦记长安痛饮生。……真珠金线真无比，叠岭双溪亦有声。一事与君宵壤别，板舆时从老人行。”[①] 等等，其身外无营，内心无事，心气平和的心态，极似晚年的白居易。

张耒在诗歌风格上，力主平易流畅，反对雕琢繁缛，他在《读戚公恕进卷》中称赞戚公恕文章道：“世方尚纤柔，子独不可揉。人皆喜呶呶，子语不出口。……俗儒昧事实，文字工彩绣。可观不可用，章甫冠土偶。子能独不然，浑朴谢雕镂。”[④]他在《答汪信民书》更是认为千古文章要“古之文章，虽制作之体不一端，大抵不过记事辨理而已。记事而可以垂世，辨理而足以开物，皆词达者也”，并旗帜鲜明地标举写文章要“事核而理明，虽使妇女童子听之而谕”，反对“枝词游说，文繁而事晦，读之三反而不见其情”的艰涩怪僻之作，其文为：

> 某启上教授汪君足下：过符离，偶多事，然虽闻车马尝见临，而卒不能一到左右也。必蒙深察。到家，忽使人惠书如见，问以文墨事。某于文词，窃尝好之而不能著也，莫知所以告左右者。抑闻之古之文章，虽制作之体不一端，大抵不过记

---

① [宋] 张耒著，李逸安等点校《张耒集》，中华书局1990年版，第430页。
② [宋] 张耒著，李逸安等点校《张耒集》，中华书局1990年版，第431页。
③ [宋] 张耒著，李逸安等点校《张耒集》，中华书局1990年版，第453页。
④ [宋] 张耒著，李逸安等点校《张耒集》，中华书局1990年版，第128页。

> 事辨理而已。记事而可以垂世，辨理而足以开物，皆词达者也。虽然，有道词生于理，理根于心，苟邪气不入于心，僻学不接于耳目，中和正太之气溢于中，发于文字言语，未有不明白条畅。盍观于语者乎？直者文简事核而理明，虽使妇女童子听之而谕；曲者枝词游说，文繁而事晦，读之三反而不见其情。此无待而然也。足下以文章取高科，言语之工妙天下，而仆敢献其陈说，则有罪矣。然既以仰答盛意之辱，又因以求教也。春寒自爱。偶以连日冗甚，修答不时，恕之，恕之，不宣。①

张耒还说："文章之于人，有满心而发，肆口而成，不待思虑而工，不待雕琢而丽者，皆天理之自然而情性之道也。"②这些都与白居易"其辞质而径，欲见之者易谕也。其言直而切，欲闻之者深戒也。其事核而实，欲采之者传信也。其体顺而肆，可以播于乐章歌曲也"③的诗歌主张是一致的，或许也有苏轼"词达"说的成分。如《竹坡诗话》中所录《输麦行》：

> 场头雨干场地白，老稚相呼打新麦。半归仓廪半输官，免教县吏相催迫。羊头车子毛布囊，浅泥易涉登前冈。仓头买券槐阴凉，清严官吏两平量。出仓掉臂呼同伴，旗亭酒美解衣换。半醉扶车归路凉，月出到家妻具饭。一年从此皆闲日，风雨闭门公事毕。射狐罝兔岁蹉跎，百壶社酒相经过。

前有一段文字，对此，此诗不见于李逸安先生点校的《张耒

① ［宋］张耒著，李逸安等点校《张耒集》，中华书局1990年版，第826页。

② ［宋］张耒著，李逸安等点校《张耒集》，中华书局1990年版，第755页。

③ ［唐］白居易著，朱金城笺校《白居易集笺校》，上海古籍出版社1988年版，第136页。

集》,也不见于《全宋诗》,故移录于此。诗歌《竹坡诗话》云:“本朝乐府当以张文潜为第一。文潜乐府刻意文昌,往往过之。顷在南都,见《仓前村民输麦行》,余尝见其亲稿,其后题云:‘此篇效张文昌,而语差繁。’乃知其喜文昌如此。”①

全诗以极为平易流畅的语言展现农家劳动丰收喜悦的情景。起句一个“白”字,用白描手法活画出打麦场大雨初霁时的干净整洁情景,透着一股清新之气。张耒用“输官”入诗,被阮阅称为:“老农语,若时享、岁贡、纳王、勤王之类,其语古矣。”②这是“后白体”的代表诗作。

对张耒诗歌风格,叶梦得在《石林叶氏集序》中记载有苏轼的评价,其文为:“(张耒)君与秦少游同学于翰林苏子瞻,子瞻以为秦得吾工,张得吾易,而世谓工可致,易不可致,以君为难云。”③晁补之也说:“(张耒)君诗容易不着意,忽似春风开百花。上苑离宫曾艳艳,野墙荒径故幽葩。”④杨万里也直言:“晚爱肥仙诗自然,何曾绣绘更雕镌。春花秋月冬冰雪,不听陈玄只听天。”⑤可见,张耒诗风近白得到广泛的认可。

张耒诗风也具有白体诗相似的弱点,即含蓄不足,平易有余,创作态度也有随性率意之处。对此,朱熹曾批评道:“张文潜诗有好底多,但颇率尔,多重用字。”⑥重字重韵是诗歌创作的大忌,但在张耒诗歌中却比较普遍。如其五律《山舍》:“萧萧山舍静,谁复与相亲?琴酒忘尘事,诗书有古人。岁丰民事少,地僻土风淳。聊

① [宋]何汶撰,常振国、绛云点校《竹庄诗话》,中华书局1984年版,第353页。
② [宋]阮阅《诗话总龟》(前集),人民文学出版社1987年版,第90页。
③ [元]马端临《文献通考》,中华书局1986年版,第1885页。
④《全宋诗》,第19册,第12862页。
⑤《全宋诗》,第42册,第26625页。
⑥ [宋]黎靖德编《朱子语类》,中华书局1986年版,第3330页。

乐身无事，功名丧我真。”①“事”字在“琴酒忘尘事”“岁丰民事少”“聊乐身无事”三句诗中反复出现，率意之处，可见一斑。

就连瘦硬生新、独造典雅的江西诗派领袖黄庭坚也有摘白居易诗句入诗的，如《谪居黔南十首》其三：“冷淡病心情，暄和好时节。故园音信断，远郡亲宾绝。”②即摘白居易《花下对酒》（其一）中的诗句。③ 对此，葛立方把黄庭坚与白乐天诗作相比较说：

> 近观山谷《黔南十绝》，七篇全用乐天《花下对酒》《渭川旧居》《东城》《寻春》《西楼》《委顺》《竹窗》等诗，余三篇用其诗略点化而已。乐天云：“相去六千里，地绝天邈然。十书九不到，何以开忧颜。”山谷则云：“相望六千里，天地隔江山。十书九不到，何用一开颜。”乐天云：“霜降水反壑，风落木归山。苒苒岁时晏，物皆复本原。”山谷云：“霜降水反壑，风落木归山。苒苒岁华晚，昆虫皆闭关。”乐天诗云：“渴人多梦饮，饥人多梦餐。春来梦何处，合眼到东川。”山谷云：“病人多梦医，囚人多梦赦。如何春来梦，合眼见乡社。”叶少蕴云：“诗人点化前作，正如李光弼将郭子仪之军，重经号令，精彩数倍。”今观三公所作，此语殆诚然也。④

除摘句诗外，其他诗作也能找到白居易的影子，如黄庭坚有《催公静碾茶》：“雪里过门多恶客，春阴只恼有情人。睡魔正仰茶料理，急遣溪童碾玉尘。”⑤就是化用白居易《游宝称寺》：“竹寺初晴日，花塘欲晚春。野猿疑弄客，山鸟似呼人。酒懒倾金液，茶新

① ［宋］张耒著，李逸安等点校《张耒集》，中华书局 1990 年版，第 363 页。
② ［宋］黄庭坚著，刘尚荣校《黄庭坚诗集注》卷一二，中华书局 2003 年版，第 444 页。
③ ［唐］白居易著，朱金城笺校《白居易集笺校》，第 595 页。
④ ［宋］葛立方《韵语阳秋》卷一，《历代诗话》，中华书局 1981 年版，第 489 页。
⑤ ［宋］黄庭坚著，刘尚荣点校《黄庭坚诗集注》，中华书局 2003 年版，第 824 页。

碾玉尘。可怜幽静地，堪寄老慵身。”①

再如黄庭坚《观秘阁苏子美题壁及中人张侯家墨迹十九纸率同舍钱才翁学士赋之》：“人事多乖迕，南迁浮夜航。此时调玉烛，日行中道黄。柄臣似牛李，倾夺谋未臧。鲁酒围邯郸，老龟祸枯桑。兼官百郡邸，报赛用岁常。招延青云士，共醉椒醑觞。俗客避白眼，傲歌舞红裳。”②与白居易《杂感》：“君子防悔尤，贤人戒行藏。嫌疑远瓜李，言动慎毫芒。立教固如此，抚事有非常。为君持所感，仰面问苍苍。犬啮桃树根，李树反见伤。老龟烹不烂，延祸及枯桑。城门自焚爇，池鱼罹其殃。阳货肆凶暴，仲尼畏于匡。鲁酒薄如水，邯郸开战场。伯禽鞭见血，过失由成王。都尉身降虏，宫刑加子长。吕安兄不道，都市杀嵇康。斯人死已久，其事甚昭彰。是非不由己，祸患安可防。使我千载后，涕泗满衣裳。”③也存在明显的联系。

江西宗派其他诗人也或多或少有类似的诗作，南宋中兴四大诗人及宋末江湖诗派也存在明显的白体身影。至于偶尔模仿白居易诗作的诗人就更是不计其数了，正如徐复观先生所说的“北宋诗人都有白体的底子”。④

宋人对白居易及宋初白体诗态度复杂。一般而言，大多表面抨击其艺术形式的滑易、浅俗，指责内容的空泛、不关时事之类，这种指责带有明显的功利色彩。但在更深的心理层次上，则较普遍的亲近白居易，特别是思想上佛道兼修所形成的旷达闲适、率真无碍、不拘泥于行藏等深合宋人口味。其诗艺上的世俗平易与宋代诗人的艺术追求也有一致之处，可以说虽然白体诗从诗坛主流地

---

① ［唐］白居易著，朱金城笺校《白居易集笺校》，第990页。

② ［宋］黄庭坚著，刘尚荣点校《黄庭坚诗集注》，中华书局2003年版，第1455页。

③ ［唐］白居易著，朱金城笺校《白居易集笺校》，第134页。

④ 徐复观《中国文学精神》，上海书店2006年版，第461页。

位退下来，但其影响一直未曾间断，只是进入更深层次的接受状态，并融入宋诗之中。正如前文已引曾祥波先生所说的那样："乐天诗渗进宋初诗歌中，使之呈现出一种矜持、从容、闲适、成熟的'中年气质'，在北宋中后期的诗歌中进一步发展成型，最终成为宋诗的基本格调之一。"①

总而言之，虽然宋代中叶以后白体诗在诗坛上的影响"式微"，但学白始终没有中断，宋初白体更没有寿终正寝，白居易及其宋初白体在宋代的影响十分深远，继承事功精神的讽谕诗作有之，追慕闲适心境及其闲适之作的白体诗风更盛，白体诗融入宋调之中并成为宋调的一种底色。

---

① 曾祥波《从唐音到宋调：以宋代前期的诗歌为中心》，昆仑出版社 2006 年版，第 142 页。

结　语

宋初白体诗，是五代宗白诗风的自然顺延，它近承五代宗白诗风，远绍中唐白居易诗歌的一部分(其中也有少量元稹及其后学者的诗作)，并不断融入新朝气息而形成的一种诗歌风格相近的诗体。宋初白体诗人群体是个结构松散、成员复杂、诗风开放的创作群体，与现代严格意义上的诗歌流派相差甚远，也不同于以后出现的成员稳定的诗歌宗派。

其诗歌风格虽具有明显的统一性与稳定性，但更是随着时代的发展而不断丰富变异，表现出鲜明的阶段性与明显的个体差异性，宋初白体诗的内涵是渐次丰富的。因而，应用动态的眼光来审视宋初白体诗的发展历程。就宋初白体诗统一性与稳定性而言，其诗歌题材大多是君臣应制唱和、臣僚宴集次韵及诗人自己的闲愁别绪与自足闲适。它所抒发的情感也是以富足自适、悠闲无闷的心境为主，风格追求浅切随意，不尚学问，不崇典实，委曲周尽。

相对于统一性与稳定性而言，宋初白体诗的阶段性与个体差异性更应值得关注。太祖、太宗朝主要近承南唐唱和之风，学白多以闲适篇章为主，诗风一味求易尚俗，同时逢迎气息较为浓厚，诗人自己也充满自适自得之气，二李及其当时馆阁文臣的诗歌创作就是典型。随着南唐、吴越政权的相继瓦解，东南文士纷纷入朝，这扩大了中朝白体文人群体的力量，在创作内容上虽没有带来多少新鲜的东西，但把清丽隽永的南唐宗白诗风携入中朝，使得宋初白体诗的风格进一步丰富，在平易俚俗之中加入典丽清雅的南唐之风，并使得太宗朝白体诗迅速兴盛起来成为文坛的主流。徐铉、郑文宝、张洎就是其中的佼佼者。

至太宗朝中后期至真宗朝初期，自信而富有革新意识的新朝文士逐渐步入文坛，如王禹偁、晁迥、田锡、张咏、孙何等人，他们在继承白体诗作的基础上，已融入更多的自我特色使宋初白体诗的创作达到新的高峰。诗歌内容具有明显的双重性，一方面伴随着所谓盛世假象的营造，文坛之上颂声大作，诗歌不仅追求平易流畅，也十分注重颂声所需要的典雅富赡之美，已与尚易求尽及其清丽典雅不同；另一方面，面对统治危机的日益显现，关心时事民艰的主题逐渐进入诗歌之中，白居易诗歌中的济世讽谕精神得到发扬，甚至出现直追老杜忧国忧民之态，诗坛表现出由范白向尊杜的转变，其中最杰出的代表就是王禹偁。宋初白体诗歌的风格也由闲雅自适、流畅简易变得更加沉实凝重、纵横苍凉，形成鲜明的阶段性。随着宋代士人人格的扩大，儒家事功渐次走向文坛的中心，宋初白体诗的内容与形式得到很大的提升。

宋初白体诗歌除具有阶段性外，还具有明显的个体差异性。太祖、太宗朝的太平宰相李昉的诗作给人端方雅正、平直浅切之感，与南唐降臣的徐铉内敛含蓄、清丽流婉有较为明显的差异；太宗、真宗朝白体诗人更多，其个性才情上的差异势必会影响到宋初白体诗的创作，如乘运独善的晁迥与崇儒事功的王禹偁，无论是诗歌内容风格还是个人思想情感都存在较大的不同；坚守儒道，秉性刚烈的蜀中直士——田锡的白体诗作，与儒释兼修、儒道通融的宋初僧道诗人的白体诗歌也存在明显的不同，探讨宋初白体诗不应忽视个体的差异性。

宋初白体诗流传时间颇长，它上承五代而来，至太宗、真宗达到极盛，随后退出诗坛中心转入更深层次的接受与融合之中，并成为宋代诗歌的重要渊源之一。其流传时间与宋初“西昆体”“晚唐体”虽以历时为主，但也存在一定的共时性，而且三者有一定的内在联系，其中尤以与西昆体的关系紧密，西昆体某种意义上说是白体的“延续”。

宋初白体诗人成员复杂，上至帝王将相，下至隐者方士，其中有典型白体者，也有阶段学白者，也有转益多师者，还有偶尔学白者，他们组成一个规模庞大而又缺乏统一组织的诗歌群体，在宋初“范唐”的历史背景下，摸索诗歌的创作门径，虽存在诸多不足但也为宋诗的创作与发展积累了宝贵经验，尤其王禹偁等人对讽谕精神的继承，对杜甫的推崇实是“独开有宋风气”。

至于宋初白体诗的历史命运，随着王禹偁的早逝及其他多种原因，诸如白体诗人群体队伍的后继乏人、王朝统治者对圣朝气象的追求、现实政治危机的相对平和、新时代具有担当意识与独立精神的有识之士尚未形成合力等等，宋初白体诗确实遭到巨大的打击并退出文坛的中心，但其影响始终没有停止，只是进入更深层次的接受与融合之中。

诗歌层面的学习追慕让位于对白居易及其诗歌思想上的佛道兼修所形成的旷达闲适、率真无碍、不拘泥于行藏等方面的崇尚。这种个人情感上对白居易及其诗歌思想的认同，比仅仅是诗歌慕白来得更加深刻，从这个意义上说，“北宋诗人都有白体的底子”①是符合历史事实的。吕肖奂先生也说：“从宋初的白体直到北宋后期的后白体，白居易的影响其实从未消失，只是在宋调求新求变的主潮中，白居易的浅近自然或者被吸收，成为宋调范型东坡体的一种底色，或者被发展，作为击壤体、耆英体一种渊源或起点。而专一学习白居易的诗人，在真宗、仁宗朝有所减少，仁宗至和间‘数达官’学白居易，甚至已变成世人嘲笑的对象，到了神宗、哲宗、徽宗

① 徐复观《中国文学精神》，上海书店 2006 年版，第 461 页。

时，张舜民、张耒等人的出现，才使得白体又重现诗坛。”①此言甚是不虚。

宋初白体诗中的现实性、讽谕性，对宋代士人形成淑世情结有益，其闲适性、世俗性对宋代文人闲雅超逸的生活情趣相一致，再加上稍后而起的昆体的重才学、崇技巧，对宋代诗学中的才学化的形成有助，某种意义上说宋诗的世俗化、才学化及其淑世精神在宋初诗坛就已开始孕育。由此可见，宋初白体诗歌在宋初乃至整个宋代诗歌史上都有重要的历史地位。

---

① 吕肖奂《多元共生：北宋诗坛非主流诗派综论》，载《西南民族大学学报》2010年第2期。

参 考 文 献

《旧唐书》［五代］刘昫　中华书局1975年版

《旧五代史》［五代］薛居正　中华书局1976年版

《新唐书》［宋］欧阳修、宋祁　中华书局1975年版

《新五代史》［宋］欧阳修撰,徐无党注　中华书局1974年版

《宋史》［元］脱脱　中华书局1977年版

《元丰九域志》［宋］王存　中华书局1984年版

《宋会要辑稿》［清］徐松　中华书局1957年版

《续资治通鉴长编》［宋］李焘　上海古籍出版社1986年版

《唐国史补》［唐］李肇　上海古籍出版社1957年版

《唐才子传校笺》［元］辛文房著,傅璇琮校笺　中华书局1990年版

《归田录》［宋］欧阳修　中华书局1981年版

《邵氏闻见录》［宋］邵博　中华书局1983年版

《燕翼诒谋录》［宋］王栐　中华书局1981年版

《东都事略》［宋］王称　齐鲁书社2000年版

《东轩笔录》［宋］魏泰　中华书局1983年版

《容斋随笔》［宋］洪迈　上海古籍出版社1978年版

《湘山野录》［宋］释文莹　中华书局1984年版

《渑水燕谈录》［宋］王辟之　中华书局1981年版

《涑水记闻》［宋］司马光　中华书局1989年版

《宋朝事实类苑》［宋］江少虞　上海古籍出版社 1981 年版
《老学庵笔记》［宋］陆游　中华书局 1979 年版
《齐东野语》［宋］周密　中华书局 1983 年版
《鹤林玉露》［宋］罗大经　中华书局 1983 年版
《春明退朝录》［宋］宋敏求　中华书局 1980 年版
《能改斋漫录》［宋］吴曾　上海古籍出版社 1960 年版
《玉壶清话》［宋］释文莹　中华书局 1984 年版
《续湘山野录》［宋］释文莹　中华书局 1984 年版
《麟台故事校证》［宋］程俱撰，张富祥校证　中华书局 2000 年版
《宋论》［清］王夫之　中华书局 2008 年版
《宋稗类钞》［清］潘永因　书目文献出版社 1985 年版
《十国春秋》［清］吴任臣　中华书局 1983 年版
《宋代笔记小说大观》上海古籍出版社编　上海古籍出版社 2001 年版
《全唐诗》［清］彭定求编　中华书局 1965 年版
《全唐文》［清］董诰编　中华书局 1983 年版
《全五代诗》［清］李调元编，何光清点校　巴蜀书社 1991 年版
《全宋诗》北京大学古文献研究中心编　北京大学出版社 1991 年版
《全宋文》四川大学古籍所编　上海辞书出版社、安徽教育出版社 2006 年版
《白居易集笺校》［唐］白居易著，朱金城笺校　上海古籍出版社 1988 年版
《元稹集》［唐］元稹著，冀勤点校　中华书局 1982 年版
《郑谷诗集笺注》［五代］郑谷著，赵昌平等笺注　上海古籍出版社 1991 年版
《黄御史集》［唐］黄滔　文渊阁《四库全书》本

《乖崖集》［宋］张咏　文渊阁《四库全书》本
《法藏碎金录》［宋］晁迥　文渊阁《四库全书》本
《道院集要》［宋］晁迥　文渊阁《四库全书》本
《昭德新编》［宋］晁迥　文渊阁《四库全书》本
《徐骑省集》［宋］徐铉　商务印书馆1937年版
《梅尧臣集编年校注》［宋］梅尧臣著，朱东润校注　上海古籍出版社1980年版
《欧阳修全集》［宋］欧阳修著，李逸安校　中华书局2001年版
《苏舜钦编年校注》［宋］苏舜钦著，傅平骧等校注　巴蜀书社1991年版
《西昆酬唱集》［宋］杨亿编，王仲荦注　中华书局1980年版
《苏轼文集》［宋］苏轼著，孔凡礼点校　中华书局1984年版
《苏轼诗集》［宋］苏轼著，孔凡礼点校　中华书局1982年版
《黄庭坚诗集注》［宋］黄庭坚著，刘尚荣校　中华书局2003年版
《张耒集》［宋］张耒著，孙逸安等点校　中华书局1993年版
《五代诗话》［清］王士禛编，郑方坤补　人民文学出版社1989年版
《诗话总编》［宋］阮阅编，周本淳校点　人民文学出版社1987年版
《六一诗话》［宋］欧阳修著，郑文校点　人民文学出版社1962年版
《沧浪诗话校释》［宋］严羽著，郭绍虞校释　人民文学出版社1983年版
《诗人玉屑》［宋］魏庆之　上海古籍出版社1978年版
《苕溪渔隐丛话》［宋］胡仔　人民文学出版社1984年版
《青箱杂记》［宋］吴处厚著，李裕民校　中华书局1985年版
《石林燕语》［宋］叶梦得著，侯忠义校　中华书局1984年版

《历代诗话》［清］何文焕编 中华书局 1981 年版
《历代诗话续编》［清］丁福保编 中华书局 1983 年版
《全宋笔记》 上海师范大学古籍所编 大象出版社 2003 年版
《清诗话续编》 郭绍虞编选 上海古籍出版社 1983 年版
《宋诗话全编》 吴文治编 江苏古籍出版社 1998 年版
《玉海》［宋］王应麟 江苏古籍出版社 1987 年版
《白居易资料汇编》 陈友琴 中华书局 1962 年版
《白居易集综论》 谢思炜 中国社会科学出版社 1997 年版
《北宋馆阁翰苑与诗坛研究》 陈元锋 中华书局 2005 年版
《北宋馆阁与文学研究》 成明明 中国社会科学出版社 2007 年版
《北宋古文运动发展史》 祝尚书 北京大学出版社 2012 年版
《北宋文化史述论》 陈植锷 中国社会科学出版社 1992 年版
《北宋文人与党争》 沈松勤 人民文学出版社 1998 年版
《两宋文学史》 程千帆、吴新雷 上海古籍出版社 1991 年版
《从唐音到宋调：以宋代前期的诗歌为中心》 曾祥波 昆仑出版社 2006 年版
《韩愈诗歌宋元接受研究》 谷曙光 安徽大学出版社 2009 年版
《困境与超越——宋代文人心态史》 马茂军 河北教育出版社 2001 年版
《宋诗话辑佚》 郭绍虞辑佚 中华书局 1980 年版
《宋学的发展和演变》 漆侠 河北人民出版社 2002 年版
《宋代文学通论》 王水照 河南大学出版社 1997 年版
《宋人总集叙录》 祝尚书 中华书局 2004 年版
《宋人别集叙录》 祝尚书 中华书局 1999 年版
《宋代文学思想史》 张毅 中华书局 1995 年版
《宋诗体派论》 吕肖奂 四川民族出版社 2002 年版
《宋代诗学通论》 周裕锴 上海古籍出版社 2007 年版

《宋诗史》 许总 重庆出版社 1992 年版
《宋初百年文学复兴的历程》 张兴武 中华书局 2007 年版
《宋诗臆说》 赵齐平 北京大学出版社 1993 年版
《宋代官职辞典》 龚延明 中华书局 1997 年版
《宋元诗社研究丛稿》 欧阳光 广东高等教育出版社 1996 年版
《隋唐文学思想史》 罗宗强 中华书局 2003 年版
《唐五代逐臣与贬谪文学研究》 尚永亮 武汉大学出版社 2007 年版
《唐代文学史》 吴庚舜、董乃斌编 人民文学出版社 1995 年版
《唐宋之际诗歌演变研究》 刘宁 北京师范大学出版社 2002 年版
《王禹偁事迹著作编年》 徐规 中国社会科学出版社 1984 年版
《晚唐五代诗僧群体研究》 王秀林 中华书局 2008 年版
《五代作家的人格与诗格》 张兴武 人民文学出版社 2000 年版
《元白诗派研究》 陈才智 社会科学文献出版社 2007 年版
《政治兴变与唐诗演化》 胡可先 中国社会科学出版社 2003 年版
《中唐诗文新变》 吴相洲 学苑出版社 2007 年版
《中唐至北宋文学转型研究》 田耕宇 中国社会科学出版社 2009 年版

后　记

拙著是在博士论文《宋初白体诗研究》基础上修改而成的。这不禁使我想起我的恩师祝尚书先生。蓉城三年，先生细致入微的关怀与教导时时浮现于脑海，先生一年四季几无休息的忙碌身影更使我难以忘怀。倘若当年没有先生鞭策与棒喝，愚钝浅陋的我是很难完成论文写作的；没有先生支持与鼓励，困顿焦虑的我也是很难完成这一艰巨使命的。而今，设若没有先生的褒誉与推荐，文稿也是很难呈现在读者面前的。先生在电话中，谈及论文修改时，严格之义，顿然而起；在电子邮件中，问及出版事宜时，感激之情，油然而生。这半折心始的书稿权当学生不甚完美的作业，她将记录学生由蹒跚学步到摸石前行的学术探索历程。

拙著在修改时，采纳论文答辩组老师们的宝贵意见，其中尤以周裕锴先生、吕肖奂先生为多，在此表示由衷的感激。此外，谢谦先生、项楚先生等的教诲，使我深受启发，少走不少弯路。对校外评审专家，诸如北京大学张鸣先生、武汉大学王兆鹏先生、浙江大学沈松勤先生、南京大学巩本栋先生、中山大学张海鸥先生、华南师范大学戴伟华先生等，有的还未曾谋面，但先生们毫无保留地提出诸多宝贵意见，使我收益匪浅，在这次修改中基本全部接受。前辈学者在百忙之中拨冗指瑕，晚辈后学在这里深表谢意！

此外，拙著的顺利面世，还要特别感谢上海古籍出版社的领导与老师们，他们为文稿的出版忙前忙后，不辞辛劳，这种敬业精神颇为可敬。与上海古籍出版社老师们交流使我深刻感受到上海学者的严谨与高效!

文稿出版还直接得到安徽省高校青年优秀人才项目资金的资助,在此表示衷心的感谢。当然,更要特别感谢的是安徽科技学院及其人文学院、人事处等部门领导与同仁提供这个难得的平台,让我有机会申请这个项目,不然哪有机会得到资助。

校对完文稿最后一个字,内心的喜悦之情一晃而过,留下的更多的是惴惴不安与情何以堪!文稿面世真如丑媳妇见公婆,心中的忐忑与耳赧不可消除,文稿中的不足与挂一漏万想必众多,在此恳请学界同好批评指正!

毕业回皖,一晃就是四年!一千五百个日夜,其中有多少焦虑彷徨!多少琐碎瞎忙!甚至多少无奈失望!但静下心来,回想先生早已年逾古稀,还奋笔疾书,专著一本一本地出,新意的论文一篇一篇地写。而我这四年,只有这一本簿册,真是情何以堪啊!

但未来的路还长,万事急不得,只能心无旁骛地往前走。因为,舍此路我还能走什么路呢!我还会走什么路呢!坐拥半室书,点一瓣心香,泡一杯清茶,翻几页黄卷,不问窗外云卷云舒,休管庭前花开花落,试问世间哪有比这更惬意、更令人神往的呢!是为记。

汪国林

丙申初冬于安徽凤阳山南麓之逸斋